가스통 갈리마르

가스통 갈리마르

프랑스 출판의 반세기

피에르 아술린 지음 | 강주헌 옮김

GASTON GALLIMARD, UN DEMI-SIECLE D'EDITION FRANCAISE
by
PIERRE ASSOULINE

이 책은 실로 꿰매어 제본하는 정통적인 사철 방식으로 만들어졌습니다.
사철 방식으로 제본된 양장본은 오랫동안 보관해도 책이 손상되지 않습니다.

앙젤라에게

서문

왜 갈리마르인가? 독특하며 예외적인 인물이기 때문이다.

물론 그 외에도 프랑스 출판계에서 중요하게 다루어져야 할 위대한 출판인은 적지 않다. 하지만 20세기의 첫 10년 동안 출판계에 투신한 사람들 중에서, 삶을 마치는 순간까지 자사의 두툼한 카탈로그를 넘기면서 〈프랑스 문학이 곧 나다〉라고 말할 수 있었던 사람은 갈리마르가 유일하다.

그는 한 권의 책도 직접 쓰지 않았지만 그의 이름은 〈갈리마르〉에서 출간된 모든 책에 새겨졌다. 저자처럼 표지의 위가 아니라 아래였지만! 그가 발행한 책은 수백만 권에 달하고, 독특한 색조의 그 책들은 20세기에 웬만큼 책을 읽었다고 하는 프랑스인의 서가에서 쉽게 찾아볼 수 있다. 가스통 갈리마르Gaston Gallimard는 무명의 젊은 작가를 발굴하는 데 평생을 바쳤다. 처음부터 그는 끈기를 자신의 트레이드마크로 삼았다. 젊은 출판인답게 즉각적이고 손쉬운 이익을 포기하면서 지적인 엘리트층을 겨냥한 책을 만드는 데 전념했다. 따라서 독자가 적을 수밖에 없었다. 하지만 몇 년의 실전 경험을 거친 후, 아마추어의 틀을 벗은 그는 출판이 사업이란 사실을 깨달았다. 그리고 세상사에 무관심하며 연주회와 무도장을 들락거리던 탐미주의자에서 무서운 사업가, 빈틈없는 장사꾼, 단호한 협상가로 변신했다.

물론 그가 하룻밤 사이에 모범적인 관리자가 되었다거나, 재능을 찾아내는 예리한 판단력을 얻게 된 것은 아니었다. 그는 실패를 통해서 교훈을 얻으며 많은 작가들을 끌어 모았다. 모두가 나름의 재주를 지닌 사람들이었다. 그들의 능력과 불굴의 의지, 그리고 대인 관계 등이 합해져서 갈리마르라는 문학의 만신전(萬神殿)이 이루어졌다.

그는 프랑스와 해외 문학계에서 최고로 손꼽히는 작품들을 끊임없이 출간했다. 잘못된 판단을 내릴 때마다 그는 그 실수를 되돌리려고 애썼다. 남들이 보기엔 불가능해 보였지만 그는 포기하지 않았다. 다른 출판사에서 우왕좌왕하는 작가들을 다시 모셔 왔다. 갈리마르를 떠나면 어떤 작가도 이름값을 할 수 없다고 확신했기 때문이었다. 이런 목적을 달성하기 위해서, 모두에게 가스통이라 불렸던 사내는 수단과 방법을 가리지 않았다. 위트와 매력, 친절과 관심은 물론이고 상황에 따라서는 기만과 이중 거래도 서슴지 않았다. 사상을 파는 매력적인 사업이긴 했지만 출판 역시 사업이었다. 따라서 기회가 닿을 때마다 가스통 갈리마르는 경쟁자들에게 그런 사실을 분명하게 천명했다. 끝없는 전략과 학습과 타협, 그리고 제왕적 자세로 그는 세계적인 출판사를 키워 냈다.

그는 책의 생명력을 유지하기 위해서 전문 잡지와 대중적 주간지들을 발행했다. 그의 취향이나 원래의 목적에 완전히 상반되는 책의 출간에도 주저하지 않았다. 1차 대전은 기피했고 2차 대전 중에는 더불어 사는 법을 배웠다.

이런 과정을 겪으면서 창조해 낸 결과가 프랑스 전역의 서점들, 그리고 도쿄에서 텍사스까지, 전 세계 대형 서점들의 책꽂이에서 수 킬로미터를 이룬다. 하지만 수많은 작가에게 자신의 생각을 표현할 기회를 주었던 이 사람의 행적을 수록한 인명사전은 아직 없다. 배은망덕하게도!

공쿠르 형제, 폴 레오토, 루이 기유, 앙드레 뵈클레와 같은 몇몇 작가가 일기나 회고록에서 가스통 갈리마르를 언급했다. 또한 그가 가야르,[1] 브루야르,[2] 조르주 부르기뇽[3] 등 다른 이름으로 등장하기는 하지만, 우리는 몇몇 실화 소설들을 통해서 가스통 갈리마르라는 인물을 그런대로 짐작해 볼 수 있다.

작가들이 이런 문학적 전략을 사용했다는 사실 때문인지 가스통 갈리마르는

---

1 Francis Jourdain, *Sans remords ni rancune*, Corréa, 1953.
2 André Beucler, *La fleur qui chante*, Gallimard, 1939.
3 Jacques Rivière, *Aimée*, Gallimard, 1923.

사람들이 그에 대해 언급하는 것을 별로 바라지 않았던 듯하다. 적어도 그가 살아 있는 동안에는 그러했다. 심지어 동료들과 친구들의 열화와 같은 요구에도 불구하고 그는 회고록을 쓰는 것조차 완강히 거부했다.

　왜 그랬을까? 진정한 작가들을 향한 존경심 때문에, 수줍어하는 성격 때문에, 자신감의 부족 때문에……. 많은 의견이 있지만 가장 큰 이유는 정직한 성격 때문이었다. 사실 그는 하고 싶은 이야기가 너무 많았을 것이다. 하지만 모든 것을 사실대로 털어놓으면 많은 작가의 명성, 갈리마르 출판사의 위신, 그리고 그 자신의 명예를 더럽힐까 두려웠던 것이다.

　갈리마르는 95세의 생일을 며칠 앞두고 마지막 숨을 거두었다. 모든 비밀을 가슴에 묻고 세상을 떠났다. 출판계에 큰 족적을 남겼지만 세상에 거의 알려지지 않은 인물을 본격적으로 다룬 첫 책인 이 전기는 프랑스 출판계의 반세기를 정리한 책이기도 하다. 가스통 갈리마르가 걸어온 길을 따라갈 때 우리는 필연적으로 그의 경쟁자들, 예컨대 베르나르 그라세, 로베르 드노엘, 르네 쥘리아르 등 프랑스 출판계에 큰 자취를 남긴 많은 사람들을 만날 수밖에 없다.

　이상하게도 프랑스 출판인들은 자서전을 거의 남기지 않았다. 게다가 외부인에게는 출판사의 서류를 뒤적거리는 것을 허락하지 않는, 그다지 신비로울 것도 없는 전통을 고수하면서 전기 작가들을 힘들게 만든다. 예외적인 경우는 다섯 손가락으로 꼽을 정도이다. 하지만 그것도 아주 오래된 서류나 보여 줄 뿐이다.

　가스통 갈리마르의 삶을 조합하기 위해서 나는 많은 자료를 끌어 모았다. 수백 권의 책, 미공개 자료들, 개인적인 서신, 당시 신문의 칼럼, 주변 인물의 증언 등을 바탕으로 내가 알고 있는 정보를 검증하고 또 검증했다.

　이런 연구의 결실이 역사적 객관성을 띤다고 단정할 수는 없지만 하나의 목표, 즉 〈가스통 갈리마르는 어떤 사람이었는가?〉라는 질문에 대답하기 위한 성실한 노력의 산물이라고 자신 있게 말할 수 있다.

「신사 여러분,

언제나 신중했고 겸손했던 가스통 갈리마르 씨에게 경의를 표하는 의미에서, 1975년 12월 25일에 작고하신 그분의 죽음에 대해서는 여기에서 언급하지 않도록 하겠습니다. 오늘 회의를 주관하실 분을 지명하고 새로운 사장을 선출하는 것으로 오늘 모임을 진행하도록 하겠습니다…….」

1975년 1월 15일 오후 세시, 파리 세바스티앵보탱 가. NRF의 로고가 점잖게 새겨진 건물의 창문들 뒤로, 매년 이 회사의 정기 총회가 열리는 방의 책상에 몇몇 사람들이 둘러앉아 있었다. 20일 전, 이 회사의 창립자가 세상을 떠난 후 처음 열리는 이사회였다.

이사들은 엄숙한 표정이었다. 그리고 어딘지 슬퍼 보였다. 충격을 받은 듯한 모습이었다. 출판사의 운영에서 손을 뗀 지 오래였고, 이미 권력의 고삐를 아들 클로드에게 넘겨주었지만 가스통 갈리마르는 자신이 창립한 출판사에 매일 출근하는 애정을 보였다. 가스통이 세상을 떠나면서 출판의 역사에서도 한 페이지가 완전히 넘어갔다.

그의 죽음이 알려지고 애도 음악회가 개최된 후, 갈리마르 이사진만큼 가스통의 빈 자리를 절실하게 느낀 이들도 없었다. 가스통의 아들 클로드 갈리마르, 조카 로베르 갈리마르, 베르나르 위그냉, 폴마르크 슐렁베르제, 그리고 기업 운영 위원회의 두 대표, 앙브루아즈 빅토르 퓌즈베와 기 제르맹이 이사회에 참석했다. 그런

13

데 한 사람이 눈에 띄지 않았다. 가스통의 오랜 친구로, 초창기부터 갈리마르사의 이사였고 출자자였던 에마뉘엘 쿠브뢰Emmanuel Couvreux였다. 쿠브뢰는 병중이었다. 1월 13일 그는 이사회에 사과의 편지를 보냈다. 〈내 건강이 허락하지 않는군요. 내 옛 친구, 가스통 갈리마르가 세상을 떠나며 비운 자리를 대신할 새 사장을 뽑는 이사회에 꼭 참석하고 싶었는데 말입니다. 우리 이사진이 그의 아들 클로드를 새 사장으로 지명하는 데 진심으로 동의한다는 뜻을 미리 알려 두고 싶군요. 클로드가 우리 회사와 관련된 모든 전통을 유지하고 끌어가는 데 적임자라고 생각합니다. 그 뜻 깊은 자리에 여러분과 함께할 수 없어 정말 유감입니다.〉

이 편지를 읽은 후 클로드 갈리마르는 에마뉘엘 쿠브뢰가 언급한 전통의 유지는 가스통 갈리마르가 세상을 떠나기 전에 남긴 편지에도 언급되어 있었다고 덧붙였다. 요컨대 전통의 유지는 가스통 갈리마르가 후계자들에게 창립자들의 출판 정책을 견지해 달라고 부탁한 일종의 정신적 유언이었다. 달리 말하면, 〈새로운 인재들을 발굴해서, 상업적 성공이 불확실하더라도 그들의 작품을 출간하고, 내일이 없는 상업적 성공으로 즉각적인 이익을 추구하는 대신 양질의 도서 목록을 차근차근 쌓아 가야 한다는 뜻이었다. 따라서 주주들에게는 끝없는 인내가 요구되었다.〉

그에게 주어진 소명을 이런 방향으로 끌어갈 수밖에 없다는 사실을 밝히며 클로드 갈리마르는 이사진의 동의를 구했다. 그리고 만장일치로 새로운 사장에 선출되었다. 오후 4시 30분, 새 사장은 이사회의 폐회를 선언했다.

어깨가 무거운 유산이었다. 가스통 갈리마르가 반세기 동안에서 쌓아 온 유산이었기에!

제1장___1881~1900

「마부, 9구의 구청으로 가십시다!」

세 남자가 생라자르 가 79번지에 있던 부유한 부르주아의 집, 정확히 말해서 트리니테 성당 맞은편에 있던 집을 떠나 드루오 가로 향했다. 그리고 1881년 1월 18일에 태어난 아기를, 가스통 세바스티앵이란 이름으로 출생 신고를 했다.

「아버지가 누구시죠?」

「접니다. 폴 세바스티앵 갈리마르, 서른한 살이고 건축갑니다. 아기의 어머니는 내 아내로 이름은 뤼시 갈리마르. 고향은 뒤세, 스물두 살이고 가정주부입니다. 여기 두 분이 대부입니다. 내 아버지인 세바스티앵 귀스타브 갈리마르, 59세이시고 투자가입니다. 그리고 매부인 가브리엘 뒤세, 30세이고 도매업을 합니다. 아기는 이틀 전 아침 9시 30분에 태어났습니다.」

폴 갈리마르에게 첫 아들의 탄생은 새해를 맞아 가장 중요한 사건이었다. 그는 이상한 남자였다. 멋쟁이라 할 수는 없었지만, 말쑥한 옷차림은 그의 신중한 성격을 잘 드러내고 있었다. 지적이고 매력적이기도 했다. 그의 성(姓)에도 깊은 뜻이 담겨 있었다. 갈리마르Gallimard는 옛 프랑스어로 〈책상에 앉아 글 쓰는 사람〉이란 뜻이었기 때문이다. 훗날 가스통이 어떤 가문에 태어났는지 사람들이 알게 되었을 때 고개를 끄덕이지 않을 수 없었던 그 성은 부르고뉴에 뿌리를 두고 있었다. 하지만 가스통 갈리마르는 오랫동안 오베르뉴 출신이란 오해를 받았다. 가스통이 오베르뉴 사람처럼 구두쇠로 유명하기도 했지만 재산을 어머니, 즉 뒤세 가문에서 물려받았기 때문이다.

뤼시 뒤셰의 할아버지, 샤브리에 뒤셰Chabrier Duché는 보일러 공장을 운영했지만 보모들이 주로 사용하는 〈젖꼭지〉를 발명하고 그것을 상품으로 판매해서 큰돈을 벌었다. 그 후 샤브리에는 퓌드돔의 티에르를 떠나 파리로 상경했다. 유달리 상상력과 독창성이 뛰어났던 샤브리에는 최고의 공화주의자로 평가받던 루이 필립의 시대, 즉 7월 왕정 시대에 욱일승천으로 출세를 했다. 오스망 남작이 파리 근대화 사업을 본격적으로 추진하기 이전에 이미 샤브리에는 조명 사업에 뛰어들어, 파리의 간선도로에 가로등을 설치하고 가로등을 밝힐 기름까지 공급했다. 가로등이 가스등으로 교체될쯤에는 이미 상당한 재산을 축적하고 있었다. 이렇게 모은 돈을 그는 별장, 토지, 건물, 극장 등에 투자했다.

샤브리에가 세상을 떠나자 그의 상속자들은 배당금으로 먹고 사는 전문적인 투자자가 되었고, 그들의 자식들도 당연히 그런 직업을 택하리라 예상되었다.

뤼시가 서른 살이 되었을 무렵, 공쿠르 형제는 『일기Journal』에서 그녀를 〈옅은 빛을 띤 검은 눈동자, 때로는 여자 스핑크스처럼 우리에게 질문을 던지는 듯한 눈동자를 지닌 갈색 머리카락의 여인〉이라 묘사했다. 때로는 〈마차를 함께 타면 예민한 사람은 《마부, 멈춰요! 내려야겠어요!》라고 소리치게 만드는 히스테릭한 여인〉이라 묘사하기도 했다.

뤼시는 화가들과 친했다. 작가들과도 친분이 있었다. 아들 가스통의 친구들에게도 다정해서, 주말이나 방학이면 베네르빌에 있던 가족 맨션, 〈빌라 뤼시〉에서 아들의 친구들과 함께 지냈다. 또한 파리 생라자르 가의 집으로 초대해 저녁 식사를 대접하기도 했다. 그때마다 가족 식탁은 아이들의 차지였다. 친구들은 가스통에게 편지를 보낼 때마다 어머니의 안부를 물었다. 훗날 레옹폴 파르그Léon-Paul Fargue는 『파리를 산책하는 사람Le Piéton de Paris』을 가스통의 어머니에게 헌정할 정도였다.

폴 갈리마르는 그야말로 이름값을 하는 사람이었다. 사교적이었고 자신의 생각에 충실했던 폴은 물려받은 재산을 과시하지 않았다. 그는 폭넓은 교양과 고급스러운 취향, 그리고 예술적 감각을 더 자랑스럽게 여겼다. 1850년 쉬렌에서 태어난 그는 청소년기를 유복하게 지냈고 청년 시절에도 무사태평하게 지냈다. 성인이 되어서도 특별한 직업을 갖지 않았다. 어머니가 주는 돈으로 가난한 예술가들과 어울리며 대부분의 시간을 보냈다. 이런 점에서 폴은 사업가, 환전업자, 변호사를 지냈고 프로테스탄트는 아니었지만 구원이 노동과 성공에 있다고 믿었던 갈리마르 가문의 전통을 벗어던진 첫 번째 사람이었다.

그는 산책하고 책을 읽고 전시회에 다니길 좋아했다. 눈과 감각을 즐겁게 하면서 밤낮을 보냈다. 하지만 아내와는 소일하는 방법이 달랐다. 뤼시는 르누아르의 영향을 짙게 받은 듯한 취향을 보여 주며 조심스레 그림을 그렸지만, 폴은 방금 사들인 클로드 모네의 그림을 과감하게 손질하기도 했다.

폴은 콩도르세 고등학교를 졸업한 후 취미 삼아 음악 사업에 잠시 종사했고, 드모르니 공작의 개인 비서를 지냈다. 그 후 그는 에콜 데 보자르에 등록했다. 여기에서 그는 바리요에게 회화를 배웠고 도메에게 건축을 배웠다. 그들의 작업실을 번질나게 드나든 까닭에 나중에는 자신을 건축가로 천연덕스럽게 소개하기도 했다. 젊은 나이에 이자로 먹고 산다고 말하기가 쑥스러웠던 모양이다. 주변 환경과 가족에게 갑갑증을 느낀 그는 결혼을 하기 전에 여행을 떠나 넓은 세계를 주유하기로 결심했다. 그렇다고 고향을 등지겠다는 뜻은 아니었다. 세계의 유명 도서관들과 박물관들을 섭렵하면서 예술적 감각을 좀 더 세련되게 다듬고, 유럽과 아메리카의 미학자들이 지닌 지성에 자신의 지성을 견주어 보겠다는 뜻이었다. 아르헨티나에서는 상당히 오랜 시간을 머물면서 「부에노스아이레스 박물관에 전시된 예술 작품에 대한 합리적 카탈로그Catalogue raisonné des œuvres d'art formant le musée de Buenos Aires」를 쓰기도 했다.

예의범절이 몸에 밴 탓에 때론 가식적으로 보이기도 했다. 그는 천박하지 않은 재치로 거만하고 염세적인 태도를 감추었다. 그렇다고 고독을 즐겼다는 것은 아니다. 세상을 경멸하기는 했지만 세상의 모든 일에 관심을 보였다. 모든 것을 알고 싶어 했고, 지루하지 않은 삶을 사는 것이 인생의 목표였다. 돈은 얼마든지 있었던 까닭에 생각을 실천하고 정신세계를 풍요롭게 가꿔 갈 수 있었다. 폴 갈리마르의 삶은 모든 예술 애호가가 꿈꾸던 삶이기도 했다. 게다가 그는 수집가이기도 했다. 하지만 일관된 열정과 취향을 보였다. 청소년기부터 그는 예술서와 진귀한 초판본, 그리고 희귀한 장정(裝幀)들을 수집했다. 이런 책들에 대한 취향은 죽을 때까지 계속되었다. 그의 서고를 채운 이런 보물들은 그에게 가장 큰 자랑거리였다. 수많은 서고들을 보았던 공쿠르 형제까지 놀랄 정도였다. 1889년, 아니에르에 있던 삽화가 라파엘리의 집에서 가졌던 저녁 식사를 회고하면서 공쿠르 형제는 『일기』에 이렇게 썼다. 〈이 비상식적인 애서가들의 세계에서, 옛 인쇄물에 지극히 충실한 사람들의 세계에서, 왕정 시대의 재정 관리인들처럼 요즘 책의 호화 판본 하나를 구입하는 데 3천 프랑을 쓰겠다는 갈리마르는 정말 혁명적인 사람이 아닐 수 없다. 『제르미니 라세르퇴Germinie Lacerteux』와 같은 책을 말이다.〉

혁명가! 폴 갈리마르는 나름의 방식으로 혁명가였다. 그는 실제로 공쿠르 형제의 그 소설을 호화 판본으로 제작해 달라고 주문했다. 단 세 부만을 인쇄한다는 조건으로! 하나는 자신을 위한 것이었고, 다른 하나는 에드몽 드 공쿠르Edmond de Goncourt를 위한 것이었다. 그리고 마지막 하나는 공쿠르 형제의 소설에서 여성의 입장을 대변해서 서문을 쓴 귀스타브 조프루아Gustave Geoffroy를 위한 것이었다. 하지만 공쿠르 형제에게 건네진 판본이 가장 소중한 것이 되었다. 두 형제가 외젠 카리에르Eugène Carrière에게 그들의 유채 초상화를 그려 넣어 달라고 부탁한 때문이었다. 폴 갈리마르가 자신의 영역, 즉 희귀성과 품질에서 한 방 얻어맞은 셈이었다.

1904년 폴 갈리마르는 플루리 출판사를 통해 귀스타브 조프루아의 『콩스탕탱 기, 제2 제정의 역사가Constantin Guys, l'historien du Second Empire』를 호화로운 4절판으로 제작했다. 물론 그가 제작 비용을 부담한 것이었고, 기의 수채와 데생을 토니 벨트랑과 자크 벨트랑의 목각 판화로 대체한 책이었다. 목각 판화 전부와 12점의 원화 데생을 일본 종이를 사용해 그대로 옮긴 유일한 판본인 첫 권을 제작하는 데만도 2천 프랑이 소요되었다.

이런 환상적인 생각을 실천하는 데 경제적 부담을 느끼지 않았던 이 광적인 장서 애호가는 직접 펜을 드는 데도 거리낌이 없었다. 1910년 『메르퀴르 드 프랑스』의 요청으로 그는 존 키츠의 시선집에 심도 있는 서문을 썼다. 1928년, 즉 세상을 떠나기 직전에는 1847년에 달마시아에서 일어난 사건을 주제로 서문과 닷새 동안의 이야기로 구성된 대화 형식의 소설, 『과거의 포옹Les étreintes du passé』을 출간했다. 물론 〈갈리마르〉 출판사의 이름으로! 그러나 폴 갈리마르라는 이름이 세상에 알려진 이유는 그 시대의 화가들과 나눈 밀접한 교류 때문이었다.

폴은 마들렌 성당 주변에 모여서 인상주의 화가들의 그림을 주로 전시한 화랑들, 예컨대 뒤랑 뤼엘, 조르주 프티, 베른하임의 단골손님이었다. 게다가 1860년경부터 바르비종파의 화가들에게 깊은 관심을 가졌던 그의 아버지, 귀스타브에게도 큰 영향을 받았다.[1] 폴은 화상(畵商) 알퐁스 포르티에Alphonse Portier의 집에서 피카소를 만났고, 포르티에는 피카소의 캔버스화 몇 점을 폴에게 팔았다. 폴은 지베르니로 모네를 자주 방문해서 모네가 그림 그리는 모습을 몇 시간이고 지켜본 후에야 몇 점을 사기도 했다. 하지만 그와 가장 친했던 화가는 오귀스트 르누아르Auguste Renoir였다. 1891년부터 1895년 사이에, 두 사람은 베네르빌에 있던 갈리마르가의 별장에서 두 번의 여름을 함께 보냈다. 이때 열두 살이었던 가스통은 하얀 수염을 기른 르누아르가 캔버스에 그림 그리는 것을 즐겨 보았지만 두 동생, 자크와 레몽과 함께 르누아르를 위해 정식으로 포즈를 취해 주지는 않았다.

르누아르와 폴 갈리마르는 스페인, 영국, 네덜란드를 함께 여행하기도 했다. 르누아르는 폴의 그림 수집에 조언을 아끼지 않았다. 예컨대 고야의 그림을 비롯해서 프라고나르, 그레코, 코로의 그림 9점, 들라크루아의 그림 7점, 도미에의 그림 8점, 그리고 부댕, 마네, 쿠르베, 모네, 드가, 메리 카셋, 시슬리, 세잔, 카리에르의 그림들이 생라자르 가 79번지 집의 벽들을 가득 채우고 있었는데, 대다수가 1892년과 1893년에 구입한 것이었다.

그야말로 작은 개인 미술관이었다. 훗날 이 그림들은 전 세계로 팔려 나가 그렇잖아도 유명한 미술관들을 더 풍요롭게 해주었다. 1900년에 백년 회고전의 운영위원을 맡았고 가을 살롱전을 여러 차례 주최하기도 했던 폴 갈리마르는, 르누아르의 판단에 따르면 1903년을 기준으로 그 화가의 그림을 가장 많이 소장한 두 수집가 중 한 명이었다. 다른 한 사람은 무려 180점의 그림을 르누아르에게 샀던 친구 모리스 강나Maurice Gangnat였다.[2]

예술계로서는 불행한 일이었지만 19세기 말경부터 폴 갈리마르는 예술에 대

1 Sophie Monneret, *L'impressionnisme et son époque*, I, 1978.
2 갈리마르 컬렉션의 대부분은 현재 도쿄 미술관과 코펜하겐 미술관, 그리고 미국과 이탈리아의 유명 미술관에 전시되어 있다.

한 열정을 점점 잃기 시작했다. 그는 다른 방향으로 관심을 돌렸다. 사교계의 여인, 화류계의 여인, 즉 매춘부와 여배우에 관심을 갖기 시작했다. 그와 반세기 동안 그와 절친한 친구로 지낸, 건축가이자 예술 평론가였던 프란츠 주르댕Frantz Jourdain은 이렇게 관심이 돌변한 이유를 〈그가 관대하게 대했던 작가와 화가들의 배은망덕에 실망한 화풀이〉라 생각했다.[3] 공쿠르 형제도 폴의 변화를 이렇게 써 내려갔다. 〈책을 위해서, 그 후에는 회화를 위해서 살았던 사람이 이제는 단춧구멍에 꽃을 꽂은 채 매춘부들에게 둘러싸여 바리에테 극장에서 매일 저녁을 보내고 있다. 완전히 난봉꾼이 되어, 한때 그가 유일하게 사귀었던 예술가들이 그에게 줄 것이라곤 어둠밖에 없는 음침하고 우울하며 성가신 존재들이라 외치면서 쾌락과 환희로 가득한 삶을 살고 싶어 한다.〉[4]

폴 갈리마르가 정말로 난봉꾼이 된 것일까? 그 세련된 탐미주의자가 천박한 것에 빠져 버린 것일까? 그의 친구들은 그렇게 믿지 않았다. 하지만 그 예술 애호가는 그들에게서 점점 멀어지고 있었다. 그는 곧 바리에테, 앙비귀 코미크 등 서너 개의 극장에 투자했고, 여자 친구들과 호사스런 만남을 지속했다. 그리고 식탁에는 시인들과 화가들 대신에 불르바르 극장가의 경박하고 화려한 주인공들을 초대했다. 아내와도 비공식적으로는 이혼한 상태였다. 따라서 카지노 드 파리에서 멀리 떨어지지 않은 클리시 가에 마련한 주택에서 머물렀다. 매달 정기적으로 한두 점의 그림이 가족의 집 벽에서 벗겨져 폴 갈리마르가 새로 마련한 집으로 옮겨졌다. 마침내 생라자르 가에 있던 집의 모든 벽이 텅 비게 되었을 때 주변 사람들은 폴의 이혼을 기정사실로 받아들였다.

그때부터 가스통은 아버지에 대한 깊은 불신감을 키워 갔다. 얌전하고 숫기가 없어 자신의 생각을 전하는 데 서툴렀던 까닭에 언제나 뜻한 대로 편안하게 처신하는 아버지를 한없이 동경했던 가스통이었지만, 그가 흠모하던 어머니를 거부하며 모든 사람에게 이혼을 공식화해 버린 아버지를 용서할 수는 없었다. 한 실화 소설에서, 주요 인물 중 하나인 조르주 부르기뇽이 〈당신도 알겠지만 …… 나는 아버지를 눈곱만큼도 존경한 적이 없습니다. 아무리 기억을 더듬어 봐도, 내가 아주 어

3 공쿠르 형제의 『일기』.
4 같은 책.

렸던 시절까지 거슬러 올라가도 아버지를 경멸했다는 기억밖에 없습니다〉라고 말하는 것을 충분히 이해할 수 있었다.[5]

아버지의 거침없는 성격에 매료되었던 까닭에 가스통은 그처럼 매몰차게 아내를 버린 폴 갈리마르라는 인물에 대한 모순된 감정에 한동안 갈피를 잡지 못했다. 훗날 가스통은 친구들과 식사를 하면서 아버지를 〈아내와 자식, 친구와 정부, 그 누구도 사랑하지 않은 지독한 에고이스트〉라고 평가했다. 한마디로 폴 갈리마르는 순간적인 충동에 따라 행동하는 사람이었다. 실제로 가스통의 회고에 따르면, 그의 아버지는 한 남자가 어린 고양이를 하수구에 던져 버린 것을 보고 경찰에게 돈까지 주면서 그 고양이를 하수구에서 건져 내게 하고서는 집으로 데려와 며칠 동안 왕처럼 극진히 보살펴 주기도 했다.[6]

가스통은 이런 사람의 그림자 아래에서 어린 시절을 보냈던 것이다. 그가 아버지로부터 물려받은 것은 그림들만이 아니었다. 훗날 여자, 극장, 돈, 예술, 삶 등에 대한 그의 태도에도 아버지의 그림자가 드리워 있었다. 예술가들은 이런 현상을 미메시스라 표현할 것이고, 정신 분석학자들은 아버지 거부라고 표현할 것이다. 의사들은 유전 법칙이라 말할 것이고……. 어쨌든 가스통 갈리마르라는 복잡한 인물을 추적하기 위한 열쇠 중 하나는 아버지의 전기에 감춰져 있다.

1889년, 가스통은 여덟 살이었다. 조금 과장해서 말하면 그의 삶은 트리니테 성당 주변을 크게 벗어나지 못했다. 가정부가 그의 침실 창문을 활짝 열어젖히는 아침마다 그의 눈에 처음 보이는 것은 그 성당이었다. 그에게 성당 종소리는 귀를 따갑게 하는 소음이었다. 중상층 계급이 모여 사는 그 거리를 부산스레 걷는 사람들, 그리고 멋진 모자를 쓴 신사들과 크리놀린 스커트(말총 등으로 짠 천으로 만들어 옆으로 크게 부푼 스커트)를 입은 귀부인들이 탄 말과 마차가 빚어내는 소리와 다를 바가 없었다.

트리니테 광장에서 놀지 않을 때면 가스통도 동생들이나 하인들과 그 거리를 산보했다. 그 해, 새로운 생라자르 역이 만국 박람회에 맞춰 문을 열었다. 같은 거리에서 같은 이유로 세워진 테르미뉘스 호텔의 건설이 완료되면서 구름다리로 역

5 Jacques Rivière, *Aimée*, Gallimard, 1923.
6 Paul Léautaud, *Journal*, Mercure de France, 1936.

과 연결되었고, 멋진 독서실까지 갖춘 이 건물은 많은 관광객과 주변 사람들을 끌어들였다.

불랑제 장군이 노르, 솜, 샤랑트 앵페리외르, 도르도뉴 등에서 승리를 거둔 후 마침내 파리에서 의원에 당선되었다. 그가 주장하던 이념보다 그 이름으로 더 큰 정치적 위기를 조장하던 그 〈선량한 장군〉은 민중을 의식화시켜 사회주의와 민족주의로 몰아가는 데 성공했다. 파리는 다행히도 그런 위기를 슬기롭게 극복했지만 지방에는 반(反)의회주의적 감정이 팽배했다.

언론에서 시끄럽게 떠들지 않았다면 생라자르 가는 그런 정치적 소요를 의식조차 못했을 것이다. 사실 교외 지역은 시끌벅적했지만 중심가는 그렇지 않았다. 생라자르 가의 사람들은 여전히 〈라 보디니에르〉 극장에서 좋은 자리를 차지하려고 서둘렀고, 에밀 졸라를 비롯한 자연주의 작가들이 들락대는 트랩 레스토랑에 가려면 며칠 전에 예약을 해야 했다. 파야르가 개업하면서 유명한 카페 앙글레를 밀어내고 저녁 식사와 만남의 장소가 되었다. 또한 언론인들과 작가들이 카페 나폴리탱에서 아이스크림을 먹기 시작하면서 카페 리슈는 옛 명성을 상실하고 말았다.

어린 가스통의 눈에도 이런 모습이 분명하게 비쳤을 것이다. 그는 생라자르 가와 쇼세 당탱 가의 모퉁이에 있던 모가도르 극장에서 나오는 사람들을 눈여겨보곤 했다. 가족의 친구로, 그에게 행인을 몇 번의 붓질로 신속하게 스케치하는 법을 가르쳐 주던 화가 외젠 카리에르의 가르침을 따라, 가스통은 한참 동안 창밖을 내다보곤 했다. 또한 카리에르가 허락하면 가스통과 두 동생은 점심 식사를 끝내고 카리에르 앞에 포즈를 취하기도 했다. 실제로 갈리마르 형제가 그림책을 보고 있는 모습을 그린 그림은 카리에르의 대표작 중 하나로 손꼽힌다. 당시 가스통은 말이 적은 몽상가였다. 여자 앞에 서면 얼굴을 붉히면서도 은근히 즐거워하는 소년이었다. 열네 살에는 창가에서 시간을 보내면서, 마차의 말들이 흥분해서 날뛰면 어느새 달려가 고삐를 잡고 말들을 진정시켜 아름다운 여인에게 애정 어린 감사의 말을 듣는 장면을 꿈꾸곤 했다.[7]

그의 어머니는 이런 면에서 가스통이 폴의 아들인 것을 감출 수 없다고 생각했

7 Louis Guilloux, *Carnets*, 제2권, Gallimard, 1982.

다. 어느 날 그녀가 가스통을 롱샹의 경마장에 데려갔다. 그녀는 관람석에 서서 한 젊은 여인과 이야기를 나누고 있었다. 그런데 곱슬곱슬한 머리카락에, 반바지를 입고 감색 셔츠를 입은 어린 소년은 어머니의 손을 슬쩍 놓고 그 아가씨의 손을 황홀한 듯이 어루만지면서 〈어여쁜 여인이야, 정말 예뻐!〉라고 중얼거렸던 것이다.[8]

그날부터 뤼시 갈리마르는 아들이 바람둥이가 될 것이라 확신했고, 그런 확신은 그대로 들어맞았다. 가스통이 성장한 작은 세계는 여자의 입김이 강했다. 그의 할아버지는 결코 자신의 취향을 다른 사람에게 강요하는 사람이 아니었다. 그의 아버지는 가족과 함께 지내는 시간이 거의 없었다. 따라서 생라자르의 집은 여자들이 지배했다. 엘리베이터가 없던 시기에 가장 좋은 층이었던 2층은 할머니가 차지했고, 3층은 어머니 뤼시 갈리마르의 세계였다. 그리고 그 위층에는 뒤셰가의 이종 사촌들이 살았다.

귀스타브 부인 ── 가족의 친구들은 습관처럼 할머니를 할아버지의 이름으로 불렀다 ── 은 부르주아 상류 사회의 결정체였다. 반세기가 지난 후, 한 친구는 갈리마르 식구들을 충분히 짐작 가능한 익명으로 묘사하면서 〈독창적인 면의 부재가 고민거리도 없고 역정도 내지 않는 이 선한 부인의 유일한 개성이었다. 누구나 친절하게 맞아 주었지만 누구도 흉내 내지 못할 정도로 무색무취한 부인이었다〉라고 가스통의 친할머니를 표현했다.[9] 그에 따르면 귀스타브 부인의 유일한 관심거리는 돈이었다. 돈이 성공과 인간의 품성, 심지어 교양까지 판단하는 기준이었다. 또한 그녀는 〈내 세계〉, 〈내 친구들〉, 〈내 재산〉, 〈내 새끼들〉이란 표현을 자주 썼다. 달리 말하면 그녀가 속한 세계와 공동체, 또한 그녀가 정한 엄격한 기준에서 벗어나지 못했다는 뜻이다. 하지만 그 무엇도, 그 누구도 귀스타브 부인의 이런 확신을 깨뜨릴 수 없었다. 역사의 흐름도 예외일 수 없었다.

몇 달 동안 매주 월요일 저녁이면 생라자르의 집에 갈리마르 가문의 환전상들, 변호사들, 공증인들이 모였다. 아들 폴은 가문의 전통을 따르길 거부했지만…….
저녁 식사를 시작하기 전에 귀스타브 부인은 〈드레퓌스 사건에 대해선 입도 뻥끗하지 말자!〉라고 말했다.[10] 하지만 이야깃거리는 그것밖에 없었다. 따라서 디저트

8 R.-P. Bruckberger, *Tu finiras sur l'échafaud*, Flammarion, 1978.
9 Francis Jourdain, *Sans remords ni rancune*, Corréa, 1953.

가 시작될 즘이면 토론은 점점 격렬해지고 있었다.

주말이나 휴가 동안에는 분위기가 바뀌면서 목소리도 달라졌다. 토론하는 목소리는 한층 차분했다. 도시의 시름과 걱정거리를 잊게 해주는 맑은 공기가 감도는 아늑하고 평온한 분위기에 젖어 시간의 구속을 벗어날 수 있었던 때문이리라.

베네르빌에서의 삶은 그랬다.

가스통은 울가트와 도빌 사이의 바닷가에 자리 잡은 그곳을 무척 좋아했다.

어른들은 카지노에서 그리스의 두 선주(船主), 자그라포스와 나흐미아스가 10만 프랑짜리 칩을 돌리면서 밤새 6백만 프랑을 도박에서 잃는 것을 지켜보았고, 멀리 떨어진 바카라 테이블에서는 앙리 드 로트쉴드 남작이 밤새 딴 돈을 지갑에 챙기는 것을 보았다며 이야기를 나누었다.[11] 어린 가스통은 그런 이야기를 들으며 자랐다.

베네르빌에서 지내던 시절, 가스통은 비 오는 날이면, 아버지가 뛰어난 식견으로 모아 둔 서고에 파묻혀 시간을 보냈다. 폴 갈리마르는 일요일 아침이면 습관처럼 마구간의 모든 말에 마구를 갖추고는 식구들과 손님들까지 말에 태워 트루빌까지 달려가 미사에 참석했다. 젊은 사람들은 집에서 큰길까지 1.5킬로미터를 말을 타고 갔지만, 거기서부터 성당까지는 걸어갔다. 한편 어린아이와 나이가 든 사람들은 도빌까지 기차를 타거나, 마부가 끄는 가족용 승합 마차를 이용했다. 또한 매주 일요일 거의 같은 시간에 귀스타브 부인이 일행들을 모두 멈추게 하며 트루빌의 유명한 잡화점, 〈데뤼베〉에 들리는 것이 관례였다.

폴 갈리마르와 프란츠 주르댕은 가끔 미사에 빠졌다. 그들은 미사의 참석을 진실한 신앙심의 발로라기보다 세속적 의무라 생각했다.[12] 그들은 의자에 느긋하게 앉아 시가를 피우면서, 에콜 데 보자르에서 보낸 학창 시절을 회상하거나 제3 공화국의 비공식 기관지로 생트뵈브와 아나톨 프랑스가 필진으로 참여한 것을 대단한 자랑거리로 삼았던 「르 탕Le Temps」의 최근 호에서 읽은 기사를 두고 이런저런 이야기를 나누는 것을 더 좋아했다.

10 마들렌 샤프살Madeleine Chapsal과 가스통 갈리마르의 대담, *L'Express*, 1976년 1월 5일.
11 Gabriel Desert, *La vie quotidienne sur les plages normandes de Second Empire aux années folles*, Hachette, 1983.
12 Jourdain, 같은 책.

일요일 점심 식사가 끝나면 모두가 크로케 게임을 했다. 그 게임은 곧 미사 참석처럼 일종의 의무가 되었다. 하지만 그 이유는 달랐다. 한때 크로케 게임의 대가였던 폴 갈리마르는 극악무도한 독재자처럼 게임을 운영했다. 게다가 복잡한 규칙을 만들어 자신에게 불리하게 하면서도 압도적인 승리를 거두어 상대의 자존심을 상하게 만들었다.[13] 때문에 가스통은 크로케 게임보다 모리스 강냐 삼촌을 따라 솔로뉴 숲에서 사냥하길 더 좋아했다. 강냐 삼촌은 가스통과 동생 레몽에게 탄약통과 사냥총의 운반을 맡길 정도로 너그러웠다. 숲을 거닐며 가스통은 꿈을 꿀 수 있었다. 그가 사냥에 집중하지 않아도 삼촌은 흔쾌히 용서했다. 하지만 아버지는 그러지 못했다. 크로케 게임에서나 일상의 삶에서나 가스통이 조금이라도 딴 곳에 정신을 팔면 가차 없이 놀림감으로 삼았다.

그는 걸핏하면 공상에 잠겼다. 정신을 똑바로 차리는 것이 우리의 의무라는 사실을 망각한 사람처럼 보였다. 따라서 꾸며 낸 모습을 보이지 못했다. 자연의 흐름에 따라 삶을 사는 것 같았다. 그는 허름한 옷을 입고 후광을 번쩍대는 고행자가 되길 원치 않았다. 다른 사람의 칭찬을 갈구하지 않았다. 의지력을 중요하게 여기는 사람은 그렇게 꾸민 태도를 허약한 사람들의 몸부림이라 생각한다. 나는 그의 의지력에서 고결한 겸양을 보았다. 가련한 위선을 넘어선 의지는 진정성과 지성의 증거이기도 했다. 가스통에게는 꾸밈이 없었다. 순박하면서 통찰력을 지닌 소년은 여전히 부끄럼을 타면서 자신이 지닌 매력을 의식하지 못하고 있었다. 그를 우유부단하다고 썼던 사람들까지도 그의 매력을 인정하지 않았던가! 가스통에게는 의식적인 노력을 하지 않고도 상대를 유혹하는 힘이 있었다. 매력적이었지만 자신이 매력적인 사람인 것을 전혀 몰랐다. 따라서 그가 유혹의 덫을 놓을 것이라 두려워할 필요는 없었다. 자연스레, 모두가 그를 좋아했고 그런 감정을 이겨 내지 못했다.[14]

그렇다고 어린 가스통이 무력하게 지냈다는 뜻은 아니다. 오히려 정반대였다.

13 Jourdain, 같은 책.
14 Jourdain, 같은 책.

그는 격렬한 내면의 삶을 살고 있었다. 스스로 일어서겠다는 단호한 의지에 모든 힘을 집중했다. 요컨대 〈누구의 노예도 되지 않겠다〉라는 의지가 내면에 감춰져 있었다.

빈둥대는 듯했지만 쉽게 파악할 수 있는 인물은 아니었다. 무척 다정다감했지만 그런 감정을 겉으로 드러내지 않았다. 냉담한 사람은 아니었지만 곧잘 딴 곳에 정신을 팔았다. 그가 당신에게 보인 관심이 사라지거나 변하기 시작하는 순간, 그가 당신의 말에 귀를 닫는 순간을 그 아름다운 눈빛에서 포착하기란 어려운 일이었다. 또한 당신의 말이 그를 다른 비밀스런 세계로 몰아간 것인지, 아니면 그 시대의 시인이나 철도 종사원의 표현대로 그를 〈탈선〉시킨 것인지 판단하기도 어려웠다.[15]

천성적으로 냉담한 성격이긴 했지만 무관심하지는 않았던 가스통은 학교에서 진정한 세계를 처음 경험하게 되었다. 여자와 가족이 없고 화가도 없는 그런 세상이었다. 1891년 그가 6학년으로 입학한 학교는 집에서 도보로 겨우 5분 떨어진 곳이었지만, 완전히 다른 세계였다. 아직은 학생들이 호각 소리가 아니라 북소리에 맞춰 교실에 들어가야 하던 때였다. 운동장은 그다지 매력적이지 않았지만 주랑이 늘어선 학교 건물은 고전적인 모습으로 청소년들의 흥미를 끌기에 충분했다. 좋은 가문의 아이들이 모인 학교로 명성이 드높았던 콩도르세 학교는 그 졸업생들에게 평화와 자유의 안식처로 기억되었다. 센 강 좌안의 엄격한 학교들에 비하면 특히 그렇다. 가스통은 1898년까지 콩도르세에서 공부하며 끈끈한 우정을 다져 나갔다. 시인 스테판 말라르메가 1871년부터 그 학교에서 문학을 가르쳤고, 가스통이 재학하던 시절에는 유명한 교과서 저자인 잘리피에가 학생들에게 역사를 가르쳤다. 또한 펜싱 사범이던 폴과 아돌프 뤼제는 진정한 귀족답게 펜싱 칼을 다루는 법을 가르쳤다.

콩도르세 학교에서 7년을 보내는 동안 가스통은 훗날 다양한 분야에서 이름

15 Jourdain, 같은 책.

28

을 남기게 될 또래의 아이들과 어울렸다. 앙드레 시트로엔, 자크 쿠포, 앙드레 마지노, 루이 파리굴(훗날의 쥘 로맹)……

마르셀 프루스트, 로베르 드 플레르, 앙리 베른스탱, 앙드레 타르디외는 그보다 몇 년 앞서 콩도르세를 졸업한 선배들이었고 에밀 앙리오, 장 콕토, 앙리 토레스 등은 그가 학교를 떠난 후에 콩도르세의 나무 벤치에 앉았던 후배들이었다.

고등학교 1학년 시절, 가스통은 훤칠한 키에 약간 굼뜬 친구를 눈여겨보았다. 게으른 듯하면서, 프랑스어와 역사 이외에는 관심을 두지 않는 친구였다. 가스통은 그가 마음에 들었다. 그리고 그의 짝꿍이 되었다. 그리스어와 라틴어 구두시험에서 그가 대답을 하지 못할 때면 도와주려고 무진 애를 썼다. 그는 선생님에게 걸핏하면 〈마르탱 뒤 가르 군(君)!〉[16] 자네에게 멋진 구석은 넥타이뿐인 것 같군!〉이라는 꾸지람을 들었다.[17] 그때마다 교실은 웃음바다가 되었지만 이런 당혹스런 순간들을 함께 이겨 내면서 두 사람은 끈끈한 우정을 수십 년 동안 지속했다.

1896년, 드레퓌스 대위가 무기 징역을 선고 받은 지 2년이 지났고 졸라가 「나는 고발한다J'accuse」를 발표하기 2년 전이었다. 가스통은 다른 젊은이들과 마찬가지로 드레퓌스의 편이었다.[18] 당시 프랑스는 길이나 가족의 식탁에서, 신문과 카페에서도 두 편으로 의견이 나뉘었다. 드레퓌스 사건은 가스통과 그의 친구들에게도 주된 대화 주제였다. 수업이 끝난 후 그들은 파사주 뒤 아브르에 모여 논쟁을 벌였다. 유복한 집안의 자제로 똑같은 환경에서 공부했지만 의견이 달랐다. 그들은 편이 갈려 드레퓌스 사건에 대해서, 시의원 선거에서 사회주의자들의 승리에 대해서, 알프레드 자리Alfred Jarry의 연극 「위뷔 왕Ubu roi」이 〈테아트르 드 뢰브르〉에서 초연되면서 야기된 소동에 대해서 논쟁을 벌였고 행동과 생각에서 상대를 압도하려 애썼다. 이 신(新)에르나니 사건[19]은 순식간에 큰 소동으로 발전했다. 하기야 막이 오르고 첫 대사가 〈제기랄!〉이었으니 연출가 뤼네 포Lugné Poe가 선전

---

16 Roger Martin du Gard, 1881~1958, 20세기 전반 프랑스 소설 중 가장 탁월한 작품으로 평가받는 『티보가의 사람들』을 썼고, 1937년 노벨 문학상을 수상했다 — 역주.

17 가스통 갈리마르가 Le Figaro Littéraire(1958년 8월 30일)에 게재한 글.

18 샤프살과 갈리마르의 대담, 같은 책.

19 Bataille d'Hernani, 1830년 초연된 빅토르 위고의 운문극 「에르나니」를 둘러싸고 벌어진, 위고를 총수로 하는 고티에, 네르발 등의 낭만주의 그룹과 고전주의 그룹 간의 격렬한 논쟁 — 역주.

포고를 먼저 한 셈이기는 했다.

그해, 가스통은 남몰래 한 권의 책을 쓰기 시작했다. 그가 오랫동안 간직해 왔지만 과감히 실천하지 못했던 꿈이었다. 제목은 〈디오게네스Diogène〉였다. 하지만 알렉산드로스 대왕이 무엇을 해주면 좋겠냐고 물었을 때 〈햇빛을 가리지 말고 옆으로 비켜 주십시오〉라고 대답했다는 그 유명한 그리스 현인에 대한 이야기가 아니었다. 그의 디오게네스는 문명화를 반대하는 사람일 뿐이었다. 가스통은 10면 정도를 쓰고는 포기하고 말았다. 그리고 그것으로 문학을 향한 열망을 접었다.[20]

그러나 선생들은 그에게 용기를 북돋워 주었다. 1897~1898년, 즉 바칼로레아 시험을 보아야 했던 해에 가스통은 철학 교사인 피에르 자네에게 높은 평가를 받았다. 첫 학기에 자네는 그에게 20점 만점에 17점을 주면서 〈의지력이 있고 공부를 열심히 하므로 장래성이 있음〉이란 평가를 내렸다. 가스통이 훗날 택할 길을 감안한다면 흥미로운 평가가 아닐 수 없다. 두 번째 학기에 가스통은 16점과 〈잘했고 발전하긴 했지만 1등급을 유지하려면 분발이 필요함〉이란 평가를 받았다.[21] 그래도 동창생이던 베나제, 말로리, 몽테유, 칼망레비 등에 비하면 월등한 성적이었다. 한편 물리와 화학에서는 14점과 16점, 역사와 지리에서는 13점과 10점을 받았다. 하지만 가스통은 학업을 마치지 않았다. 3학기에 어떤 점수도 받지 않았다: 그 때문에 대학에 입학하기 위한 관문인 바칼로레아 자격을 얻지 못했다.

그는 대학을 포기했다. 콩도르세를 떠나 더 쉬운 길을 택했다. 금융 소득으로 먹고 사는 가족의 품, 즉 할머니가 지배하는 생라자르 가 79번지의 2층으로 돌아갔다. 가스통은 철학 선생의 충고를 한 귀로 흘려버렸다. 그리고 천성적 성향대로 빈둥대며, 어떤 사건에도 휘말리지 않으면서, 오로지 자신의 육체와 정신을 만족시키는 삶의 길을 택했다.

---

20 샤프살과 갈리마르의 대담.
21 콩도르세 학교의 문서 보관소.

제2장___1900~1914

「내가 뭘 좋아하냐고? 그야 휴가지!」

가스통 갈리마르는 언제나 솔직했다. 이제 어엿한 스무 살의 젊은이였지만 하는 일도 없이 빈둥거렸다. 사치와 여자, 그리고 친구만이 유일한 관심사였다. 게다가 그런 것을 감추려 들지도 않았다. 그의 아버지도 그렇게 살았는데 아들이 그렇게 살지 못할 이유가 무엇이겠는가? 하루 스케줄을 보면 그가 어떻게 살았는지 짐작해 볼 수 있다.

아침에는 침대에서 뒹굴면서 신문과 잡지를 유심히 읽은 후에 뭔가를 끼적거렸다. 여기저기에서 멋진 생각을 빌렸고, 마음에 드는 구절이나 유용한 주소를 베껴 두었다.

주로 주소였다. 그가 속한 〈댄디〉(보들레르가 추구한 정신적 귀족)들은 아무곳에서나 쇼핑을 하지 않았다. 가스통은 옷과 액세서리를 신중하게 골랐다. 셔츠는 〈샤르베〉에서, 모자는 〈젤로〉나 〈들리옹〉에서 샀다. 손잡이가 굽은 지팡이는 〈앙투안〉에서 구입한 것이었다. 정장은 생토노레 가의 최고급 양복점에서 맞춰 입었다. 걸음걸이, 자세, 제스처 등 모든 것에 우아함을 추구했다. 항상 최고의 것을 신중하게 선택했다. 그는 저속한 취향과 노출증을 혐오했다. 또한 가짜 귀족의 경직된 모습을 경멸하며 탐미주의자답게 느긋하게 행동하고, 재킷이 뒤틀어질 정도로 재킷 주머니에 손을 넣고 다녔다.

오후에는 센 강변에 늘어선 서적 가판대에서 희귀한 책을 찾으며 시간을 보냈다. 그렇지 않으면 파라솔을 든 우아한 여인들의 틈에 끼어 불로뉴 숲을 산책했다. 때로는 파리의 수없이 많은 문학 살롱의 한 곳에 들렀다. 〈카페 베버〉에서 커피를 홀짝거리고는 그가 특별히 좋아했던 오락거리인 극장으로 발걸음을 옮겼다. 생라자르의 집까지 돌아가서 턱시도로 갈아입기가 귀찮았던지 밖에서 짙은 청색 셔츠와 같은 색상의 나비넥타이를 사 입곤 했다. 이런 모습은 그가 평생 동안 지켜 온 유니폼이었다.

극장에 가지 않을 때는 연주회나 무도회를 찾았다. 하지만 저녁 시간은 언제나 〈막심스〉, 〈라뤼〉, 〈프레 카틀랑〉, 세 레스토랑 중 한 곳에서 끝났다. 그 레스토랑들의 명성 때문이기도 했지만 뛰어난 서비스와 음식 맛, 그리고 그곳에서 만날 수 있는 여인들 때문이었다. 숫기가 없던 사내가 한결 대담해진 것이었다. 여자 앞에서는 여전히 얼굴을 붉혔지만, 그런 모습이 자신의 매력이란 사실을 깨닫고는 자신감을 얻었다.

열일곱 살이었을 때, 그는 피에르 프르미에 드 세르비 가(街)의 집에서 부모와 함께 살던 변호사의 딸, 앙투아네트의 창문 아래를 하루에도 몇 번씩 서성댔지만 감히 사랑을 고백하지는 못했다. 그의 어머니가 주최한 생라자르의 집 파티에 앙투아네트가 참석해서 다른 남자의 품에 안겨 춤추는 것을 차마 지켜볼 수가 없었다. 하지만 자존심 때문에 그녀에게 다른 남자와 춤추지 말라고 하지도 못했다. 결국 그는 하인들의 방을 달려가 더러운 옷들을 던져 놓은 바구니에 얼굴을 묻어 버렸다. 그 때문에 아무도 그의 얼굴에서 질투를 읽어 낼 수 없었다. 가스통은 수년 동안 그녀와 함께 외출하면서 결혼할 생각도 가졌지만, 어머니는 그가 빈둥대는 게으름뱅이고 앙투아네트가 그보다 더 부자라는 이유로 그런 생각을 단념시켰다. 그 후 가스통은 젊고 매력적인 매춘부, 페르낭드 뒬라크Fernande Dulac와 시간을 보내면서 앙투아네트를 잊으려 애썼다. 가스통은 뒬라크의 비위를 맞추려고 헌신적으로 노력했지만, 그녀가 식당이나 오페라 극장에서 항상 남자를 동반하고 있어 그의 감정을 노골적으로 드러내지 못했다. 어느 날 저녁, 그는 뒬라크의 관심을 끌려고 마부의 도움을 얻어 그녀의 마차를 수백 송이의 꽃으로 가득 채웠다. 그러고는 어둠 속에서 지켜보았다. 그녀가 깜짝 놀라면서 그날 저녁 동행한 남자에게 들뜬 목소리로 탄성을 지르며 고마워하는 모습을![1]

이런 시행착오를 겪으면서 가스통은 여자를 향해 첫 걸음을 떼는 법을 조금씩 터득해 갔다. 오페라에서 초연이 있는 날에 가스통이 괜찮은 여자를 칸막이 좌석에 초대하려는 열의를 보이지 않아도 폴 갈리마르는 아들에게 〈부르주아의 시대착오적인 편견〉에 사로잡힌 것이라고 나무라지 않았다. 오히려 가스통이 당연히 그렇게 하고 있을 것이란 식으로 아들에게 압력을 넣었다.[2]

하지만 가스통도 스물다섯을 넘긴 나이였다. 그런 압력은 필요하지 않았다. 이제 그도 수줍음과 자존심에서 비롯된 소극적인 면, 즉 그의 내적인 본성을 약간은 극복한 상태였다.

그는 여자에게서 얻을 수 있는 즐거움은 무엇이라도 받아들였다. 하지만 여자와의 관계에서 비롯되는 고통스런 면이나 지루한 것은 단호히 거부했다. …… 그는 여자를 좋아했다. 하지만 분별력을 잃지는 않았다. 여자를 두려워하지도 않았다. 그에게 여자는 구체적인 즐거움을 주는 존재였다. 그는 몸과 마음의 요구를 채우기 위해서 탐욕스럽게 여자들에게 눈을 돌렸다. 가스통은 여자의 매력에 빠지지 않으면서 여자의 매력을 실리적으로 활용했다.[3]

당시 가스통은 자유로운 삶을 위해서는 어떤 짓이라도 할 각오가 되어 있었다. 가족과 사교적 만남에서 벗어나 독립하고 싶어 했다. 어떤 것도, 어느 누구도 그를 지배할 수 없는 삶을 살고 싶어 했다. 무위도식하면서 권태로운 삶을 살고 있었지만 마음에 품고 있던 목표를 이루고 싶었다. 사람들이 그를 받아들이거나 버릴 수는 있어도 그를 변화시킬 수는 없었다. 그의 뜻에 어긋나는 일을 하게 할 수는 없었다. 그럴 경우에는 슬쩍 사라지면 그만이었다. 세상의 괴로움을 그의 어깨에 짊어지는 자상한 사람이 될 이유는 없었다.

그에게 고통은 어떻게 해서라도 피해야 할 불행한 일이었다. 그것을 죄

1 Guilloux, 같은 책.
2 Jourdain, 같은 책.
3 Rivière, 같은 책.

악이라 생각할 필요는 없었다. 자신에게 충실하자는 것이 그의 윤리였다. 좋은 것은 좋은 것이었고 싫은 것은 싫은 것이었다. 따라서 그의 영혼을 뒤틀리게 하는 것은 무엇이나 혐오했다. 어떤 경우에나 그는 첫 느낌에 충실했다. 의무나 예절을 생각하며 첫 느낌을 퇴색시키지 않으려고 애썼다.[4]

그 후 가스통 갈리마르는 나태한 삶을 버렸다. 예술과 여자까지 멀리했다. 그가 처음으로 가진 직업은 그다지 부담스런 것은 아니었다. 그는 의원의 비서가 되었다. 웬만한 사람이면 모두가 비서를 두던 때였다. 의원의 편지를 정리하는 일이 그의 임무였다. 지루한 일이었다. 그래서 그는 더 재밌고 신나는 일을 찾아 나섰다. 로베르 드 플레르Robert de Flers라는 이름으로 희극계에 널리 알려진 플레르 후작, 즉 로베르 펠르베 드 라 모트앙고의 비서가 되었다.

플레르는 20세기로의 전환기에 매우 인기 있는 극작가였다. 그는 극작가 빅토리앵 사르두Victorien Sardou의 권유로 왕당파의 신문에 주로 글을 기고하면서 언론계와 문학계에 첫 발을 내딛었다. 그리고 가스통 아르망 드 카야베Gaston Arman de Caillavet와 손잡고 일하기 시작하면서 진정한 성공을 거두었다. 두 사람이 공동으로 집필한 희곡은 여성 작가, 거드름을 피우는 학자, 정치인을 풍자한 것으로 〈바리에테〉, 〈게테〉, 〈누보테〉 등의 객석을 꽉 채웠다. 마침내 1917년 10월 1일, 플레르와 카바예는 그들의 희곡이 〈코메디 프랑세즈〉에서 공연되는 감격을 누렸다. 이처럼 희곡, 오페레타, 뮤지컬 등이 간간이 큰 성공을 거두는 분위기에 고무되어 가스통도 희곡을 써보려 했다. 플레르의 인기가 높아지자 가스통도 덩달아 바빠지면서 많은 일을 처리해야 했다. 로베르 드 플레르가 가스통을 괜찮은 연극들의 연습장에 보내 필요한 정보와 소식을 수집하라고 지시하는 횟수가 많아졌고, 가스통에게 권한을 위임하면서 그를 대신해서 글까지 쓰게 했다. 가스통은 이런 일이 마음에 들었다. 그래서 〈스트라퐁탱Un Strapontin〉(통로 쪽 좌석)이란 익명으로 「피가로」에 짤막한 논평을 기고하기 시작했다. 「피가로」가 그의 평론을 거부하면, 1848년에 창간된 이후로 당시 급속히 독자를 잃어 가던 주간지 『주르날

4 Rivière, 같은 책.

36

아뮈장*Journal amusant*』에 똑같은 글을 기고했다. 이 잡지사에 기사를 보낼 때는 〈무쇠르 드 샹델*Le moucheur de chandelles*〉(초의 심지나 자르는 사람)이란 이름을 사용했다.

가스통이 로베르 드 플레르의 제안을 수락한 것은 현명한 선택이었다. 일 자체가 재밌기도 했지만 살롱이나 만찬회 혹은 리셉션에서 파리의 유, 무명 인사들을 매일 만나는 기회를 제공했기 때문이다. 하지만 이상하게도 1907년과 1908년에 그의 존재를 부각시킨 만남은 그런 기회에서 비롯된 것이 아니었다.

베네르빌에서 여름휴가를 보내던 어느 날, 가스통은 극작가 협회 대표이던 로베르 강냐를 만나려고 블롱빌까지 달려갔다. 블롱빌에서 가스통은 멀리 빌레르로 이어지는 길에서 터벅터벅 걸어오는 한 사내를 보았다. 샤부르에서부터 걸어왔다는 그 사내는 엉뚱한 구석이 있지만 매력적이었다. 단추를 제대로 채우지 못한 데다 옷이 너무 꽉 죄어 보였다. 게다가 벨벳을 안감으로 댄 긴 망토를 걸치고, 빳빳한 칼라를 세우고, 낡은 밀짚모자를 앞으로 눌러쓴 모습이었다. 에나멜 구두는 먼지로 덮여 있었다. 강냐는 두 사람을 서로에게 소개시켰다.

「이쪽은 가스통 갈리마르……, 이쪽은 마르셀 프루스트라네.」

가스통은 마르셀 프루스트Marcel Proust라는 이름을 그때 처음 들었다. 하지만 프루스트의 따뜻한 눈빛과 태평스럽고 편안한 태도에 깊은 감동을 받았다. 또한 뜨거운 햇살에도 정장을 했다는 것은 우아한 멋, 심지어 아치(雅致)가 있다는 것을 뜻했다.

그 낯선 사람은 샤부르에서 블롱빌까지 17킬로미터를 걸어오면서 겪은 일을 정선된 단어로 이야기하면서 대화를 이어나갔다. 그리고 강냐에게 〈오늘 저녁에 그랜드 호텔로 당신을 초대하려고 이렇게 왔습니다〉라고 말했다. 가스통은 그 초대에 끼고 싶었지만 감히 입 밖에 내지 못했다. 프루스트는 가스통의 마음을 짐작했던지, 정중하게 그를 초대하는 배려를 잊지 않았다. 「나보다 나이가 많은 사람의 초대였지만 워낙 정중하게 대한 까닭에 프루스트의 초대는 조금도 부담스럽게 느껴지지 않았다.」[5]

---

5 "Gaston Gallimard raconte Marcel Proust", in *Marianne*, 1939년 5월 3일.

저녁 식사를 하면서 그들은 여행에 대해 이야기를 나누었다. 콘스탄티노플이란 이름이 나오자, 프루스트는 피에르 로티[6]까지 인용하며 그 도시에 대해 말했다. 헤어질 시간이 되었을 때 가스통은 프루스트에게 감사의 뜻을 표했다. 프루스트는 흐뭇한 표정을 지으며, 〈기차 시간표를 연구해 보게, 아주 재밌을 거네〉라고 가스통에게 속삭이듯 말했다. 그러고는 기차역을 줄줄이 읊어 댔다.[7]

프루스트와 첫 만남은 가스통의 기억에 깊이 각인되었던 모양이다. 그때의 이야기를 해달라고 가스통을 졸라댈 필요가 없었다. 그가 먼저 이야기를 하고 나섰으니까. 하지만 그것은 20세기 초의 이야기였다. 가스통의 기억에 새겨진 사람은 프루스트라는 인간이었지 작가 프루스트가 아니었다. 적어도 그때까지는 아니었다.

침실의 테이블에는 책이 잔뜩 쌓여 있었다. 「피가로」도 간혹 끼어 있었다. 하지만 그는 〈작은 잡지〉들을 읽을 때 짜릿한 즐거움을 얻었다. 1880년부터 그런 잡지들이 우후죽순처럼 발행되었다. 레옹폴 파르그의 표현대로 〈내일의 문학에 대한 초안(草案)들〉은 젊고 뛰어난 재능을 지닌 아방가르드 작가들에게 글을 발표할 기회를 제공하였지만 몇 호를 발간하고는 폐간되기 일쑤였다. 하지만 몇몇 잡지는 성공의 길을 꾸준히 걷고 있었다. 칼망레비 출판사가 인수한 『르뷔 드 파리La Revue de Paris』, 알프레드 발레트의 주도하에 레미 드 구르몽, 쥘 르나르, 알프레드 자리 등의 초기작을 게재한 『메르퀴르 드 프랑스La Mercure de France』, 나탕송 형제가 재정을 지원해서 그들의 뜻에 따라 다양한 목소리를 담은 『르뷔 블랑슈La Revue blanche』가 대표적인 예였다.

1908년 말, 이런 잡지들에 글을 기고하던 작가들을 중심으로 결성된 소규모 작가 단체가 자체의 잡지를 발간하기로 결정을 내렸다. 그들은 당시 『레 마르주Les Marges』란 정기 간행물을 발간하고 있던 평론가 외젠 몽포르Eugène Montfort에게 조언과 도움을 청했다. 몽포르는 새롭게 탄생한 잡지에 〈누벨 르뷔 프랑세즈La

---

6 Pierre Loti 1850~1923, 프랑스의 해군 장교, 소설가. 이스탄불, 중국, 일본 등을 돌아다니며 이국적이고 관능적인 작품을 썼다 — 역주.
7 같은 책. 그리고 가스통 갈리마르가 La Nouvelle Revue Française(1923년 1월 1일)에 기고한 Première rencontre를 참조할 것.

Nouvelle Revue Française(NRF)〉라는 이름을 붙여 준 사람이기도 했다. 하지만 첫 호가 11월 15일에 발간되었을 때 젊은 작가들은 실망하고 분노하지 않을 수 없었다. 그들의 의견을 묻지도 않고 몽포르가 몇 편의 글에 대한 평론까지 게재한 때문이었다. 특히 두 평론이 그들은 분노하게 만들었다. 가브리엘 단눈치오Gabriele D'Annunzio에 대한 평론은 지나칠 정도로 찬사 일변도였던 반면에 말라르메에 대한 평론은 지나치게 비판적이었다.

그들은 즉각 몽포르와 관계를 끊고, 다른 누구의 도움도 받지 않고 그들만의 힘으로 잡지를 발간하기로 결정했다. 여하튼 몽포르는 〈누벨 르뷔 프랑세즈〉라는 제호(題號)의 사용을 허락해 주었다.[8] 그래서 〈잡지를 찾는 여섯 인물〉은 뤽상부르 공원 건너편에 있는 아사스 가의 한 아파트에서 모임을 가졌다.[9] 여섯 인물 중 하나였고 프로테스탄트 부르주아 출신으로 신중하면서도 겸손한 탐미주의자인 장 슐룅베르제Jean Schlumberger의 집이었다. 알자스에서 산업 자본가로 기반을 굳힌 그의 가문은 역사학자로 교육부 장관과 수상을 지낸 프랑수아 기조를 배출한 것에 자부심을 갖고 있었다. 흔히 쉴랭이라 불렸던 슐룅베르제는 1877년에 태어나 그들 중 가장 어렸다. 자크 코포Jacques Copeau는 쉴랭과 같은 시기에 콩도르세 학교를 함께 다닌 친구였다. 하지만 코포는 일찍부터 문학, 특히 연극에 심취했으며 조르주 프티 화랑에서 전시회를 주최해 그림을 판 경험이 있었다. 앙드레 뤼테르André Ruyter는 완전히 다른 배경을 지닌 사람이었다. 벨기에 사람으로 영문학을 사랑했고, 브뤼셀에서 『앙테*Antée*』라는 잡지를 발간한 경험이 있었다. 당시 그는 파리의 방크 드 랭도신 은행에 다니고 있었다. 한편 앙리 방종Henri Vangeon과 마르셀 드루앵Marcel Drouin은 각각 앙리 게옹Henri Ghéon과 미셸 아르노 Michel Arnauld라는 필명으로 문학 작품을 발표하고 있었다. 게옹은 의사이면서 작가로 코포만큼이나 무대를 동경했지만 아직 신비주의에 매몰되어 있지는 않았다. 로렌 출신인 미셸 아르노는 샤를 페기Charles Péguy의 고등 사범 학교 쉬페리외르 동창생으로 앙리 4세 고등학교에서 철학을 가르치고 있었다. 끝으로 가장 연장자인 그의 매부, 앙드레 지드André Gide(1869년 생)가 있었다.

8 장 슐룅베르제의 인터뷰, *France-Observateur*, 1959년 2월 26일.
9 Auguste Anglès, *André Gide et le premier groupe de la Nouvelle Revue Française*, Gallimard, 1978.

지드가 그 단체에서 주도적인 역할을 하긴 했지만 모두가 각자의 생각을 자유롭게 제시했다. 토론 과정은 언제나 자유롭고 화기애애했다. 선후배가 없었고 위아래도 없었다. 조직표라는 것도 없었다. 슐렁베르제는 『NRF』의 로고를 디자인해서 겉표지를 아름답게 꾸몄다. 특수한 종이에 투명하게 비치는 연못도 그의 작품이었다.[10] 뤼테르는 인쇄를 맡았다. 벨기에의 브뤼헤에서 세인트 캐서린 프레스라는 영어 이름으로 인쇄소를 운영하는 에두아르 베르베크Edouard Verbeke의 도움으로 책을 발표한 경험이 있었기 때문이다. 베르베크의 인쇄 기술과 활자체(活字體)가 가장 뛰어나고 가격도 합리적이라는 데 모두가 동의했다. 지드가 목차의 배열이 적절하기 못하다고 지적한 정도였다. 여하튼 지드도 잡지를 포장하고 묶는 일을 도왔다.

1909년 2월, 『NRF』의 〈창간호〉가 두 번째로 발간되었다. 외젠 몽포르가 발간한 첫 호는 잘못된 것이었다. 이번에 발간한 것이 진정한 창간호였다. 물론 아마추어 수준을 벗어나지 못한 잡지였다. 많은 오탈자가 있었고, 원고를 제때에 브뤼헤의 인쇄소에 보내지 못하기도 했다. 하지만 독립된 잡지였고, 창간 멤버들의 뜻에 부응하는 잡지였다. 창간호에는 장 슐렁베르제의 「고찰Considérations」, 미셸 아르노의 「그리스의 이미지L'image de la Grèce」, 그리고 앙드레 지드의 「좁은 문La porte étroite」의 제1장이 실렸다. 또한 지드는 잘못된 창간호에서 말라르메를 신랄하게 공격한 몰염치한 평론을 무색하게 만든 원고를 싣기도 했다.

『NRF』는 호를 거듭할수록 알찬 내용을 게재하면서 그 목표와 방향을 분명하게 제시할 수 있었다. 여섯 명의 창간 멤버들은 예술을 위한 예술을 꿈꾸었고, 하찮은 비판과 무비판적인 찬사를 경멸하며 경계했다. 언제나 순수한 잡지로 남기를 바라며 광고는 생각지도 않았다. 잡지에 게재할 글을 결정할 때도 신중했다. 모임을 가질 때마다 가장 의미 있는 글을 큰 소리로 낭송하면서 신랄한 비판을 가했다. 대중의 취향에 영합하면서 쉬운 길을 가지 않기로 결정했기 때문이다. 도덕적이고 지적이며 미학적이어야 한다는 그들의 엄격한 원칙에 동의하는 독자가 적더라도 걱정할 바가 아니었다. 그들은 돈을 벌려고 그 잡지를 발행하는 것이 아니었다. 그

10 Jean Schlumberger, *Eveils*, Gallimard, 1950.

들 중에는 돈에 연연하지 않는 부유한 부르주아들이 있었다. 그들의 재력이라면 비용을 감당하는 데 부족함이 없었다.

장 지로두, 폴 클로델, 자크 리비에르, 프랑시스 잠, 에밀 베라렌 등이 신생 잡지에 글을 기고하기 시작했다. 따라서 발행 부수는 적었지만 영향력과 권위는 나날이 커져 갔다. 1912년 자크 코포는 앙드레 쉬아레스André Suarès에게 글을 부탁하면서 『NRF』의 정신을 다음과 같이 간략하게 소개하는 편지를 보냈다.

> 이 성가신 잡지에 선생님의 옥고를 부탁드립니다……. 『NRF』에는 주인이 없습니다. 『NRF』는 자유로운 독립성을 자랑으로 삼고 있습니다. 『NRF』가 옳다고 생각하는 것을 말하고, 우리 시대를 비판하며 용기 있게 말해야 할 것을 말하자는 것이 『NRF』의 정신입니다. 저희는 평범한 글, 색깔이 없는 글, 정치적 배신, 요컨대 정치적인 글을 사양합니다. 카에드랄(쉬아레스의 『용병대장의 여행』에 등장하는 쉬아레스의 분신 같은 인물)의 분노를 우리에게 분출해 주십시오. 그 분노야말로 크고 건전한 것이기 때문입니다. 앙드레 쉬아레스 씨, 산뜻하게 돋은 첫 잎사귀가 시들길 기다리지 마십시오. 당장 저희 정원에 자리를 마련하지 않으시렵니까? 다시 뵙길 바랍니다.[11]

1910년 12월. 『NRF』는 통권 24호를 발행했다. 목차는 여전히 강렬했다. 발행 부수도 늘었고 기고자들도 다양해졌다. 양적으로나 질적으로 성장한 『NRF』는 더 대담해졌고, 특별한 논평과 글을 주문하고 있었다. 필연적으로 경영의 문제가 닥쳤다. 경영은 자콥 가에 사무실을 두고 있던 좌익의 출판인, 마르셀 리비에르 Marcel Rivière가 맡고 있었다. 슐룅베르제와 지드가 정기적으로 적자를 메워야만 했다. 그런데도 창간 멤버들은 활동 범위를 축소하기 보다 더 공격적으로 나아가기로 결정했다. 처음에 품었던 꿈, 즉 출판사를 세워서 잡지를 지속적으로 발간하겠다는 계획을 실현시키기로 결정했다. 재정적 부담이 커질 것이 뻔했지만 그런 것은 애초부터 염두에 두고 있던 것이었다. 일을 진척시켜 플롱Plon이나 외젠

---

11 Michel Drouin, "Jacques Copeau, André Suarès ou les chemins de l'amitié", *in Australian Journal of french studies*, XIX-1, 1982.

파스켈Eugène Fasquelle과 같은 출판사를 창립하기 전에 그들은 적합한 경영자를 찾아 나섰다. 쉬운 일이 아니었다. 대체 어떤 사람이어야 할까? 〈그는 …… 자본을 투자할 수 있을 정도로 경제적으로 넉넉하고, 단기적 이익에 연연하지 않고 사심 없이 일할 사람이어야 했다. 기업을 운영할 만큼 경험도 있어야 했다. 또한 수익성보다 품격을 우선시하는 문학적 소양을 갖추고, 존경심을 불러일으킬 정도의 능력을 갖추고, 창립자들, 특히 앙드레 지드의 지시를 융통성 있게 실행할 수 있는 사람이어야 했다.〉[12]

과연 그런 사람이 있을까?

가스통 갈리마르의 이름이 거론되었다. 자크 코포는 가스통을 유명한 예술품 수집가의 아들로 알고 있었다. 지드도 가스통을 약간 알고 있었다. 가스통이 그를 방문한 적이 있었고 그의 작품을 동경한다는 편지를 보낸 적도 있었기 때문이다. 장 슐룅베르제는 그의 동생으로 은행가를 꿈꾸던 모리스가 가스통을 좋게 말하는 것을 들어 본 적이 있었다. 고등 사범 학교의 졸업생으로 시인이던 앙리 프랑크Henri Franck는 시인 안나 드 노아유Anna de Noailles의 집에서 가스통을 만난 후 친구로 지내고 있었다. 한편 『NRF』의 편집 주간으로 잠시 활동했던 피에르 드 라뉙스Pierre de Lanux는 일곱 살이란 나이 차이에도 불구하고 가스통과 절친한 사이였다. 그는 가스통이 때마침 한량의 삶을 접고 새로운 삶을 준비하고 있다는 사실을 알고 있었다. 따라서 가스통이 맡아 준다면, 그가 번질나게 드나들던 많은 단체들이 잃어버린 순수성과 진정성을 그대로 간직하고 있는 『NRF』에 더 가까워질 것이라 생각했다. 퐁티니에서 여름을 보낼 때, 피에르 드 라뉙스는 지드와 슐룅베르제와 오랜 산책을 하면서 가스통의 됨됨이에 대해 소개했다. 그리고 가스통이라면 잡지와 장래의 출판사를 경영하고 관리하는 데 큰 도움이 될 것이라 말했다. 가스통은 그들이 찾고 있던 적임자인 듯했다. 하지만 장애물이 있었다. 그가 생라자르에 살고 있다는 점이었다. 『NRF』의 정신으로 결코 용납할 수 없는 거주지였다. 우안에 사는 사람은 『NRF』의 대변자가 될 수 없었다. 좌안에 사는 사람만이 가능했다. 게다가 가스통은 「피가로」, 로베르 드 플레르, 장사꾼에 가까웠다.

12 Auguste Anglès, 같은 책.

42

그러나 그들은 더 크게 보았다.

가스통의 문제점은 그의 장점으로 충분히 상쇄될 듯했다. 그들이 세웠던 기준에 전반적으로 들어맞는 장점이었다. 무엇보다 중요한 것은 〈스물다섯이라는 나이〉였다. 또한 〈특별한 교육을 받지 않았지만, 달리 말하면 논리적인 추론이 아니라 일종의 미각(味覺)을 근거로 작품의 질을 올바로 판단해서 최고의 것을 찾아가는 뛰어난 감각을 지닌 사람〉이란 점이었다.[13]

그래서 가스통은 출판인이 되었다.

1911년의 프랑스에서 문학 출판계의 풍경은 약간 이상했다. 대부분의 출판사가 19세기의 작품을 팔아서 매출을 올리고 있었다. 앙브루아즈 피르맹디도, 루이 아세트, 제르베 샤르팡티에, 앙리 플롱, 폴오귀스트 풀레 말라시, 에르네스트 플라마리옹, 쥘 에트셀, 칼망레비, 에밀폴, 아르템 파야르가 당시의 대형 출판사였다. 알뱅 미셸은 아직 신생 출판사로 여겨졌다. 1889년에 메르퀴르 드 프랑스를 시작한 알프레드 발레트Alfred Vallette가 폭넓은 명망을 얻고 있었다. 그는 신생 출판사를 상징주의 운동의 거점으로 발전시켰을 뿐 아니라 『성모La Vierge』와 『외곽에서A l'écart』라는 두 권의 소설을 발표하기도 했다. 또한 그의 출판사와 같은 이름의 지닌 명망 있는 잡지 『메르퀴르 드 프랑스』에 서평을 쓰면서 지드, 클로델, 마테를링크, 프랑시스 잠, 앙리 드 레니에, 장 모레아스를 주요 저자로 확보하고 있다. 따라서 출판계에 갓 뛰어든 가스통 갈리마르나 그와 같은 세대인 베르나르 그라세Bernard Grasset에게 발레트는 영웅과도 같은 존재였다.

그라세는 가스통보다 약간 유리한 입장이었다. 1909년에 그라세는 이미 여러 작가와 48건의 계약을 맺고 있었다. 게다가 35건은 작가가 제작비의 일부를 부담하는 계약이었다.[14] 그라세는 이런 식으로 위험을 분담해서 상업적 실패를 경감하는 거래를 좋아했다. 물론 출판인에게 일방적으로 유리한 계약이었지만 말이다. 어쨌든 회사를 세우고 4년이 지난 1911년, 그라세는 장 지로두Jean Giraudoux와 프랑수아 모리아크François Mauriac의 작품을 출간할 정도로 성장했다. 더구나

13 Schlumberger, 같은 책.
14 Gabriel Boillat, *Le librairie Bernard Grasset et les lettres française*, Honoré Champion, 1974.

그라세는 알퐁스 드 샤토브리앙Alphonse de Chateaubriant의 소설을 출간할 예정이었고, 그 소설은 나중에 그라세에게 첫 번째 공쿠르상을 안겨 주었다. 또한 샤를 페기의 작품들도 출간했고, 앙드레 사비뇽André Savignon과 계약한 소설은 그에게 두 번째 공쿠르상을 안겨 주었다. 따라서 그의 출판사는 이미 모양새를 갖춰 가고 있었다. 이미 출판사를 시작했지만 이름이 알려지지 않았을 뿐이었다. 하지만 그라세는 여전히 겸손의 미덕을 보이며, 20세기가 시작된 때부터 소르본에서 얼마 떨어지지 않은 곳에서 정기 간행물과 책의 중간 성격을 띤 잡지『보름간의 수첩Les Cahiers de la Quinzaine』을 발행하고 있던 페기를 찾아가 현장 교육을 받았다. 페기의 잡지는 내용면에서나 논쟁적 논조에서 남달랐다. 이 잡지는 정기적으로 혹은 이따금씩 들어오는 구독료로 운영되었지만, 구독자들에게 잡지의 편집이나 운영에 참견할 권한을 전혀 인정하지 않았다. 재정적 압박이 견딜 수 없는 지경에 이르렀을 때, 페기는 채권을 발행하고 친구인 베르나르 라자르에게 채권을 판매하는 역할을 맡겼다. 또한 페기는 독자들에게 재정적 지원보다 잡지를 2년 동안 정기 구독해 달라고 요청했다.[15] 페기는 정기 구독을 하나의 의무라 여겼다. 페기의 잡지에 만족한 독자들은 그의 요청을 흔쾌히 받아들였다. 이런 파격적 경영은 출판계에서 널리 알려져, 〈한 사람의 정기 구독자가 군사적 지원이라면 두 사람의 정기 구독자는 영생의 구원이다〉라는 말까지 생겼을 정도였다.[16]

발레트, 페기, 그라세…… 1911년에는 문학 출판계만이 아니라 출판 전반에서 과거의 전통을 깨뜨리는 참신한 발상을 지닌 출판인이 많지 않았다. 19세기 말, 졸라Emile Zola는 이미 베스트셀러 작가 중 한 명이었다. 모파상Guy de Maupasant은 1883년에 6개월 동안 『여자의 일생Une Vie』을 약 2만 5천 부 팔았고, 에르네스트 르낭Ernest Renan은 『예수의 일생Vie de Jésus』으로 5개월 만에 6만 부를 팔았다. 하지만 이런 판매 부수는 〈좋은 소설은 2천 부의 장벽을 넘을 수 없다〉라는 속설에서 예외적인 현상일 뿐이었다.

당시에는 책을 기획해서 편집한 후에는 인쇄기를 돌려 책을 만들고, 「서점 신

---

15 *Péguy et les Cahiers: textes concernant la gérance des Cahiers de la Quinzaine*, Gallimard, 1947.

16 Bernard Grasset, *Évangile de l'édition selon Péguy*, Grasset, 1955.

문「Journal des librairies」에 광고를 내고, 언론과 정계, 심지어 문학계에서 영향력 있는 사람들에게 기증본을 보내고는 마냥 앉아서 주문을 기다리는 것이 전부였다. 소설의 평가는 주느비에브 스트로스, 그레퓔 백작 부인, 비베스코 부인, 피츠제임스 백작 부인이 운영하는 문학 살롱에서 주로 이루어졌다. 천식 발작을 일으키는 마르셀 프루스트도 그런 곳을 들락거렸다. 하여간 사람들은 그런 곳에 만나 한담을 나누었고 시를 낭송했으며 말다툼을 벌였다. 또한 서로 소개받고 인사를 나누기도 했다.

문학 작품의 선전은 이런 식이었다.

엄격하게 말하면 문학 작품의 경우와는 상황이 달랐지만 정치나 역사를 다룬 책의 성공은 입소문에 달려 있었다. 뭔가 소동을 일으켜야 했다. 1911년을 예로 들면 한 권의 책이 대정부 질의의 주제가 된 적도 있었다. 출판인들의 지원으로 센 구역에서 하원 의원에 당선된 샤를 브누아는 외무 장관이 오르세의 고문서 보관소에 보관된 자료를 바탕으로 쓴 『1870년 전쟁의 외교Les Origines diplomatiques de la guerre de 1870』라는 명망 있는 책을 파리 지리도 잘 모르고 최근에야 프랑스로 귀화해서 소형 출판사를 운영하는 피커라는 사람에게 출간을 부탁했다고 비난하면서, 외무 장관에게 〈파리의 대형 출판사에게 출간을 제안하지 않은 이유가 뭡니까?〉라고 다그쳐 물었다. 오랜 시간 동안 진지한 토론이 계속된 후, 모데스트 르루아 하원 의원은 〈애국의 문제!〉라고 소리치면서 〈정부의 해산까지 거론해야 할 심각한 문제〉라고 결론지었다.[17]

가스통은 생라자르 가의 침실을 사무실처럼 꾸몄다. 바닥에는 책, 신문, 잡지가 잔뜩 쌓여 있었다. 가스통은 새롭게 얻은 직업에 잘 적응했다. 자콥 가(街)에서 정치에 관련된 책을 주로 발간하던 마르셀 리비에르의 사무실에 세든 그의 출판사 — 지드의 표현을 빌면 〈출판 사무소〉 — 에는 한동안 책상 하나가 전부였다. 출판사의 확장을 원하던 『NRF』그룹은 근처의 작지만 깔끔한 상점에 눈독을 들였다. 적어도 주소는 마음에 들었다. 생브누아 가 1번지였다! 사무실을 그곳으로 옮긴 후에도 가

---

17 *Journal officiel*, 1911년 1월 17일.

스통은 생라자르가 주소가 인쇄된 편지지를 계속 사용했다.

가스통 갈리마르도 어느덧 서른 살이 되었다. 〈출판인이란 무엇인가〉라는 새로운 문제가 그에게 주어졌다. 메르퀴르 드 프랑스의 알프레드 발레트가 그의 귀감이었다. 그는 발레트가 일하는 모습을 지켜본 적이 있었다. 발레트는 새벽 네시에 일어나 아침 아홉시면 일을 끝냈다. 그 후에도 하루 종일 작가와 인쇄업자를 만났다. 그에게는 전화기도 없었고 타이프라이터도 없었다. 먹지와 등사기가 전부였다.[18] 따라서 가스통은 출판이란 생소한 일을 시작하려면 편안한 삶을 포기해야 한다고 생각했다. 전시회나 카페를 기웃대고, 파리의 문학, 정치, 예술계의 명사들과 미시아 세르트에서 디아길레프의 러시아 발레단에게 박수를 보내고 그들의 성공적 공연을 축하하면서 빈둥대는 것이 허락되는 않는 일이었다. 하지만 한 가지 위안거리가 있었다. 〈유복한 보헤미안〉세 친구가 그 일에 동참하고 있었다. 출판 덕분에 친구를 되찾은 것이었다.

보르도 출신인 자크 리비에르Jacques Rivière는 가스통보다 5살이 어렸다. 그는 고등 사범 학교에서 낙제한 후에 지드의 소개로 『NRF』에 참여했다. 리비에르는 당시 『NRF』의 편집 주간이었다. 그는 〈순수 문학〉을 지향했지만 슐룅베르제 등은 잡지에 정치적 성향을 도입하려는 경향이 있었다. 리비에르는 문학과 회화에 대한 열정에서 가스통과 통하는 면이 있었다. 둘은 아주 절친한 친구였다.

가스통과 동갑이었고 비시가 고향이었던 발레리 라르보Valery Larbaud는 완전히 다른 타입이었다. 리비에르가 자신의 배경 — 샤르트롱의 상류 부르주아 계급 — 과 담을 쌓고 몸과 영혼을 문학에 바쳤다면, 라르보는 자신의 배경에 철저히 물든 사람이었다. 퐁트네오로즈에 있는 콜레주 생트바르브, 즉 〈세계 박람회보다 더 세계적인 입시 준비 학교〉에서 학업을 마친 후 라르보는 유럽을 여행했다. 아주 젊은 나이에 그는 약사인 아버지에게 재산을 물려받았다. 그의 아버지는 생토르에서 온천을 개발해 큰돈을 벌었다. 하여간 스페인어와 영어에 능통했던 라르보는 외국 작가를 찾아내어 그들의 책을 번역해 출판하는 데 시간을 보냈다. 그에게 문학은 직업이 아니라 오락거리였다. 이런 면이 가스통과 공통된 점

18 샤프살과 갈리마르의 대담, 같은 책.

46

중 하나였다. 맛있는 것과 여자를 좋아하는 것도 공통점이었지만…….

세 번째 친구는 가장 연장자(1876년 생)인 동시에 가장 엉뚱한 사람이었다. 바로 레옹폴 파르그Léon-Paul Fargue였다. 그는 매력적이면서도 괴팍한 성격의 소유자였다. 또한 남을 즐겁게 해주고 싶어 하는 시인이기도 했다. 박식하고 영리하며 세련된 사람이었지만 삶을 제대로 꾸려 가지 못했다. 그는 걸어서, 혹은 택시를 대절해서 파리를 종횡으로 헤집고 다니면서 이 친구 저 친구의 집을 불쑥 찾아갔다. 또한 시시때때로 잡지사 사무실, 카페, 문학 살롱 등에서 술을 마시고 한담을 나누며 시간을 죽였다. 그렇다고 감언이설에 쉽게 속아 넘어가는 사람은 아니었다. 하지만 도무지 구제할 수 없는 한량이었다. 언제나 약속 시간에 늦었고, 약속 장소도 착각하기 일쑤였다. 생각을 제대로 정리하지도 못했다. 그의 작품도 마찬가지였다. 엔지니어였던 그의 아버지는 생제르맹데프레 구역에서 〈브라스리 리프〉를 도자기와 모자이크로 장식한 사람으로 유명했다. 레옹폴 파르그는 시로 유명해질 수도 있었지만 그런 것을 번거롭게 생각할 뿐이었다. 그 때문에 라르보는 언젠가 〈파르그 자신이 그의 시집을 출간하는 데 유일한 장애물이야. 기막힌 노릇이 아닌가!〉라고 말했다.

리비에르, 파르그, 라르보, 이 세 친구가 NRF 출판사에게는 무엇과도 바꿀 수 없는 자산이었다. 하지만 가스통은 출판업을 시작할 때 그들에게 의존하지 않았다. 처음에는 NRF의 자회사를 설립하는 데 만족할 생각이었더라도 출판에는 자금이 필요했다. NRF에서는 이런 자금을 〈두 프로테스탄트〉, 즉 지드와 슐룅베르제가 주로 감당했다. 1911년 5월에 체결한 계약서에 따르면 가스통은 두 사람의 파트너가 되는 것이었고, 따라서 각자 2천 프랑을 투자하기로 약정을 맺었다.[19] 하지만 가스통은 사이가 별로 좋지 않았던 아버지에게 빚을 지고 싶지 않았던지 아버지를 찾아가지 않고 삼촌인 뒤셰에게 그 돈을 빌렸다.

가스통은 작가들에게도 출판사의 경영자이자 책임자로 여겨졌다. 그의 두 파트너, 지드와 슐룅베르제는 주로 정신적 지원자 겸 『NRF』의 대표로 활동했기 때문이다. 게다가 셋 중에서 가스통만이 처음부터 출판인이었다. 그의 귀감이었던

19 Auguste Anglès가 NRF 제195호(1969년 3월 1일)에 게재한 글.

발레트의 선례를 따라, 가스통은 『NRF』의 기고자들이 〈150면의 긴 원고〉를 들고 그를 찾아오길 기다리지 않았다. 그가 먼저 작가들을 찾아 나섰다. 잡지와 신문에서 그들의 목표에 공감할 만한 작가들을 찾아 나섰다. 1911년 1월 초, 그는 『레포르L'Effort』처럼 다소 덜 알려진 잡지들을 구독 신청했고, 『레포르』의 편집자 장리샤르 블로크Jean-Richard Bloch에게 편지를 보내 지금 하고 있는 일이 재미있냐고 묻기도 했다.[20] 또한 활동 범위를 최대한 넓히기 위해서 지방 일간지들에게 눈을 돌렸다. 샤르티에 ― 훗날 알랭이란 필명으로 알려진 철학자 ― 란 사내가 「데페슈 드 루앙Dépêche de Rouen」에 기고하던 「노르망디인의 어록Propos d'un Normand」을 읽은 가스통은 그에게 편지를 보내, NRF를 통해서 책을 낼 의향이 없냐고 물었다. 놀랍게도 가스통은 그 도덕주의자에게 답장을 받았다. 〈당신의 편지에 무척 감사합니다. 하지만 제가 쓴 글은 제 것이 아닙니다. 당신이 하고 싶은 대로 하십시오. 저작권은 걱정하지 마시고요!〉[21]

하지만 모든 작가가 에밀오귀스트 샤르티에Emile-Auguste Chartier처럼 점잖은 것은 아니었다. 가스통은 호된 대가를 치루면서 세상을 신속히 배워 갔다. 그는 NRF의 작가들로 첫 책을 발간했다. 1911년 1월 16일, 출판사와 서점가의 공식 신문인 「비블리오그라피 드 라 프랑스Bibliographie de la France」는 NRF 출판사의 사고(社告)를 실었다. 신생 출판사가 3권의 책을 발간하였다는 소식이었다. 프랑스 비극의 보물 중 하나로 평가되는 폴 클로델의 3막의 희곡인 『볼모L'Otage』, 어린 시절과 청년기를 회고한 샤를루이 필립의 『어머니와 아들La Mère et l'Enfant』, 그리고 앙드레 지드가 순식간에 써내려 간 『이자벨Isabelle』이었다.

가스통은 불안했다. 실수를 범하지 않았을까 두려웠다. 초판본이 도착하자마자 지드를 불렀다. 약간 편집증이 있었던 지드는 책들을 무게를 가늠해 보고 페이지를 넘겨보았다. 그리고 『이자벨』을 집어 들고 꼼꼼하게 살펴보기 시작했다. 어떤 면은 27행이었고 어떤 면은 26행이었다. 게다가 오자까지 있었다. 분명히 그가 잘못 쓴 것은 아니었다. 가스통 갈리마르는 지드를 진정시키고, 브뤼헤의 식자공들이 벨기에 사람들이어서 프랑스어를 완전히 알지 못한 탓이었을 것이라 변명했다.

20 1911년 1월 5일의 편지, 블로크 기증 도서, 국립 도서관.
21 샤프살과 갈리마르의 대담, 같은 책.

하지만 소용이 없었다. 지드는 분을 참지 못했다. 지드는 보나파르트 가에 있던 NRF의 창고로 가스통을 데려갔다. 그리고 지드의 고집에 두 사람은 『이자벨』을 마지막 한 권까지 찢어 버렸다. 가스통은 지드의 요구에 충실히 따랐다. 몇 권이라도 보관해야 한다는 생각은 하지 못했다. 하지만 약삭빠른 지드는 여섯 권 정도를 몰래 옆으로 빼두었다. 그는 훗날 이 희귀한 초판본을 아주 비싼 값에 가스통에게 되팔 생각이었다. 유명한 애서가의 아들이었지만 가스통 갈리마르는 아직 부족했던 것이다.[22]

그보다는 인쇄업자에게 더 큰 책임이 있었던 이 작은 실수를 통해서 가스통은 출판인이 책에 관련된 모든 실수를 궁극적으로 책임져야 한다는 사실을 깨달았다. 출판인은 책을 제작해서 서점에 진열할 때까지 관여하는 모든 사람을 대신해서 작가에게 욕을 먹어야 하는 사람이었다. 하지만 지드의 분노에도 불구하고 가스통은 책의 전반적 상태를 불만스럽게 생각지 않았다. 클로델의 희곡에는 공인된 가격인 3프랑 50상팀이 책정되었고, 알파지(紙)도 괜찮아 보여 금세 누렇게 변색되지 않을 듯했다. 또한 호화 장정으로 제작한 책들에는 슐룅베르제가 디자인한 연못이 투명한 무늬로 선명하게 보였다. 활자체도 보기 좋았고 인쇄 상태도 괜찮았다. 브뤼헤의 인쇄업자가 명성에 걸맞게 첼튼엄 활자체와 옛 활자체를 사용한 덕분이었다. 당시 프랑스 출판사들은 거의 사용하지 않았던 활자체였다. 게다가 여주인공, 시뉴 드 쿠퐁텐Sygne de Coûfontaine의 이름에서 u위에 악상 시르콩플렉스를 반드시 표기하라는 폴 클로델의 요구에, 그 인쇄업자는 NRF를 위해 새로운 활자를 특별히 만들었을 정도였다. 가스통은 작가들의 이런 기벽이 출판인들에게는 일상사라는 사실을 금세 깨우쳤다. 위대한 플로베르도 이런 기벽으로 출판인 미셸 레비를 자주 괴롭혔다고 하지 않았던가! 실제로 플로베르는 1862년에 레비에게 〈『살랑보Salammbô』에서 악상 시르콩플렉스를 빠뜨리지 마시오. 무의미하게 덧붙인 것이 아닙니다. 분명하게 표시해 주시기 바랍니다〉라는 편지를 보냈다.[23]

절친한 친구들까지도 가스통을 괴롭혔다. 파르그가 가장 악명 높은 작가였다. 지드와 라르보까지 고개를 저을 정도였다. 말로는 약속을 했지만 약속을 지키지

22 샤프살과 갈리마르의 대담, 같은 책.
23 *Lettres inédites de Gustave Flaubert à son éditeur Michel Lévy*, Calmann-Lévy, 1965.

않았다. 마감 시간을 넘기면서 출간 계획을 무산시키기 일쑤였다. 1911년 말, 가스통은 그에게 〈내 독촉 편지를 매일 받는 게 귀찮겠지? 그러니까 수정 원고를 하루라도 빨리 보내 주게. 그래야 자네 책을 인쇄할 수 있으니까〉라는 내용의 편지를 보냈다. 하지만 그로부터 석 달 후에야 가스통은 수정 원고를 받을 수 있었다. 마침내 레옹폴 파르그의 시집이 인쇄기에 들어갔다. 특별한 사고가 없으면 곧 세상에 태어날 순간이었다. 그런데 염려하던 사고가 일어나고 말았다. 파르그가 교정쇄에 만족하지 못하고 수정을 요구했다. NRF 출판사 직원들이 선뜻 결정을 내리지 못하자 파르그는 직접 브뤼헤로 달려가 에두아르 베르베크에게 인쇄를 처음부터 다시 하라고 요구했다. 〈세 점의 말줄임표〉를 그가 새롭게 창안해 낸 〈두 점의 말줄임표〉로 모두 바꿔야 한다는 것이었다. 세 점의 말줄임표는 〈껍질을 벗기다가 잃어버린 작은 콩〉을 연상시킨다는 것이 그 이유였다.

앞으로 닥칠 더 많은 어려움의 징조였던 이런 기술적 문제와 싸우면서도 가스통은 출판인으로서, 그리고 〈번안자〉로서 시간을 할애해 문학에 몰두했다. 자유분방한 성격 때문에 조직과 서열에 적응하지 못하고 『NRF』의 편집진에서 밀려난 피에르 드 라뉘스와 함께[24], 가스통은 독일의 극작가 프리드리히 헤벨Friedrich Hebbel(1813~1863)에 심취해 있었다. 그리고 1910년 겨울, 헤벨의 비극 『유디트Judith』를 프랑스어로 번역하기 시작했다. 가스통은 탄탄한 문학적 구성과 독일인의 성격을 잘 묘사한 때문에 그 작품을 선택했다. 가스통과 라뉘스의 독일어 실력은 번역을 그런대로 해낼 수 있을 정도여서, 마지막으로 독일 문학 전공자인 펠릭스 베르토Félix Bertaux와 마르셀 드루앵의 교열을 거쳤다.[25] 그리고 짧막한 전기와 서지 목록을 덧붙였다. 이런 과정을 거쳐 1911년에 출간된 이 책 덕분에, 결국 헤벨 덕분에 가스통과 라뉘스는 NRF 출판사의 저자들과 이름을 나란히 할 수 있었다. 〈가스통 갈리마르와 피에르 드 라뉘스 번역〉이란 글자가 선명하게 인쇄되어 있었기 때문이다.

물론 그 책으로 돈을 벌지는 못했지만 약간의 권위와 자부심을 얻을 수 있었

24 라뉘스는 지드의 음악 선생의 손자로 폴리테크니크(이공과 대학)를 실패하고 문학 공부를 한 후에 지드의 개인 비서를 지냈다.
25 1911년 3월 30일 갈리마르가 블로크에게 보낸 편지, 블로크 기증 도서, 국립 도서관.

다. 장리샤르 블로크는 『유디트』의 출간을 알린 후에, 헤벨의 작품에 대한 글을 그의 잡지에 써달라고 그들에게 원고 청탁까지 했다. 그 후 두 번안자는 헤벨의 모든 작품을 하나씩 번역하기로 계획을 세웠다.[26]

하지만 그 후로도 한동안, 아니 오랫동안 가스통의 주 업무는 편지를 쓰는 일이었다. 그는 잡지들을 샅샅이 훑어보고 이러저러한 이유로 편지를 쓰면서 아침 시간의 대부분을 보냈다.

그가 일면식도 없는 작가들에게 보낸 편지들은 실낱같은 희망을 안고 바다에 띄워 보내는 병과도 같았다. 답장을 주는 작가도 있었지만 그렇지 않은 작가도 많았다. 사실 낯선 사람에게 편지를 쓸 때는 요령이 있어야 했다. 특히 수많은 편지 중에서 그의 편지를 주목하게 만들고, 편안하게 일하고 있는 출판사에서 그 작가를 떼어 내려면 더욱 그런 요령이 필요했다. 30세의 젊은 출판인이 이미 명성을 얻고 있는 작가들과 서신 교환을 시작해서 꾸준히 유지하는 것도 재주라면 재주였다. 시간이 지날수록 가스통의 어법도 세련되고 지적으로 변해 갔다. 다만 검은 잉크로 깔끔하게 쓴 필체만은 변하지 않았다. 1911년 10월 13일, 가스통은 생라자르의 주소가 쓰인 조잡한 편지지에 슐룅베르제와 지드의 허락을 얻었다며 『NRF』에 이미 게재한 두 편의 글을 책으로 편찬하고 싶다는 편지를 장리샤르 블로크에게 보냈다.

두 편의 글을 NRF 출판사가 출판하는 것을 허락해 주시기 바랍니다. 번거롭지 않으시다면 규모 있는 책을 만들기 위해서라도 내용을 보충해 주셨으면 좋겠습니다. 제 제안이 마음에 드신다면 완전한 원고를 받는 즉시 제작에 필요한 비용을 계산해서 합당한 저작권료를 알려 드리겠습니다. 저희 출판사는 상업성을 지향하지 않습니다. 무엇보다 좋은 책을 발간하는 것이 목표입니다! 이런 사업적인 일로 편지를 드린 것을 넓은 아량으로 용서해 주시기 바랍니다.[27]

마침내 1911년 말에 블로크와 NRF 출판사는 출간 계약을 맺었다. 그리고

---

26 1911년 3월 30일 갈리마르가 블로크에게 보낸 편지, 블로크 기증 도서, 국립 도서관.
27 블로크 기증 도서, 국립 도서관.

1912년 블로크의 첫 책이 발간되었다. 붉은색과 검은색으로 테두리를 친 담황색의 표지에 〈레비, 첫 이야기*Lévy, premier livre de contes*〉라는 제목이 선명하게 찍힌 책이었다.

초기에 작가들에게 보낸 편지에서, 가스통 갈리마르는 문학적 개념보다 인쇄 과정을 설명하는 데 주력했다. 따라서 종종 기술적인 면을 띠었다. 또한 어떤 책이나 연극, 혹은 전시회가 마음에 들면 『NRF』에 관련된 글을 기고하면서 개인적인 생각을 솔직하게 드러냈다. 『NRF』에 기고한 첫 글은 데페슈 드 루앙이 발간한 알랭의 『101가지 이야기*Cent un propos*』를 다룬 것이었다.

> 그는 철학 이론을 말하는 것도 아니고 예언을 하는 것도 아니다. 그는 우리의 눈을 뜨게 해주는 사람이다. 그는 오른쪽에서 왼쪽에서 우리를 쿡쿡 쥐어박으며, 고개를 똑바로 들고 저 너머의 것을 보게 한다. 그는 문 밖의 것을 생각한다. 그에게 세상은 아주 구체적인 것이다. 따라서 그는 우리에게 별을 손가락으로 만져 보라고 말한다. 그의 글에서는 건강한 숨결이 느껴진다. …… 위대한 무종교주의자며 냉소주의자이다. 탐미주의자로 항상 무엇인가를 갈망하는 그는 우리에게 아침 기도거리를 준다. 경쾌하지만 강력한 힘을 지닌 이 짧막한 글은 깊은 사색과 자유로운 독서, 경험으로 터득한 지식, 그리고 자신에 대한 정확한 분석의 결정체이다.[28]

가스통의 글은 짧고 압축적이었다. 직설적이었지만 격렬한 감정에 담겨 있었다. 그는 단어를 신중하게 선택했고 기교를 부리지 않았다. 2개월 후 가스통은 『NRF』에 다른 평론을 기고했다. 이번에는 뒤랑 뤼엘 화랑에서 개최된 프랭크 브랭귄Frank Brangwyn(1867~1956, 영국 화가)의 데생, 에칭, 석판화 전시회를 다룬 것이었다.

> 성공적인 전시회에 대해 따로 할 말은 없을 듯하다. 박수를 보낸다고 논

---

28 *NRF*, 1911년 12월.

평까지 포기할 수는 없는 노릇이다. 하지만 그 화가가 모든 것을 말했고, 예술이란 수단을 통해서만 자신의 생각을 완전히 표현했다면 어떤 설명이나 해석도 가능하지 않을 것이다. 감수성만이 있으면 충분하다. 말로 표현할 수 없는 미묘한 표현으로 우리 고개를 저절로 끄덕이게 만들 테니까…….

세밀하게 표현된 비계, 거대한 구름을 떠받치려는 듯이 하늘로 치솟는 연기 기둥들, 모든 것을 흐릿하게 만드는 빗줄기, 뱃짐들, 버팀기둥들, 두꺼운 널판들, 받침대, 철탑들, 더러운 얼룩들, 비명처럼 쏟아지는 광선들, 도시의 고통, 그을음과 연기를 본 후에 나는 애처로운 피카르디의 거리를 걷고 싶었다. 또한 마음껏 숨 쉴 공기가 남아 있는 아시시의 온화한 풍경 앞에 서고 싶었다. 브랭귄은 실로 위대한 여행가이다![29]

이런 논평들은 앞으로 다른 사람들의 글을 출간하는 데 평생을 바칠 사람의 면모를 짐작하게 해주었지만, 가스통을 항상 괴롭히던 문제와는 직접적인 관계가 없었다. 1912년 여름, 더위가 한층 기승을 부릴 때 뒤랑 뤼엘 화랑에서 열린 르누아르의 초상화 전시회를 다녀온 후 가스통은 심리학자라면 누구라도 관심을 가질 법한 글을 발표했다. 폴 갈리마르의 전기라는 맥락에서 쓴 글이었다. 사실 가스통에게 르누아르와 그의 작품은 가족의 친구, 베네르빌의 단골손님, 그리고 아버지의 여행 친구라는 이미지와 겹쳐 있었다.

르누아르를 그의 초상화들에 근거해서만 판단하는 것은 옳지 못하다. 그렇게 한다면 결코 어려움에 정면으로 부딪쳐 보지 않는 르누아르의 본질을 파악할 수 없기 때문이다. 따라서 초상화 주인공들과의 관계에 비추어 판단하고, 그 안에서 그의 재능이 찾아내야 마땅할 것이다.

가스통 갈리마르는 르누아르를 높이 평가했다. 하지만 무조건적으로 좋아한 것은 아니었다. 인색한 칭찬을 할 때도 비판을 빠뜨리지 않았다. 요컨대 르누아르

29 *NRF*, 1912년 2월.

에 대한 칭찬은 완전한 칭찬이 아니라 언제나 궁색한 칭찬이었다.

　색과 사랑에 빠진 그는 감정, 아니 욕심을 드러낼 다른 표현법을 찾지 않
았다. 자기만의 개성을 드러내는 표현법이 없었다. 따라서 그는 때때로 평범하
고 하찮은 것에 시간을 보낸다. 자기만의 시간과 과거에 뿌리를 두지 못하고,
18세기의 화가들을 흉내 낸다. …… 진줏빛 뺨에 블루벨(종 모양의 남색 꽃이
피는 풀)처럼 생기 없는 푸른 눈동자는 우리를 당혹스럽게 만들고 기운까지
빼앗아 간다. 우리는 무장 해제되고 부끄럼까지 느낀다. 그의 캔버스 앞에 서
면 불안감이 사라진다. 그의 그림에서는 모든 것이 드러난다. 그의 그림에서
노래하는 것은 바로 그 자신이다. 그 자신이 완벽하게 표현되어 있다. …… 그
는 재간둥이이다. 그 이상도 그 이하도 아니다.

가스통은 여기에서 그치지 않고, 르누아르가 결코 위대한 창조자는 아니라고
지적했다. 또한 주변 사람들이 르누아르에게 그의 작품이 한결같지 못하다고 냉정
하게 지적해 주었더라면 그의 그림이 한층 나아졌을 것이라며 아쉬움을 드러내기
도 했다. 〈주변 사람들〉이 갈리마르 가문의 사람들과 뒤랑 뤼엘을 가리킨 것이라
면, 또한 가스통의 어머니 뤼시 갈리마르의 초상화가 여기에서 언급된 초상화 중
하나라면 이런 혹평은 나름대로 의미를 갖는다. 화랑을 운영하던 뒤랑 뤼엘은 폴
갈리마르의 친구였다. 폴은 뒤랑 뤼엘에게 르누아르의 그림들을 아낌없이 빌려 주
며 전시하게 해주었다. 뒤셰 가문을 통해 갈리마르 가문을 알게 된 모리스 강냐도
마찬가지였다.
　이처럼 얽히고설킨 관계에 있던 젊은 평론가에게도, 예컨대 「베른하임 부인과
그 아들」은 아니더라도 「오두막」은 르누아르의 진수로 여겨졌다. 〈섬세한 빛, 넘치
지도 않고 부족하지도 않은 화려함, 풍부한 감정이 어우러진 그림이다. 이 그림 앞
에서는 화풍과 시대, 뿌리까지도 망각된다. 모든 개성을 뛰어넘는 그림이다. 익명
의 그림일지라도 누구도 부인할 수 없는 걸작이다.〉[30]

　30 *NRF*, 1912년 8월.

이 글이 발표된 직후, 폴 갈리마르는 수집한 그림의 상당수를 처분해 버렸다. 그 현장을 두 눈으로 목격한 가스통은 당시를 〈무척 감동적인 순간〉이었다고 회고했다.[31]

1912년은 가스통 갈리마르의 삶에서 중요한 시기였다. 그가 사춘기를 함께 보낸 대가의 그림들이 사라진 때문만은 아니었다. 그것은 친구 앙리 프랑크가 24세의 나이로 요절한 때문이기도 했다.

갑작스레 친구를 잃은 상실감에, 가스통은 프랑크의 책『방주 앞에서의 춤La Danse devant l'arche』의 출간을 서둘렀고, 안나 드 노아유에게 추천사를 의뢰했다. 그리하여 모리스 바레스와 샤를 페기마저 찬사를 아끼지 않은 책을 만들어 냈다.

시인 생 레제Saint-Léger(훗날의 생 종 페르스)의 『찬가Éloges』를 출간했을 즈음 NRF 출판사의 얄팍한 도서 목록은 질적으로나 양적으로 한층 나아졌다. 자크 코포는 도스토예프스키의 『카라마조프 씨네 형제들Brat'ya Karamazory』을 연극으로 번안해 출간했다. 한편 자크 리비에르의 『에튀드Études』, 폴 클로델의 『마리아에의 수태고지L'Annonce faite à Marie』, 샤를루이 필립의 『젊은 날의 편지Lettres de jeunesse』, 지드의 『탕아의 귀향Le retour de l'enfant prodigue』도 연이어 출간되었다.

NRF의 창립자들은 잡지와 출판국을 더 확대할 계획을 세웠다. 우선 생베누아 가의 비좁은 사무실을 떠나, 약간 멀리 떨어진 마담 가(街) 35번지로 이주했다. 그리고 1921년까지 그곳에서 지냈다. 거의 같은 시기에 그들은 NRF의 해외 보급망, 특히 영국과 미국에서 판매망을 확대할 가능성을 모색했다. 가끔 NRF의 모임에도 참석했던 미국의 언론인 샌번은 뉴욕 지식인들의 주소와 NRF의 보급을 맡아 줄 런던 서적상들의 주소를 알려 주며 적극적으로 도왔다. 또한 샌번은 해외에 널리 퍼져 있는 〈알리앙스 프랑세즈〉 조직을 제대로 활용하지 못한다며 그들에게 이 조직을 적극적으로 활용하라고 조언했다.

그러나 1912년 말 가스통 갈리마르에게는 다른 걱정거리들이 있었다. NRF의 관련자들을 흥분시킨 〈연애 사건〉은 아니었다. 조르주 소렐Georges Sorel을 간판

31 1912년 9월 4일 갈리마르가 자크 리비에르에게 보낸 편지, 알랭 리비에르의 사료.

으로 내세운 잡지 『앵데팡당스L'Indépendance』가 시토 수도원에서 열린 NRF의
사람들과 NRF의 주도로 다양한 계층의 지식인들이 참여한 〈퐁티니의 회합
Entretiens de Pontigny〉을 신랄하게 비난하고 나섰다. 비판이 설전으로 확대되면
서 양측이 서로 자기편을 확보하기에 혈안이 될 지경이었다. 그야말로 공중전이
따로 없었다. 하지만 뜻하지 않은 일로 이 비극적 사건이 우스꽝스럽게 변해 버렸
다. 가스통의 죽마고우로 앙리 부리용이란 필명을 사용하던 피에르 앙Pierre
Hamp이 〈퐁티니의 회합〉을 조직한 폴 데자르댕Paul Desjardins을 대신하여 투사
로 자처하면서, 상대편인 〈보프르몽의 우두머리〉에게 권투로 결판을 내자고 제안
한 것이었다. 결국 NRF 출판사가 이 사건에 관련하여 그동안 오고갔던 편지들을
책으로 출간하면서 모든 문제가 해결되었다.[32]

　　가스통 갈리마르에게는 더 큰 고민거리가 있었다. 바로 사랑 문제였다. 그것
도 두 여자와! 둘 사이에서 갈등하던 가스통은 어디론가 사라져 버릴 생각까지 했
다. 결국 그는 베네르빌에서 자크 리비에르에게 편지를 보내 속내를 털어놓으며
조언을 구했다.[33] 이때 리비에르는 다음과 같은 답장을 보냈다.

　　　　자네 심정을 충분히 이해할 수 있겠네. 나를 믿어도 좋아. …… 내 생각엔
　　자네가 지금까지 살아왔던 것과 달리 삶을 복잡하게 생각하는 듯하네. 자네에
　　게는 이상한 힘이 있네. 다른 사람들을 끌어들이는 매력 같은 것 말일세.[34]

　　12월 17일, 가스통 갈리마르는 16구의 구청에서 이본 르델스페르제Yvonne
Redelsperger와 정식으로 결혼했다. 결혼하기 이틀 전, 가스통은 〈내가 화요일에
결근하더라도 나를 원망하지는 말게나. 결혼하기로 했거든〉이란 짧막한 편지를 황
급히 자크 코포에게 보냈다.[35]

　　그로부터 몇 주가 지난 후, 가스통은 32번째 생일을 맞았다. 그때쯤 그는 파트

32 Schlumberger, 같은 책.
33 1912년 8월 26일에 보낸 편지, 알랭 리비에르의 사료.
34 1912년 8월 30일에 보낸 편지, 알랭 리비에르의 사료.
35 1912년 12월 15일 갈리마르가 자크 코포에게 보낸 편지, D. H. 다스테Dasté의 사료.

너로서 사업체를 운영하고 결혼까지 해서, 평생 동안 소중하게 생각했던 자유로운 삶을 포기하고 있었다. 하지만 그의 성격까지 바꾼 것은 아니었다. 피에르 드 라뉙스는 가스통을 주도면밀하게 생각하고 과감하게 행동하지만 신중하게 말을 아끼는 유능한 인물이라 생각했다. 달리 말하면, 라뉙스에게 가스통은 계산적이고 빈틈없는 전략가이며, 참견할 때와 모른 체할 때를 구분할 줄 아는 노련한 외교관처럼 비쳤다. 또한 사랑할 줄도 알고 적절하게 타락할 줄도 알며, 너그러우면서도 과감하고 유머 감각도 풍부하며, 권위로 자신의 뜻을 남에게 강요하지 않고 설득해서 납득시키는 사람이라 생각했다. 한편 리비에르는 심리학적인 면에서 가스통을 평가했다.[36] 라뉙스처럼 리비에르도 가스통이 어떤 일도 어중간하게 처리하지 않는 것에 깊은 인상을 받은 듯했다. 즉 가스통은 극단적인 성향을 보였다. 따라서 그의 판단력을 흐리게 할 수도 있는 상념들로 인해 쉽게 흔들리지 않았다. 리비에르는 가스통의 정신세계에는 쾌락과 고통밖에 없고, 가스통이 상실과 희생 등 불확실하고 어려운 일을 회피하기 위해서라도 회색을 인정하지 않는 것이라 단정했다. 가스통 갈리마르는 거의 본능적으로 행동하면서 사회적 관습과 기존의 규칙을 무시하는 사람이었다. 요컨대 그는 어떤 것이라도 인정하고 모든 것을 받아들이며 수용하는 편견 없는 사람이었다. 이런 점에서 리비에르와 가스통은 확연히 달랐다. 리비에르는 이런 점이 가스통의 약점이라고 나무랐다. 그가 보기에 가스통은 자신을 포함해서 누구에게도 의문을 품지 않으면서 전적으로 순수한 감정에 따라 행동하기 때문에 부정적인 행위에서 의미를 찾아내지 못하는 사람이었다. 한마디로 〈그는 냉정하지 못한 사람이었다.〉

1913년 초에 새 신부, 갈리마르 부인이 남편과 가진 첫 여행은 둘만의 오붓한 여행이 아니었다. 가스통의 어머니와 파르그가 스위스의 몬타나 베르말라(발레 주)에 있는 눈 덮인 별장까지 동행했다. 그나마 다행으로 그들이 싫어하던 나라를 잊게 해줄 피아노와 세 하인이 별장에 있었다. 하지만 가스통의 생각은 다른 곳에 있었다.

지난 석 달 동안에도 그는 자주 파리를 떠나 있었다. 어머니를 스위스까지 모

36 알랭 리비에르의 사료.

셔다 드린 후 그는 프랑스 곳곳의 인쇄소들을 둘러보았고, 파리에 살지 않는 작가들을 방문했다. 우편물이 그에게 전달되기는 했지만 그와 연락이 되지 않는다고 불평하는 사람들이 적지 않았다. 특히 빌레르로 이어지는 길에서, 그리고 카부르의 그랜드 호텔에서 가스통에게 큰 인상을 남겼던 사람, 즉 마르셀 프루스트의 불평은 대단했다. 11월에 두 번씩이나 편지를 보내 가스통의 조언과 10분 면담을 요청했지만 아무런 답장을 받지 못했기 때문이었다. 프루스트는 건강 문제로 집에서 꼼짝도 할 수가 없었다. 그래서 가스통에게 오스망 가의 집으로 방문해 주길 요청하고 있었다.

프루스트는 가스통에게 각 권 550면 ── 면당 35행×45자여야 했다 ── 인 두 권 분량의 원고를 출간해 달라고 부탁하면서, 〈내 책이 부자들이나 애서가들에게만 읽히는 것을 바라지 않네. 따라서 두 권의 책값이 합해서 7프랑을 넘지 않았으면 좋겠네. 그 때문에 내가 더 많은 비용을 부담해도 상관없네. 많은 사람에게 읽히고 싶으니까〉라는 편지를 보냈다.[37] 프루스트는 가스통에게 기술적인 문제, 특히 책을 발간하는 데 시간이 얼마나 걸리는지에 대해 물었다. 프루스트는 이런 세세한 문제들을 중요하게 여기며, 만약 가스통이 그의 질문에 대답해 주지 않으면 원고를 파스켈 출판사, 즉 「피가로」의 편집장인 칼메트의 조언과 권유로 유감스럽게도 원고를 먼저 보냈던 출판사에서 회수하지 않겠다며 엄포를 놓았다.

당시 가스통은 편지를 쓰는 데 이미 달인이 되어 있었던 모양이다. 그의 답장을 받고 프루스트가 〈자네의 간결하면서도 알찬 답변에 그동안 나를 괴롭히던 문제들이 말끔히 해결되었네. 자네 편지에 진정으로 감사하네〉라는 답장을 보냈으니 말이다.[38] 하지만 가스통이 오스망 가의 집까지 직접 찾아가 원고를 가져가겠다고 제안한 것으로 보아 프루스트의 책이 얼마나 두꺼운 것인지 정확히 알지 못한 듯하다.

프루스트는 젊은 출판인인 가스통 갈리마르를 신뢰했다. 가스통을 잘 알지는 못했지만 NRF를 대표하는 사람이었고 글 솜씨와 사고방식이 그의 마음에 들었던 것이다. 심지어 프루스트는 그 원고의 2부에 대해 언급하면서 가스통에게 비밀스런 이야기까지 털어놓았다. 〈2부를 읽어 보게. 하지만 등장인물이나 주제에 대해

37 1912년 11월 5일의 편지. Marcel Proust, *Correspondance*, 제11권, Plon, 1984.
38 11월 6일의 편지, 같은 책.

서는 누구에게도 말하지 말게. 다소 충격적이니까. 자칫하면 출판 전에 큰 소동이 벌어질 수도 있네.〉 프루스트의 표현에 따르면 〈정력적인 남색가〉인 샤를뤼스 남작 때문이었다. 샤를뤼스는 나약한 젊은이들을 혐오한다는 점에서 새로운 유형의 등장인물이었다. 〈자네는 형이상학적이고 도덕적인 관점이 내 책에서 두드러지게 나타난다고 생각할 거네. 하지만 결국 이 노신사는 수위에게 눈독을 들이고 남자 피아니스트와 관계를 맺게 되지. 이렇게 자네가 실망할 만한 내용 전부를 자네에게 미리 알려 주고 싶구먼.〉[39]

프루스트는 이렇게 비밀스런 이야기를 전해 주고, 그가 중요하게 생각하는 가치관을 되풀이해서 언급하면서 가스통에 대한 믿음을 보여 주었다. 또한 프루스트는 『NRF』에 게재된 보나르의 전시회에 대한 가스통의 평론[40]을 읽었고, 그것도 심심풀이로 읽은 것이 아니라는 것을 증명이라도 하듯이 일부 구절을 그대로 인용하기도 했다. 자크 코포에게 보낸 편지에서도 확인되듯이 프루스트는 가스통 갈리마르에게 완전히 매료되어 있었다. 〈…… 자네가 말했듯이 내 독자이며 출판인이 갈리마르 씨라면 누벨 르뷔 프랑세즈를 통해 책을 내는 것이 훨씬 즐거운 일이 되겠지. 갈리마르 씨를 한 번밖에 만나지 않았지만 그에 대해 좋은 기억을 갖고 있네. 내가 아프기도 하고 출판 계약이 두렵기도 하기 때문에 내 책을 갈리마르 씨가 출판해 준다면 모든 일이 수월하게 풀릴 것이라 생각하네.〉[41]

사실 프루스트는 그 원고를 들고 여러 출판사의 문을 두들겼다. 그러나 그의 책 『즐거움과 그 나날Les plaisirs et les jours』을 출간한 칼망레비는 접촉하지 않았다. 그 점잖은 출판사가 출간하기에는 너무 노골적인 원고라 생각한 때문이었다. 그러나 그가 번역한 존 러스킨John Ruskin의 책들을 출간했던 메르퀴르 드 프랑스는 그 원고를 거절했다. 파스켈도 시간을 지체했을 뿐 똑같은 반응을 보였다. 올랑도르프의 반응도 부정적이었다. 프루스트의 생각에 가장 적절한 출판사는 NRF였다. 거기에는 페기와 같은 명망이 있는 작가들이 있었다. 하지만 지드도 있

39 같은 책.
40 *NRF*, 제44호, 1912년 8월.
41 1912년 10월 24일 프루스트가 코포에게 보낸 편지. Marcel Proust, *Correspondance*, 제11권, Plon, 1984.

었다. 만약 지드가 그 원고를 읽는다면…….[42]

마침내 프루스트는 가스통의 사무실로 두툼한 원고 두 뭉치를 보냈다. 제목은 〈잃어버린 시간을 찾아서*A la recherche du temps perdu*〉와 〈되찾은 시간*Le temps retrouvé*〉이었다. 두 원고는 곧바로 편집 위원들에게 보내졌다. 그리고 아사스 가에 있던 슐룅베르제의 집에서 열린 전통적인 목요일 모임에서 그들은 일정을 정리한 후에 프루스트의 원고를 화제에 올렸다.

「갈리마르가 가져온 원고에 대해 어떻게 생각하십니까?」

「품격 있는 소설이지만 우리 스타일은 아닌 듯하더군. 게다가 〈피가로〉의 편집장인 칼메트에게 헌정된 것이고…….」

지드는 십중팔구 이렇게 말했을 것이다. 가스통은 두 원고를 프루스트에게 돌려주었다. 하지만 두 원고의 작품성을 확신하고 있던 프루스트는 당시에 전혀 수치스럽게 여겨지지 않던 방법을 택하기로 결정했다. 이른바 자비 출판이었다. 20세기로의 전환점에서 비베스코 부인의 살롱에서 처음 만난 이후로 프루스트의 친구가 되었던 르네 블룸René Blum이 젊은 출판인 베르나르 그라세에게 이 원고를 소개했다. 그라세는 원고를 읽어 보지도 않고 즉시 계약했다.[43] 출판 비용을 프루스트가 대부분 감당하는 조건으로!

1913년 말 『스완네 집 쪽으로*Du côté de chez Swann*』가 출간되었다. 〈잃어버린 시간을 찾아서〉라 명명된 연작의 첫 권이었다. 서평은 전반적으로 좋았다. 『NRF』의 1914년 1월호에서 앙리 게옹은 이 작품을 극찬하면서, 리비에르에게도 이 책을 읽어 봐야만 한다고 추천했다. 그 후 리비에르는 지드에게 이 작품의 가치를 너무 경솔하게 판단한 듯하다며 〈다시 읽어 보라〉고 강력히 권했다.

가스통과 리비에르는 오랫동안 머리를 맞대고 이야기를 나눈 뒤 그들이 큰 실수를 저질렀다는 결론에 이르며, 〈우리가 미친 짓을 한 거야. 최고의 작품이었어. 우리 친구들이 쓰는 것보다 훨씬 나았어!〉라고 자책했다.[44]

지드도 그들의 결론을 인정하며, 프루스트에게 그의 잘못을 용서해 달라는 편

---

42 Léon-Pierre Quint, *Proust et la stratégie littéraire*, Corréa, 1954.
43 George Painter, *Marcel Proust*, 제2권, Mercure de France, 1966.
44 샤프살과 갈리마르의 대담, 같은 책.

지를 보냈다. 〈선생의 작품을 거절한 것은 NRF의 큰 실수였습니다. 부끄럽지만 전적으로 제 책임입니다. 죽는 순간까지 후회하고 자책해야 할 실수였습니다.〉[45]

마담 가의 NRF 본부에 모여 그들은 그런 실수를 저지른 이유를 분석하기 시작했다. 다양한 이유가 제시되었다. 원고량이 너무 많았다, 글의 짜임새가 없었다, 온갖 삽입구와 생략 등 이해하기 힘든 기호 등으로 난해했다…… 지드는 원고가 짜증날 정도로 두껍기도 했지만 집에서 저녁 식사하는 속물들의 모습을 몇 면이나 나열하는 게 지루했을 뿐 아니라 〈척추가 훤히 보이는 이마〉와 같은 노골적인 표현에 충격을 받았다고 털어 놓았다. 한편 슐룅베르제는 프루스트가 한 구절도 빼지 말고 그대로 출간해 달라고 했다며, 그런 요구는 평균 230면의 책을 출간하던 NRF 출판사로서 받아들이기 힘들었다고 말했다. 또한 신생 출판사로서 그처럼 실험적인 책을 출간하기에는 경제적 부담이 너무 컸다는 변명도 있었다.

이미 엎지른 물이었다. 하지만 실낱같은 희망은 남아 있었다. 가스통은 곧바로 행동을 취했다. 그는 프루스트를 직접 찾아가 그의 원고를 거절할 수밖에 없었던 이유를 설명하고 용서를 빌었다.

그리고 가스통은 프루스트에게 이렇게 제안했다.

「이미 그라세 출판사와 계약 중인 것을 압니다. 하지만 선생님의 다른 작품을 출간할 수는 있잖겠습니까? 예컨대 〈피가로〉에 연재하신 글들을 모아서 한 권의 책으로 엮어 볼 생각입니다.」

프루스트가 대답했다.

「별로 흥미가 당기지 않는 일이네. 『잃어버린 시간을 찾아서』라면 몰라도.」

「허락하신다면 당장이라도 출간하겠습니다.」

「하지만 조건이 있네. 전체를 출간하는 거야. 1부를 출간하지 않으면 속편도 줄 수가 없네.」

「하지만 1부는 그라세와 계약하지 않으셨던가요?」

「맞네. 하지만 그에게는 아무런 권리도 없어. 출판 비용을 내가 댔으니까. 자네가 다시 사오면 되네. 내 조건을 허락하면 자네에게 그 원고를 주라고 그라세에

---

45 Quint, 같은 책.

게 편지를 쓰겠네.」[46]

프루스트 사건은 가스통에게 NRF와 무관한 작가를 포섭하기 위한 첫 시도였다. 그는 살얼음판을 걷고 있었다. 1913년과 1914년에 가스통에게 유일한 무기는 실체가 없는 것이었다. 달리 말하면 NRF라는 간판이 그의 유일한 무기였다.

그때부터는 라르보를 재촉해서 파르그에게 수정된 원고를 제때 받아 내는 것만이 중요한 문제가 아니었다. 똑같은 실수를 범해서는 안 되었다. 가스통은 첫 책의 약속을 반드시 지켜 줄 젊고 유능한 새로운 작가들을 발굴해야만 했다. 파르그와 라르보가 적격이기는 했다. 공쿠르 심사 위원들이 파르그를 1912년에, 라르보를 다음 해에 후보자로 선정하지 않았던가! 수상자가 되지는 못했지만……. 하지만 그들로는 충분하지 않았다. 〈순수 문학〉은 다른 곳에도 있었다. 새로운 작가를 발굴해야만 했다.

가스통은 NRF 사람들, 특히 지드와 리비에르의 영향력을 이용했다. 그는 폴 발레리Paul Valéry에게 곧바로 찾아가 책을 내자고 조르기가 겁이 났다. 타고난 수줍음을 이겨 내고 발레리에게 접근하기 위해서 가스통은 지드에게 다리 역할을 해달라고 부탁했다.[47] 그리고 리비에르에게는 그를 대신해서 폴 클로델에게 원고를 부탁해 달라는 편지를 보냈다. 〈클로델에게 편지를 쓸 기회가 있으면 자네가 원고 청탁의 역할을 맡았다며 새 원고를 부탁해 줄 수 있겠나? 그렇지 않으면 내가 그에게 직접 편지를 쓰지 않는 이유를 의심할지도 모르니까. 솔직히 클로델 앞에서 출판인처럼 행세하기가 겁나네.〉[48]

가스통은 리비에르를 동원해서 의형(義兄)이던 알랭푸르니에Alain-Fournier의 『대장 몬Le grand Meaulnes』를 출간하려 했다. 하지만 시몬이란 여배우가 끼어들어 그녀의 오빠들이 운영하던 에밀폴 출판사에서 그 책을 출간하라고 알랭푸르니에를 유혹하는 바람에 문제가 복잡해졌다. 이런 권모술수에 익숙하지 못했던 알랭푸르니에는 의도와 달리 에밀폴 출판사와 급작스레 계약을 맺고 말았다. 리비에

46 샤프살과 갈리마르의 대담, 같은 책.
47 Correspondance Gide-Valéry 1890~1942, Gallimard, 1955.
48 1913년 4월 29일 갈리마르가 리비에르에게 보낸 편지, 알랭 리비에르의 사료.

르가 알랭푸르니에게 계약을 파기하고 NRF 출판사와 다시 계약하라는 편지를 보냈지만 가스통은 자기만의 이익을 위해서 문학계의 관례를 깨뜨리려 하지 않았다. 결국 에밀폴이『대장 몬』을 출간하고『NRF』는 요약본을 소개하는 데 만족해야 했다.[49] 하지만 결과는 어느 쪽도 만족스럽지 못했다. 칼망레비에서 출간된 마르크 엘데르Marc Elder의『바다의 사람들Le peuple de la mer』이 1913년 공쿠르상을 수상했기 때문이다. 가스통 갈리마르는 손 안에 들어온 책을 다시 놓치고 말았다.[50]

책의 미래를 어떻게 판단할 수 있겠는가? 물론 육감이 있어야 한다. 하지만 다른 것은 없을까? 지나고 나서 생각하면 모든 것이 쉬워 보이기 마련이다. 1913년 리비에르는 같은 세대에 속했고 더구나 동향 출신이었던 한 젊은이의 원고를 냉정하게 거절했다. 그라세에서『사슬에 매인 어린이L'Enfant chargé de chaînes』를 이미 출간했지만 NRF의 정신에 공감해서 제 발로 찾아온 젊은 작가였다. 하지만 그 젊은이가 훗날 프랑수아 모리아크란 위대한 작가로 성장할 줄 누가 짐작이라도 했겠는가?[51]

1913년 6월, 파리. 가스통은 택시에 몸을 싣고 출판사로 향하고 있었다. 오페라 바로 뒤에 있는 알레비 가(街)를 지날 때였다. 낯익은 사내가 눈에 띄었다. 가스통은 택시를 멈추고 뛰쳐나가 그 청년을 불렀다. 옛 동창생, 로제 마르탱 뒤 가르였다. 콩도르세 학교를 졸업한 후 처음 만나는 것이었다. 그들은 반가워하며 〈과거의 막역하고 애정 어린 관계〉를 되살렸다.[52] 그날 이후 그들은 자주 만나면서 청소년 시절의 추억을 떠올리며 즐거운 시간을 함께 나눴다. 마르탱 뒤 가르는 모든 것을 기억하고 있었다. 가스통이 그에게 읽을거리를 주겠다며 아버지의 서고에서 몰래 빼내 온 희귀한 책들, 연극과 근대 문학에 대한 열정, 그리고 〈비슷한 정신세계와 성격과 취향 등으로 쌓아 온 우정〉도 잊지 않고 있었다.[53]

학교를 졸업한 후 서로 만난 적이 없었지만 마르탱 뒤 가르는 뒷조사를 한 듯

49 Bulletin des amis de Rivière et Fournier, 제27권, 1982.
50 『대장 몬』은 금세기 초부터 1984년까지 가장 많이 읽히고 가장 많이 팔린 프랑스 소설 중 하나였다.
51 Boillat, 같은 책.
52 Souvenirs autograohiques et littéraires, 로제 마르탱 뒤 가르 기증 도서, 국립 도서관.
53 마르탱 뒤 가르는 처음에 〈똑같은〉이라 썼지만 줄을 그어 버리고 〈비슷한〉이라 고쳐 썼다.

이 가스통의 행적을 잘 알고 있다. 가스통이 슐룅베르제, 코포, 드루앵 등 NRF의 사람들과 더불어 〈지드당〉에 속해 있고, 그들이 가스통에게 출판사의 운영을 맡긴 것까지 알고 있었다. 그가 『NRF』의 애독자인 까닭이었다. 그런데 신의 섭리였을까? 마르탱 뒤 가르는 당시 베르나르 그라세와 냉전 중에 있었다. 그라세 출판사가 첫 책을 출간하면서 다음 책도 출간해 주겠다고 약속했지만 『장 바루아Jean Barois』를 읽어본 후에는 거절하는 것에서 그치지 않고 잔인할 정도로 비판을 퍼부어, 마르탱 뒤 가르는 깊은 좌절감에 빠져 있었다.

가스통에게 기회가 온 것일까?

자연스레 가스통은 친구에게 원고를 NRF로 보내라고 권했다. NRF 출판사에서 검토해 보겠다고! 원고는 다음날 도착했다. 가스통은 그 원고를 슐룅베르제에게 보냈고, 슐룅베르제는 그 원고를 들고 시골로 내려갔다. 하지만 가스통은 슐룅베르제의 평가를 기다리지 않았다. 잡지 『레포르』에 소개된 몇 면의 기사를 읽고 가스통은 6월 25일 마르탱 뒤 가르에게 편지를 보냈다. 〈자네 원고에는 우리가 줄곧 생각해 오던 것, 우리가 말하고 싶었던 것이 담겨 있더군. …… 나는 자네 책을 출간하고 싶네. 우정 때문이 아니라 원고가 좋기 때문이야. 탄탄한 구성에다 줄거리도 내 마음에 쏙 드니까. 하지만 내가 부정적인 답변을 보내더라도 자네 능력을 의심한 때문이라고는 추호도 생각지 말아 주게. 자네도 알겠지만 우리는 모든 결정을 세 사람이 내리지 않는가.〉[54]

얼마 후, 슐룅베르제는 마르탱 뒤 가르의 원고를 극찬하면서 지드에게 원고를 다시 보냈다. 지드는 가스통에게 이런 전보를 보내왔다. 〈주저 없이 출간해야 할 뛰어난 원고임. 며칠 내에 내가 원고를 직접 가져가겠음.〉[55]

두 사람에게도 긍정적인 답변을 얻은 가스통은 『장 바루아』를 베네르빌로 가져가 〈자기만의 즐거움〉을 위해 읽기 시작했다. 그리고 마르탱 뒤 가르에게는 계약을 맺자는 소식을 알렸다. 그의 책은 NRF 출판사의 이름으로 출간할 예정이었다. 그리고 비록 친구 관계였지만 가스통으로서는 해결해야 할 사소한 문제들이 약간 남아 있었다.

54 마르탱 뒤 가르 기증 도서.
55 1913년 7월 2일의 전보, 마르탱 뒤 가르 기증 도서.

하지만 출판이란 것은 정(情)을 접어야 하는 사업이네. 자네도 알겠지만 우리 책은 브뤼헤에서 투명한 줄무늬가 들어간 알파지(紙)에 인쇄를 하네. 따라서 제작 비용이 만만치 않아. 내가 그라세만큼 인세를 주지 못한다면 나를 원망하겠나? 코포, 리비에르, 빌드라크, 블로크 등과 맺은 계약 조건, 구체적으로 말해서 초판 1000부까지는 30상팀씩, 그 후로는 40상팀씩 인세를 지불하면 어떻겠나? 기탄없이 대답해 주게. 지드는 언급할 필요조차 없을 거야. 그는 인세를 전혀 받지 않으니까. 이 조건을 허락한다면 내가 곧바로 계약서를 보내겠네. 그리고 책에 사용할 서체는 만나서 결정하도록 하지……[56]

베네르빌에서 돌아오자, 가스통의 책상 위에는 마르탱 뒤 가르의 편지가 놓여 있었다. NRF가 그의 원고를 수락해 줘서 고맙지만 그라세와의 문제를 어떻게 처리해야 하는지 모르겠다는 것이었다. 그는 친구이자 출판인으로서 가스통에게 현명한 조언을 부탁했다. 이때 가스통은 뛰어난 협상가로서의 재능을 유감없이 과시했다. 7월 9일, 그는 윤리적으로나 물질적으로 미묘한 상황에서 빠져나오는 기술을 마르탱 뒤 가르에게 전수해 주었다.

내가 자네라면 그라세에게 이렇게 편지를 써 보내겠네. 〈당신은 내 원고를 실패작이라 평가하며 결정을 내게 맡겼습니다. 신중하게 생각해 보았지만 나는 덧붙일 것도 없고 삭제할 곳도 없다는 결론에 이르렀습니다. 나는 그대로 출간하는 것이 최선의 선택이라 믿습니다. 따라서 당신과의 계약은 없던 것으로 합시다.

그라세에서 답신이 오면 내게 알려 주게. 자네가 콧대를 세우고 자네 원고가 좋다고 재차 주장하는 것도 나쁠 것은 없을 거야. 아마 그라세는 자네 같은 혹을 떼어 내게 되었다고 콧노래를 부를 거네. 하지만 자네 원고를 우리에게 넘겼다는 말은 절대 하지 말게![57]

56 1913년 7월 5일의 편지, 마르탱 뒤 가르 기증 도서.
57 마르탱 뒤 가르 기증 도서.

로제 마르탱 뒤 가르는 가스통의 충고대로 7월 10일에 베르나르 그라세에게 계약을 파기하자는 편지를 보냈고 그라세는 이틀 후에 계약 파기를 통고했다. 하지만 그라세는 8월 중순경에 NRF 출판사가 『장 바루아』를 출간하기로 했다는 소문을 우연히 듣게 되었다. 이렇게 그라세는 공쿠르상을 받는 것이 꿈이라 말하던 작가 한 명을 잃고 말았다. 프랑스 중부에 위치한 부르보네와 파리 북쪽의 보베지에 깊은 뿌리를 둔 가문의 자제인 뒤 가르는 처녀작 『생성Devenir』(1908)을 출간한 이후로 문학에만 몰두했다. 하지만 대다수가 환전상이나 행정 판사였던 집안의 분위기는 그에게 우호적이지 않았다. 그가 법학을 택하지 않고 고문서 학교를 택한 것이나 작가라는 직업으로 벌어들이는 작은 수입에 만족하는 삶도 집안 식구들은 쉽게 이해하지 못했다. 더구나 뒤 가르는 드레퓌스를 옹호하는 자유주의자이기도 했다. 이런 집안 분위기에서 자유롭기 위해서라도 뒤 가르는 공쿠르상을 열망했다. 그의 생각에는 공쿠르상만이 친척들에게 그의 명예를 회복시켜 줄 수 있는 유일한 수단이었다.[58]

따라서 그는 『장 바루아』에 모든 것을 쏟아 부었다. 누구의 방해도 받지 않고 글을 쓰기 위해서 파리 남쪽에 있는 한적한 시골, 셰르에 칩거하기도 했다. 이 소설은 영화 대본처럼 쓰였다는 점에서 새로운 시도였다. 이 소설에서 마르탱 뒤 가르는 주인공의 성격과 삶을 통해서 〈어린 시절에 형성된 믿음을 근거로 모든 신앙에서 벗어나 자유롭게 살다가 죽음을 앞두고야 젊은 시절에 키워 갔던 목표로 되돌아가는 한 영혼의 심리적 방황〉을 보여 주었다.[59]

이 책의 출간은 여러 면에서 가스통 갈리마르의 경력에서 중요한 의미를 갖는다. 얄궂게도 계약서 때문에 문제가 야기된 첫 사례의 당사자가 바로 친구였던 것이다. 마르탱 뒤 가르가 베르베크의 카탈로그를 보고 서체를 결정한 지 몇 달이 지난 후, 책은 인쇄까지 끝내고 판매를 앞두고 있었다. 또한 몇 권은 서둘러 가제본해서 공쿠르 심사 위원들에게 보낸 뒤였다. 그리고 11월 15일, 가스통은 양면에 인쇄된 계약서를 마르탱 뒤 가르에게 보냈다. 가스통도 완벽을 기하려고 변호사에게 자문을 구해서 작성한 계약서였다.

<hr>

58 1913년 7월 14일 마르탱 뒤 가르가 가스통 갈리마르에게 보낸 편지, *Correspondance générale*, 제1권.
59 책에는 사용되지 않는 서문에서 인용. 마르탱 뒤 가르 기증 도서.

제1조: 로제 마르탱 뒤 가르는 『장 바루아』라는 소설의 저자로서 문학 저작권에 관련된 현행 및 향후의 법에 따라 상기 소설의 독점적 출판권을 가스통 갈리마르에게 양도한다.

제2조: 상기 소설은 16절 크라운판 배형지를 사용하고 권당 가격은 3프랑으로 한다.

제3조: 출판권의 양도 대가로 가스통 갈리마르는 로제 마르탱 뒤 가르에게 다음과 같이 지불한다. 단, 관례에 따라서 10퍼센트의 손실분에 대해서는 저작권료를 지불하지 않는다.

— 첫 1000부에 대해서는 권당 _____ 상팀.

— 1001부부터 2000부까지는 권당 30상팀.

— 2001부부터 5000부까지는 권당 40상팀.

— 5001부부터 10,000부까지는 권당 50상팀.

— 12,001부부터는 권당 60상팀.

첫 1000부의 저작권료에 대해서는 첫 500부가 판매된 때 절반을 지급하고, 나머지 500부가 판매된 때 나머지 절반을 지급하기로 한다. 그 이후에는 인쇄할 때마다 저작권료를 지급하기로 한다. 각 쇄의 부수는 가스통 갈리마르가 결정하기로 한다.

제4조: 저자에게 증정본으로 100권을 제공한다.

제5조: 양 당사자가 상호 합의한 경우를 제외하고 상기 소설의 일부나 전부를 다른 작품에 게재하는 것은 금지된다.

제6조: 어느 때라도 양 당사자의 합의하에, 더 높은 가격으로 판매하기 위해서 삽화가 더해진 판본을 출간할 수 있다. 이때 판매 가격의 20퍼센트를 가스통 갈리마르의 출판사에 지불하기로 한다.

제7조: 프랑스나 해외의 신문, 잡지 등에서 프랑스어나 외국어로 상기 소설을 전재하거나, 혹은 해외에서 프랑스어판이나 번역본 등 어떤 형태로든 출간하려면 양 당사자의 합의가 있어야 한다. 이런 경우에 따른 수입은 로제 마르탱 뒤 가르와 가스통 갈리마르의 출판사가 양분하기로 한다.

제8조: 상기 소설이 출간되고 6개월이 지난 후, 가스통 갈리마르의 출판

사가 더 이상 인쇄하지 않는다면 본 계약은 자동으로 소멸된다.

　제9조: 로제 마르탱 뒤 가르는 상기 조건으로 향후 세 권의 책을 더 출간할 권리를 가스통 갈리마르에게 약속한다. 로제 마르탱 뒤 가르가 작품을 인도한 후 3개월이 지나도록 가스통 갈리마르가 출판권을 행사하지 않는다면 그 작품에 대한 출판권을 포기한 것으로 간주한다.[60]

마르탱 뒤 가르는 이 계약서를 보고 실망했다. 아니, 거의 절망에 빠졌다! 그는 가스통에게 항의 편지를 쓰고 싶었다. 하지만 한동안 책상 앞에 앉아 원고를 찢어 대고 있었을 뿐이었다. 그는 계약서를 읽고 또 읽었지만 서명은 하지 않았다. 아니, 서명할 수 없었다. 가스통이 출판인이기 이전에 친구였기 때문에 마르탱 뒤 가르는 솔직한 심정을 가스통에게 편지로 알렸다. 그가 7월에 계약 내용을 알았더라면 둘 간의 애틋한 우정에도 불구하고, 그가 NRF를 좋아하긴 하지만 가스통의 제안을 결코 허락하지 않았을 것이란 사실도 덧붙였다.

　그는 무엇보다 1조와 9조를 받아들일 수 없다고 말했다. 7조의 의미도 이해할 수 없다고 했다. 지난 6월 그들이 길에서 우연히 만났을 때 가스통이 그라세에 대해 해주었던 조언이 자꾸만 떠올라 이 고약한 계약서를 읽고 또 읽지 않을 수 없었다고 덧붙였다. 그때 가스통은 〈번역본에 대한 몫은 절대 나눠 주지 말게! 전부 자네 몫으로 챙기라고!〉라고 말하지 않았던가.

　마르탱 뒤 가르는 친구로서의 조언과 출판인으로서의 제안이 너무 다른 것에 당혹하지 않을 수 없었다. 그는 1조와 7조를 자신에게 더 유리하게 고치고, 9조는 아예 삭제하고 싶었다. NRF에 호감을 갖고 있긴 했지만 세 권의 책, 즉 거의 10년이란 시간을 한 출판사에 법적으로 묶여야 한다는 조항을 인정할 수 없었다. 다음 책들도 NRF 출판사에서 출간하고 싶었지만 이것은 원칙의 문제였다. 게다가 가스통이 이 출판사의 경영자로 영원히 있으리라는 보장도 없었다. 〈언젠가 그라세와 같은 사람이 경영자가 된다면 그런 경찰 같은 사람에게 내 노력의 결실을 주고 싶지는 않네.〉[61]

　이런 조건들을 암묵적으로 양해할 수는 있어도 법적 구속력을 갖는 계약서에

---

60 마르탱 뒤 가르 기증 도서.

명기할 수는 없었다. 무엇보다 그는 작가로서 자유롭고 싶었다. 이런 필요악이 그들의 관계에 먹구름을 던지자 두 친구 모두 당혹스러울 뿐이었다. 하지만 상황을 악화시킬 수 없었던 가스통은 서둘러 마르탱 뒤 가르에게 장문의 편지를 보냈다. 어떤 식으로든 문제를 해결하고 친구를 안심시키려고, 어떤 상황이 닥치더라도 자신은 마르탱 뒤 가르의 편이란 점을 분명히 하면서 문제의 핵심에 접근했다.

> 9조가 문제라면 어려울 것이 없네. 삭제하면 그만이니까. 그렇다면 이 문제는 해결된 것이로구먼. …… 그런데 투자한 돈을 회수할 가능성이 불확실한데도 어떤 작가에게 길을 열어 준 출판사가 적어도 향후의 책들에 대한 우선권을 갖고 어느 정도까지는 이익을 보장받아야 합리적이라고 생각지 않나? 그렇지 않으면 출판사는 위험 부담만 짊어지고, 그 작가가 성공한 뒤에 큰 출판사로 옮기는 것을 지켜볼 수밖에 없을 테니까 말이네.[62]

가스통은 번역권에 대해서도 마르탱 뒤 가르를 납득시켰지만 저작권의 소유에 대해서는 그러지 못했다. 마르탱 뒤 가르는 〈오늘 서른 살이 되었네. 이 책의 소유권을 영원히 양도하라는 조건은 도저히 받아들일 수가 없네. 나도 탈출구를 가져야 하지 않겠나. 언젠가 어쩔 수 없는 상황이 닥치면 내 소유권을 회수해야 할 테니까〉라는 답장을 보냈다. 마르탱 뒤 가르는 20년 전 드레퓌스 사건으로 시끄러울 때 한 작가와 출판사가 정치적으로 정반대의 입장에 있었지만 계약서 때문에 함께 일해야 했던 사례까지 언급하면서, 〈나는 그런 돌이킬 수 없는 계약 때문에 구속받고 싶지 않네!〉라고 말했다. 따라서 그런 상황이 닥칠 경우에 작가가 적자를 보완해 주는 조건으로 15년 후에 저작권의 소유를 돌려받을 수 있도록 하는 새로운 계약을 맺자고 제안했다.[63]

『장 바루아』는 1913년 말에야 서점에 진열되었다. 공쿠르상을 받지는 못했지만 NRF가 출간한 책들 중에 상업적으로 성공한 첫 책이 되었다. 가스통에게는 여간 반가운 소식이 아니었다. 게다가 그런 소식이 들여오기 직전에 NRF 출판사의

61 1913년 11월 28일 마르탱 뒤 가르가 갈리마르에게 보낸 편지의 초안, 마르탱 뒤 가르 기증 도서.
62 1913년 11월 29일의 편지, 마르탱 뒤 가르 기증 도서.
63 1913년 11월 30일 마르탱 뒤 가르가 갈리마르에게 보낸 편지의 초안, 마르탱 뒤 가르 기증 도서.

경영 이외에 새로운 책임까지 떠맡게 된 터였다.

가스통 갈리마르는 더 이상 무위도식하며 세월을 죽이던 문학 애호가가 아니었다. 출판 사업자가 이제 극장 관리자까지 겸임하게 된 것이다.

극장은 가스통 갈리마르라는 인물과 떼어 놓고 생각할 수 없는 부분이다. 사실 극장은 그에게 열정의 대상이었다. 그는 출판업보다 극장에 더 매력을 느꼈고, 그런 사실을 구태여 감추려 하지 않았다. 심지어 극장 운영을 평생의 업으로 삼고 싶었다는 속내를 여러 차례 드러내기도 했다. 사실 극장에는 그가 좋아하던 모든 것이 있었다. 희곡으로 표현된 문학, 공연을 통한 사람들과의 교제와 관객들과의 교감, 그림(무대 장치), 장식(무대 의상), 사교적 모임(막간), 앙비귀 코미크와 바리에테의 주인인 아버지와의 경쟁, 그리고 로베르 드 플레르의 비서로서 일했던 첫 직업에 대한 향수까지, 모두 극장에 있었다.

1913년 NRF 사람들이 극장을 열기로 결정했을 때 가스통은 그 결정을 크게 환영했다. 그 이유는 일일이 언급하기 힘들 정도로 많았다. 이 사업의 주도자는 친구인 자크 코포였다. 그는 당시 무대를 더럽히던 천박함에 철퇴를 가하고 싶어 했다. 일시적 유행을 경멸하는 청교도였던 코포는 관객들을 연극의 본질에서 멀어지게 만드는 화려한 무대 장식보다 연극 자체와 배우들을 더 중요시하는 극장을 만들고 싶어 했다. NRF의 창립자 중 하나로 당시 34세였던 그는 평론가로 활동하는 데 만족하지 못했다. 하지만 극장을 열려면, 그것도 〈이익에 초연한 극장〉을 열려면 공연장과 적잖은 자금이 필요했다.[64]

당시 NRF 사람들의 친구로 몽마르트르의 〈라팽 아질〉이란 카바레에서 시인들과 교제하던 샤를 뒬랭Charles Dullin이 좌안에서 사용하지 않는 공연장을 찾아 나섰다. 마침내 비외콜롱비에 가에서 아테네 생제르맹이란 공연장을 찾아냈다. 생페르란 사람의 소유였다. 생페르와 임대 계약이 체결되고, 〈테아트르 뒤 비외콜롱비에Théâtre du Vieux-Colombier〉라는 간판을 달았다. 또한 극장 운영을 위한 회사가 세워지고 가스통이 관리자로 임명되었다. 자본금은 20만 프랑이었고

---

64 Jacques Copeau, *Souvenirs du Vieux-Colombier*, Nouvelles éditions latines, 1931.

200주가 발행되었다. 가스통과 슐룅베르제, 그리고 주식 중개인이었고 예술품 수집가였으며 콩도르세 동창생이던 샤를 파크망Charles Pacquement이 첫 대주주였다. 투자자들을 끌어들이려고 방동 가에 있던 방크 프랑코아메리켄을 통해 채권을 발행하기도 했다. 가스통과 슐룅베르제는 연줄을 이용해서 투자자들을 끌어들이려 백방으로 뛰어다녔다. 비베스코 왕녀, 노아유 백작 부인, 마르셀 프루스트, 에밀 마이리슈 등 파리 문학계의 명사들과 접촉했다. 폴리냑 왕녀의 거절로 한동안 크게 낙담하며, 사교계 인물들에게 예상보다 훨씬 큰 저항에 부딪칠 것이라 생각하기도 했다. 하지만 그들은 포기하지 않고 발품을 팔면서 많은 사람을 만나 투자를 권유했다.[65]

10월 초, 노란 포스터가 좌안의 담들에 붙었다. 가스통은 포부르 생마르탱 가에서 찾아낸 마르셀 피카르라는 인쇄업자에게, 사람들의 주목을 끌면서 누구도 그냥 지나칠 수 없는 포스터를 만들어 달라고 요구했다. 적어도 포스터는 성공작이었다.

테아트르 뒤 비외콜롱비에

— 젊은이들에게는 상업적 연극의 천박함을 고발하고 자유로운 정신과 진지함이 묻어 있는 새로운 형태의 연극을 선보이겠다고 약속드립니다.
— 문학을 사랑하는 사람들에게는 프랑스와 해외의 걸작들을 엄선해서 꾸준히 공연하겠다고 약속드립니다.
— 모든 파리 시민에게는 값싼 입장료로 다양한 볼거리와 품격 있는 공연과 연출을 제공하겠다고 약속드립니다.

경영진 일동
개막일 10월 15일

10월 6일, 테아트르 뒤 비외콜롱비에는 부산스럽기 그지없었다. 첫 공연이 임

---

65 *Bulletin des amis de Rivière et Fournier*, 제27권.

박한 때문이었다. 온갖 쓰레기가 널려 있는 가운데 총연습이 진행되고 있었다. 관객석, 무대, 복도 등에서 모두가 뭔가를 하고 있었다. 레옹폴 파르그는 책상 앞에 쪼그려 앉아 봉투에 주소를 쓰고 풀을 붙이는 기계적인 일을 반복했고, 프랑시스 주르댕Francis Jourdain은 무대 배경에 그림을 그리고 있었다. 가스통 갈리마르는 빗질에 여념이 없었다.[66]

드디어 개막일이 되었다. 가스통은 오후 내내 극장을 떠나지 않았다. 관리자로서의 역할에 만족하지 못하고 직접 현장에서 뛰어다녔다. 그는 관리자 역할을 수락했지만 처음 1년만을 조건으로 내걸었다. 마르탱 뒤 가르는 극장까지 가스통을 만나러 와서 깜짝 놀라지 않을 수 없었다. 가스통이 관리자라는 직책에 걸맞게 조용한 곳에서 커다란 책상 앞에 앉아 있으리라 생각한 때문이었다. 하지만 가스통은 유리로 사방이 둘러진 현관에 접이식 테이블을 놓고 쪼그리고 앉아 있었다. 찬 바람까지 몰아치고 있었다. 가스통은 그를 오케스트라석으로 데려가 마지막 총연습 장면을 보여 주었다. 마르탱 뒤 가르는 무대 위에서 호리호리한 몸을 민첩하게 움직이는 사람을 즉시 알아볼 수 있었다. 살짝 벗겨진 이마, 긴 코, 그리고 입에 문 파이프 담배까지! 바로 코포였다.

가스통이 마르탱 뒤 가르에게 나지막한 목소리로 말했다.

「저기 블랑슈 알반이 있군. 조르주 뒤아멜의 부인이야. 자네도 알겠지만 오데옹 극장에서 공연된 〈석상의 그림자에서*Dans l'ombre des statues*〉를 쓴 사람이네. 그리고 저 사람은 무대 감독으로 코포의 오른팔이라 할 수 있지. 이름은 루이 주베!」[67]

마침내 10월 23일 첫 공연이 있었다. NRF의 모든 친구들이 기대감에 부풀어 참석했다. 또한 파리의 유력한 명사들도 참석했다. 칼럼니스트들은 「르 골루아*Le Gaulois*」의 편집장 아르튀르 메예르, 정치인으로 장관까지 지낸 조제프 폴 봉쿠르, 훗날 미시아 세르트란 이름으로 유명해진 미시아 에드워즈, 영원한 외무 장관 필리프 베르틀로, 작가 엘레미르 부르주, 〈시인의 왕자〉 폴 포르, 그리고 리투아니아계 프랑스 시인 밀로츠의 모습을 놓치지 않았다. 토머스 헤이우드Thomas Heywood의 희곡을 자크 코포가 각색한 「친절이 죽인 여인Une femme tuée par la douceur」이 공연

66 Jacques Copeau, *Les Registres du Vieux-Colombier III*, Gallimard, 1979.
67 *Souvenirs autobiographiques et littéraires* de Martin du Gard.

되었다. 그 뒤로 몰리에르의 「사랑이 최고의 의사L'Amour médecin」가 연이어 공연 되었다. 둘 모두 코포, 뒬랭, 주베, 블랑슈 알반, 수잔 빙 등이 만들어 낸 연극이었다.

성공이었다. 하지만 모든 언론이 이구동성으로 칭찬한 것은 아니었다, 열광적 인 찬사를 보낸 언론도 있었지만 코포의 비타협적이고 엄격한 자세를 비판하며 경 계심을 드러낸 언론도 있었다. 하지만 그 후 「레클레르L'Éclair」의 폴 수데Paul Souday와 『코모에디아Comoedia』의 가스통 드 파블로프스키Gaston de Pawlowski 는 신생 극단의 야심 찬 시도에 우호적인 박수를 보냈다. 특히 『리베르테La Liberté』의 장 드 피에르푀Jean de Pierrefeu가 젊은 극단의 정신을 가장 적절하게 요약해 준 듯하다. 〈보드빌 극장의 화려함이나 관능과 달리, 자크 코포가 우리의 정신적 건강을 위해 던져 준 마른 빵은 우리에게 큰 위안을 준 듯하다. 나는 시인 들의 수도원에 있는 기분이었다. 하지만 안심해도 괜찮다. 매력적인 수도원이었 다! 거친 옷을 입고 고행을 강요하는 수도원이 아니다. 파리와 고급 사교계에서 가 장 아름다운 옷들이 거니는 수도원이다.〉[68]

이렇게 새로운 극장이 시작되었다. 프랑스의 무대를 혁명적으로 바꿔 놓기 위해서!

왼쪽에는 공연 날짜, 오른쪽에는 공연되는 연극의 제목, 그리고 가운데에는 판매된 입장권의 수와 수입이 쓰인 장부를 작성하느라 바쁘지 않을 때면, 가스통 은 사무실에서 친구들을 만났다. 폴 발레리의 시를 큰 소리로 낭송하고, 앙드레 지 드가 새로 쓴 글을 낭독하며 시간을 보냈다. 12월의 어느 날, 그들은 코포의 방에 모여 마르탱 뒤 가르의 희곡 「를뢰 영감의 유언Le Testament du père Leleu」을 낭 독했다. 긴 소파에 눕듯이 앉은 코포는 파이프를 피우고 있었고, 가스통은 구석의 책상에 기대어 앉아 있었다. 감격한 듯한 표정의 뒬랭은 자신의 감동을 몸짓으로 드러냈다. 마르탱 뒤 가르가 낭독을 끝내자 가스통은 〈애정 어린 표정으로〉 친구들 을 둘러보았다. 마침내 코포가 말했다. 「좋았어, 정말 좋았어! 최고야! 바로 우리 가 원하던 거야. 훌륭한 고전극이 될 거야. 고전적이면서 새롭잖아! 우리가 공연해 야겠어. 뒬랭, 그렇게 생각지 않나?」[69]

68 *Registres du Vieux-Colombier*, 같은 책.
69 *Correspondances*, 마르탱 뒤 가르와 코포.

뒬랭은 고개를 크게 끄덕였다. 그리고 주인공 농부가 되어 26회나 공연했다. 이 모임이 있은 직후, 코포는 클로델의 「교환L'échange」에서 레시 역을 맡을 여배우를 찾기 위해서 연극 전문 잡지인 『코모에디아』에 광고를 냈다. 그 후 며칠 동안 〈연극계의 프롤레타리아〉를 위한 오디션이 열렸다. 아무런 특징도 없는 후보자들에 코포는 낙담하고 지쳤다. 그때 훤칠한 키에 호리호리한 한 여인이 오디션 무대에 올랐다. 매력적인 몸매였다. 그리고 빅토리앵 사르두Victorien Sardou가 쓴 「조국이여!Patrie」의 한 장면을 공연해 보였다. 코포는 뒤통수를 맞은 듯한 기분이었다. 연기는 뛰어나지 않았지만 인간적인 매력이 물씬 풍겼다. 신출내기 여배우의 젊음과 열정이 코포의 신중한 성격을 압도했다. 코포는 그녀에게 클로델의 희곡 한 부분을 읽어 주었다. 그 여배우는 눈을 크게 뜨고 목소리까지 바꾸면서 소리쳤다.

「내가 맡고 싶은 역할이에요. 틀림없이 해낼 수 있을 거예요!」

코포는 발랑틴 테시에Valentine Tessier의 연기보다 인간됨에 매료되었다. 발랑틴 테시에는 이렇게 비외콜롱비에 극단의 일원이 되었고, 그 후 가스통 갈리마르와도 오랜 관계를 유지하면서 그의 삶의 한 부분이 되었다.

1914년, 모든 신문이 살인 사건을 대서특필하며 그해는 시작되었다. 파리에서는 카요 부인(재무 장관과 수상을 지낸 조제프 마리 오귀스트 카요의 부인)이 「피가로」의 편집장 가스통 칼메트를 살해했다. 남편을 비난하는 기사를 실었다는 이유로 그의 사무실에서 살해한 사건이었다. 사라예보에서는 프랑수아 페르디낭 오스트리아 대공이 암살당했다. 하지만 두 범죄의 반향(反響)은 크게 달랐다.

『교황청의 지하실Les Caves du Vatican』의 출간을 앞두고 있던 지드는 출판사 일을 분명히 정리하고 싶어 했다. 가스통의 업무 처리 방식을 칭찬하면서도 지드는 가스통에게 너무 많은 책임을 맡긴 것은 아닌지 걱정하고 있었다. 달리 말하면 NRF가 너무나 의욕을 앞세워 출판사와 극장까지 운영하면서 가스통을 지나치게 중용했다고 생각한 것이다. 물론 미래를 향해 전진해야 했지만 속도 조절이 필요했다. 거두절미하고 솔직하게 말하면, 지드는 자신이 좋아하지 않던 가스통 갈리마르를 제거할 방법을 찾고 있었던 것이다. 심지어 지드는 가스통을 대신할 사람까지 확보해 두고 있었다. 바로 폴 그로피스Paul Grosfils로, 브뤼헤에서 출판사를 경영하고 있어 언제라도 영입할 수 있는 사람이었다. 지드는 그로피스를 잡지와 출판사에 소개하려 온갖 수단을 동원했지만 실패하고 말았다. 갈리마르는 지드의 속셈을 알아차렸다. 그 때문에 몇 달 동안 골머리를 앓았다. 가스통은 지드의 태도에 실망하지 않을 수 없었다. 순수한 꿈을 가지고 NRF에 들어와서 헌신적으로 일하지 않았던가! 그런데 돈밖에 생각지 않는 작가들은 그를 천박한 경영자로만 생각하고 있었던 것이다. 그들에게 가스통은 심부름꾼에 불과했다. 그 후 여섯 명의 창립자 이외에 가스통 갈리마르, 장 귀스타브 트롱슈, 리비에르가 포함되는 〈독자 위원회comité de lecture〉가 정식으로 출범하고서야 가스통을 밀어내려는 음모는 중단되었다. 그때부터 가스통도 원고에 대한 발언권을 가졌다. 리비에르는 가스통의 글들을 잡지에 실어 주면서 『NRF』의 문학 부문에 가스통을 연결시켜 주려 애썼다. 이렇게 가스통 갈리마르는 지드가 추천하는 사람을 견제할 수 있었다.[70]

그 후 지드는 다른 방법으로 가스통을 밀어내려 했다. NRF 사람들 중 하나를 지원하는 방법이었다. 가스통에게 보낸 편지에서, 지드는 NRF 창립자 중 하나로 수치에도 밝은 앙드레 뤼테르가 가스통 개인에게는 별 도움이 안 되더라도 회사 전체를 위해서는 도움이 되지 않겠냐고 물었다. 언젠가부터 투자금에서 지드는 가스통과 슐룅베르제에 미치지 못하고 있었다. 쉽게 말하면 가스통과 슐룅베르제가 지드보다 더 많은 돈을 투자하고 있었다. 때문에 슐룅베르제는 지드에게 저작권료를 포기해서라도 투자액의 균형을 맞추라고 제안하기도 했다. 하지만 의심이 많았던 지드는 지난 회기의 손익 계산서를 먼저 확인해 보고 싶어 했다. 그러나 복잡한 손익 계산서를 읽어 낼 수 없었던 지드는 뤼테르에게 그의 대리권을 행사하도록 했다.[71]

이처럼 NRF 출판사의 경영자와 테아트르 비외콜롱비에의 관리자로서 맡은 역할, 그리고 결혼에 따른 새로운 의무와 제약, 그리고 일상의 걱정거리에도 불구하고 가스통 갈리마르는 축구를 즐기는 여유를 가졌다. 일요일이면 가스통은 베네르빌에서 시간을 보내거나, 퓌토 다리 옆의 바가텔 잔디밭에서 〈청년 문학인 스포츠 동우회Club sportif de la jeunesse littéraire〉 회원들과 공을 찼다. 이 동우회는 창립되고 몇 달이 지나지 않아 PUC(파리 대학 클럽)에 가입했다. 특히 대단한 스

70 *Bulletin des amis d'André Gide*(제 61권, 1984년 1월)에 게재된 Auguste Anglès의 글.
71 1914년 3월 27일 지드가 가스통 갈리마르에게 보낸 편지. 자크 두세 도서관.

포츠광으로 오를레앙 고등학교와 라카날에서 〈체육회〉 회장까지 지낸 샤를 페기는 〈청년 문학인 스포츠 동우회〉의 명예 회장직을 흔쾌히 수락했다. 회원으로는 자크 리비에르, 클로드 카지미르페리에, 알랭푸르니에, A. 쇼타르, 장귀스타브 트롱슈, 가스통 갈리마르, 베르나르 콩베트(이상 공격수), 타르디외(주장)와 가스통 베르나르(부주장), 장 지로두, 피에르 디스트리바츠, 지라르, 기늘(이상 미드필더), 루이 쉬(수비수) 등이 있었다. 회원의 3분의 1이상이 NRF 회원이었다. 동우회의 살림을 맡은 트롱슈는 유니폼까지 마련했다. 소매를 흰색으로 처리한 밝은 청색 셔츠, 아랫단에 청색 띠를 댄 하얀 반바지였다. 프랑스 문학인 축구 동우회들에 보낸 공람이 지시한 대로 〈허리 부분은 흰색으로 하고 신발은 임의적으로 선택할 것〉[72]이란 원칙을 지킨 유니폼이었다. 그들이 크루아 드 베르니에서 출범식을 가질 때 지로두가 「랭트랑지장L'Intransigeant」의 기자에게 공언한 대로 그들의 꿈은 『르 뷔 드 파리』 축구팀을 이기는 것이었다!

1914년 7월이 저물어 갈 무렵, 가스통 갈리마르는 베르제 도지에 있는 마르탱 뒤 가르의 집에서 쉬고 있었다. 하지만 어느 날 오후 4시 30분에 두 친구는 현실 세계로 되돌아와야만 했다. 그들은 간선도로의 옆에서 우체부로부터 파리의 신문들을 받았다. 이번에는 민심을 흉흉하게 만들던 소문들이 아니었다. 엄청난 사건에 대한 소식이 실려 있었다. 노동조합들이 반전 시위를 벌이고, 오스트리아-헝가리 제국과 세르비아에 선전 포고를 했다는 소식들이 지면을 가득 채우고 있었다. 푸앵카레 대통령과 비비아니 수상이 러시아에서 황급히 귀국길에 올랐고, 장 조레스 Jean Jaurès(프랑스 사회주의 운동의 지도자)가 암살당했다는 소식도 있었다.

8월 1일. 프랑스에 총동원령이 내려졌다. 가스통은 마르탱 뒤 가르의 집을 떠났다. 그리고 이틀 후 베네르빌에서 가족을 만났다. 그때서야 가스통은 독일이 프랑스에 선전 포고를 했다는 사실을 알았다.

72 알랭 리비에르의 사료.

제3장___1914~1918

전쟁이었다.

며칠 후 프랑스군이 국경선에서 패전했다는 소식이 들려왔다. 프랑스군이 후퇴하며 반격을 시도하는 틈을 타서, 갈리에니 장군은 온갖 수단을 동원해 파리 방어선을 구축했다. 참모진은 침묵으로 일관했지만 신문들은 모순된 소식들을 남발했다. 민심이 흉흉해지면서 50만 파리 시민은 공황 상태에 빠졌고, 1주일도 지나지 않아 파리를 벗어나 남쪽으로 피신하기 시작했다. 연합군과 독일군이 참호를 파고 대치하면서 벨포르에서 니외포르까지 전선이 고착되었다. 양측의 전략가들은 간헐적인 전투를 벌이면서 전열을 정비해 나갔다.

가스통 갈리마르는 전쟁에 반대했다. 정치적이거나 인도주의적 차원에서의 반대가 아니었다. 양심적인 반전주의자가 될 생각도 없었다. 그는 무기 상인들과 그들의 괴뢰인 정치꾼들이 강요하는 피의 희생을 거부하며 병역 면제자가 된 것을 자랑스럽게 여겼다.[1] 전쟁이 끝난 후 그는 반영웅주의의 전령으로 자처하면서 〈분명히 말하지만 나는 영웅이 아니었습니다. 나는 겁쟁이였습니다!〉라고 외쳤다. 그는 영웅적 행위를 극단적 광기라 생각했다. 죽은 영웅보다는 살아 있는 겁쟁이가 더 낫다고 생각했다. 교활하고 냉소적이었던 그는 징집에서 벗어나려고 온갖 술책을 다 부렸다. 미친 척도 했고, 창문에서 뛰어내리기도 했다. 의료계에 종사하는

1 Guilloux, 같은 책.

친척들의 증언까지 동원했다. 징집 면제를 받은 후에는 다른 사람들의 정치적 이념 때문에 그의 가슴에 총을 메지 않았기 때문에 자신의 승리라고 자축했다. 대다수의 비난에도 아랑곳하지 않았다. 그는 민족주의라는 단어조차 듣기 싫어했다!

훗날 그는 〈내가 가장 혐오스럽게 생각하는 사람은 나처럼 징집을 피하려고 온갖 짓을 다했으면서도 나중에 열렬한 애국자로 변신한 사람들이다〉라고 말했다.[2]

1914년부터 1918년까지, 즉 1차 대전 동안에도 가스통 갈리마르는 도덕적이고 지적인 차원에서, 그리고 직업 활동에서 큰 변화가 없었다. 1914년 초에 아들, 클로드가 태어났지만 정서적 차원에서도 별다른 변화를 보여 주지 않았다.

1914년 가을에 갈리마르 가족은 모르비앙(브르타뉴 남부)의 반에 있던 뒤셰 가문의 집으로 피신했다. 가스통은 마롤*marolle*(썩은 시체 냄새를 풍기는 치즈의 이름으로 그의 친구들 사이에서는 징집을 뜻했다)을 피하려고 온갖 술수를 짜냈다. 첫째로, 그는 2천 프랑의 뇌물을 써서 시청에 보관된 그의 서류에 〈사망〉이란 도장을 찍게 했다.[3] 또한 그런 위조 사실이 발각될 경우를 대비해서 병을 자초했다. 그의 가족만이 아니라 자크 코포, 자크 리비에르, 로제 마르탱 뒤 가르, 장 슐룅베르제 등과 주고받은 서신에서 확인되듯이 절친한 친구들까지 그가 죽음의 문턱에서 헤매고 있다고 착각할 정도였다. 그는 식음을 전폐하고 침대에서 꼼짝도 하지 않았다. 얼굴을 수척하게 보이려고 수염을 길렀고, 방문객이 찾아오면 몸을 부들부들 떨었다. 게다가 말하기도 어려운 듯이 띄엄띄엄 단어를 주어 삼켰다.

요컨대 테아트르 뒤 비외콜롱비에의 관리자까지 배우가 된 것이었다. 이처럼 병자 역할을 하자면 지독한 냉소주의가 필요했을 것이다. 왜냐하면 전선에서 정말로 부상을 당한 군인들이 반으로 후송되고 있었기 때문이다. 죽음의 고통과 싸우는 그들의 모습에 도시는 온통 섬뜩한 분위기가 감돌았다.

의사는 가스통의 맹장과 간에 문제가 있다고 진단했다. 목숨을 건 이런 〈다이어트〉를 두 달 반 동안 자행한 후, 가스통은 앰뷸런스에 실려 파리로 이송되어 저명한 외과 의사, 고세 교수의 검진을 받았다. 몸무게가 무려 26킬로그램이나 빠진 상태였다. 군의관들도 가스통을 징집하기엔 부적절한 인물이라고 판정했다.

2 Léautaud, 같은 책.
3 Guilloux, 같은 책.

마침내 가스통은 목적을 달성했다. 혼자서 다짐한 약속을 지켰던 것이다. 그는 곧바로 이발소로 달려가 머리카락을 자르고 수염을 깔끔하게 깎았다. 그리고 막심 레스토랑에서 혼자서 결코 잊지 못할 저녁 식사를 즐겼다. 루와얄 가의 그 유명한 식당을 나서서 콩코르드 광장을 지날 때, 먹은 것을 몽땅 토해 냈기 때문에 더욱 잊을 수 없는 식사였다. 정말로 아픈 것 같았다. 이런 와중에도 근처에 있던 〈프랑스 자동차 클럽〉에서 밤을 보내고 싶다는 막연한 생각이 떠올랐다. 하지만 택시를 불러 세울 힘조차 없었다. 안간힘을 다해서 택시를 세우고 생라자르의 집으로 겨우 돌아왔다. 그리고 침대에 누웠다. 이번에는 정말로 아팠다.[4]

보름 동안 침대에 누워 원기를 회복한 후에야 그는 다시 직업 전선에 뛰어들 수 있었다. 하지만 무엇을 할 수 있었겠는가? 『NRF』에 기고하던 작가들 대부분이 프랑스 전역으로 흩어져 있었다. 군인이 되어서, 혹은 피난민으로! 일부는 전쟁 포로가 되었거나 행방이 묘연했다. 알랭푸르니에와 같은 부대에 있던 장교들은 푸르니에가 부상을 당해 독일에 포로로 잡혀 있다는 소식을 편지로 전해 왔다. 그러나 실제로 알랭푸르니에는 오 드 뫼즈 전선에서 전사했다. 샤를 페기도 마찬가지였다. 페기는 9월 5일, 빌루아 부근에서 마른 전투가 시작되었을 때 일제 포격을 받아 전사한 보병 소위들 중 한 명이었다. 프랑스 작가로는 첫 번째 전쟁 희생자였다.

페기가 전사했다는 소식은 그의 친구들과 독자들에게 큰 충격을 안겨 주었다. 페기의 전사 소식에 가스통은 슬픔을 감추지 않았다. 전쟁을 원망했다. 공동묘지를 무가치한 이유로 만원으로 만드는 전쟁을 더욱 증오하게 되었다. 군인을 죽이는 것은 그런대로 이해할 수 있었다. 그것이 그들의 직업이니까. 하지만 41세로 할 일이 많았던 페기, 써야 할 글이 무궁무진하게 많았던 페기와 같은 사람을 죽이는 것은 용납할 수 없었다. 더구나 알랭푸르니에는 겨우 스물여덟 살이었다. 이제 막 작가의 길을 들어선 유망한 청년이었다! 1914년 초겨울, 가스통 갈리마르는 페기가 3년 전에 젊은 푸르니에에게 해주었던 말을 씁쓸하게 되새겼다.

「푸르니에, 자네는 틀림없이 성공할 거네. 자네에게 이런 말을 해주었던 사람이 나였다는 것을 기억해 주게.」

4 Guilloux, 같은 책.

1915년, 양측은 이프르에서 화염 방사기와 독가스까지 동원해서 전투를 벌이고 있었다. 그때 파리에서는 시파 고뎁스키Cipa Godebski가 뮤지컬 공연을 위해, 일요일 저녁 모임에서 친구들을 맞고 있었다. 한편 갈리마르와 파르그, 두 〈문학인〉의 귀에는 다리우스 미요, 모리스 라벨, 에리크 사티가 가정용 피아노로 즉흥 연주를 하면서 경쟁을 벌이고 있다는 소문이 들렸다.[5] 전쟁은 먼 나라의 이야기인 듯했다……. 이상하게도 전쟁으로 고통받는 사람들은 한결같이 〈병역 기피자〉를 걱정했다. 갈리마르는 그를 염려해 주는 표현들로 친구의 수를 헤아릴 수 있을 정도였다. 의외로 많았다. 전쟁 포로로 지낼 때 쓴 일기에서 자크 리비에르는 〈가스통을 향한 내 우정이 새롭게 느껴지고 더 깊어져 간다. 그의 안에 감춰진 보물을 찾아낸 듯하다. 화수분처럼 마르지 않는 보물을!〉이라고 썼다.[6]

가스통의 친구들이 서로 주고받은 편지들에서도 〈병적인 우울증〉에 빠진 그를 염려하는 구절이 빠지지 않았다. 마르탱 뒤 가르는 코포에게 〈…… 가스통이 대단한 각오로 싸우고 있는 것 같아. 병을 이겨낼 수 있는 마지막 기회가 될지도 몰라. 얼마 전에 보낸 편지에 나는 등골이 오싹했네. 죽음의 문턱에 들어선 사람이 쓴 편지 같았으니까〉라는 편지를 보냈을 정도였다.[7]

사실 가스통은 자신도 모르는 사이에 건강을 해치고 있었다. 전쟁에 대한 두려움이 그를 미치게 만들었다. 징집을 피하려고 온갖 술수를 부렸지만 충분하지 않을 수도 있다는 걱정이 깊어지면서 심리적 갈등이 끊이지 않았던 때문이었다.

가스통처럼 병역 기피자였던 친구, 파르그는 군의관들과 연결 고리가 있었다. 파르그는 가스통을 정밀 검사해서 요양소에서 오랫동안 요양해야 한다고 판정을 내려 줄 군의관을 찾아냈다. 그리고 1915년 봄, 갈리마르는 뤼에유 요양소로 향했다. 그 요양소로 갈리마르를 두 번씩이나 찾아갔던 코포는 정신적으로나 육체적으로 황폐해진 친구의 모습에 당혹감을 감추지 못했다.

가스통이 코포에게 말했다.

「자네는 고무로 만든 사람 같아. 항상 원기가 넘치잖아. 어떤 일이 누구에게나

5 Darius Milhaud, *Notes sans musique*, Julliard, 1949.
6 Jacques Rivière, *Carnets 1914~1917*, Fayard, 1974.
7 1915년 3월 30일의 편지, *Correspondance*, 같은 책.

닥칠 수 있고, 나처럼 그 충격에서 헤어나지 못하는 사람도 있다는 걸 자네는 이해하지 못할 거야……」

그리고 잠시 후 정신을 차린 듯이 다시 말했다.

「자네는 알고 있겠지? 나는 정상이 아니야. 물론 하루 종일 미쳐 있는 것은 아니야. 하지만 하루에 일정한 시간 동안은 내 인격이 내 몸에서 빠져나가고 아주 강력한 힘을 가진 강박 관념이 내 뇌를 짓누르는 것 같아.」

그와 이런 식으로 몇 시간 동안 이야기를 나눈 후, 자크 코포는 가스통이 쉽게 회복되지 못하리라 생각했다. 그 원인이 전쟁에 대한 공포심, 그런 건강 상태에 불구하고 징집될지도 모른다는 두려움에 있다고 확신했다. 그래서 마르탱 뒤 가르에게 〈그런 두려움은 강박 관념이야. 쉽게 말하면 미친 거지〉라고 알렸다.[8]

같은 시기에 투옥과 유형이란 시련을 겪고 있던 리비에르는 〈조금도 나아질 기미가 보이지 않아요. 그이는 점점 말라가고 있어요. 신경 쇠약인 것 같아요. 정신을 되찾게 하려면 뭔가 조치가 필요한 것 같아요. 아니면 전쟁이 끝나든지요〉라는 부인 이자벨의 편지를 받은 후 〈내 형제나 다름없는 소중한 친구를 구해 달라고 하느님께 기도하겠다〉고 다짐했다.[9]

5월 23일, 갈리마르는 뤼에유말메종의 베르제르 가에 있던 요양소를 떠나 베르사유에 잠시 들러 마르탱 뒤 가르를 만났고, 곧바로 라 페르트수주아르로 향했다. 그 근처의 〈르 리몽〉이란 작은 마을이 목적지였다. 코포가 그의 집에서 그를 기다리고 있었다. 갈리마르는 코포의 집에 머물며 휴식을 취하고 이야기를 나누며 원기를 회복할 생각이었다. 또한 일을 시작하고 사업을 재개할 계획도 꾸밀 작정이었다. 이렇게라도 하지 않으면 요양소에서 죽어 갈 것만 같았다. 코포와 오랫동안 이야기를 나눈 후 갈리마르는 코포가 도와준다면 다시 일어설 수 있다는 확신을 얻었다. 〈자네 이외에 다른 의사는 필요 없네〉라고 말할 수 있을 정도였다.[10]

브라스리 리프의 단골손님까지도 NRF 출판사와 테아트르 비외콜롱비에의 경영자를 알아보지 못했다. 예전과 완전히 다른 모습이기는 했다. 긴 머리카락을

---

8 마르탱 뒤 가르와 코포의 편지 같은 책.
9 *Carnets 1914~1917*, 같은 책.
10 *Registres du Vieux-Colombier*, 같은 책.

단정히 빗어 뒤로 넘기고, 턱수염을 약간 기른 모습이었다. 놀라울 정도로 차분했고 목소리에서는 과단성이 느껴졌다. 그는 습관처럼 〈우리는 앞으로 더 강해질 겁니다〉라고 말하며 동료들과 미래를 계획했고, 그 계획들을 하나씩 실천해 나갔다. 또한 〈비외콜롱비에〉라는 제목의 연극 전문 잡지까지 발행할 계획을 세웠다. 전쟁 전의 열정을 회복했다는 증거였다. 코포는 마침내 위기를 넘겼다고 생각하며, 당시 포병 관측원으로 근무하던 슐룅베르제에게 전후 사정을 알렸다. 슐룅베르제는 〈가스통을 잘 돌봐 주게. 우리 모두가 한 손을 잃더라도 그를 지켜야 하네〉라는 답장을 보냈다.[11] 가스통 갈리마르가 그만큼 중요한 사람이란 뜻이었다. 어떤 일이 닥치더라도 회사는 계속 운영되어야 했다. 1911년부터 1914년까지 NRF 출판사는 최대 1500부씩 60종의 책을 발간했다. 잡지도 1914년 여름에는 3천 명의 고정 독자를 확보하고 있었다. 회사의 문을 닫지 않고 최소한의 규모라도 운영하기 위해서 갈리마르는 권한의 일부를 베르트 르마리에Berthe Lemarié에게 위임했다. 그녀는 모든 일에 관여했다. 가스통이 전쟁 중에 그녀에게 비서직을 맡긴 것은 대단히 적합한 판단이었다. 그녀 덕분에 회사는 그런대로 굴러가는 것 같았다. 그녀는 잡지와 출판사와 극장 모두에 예전부터 관여해 왔기 때문에 창립자들뿐 아니라 신입 회원들까지 모두 잘 알고 있었다. 다정다감하고 친절했던 그녀는 그들을 몇 명씩 카르디날르메르시에 가의 아파트로 초대했다. 실제로 그녀의 아파트에서 회사의 장래를 좌우하는 중요한 결정이 내려지기도 했다. 하지만 그녀는 그들의 조언자까지 되기를 바라지 않았다. 그렇다고 돈 계산이나 하는 경리에 그치는 것도 원치 않았다. 베르트가 없었더라면 가스통은 어디에서 어떻게 일을 다시 시작해야 할지 몰랐을 것이다. 그러나 베르트의 도움에도 불구하고 가스통은 무엇부터 시작해야 할지 선뜻 결정을 내리지 못하고 있었다. 검토해야 할 계약서들, 읽어야 할 원고들이 너무 많았다. 하지만 케 도르세의 사무실(외교부가 있었음)로 방문해 주길 원하는 클로델이 있었다. 종이, 전기, 인력 등 아무 것도 없었지만 NRF를 위해서라면 기꺼이 일을 해줄 인쇄업자들이 있었다.

8월 말, 갈리마르는 예전처럼 주말이면 베네르빌에서 아내와 어머니 그리고

11 같은 책.

아들 클로드와 함께 시간을 보냈다. 클로드는 〈항상 발가벗고 지내고 해변에서 하루 종일 뛰어노는 통통한 귀염둥이〉였다.[12] 이런 조용한 시간을 이용해서 친구들에게 편지를 쓸 법도 했지만 가스통은 펜을 든다는 것에 대한 혐오감을 아직 이겨 내지 못하고 있었다. 마르탱 뒤 가르는 가스통을 게으름뱅이라 부르며, 그의 짤막한 〈미국식 메모〉를 괘씸하게 생각하기도 했다. 하지만 그가 조금씩 나아진다는 것을 알고 있었기 때문에 원망하지는 않았다. 당시 수송 부대 하사관으로 근무하던 마르탱 뒤 가르는 갈리마르에게 보낸 장문의 편지에서 〈자네 건강이 우선이네, 내게 중요한 것이 있다면 우리 우정과 자네 건강이야. 자네가 건강해야 우리가 앞으로 함께 더 많은 일을 할 수 있을 테니까. 그러니까 무엇보다 건강에 신경을 쓰게. 다른 것은 뒤로 미루더라도〉라고 말했다.[13]

하지만 그 해를 넘기기 전에 갈리마르는 소화 기관의 문제로 스위스 몬타나 고지에 있는 스테파니 요양소에 잠시 머물러야 했다.

10월, 갈리마르는 연출가이며 『라 그랑드 르뷔*La Grande Revue*』의 주필인 자크 루셰Jacques Rouché를 만나고 싶었다. 문학과 예술의 애호가이던 그가 오페라 극장의 지배인으로 임명된 직후이기도 했다. 마침내 둘의 만남이 오페라 극장에서 이루어졌다. 루셰가 영국의 연극 이론가 에드워드 고든 크레이그Edward Gordon Craig의 혁명적 이론을 소개한 『현대극 연구*L'Art théâtral moderne*』를 읽은 후 갈리마르는 크레이그 책에 대한 저작권을 루셰에게 인수하고 싶었다. 따라서 갈리마르는 루셰에게 크레이그의 『연극술에 대하여*On the Art of the Theartre*』의 번역권을 넘겨주면 영국 출판사와 저자, 심지어 번역가인 주느비에브 셀리그만뤼 Geneviève Seligmann-Lui의 문제까지 자신이 모두 처리하겠다고 제안했다.[14]

가스통은 그 책을 꼭 NRF의 이름으로 출간하고 싶었다. NRF는 순수 문학을 추구하는 출판사이기도 했지만 비외콜롱비에를 출범시키고 최근에 영국 여행을 다녀온 이후로 가스통은 NRF를 순수 연극의 출판사로까지 확대하려 했다. 영국을

12 1915년 8월 30일 자크 리비에르에게 보낸 편지, 알랭 리비에르의 사료.
13 Roger Martin du Gard, *Correspondance générale*, Gallimard, 1980.
14 1915년 11월 20일 갈리마르가 자크 루셰에게 보낸 편지, 루셰의 사료, 국립 도서관.

다녀오고 한 달이 지났을 때, 즉 크리스마스 다음날 가스통은 코포에게 또 하나의 승리를 자랑스레 알렸다. 조지프 콘래드Joseph Conrad의 대리인을 설득시켜 콘래드의 모든 저작물에 대한 프랑스어 번역권을 따냈다는 소식이었다. 콘래드의 모험 소설과 해양 소설에 대해 〈그의 표현에는 과장됨이 없다. 잔인할 정도로 정교하다〉라는 지드의 평가를 듣고서 가스통은 폴란드 태생의 그 영국 작가를 놓치고 싶지 않았다. 콘래드의 대리인이 초고한 계약서에서 가스통은 〈1년에 적어도 2권을 출간해야 한다〉라는 한 조항을 제외하고 모든 조항을 그의 뜻대로 바꿀 수 있었다. 당시 상황으로 미루어 볼 때 그 조항의 준수는 사실상 불가능했다. 장시간의 논의가 이루어진 후 콘래드의 대리인과 가스통은 타협점을 찾았다. 대포 소리가 멈춘 후부터 그 조항을 발효시키기로 한 것이다. 따라서 NRF 출판사는 여유를 갖고 콘래드의 『태풍Typhoon』, 『로드 짐Lord Jim』, 『간첩The secret agent』 등을 차례로 출간할 수 있었다. 콘래드의 책에 대한 NRF 출판사의 기대는 대단했다. 따라서 필리프 넬Philippe Neel, 장오브리Jean-Aubry와 같은 전문 번역가가 대부분을 번역했지만 NRF의 회원들, 예컨대 앙드레 지드, 앙드레 뤼테르, 이자벨 리비에르, 도미니크 드루앵이 직접 번역가로 나서기도 했다.

전쟁이 터진 이후로 가스통은 그렇게 정력적으로 일한 적이 없었다. 크레이그와 콘래드의 번역권을 확보한 후에는 샤를 페기를 공략하기 시작했다. 1주기 기념식이 끝난 직후였다. 『우리 조국Notre Patrie』을 출간 후, 가스통은 페기의 미망인에게 전 작품의 출판권을 정식으로 양도받아 지체 없이 출간했다.

밤늦게까지 책상에 앉아 편지를 쓰는 날이 점점 많아졌다. 파리의 연락책인 베르트 르마리에에게 그의 현황을 자세히 알려야 했기에 더욱 바빴다. 언젠가 스위스의 인쇄업자들이 어떻게 일하는지 살펴보면서 그는 자체의 인쇄소를 가져야겠다는 계획을 세웠다. 그리고 〈이제부터 해외로 나갈 때는 우편엽서나 사진보다 활자체와 최근 가격표가 수록된 카탈로그를 가져가겠네. …… 나는 일을 하고 있을 때만 살아 있는 기분이야〉라는 편지를 코포에게 보냈다.[15]

15 1915년 12월 27일 갈리마르가 코포에게 보낸 편지, 다스테의 사료.

1916년 1월 24일 아침, 구체적으로 말해서 35회 생일을 치룬 며칠 후, 가스통 갈리마르는 스위스에서 파리로 돌아와 레옹폴 파르그를 만났다. 파르그는 가스통의 외모에 깜짝 놀라는 표정이었다. 턱수염과 머리카락을 길게 기른 가스통의 모습을 한 번도 본 적이 없기 때문이었다. 가스통의 얼굴에는 수심이 가득했다. 눈살을 찌푸린 까닭에 눈매가 더 날카롭게 느껴졌다. 파르그는 친구의 말을 조용히 들어 주었다. 스위스에 머무는 동안 가스통은 무척 낙담한 듯했다. 그의 말에 따르면 로잔의 호화 호텔들은 독일 스파이들로 가득했다. 또한 프란츠 요제프(오스트리아의 마지막 황제)처럼 구레나룻을 기른 귀족들이 뿌리를 알 수 없는 백작 부인들과 희희낙락대고 있었다. 게다가 그가 술집과 식당에서 귀동냥한 소식들도 반갑지 않은 것들이었다. 여하튼 장밋빛 미래를 기대할 만한 소식은 전혀 없었다.[16]

하지만 가스통 갈리마르는 일에 더 몰두하기로 결심했다. 마르탱 뒤 가르는 가스통의 이런 결정을 십분 이해했다. 〈자네를 괴롭히던 억압감에서 벗어날 방법을 찾은 건가? 자네를 한 걸음도 앞으로 나가지 못하게 옭아매던 사슬에서 말일세. 상처받은 피난처이고 인내와 체념의 근원이지만 유일한 탈출구라고 할 수 있겠지.〉[17]

파르그와 가스통은 베르트 르마리에의 도움을 받아 가며, 매일 마담 가의 사무실에서 만나 산더미처럼 쌓인 책들과 점점 많아지는 원고들을 정리했다. 작가들에게 원고를 받았다는 답장을 보냈고 신문과 잡지를 읽고 회계 장부를 정리했다. 전쟁 포로로 잡혔거나 군인으로 전쟁터에 있던 NRF의 회원들에게 그들은 결코 잊힌 사람들이 아니며, 그들의 자리는 결코 다른 사람으로 채워지지 않을 것이며, 그들은 언제까지나 〈우리 사람〉으로 기억되고 있다고 알렸다.

잡지는 발행되지 않았지만 앙리 게옹의 전쟁 시집, 『프랑스에의 믿음*Foi en la France*』을 비롯한 몇 권의 책이 출간되었다. 가스통이 절약을 이유로 발행 부수와 저자의 이름으로 보내는 기증본까지 대폭 줄일까 걱정했던 게옹은 지드에게 마담 가의 사무실을 방문해 가스통이 가톨릭계 신문사들에도 잊지 않고 기증본을 보냈는지 확인해 달라고 부탁했다.[18] 하지만 가스통의 배려는 철저했다. 어느 것 하나

16 파르그와 라르보. *Correspondance*, Gallimard, 1971.
17 1916년 1월 20일의 편지. *Correspondance générale*, 같은 책.
18 1916년 6월 12일 게옹이 지드에게 보낸 편지, *Correspondance*, Gallimard, 1976

도 잊지 않고 있었다. 마르탱 뒤 가르는 NRF의 로고가 찍힌 책을 막사에서 받을 수 있어 너무 반가웠다는 편지까지 보내왔다. 〈NRF의 책을 만지면서 페이지를 뜯어 가며 읽는 기분, 친구처럼 이리저리 돌려 보는 기분이 어떤 것인지 자네는 상상조차 못할 거야!〉[19]

출판 상황은 점점 어려워졌다. 원고를 제외하고는 모든 것이 부족했다. 가스통은 점점 좌절감에 빠져들었다. 전쟁 전에 그의 손으로 발굴한 장리샤르 블로크와 같은 젊은 작가들도 조바심을 내며 불안감을 감추지 않았다. 그들은 새 원고를 이미 완성해서 건넸는데도 가스통이 책을 발간하지 못하는 이유를 이해하지 못했다. 전쟁 중이었지만 삶까지 중단된 것은 아니지 않은가! 한 유대인 가족이 알자스에서 성공하는 과정을 그린 소설, 『회사*Et Cie*』를 출간해 달라는 블로크의 재촉에 가스통은 이런 답장을 보냈다. 〈당신의 제안을 검토하겠습니다. 물론 제작 비용의 상승 때문에 주저하고는 있지만 모든 물자가 부족한 이때 수천 프랑어치의 종이를 구하고 인쇄소를 찾는 게 쉬운 일은 아닙니다. 여하튼 이제부터는 시시때때로 연락을 드리겠습니다. 당신이 원고는 지금 내 책상 위에 있습니다. 출판 계획을 짜고 있으며 인쇄소를 구하고 있는 중입니다. 하지만 요즘 출판계가 얼마나 어려운지 당신은 모르실 것입니다.〉[20]

파리의 다른 출판사들은 어려운 환경에서도 꾸준히 책을 출간하고 있어 가스통 갈리마르는 대부분의 젊은 작가들과 치열한 눈치작전을 벌여야 했다. 결국 가스통도 중대 결심을 해야만 했다. 전쟁이 지루하게 계속되더라도 작가들의 〈엑서더스〉는 막아야 했다. 그 후로도 가스통은 이때의 어려운 시절을 잊지 못했다. 일부 출판사가 〈그의〉 작가들을 미덥지 못한 속임수로 유혹하며 빼내 가려 했다. 하지만 결과는 정반대였다. 오히려 가스통이 경쟁 출판사의 작가들을 더 많이 빼내 왔다.

1916년 가을, 가스통은 폴 클로델과 알렉시스 생레제의 소개로 외교관 노릇을 하던 작가들을 부지런히 만났다. 당시 클로델은 리우데자네이루의 대사로 결정되어 떠날 준비를 하고 있었고, 레제는 해외 언론 담당직을 그만두고 베이징 공사관의 제3 서기관으로 부임할 예정이었다.

19 1916년 7월 22일 마르탱 뒤 가르가 갈리마르에게 보낸 편지, *Correspondance*, 같은 책.
20 1916년 9월 2일과 10월 19일의 편지, 블로크의 기증 도서.

외교부를 들락거리지 않을 때 가스통은 〈기술적 실업〉을 통해 친구인 파르그와 영화를 보러 가거나 연극을 관람했다. 식당들을 순례했고 소풍을 다녔으며 강변의 술집을 드나들었다. 때로는 귀부인들을 NRF 사무실로 초대해 차를 마시면서 한가한 시간을 보냈다.

〈반병역 기피자 국가 동맹Ligue nationale contre les embouruqués〉이 가르니에 데 가레Garnier des Garets의 주도로 12월에 총회를 열고 〈병역 기피자〉를 색출하자는 운동을 벌였지만 가스통 갈리마르는 전혀 두려워하지 않았다. 그들의 주장에도 겁먹지 않았다. 1860년 베이징에서 두각을 나타내고 1870년의 프로이센-프랑스 전쟁 이후에 에콜 폴리테크니크의 교장을 지낸 자크 갈리마르 장군의 영웅적 행위의 선전에도 그는 어깨를 으쓱해 보일 뿐이었다. 가스통은 자기만의 방식대로 살았다. 그 밖의 어떤 것도 그에게는 중요하지 않았다. 하지만 그는 자신감을 상실했다. 징집 면제에 관련된 법이 개정되면서 그는 다시 소집될지도 모른다는 걱정에 사로잡혔다. 극도의 혼란에 빠진 가스통은 다시 파르그에게 도움을 청했다. 파르그의 소개로 가스통은 정신과 의사인 뒤프레 박사의 검진을 받았다. 뒤프레 박사는 가스통이 극도로 〈군(軍) 불안증〉에 사로잡혀 있다는 진단서를 발급해 주었다.[21] 가스통은 다시 징집을 면제받았다.

1917년의 파리. 마르탱 뒤 가르가 휴가를 받아 파리를 찾아왔다. 가스통 갈리마르와 베르트 르마리에는 그와 점심 식사를 함께 했다. 그들이 처한 상황을 냉정하게 점검해 보았다. 그다지 좋지 않았다. 잡지의 주필이던 리비에르는 여전히 독일에 포로로 잡혀 있었고, 라뷔스는 「피가로」의 특파원이 되어 발칸 반도에 있었다. 영업을 총괄하던 트롱슈는 참호에 있었고 코포는 뉴욕에 있었다. 대부분의 기고자들도 파리에서 멀리 떨어져 있었다. 가스통은 다시 좌절감에 빠졌다. 이상하게도, 그는 산산이 조각난 NRF의 중심을 지키고 있었지만 대부분의 계획에서 소외당하고 있다는 느낌을 지울 수 없었다. 그의 등 뒤에서 모든 계획이 세워지고 있다는 가스통의 생각은 점차 확신으로 바뀌었다. 사실 그는 지드의 친구였던 적이

21 Guilloux, 같은 책. 마르탱 뒤 가르와 코포의 편지, 같은 책.

없었다. 따라서 지드가 간혹 쌀쌀맞은 태도와 불신감을 드러내도 놀라지 않았다. 그러나 코포와는 매우 가까웠다. 그런데 코포마저 그를 더 이상 신뢰하지 않는다고 생각하자 가슴이 터질 것만 같았다.

비외콜롱비에가 전쟁을 이유로 폐관했기 때문에 코포는 미국으로 건너가 비외콜롱비에의 순회공연 가능성을 타진했다. 뉴욕에서 코포는 대단한 환영을 받았고, 뉴욕의 〈테아트르 프랑세즈〉를 운영해 달라는 제안까지 받았다. 그는 혼자서 원대한 계획을 세우기 시작했다. 갈리마르가 알았더라면 저작권과 경영권까지 갖고 싶어 했을 계획이었다. 그리고 장문의 편지로, 갈리마르 없이 혼자서 해내고 있는 일에 대해서 자세히 알리면서 친구에게 다시 용기를 북돋워 주었다.

> 사랑하는 가스통, 자네를 빼놓고 나 혼자서는 어떤 계획도 세울 수 없다는 것을 새삼스레 말할 필요는 없겠지. 우리가 상황을 냉정하게 판단해서, 회사를 위해서 자네가 파리에 머무는 것이 나은지 아니면 뉴욕에서 나를 도와주는 것이 나은지 결정해야 할 것 같네. …… 자네가 마담 가의 구석에 쪼그려 앉아서 이곳에서 합리적이고 건전한 활동으로 거둘 수 있는 결과를 제대로 판단할 수 있을지 나는 의심스럽네. 극장만을 이야기하는 것이 아니야. 잡지와 출판사도 그렇다는 거야. 미국의 젊은 엘리트 계층에서 『NRF』는 대단한 평판을 누리고 있네. 자체로 대단한 잡지들을 발행하고 있는 미국의 젊은이들이 내게 『NRF』의 발행 부수가 10만 부를 넘느냐고 물었다네. 자네가 이런 소리를 들었다면 어떤 생각이 들었겠나? 그런데 여기 서점에서는 우리가 발행한 책을 찾아볼 수 없네. 우리 책이 한 권도 팔리지 않는다는 말일세. 지체할 틈이 없어. 전쟁이 끝날 때까지 기다릴 이유가 없네. 지금이라도 당장 우리 책을 진열할 공간을 확보해야 할 거야.[22]

가스통은 그렇게 소외감을 느껴 본 적이 없었다. 모두에게 따돌림을 당하고 있다고 생각해 본 적도 없었다. 하지만 그는 그런 속내를 겉으로 드러내지 않았다.

---

22 1917년 4월 4일의 편지, 같은 책.

리비에르를 제외하고는 누구에게도 속내를 털어놓지 않았다.

　　내가 『NRF』, 아니 프랑스를 떠나야 할 때가 온 듯하네. …… 1년 전에는
기정사실이었지. 그런데 내가 마지막 순간까지 떠나지 못한 것은 일종의 의무
감 때문이었네. 내 성격에는 어울리지도 않는 의무감 말일세. 하지만 그런 의
무감에는 자네에 대한 추억이 큰 몫을 차지했네.[23]

　　하지만 그런 비통한 심정을 오랫동안 감추고 있을 수는 없었다. 그를 잘 알고
있던 마르탱 뒤 가르가 즉시 눈치 채고 그런 오해를 풀라고 다그쳤다. 오해는 상황
을 악화시킬 뿐이고 그들 모두에게 상처를 주는 것이라며 가스통을 다독였다. 그
는 친구 사이에 지나치게 예절을 따지고 상처를 주지나 않을까 두려워한다고 가스
통을 나무랐다. 요컨대 지나치게 조심스런 격식을 나무랐다. 결국 코포와 가스통,
더 나아가 NRF에 관련된 모든 사람이 조금만 덜 고상하다면, 그렇다고 천박하게
등까지 두들기지는 않더라도, 세상 사람들의 위선을 버리고 옛날의 솔직함을 되찾
는다면 모든 문제가 수월하게 풀릴 것이라고 마르탱 뒤 가르는 확신했다. 그렇게
한다면 NRF 회원들 간의 모임이 품위가 떨어지긴 하겠지만 효율성은 훨씬 높아질
것이란 사실도 덧붙였다.[24] 솔직함의 부족과 암묵적인 묵종에 대해서 마르탱 뒤 가
르는 코포보다 가스통의 잘못이 더 크다고 생각했지만 그의 『일기』에서는 이렇게
적고 있다.

　　코포는 갈리마르가 몸과 마음을 바쳐 헌신적으로 일하지 않고, 전쟁으로
인해 신경 쇠약에 시달리며 영어에도 능통하지 못하다고, 열정까지 부족하다
고 투덜댄다. 반면에 갈리마르는 코포가 그의 시간과 돈을 펑펑 쓰면서 그가
일을 할 여유조차 주지 않는다고 투덜댄다. 갈리마르는 코포의 동료가 되고
싶은 것이지 부하 직원으로 취급받고 싶지 않은 것이다. 그런데 코포는 아랫
사람들에게만 여유로움을 보인다. 무척 걱정스럽다. 둘 모두 틀렸지만 둘 모

23 1917년 6월 24일의 편지, 알랭 리비에르의 사료.
24 1917년 7월 22일 마르탱 뒤 가르가 갈리마르에게 보낸 편지, Correspondance, 같은 책.

두 맞는 것이기도 하다. 둘이서 마음을 터놓고 이야기라도 나누면 좋으련만.[25]

　가스통은 실망스럽고 괴로웠다. 모든 것을 내던지고 사라지고 싶은 유혹에 시달렸지만 그는 참고 견디었다. 코포의 생각과 달리, 가스통에게는 문학과 연극을 향한 뜨거운 열정이 있었다. 그러나 그 열정은 내면에서 불타고 있어 극소수의 사람만이 볼 수 있었다.

　3월에 파르그의 소개로 한 젊은이가 가스통을 찾아왔다. 파르그의 말에 따르면 어느 날 저녁 친구의 집에서 그 젊은이의 시를 읽었는데 괜찮더라는 것이었다. 마담 가의 사무실로 찾아온 그 청년은 팔다리가 유난히 길어 어딘지 어색해 보였다. 보병 군복을 입었지만 숫기가 없었던지 약혼녀와 약혼녀의 두 친구까지 데려왔다. 청년의 이름은 피에르 드리외 라 로셸Pierre Drieu La Rochelle이었다. 라 로셸이 출판 비용을 부담하는 조건으로 가스통은 그의 전쟁 시집을 출간하는 데 동의했다. 하지만 전체 열일곱 편의 시 중에서 두 편이 검열에 걸리고 말았다. 검열관들은 라 로셸에게, 〈젊은이, 자네는 독일인도 우리와 같은 인간인 것처럼 말하고 있군〉이라 말했다.[26] 이 때문에 한결같이 뛰어난 시였지만 라 로셸의 시집, 『의문 Interrogation』은 출간 금지를 당하고 말았다. 하지만 가스통은 500부를 발행하려던 처음 계획을 변경해서 150부를 발행했고, 9월에 비밀리에 배포했다.

　이 시집이 그의 첫 번째 책이었기 때문에 라 로셸은 그다지 까다롭게 굴지 않았다. 하지만 다른 작가들과는 끊임없이 싸워야 했다. 게다가 많은 원고가 인쇄소에서 정체되고, 그런 지연에 대한 비용만이 아니라 운송 수단의 부족과 전반적인 악의에 따른 비용까지 출판업자인 그가 부담해야 한다고 작가들에게 설명해야 했다.

　가스통은 이런 문제들을 작가들에게 서슴없이 알렸다. 게다가 일부 작가는 인쇄의 체재(體裁), 사용하는 종이의 질, 배급 등에도 관심을 가졌기 때문에 그들에게는 기술적인 문제에 관련된 편지를 보내기도 했다. 1917년에 NRF 출판사에서 첫 책을 냈던 폴 발레리가 대표적인 예였다. 지드와 리비에르와 가스통은 발레리

<hr>

25 마르탱 뒤 가르의 기증 도서.
26 Pierre Andreu, Frédéric Grover, *Drieu La Rochelle*, Hachette, 1979.

에게 여러 잡지에 발표한 시들을 모아 한 권의 시집으로 묶자고 4년 동안이나 채근했다. 징집을 면제받은 발레리는 전쟁 기간을 이용해서, 예전에 발표한 시들을 다듬어 『젊은 파르크La jeune parque』라는 제목으로 가스통에게 보냈다. 훗날 발레리 전집에서 중요한 위치를 차지하게 된 시집이었다. 초판 600부는 금세 팔려 나갔다. 문학적 품격도 높았지만, 작가와 출판인이 한 몸이 되어 시집의 제작에 참여한 덕분이었다. 그들이 『젊은 파르크』를 출간하기 전에 주고받은 편지들은 시인과 문학 애호가의 대화가 아니라 인쇄 공장에서 흔히 들을 수 있는 대화 같았다.

14포인트 디도체로 인쇄한 크레미외의 새 견본과, 내가 보기엔 디도체보다는 아름답지 않은 서체의 견본을 준비해 두었습니다. 나는 스튀다움 인쇄소를 잘 알고 있습니다. 우리가 계획하고 있는 출판물에 대해 그들과 상의한 적이 있으니까요. 이 인쇄소에는 디도체가 14포인트밖에 없습니다.

선생님도 예상하셨겠지만 저희는 50면의 시집을 생각하고 있습니다. 하지만 전지(全紙)가 16면으로 나누어지니까 48면이나 56면(48 + 8)으로 정리해야 할 것입니다. 물론 후자를 택하면 제작 비용이 늘어납니다. 하지만 나는 이번 시집의 출간을 상업적 차원에서 생각해 본 적이 없습니다. …… 그래서 내가 임의로 공백을 조절하려 합니다. 어떤 면은 여덟 줄, 어떤 면은 열 줄이 되게끔 말입니다. 이렇게 두세 줄을 절약하면 결국 한 면이 줄어듭니다. 어쨌든 각 면 14~15줄을 기본으로 삼아서 시를 배치하려 합니다. 어쩌면 16줄이 되는 경우도 있겠습니다.[27]

발레리와 가스통이 주고받은 편지들은 길고 상세했다. 발레리는 가스통의 의견에 전적으로 동의하지 않았고, 때로는 가스통이 〈제안〉하는 것이 아니라 〈강요〉하는 것이라며 유감을 표명하기도 했다. 그러나 지드가 나서서 발레리를 설득했다. 발레리라는 이름이 NRF 출판사의 출판 목록에 없다면 가스통과 NRF이 부끄럽게 생각할 것이며, 발레리가 그들의 일원이 아니라는 생각에 크게 실망할 것이

27 1917년 3월 27일 갈리마르가 발레리에게 보낸 편지, 『젊은 파르크』의 호화 장정본에서, 1957.

라 다독이면서 발레리에게 타협점을 찾게 만들었다.[28]

지드의 영향권 내에 있지 않으면서 요구가 많은 작가들은 다루기가 무척 어려웠다. 예컨대 블로크는 『회사』라는 신작 소설의 원고를 가스통에게 건네면서 경쟁 출판사인 베르제 르브로에서도 출간 제안을 받았으니 출간이 오랫동안 지연되는 것을 허용할 수 없다고 협박까지 했다. 그렇다고 블로크가 다른 출판사로 떠나는 것을 보고만 있을 수는 없었던 가스통은 당시 상황을 자세히 설명하면서, 블로크에게 경쟁 출판사보다 그를 더 많이 생각해 달라고 간곡히 부탁하는 수밖에 없었다.

전쟁이 발발한 초기부터 NRF 조직은 완전히 와해되었다. 벨기에가 독일에게 점령당하면서 그들이 예탁한 종이, 활자와 지형 등을 보관하고 있던 브뤼헤의 인쇄소는 깨끗이 잊어야 했다. 브뤼헤에 압류된 막대한 재산과 내일의 불확실성에도 불구하고 가스통은 다른 인쇄소를 찾아 나섰다. 대부분의 인쇄소가 가스통의 주문을 받아들이기는 했지만 예전부터 거래하던 단골 고객들의 주문을 먼저 처리했다. 따라서 인쇄하는 데 두 배의 시간이 걸렸지만 가스통은 초기에 발간한 책들의 일부를 재발행하여 서점들에 책을 공급했고, 새로운 책을 출간할 현금을 확보했다. 그런데 『회사』는 85만 개의 활자가 필요한 책이었다. 인쇄업자들이 활자를 여유 있게 살 여력이 없던 시기였기 때문에 문제가 아닐 수 없었다. 블로크의 새 책을 인쇄하고 마르탱 뒤 가르의 『장 바루아』를 재발행하기 위해서 가스통은 무려 351곳의 인쇄소에 의사를 타진했다. 열 곳에서 만족스런 대답을 보내왔다. 가스통은 열 곳 모두를 직접 찾아가 조사한 후에 모를레에 있는 인쇄소를 선택했다. 소규모 인쇄소였지만 베르베크를 대신할 능력을 지닌 곳처럼 보였다. 가격도 합리적이었다. 갈리마르는 그 인쇄소에 투자까지 하면서 우선권을 갖는 주 고객이 되었다. 그리고 당시에 많은 인원을 투입하지 않고도 신속하게 활자를 주식할 수 있는 유일무이한 기계였던 모노타이프까지 구입하게 만들었다. 시간당 8천 개의 활자를 심을 수 있는 기계였다. 이렇게 과감히 투자까지 했지만, 전쟁이 길어지면 이번 출간이 가스통에게는 마지막 출간이 될 수도 있는 아슬아슬한 상황이었다. 당시 스위스 인쇄업자들은 스위스 고객에게만 종이를 공급하고 있어, 종이를 수입하거나 종이를 조금이라도 일

28 1917년 11월 1일 지드가 발레리에게 보낸 편지, *Correspondance Gide-Valéry*, Gallimard, 1955.

찍 인도받으려면 상당한 자금이 필요했다.[29] 게다가 가스통에게 줄곧 종이를 공급해 주었던 나바르와 라퓌마에도 재고가 거의 바닥난 지경이었다.

다행히 장리샤르 블로크는 기다려 주기로 결정을 내렸다. 그의 소설은 1918년에야 빛을 보았다.

1917년 가을, 가스통 갈리마르는 미국으로 떠날 준비를 차근차근 시작했다. 뉴욕에서 비외콜롱비에 팀과 합류하기로 한 것이었다. 하지만 프랑스를 떠나기 전에 〈프루스트 문제〉를 완전히 해결해야 했다.

갈리마르와 지드와 리비에르의 집요한 설득에 마침내 그라세를 떠나 NRF의 품에 안기기로 결정한 프루스트는 문학 저작권 전문 변호사인 에밀 스트로스Emile Strauss에게 자문을 구했고, 3년 전에 그를 그라세 출판사에 소개시켜 준 르네 블룸의 의견도 물었다.

냉정하게 배신하고 돌아설 사람이 아니었던 프루스트는 그라세와의 거래를 조용히 끝내고 싶어 했다. 프루스트는 완곡한 표현으로 그라세를 떠나고 싶다는 의향을 표명했지만, 당시 스위스에서 요양하고 있던 베르나르 그라세는 프루스트의 절연 편지를 읽고 화를 내며 펄펄 뛰었다. 그가 프루스트에게 제작 비용을 부담시키고 책을 출간한 것은 사실이었지만, NRF가 프루스트를 데려가고 싶어 한다는 사실만으로도 그라세는 프루스트를 놓아줄 수 없었다. 하지만 배는 이미 떠난 것 같았다. 마담 가 패거리의 설득에 넘어간 프루스트가 발길을 되돌릴 가능성은 전혀 없었다. 따라서 그라세는 법적 권리를 주장하지 않고 프루스트의 성실성에 호소했다. 하지만 어떤 경우도 성공할 가능성은 없었다. 작가에게 제작 비용을 부담시켰다는 것은 일종의 편법으로, 출판사가 작가를 신뢰하지 않았다는 증거였기 때문이다. 따라서 프루스트의 성실성을 거론한 그라세의 주장은 공정하지 못한 것이었다.

10월 15일, 가스통 갈리마르는 처음으로 그라세에게 편지를 보냈다. 〈마르셀 프루스트의 출판사가 되어 『잃어버린 시간을 찾아서』의 연작 모두를 출간하기로

---

29 1917년 5월 21일 갈리마르가 블로크에게 보낸 편지, 블로크의 기증 도서.

약속했습니다. 프루스트와 합의한 바에 따라, 『스완네 집 쪽으로』의 재고를 모두 사들이고 싶습니다.〉[30]

이로 인해 두 출판인이 첫 만남을 가졌다. 물론 사업상의 만남이었다. 600권 남짓 했던 재고를 사들이는 데 상당한 비용이 필요했지만 갈리마르는 그 문제를 깨끗이 마무리 짓고 싶었다. 얼마 후, 생페르 가의 그라세 출판사에서 마담 가의 NRF 출판사까지, 손수레가 수십 킬로그램에 달하는 프루스트의 책을 옮겼다. 갈리마르는 즉시 그라세의 겉표지를 찢어 내고 NRF 출판사의 것으로 대체했다. 이렇게 해서라도 NRF 출판사에 깊은 상처를 안겨 준 과거의 실수를 지워 내고 싶었던 것이다. 그로부터 몇 달 후, 프루스트와 두 출판사가 참석한 3자 협상이 있었다. 충분한 대화가 있은 후 그들은 이전에 따른 지엽적인 문제들, 예컨대 배상금, 저작권료 지불 등을 해결했다. 이렇게 금전적인 문제는 해결되었지만 그라세의 비통한 감정은 쉽게 해결되지 않았다. 그 후로 오랫동안 그라세라는 이름에는 〈프루스트의 장래성을 믿지 못해 내다 버린 출판인〉라는 꼬리표가 따라다녔다. 하지만 그라세는 책의 엄청난 두께와 제작 비용 때문에 자비 출판은 피할 수 없는 것이었다며 이런 소문을 부인했다. 게다가 1914년의 전쟁이 없었더라면 당시 활자 조판을 거의 끝낸 『게르망트 쪽*Le côté de Guermantes*』을 출간했을 것이라고 말했다.[31] 한편 가스통 갈리마르는 베네르빌로 가는 길에서 프루스트를 먼저 만난 사람은 자기이며, NRF 출판사가 그의 원고를 거절한 것은 신생 출판사의 경험 부족에 따른 실수였다고 틈나는 대로 말했다. 어쨌든 프루스트 사건은 두 출판사의 역사에 중대한 사건으로 기록되었고, 1917년 10월부터 두 출판사는 처절한 경쟁 관계에 돌입했다.

뉴욕 35번가, 개릭 시어터Garrick Theater! 프랑스 연극을 좋아하던 사람들이 비외콜롱비에 단원들을 만날 수 있는 곳이었다. 자크 코포, 샤를 뒬랭, 루이 주베, 발랑틴 테시에, 뤼시엔 보가에르트, 로맹 부케 …… 그리고 무대에 서지는 않았지만 무척이나 바쁘게 일하는 가스통 갈리마르가 있었다.

30 Boillat, 같은 책.
31 Boillat, 같은 책.

필리프 베르틀로Philippe Berthelot 덕분에 그들은 뉴욕에 입성할 수 있었다. 외무 장관 아리스티드 브리앙의 비서실장을 지냈고 그 후 영원한 외무 장관으로 알려졌던, 그 노련한 외교관은 NRF의 진실한 친구였다. 그는 폴 클로델, 생레제 레제, 폴 모랑, 장 지로두의 상관이었다. 미국에 프랑스 문화를 선전하기 위한 순회공연을 먼저 제시한 사람도 베르틀로였다. 미국 순회공연은 전쟁으로 파리의 극장을 폐쇄했지만 비외콜롱비에 극단을 존속시키고, 뒬랭이나 주베와 같은 배우들을 징집에서 해방시킬 수 있는 방법이기도 했다.

뉴욕 공연에 자금을 지원해 준 사람은 오토 칸Otto Kahn이었다. 그는 프랑스 연극 위원회 회장인 동시에 메트로폴리턴 오페라 하우스의 지배인이었다. 뉴욕의 유력한 은행가 중 한 명이었던 칸은 전쟁이 발발한 때부터, 친프랑스파로 널리 알려져 있었다. 비외콜롱비에가 뉴욕에서 1차 공연을 끝내고 2차 공연을 기다리며 쉬던 석 달 동안, 칸은 뉴저지의 호화로운 저택을 단원들에게 빌려 주기도 했다.

베르틀로가 길을 열어 주었고 칸이 뒷받침해 주었다. 역경의 시기에 비외콜롱비에는 수호천사를 만난 셈이었다. 미국에서 체류하는 동안 가스통 갈리마르는 동분서주하며 지냈지만 큰 소득을 거두지 못했다. 그래도 그는 좋은 추억거리를 만들 수 있었다. 뉴욕에 도착한 다음 날, 샤를 뒬랭이 코딱지만 한 하숙집으로 그를 찾아와 5번가로 데려갔다. 뒬랭은 나들이옷을 입고, 반부츠를 신고, 높은 모자를 쓴 모습이었다. 옷차림은 이래야 하는 것이라고 전범(典範)을 보인 듯했다.[32] 하지만 개릭 시어터의 무대에서 코포가 뒬랭에게 말대꾸하는 것을 지켜보던, 군인들을 위해 털 속옷을 짜는 여자 관객들만큼이나 우스꽝스럽게 보였다. 현대극을 꿈꾸던 코포와 뒬랭이 500명의 여직공 앞에서 공연하게 될 줄이야 상상이라도 했겠는가!

가스통은 뉴욕에서 작가, 평론가, 출판인을 만나면서 유용한 시간을 보냈다. 때로는 그가 파리를 벗어나 여행할 때마다 그랬던 것처럼 인쇄소를 탐방하기도 했다. 그는 적잖은 인쇄업자들과 사귀었다. 그들 중에는 프랑스인도 있었다. 가스통은 말이 통하지 않는 미국인들 틈에서 그와 교제를 나누면서 위안을 얻었다. 그 프랑스 출신 인쇄업자와 가스통은 회화와 문학에 대한 이야기를 나누었고 맨해튼의

---

32 샤프살과 갈리마르의 대담, 같은 책.

덜 알려진 명소, 흑인들의 재즈 클럽, 지그프리드 폴리 등을 관광했다.[33] 그 낯선 도시에서 밤마다 가스통의 무료함을 달래 주며 친절한 가이드 노릇을 해준 인쇄업 자는 바로 앙리피에르 로셰Henri-Pierre Roché였다. 그로부터 세월이 훌쩍 지난 1950년대에 그는 갈리마르의 이름으로 두 권의 소설, 『쥘과 짐Jules et Jim』과 『두 영국인과 대륙Deux Anglais et le continent』을 발표했고, 두 소설 모두 영화화되 면서 큰 명성을 얻었다.

물론 미국 생활에서의 모든 것이 긍정적이지는 않았다. 여러 달을 함께 생활 하다 보니 서로의 신경을 건드리는 일이 잦았다. 코포는 친구들이 그를 음해하기 시작했으며, 이를 갈리마르가 배후에서 조종한 것이라고 비난했다. 한편 갈리마르 는 코포가 극단을 자신의 분신이라 생각하고 자기만의 것이라는 듯이 행동하는 것 이 못마땅했다. 여러 번 말다툼이 있은 후 모든 문제가 해결된 듯했지만 그 과정에 서 서로에 대한 믿음은 깨지고 말았다.

미국 공연은 경제적으로 성공하지는 못했지만 가스통에게는 중요한 계기가 되었다. 극단이 미국 지식인들에게 깊은 인상을 남긴 것도 성과였지만 가스통은 다른 이유로 만족할 수 있었다. 프랑스에서 멀리 떨어진 땅에서 그는 많은 것을 배웠다. 오토 칸의 뉴저지 집에서 조용히 휴식을 취하면서 그는 자신의 삶을 돌이 켜보며 출판인으로 새롭게 의지를 다지는 시간을 가졌다. 「나는 분명히 깨달았다. 회사가 생존하려면 경제적 기반과 조직력을 구축해야만 한다. 그렇지 않으면 출 판은 친구들의 소일거리를 넘어서지 못할 것이다. 선의(善意)로 충분한 일은 아니 지 않은가!」[34]

미국에서 6개월 동안 〈자유〉를 만끽한 후 프랑스에 도착하자마자 갈리마르는 가족 문제에 부딪혀야 했다. 현실로의 복귀는 가혹했다. 그는 서둘러 베네르빌로 달려갔다. 할머니가 사경을 헤매고 있었다. 그리고 그는 〈구역질 나는〉 장면을 보아 야 했다. 죽음을 앞둔 할머니는 죽기 전에 서명해야 할 서류들에 짓눌려 있었다.[35]

33 *Figaro littéraire*, 1962년 2월 10일.
34 가스통 갈리마르와 에디트 모라Edith Mora의 인터뷰, *Bibliographie de la France*, 제9권, 1954.
35 1918년 5월 30일 갈리마르가 코포에게 보낸 편지, 다스테의 사료.

갈리마르가 평생 동안 잊지 못할 광경이었다.

갈리마르의 몸은 프랑스에 있었지만 정신은 뉴욕의 친구들에게 있었다. 그들을 위해 그는 파리에서 백방으로 뛰어다니며 작가 협회를 통해 연극의 공연권을 얻었고, 무대 소품과 의상을 주문했으며, 선전국을 드나들며 배우들의 징집 유예를 연장시켰다. 그리고 다시 미국행을 서둘렀다. 편지를 주고받는 것보다 얼굴을 맞대고 코포와 장래의 계획을 상의하고 싶었고, 할머니가 세상을 떠난 후 가장이 된 아버지의 그늘에서 하루라도 빨리 벗어나고 싶었다.

가스통은 마침내 7월 13일 미국행 선표를 손에 쥐었다. 전선에 큰 변화가 있던 때였다. 독일군이 플랑드르를 공격했고 엔 강 유역에 집중 포화를 퍼부었다. 또한 샹파뉴까지 공격할 준비를 시작하고 있었다. 하지만 힘의 균형은 곧 연합군 쪽으로 기울었다. 포슈 원수가 사령관 회의를 소집해서, 수적으로는 열세이지만 수세에서 공세로 전략을 바꾸겠다고 선언했다. 그 후 망쟁 장군이 빌레르코트레에서, 영국군이 아미앵에서, 미군이 생미엘에서, 그리고 프랑셰 데스페레 장군이 발칸에서 작전을 벌였고, 9월 26일에는 연합군의 대공세가 있었다. 마침내 불가리아가 처음으로 휴전을 제안했다. 독일과 그 동맹군에게는 종말의 서막이었다.

파리에서는 이런 정치 군사적 변화로 수많은 계획이 요동치기 시작했다. 드디어 터널의 끝이 보이기 시작한 것이다. 미국에서의 두 번째 체류를 마친 후 가스통 갈리마르는 1919년 1월에 귀국했다. 그는 출판사의 사업적 기반을 더 확고히 다지겠다고 다짐했다. 자금 사정은 좋지 않았지만 가스통은 그 이유를 전쟁에 따른 자금과 경영의 어려움으로 돌리지 않았다. 무엇보다 정신 자세를 바꿔야 했다! 초기의 고답적 분위기가 사라졌다. 〈출판 사무소〉는 기업으로 변했다. NRF 사람들은 이런 변화에 적응해야 했고, 그에 따른 제약을 받아들여야만 했다. 슐룅베르제는 아무런 이의를 제기하지 않았다. 그는 가스통을 믿었다. 하지만 가스통은 또 한 명의 파트너, 앙드레 지드에 대해서는 확신이 없었다.

1918년 초, 두 사람은 격렬한 말다툼을 벌였다. 물론 두 사람은 전에도 그렇게 가깝지는 않았다. 하지만 이번 충돌은 NRF의 분열을 초래할 정도로 극심했다. NRF의 존속이 그들의 화해 여부에 달려 있었다. 가스통이 잡지와 출판사 모두에서 점점 중요한 위치를 차지하는 것이 지드에게는 불만이었다. 그의 『일기』에서 볼 수 있듯이, 전쟁 동안 지드는 이미 NRF의 미래를 설계하고 있었다.

우정 때문에 내가 입을 다물고 있지만 지금 같은 입장과 행동에 대한 책임을 내가 뒤집어쓰지 않기 위해서라도 하루라도 빨리 회사 이름을 바꾸고, 타협적이고 부적절한 연대를 포기하는 것이 낫겠다. 코포와 마찬가지로 나도 갈리마르가 단독으로 결정을 내리는 것이 더 낫다고 생각한다. 하지만 그럴 경우에 갈리마르가 당연히 모든 결정에 책임을 져야 할 것이다. 따라서 NRF 출판사를 갈리마르 출판사로 바꿔야 할 것이다.

이런 변화는 피할 수 없는 것이었다. 상업적 이유만은 아니었다. 지드와 갈리마르 간의 반복, 그리고 회사의 분위기를 해치는 힘의 다툼을 해소하기 위해서라도 변화는 필요했다. 1911년에 공식적으로 화해하기는 했지만 그 충돌이 완전히 잊혀질 수는 없었다. 그 후 오랫동안 갈리마르는 파르그의 평가를 인용해서 지드의 애매모호한 성격을 〈한 움큼의 물 같은 사람〉, 혹은 〈창문에서 뛰어내려도 떨어지지 않을 사람〉이라 말하곤 했다.[36]

한편 지드는 갈리마르와 단 한 번도 대화한 적이 없었고, 〈설령 대화를 했더라도 그가 옳다고 인정하며 끝낸 적은 없었을 것〉[37]이라고 인정했지만, 갈리마르가 그에게 보였던 거리감을 안타까워하면서 오랫동안 불만스럽게 생각했다.

그를 알고 지냈고 함께 일했던 30년 동안 나는 가스통과 단 한 번도 식사를 같이한 적이 없었다. 그는 나를 단 한 번도 초대하지 않았다. 하지만 나는 최선을 다했다. 종종 점심 시간이면 나는 그의 사무실을 불쑥 찾아가 안락의자에 앉아 그의 초대를 기다렸다. 때로는 노골적인 암시를 주기도 했다. 심지어 나 혼자 점심을 먹어야 하는데 어디에서 먹어야 할지를 모르겠다고 말한 적도 있었다. 하지만 이런 노골적인 암시에도 불구하고 그는 나를 초대하지 않았다. 30년 동안 단 한 번도 없었다.[38]

36 Guilloux, 같은 책.
37 Maria van Rysselberghe, *Les cahiers de la Petite Dame, 1937~1945*, Gallimard, 1973.

두 사람 모두를 잘 알고 있었던 자크 코포가 1918년 가을의 상황을 완벽하게 요약해 주고 있다. 그는 미국에서 리비에르에게 이런 편지를 보냈다.

두 사람의 사이는 지금까지 좋았던 적이 없었네. 앞으로도 그럴 거야. 가스통은 약하면서도 격정적인 면이 있고, 지드는 엉큼한 면이 있지. 음흉한 면도 있고……. 가스통은 출판사에서 편하게 일하고 싶어 하지. 말하자면 출판사의 주인이 되고 싶은 거야. 그렇게 해줘야 할 걸세. 그렇지 않으면 출판사를 떠날 테니까. 나는 그를 가까이에서 봐 와서 잘 알아. …… 가스통은 〈지드가 함께 있는 한 우리는 어떤 일도 못할 거야〉라는 식으로 말할 걸세. 그의 말이 틀린 것은 아니야. 그래서 〈지드가 떠날 수는 없겠지. 그러니까 내가 물러날 수밖에!〉라고 말하기도 할 거야. 하지만 섣불리 판단하지는 말게. 가스통은 지난 6~7년 동안 항상 그렇게 말해 왔으니까. 이런 반목이 계속되면 우리에게 좋을 것이 없어. 결국에는 큰 사고로 발전하고 말테니까. 가스통의 관점에서는 가스통이 옳지. 하지만 지드를 대하는 태도는 옳지 않아. 지드는 소심한 사람이 아닌가.[39]

두 사람의 입장은 양립할 수 없는 것처럼 보였다. 하지만 일시적인 미봉책에 불과했지만, 주로 편지를 통해 타협과 양보가 이루어졌다. 두 사람의 갈등은 NRF 전체의 이익을 위해 덮어 두기로 한 것이다. 지드와 갈리마르 모두 타협만이 분열을 피하는 유일한 방법인 것을 알고 있었다.

---

38 Robert Aron, *Fragments d'une vie*, Plon, 1981.
39 1918년 9월 22일의 편지, *Bulletin des amis de Rivière et Fournier*, 제29권.

제4장＿1919~1936

전쟁이 끝났다. 프랑스는 승리했지만 프랑스 국민은 하얗게 질리도록 피를 흘렸다. 131만 명이 죽거나 실종되었고, 110만 명이 부상을 당했다. 1914년 전에는 부유했던 나라가 폐허로 변했다. 살아남은 사람들은 재건을 시작했다. 간혹 징집 기피자들은 베르덩이나 다른 전투 지역의 참호에서 살아 돌아온 사람들의 매서운 눈길을 참고 견뎌야 했다. 죽음의 길이라 확신하며 징집을 기피했던 가스통 갈리마르 역시 살아남은 것을 즐거워하기 전에 가족과 친구들의 쌀쌀한 태도를 견뎌야 했다. 많은 사람이 〈겁쟁이〉라고 중얼거렸다. 하지만 그는 초연했다. 그의 결심은 단호했다. 도덕 교과서, 심지어 입증된 영웅에게서는 어떤 교훈도 얻지 않겠다고 다짐했다. 군인들의 죽음에 그의 냉소주의가 간혹 흔들리기는 했지만, 인플루엔자에 걸리고도 제대로 치료받지 못해, 1918년의 어느 날 저녁, 뷔퐁 병원에서 속절없이 죽어 간 친구 피에르 마르가리티Pierre Margaritis의 죽음에 더 가슴 아파 했다. 하지만 그의 냉정한 가슴을 뒤흔들어 놓은 수치가 있었다. 450! 작가 재향 군인회가 발표한, 전쟁으로 사망한 작가의 수였다.[1]

국가 경제의 모든 분야가 그러했듯이 출판업도 잿더미에서 다시 시작해야 했다. 전쟁 전의 대형 출판사들은 과거의 활력을 상실한 듯했다. 파스켈은 영향력을 잃었고, 올랑도르프는 알뱅 미셸에게 팔렸다. 칼망레비는 19세기의 권위 있는 작

---

1 Lina Morino, *La Nouvelle Revue Française dans l'histoire des Lettres*, Gallimard, 1939.

가들로 명맥을 유지했다. 다른 〈거인〉들은 저마다 특정한 시장을 개척하면서 버텨 나가고 있었다. 예컨대 플롱은 가톨릭 분야, 파야르는 역사, 플라마리옹은 대중 문학, 메르퀴르 드 프랑스는 전위적 분야를 집중적으로 파고들었다. 전후에 출판계의 주도권을 쥔 듯했던 조르주 크레Georges Crès와 에밀폴Emile-Paul 형제의 성공은 오래가지 못했다. 젊은 출판인들이 부각되었다. 베르나르 그라세는 직접 나서서 책과 작가를 판촉하며 두각을 나타냈다. 알뱅 미셀은 모든 분야에서 섬광처럼 도약하는 모습을 보여 주었다. 올랑도르프의 이름으로 발간된 책들(위고, 발자크, 모파상, 로맹 롤랑, 폴 페발)을 인수했고, 처음부터 알뱅 미셀과 관계를 맺었던 작가들(앙리 베로, 피에르 브누아, 프랑시스 카르코, 롤랑 도르젤레스)로 모든 상을 휩쓸었으며, 젊은 작가들(막상스 반 데르 메르슈, 앙리 푸라, 로제 베르셀)등을 발굴하는 데도 게을리 하지 않았다.[2]

가스통 갈리마르는 약간 조심스런 태도를 취했다. 실제로 그의 모든 에너지는 NRF를 정비해서 든든한 반석 위에 올려놓는 데 집중되어 있었다. 게다가 그 과정에서 오해와 반목까지 불식시켜야 했다.

지드와 갈리마르의 영향력 다툼을 중재해 줄 인물로 NRF 사람들은 자크 리비에르를 꼽았다. 전쟁 포로로 강요된 휴식을 취하면서 리비에르는 NRF의 장래에 대해 많은 생각을 한 터였다. 따라서 파리에 돌아오자마자 그는 잡지의 주필을 맡겠다는 의향을 분명히 밝혔다. 전쟁 전에도 잡지의 편집에 참여한 적이 있기는 했지만 창립자들은 그가 서른한 살에 불과해, 너무 어리고 권위적이지 못하다고 생각했다. 또한 슐렁베르제가 지적했듯이 리비에르는 〈돈이나 무게감 있는 영향력〉 등 어느 쪽으로도 잡지의 운영에 도움이 되지 않았다.[3] 따라서 그들은 다른 해결책을 찾았다. 지드가 주필을 맡고 리비에르는 편집 주간을 맡는 방법이었다. 하지만 폴 클로델이 격렬하게 반대하며, 이른바 지드의 법칙이 야기하게 될 기본적인 문제를 구체적으로 지적했다.

앙드레 지드가 공식적으로 『NRF』의 주필을 맡게 될 것이란 소문을 들었

2 Jean-Alexis Néret, *Histoire illustrée de la librairie et du livre français*, Lamarre, 1953.
3 *Bulletin*, 제29권, 같은 책.

습니다. 만약 그렇게 된다면 나는 앞으로 이 잡지에 한 줄도 쓰지 않을 것입니다. 지드라는 이름은 남색(男色)과 반(反)가톨릭주의의 대명사입니다. 나는 그런 간판 아래에 머물 생각이 조금도 없습니다.[4]

윤리 의식과 미학적이고 문학적인 관점을 공유하는 작가들의 모임이길 바라던 『NRF』에서 지드가 맡을 역할은 그림자로 가려진 비공식적 역할 뿐이었다. 다른 역할을 맡기엔 지드라는 인물의 됨됨이가 너무 많이 알려져 있었다. 결국 많은 토론이 벌어진 후, 자크 리비에르가 『NRF』의 주필을 맡고 가스통 갈리마르가 출판사를 맡기로 결정되었다. 지드는 뒤로 물러나 자신의 글을 쓰는 데 전념하면서 회사와의 관계를 계속 유지하기로 했다.

잡지 『NRF』는 거의 5년이란 공백을 딛고 1919년 6월에 다시 발행되었다. 하지만 첫 호부터 회원들 간의 불화가 엿보였다. 리비에르는 그런 불화를 인지하고, 순수 문학을 지향하지만 지성과 민족주의적이고 윤리적인 가치관을 결코 경시하지 않는다는 권두언을 덧붙였다. 실제로 이런 권두언은 정치에는 관여하지 않겠다는 선언이었다. 권두언은 『NRF』와 그 창립자들의 원칙을 재천명한 것이었지만 회원들 간에 불화를 증폭시키고 말았다. 그 때문에 그 글은 리비에르의 책상에서 곧바로 인쇄소의 조판대로 옮겨져야 했다. 마담 가의 사무실에 다시 분열의 망령이 모습을 드러내기 시작했다. 하지만 7월 3일의 모임으로 분열의 조짐은 신속히 무마되었다. 그날의 모임에서 구체적인 해결책이 나온 것은 아니었지만 모두가 만족할 만한 절충안이 마련된 덕분이었다. 하지만 한 가지 사실은 분명했다. 『NRF』 간판이 겉으로는 다시 한 번 유지되었지만 회원들은 양분되고 말았다. 지드, 리비에르, 코포, 갈리마르가 한 편이었고, 다른 한 편에는 글의 가치를 미학적 기준이 아니라 사회 윤리적 효용성에 따라 판단하면서 『NRF』를 전투적 잡지로 변화시키려 했던 게옹, 드루앵, 슐룅베르제가 있었다.[5] 또한 그날의 모임은 리비에르와 다른 회원들 간의 차이가 분명하게 드러난 모임이기도 했다. 모임이 시작되기 전에 리비에르는 가스통에게 이렇게 속내를 털어놓았다.

4 *Bulletin*, 제29권, 같은 책.
5 같은 책.

「나는 내가 본 것만을 말하고 싶고, 또 말할 수 있을 뿐이야. 내가 당연히 말해야 할 것은 접어 두겠네. 독일에서 포로로 있을 때, 말해야만 하는 것 이외에 다른 것은 결코 말하지 않는 사람들과 살아 보았기 때문이지.」

또 그가 한 번 이상 말다툼을 벌였던 슐룅베르제에 대해서는 이렇게 덧붙였다. 「그를 다시 만났을 때 그의 사고방식이 독일식이라는 것에 깜짝 놀랐네. 내가 독일 포로수용소에서 보았던 사람들과 너무 닮았어.」[6]

요컨대 사람들의 머릿속에서는 전쟁이 아직 끝나지 않고 있었다. 이런 전쟁 후유증으로 정상적인 토론이 불가능했고 의견 차이를 좁힐 수 없었던 것이다.

모임이 있은 지 3주 후, 즉 1919년 7월 26일에 주식회사 〈리브레리 갈리마르Librairie Gallimard〉가 창립되었다. 자본금은 1,050,000프랑이었고 다섯 명의 주주가 참여했다. 에마뉘엘 쿠브뢰, 가스통 갈리마르, 장 슐룅베르제, 레몽 갈리마르, 그리고 앙드레 지드였다. 새로운 인물 둘이 눈에 띄었다. 두 사람 모두 가스통이 영입한 인물로, 한 명은 두 동생 중 하나였고 다른 한 명은 그의 절친한 친구였다.

레몽 갈리마르Raymond Gallimard는 가스통보다 두 살 어렸다. 출판계에 투신할 하등의 이유가 없는 인물이었다. 콩도르세에서 고등학교 교육을 마친 후 레몽은 중앙 공예 학교에 입학했다. 학위를 딴 레몽은 팡아르 에 르바소르 자동차 회사에 취직했다. 창업자의 조카인 폴 팡아르가 친구였기 때문에 장래는 보장된 것이나 마찬가지였다. 형보다 문학에 대한 열정은 부족했지만 레몽은 수치에 밝아 자금 계획과 사업 전략을 구상하는 데 탁월한 능력을 가지고 있었다.

가스통은 동생들을 만나 NRF의 파국적인 재정 상태를 설명했다. 파산의 가능성까지 언급하며 두 동생을 깜짝 놀라게 만들었다. 그리고 문제가 생길 때마다 그랬듯이, 세 형제의 우애와 그가 책임져야 할 상황의 위급함을 적절히 섞어 가면서 은근히 두 동생의 도움을 요구했다.

「너희가 도와주지 않는다면 출판사는 문을 닫아야 할 거다. 우리 이름에 먹칠을 하는 셈이야……. 나는 미국으로 도망가서 살아야 되겠지!」[7]

6 다스테의 사료.
7 개인 자료.

마침내 레몽이 신생 회사의 경영과 관리를 맡겠다고 약속했다. 막내로 세 형제 중에서 유일하게 전쟁에 참전한 자크Jacques는 회사에 참여하지 않았다. 그는 전우들과 조그맣게 시작한 중앙난방 회사를 키우는 데 전념하고 싶어 했다. 그들의 사촌인 피에르Pierre와 프레데릭 뒤셰Frédéric Duché는 약간의 돈을 투자했지만 회사 운영에 직접 관여하지는 않았다.[8]

처음에는 전무이사로, 나중에는 부사장으로서 레몽 갈리마르는 〈갈리마르 출판사〉의 역사에서 주춧돌과 같은 역할을 해냈다. 레몽이 NRF에 참여하면서 경영 방식이 훨씬 탄탄해졌다. 그는 제작 비용을 체계적으로 관리했다. 그때부터 출판계의 관례처럼 여겨졌던 〈200면의 책은 3프랑 50상팀〉이란 등식이 사라졌다. 레몽과 가스통은 서로를 보완해 주는 환상적인 짝이 되었다. 두 형제는 아주 교묘한 전략을 구사했다. 예컨대 작가, 인쇄업자, 제지업자, 기자 등 누가 되었든 골치 아픈 사람을 상대해야 할 때는 〈내 형(동생)에게 알리겠습니다. 그가 결정할 문제니까요〉라는 식으로 난처한 상황을 벗어나면서, 그 골칫덩이가 지칠 때까지 이리 보내고 저리 보냈다. 한편 까다롭지 않은 고객을 상대할 때는 다른 전략을 구사했다. 가스통이 노련하게 상대를 설득해서 레몽에게 보내면 레몽은 가혹할 정도로 원리 원칙을 따지면서 상대를 주눅 들게 만들었다.

두 갈리마르 중에서 진정한 경영자는 레몽이었다. 레몽이 참여하기 전에 가스통이 한동안 경영을 맡았지만 그것은 고육지책이었다. 실제로 가스통은 주먹구구식으로 회사를 경영하지 않았던가! 1919년의 상황이 그 증거이다. 레몽이 참여하면서 회사의 성장이 가능해졌고, 가스통은 문자 그대로 출판에 전념할 수 있었다. 새로운 방식으로 운영되면서 회사는 활기를 띠고 놀라운 속도로 성장해 나갈 수 있었다.

앙드레 뵈클레André Beucler의 실화 소설, 『노래하는 꽃La Fleur qui chante』만큼 갈리마르 형제의 협력 관계를 잘 묘사한 곳은 없을 것이다.[9] 이 책이 출간되었을 때 파리의 문학계와 출판계는 국회 의사당과 생제르맹데프레의 중간쯤에서 〈라 프레스크〉라는 화랑을 공동으로 운영하는 올리비에와 모리스 브루야르

8 개인 자료.
9 André Beucler, *La Fleur qui chante*, Gallimard, 1939.

형제의 모델이 갈리마르 형제라는 것을 금세 눈치 챘다.

올리비에는 상냥하고 대담했지만 모리스는 깐깐하고 까다로운 성격이었다. 화랑을 열고 올리비에는 동생을 찾아갔다. 선임 연구원으로 일하던 기계 공장을 그만두고 도와 달라고 하기 위해서였다. 그래서 모리스는 정확하고 정직한 머리로 예술의 세계에 뛰어들게 되었다. …… 올리비에는 고객과 공급자에게 허세를 부리고 다독거려서 동생에게 보냈다. 워낙에 정직한 동생은 사소한 것에도 신경을 써 그들을 맞아 주면서도 곧바로 본론으로 들어가 계산서나 계약서를 내밀고 꼼꼼하게 따졌다. 회사의 두뇌 역할과 위 역할을 멋지게 분담한 것이었다. …… 공범이랄까, 형제애랄까? 두 사람은 일종의 암묵적인 애정을 서로에게 느끼고 있었다. 모리스는 올리비에가 파리에서 가장 뛰어난 세일즈맨이란 것을 알고 있었고, 올리비에는 모리스가 정직이란 경직된 틀 안에서 궂은일을 무리 없이 해내는 원칙주의자라는 것을 알고 있었다. …… 올리비에가 변호사였다면 모리스는 형 집행자였다. 올리비에는 사냥개 역할이었고, 모리스는 몸을 감추고 사슴이나 산토끼를 기다리다가 끝내 버리는 역할이었다.

인간적 매력과 성실성의 결합, 재능과 전문가적 능력의 결합! 가스통과 레몽 갈리마르 형제의 협조 관계를 이르는 표현이었다.

NRF의 대주주로 새로 참여한 다른 한 사람은 두 형제의 어린 시절 친구였다. 친구들에게는 〈마네〉라 불렸던 에마뉘엘 쿠브뢰는 대형 토목 회사를 운영하는 대부호의 아들이었다. 가스통보다 세 살 어렸던 쿠브뢰는 평생 동안 세 가지 것에 무척 열심이었다. 첫 번째는 갈리마르 형제를 무조건적으로 돕는 것이었고, 두 번째는 유리드믹스, 솔페지오, 그가 열심히 따라 한 율동으로 이루어진 자크 달크로즈 교수법이었으며, 세 번째는 루이 주베의 극단으로, 그는 극단의 가장 열렬한 후원자 중 한 명이었다. 그는 레몽 갈리마르와 콩도르세 학교를 함께 다녔다. 그래서 두 사람은 공통된 관심거리인 난방 장치에 대해서 몇 시간이고 이야기를 나누기도 했다. 한편 가스통, 파르그, 피에르 드 라뉙스와 함께 있을 때에는 문학과 연극과 음악에 대해 이야기를 나누었다. 세상 사람들이 그에 대해 무엇이라 말하든지 한 귀로 흘려버렸고, 앞 유리도 없는 무개차를 타고 모자도 쓰지 않은 채 파리를 질주할 때 쏟아지는 조롱과 비아냥거림을 무시해 버렸던 쿠브뢰였다. 친척들이나 프랑스 자동차 클럽 회원들은 그를 〈괴팍한 사람〉이라고 생각했다. 가스통도 그 자동차 클럽의 회원이었다. 여하튼 친구들에게 그는 부자이지만 상류 계급과 잘 어울리지 않는 사람이었다. 또한 보통 수준을 뛰어넘은 문학 애호가로, 쿠브뢰는 훗날 『르뷔 뮈지칼』에 이사도라 던컨이나 바그너에 대한 글을 기고하기도 했으며, 가난한 화가와 작가 친구들을 뇌이유의 집에 유숙시키기도 했다. 오페라 극장의 지배인, 자크 로셰의 딸과 결혼한 후 그는 유명한 향수 〈연분홍 클로버〉, 〈폼페이아〉, 〈플로라미〉 등을 생산하는 L. T. 피베사(社)의 관리자가 되었다. 에마뉘엘 쿠브뢰는 갈리마르 출판사의 이사직을 아주 충실하게 수행하면서 상당한 자금을 투자했다. 이런 점에서도 그는 아주 소중한 친구였다.

새 회사의 정관에 따라 가스통 갈리마르는 그때까지 기여한 공로의 대가로 300주를 받았다. 정확히 말하면 NRF 출판사의 영업권, 〈리브레리 갈리마르〉를 설립하는 데 필요했던 기초 작업과 연구의 성과를 인정해 준 것이었다. 새 출판사를 설립한 직후, 가스통 갈리마르는 자기가 받은 300주 중 30주를 자크 리비에르에게 무상으로 넘기겠다고 알렸다.[10] 하지만 그것은 가스통의 생각일 뿐 실제로 이루어지지는 못했다. 리비에르는 『NRF』의 주필로서 매달 2천 프랑을 받았을 뿐이었다.[11]

1919년 8월 내내, 가스통 갈리마르는 마담 가의 사무실보다 넓은 곳을 찾아다녔다. 마침내 포부르 생토노레 가에서 적당한 공간을 찾아냈다. 하지만 임대료가 연간 6만 프랑이었다. 턱없이 높은 값이었다. 은행들도 도움이 되지 못했다. 보증 없이는 어떤 은행도 돈을 빌려 주려 하지 않았다. 장 슐룅베르제마저도 연대 책임을 거부했다. 그렇게 하더라도 손해 볼 것이 없었는데 말이다.[12]

가스통은 서둘러야 했다. 무엇보다 10월에 브뤼헤에 있는 생카트린 인쇄소에 투자할 계획이었다. 전쟁이 끝나면서 베르베크는 다시 가스통의 주된 인쇄소가 되

10 1919년 8월 3일 갈리마르가 리비에르에게 보낸 편지, 알랭 리비에르의 사료.
11 알랭 리비에르가 저자에게 한 증언.
12 1919년 8월 12일 갈리마르가 리비에르에게 보낸 편지, 리비에르의 사료.

었다. 레몽의 조언으로, 가스통은 예기치 않게 베스트셀러가 터질 경우에 많은 부수를 한꺼번에 찍는 데 필요한 자금을 융통하기 어려울 수 있다는 사실을 깨닫고 있었다. 이러한 경우까지 대비하고 있어야만 했다. 프루스트의 폭발력을 믿었기 때문에 더더욱 준비가 필요했다. 미국에서 돌아온 이후로 가스통은 프루스트를 자주 만났다. 거의 언제나 밤이었다. 프루스트는『꽃피는 아가씨들의 그늘에*A l'ombre des jeunes filles en fleurs*』를 끊임없이 수정하고 있었지만, 가스통은 노기 어린 초조함을 노골적으로 드러내지는 않았다. 그 책은『스완네 집 쪽으로』만큼 상업적으로나 문학적으로 성공을 거두었다. 괜찮은 성과였지만 만족할 만한 성과는 아니었다. 작가와 출판인 모두가 바랐던 정도는 아니었다. 완벽한 책이었지만 너무 길고 어려워 일반 독자까지 파급되려면 공쿠르상만이 유일한 희망이었다. 9월 초, 프루스트는 몇몇 친구들에게 자신의 책이 공쿠르상 후보로 올랐다는 사실을 알렸다. 그의 스승으로 당시 75세였던 아나톨 프랑스가 〈인생은 짧은데 프루스트는 너무 길어〉라고 한탄하면서『꽃피는 아가씨들의 그늘에』 읽기를 포기했다는 소식을 듣고도 프루스트는 낙담하지 않았다.[13]

이번에는 공쿠르상을 타리라 확신했던 프루스트는 치밀한 전략을 구사했다. 점심 식사는 프레카트랑에서, 저녁 식사는 리츠 호텔에서 하면서 최종 승리를 다지기 위한 기병대로 절친한 친구들과 가까운 동료들을 동원했다. 로베르 드 플레르, 레날도 안, 루이 드 로베르, 로베르 드레퓌스의 영향력이 프루스트에게 우호적이지 않았던 심사 위원들, 즉 레옹 에니크와 뤼시앵 데카브를 그의 편으로 돌려놓았다. 또한 프루스트는 레옹 도데, 로니 형제 중 동생, 앙리 세아르가 그에게 표를 던질 것이라 확신했지만 다른 심사 위원들은……

12월 10일, 〈드루앙 식당〉에서 전통적인 점심 식사가 끝난 후 공쿠르 위원회는 프루스트를 수상자로 발표했다.『나무 십자가*Les Croix de bois*』를 쓴 롤랑 도르젤레스*Roland Dorgelès*보다 2표를 더 받았을 뿐이었다.『꽃피는 아가씨들의 그늘에』와는 완전히 다른 소설, 즉 1차 대전 당시 참호에서 죽어 간 사람들을 사실적으로 묘사한 소설이었다.

13 Painter, 같은 책.

오후 다섯시, 아믈랭 가에 있던 프루스트 집의 초인종이 울렸다. 가정부, 셀레스트가 문을 열었다. 흥분한 표정을 한 세 신사가 서 있었다. 가스통과 트롱슈와 리비에르였다.

가스통이 셀레스트에게 〈프루스트 씨가 공쿠르상의 수상자로 결정된 것을 아실 테죠?〉라고 말하며 〈즉시 프루스트 씨를 만나야겠습니다!〉라고 덧붙였다.[14]

셀레스트는 프루스트에게 그 사실을 알렸다. 프루스트는 천식 때문에 훈증을 하고 있어 그들을 만날 수 없다며, 밤 열시에 다시 찾아 달라고 전했다. 면회를 거절당한 가스통은 버럭 화를 내면서, 열시에 만나면 도빌행 기차를 놓칠 것이라고 소리쳤다. 『꽃피는 아가씨들의 그늘에』의 재고가 바닥나기 전에 아브빌의 인쇄업자를 만나야 했기 때문이었다. 가스통은 냉정을 잃고 프루스트를 만나야겠다며 고집을 부렸고, 현관에서 서성대며 안절부절못했다. 마침내 프루스트가 양보해서 세 사람을 맞아들였다. 잠시 후에는 기쁜 소식을 직접 전하려고 달려온 레옹 도데 Léon Daudet까지 합석했다. NRF의 대표들과 프루스트 침대 곁에 놓인 「악시옹 프랑세즈L'Action Française」의 독설가가 만나는 순간이었다. 이상하고 거북한 시간이었지만 다행히 오래 지속되지는 않았다. 프루스트가 기침을 심하게 해대면서 손님들에게 작별 인사를 했고, 하인들에게 문을 굳게 걸어 잠그고 기자들을 들여보내지 말라고 지시했다. 하지만 기자들은 침대에 누워 지내는 작가를 칭송하는 장문의 기사를 써댔다. 몇 달 전만 하더라도 상상할 수 없었던 단어까지 동원하며 그의 작품을 칭찬했다. 그러나 대부분의 기사가 프루스트의 인간됨을 집중적으로 다루었고 『꽃피는 아가씨들의 그늘에』의 문학성에 대한 분석은 철저히 간과했다. 또한 많은 신문이 1919년의 공쿠르상 수상자가 대중에게 알려지지도 않았고 참전 군인도 아닌 세속적 지식인이라는 사실에 충격을 받은 듯했다.

『꽃피는 아가씨들의 그늘에』의 재고는 며칠 만에 바닥이 났다. 가스통 갈리마르는 온갖 수단을 동원해서, 수상자가 발표되고 거의 열흘 만에 서점들에 책을 다시 공급할 수 있었다. 이번에 발간된 책에는 〈공쿠르상 수상작〉이라 쓰인 붉은 종이띠가 둘러졌다. NRF 출판사가 처음으로 공쿠르상 수상작을 내놓은 것이었다.

14 Céleste Albaret, *Monsieur Proust*, Robert Laffont, 1973.

한동안 그들은 알뱅 미셸을 고소할 생각까지 했다. 알뱅 미셸이 도르젤레스의 책에 〈공쿠르상〉이라 쓰고 그 아래에 작은 글씨로 〈10표 중 4표〉라고 쓴 띠지를 둘렀기 때문이었다. 하지만 그들은 고소를 포기했다. 소송은 그런 비열한 상술만큼이나 고상하지 못한 짓이라 생각했기 때문이다.

프루스트가 공쿠르상을 수상하면서 가스통 갈리마르가 새로 창립한 출판사의 출발은 순조로웠다. 1920년에는 『꽃피는 아가씨들의 그늘에』 이외에, 전쟁 때문에 미루었던 마르탱 뒤 가르의 『장 바루아』를 재발행해서 성공의 여세를 몰아갔다. 갈리마르는 라스파유 가에 서점을 열었고, 6월 11일에는 자본금을 증자해서 새로운 월간 잡지 『르뷔 뮈지칼La Revue musicale』을 창간했다. 앙리 프뤼니에르와 인쇄업자 A. 두알리 그리고 가스통 갈리마르가 공동으로 투자했고 경영은 트롱슈가 맡았다. 모리스 바레스의 「스탕달과 음악Stendhal et la musique」, 앙드레 피노의 「루이 쿠프랭Louis Couperin」, 롤랑 마뉘엘의 시평 등으로 짜인 창간호의 목차도 훌륭했지만 삽화와 종이의 질도 이 잡지의 품격을 확실히 보여 주었다. 2호는 창간호의 약속을 충실히 지켰다. 앙드레 쉬아레스, 알프레드 코르토, 마뉘엘 드 팔라 등의 글로 드뷔시를 특집으로 다루었다. 『르뷔 뮈지칼』은 전문 독자층에게 신속히 호응을 얻었다. 또한 사촌지간이던 『NRF』를 본떠서, 가스통 갈리마르의 주도 하에 『르뷔 뮈지칼』도 〈비외콜롱비에 극단에 연극을 위해 그랬던 것처럼 음악을 위해서〉 저렴한 가격으로 비외콜롱비에서 실내악 연주회를 갖는 〈잡지 정신〉을 천명했다. 그들은 거의 알려지지 않아 좀처럼 연주되지 않는 작품이나 벨라 버르토크, 아르튀르 오네게르, 폴 뒤카, 다리위스 미요, 스트라빈스키의 현대 음악을 주로 연주했다.

『르뷔 뮈지칼』은 『NRF』와 비교할 때 중간 정도의 이익을 기대했을 뿐이다. 하지만 금전적 이익보다 간접적인 부산물이 더 중요했다. 짧은 경험이었지만 갈리마르는 『NRF』와 같은 잡지가 출판사에 새로운 인재를 공급한다는 사실을 꿰뚫고 있었다. 『메르퀴르 드 프랑스』도 마찬가지였다. 이 잡지의 주필이 같은 이름의 출판사에 인재를 공급해 주는 통로였다. 논설, 서평, 초고, 심지어 발췌 글도 출판하는 데 별다른 약속이 필요 없었다. 하지만 출판사의 경우는 달랐다. 한 권의 책을 출간하는데도 법적인 약속, 즉 계약서에 서명하고 향후의 다른 책에 대한 약속이 전제되어야 했다. 갈리마르는 바로 이런 점에 주목했다. 달리 말하면, 잡지에 게재된 글과 출판사 이름으로 발간되는 책의 차이점을 주목한 것이었다. 따라서 작가가 마담 가의 사무실에 들어서면 그를 붙잡는 것은 갈리마르의 책임이었다.

가스통은 『NRF』와 『르뷔 뮈지칼』의 사례를 다른 잡지들, 예컨대 문화 관련 잡지에도 적용할 수 있으리라 생각했다. 하지만 그렇게 하자면 새로운 구조와 인력과 수단이 필요했다. 어쨌든 지금은 때가 아니었다.

1921년에 잡지사와 출판사를 그르넬 가로 옮기면서 회사는 다각도로 성장하기 시작했다. 프루스트가 공쿠르상을 수상한 이후로 많은 원고가 NRF에 기탁되고 있었지만 조직적인 후속 조치가 뒤따르지 못했다. 따라서 기탁한 원고를 읽는 사람도 없고 누구와 접촉해야 할지도 모르겠다고 투덜대는 작가들이 늘어났다. 레몽이 불철주야로 뛰고 있었지만 가스통도 조직력의 부족을 절감했다. NRF의 창립자들이 매주 목요일 아사스 가에 있던 슐룅베르제의 집에 모여 원고를 큰 소리로 읽고, 말라르메의 시가 젊은 작가들에 미친 영향에 대해 난상 토론을 벌이던 시대는 이미 지나갔다. 전쟁이 한창일 때 NRF의 장래에 대해 생각하면서 가스통은 다른 출판사들과 어깨를 나란히 하고 경쟁하려면 변신이 필요하다는 사실을 깨닫게 되었다. 따라서 가스통은 회사의 화기애애한 인간관계를 그대로 유지하면서 동료애의 부정적인 면, 예컨대 겉치레, 즉흥성, 방종 등을 척결하기로 결심했다.

1920년대 초, 가스통은 각자의 분야에서 전문적 능력을 지녔고 조직원으로서도 나무랄 데가 없는 인재들을 주변에 끌어 모으면서 미래를 위한 확고한 기반을 다져 갔다.

그러나 상황은 대규모 프로젝트를 시작하기에 적합하지 않았다. 1921년의 서적 연합회 총회에서는 모두가 〈위기〉라는 말을 감추려 하지 않았다. 실제로 출판계에 어두운 그림자가 드리우고 있었다. 이번에는 엄살이 아니었다. 한 발표자가 무척 설득력 있는 보고서를 내놓았다. 전쟁 전에는 평균 인쇄 부수가 2000부였고 판매가는 3프랑 50상팀이었으며 제작 비용은 권당 0.73프랑이었다. 그런데 평균 제작 단가가 2.96프랑으로 400퍼센트나 증가했다는 것이다. 그 이유는 자명했다. 휴전 이후 종이가 세계적으로 과잉 생산됐지만 영국과 미국이 엄청난 양을 사들이면서 종이 값이 천정부지로 뛰었기 때문이었다. 게다가 1919년 4월에 발효된 여덟 시간 노동법과 그 법이 고용에 미친 영향, 정확한 인도 날짜를 예측할 수 없을 정도로 해체된 운송 기관, 여기에 인플레이션까지 겹치면서 눈앞에 닥친 현상은 출판사들에게 〈위기〉로 여겨질 수밖에 없었다.[15]

화요일, 오후 다섯시.

몇 번의 변화가 있었지만, 결국 화요일 오후 다섯시는 〈독자 모임〉의 시간이 되었다. 작가들이 우편이나 인편으로 보낸 원고들이 그 〈독자〉들에게 주어졌다.

독자가 되는 방법을 가르쳐 주는 곳은 없었다. 누구도 독자가 되는 비결을 가르쳐 주지 않았다. 〈글을 읽을 줄 알아야 한다〉라는 한 가지 조건만이 요구되었다. 달리 말하면 냄새를 맡아 분간하고, 연구해서 분석하고, 설명하고 평가할 수 있어야 했다. 읽은 글을 옹호하든지 비난할 수 있어야 했다. 자의적이고 주관적이어도 상관없었다. 독자는 읽은 글이 좋은 이유나 싫은 이유를 합리적으로 설명해야 했지만 항상 그런 요구가 있었던 것도 아니다. 프루스트의 원고를 처음 읽은 독자였던 지드가 『스완네 집 쪽으로』를 살롱과 「피가로」의 칼럼 냄새가 풍긴다며 퇴짜를 놓은 이후로, 작가들은 독자가 엄청난 영향력을 갖는다고 확신하기에 이르렀다. 더욱이 독자는 대개 겉으로 드러나지 않기 때문에 독자의 평가는 감추고 싶은 생각까지 드러낸 것이란 믿음이 있었다.

이런 비밀주의를 전통으로 택한 이유는 충분히 이해된다. 익명성은 읽기 전의 압력과 그 후의 원망을 피할 수 있지 않은가! 특히 후자가 중요했다. 파리의 문학, 정치, 예술, 언론계에서는 유력한 작가들이 극단 지배인이나 편집장, 혹은 다른 곳에 글을 발표하거나 출판사의 기획 위원 노릇을 하면서 영향력을 행사했기 때문이다. 그 경계가 불분명하기는 했지만 최소한의 양심도 없이 은밀하게 혹은 노골적으로 그 경계를 넘나드는 사람들이 적지 않았다. 또한 잡지의 서평가로 활동하면서 어떤 소설이 출간되면 자신이 그 책의 출간을 적극 추천했다고 자찬하는 사람들까지 있었다.

대형 출판사들은 저명한 작가들을 초빙해 원고를 판단하는 기획 위원으로 두

15 Les Nouvelles littéraires, 1923년 9월 29일.

었지만 갈리마르 출판사에서는 〈독자 위원회〉가 그 역할을 맡았다. 1920년대 초부
터 갈리마르의 독자 위원회는 의도적으로 조장된 신비감과 비밀주의를 표방했다.

훗날 셀린Louis-Ferdinand Céline은 『북부Nord』에서 독자 위원회가 투표하
는 날의 모습을 생생하고 실감나게 묘사했다. 〈사교계의 돈 많은 부자들, 철저한
건달들! …… 동성애자 …… 알코올 중독자, 틀림없어! …… 살인범들 …… 독자 위
원회! 모두가 무자격자들이다! 이런 사람들이 작품을 평가한다! 이런 사람들이 평
가할 줄 안다고 주장한다. 그들의 삶으로! …… 영어도 하고 키르키즈 말도 한다고
한다! ……〉

외부에서 보기에 이런 독자 위원회는 일을 위한 모임이라기보다 비밀스런 의
식으로 여겨졌다. 독자 위원회는 갈리마르 형제가 함께 사용하던 사무실에 모였
다. 매주 화요일 같은 시간에, 독자들은 가스통과 레몽의 좌우로 둥그렇게 둘러앉
았다. 모두가 거의 언제나 같은 자리에 앉았다. 그리고 한 명씩 읽은 원고에 대해
의견을 말했다. 발표 시간은 짧았다. 요점만 간단히 정리해서 말하고 신속하게 결
론지어야 했다. 종종 어떤 작가나 책에 대해 토론이 벌어지기도 했다. 이때는 예절
따위는 잊고 솔직한 생각을 말해야 했다. 독자 위원이 읽고 감동해서 반대하지 않
는 원고는 그 자리에서 채택될 수도 있었다. 하지만 토론 과정에서 반박이 있었던
원고는 둘이나 셋, 심지어 다섯 명의 독자 위원에게 재검토가 요구되었다. 입심이
좋은 독자 위원도 있었지만 과묵한 독자 위원도 있었다. 여하튼 독자 위원들 간에
공방이 오갔다. 하지만 토론 과정에서 주고받은 말은 물론이고 웃음과 분노까지도
외부로 새어 나가지 않는다는 것을 모두가 알고 있었다.

독자 위원회의 독자가 되는 것은 모두에게, 심지어 문학계에서도 자랑거리였
다. 교황 선거처럼 원고가 채택되면 독자 위원회가 NRF의 굴뚝으로 연기를 피워 알
렸다면 독자 위원회가 열리는 날마다 많은 작가들이 길에서 꼼짝 않고 기다렸을 것
이다.[16] 잡지 『NRF』가 출판사의 산실이었다면 독자 위원회는 법정이었다. 독자 위원
회는 재판을 해서 유, 무죄를 결정했다. 의혹이 있으면 판결을 유보하고 결정을 상급
법원으로 넘겼다. 최종 심판에서 판결을 내릴 최고 재판관은 가스통 갈리마르였다.

16 Maurice Sachs, *Le sabbat*, Gallimard, 1960.

가스통 갈리마르는 일반적인 토론에는 거의 끼어들지 않았다. 조언자들의 의견이 분분할 때 그들의 의견을 종합해서, 그 이후로 누구도 의문을 제기하지 않을 결론을 끌어내려 애썼다. 그는 결정자가 되어 최종 판결을 내렸지만 언제나 인간적인 면모를 잃지 않았다. 나는 그런 모습에 감동했다. 그는 원고의 가치만이 아니라 작가의 성격과 감성까지 고려해서 결정을 내렸다. 독자 위원회의 분위기는 언제나 신중하고 지적이었지만 그 모임은 엄격하고 정확한 틀 안에서 이루어졌다.[17]

실제로 독자 위원들은 원고에 대해 개략적으로 작성한 보고서를 제출하는 것으로 만족하지 않았다. 그들은 학교에서처럼 원고에 점수를 매겼다. 점수는 1점부터 4점까지였다. 1은 원고를 반드시 출간해야 한다는 뜻이었다. 간혹 별표를 덧붙이는 독자 위원들도 있었다. 별표는 독자 위원회 위원들끼리 사용하던 비공식적인 암호로 생각을 절대 바꾸지 않겠다는 뜻이었다. 2는 작가의 수정을 조건으로 원고를 받아들이겠다는 뜻이었다. 3은 신중한 유보를 뜻했고, 4는 작가와 원고 모두를 퇴짜 놓는다는 뜻이었다. 독자 위원의 이름과 보고서의 내용은 철저히 비밀로 지켜졌다. 보고서는 서류화되어 보관되었고 회사의 최고위층만이 볼 수 있었다. 그런데 보고서가 항상 비밀리에 보관되었던 것은 아닌 모양이다. 가끔 보고서가 사라지는 경우가 있었다. 특히 유명한 작가랍시고 신진 작가, 훗날 극찬을 받은 신진 작가의 글을 독단적으로 퇴짜 놓은 보고서들이 곧잘 없어졌다.

독자 위원회는 원고의 운명을 좌우하기도 했지만, 어떤 원고를 출간하기로 결정한 경우에는 그 원고를 어떤 시리즈에 넣어야 하는 가를 결정하기도 했다. 독자 위원회의 성향을 그대로 보여 줄 수 있는 시리즈의 결정은 아주 특별한 의미가 있었고 중요했기 때문에 외부에는 철저히 비밀로 했다. 예컨대 〈한 작품, 한 인물Une œuvre, un portrait〉이라는 시리즈는 반양장이었다. 그리고 평균 800부만 제작해서 애서가들에게 사전 예약으로 미리 팔았다. 지드, 클로델, 리비에르, 발레리 등과 같은 유명 작가의 소품이 간혹 포함되기도 했지만 대부분의 경우는 신진 작가

17 Robert Aron, 같은 책.

118

들의 첫 작품이 이런 식으로 제작되었다. 발행 부수 등 특별한 제약이 두어, 이 시리즈로 인한 위험 부담을 최소화시켰다. 이런 방법은 젊은 작가들의 첫 작품을 제한된 비용으로 발간하면서 그들의 향후 작품에 대한 우선권을 확보하는 장점이 있었다. 이런 식으로, 가스통은 1920년대에 큰 위험 없이 로제 비트락, 조제프 케셀,[18] 마르셀 아를랑, 폴 엘뤼아르, 마르셀 주앙도 등 많은 작가들에게 〈한 작품, 한 인물〉을 통해 등단의 기회를 주었다.

이런 방법은 양심적인 절차는 아니었다. 하지만 편법도 아니었다. 게다가 독자 위원회도 이런 방법을 승인하고 유리한 방향으로 이용했기 때문에 NRF의 출간 방향과 정신에 이의를 제기하지 않았다. 하지만 가스통 갈리마르가 문학성보다 이익을 우선하는 낌새를 보이자, 가스통에게 출간과 직접 관련된 독자 위원회의 뜻을 묻지 말고 단독으로 결정하게 하는 압력이 쏟아지기 시작했다. NRF 출판사는 공식적으로 〈리브레리 갈리마르〉가 되었기 때문에 가스통은 예전보다 자유롭게 대중적인 책을 출간할 수 있었다. 특히 지드의 눈치를 살필 필요가 없었다. 순수 문학 책은 경영자와 회계 담당자와 은행을 제외한 관련자 모두에게 자부심을 주는 책이기는 했지만, 그에 따른 상대적 결손을 대중적인 책을 팔아서 메우고 있는 실정이었다.

문제는 어느 날 갑자기 제기되었다. 잡지의 주필이던 리비에르에게 전혀 알리지 않은 채 새로운 시리즈 〈모험 소설 걸작선〉의 첫 두 권을 발행한 때문이었다. 조르주 투두즈George Toudouze와 〈룰르타비유Rouletabille〉 시리즈로 유명한 가스통 르루Gaston Leroux의 소설은 싸구려 소설은 아니었지만, NRF의 창립자들이 천명한 원칙에 정면으로 배치되는 장르의 소설이었다. 리비에르는 곧바로 가스통의 사무실로 달려가서 항의했다.

「대체 무슨 짓을 한 건가? 그런 쓰레기 같은 책을 왜 출판했나? 이러자고 우리가 지난 10년 동안 그렇게 열심히 일하고 희생을 했단 말인가?」

가스통이 대답했다.

「자크, 나를 이해해 주게. 자네만큼이나 나도 우리 회사를 지금처럼 키워 준 것들에 애착이 있네. 하지만 앞으로도 이런 품격을 유지하려면, 또 젊은 작가들을

18 그의 첫 책, 『마리 드 코르크Mary de Cork』에는 장 콕토가 그린 그의 초상화가 함께 실렸다.

계속 발굴해서 어려운 책들을 발간하자면, 지금은 조금 양보해야 한다는 결론을 얻었네. 상업적으로 실패할 것이 뻔한 원고를 내게 가져와서 출간 허락을 받아 낸다면 자네는 기쁘겠지. 하지만 그때마다 회사는 손해를 보아야 하네. 우리가 이런 식으로 출판을 계속하길 원하나? 그럼 상업적으로 손해 본 책들, 오랫동안 팔아야 겨우 손익 분기점을 지나는 책들을 무엇으로 유지할 건가? 이익이 나는 책을 팔아서 메워야 할 것이 아닌가! 가스통 르루와 투두즈를 발레리나 클로델, 그리고 자네와 같은 사람과 비교할 수 없다는 것은 나도 잘 아네. 하지만 그들의 책이 잘 팔리는 것을 어쩌겠나. 적어도 지금은 말일세. 자크, 부탁하네. 내 처지를 이해해 주게. 피할 수 없는 상황에 화를 낸다고 무슨 소용이겠나. 〈콜렉시옹 블랑슈*Collection Blanche*〉(NRF가 발간한 문학 시리즈)나 잡지 『*NRF*』의 명성에는 누가 되지 않도록 하겠네. 당분간이라도 내가 대중과 영합하도록 허락해 주게. 물론 전적으로 내가 책임지고, NRF가 아니라 〈리브레리 갈리마르〉라는 이름으로 출간할 걸세. 자네를 위해서 내 체면을 버리겠네. 나를 희생하겠네.」[19]

중대한 문제였다. 갈리마르라는 이름으로 회사가 설립된 1919년 이후로 〈리브레리 갈리마르〉라는 이름이 대부분의 프로젝트에서 사용되고 있었다. 가스통은 친구들과 동료들의 감수성에 상처를 줄 수도 있다는 생각에 최후의 결판을 몇 번이고 미루었다. 마침내 준비가 끝났다고 생각했을 때 그는 모두의 반대를 무릅쓰고 출판의 개념을 새롭게 제시했던 것이다. 최고의 문학을 지키려면 회사의 수익이 전제되어야 한다! 양보에서 타협으로 한 걸음 나아간 셈이었다. 때로는 더 멀리 나아가기도 했다. 예컨대 1993년의 사건이 그러했다. 발랑틴 테시에의 대녀(代女)로 미인 선발 대회에서 뽑힌 레몽드 알랭이 에마뉘엘 베를Emmanuel Berl에게 선발 대회의 뒷이야기를 해주었고, 베를은 그 이야기로 책을 꾸몄고 트리스탕 베르나르Tristan Bernard의 추천사까지 얻었다. 이렇게 꾸며진 『미인 선발 대회의 진실 *Histoire vraie d'un prix de beauté*』은 베스트셀러의 조건을 모두 갖추었지만 실패하고 말았다.[20]

19 이 대화는 로베르 아롱의 책(Robert Aron, 같은 책)에서 인용한 것이다. 가스통 갈리마르의 비서가 증언한 것이기도 하다.

20 Emmanuel Berl, *Interrogatoire par Patrick Modiano*, Gallimard, 1976.

갈리마르의 도서 목록에도 이처럼 실패한 책들이 있었지만, 이런 책들은 곧 도서 목록에서 지워졌다. 밝힐 수 없는 도움에 대한 보수, 권위 있는 상의 심사 위원들을 위한 접대, 정치적 기회주의 등 온갖 유형의 비문학적인 고려가 개입되고서도 실패한 책들은 여지없이 지워졌다. 간혹 그런 책을 언급하는 사람들에게는 고개를 살짝 숙이고 미소로 답하면서 〈모든 결정은 독자 위원회의 소관입니다〉라고 변명했다.

1927년의 독자 위원회는 열한 명으로 구성되어 있었다. 로베르 아롱, 뱅자맹 크레미외, 라몬 페르난데스, 장 그르니에, 베르나르 그뢰튀장, 루이다니엘 이르슈, 조르주 르코크, 브리스 파랭, 장 폴랑, 조르주 사둘, 그리고 가스통 갈리마르였다. 이 명단과 전후의 명단들을 비교해 보면 1920년대부터 1945년까지 독자 위원회 위원으로 꾸준히 활동한 사람도 있지만 잠시 스쳐 지나간 사람도 있었다는 것을 쉽게 확인할 수 있다. 예컨대 가스통이 〈네오 퓌블리시테〉의 설립과 경영을 맡긴 조르주 르코크Georges Lecoq와 조르주 사둘Georges Sadoul이 잠시 독자 위원회에 머물렀던 사람이다. 반면에 다른 사람들은 갈리마르 출판사와 운명을 함께했다.

폴랑Jean Paulhan은 잡지와 출판에서 시종일관 NRF의 입장을 대변한 사람이었다. 그는 36세였던 1920년에 입사해서 1968년 세상을 떠날 때까지 NRF를 떠나지 않았다. 님에서 태어났지만 파리에서 성장한 폴랑은 루이 르 그랑 고등학교를 졸업한 후 1905년에 소르본에서 문학사 학위를 취득했다. 2년 후, 폴랑은 마다가스카르에 교사로 파견되어 라틴어와 외국어를 가르쳤고 나중에는 금 채굴자가 되었다. 파리로 돌아가서는 동양어 학교에서 마다가스카르 말을 가르치며, 첫 책으로 마다가스카르의 시를 평가한 『레 앵트니 므리나스*Les Hain-Tenys Merinas*』를 발표했다.[21] 1차 대전이 발발하자 징집되어 제9 보병대에 하사관으로 배속되었지만 거의 곧바로 부상을 당해 항공기 정찰병으로 재배치되었다. 나중에는 마다가스카르군(軍)의 통역관으로 활동하면서 『부지런한 전사*Le Guerrier appliqué*』를 출간했다.[22] 18세의 어린 징집병이 전사다운 정신 자세를 키워 가지만, 위험이 닥칠

21 Imprimerie nationale, 1912.
22 Sansot, 1917.

때 인간이 드러내는 진실한 모습을 보면서 인간의 사악함과 잔혹성을 깨달아 간다는 소설이었다. 1920년에 리비에르의 보조 주필로 NRF에 입사한 폴랑은 여기에서 평론가로서 진정한 첫 걸음을 떼었다. 잡지 『스펙타퇴르Le Spectateur』에 게재한 문학 평론은 시작에 불과했다.

폴랑은 가냘픈 목소리와 대조적으로 훤칠한 키에 육중한 몸매의 소유자였다. 변덕스럽고 괴팍했으며 사소한 것까지 꼼꼼하게 따졌지만 말수가 적고 자신을 드러내지 않는 사람이었다. 하지만 회사 사람들에게 자기만의 방식을 효과적으로 심어 주었던지, 그가 그곳에서 근무한 수십 년 동안 모두가 큰 목소리로 또렷하게 말하지 않고 소곤대듯이 말했다. 비밀주의와 더불어 갈리마르 출판사가 유일하게 진정한 문학 전문 출판사라는 확신이 있었던 까닭에 이렇게 소곤대는 목소리는 갈리마르 출판사의 전통이 되었다. 예민하고 예측 불가능하며 괴팍한 성격의 소유자답게 폴랑은 파격적으로 행동하고 뜻밖의 결정을 내리곤 했다. 진부한 것을 죽도록 싫어했던 그는 어떤 경우에도 섣부른 예단을 피하면서 글과 작가 등 모든 것에 의문을 제기하는 〈철학자의 아들〉이었다.

1920년대 초부터 그의 내면에 감춰져 있던 이런 자질들은 리비에르의 뒤를 이어 1925년에 『NRF』의 주필이 되면서 결실을 맺었다. 그 후 폴랑은 프랑스 문학의 파수꾼이란 특수한 위치에서 〈숨은 실력자〉로 발돋움했다. 폴랑에게 붙여진 이런 별명을 많은 사람이 과장된 것이라 생각했고, 그가 권한을 남용한 증거로 받아들였다. 어쨌든 이런 별명은 고상한 중재자로 만족하지 않은 폴랑에게 꼭 들어맞았다. 그는 성실히 원고를 읽고, 작가들이 수긍하지 않을 수 없도록 진지하고 엄격하며 정확한 보고서를 작성하는 뛰어난 독자 위원이었다.

원고를 읽듯이 사무실에서도 조심스럽게 걷던 과묵한 폴랑이 어느 날 프루스트의 질문에 답하면서 그의 비밀을 스스로 폭로한 적이 있었다. 그는 쥘 르나르, 노자(老子), 프랑수아 비용, 보들레르, 생 종 페르스, 브라크, 우첼로, 루이스 캐럴의 주인공 앨리스, 길가메시, 프랑수아 쿠프랭, 에릭 사티를 좋아한다고 말했다. 〈그들이 음식물을 식탁에 토해 내지 않기 때문〉이란 말도 덧붙였다. 또한 겉으로는 강하지만 안으로는 부드러운 남자, 겉으로는 약하지만 안으로 강한 여자, 그리고 성실함, 게임, 우정, 금갈색, 백일초, 명매기를 좋아한다고 말하며 친구들의 이름까지 들먹였다. 그는 특별히 싫어하는 것이 없었다. 하지만 〈실제로 일어나지 않았을지도 모르는 것에 어떻게 관심을 가질 수 있겠느냐?〉라며 역사에는 별 흥미를 느끼지 못한다고 말했다. 그럼에도 크리스토퍼 콜럼버스와 잔 다르크(그녀에 대한 소문이 사실이란 전제하에서)에게는 특별한 애착이 있다고 했다. 폴랑은 상당히 감상적인 사람이었다. 범죄자들을 이해하려 애썼고, 수위가 되어서라도 알려지지 않은 고성(古城)에서 살고 싶어 했다. 〈나보다 더 가치 있는 것〉을 하고 싶어 했으며, 〈내가 지금 하고 있는 일을 감당하지 못할까〉 두려워했다. 또한 원하기만 하면 언제라도 투명 인간이 되는 재주를 갖고 싶어 했으며, 〈내가 태어나던 순간을 기억하지 못하는 것만으로도 벌써 안타깝다〉라며 완전히 의식을 가진 상태에서 죽기를 바랐다. 〈이미 세상에 널리 알려진 의견에 개인적인 생각을 덧붙이려고 하지 말라〉라는 그의 좌우명은 일과 사람으로 요약된다.[23]

장 폴랑은 그런 사람이었다.

가스통 갈리마르는 폴랑을 최고의 협력자라 극찬하면서도 이 이상한 사람과의 다른 점들을 분명하게 지적했다. 문학을 제외할 때 그들에게는 어떤 공통점도 없었다. 그들은 서로를 반드시 필요한 사람으로 여겼지만 갈리마르는 리비에르, 라르보, 파르그에게 느꼈던 친근감을 폴랑에게서는 느끼지 못했다. 뛰어난 후각을 지녔던 갈리마르마저도 폴랑에게서는 어떤 냄새도 맡을 수 없었다. 폴랑의 유머 감각을 그다지 좋아하지 않았고, 그가 습관처럼 〈이건 괜찮은데!〉라고 소리치는 것도 지겹게 생각했다. 게다가 순순히 복종하지 않는 오만한 자세도 마음도 들지 않았다. 하지만 가장 마음에 들지 않는 면은 〈간단하기 이를 데 없는 것조차도 비뚜로 보는 습관〉이었다. 물론 예절 바른 신사였고 영리한 협상가였던 가스통도 비뚜로 보는 데는 일가견이 있었다. 하지만 폴랑의 예민한 감각은 종종 가스통을 넘어섰다. 폴랑은 하나라도 이해하지 못한 상태로는 넘기지 않았다. 속고 있다는 느낌 때문이었다.

가스통 갈리마르에게 장 폴랑은 도무지 알 수 없는 사람이었다. 이렇게 서로 존경하면서도 이해하지 못하는 공생이 40년이나 계속되었다.

23 *Biblio*, 1963년 8/9월.

장 폴랑의 하루는 언제나 변함이 없었다. 일찍 일어나 커피 한 잔을 마셨다. 커피 중독자나 다름없었던 그에게는 첫 잔에 불과했다. 그리고 그날 써야 할 편지 목록을 살펴보면서 본격적인 하루를 시작했다. 편지 쓰는 일이 가장 중요했다. 깔끔하면서도 기계적인 필체로, 그는 매일 작가들과 인쇄업자들, 기자들과 관계자들에게 편지를 썼다. 게다가 보내는 만큼의 편지를 받았다. 그의 편지는 아무렇게나 서둘러 갈겨쓴 편지가 아니었다. 〈작품〉이라 말해도 과언이 아니었다. 책을 쓰듯이 문학성을 생각하며 쓴 편지였다.

매주 하루나 이틀은 작가들을 위해 적잖은 시간을 비워 두었지만 패기만만한 작가라면 예고도 없이 폴랑의 사무실을 불쑥 찾아가도 상관없다는 사실을 알고 있었다. 물론 딱딱하고 불편한 의자에 앉아 한동안 기다려야 했다. 하지만 그래도 폴랑과 눈을 마주칠 기회를 기다렸다. 폴랑이 눈길을 주면 환영한다는 뜻이었다. 실제로 폴랑은 의사 결정에 낯선 사람들을 곧잘 참여시켰다. 적어도 그들의 의견을 듣고 싶어 했다. 이런 습관은 게임을 좋아했던 그의 성격에 기인한 것이었다. 폴랑은 그를 기다리는 사람들에게 어떤 평론이나 원고, 혹은 작가에 대한 생각을 묻곤 했다. 전혀 내색하지 않으면서 신진 작가를 테스트하는 그의 방식이었다. 예컨대 폴랑은 존재하지도 않는 작가의 이름을 거론하면서 신진 작가들에게 그 작가의 작품을 읽었냐고 묻곤 했다. 또한 언젠가 내성적인 여작가가 〈폴랑 씨, 제 원고입니다. 하지만 괜찮은 원고일지 모르겠습니다. 책으로 출판할 수 있을까요?〉라고 물었을 때 폴랑은 눈살을 찌푸리면서 〈왜요? 철자가 틀린 데라도 있나요?〉라고 면박을 주기도 했다. 때로는 빈정대는 수준을 넘어 괴팍하기까지 했던 폴랑은 냉담하기 이를 데 없는 사람이었다. 그 뛰어난 두뇌가 갈리마르에게는 불안하게만 느껴졌다. 가끔 보이는 기상천외한 언동을 진지하게 받아들여야 하는 것인지조차 헷갈릴 때가 있었다. 어느 날 폴랑이 무심코 던진 한마디에 갈리마르는 할 말을 잃고 말았다. 그해 NRF가 거부한 모든 원고를 한 권의 책으로 묶어 내자는 제안이었다. 「아주 독특한 책이 될 겁니다. 좋은 작가는 대부분 자신에 대해서만 우리에게 보여 주는 경향이 있습니다. 하지만 별 볼일 없는 작가는 온갖 이야기를 끌어다가 인간 전체를 보여 주지 않습니까? 인간 모두의 욕구를 말입니다. 사실 개인적 관점이 부족한 것은 아닙니다. 넘쳐흐르다 못해 우리를 질식시킬 정도입니다. 인간적인 냄새가 풍기는 것을 무시해서는 안 됩니다. 그러니까 그 책에 〈일요 작가〉라는 제목을 붙일 수 있을 겁니다.」[24]

하지만 가스통 갈리마르는 폴랑을 이상적인 독자 위원의 모델이라 생각했다. 글을 그 자체로 판단할 뿐, 그 글을 쓴 사람의 명성이나 소문을 고려해서 판단하지 않았다. 그의 손을 거친 원고의 여백은 언제나 주석으로 빽빽했고 때로는 ts(마다가스카르 말로 〈매우 좋음〉이란 뜻)란 기호가 눈에 띄기도 했다. 또한 작가에게 보내는 제언은 언제나 정곡을 찔렀다.[25]

독자 위원회에서 또 한 명의 중요한 인물은 뱅자맹 크레미외Benjamin Crémieux였다. 크레미외는 잡지와 출판사에서 공식적 직함을 갖지 않았지만 가스통 갈리마르는 그의 의견을 상당히 신뢰했다. 전문적 양식과 학식, 통찰력으로 상당한 명성을 얻었지만 그 명성은 문학 평론계와 언론계, 출판계에 국한된 것이었다.

1888년에 나르본에서 태어난 크레미외는 14세기부터 그곳에 정착해 살아온 유대 가문 출신이었다. 그는 천성적으로 의욕적이고 활달한 사람이었다. 업무 능력도 뛰어나고 언제나 바빴다. 때로는 지나치다 싶을 정도로 개방적이었지만 결코 품위를 잃는 법은 없었다. 그는 『누벨 리테레르Les Nouvelles littéraires』, 『캉디드Candide』, 『르뷔 드 파리La Revue de Paris』를 비롯해 적잖은 신문과 잡지에 서평과 평론을 기고했고 상당한 호평을 받았다. 그는 1930년대에 연극 평론가로서 『주쉬 파르투Je suis partout』(우익 주간지)에 기고한 유일한 좌파 인물이었다. 1934년의 폭동 이후 그를 〈국가 공동체를 파괴하는 유대인〉이라 비난한 모라스Charles Maurras와 논쟁을 벌이면서 크레미외는 점점 난처한 입장에 빠지고 말았다. 1919년부터 2차 대전까지 그는 동화된 유대인의 입장에서 100여 편의 평론과 서너 권의 책을 발표했고, 갈리마르의 독자 위원으로서도 그 의무를 충실히 수행했다. 또한 국제 펜클럽 프랑스 지부장을 지냈고, 외무부에서 이탈리아국의 책임자로 이탈리아 언론과 외교 문서를 분석해 여론을 가늠하는 역할도 맡았다. 그가 문학 다음으로 사랑했던 것은 이탈리아라는 나라였다. 따라서 그는 갈리마르에 이탈리아 문학을 소개하는 역할을 맡았다. 아내인 마리안 콤넨Marie-Anne Comnène[26]과 공동

24 *Biblio*, 1963년 8/9월호에 게재된 마르셀 주앙도의 글.
25 *Jean Paulhan, le souterrain*, Colloque de Cerisy, 10/18, 1976.

으로 1925년부터 루이지 피란델로Luigi Pirandello의 희곡 「작가를 찾는 6명의 등장인물Sei personaggi in Cerca d'Autore」을 비롯해 거의 전 작품을 번역하거나 번안했다. 특히 위의 작품은 여러 극단에 소개해 번번이 거절당했지만 크레미외는 결국 피토에프 극단을 설득할 수 있다. 그는 『르뷔 외로페엔La Revue européenne』에 이탈리아 문학을 소개했고, 1928년에는 「1870년부터 현재까지 이탈리아 문학의 변천에 대한 연구Essai sur l'évolution littérarie de l'Italie de 1870 à nos jours」로 박사 학위를 받았다. 그밖에도 베르가, 보르제세, 모라비아, 이탈로 스베보 등이 이탈리아에서 명성을 얻기 전에 그들의 작품을 프랑스 독자에게 소개하면서 갈리마르 출판사에게는 반드시 필요한 인물로 두각을 나타냈다.[27]

폴랑조차 1920년 그를 NRF에 소개시킨 것을 큰 자랑거리로 여길 정도였다. 실제로 크레미외에 필적할 만한 인물은 독자 위원회에 거의 없었다.

1920년대부터 2차 대전의 종전까지 외국 문학 분야, 특히 독일 문학에서 비슷한 역할을 한 사람은 베르나르 그뢰튀장Bernard Groethuysen이었다. 확고한 마르크스주의자였던 그뢰튀장은 어린 시절을 베를린에서 보냈다. 아버지가 네덜란드계 의사였고 어머니가 러시아인이어서 코즈모폴리턴한 분위기에서 자라난 그는 파리에 처음 도착했을 때 혁명과 문학 이외에 다른 것에는 관심조차 없는 보헤미안이었다. 갈리마르 출판사에서 중요한 역할을 맡은 후에도 이때의 습관이나 태도를 버리지 못했다. 그는 언제 어디에서나 머리를 언뜻 스치는 생각들을 종이에 써두었다. 신문이나 손수건에 그런 생각을 끼적거리기도 했지만 그것을 어디에 두었는지 기억해 내지 못했다. 그는 외모에 거의 신경을 쓰지 않았다. 얼굴 표정에서 그의 기분을 그대로 읽어 낼 수 있었다. 게다가 얼굴빛은 거의 언제나 어두운 편이었다. 하지만 강렬한 눈빛은 어두운 표정을 감추기에 충분했다. 독자 위원회의 회의 시간이 길어지면 쉴 새 없이 피워 댄 담배로 그의 상의는 담뱃재투성이가 되었다. 올챙이배를 내밀고 손가락으로 긴 수염을 쓸어내리면서 발제자에게서 푸른 눈을 떼지 않았다. 그리고 어떤 의견이라도 이겨 내겠다는 확신에 찬 목소리로 원고

26 그녀의 소설 France(Gallimard, 1945)에서 마리안 콤넨은 남편의 모습을 충실하게 묘사하고 있다.
27 A. Eustis, Trois critiques de la NRF, Nouvelles Éditions Debresse, 1961.

에 대한 생각을 거침없이 쏟아 냈다. 동유럽의 난민들, 특히 나치로부터 피신해 나온 독일계 유대인들에게 언제나 친절하고 관대했던 그뢰튀장은 갈리마르의 허락을 얻어 그들에게 번역거리를 나눠 주었다. 그런 번역들은 대개 완벽하지 못해서 그가 재번역하고 수정하는 과정을 거쳤지만 원래의 번역가 이름으로 계약해서 그들이 번역료를 온전히 지급받도록 애썼다.[28]

갈리마르가 프란츠 카프카를 프랑스에게 소개한 것도 그뢰튀장 덕분이었다. 1928년 초, 즉 세상을 떠난 지 4년 후에 카프카는 NRF를 통해 프랑스에 알려졌다. 알렉상드르 비알라트의 번역으로 『변신Die Verwandlung』이 처음 소개된 후, 1933년에는 그뢰튀장의 추천사를 더해 『심판Der Prozess』이 번역 출간되었다. 그밖에도 그뢰튀장은 오스트리아의 수필가이자 소설가로 『몽유병자들Die Schlafwandler』을 쓴 헤르만 브로흐, 역시 오스트리아의 소설가로 『사관 후보생 퇴를레스의 망설임 Die Verwirrungen des Zoglings Torless』과 『특성 없는 남자Der Mann ohne Eigenschaften』를 쓴 로베르트 무질을 독자 위원회에 소개했다. 베르나르 그뢰튀장 자신도 철학자이고 수필가였지만 저작 활동보다는 독자 위원회 위원으로서의 의무와 혁명적 활동에 더 전념하면서 『프랑스 부르주아 정신의 기원Origines de l'esprit bourgeois en France』을 비롯해 몇 권을 발표하는 데 그쳤다. 갈리마르는 이 책을 1927년에 시작한 새로운 시리즈 〈사상 도서관La bibliothèque des idées〉의 첫 권으로 선정했다.

독자 위원회에서 주목할 만한 또 한 명의 인물은 브리스 파랭Brice Parain이었다. 파랭도 독일 문학에 관심이 많았지만 가스통이 파랭에게 기대한 것은 러시아 문학이었다. 이탈리아 문학의 크레미외, 독일 문학의 그뢰튀장과 더불어 파랭은 외국 문학의 3두체제를 이루었다. 파랭은 고등 사범 학교에서 철학을 전공하고 「플라톤의 로고스에 대한 소론Essai sur le logos platonicien」으로 박사 학위를 받았고, 동양어 학교에서 러시아어로 다시 학위를 받았다. 세네마른에서 교사를 지낸 아버지의 아들답게 그는 자연스레 파리 러시아 자료국에서 첫 직장 생활(1924~1925)을 시작했고 곧이어 모스크바 주재 프랑스 대사관으로 파견되었다(1925~1926).

---

28 Jean Paulhan, *Mort de Groethuysen à Luxembourg*, Fata Morgana, 1977.

파리로 돌아와 볼테르 고등학교에서 철학을 가르치면서 파랭은 학생들에게 러시아어를 열심히 공부해야 할 필요성에 대해 강조했다. 그 후 은행원으로 덧없는 삶을 살다가 절친한 친구인 폴랑의 소개로 가스통 갈리마르의 비서가 되었다. 그때가 1927년 10월이었고 파랭의 나이는 서른이었다. 갈리마르 출판사의 운영 방식에 완전히 동의하지는 않았지만 파랭은 그 기회를 놓치지 않았다. 가스통과의 면접에서, 그는 〈나는 문학을 하려고 이 출판사에 취직하려는 것이 아닙니다. 일자리를 얻어, 먹고 살려는 것입니다〉라고 자신의 문학적 취향과 철학적 확신을 분명히 밝혔다.[29] 독자 위원회의 위원으로서 파랭은 본질적인 것에 파고들었다. 문체와 피상적인 것에 연연하지 않고 언어의 성격, 단어의 속임수, 그리고 단어의 쓰임에 따른 착각 등을 집요하게 따졌다.[30] 갈리마르에 입사하고 얼마 지나지 않아 파랭은 진가를 발휘하면서 독자 위원회를 떠받치는 기둥의 하나가 되었다. 예컨대 미하일 숄로호프의 『열려진 처녀지』(1933), 브세볼로드 이바노프의 『장갑열차 1469호』(1928), 블라디미르 포즈너가 번역하고 서문까지 쓴 니콜라이 티호노프의 『광신자』(1936), 레오 카실의 『상상 여행』(1937) 등을 비롯해서 콘스탄틴 페딘, 보리스 필냐크 등 많은 작가들이 파랭을 통해 소개되었다. 파랭은 이 작품들로 〈젊은 러시아 작가 *Jeunes Russes*〉라는 시리즈를 만들었고, 일리야 에렌부르크의 『이기적인 사람』(1930)을 비롯해 몇몇 작품은 직접 번역하기도 했다.

크레미외, 그뢰튀장, 파랭은 이른바 갈리마르의 〈외국 문학 3인방〉이었다. 하지만 그들은 학식과 인맥을 통해서 갈리마르를 외부에서 지원하는 협력자들, 예컨대 레옹폴 파르그와 발레리 라르보를 돕는 역할도 했다. 가스통 갈리마르의 절친한 친구였던 파르그와 라르보는 문학이 이야기되는 모임에는 빠지지 않았다. 1차 대전 직후에 그들은 오데옹 거리의 단골손님이었다. 그곳에는 새로 문을 연 두 서점이 있었다. 한쪽에는 아드리엔 모니에가 운영하는 〈메종 데 자미 뒤 리브리〉가 있었다. 파르그는 이 서점을 매일 출근하듯이 하면서 그 시대의 최고 작가들과 곧 그렇게 될 작가들을 만났다. 한편 맞은편에 있던 〈셰익스피어 앤드 컴퍼니〉의 운영

---

29 Brice Parain, *Entretiens avec Bernard Pingaud*, Gallimard, 1966.
30 파랭은 장뤼크 고다르가 감독한 영화, 「비브르 사 비Vivre sa vie」에 직접 출연해 철학자인 자신을 연기했다.

자, 실비아 비치는 그곳을 영미권 작가들이 모임을 갖는 곳으로 만들어 갔다. 라르보는 여기에서 1919년 초에 제임스 조이스를 만나서, 조이스의 도움을 받아 가며 〈산문의 성전〉이라 일컬어지던 『율리시즈Ulysses』를 프랑스어로 번역했다. 그 번역본은 1937년에야 갈리마르 출판사의 이름으로 출간되었다. 라르보는 갈리마르를 위해서 영어권 작가와 스페인 작가를 발굴하는 데 혼신의 힘을 쏟았다. 덕분에 갈리마르는 사무엘 버틀러, G. K. 체스터턴, 라몬 고메스 데 라 세르나, 리카르도 구이랄데스를 소개할 수 있었다.

이런 외국 문학을 전공한 독자 위원회 위원들이 뛰어난 감각으로 새로운 작가들을 연구해서 발굴한 덕분에 가스통은 1930년대 초에 사업을 무난하게 끌어갈 수 있었다. 구체적으로 말하면, 스토크 출판사가 심혈을 기울여 육성하던 권위 있는 문고, 〈코즈모폴리턴 총서Bibliothèque cosmopolite〉와 경쟁을 할 수 있었다.

독자 위원회의 다른 위원들도 멕시코계 외교관 아버지, 혹은 프로방스 출신의 어머니를 두었거나 영국에서 교육을 받아 문학의 세계화에 도움을 줄 듯했지만 이상하게도 프랑스어권의 범주를 벗어나지 않았다. 예컨대 루이 르 그랑 고등학교와 소르본을 졸업한 후 25세까지 〈탱고 춤에 뛰어나고 자동차 경주에 미친 바람둥이〉로 살았던 라몬 페르난데스Ramon Fernandez(1894년 생)는 자크 리비에르 덕분에 프루스트를 다룬 글로 1923년에 『NRF』에 데뷔했다.[31] 덤벙댔지만 매력적인 사람이었던 페르난데스는 갈리마르 출판사의 이름으로 『도박Le Pari』(1932), 『격정적인 사람들Les Violents』(1935), 『사람은 인간적인가?L'homme est-il humain?』(1936)라는 세 권의 책을 발표했다. 하지만 그의 복합적인 성격을 단적으로 드러낸 때는 1920년대 초에 제네바와 로잔에서 리비에르와 가진 윤리와 문학에 대한 토론이었다. 리비에르는 문학에서 도덕주의의 폐해를 지적한 반면에 페르난데스는 문학에서의 도덕주의를 적극적으로 옹호했다. 이때의 주장에서 갈리마르 출판사 독자 위원회의 위원으로서의 가치관뿐만 아니라, 그가 훗날 정치에 참여하면서 파시즘에 몰두하며 독일에 협조하게 된 배경을 알아볼 수 있다.

31 Berl, 같은 책.

내 주된 관심사 중 하나는 내가 누구인지 명확하게 밝혀서 내 자신을 평가해 보는 것이다. 또한 이런 평가가 일시적인 것에 불과하기를 바란다. 참여 정신이 부족한 사람이 인간으로서의 소명에 충실할 수 있을까? 나는 그렇게 생각지 않는다. 따라서 인간이 무엇인지를 다루는 문학, 특히 연극이 어떤 형태로든 현실 참여에 대한 입장을 표명하지 않는다면 그것은 불완전한 것이다. 현실 참여를 비난하는 형태라도 상관없다. 나는 라틴계로 유럽에서 삶의 의미를 찾고 싶었다. 이런 야만인의 욕구를 안고 프랑스라는 사회의 일원이 되었다.[32] 리비에르는 처음부터 이 사회의 일원이었다. 따라서 프랑스 문화가 사람들에게 얼마나 큰 위안을 주고, 하루하루를 힘들게 살아가는 불행한 사람들을 옭아매는 문제들에서 해방시켜 주는지 짐작조차 못할 것이다.[33]

교육과 취향과 성격에서 페르난데스와 정반대였지만, 1927년에 독자 위원회에서 함께 활동한 로베르 아롱Robert Aron(1898년 생)은 가스통의 콩도르세 동창생이었고 문학 교수 자격증을 지닌 사람이었다. 아롱은 훗날 2차 대전을 정리한 역사 학자가 되었다. 아버지가 환전상으로 〈두 세기 반 전부터 프랑스에 뿌리 내린 유대인〉[34] 가문의 자식이던 로베르 아롱은 보수 가톨릭의 보루, 『르뷔 데 되 몽드La Revue des Deux Mondes』에 1921년부터 글을 기고하고 있었다. 글을 기고하는 데 큰 흥미를 느끼지 못한 아롱은 장 귀스타브 트롱슈의 소개로 가스통 갈리마르를 만났다. 때마침 가스통이 조르주 케셀을 대신할 젊은 비서를 찾고 있던 중이었다. 케셀은 다정다감하고 영리한 청년이었지만 부지런하지 못하고 시간관념이 없었기 때문이었다. 아롱의 첫 월급은 750프랑이었다. 상당히 낮은 액수여서, 가스통은 동생 레몽이 반대하지 않으면 처음부터 조금이라도 올려 주고 싶어 했다. 어쨌든 아롱은 1922년부터 1929년까지 『르뷔 데 되 몽드』와 『NRF』, 즉 학구적인 세계와 상업적인 세계를 오가면서 일했다. 하지만 아롱은 갈리마르 출판사에서 신속히 입지를 굳혀 가며 독자 위원회의 위원이 되었고, 번역권을 비롯한 관

32 라몬 페르난데스는 1927년에 프랑스로 귀화했다.
33 Jacques Rivière et Ramon Fernandez, *Moralisme et Littérature*, Corréa, 1932.
34 Aron, 같은 책.

런 저작권(영화 등)을 다루는 책임자가 되었다. 1922년 입사하면서 처음 맡은 과제는 지난 몇 개월 동안 미결 상태로 있던 건들에 대해, 조만간 답장이 있을 것이라고 100여 명의 작가에게 편지로 알리는 일이었다. 그 후 가스통은 그에게 원고를 건네주며 읽어 보라고 말했다. 그런데 아롱은 그 원고를 잃어버리고 말했다. 그때 가스통은 아롱에게 〈작가에게 그렇게 전하게!〉고 말했을 뿐이었다. 출판이 무엇인지 조금씩 깨달아 가던 아롱은 가슴을 졸이며 작가에게 그 소식을 전했다. 그런데 그 작가가 〈고맙네. 어쨌든 최종 원고는 아니었어. 자네 덕분에 다시 쓰게 되어 더 좋은 작품이 써질 것 같구먼〉라는 답장을 보내어 놀란 가슴을 쓸어내릴 수 있다.[35]

가스통과 아롱은 공통점이 전혀 없었다. 하지만 직업적 차원에서 그들은 서로를 존경했다.[36] 아롱은 1933년 5월에 인격주의를 표방한 정치적 성향의 잡지 『오르드르 누보L'Ordre nouveau』(신질서)를 창간해서 아르노 당디외Arnaud Dandieu와 함께 연방 정치를 유럽에 심는 데 주력했지만, 가스통이 그를 받아들이면서 말해 주었던 두 가지 원칙을 결코 잊지 않았다. 바로 〈출판에서 무엇보다 중요한 것은 원고를 거부하는 법을 터득하는 것〉이며 〈계속 출판을 하고 싶다면 직접 글을 쓰겠다는 꿈을 버리는 것〉이었다.[37]

깊이 생각해 봄 직한 조언이었다.

작가에게 〈아니다〉라고 말하는 것은 작가와 충돌하고 작가를 잃는 위험을 감수하더라도 작품을 거부할 수 있어야 한다는 뜻이었다. 가스통의 지도를 받으며 아롱은 작가를 거부하는 온갖 방법을 배웠다. 〈레몽이 반대합니다〉, 〈이 원고는 우리 시리즈에 어울리지 않습니다.〉 …… 출판사와 한 번도 일해 본 적이 없는 작가일 때는 거절하기가 한결 쉬웠다. 특히 작가가 조심스레 처신하지 않으면 이쪽에서도 신중하게 처신할 필요가 없었다. 가스통은 경쟁자인 피에르빅토르 스토크Pierre-Victor Stock와 작가 조르주 다리앵Georges Darien 간의 다툼을 항상 타산지석으로 삼았다. 『도둑Le Voleur』과 『비리비Biribi』를 써서 명성을 얻은 다리앵의

35 Aron, 같은 책.
36 사빈 로베르아롱Sabine Robert-Aron이 저자에게 보낸 편지
37 Aron, 같은 책.

신작 『견장L'Épaulette』을 스토크 출판사가 성공할 가능성이 없다는 이유로 1903년 8월에 거절하면서 일어난 다툼이었다. 스토크는 다리앵에게 다음과 같은 편지를 받았다.

스토크 씨,
당신 답장은 잘 받았습니다. 이번에는 내가 대답할 차례군요. 내 소설을 10월까지 출간하지 않는다면 당신을 죽여 버리겠습니다. …… 당신도 당신 뜻대로 하십시오. 하여간 나는 10월까지 기다리겠습니다. 그때까지 내 소설이 당신 출판사에서 출간되지 않으면 당신을 내 손으로 처형하겠습니다.

나흘 후, 스토크 역시 간결하면서 분명한 뜻이 담긴 답장을 보냈다.

다리앵 씨,
당신은 어릿광대로군요. 하지만 모든 것을 망쳐 버리는 엉터리 어릿광대입니다. 게다가 세상에서 가장 불성실한 사람이고, 문제를 복잡하게 만드는 골칫덩이입니다. 당신이 보낸 편지에는 이렇게 답할 수밖에 없군요. 〈망할 놈!〉 내가 당신에게 해주고 싶은 말입니다.[38]

『견장』은 결국 출간되었지만 스토크 출판사에서는 아니었다. 그리고 실패했다.
가스통은 빈틈없고 사교적이어서 작가들에게는 이런 거친 말을 사용하지 않았지만 동료들과의 대화에서는 상당히 냉소적이었다. 아롱이 비서로 일을 시작하자 가스통은 〈작가는 남자답지 못할 때가 많아. 여자처럼 어디에나 기웃댄단 말일세. 한마디로 작가는 매춘부와 같아!〉라고 충고해 주었다.[39]
가스통이 자신을 〈오입쟁이이자 출판업자〉로 전락시킨 유명한 이름들을 거론했을 때 아롱은 그 말을 충분히 이해할 수 있었다. 하지만 친구들에게는 거짓말조차 제대로 하지 못했다. 친구들이 그를 너무나 잘 알고 있어 얼굴 표정만 보고서도

38 P.-V. Stock, *Mémorandum d'un éditeur*, Delamain et Boutelleau, 1935.
39 Aron, 같은 책.

뭔가를 감추고 있다는 것을 정확히 읽어 냈기 때문이었다. 1918년 어느 날, 로제 마르탱 뒤 가르가 『죽어 가는 사람 곁에서Près des mourants』가 언제쯤이나 출간될 수 있을지 가스통에게 물었다. 가스통은 난처한 표정을 지으며 대답했다.

「너무 문학적이야. 약간 작위적인 냄새도 나고. 먼저 이야기를 나눠 보자고 …….」

마르탱 뒤 가르는 즉각 가스통의 의도를 알아차렸고, 가스통의 애매한 말을 명쾌하게 재해석해서 그날 저녁 일기에 이렇게 썼다.

〈일고의 가치도 없다!〉[40]

친구인 작가, 낯선 작가라는 두 범주 이외에 제3의 작가들이 있었다. 자주 만나지는 않지만 특별한 대우가 필요한 작가들이었다. 달리 말하면 회사 일에 관계를 하는 동안에 갈리마르 이름으로 책을 출간한 작가들이었다. 대표적인 예가 1926년부터 NRF에서 폴랑의 보좌관으로 일하다가 1930년에 독자 위원회에 참여한 마르셀 아를랑Marcel Arland이었다.

숫기가 없고 조용했던 아를랑은 1922년, 23세로 사회생활을 시작했다. 그는 대학에서 라틴어, 그리스어, 프랑스어를 공부하면서 학생 잡지인 『위니베르시테 드 파리L'Université de Paris』에서 문학 담당 편집자로 활동했다. 이때 프루스트와 지로두에게 원고를 청탁해 싣기도 했다. 또한 전위적 성격을 띤 잡지, 『아방튀르Aventure』(모험)와 『데Dés』(주사위)를 창간해 전우였던 조르주 랭부르, 르네 크르벨, 앙드레 도텔, 자크 바롱 등의 시와 평론을 소개했다. 그 후 아를랑은 모든 것을 버리고 파리를 떠났다. 고향인 오트마른 주의 바렌쉬르아르망스로 돌아가 한적한 삶을 살았다. 그리고 채광창이 있는 다락방에 칩거하며 첫 책인 『이상한 땅 Terres étrangères』을 썼다. 그 원고를 누구에게 넘길까? 파리로 돌아가면서 그는 베르나르 그라세 출판사를 문득 떠올렸다. 역동적이고 개방적인 출판사여서 부산한 파리에서 벗어나 고독과 벗 삼아 지내면서 써낸 글이라면 환영해 줄 것만 같았다. 하지만 아를랑은 지드의 영향력을 벗어나지 못한 세대에 속해 있었다. 지드가 문학에 드리운 커다란 그림자를 경외하는 세대였다. 그래서 그는 그 원고를 지드에게 보냈다. 혹시 지드가 원고를 거부할지도 모른다는 두려움에, 〈파리 뷔슈리

---

40 마르탱 뒤 가르와 쿠포가 주고받은 편지, 같은 책.

가, 학생 기숙사에 사는 M. A.〉라고 이름을 약어로 표기했다. 1주일 후, 지드의 편지가 똑같은 약어를 지닌 학생들 사이를 헤매다가 마침내 아를랑에게 전달되었다. 〈언젠가 꼭 만나고 싶은 익명의 작가〉에게 좋은 글을 읽게 해주어 감사한다는 편지였다. 위대한 작가의 추천서와 함께 그 원고는 폴랑에게 건네졌다. 폴랑과 발레리, 라르보는 그 원고를 극찬했다. 아를랑이 그 이상 무엇을 바랄 수 있었겠는가? 계약서였다. 가스통 갈리마르가 그에게 계약서를 건네던 날, 그는 마음속으로 외쳤다.

〈드디어 입성했어!〉[41]

마르셀 아를랑은 실제로 NRF의 일원이 되었다. 그것도 오랫동안! 그의 책은 1923년에 출간되었다. 다시 1년 후, 그의 분석적 재능과 판단력을 높이 평가한 리비에르의 요청으로 아를랑은 「새로운 세기병(世紀病)에 대하여Sur un nouveau mal du siècle」란 시론을 『NRF』에 기고해 적잖은 파장을 불러일으켰다. 다다이즘(문학, 미술 등에서 전통에 반발하며 비이성, 우연, 직관을 주장하던 운동)과 초현실주의가 선풍을 일으키던 때에 아를랑은 대담하게도 고전주의적 입장을 취하면서, 〈윤리가 최우선의 관심사이어야 한다. 나는 윤리 의식이 없는 문학은 생각조차 할 수 없다〉라고 말했다.

마르셀 아를랑은 가스통과 폴랑에게 인정받으며 독자 위원회에서 입지를 굳혀 갔다. 특히 가스통은 그의 평론이나 소설보다 독자로서의 보고서를 더 좋아했다. 아를랑은 1929년에 『질서L'Ordre』로 공쿠르상을 수상했다. 모두 세 권으로 500면이 넘는 대작이었다. 하지만 다음 해 그는 150면의 얄팍한 『앙타레스Antarès』를 써서, 묵직한 장편을 기대했던 가스통을 실망시켰다. 가스통은 실망감을 감추지 않으며 말했다.

「마르셀, 팸플릿 정도의 시를 쓴 거야?」

「제가 꼭 써야 할 것을 쓴 겁니다.」

아를랑은 이렇게 말하며 아무런 설명도 덧붙이지 않았다.

「좋아, 좋아. 물론 자네가 쓰고 싶은 것을 쓴 걸 테지. 자네는 자유인이니까.」

41 마르셀 아를랑과 저자의 인터뷰.

아를랑은 가스통의 이런 반응을 좋아했다.[42] 그가 보기에 이런 점이 가스통의
특징이었고 가스통을 그 시대의 위대한 출판가로 성장시킨 원동력이었다.

가스통은 내게 어떤 압박감도 주지 않으려고 애썼습니다. 물론 그도 내
게 압력을 가하고 싶었을 겁니다. 상업적인 면을 고려하지 않을 수 없었을 테
니까요. 하지만 그는 그렇게 하지 않았습니다. 심지어 내 원고는 독자 위원회
의 검토를 거치지 않고 곧바로 출간되기도 했습니다. 시간이 지나면서 우리는
좋은 친구가 되었습니다. 정말 가깝게 지냈습니다. 내가 그에게 진실만을 말
했기 때문입니다. 항상 솔직해야 한다는 것이 내 좌우명이기도 합니다. 권력
자들이 흔히 그렇듯이 그도 〈예스맨〉들에게 둘러싸여 있었기 때문에 내가 솔
직하게 말하는 것을 고맙게 여겼습니다. 그는 책을 좋아했고, 작가들을 쫓아
다녔습니다. 작가들을 결코 버리지 않았습니다. 1929년에 내가 공쿠르상을
수상하자 그는 올바른 선택했다고 무척 기뻐했습니다. 하지만 그는 어떤 책이
팔리지 않을 것을 뻔히 알고서도 과감히 출간했습니다. 그 저자가 언젠가는
인정받게 되리라는 확신을 갖고서 말입니다. 그래서 가스통 갈리마르를 위대
한 출판가라 부르는 것입니다.[43]

아를랑과 폴랑, 크레미외와 그뢰튀장, 그리고 파랭은 1920년대부터 1940년
대까지 갈리마르 출판사 독자 위원회의 중추였다. 가스통이 자랑스럽게 여겼던 도
서 목록을 만들어 낸 주역들이었다. 하지만 이들 사이에 눈에 띄지 않는 조용한 사
람이 한 명 있었다. 그도 독자 위원회의 위원이었지만 원고를 읽는 역할은 아니었
다. 하지만 그는 독자 위원회의 모임에 빠짐없이 참석했고 모든 작가들을 알고 있
었다. 그는 갈리마르 출판사의 핵심 인물로 프랑스 문학사에서 지대한 역할을 해
냈지만 지금까지 프랑스 문학사를 다룬 어떤 책에서도 이름조차 거론되지 않았다.
바로 갈리마르에서 영업을 담당한 루이다니엘 이르슈Louis-Daniel Hisrch였다.

42 참고로, 1927년의 공쿠르상 수상자 모리스 브델Maurice Bedel은 1937년까지 매년 한 권의
소설을 갈리마르 이름으로 발표했다.
43 마르셀 아를랑과 저자의 인터뷰.

이르슈는 독자 위원회의 모임에 빠짐없이 참석해서, 책의 판매와 유통 가능성, 또한 책을 서점에 어떤 식으로 진열할 것인지에 대한 생각을 거침없이 쏟아 냈다. 게다가 취미 삼아 많은 책을 읽은 까닭에 책의 내용에 대한 의견을 피력하기도 했다. 하지만 넓은 이마와 굽은 코를 가진 호리호리하고 자그마한 이 사내는 말을 삼가고 주로 듣는 편이었다. 그는 사소한 것에도 관심을 두고 모든 것을 기록했다. 주말이나 휴가 중에도 습관처럼 지방 서점들을 둘러보면서 갈리마르의 책들이 제대로 진열되어 있는지 점검했다.

그는 융통성 있는 사람이어서 누구와도 쉽게 어울렸다. 하지만 충성과 성실 등과 같은 가치관에 대해서 어떤 타협도 용납하지 않는 원칙론자였다. 이르슈의 이런 성격 때문에, 장 지오노Jean Giono는 똑같은 책으로 그라세와 갈리마르와 동시에 계약하면서 진땀을 흘려야 했다.

가스통 갈리마르과 마찬가지로 이르슈도 경쟁 출판사에 대한 적대심을 버리고 서로에게 이익이 되는 방향을 찾으려고 애썼다. 친구들에게 매일 일기를 써두고 나중에 회고록을 집필하라는 독촉을 여러 번 받았지만 그때마다 이르슈는 〈회고록은 옛 동료들 간에 분쟁을 일으킬 뿐이야……〉라고 말하며 거부했다.[44]

이르슈는 1891년에 파리에서, 철저히 프랑스에 동화된 알자스계 유대인 가문에서 태어났다. 그가 열일곱 살이 되던 해, 포목상을 하던 아버지가 세상을 떠났다. 그는 샤를마뉴 고등학교를 졸업하고 대학 입학 자격시험에 통과했지만 진학을 포기하고 직업 전선에 뛰어들었다. 가장으로서 가족을 부양하기 위한 것이었다. 첫 직장은 곡물을 수출입하는 회사였다. 그가 병역의 의무를 다하려고 군에 입대하자, 그의 상사는 그가 제대해서 회사로 복귀하면 루마니아 지사를 맡기겠다는 약속까지 해주었다. 그러나 2년 후 제대해서 민간인으로서 새로운 삶을 시작하려 하자 전쟁이 터졌다. 그는 제복을 다시 입었다. 이번에는 5년 동안이나 군인으로 살아야 했다. 전쟁 기간 동안 그는 고기를 가득 실은 버스를 몰고 전선의 병사들을 찾아다녔다. 전쟁이 끝난 후에는 점령군으로 독일에 파견되어 1919년 봄까지 지내야 했다.

마침내 파리로 돌아왔지만 모든 것이 뒤바뀌어 있었다. 그의 회사는 사라지고

44 이르슈와 저자의 인터뷰.

없었다! 새로운 직장을 찾아 헤매던 끝에 아르헨티나에서 냉동육을 수입하는 회사의 회계 책임자가 되었다. 전쟁 때나 평화시에나 고기는 그에게 운명인 듯했다. 그렇게 1925년까지 지냈다. 그 즈음, 한 출판사가 젊은 영업자를 구한다는 친구의 귀띔에 이르슈는 만사를 제쳐 두고 그르넬 가로 달려갔다. 가스통 갈리마르는 그를 잠시 인터뷰한 후에 이렇게 말했다.

「자네에게 두 자리를 제안하겠네. 하나는 라스파유 가에 있는 서점을 관리하는 직책이고, 다른 하나는 출판사의 영업 주임일세. 봉급은 똑같네. 잘 생각해 보고 내일까지 답을 해주게.」[45]

이르슈는 가스통에게도 매력을 느꼈지만 출판이란 세계에도 매력을 느꼈다. 몇 해 전 프루스트가 죽었을 때 가스통 갈리마르와 NRF라는 이름이 조사(弔辭)에서 언급되던 것을 이르슈는 분명히 기억하고 있었다. 이르슈는 냉동육에 별다른 매력을 느끼지 못했다. 하지만 책은 그가 좋아하던 것이었다. 언제나 소중히 다루라고 배웠던 것이었다. 결국 그는 출판사 쪽을 택했다. 그리고 가스통을 비롯해 갈리마르의 기초를 세운 초기 공신들과 마찬가지로, 그도 마지막 숨을 거둘 때까지 갈리마르를 떠나지 않았다.

끝으로, 독자 위원회의 구성원으로 가장 중요한 역할을 한 사람은 앙드레 지드였다. 하지만 그는 단순한 〈위원〉이 아니라 〈그 시대의 거인〉이었다. 겉으로 드러나지는 않았지만 결코 부인할 수 없었던 그의 영향력은 독자 위원회에 깊이 뿌리 내리고 있었다. 수십 년 동안 그가 끊임없이 새로운 원고들과 작가들을 독자 위원회에 소개한 때문이었다. 한마디로 앙드레 지드는 갈리마르 호를 끌어가는 기관차였다.

1922년 11월, 파리. 가스통은 마르셀 프루스트의 침대맡에 있었다. 그는 레날도 안, 폴 모랑 등 몇몇 친구들과 프루스트 곁에서 밤을 지새웠다. 그리고 뒤누아에 드 세공자크Dunoyer de Segonzac를 불러왔다. 그는 붓과 먹, 스케치북을 가져왔다. 그는 한구석에 조용히 앉아, 죽음을 맞고 있는 프루스트의 초상화를 그렸다.

---

45 이르슈와 저자의 인터뷰.

몇 개의 선으로! 백설처럼 하얀 종이 위에 굽은 코, 찌푸린 눈썹, 두 개의 커다란 반점, 검은 수염, 그리고 뻣뻣한 머리카락이 드러났다. 가스통은 화가의 어깨 위로 초상화를 훔쳐보았다. 병자의 모습이 아니었다. 죽은 사람의 모습은 더더욱 아니었다. 비상한 매력을 발산하는 아름다운 얼굴의 이 유대인은 루브르에서 보았던 〈아르타크세르크세스의 궁수〉를 연상시키는 모습이었다.[46]

가족과 친구, 모두가 프루스트의 침대 곁에 모여 있었다. 그가 누워 있는 방은 살롱이나 다름없었다. 콕토는 도착하자마자 가스통을 붙잡고 다음 책, 『사기꾼 토마*Thomas l'imposteur*』에 대해 이야기를 나눴다. 가스통이 말했다.

「장, 자네 소설을 내게 주게.」

「물론이야, 가스통.」

시신에서 온기가 사라지기 전에 임종의 자리에서 거래가 성사되었다.[47]

장례식의 모든 절차, 생피에르 드 샤이요 성당의 미사도 파리식으로 진행되었다. 성당 밖에서는 모리스 바레스가 한숨을 내쉬며 한탄했다.

「나는 줄곧 프루스트를 유대인이라 생각했는데. 하여간 성대한 장례식이군!」[48]

문학계 인사들은 모두 참석한 듯했다. 『잃어버린 시간을 찾아서』의 등장인물들도 문학이란 형태로 그들에게 영원한 생명을 준 창조자에게 작별 인사를 건네려고 모여들었다. 공작들과 백작 부인들, 은행가와 탐미주의자들, 살롱의 우아한 여인들, 경마 클럽의 신사들⋯⋯. 가스통은 많은 작가들 틈에 끼어 있었지만 지드는 보이지 않았다. 모리스 라벨의 〈죽은 왕녀를 위한 파반〉이 연주되었고, 곧이어 종소리가 울렸다. 영구차가 페르 라셰즈 묘지로 천천히 움직였다. 그 뒤로 많은 자동차가 뒤따랐다.

어떤 행사든지 행사로만 그치지는 않는다. 그 행사가 가지는 의미, 즉 문학 공화국을 이루던 사람들의 행동에 주목해야 한다. 어떤 장소에서 어떤 행사가 열리든 간에 그것은 만남을 위한 구실이 되었다. 잡담이나 밀담을 나누면서 영향력을 주고받았다. 이런 공간에서 문학은 몸을 드러내고 허영심을 채워 주는 수단일 뿐

46 샤프살과 갈리마르의 대담, 같은 책.
47 콕토와 마티외 갈레Mathieu Galey의 대화, *L'Express*, 1983년 9월 30일.
48 Maurice Martin du Gard, *Les Mémorables I*, Flammarion, 1957.

이었다. 가스통은 이런 생리를 꿰뚫고 있었다. 더 이상 돈 많은 바람둥이가 아니었지만 가스통은 성미를 죽이고 그런 분위기에 거침없이 어울렸다. 출판인에게는 그런 삶이 요구되었고, 이처럼 불합리하고 경박한 세계에서도 작가들을 발견할 수 있었기 때문이다. 발자크는 다락방에서 촛불 하나에 의지하여 검은 잉크에 펜을 적셔 가며 힘들게 글을 썼지만, 일부 출판인들과 마찬가지로 가스통도 이제는 그런 시대가 아닌 것을 알고 있었다. 베르나르 그라세는 이런 변화를 완벽하게 인식하며 파리를 아첨의 도시로 묘사하기도 했다.

파리는 칭찬을 주고받는 커다란 시장이다. 파리는 수많은 증권이 모여드는 곳이고, 살롱은 그런 증권이 교환되는 곳이다. 돈이 필요한 것은 아니다. 돈이 없어도 당신이 찾는 것을 정확히 구할 수 있다. 비도덕적인 행위인 까닭에 잘 눈에 띄지 않을 뿐이다. 당신이 건넨 아첨이나 칭찬은 누군가의 마음속에 개설된 당신의 계좌에 차곡차곡 쌓인다. 때가 되면 당신은 그 돈을 꺼낼 수 있다. 파리가 아첨의 도시인 것은 파리 시민이라면 누구나 자기 이름으로 된 계좌에 큰 돈을 쌓아 두고 싶어 하기 때문이다.[49]

독자 위원회를 통해서, 특히 라르보와 파르그와 지드를 비롯한 몇몇 동료를 통해서 가스통은 문학이 이야기되는 중요한 곳의 동향을 염탐할 수 있었다. 케 도르세의 외무부에는 필리프 베르틀로라는 믿음직한 친구가 있었다. 그의 밑에서 일하는 작가들은 곧 가스통의 작가였다. 정치력? 가스통은 정치를 믿지 않았다. 정치를 지독히 경멸했다. 어느 쪽이든 정치에 참여한다는 것은 그에게 불완전한 축소를 뜻했다. 달리 말하면, 성실하고 정직한 사람에게 문화와 자유로운 비판, 양심의 점검, 특히 개인주의를 허락하지 않는 원인이라 생각했다. 어쨌든 중도 좌파적 성향을 띤 혁신 사회당의 당수였고, 리옹의 하원 의원이었으며, 1924년과 1925년에 수상까지 지낸 에두아르 에리오Édouard Herriot는 『NRF』의 충실한 독자였다. 가스통은 그를 믿을 만한 친구로 여겼다. 이런 특별한 관계 덕분에, 루

49 베르나르 그라세가 *Candide*(1929년 3월 28일)에 기고한 글.

이다니엘 이르슈는 1925년에 알랭의 새 책, 『혁신 정책의 기본 요건들Eléments d'une doctrine radicale』을 새로운 형태로 판촉할 수 있었다. 그 책이 발행되어 서점에 배포된 주에 열린 내각 회의에서 모든 장관의 자리에도 한 권씩 놓였다. 예상대로 언론이 그 사실을 대서특필했다. 갈리마르와 권력층 간의 관계에 의문을 제기한 사람들도 있었지만 그 책은 날개 돋친 듯 팔려 나갔다. 중요한 것은 그것이었다.

1922년 가스통 갈리마르는 자신의 영향력을 확대할 방법을 모색하고 있었다. 월간지의 한계를 넘어서 신문에 관심을 가져야 한다고 생각했다. 하지만 그렇게 하자면 일을 아주 신속하게 처리할 수 있어야 했다. 게다가 레몽이 반대하고 나섰다. 목표에 비해 경제적 부담과 위험이 너무 크다는 이유였다. 다행히 가스통이 첫 조치를 취하기도 전에 기회가 찾아왔다. 언론인이며 작가였고 가스통의 절친한 친구 로제의 사촌이었던 모리스 마르탱 뒤 가르Maurice Martin du Gard가 작가들을 위한 문화 주간지를 창간할 계획이라며 협조를 요청했다. 『NRF』의 많은 기고자들이 이 주간지에 글을 기고할 수 있고, 갈리마르 출판사는 광고를 할 수 있으며, 평론가들은 계획하는 책의 상당 부분을 미리 선보일 수 있을 듯했다. 대신 가스통은 이 사업에 투자해 달라는 요청을 받았다. 젊은 모리스는 출판의 세계를 잘 아는 사람답게 베르나르 그라세에게도 똑같은 제안을 했다는 사실을 감추지 않았다.

주간지 이름은 정해지지 않은 상태였다. 네 번째 모임에서 잠정적으로 〈리르 Lire〉(읽기)라고 이름을 정했지만 더 나은 이름을 찾아보기로 했다. 이 프로젝트가 『NRF』의 아류이거나 경쟁지가 아니라는 사실을 보여 주기 위한 노력의 일환이었다. 잡지 『에크리 누보Écrits nouveaux』(새로운 글 쓰기)의 새로운 양식을 결정하기 위한 토론에서도 이 프로젝트는 거론되지 않았다. 모두가 새로운 이름을 찾느라 골몰하고 있던 어느 날, 사무실의 긴 소파에서 졸고 있던 파르그는 NRF, 즉 〈신 프랑스 평론〉에 맞서 아예 〈옛 독일 잡지l'Ancienne Revue Allemande〉라는 이름이 어떠냐고 제안하기도 했다. 결국 잡지 이름은 〈르뷔 외로페엔Revue européenne〉(유럽 잡지)으로 정해졌다. 『르뷔 데 되 몽드』의 경쟁지로!⁵⁰

50 필리프 수포Philippe Soupault와 저자의 인터뷰.

모리스 마르탱 뒤 가르와 그의 친구, 프레데릭 르페브르Frédéric Lefèvre도 그 이름에 동의했다. 지나치게 학구적이지도 않고 지나치게 전위적이지도 않았던 그들은 채찍을 가해서라도 문학 저널을 완전히 뒤바꿔 놓으려 했다. 게다가 그들은 경쟁지들이 지나치게 정치화되어 거들먹대면서 시류에 영합한다고 생각했다.

가스통은 모리스의 제안을 받아들였다. 따라서 그도 자본금 25만 프랑으로 설립된 회사의 임원이 되었다. 그밖에 앙드레 지용과 〈리브레리 라루스〉의 샤를 페뇽, 쇼댕, 가스, 아일브론 등이 임원으로 선정되었다. 자크 겐과 모리스 마르탱 뒤 가르가 대표이사로 선임되었다. 그리고 1922년 10월 21일, 신문팔이 소년들이 대로변을 뛰어다니며 〈『누벨 리테레르』 창간호! 생각하는 사람들을 위한 신문입니다! 25상팀!〉이라 외치는 소리가 들렸다.[51]

가스통은 이 사업에 뛰어든 것을 후회하지 않았다. 인쇄기에서 갓 나온 창간호를 들척이면서 글을 읽었다. 최고의 글들이었다. 편집도 훌륭했다. 그의 선택이 틀리지 않았다는 확신이 들었다. 그의 작가와 회사와 책, 모두에게 이익이었다. 창간호에 기고한 작가들 중에는 그의 작가들도 적지 않았다. 이 주간지에 기고한 작가들에게 첫 소설을 제안해서 허락을 얻는다면 시리즈 〈한 작품, 한 인물〉은 쉽게 완성되어 갈 듯했다. 그의 판단은 옳았다. 어떤 면으로 보나 정통 주간지였던 『누벨 리테레르』가 NRF 작가들의 글로 채워지면서, 그 주간지는 갈리마르 출판사의 책들을 대중에게 알리는 최고의 매체가 되었다. 이해관계에 따른 갈등도 적지 않았다. 훗날 한 문학 담당 기자는 당시 상황을 이렇게 정리했다. 「갈리마르가 프랑스에서 양서의 4분의 1을 출간하고 있던 때 갈리마르에 고용된 평론가가 갈리마르에서 출간된 책을 어떻게 정직하게 평가할 수 있었겠는가?」[52]

가스통 갈리마르의 문학 전략, 즉 평론가들을 그의 편으로 끌어들이기 위한 전략에서 『누벨 리테레르』는 많은 수단 중 하나였을 뿐이다. 그의 궁극적 목표는 문학상을 휩쓰는 것이었다. 물론 공쿠르상이 최우선 목표였다. 1919년부터 1935년까지 17년 동안 갈리마르의 작가들이 8번이나 공쿠르상을 차지했다. 알뱅 미셸(3회)과 그라세(2회)를 월등히 앞섰던 가스통 갈리마르는 이런 추세를 영원히 이

51 Maurice Martin du Gard, 같은 책.
52 Bernard Pivot, *Les Critiques littéraires*, Flammarion, 1968.

어가려고 애썼다. 언젠가 공쿠르상의 수상자가 되기를 꿈꾸던 앙투안 블로댕 Antoine Blodin은 〈투표가 있기 전날, 작가라면 당연히 출판의 성전인 토마스 아 퀴나스 성당에서 묵상하고 에드몽과 쥘의 이름이 붙은 지하철역 뒤에서 《감사합니 다, NRF!》라는 봉헌시를 읊조려야 할 것이다〉라고 말했을 정도였다.[53]

1차 대전을 중심으로 공쿠르상은 큰 변화를 겪었다. 전쟁 전에는 문학성이 우 선적으로 고려되었지만 전쟁 후에는 음모와 전략이 끼어들었다.[54] 전쟁 전에는 그 야말로 〈식탁보의 역사〉였다. 1903년부터 1914년까지 심사 위원들은 전통적인 식 사를 어디에서 할 것인지도 신중하게 고려했다. 그랑 도텔의 식당은 너무 넓었고, 샹포는 경험에 비추어 보면 팔꿈치를 부딪쳐 가며 식사를 해야 할 정도로 너무 비 좁았다. 따라서 카페 드 파리가 최종적으로 선택되었고, 전쟁으로 그 식당이 문을 닫기 전까지 심사 위원들은 전통적으로 그곳에서 식사를 했다. 전쟁 이후 공쿠르 아카데미는 드루앙 식당을 꾸준히 선택하고 있다.

공쿠르 형제의 유언에 따라 열 명의 심사 위원이 결정한 책의 저자에게는 5천 프랑의 상금이 주어졌다. 또한 심사 위원 각자에게는 연간 6천 프랑의 심사비를 주 어, 심사 위원들이 〈자질구레한 관료직이나 천박한 저널리즘〉에서 해방되도록 보 장해 주었다. 물론 심사 위원은 반드시 문학인이어야 했다. 귀족이나 정치인은 철 저하게 배제되었다. 공쿠르 형제는 뛰어난 재능을 지닌 작가에게 활로를 열어 주 려는 그들의 의도를 명확하게 밝혔다.

> 문학적 재능을 지닌 사람이 물질적 어려움에서 벗어나, 효율적이고 생산 적으로 문학 활동을 할 수 있도록 도와주려는 것이 우리 형제의 뜻이다. …… 상은 그해에 출간된 최고의 장편소설, 최고의 단편소설 선집, 가장 인상적인 책, 상상력이 돋보인 최고의 산문에 주어져야 할 것이다. 무엇보다 이 상은 젊 은 작가, 독창적인 재능을 과시한 작가, 생각과 형태에서 대담하게 새로운 것 을 시도한 작가에게 주어져야 할 것이다.[55]

53 Antoine Blodin, *Ma vie entre lignes*, La Table ronde, 1983.
54 Pierre Descaves, *Mes Goncourt*, Robert Laffont, Marseille, 1944.
55 프랑수아 베르네François Werner가 *Histoire*(제28호, 1980년 11월)에 기고한 글.

이상하게도, 모든 것이 분류되어 이름 붙여지는 이 나라에서, 평론가들은 공쿠르상 수상작들 간의 특별한 공통점을 찾아내지 못했다. 사실, 공쿠르상 수상작들에는 공통점이 없었다. 다행스런 일이었다. 따라서 작가와 출판사들은 상을 받겠다는 일념으로 〈공쿠르상의 공식〉에 맞추려 하지 않았고, 공쿠르 아카데미는 프랑스 소설의 변화에 적응해야만 했다.

1920년대 중반부터, 소설책에 두른 〈공쿠르상 수상작〉이란 띠는 출판사와 저자에게 큰 돈을 의미하기 시작했다. 언제나 그렇듯이 발표되는 수치가 과장되기는 했지만 출판계는 공쿠르상의 상업적 위력에 대해 새롭게 인식하지 않을 수 없었다. 가스통은 프루스트의 소설을 통해 그런 현상을 이미 경험한 바 있었다. 따라서 가스통은 공쿠르상의 상업성을 확신했고, 그 상을 독점하려고 최선을 다했던 것이다. 그는 심사 위원들과 돈독한 관계를 유지했다. 특히 1917년에 옥타브 미라보의 뒤를 이어 공쿠르 아카데미 위원으로 선정된 장 아잘베르Jean Ajalbert에게 정성을 기울였다. 말싸움을 즐기고 대식가였던 쥘 르나르Jules Renard에 따르면 아잘베르는 입심이 좋고 남을 귀찮게 하는 사람이었다. 어쨌든 아잘베르는 문학가이면서 말메종 박물관의 관리자이기도 했다. 1930년대에는 갈리마르 출판사에서 네 권의 책을 출간했다. 가스통이 그를 위해 해줄 수 있는 최소한의 배려였다. NRF의 젊은 작가들은 아잘베르를 공쿠르 심사 위원단에 파견된 가스통의 특사로 생각할 정도였다. 가스통은 아잘베르를 왕처럼 대우하며 유명한 〈로르〉 식당에 초대해 점심 식사를 함께하기도 했다. 이런 기회를 통해서 가스통은 앙드레 말로André Malraux를 공쿠르상의 젊은 후보자로 천거했다. 소설가 장 프레보스트Jean Prévost는 1930년대에 공쿠르상을 기대하면서 조르주 뒤아멜에게 〈장 아잘베르는 문제가 없어. 갈리마르가 알아서 처리할 테니까. 아잘베르는 갈리마르가 꼭 쥐고 있다고〉라고 말할 정도였다.[56]

기막힌 풍자가 아닐 수 없었다. 프레보스트는 공쿠르상을 받지 못했다. 하지만 갈리마르를 통해 공쿠르상을 수상한 한 작가는 그의 책이 출간된 과정을 순진할 정도로 자세하게 밝혔다. 1927년 어느 날, 문학계와 출판계에 전혀 이름이 알려

---

56 Georges Duhamel, *Le livre de l'amertume*, Mercure de France, 1984.

져 있지 않았던 모리스 브델Maurice Bedel은 우연히 라스파유 가에 있던 갈리마르 서점에 들렀다. 그는 폴 모랑의 최근작을 사서, 점원에게 책값을 지불하면서 조심스레 물었다.

「환상 소설에 관심 있는 출판사를 아시나요?」

「뭐라고요?」

「제가 소설을 썼는데 어떤 출판사에게 가져다줘야 할지 몰라서요.」

「원고가 있다고요? 잠깐만요, 주인을 만나게 해드릴게요.」

브델은 서점 관리자를 만났다. 브델이 서류 가방에서 두툼한 원고 뭉치를 꺼내자 관리자는 무뚝뚝하게 말했다.

「놓고 가세요. 우리 출판사로 넘길 테니까요.」

그로부터 몇 달 후, 브델은 그의 책을 출간하기로 결정했다는 편지 한 통을 받았다. 놀라운 소식이 꼬리를 물고 이어졌다. 그의 소설, 『제롬, 북위 60도Jérôme, 60° latitude nord』가 1927년 공쿠르상 수상작으로 결정되었다는 소식이었다.[57]

프루스트의 소설로 공쿠르상을 수상한 후 2년 동안 가스통 갈리마르는 계속 무기를 다듬었다. 그리고 1922년 그는 공격을 재개했다. 공격은 성공적이었다. 갈리마르에서 출간한 세 작품, 조제프 케셀의 『붉은 대초원La steppe rouge』, 로제 마르탱 뒤 가르의 『티보가의 사람들』 1부, 폴 모랑의 『밤이 열리다Ouvert la nuit』가 후보에 올랐다. 폴 모랑의 소설이 수상작으로 선정될 듯했지만 최후의 순간에 표가 앙리 베로Henri Béraud에게 몰리고 말았다. 수상작이 결정되기도 전에 모랑의 소설이 3만 부나 팔렸다고 가스통이 자랑하는 바람에 오히려 모랑이 밀려났다고 비난하는 사람들이 적지 않았다.

그러나 다음 해 가스통은 복수전을 펼쳤고, 그 후로도 10년 동안 공쿠르상을 놓치지 않으려고 필사적으로 애썼다. 그 결과로 뤼시앵 파브르의 『라브벨Rabevel』(1923), 티에리 상드르의 『인동 덩굴Le Chèvrefeuille』(1924), 앙리 드베를리의 『페드르의 탄원Le Supplice de Phèdre』(1926), 모리스 브델의 『제롬, 북위 60도』(1927), 마르셀 아를랑의 『질서』(1929), 기 마즐린의 『늑대들Les loups』(1932), 앙

57 Les Nouvelles littéraires, 1927년 12월 10일.

드레 말로의 『인간 조건La condition humaine』(1933)이 공쿠르상을 수상했다.

대단한 끈기였다! 거의 10년 동안 갈리마르가 공쿠르상을 독식할 뻔했다. 1925년에 갈리마르는 앙드레 뵈클레, 장리샤르 블로크, 앙리 드베를리, 드리외 라 로셸을 후보작으로 내세웠지만 수상작은 모리스 주느부아의 『라볼리오Raboliot』 였다. 심사 위원장이 전쟁의 상처와 수상자의 연구 단절을 언급한 후에 심사 위원에서 빠지지 않았던 폴 레오토가 〈이번에는 공쿠르상이 아니라 미덕의 상이다〉라고 천명했을 정도였다. 1930년에는 플랜테이션의 감독관으로 『말레이시아 Malaisie』를 쓴 앙리 포코니에가 장 프레보스트를 간발의 차이로 눌렀다. 1931년에 갈리마르는 기 마즐린, 피에르 보스트, 장 슐룅베르제, 그리고 생텍쥐페리의 『야간 비행Vol de nuit』을 후보작으로 내세웠다. 막강한 진용이었지만 결국 수상작은 장 파야르의 『사랑의 아픔Mal d'amour』이 차지했다. 이때 파야르의 소설은 파야르 출판사를 세운 아버지의 계약서보다 못하다며, 일부 심사 위원들이 그의 아버지를 생각해서 표를 몰아준 것이란 수군거림이 있었다. 『박격포Le Crapouillot』 가 큰 반향을 일으켰지만 가스통은 그것으로도 위안을 받지 못했다. 그의 친구, 슐룅베르제 때문에!

1913년에 가스통은 여러 권의 책을 동시에 후보작에 올리면서 대단한 폭발력을 과시했다. 한편 베르나르 그라세는 공쿠르상의 효용성에 대한 논쟁을 공개적으로 논의할 때가 되었다고 생각했다. 6년 동안 한 번도 공쿠르상을 차지하지 못한 것에 분개하며 그라세는 전면전에 돌입했다. 드루앙 식당에서의 점심 식사에 의문을 제기하며, 그라세는 한 잡지에 기고한 글에서 이렇게 말했다. 〈열 명의 심사 위원들이 그 식당에서 만들어 내는 영광은 《종이에 쓰인 영광》에 불과하다. 사람들은 그들이 그곳에서 나눈 이야기보다 그들이 무엇을 먹었는지에 더 관심을 보인다. 양순한 기자까지도 그처럼 하찮은 일을 취재하려고 수고하길 거부하는 때가 조만간 닥칠 것이다.〉 그렇다고 그라세가 공쿠르상 자체를 폐지하자고 주장한 것은 아니었다. 다만 지나치게 과장된 그 영향력을 축소하자고 제안했다. 그가 보기에는 이제 누구도 심사 위원들의 판결에 관심을 갖지 않는다는 것이었다. 요컨대 공쿠르상이 그 역할을 끝낼 때가 되었지만 무절제한 시대적 분위기에 편승해 지나치게 중시된다는 것이었다.[58]

그라세의 공격에 반격하고 나선 공쿠르 위원이 가스통의 친구, 장 아잘베르였던 것은 결코 우연이 아니었다. 그는 그라세에게 매년 드루앙 식당에 식탁을 예약한 이유가 뭐냐고 물었다. 그것도 공쿠르 아카데미의 식탁 바로 옆자리에! 그 결과를 가장 먼저 알고 싶었던 것이 아니었냐고 호되게 반박했다. 게다가 그라세가 지금까지 온갖 제안으로 심사 위원들의 환심을 사려고 한 이유는 뭐냐고 따졌다. 아잘베르는 그라세가 지난 몇 년 동안 수상작을 내지 못했기 때문에 공쿠르상을 비난하고 나선 것이라 지적하며, 그라세 출판사가 놓친 유명한 작가들을 일일이 거론했다. 〈그래, 베르나르 그라세 씨는 마르셀 프루스트는 버리지 않았느냐! 또 프랑스라는 이름까지 들먹이며 공쿠르상을 주어서는 안 된다고 탄원했던 모리스 브델도 버리지 않았느냐! 그랬다, 우리는 스웨덴과 전쟁이라도 벌이고 싶었다.《『제롬』이라고? 우리가 거절했던 책이!》라고 외치던 당신의 목소리가 아직도 내 귀에 쟁쟁하게 들리는 듯하다.〉[59] 그리고 아잘베르는 베르나르 그라세를 한정판으로 독자들의 속물근성을 자극하고 자비 출판으로 작가의 자존심을 부추기는 부지런한 협상꾼이면서도 자신이 언젠가 아카데미 프랑세즈의 후보가 될 것이라 착각하는 종이 장사꾼이라 놀리면서 최후의 일격을 가했다.

치명타를 입은 그라세는 공개적 논쟁을 중단했지만 자신의 생각을 꺾지는 않았다.

이제, 공쿠르상은 매년 신들이 모여서 만들어 내는 문학계의 기적이 아니다. 공쿠르상 심사 위원들만큼이나 자격 있는 사람들로 짜여진 심사 위원단이 유능한 작가들에게 수여하는 다른 상들과 마찬가지로 공쿠르상도 본연의 위치를 되찾아야 한다. 과장된 권위에 종식을 고하고 모든 것을 정상으로 되돌리기 위해서 출판사들이 〈확률 게임처럼 한 출판사에게만 이익이 돌아가는 이런 게임에 더 이상 참가하지 않겠어!〉라고 말한다면 모든 것이 저절로 해결될 것이다.[60]

58 *Les Nouvelles littéraires*, 1931년 10월 31일.
59 *Les Nouvelles littéraires*, 1931년 11월 14일.
60 *Gringoire*, 1931년 11월 20일.

그러나 약 20년 후에 베르나르 그라세는 자신의 잘못을 인정했다. 가스통에게 보낸 공개 서한에서 그는 이렇게 말했다.

공쿠르상의 권위가 커져 가는 현상을 문학의 종말이라 말했던 나는 서툰 점쟁이였습니다. 요즘 우리는 1년 365일 동안 매일 상을 주어도 남을 만큼 많은 상으로 축복(?)받고 있습니다. 문학은 제 길을 꾸준히 걸어왔습니다. 관례가 바뀌었을 뿐입니다. 1931년에, 문학에서는 아니어도 출판계에서는 새로운 시대가 열리고 있었습니다. 당신이 나보다 그 사실을 먼저 깨달았습니다.[61]

두 전쟁 사이에, 그라세는 이런 문학상들이 책의 판매에 미치는 영향력을 분명히 인식하고 있었다. 따라서 1931년에 벌인 논쟁은 가스통이 공쿠르상을 거의 독식하는 것에 대한 분노의 표출이었던 것으로 해석된다. 그라세가 1911년과 1912년에 연속으로 공쿠르상을 수상했던 영광의 시대를 돌이켜 보고, 그때의 승리가 그에게 안겨 준 놀라운 상업적 성공을 기억한다면 이런 추론은 타당성을 갖는다. 그는 문학상의 위력을 믿었다. 그 때문에 1922년에 새로 제정된 상을 놓치지 않으려고 그렇게 애썼던 것이 아니겠는가! 대포왕 배절 자하로프Basil Zaharoff의 지원하에 제정된 발자크상이었다. 신진 작가의 미발표 소설이 대상이었고 상금은 2만 프랑이었다. 그라세는 발자크상의 사무국을 그의 출판사로 끌어들였고, 수상자에게 그의 책을 그라세 출판사에서 출간하는 조건으로 1만 프랑의 선인세를 제시했다. 따라서 발자크상은 한 출판사의 배를 채워 주려고 원격 조정되는 듯했다. 결국 공쿠르 심사 위원들이 팔을 걷어붙이고 나섰다. 이번에도 아잘베르가 대변인으로 나서 화려한 언변으로 공쿠르 아카데미의 입장을 정리했다.

〈문학을 사랑한다는 사람이 드루앙 식당의 벽에만 오줌을 싸지 않는다면 그냥 내버려 둡시다!〉[62]

발자크상 심사 위원들도 그라세에게 호의적이지 않았다. 폴 부르제 심사 위원장을 비롯해서 다니엘 알레비와 에드몽 잘루 등과 같은 유력한 심사 위원들도 그

61 Bernard Grasset, *Évangile de l'édition selon Péguy*, André Bonne, 1955.
62 Jean Ajalbert, *Les Mystères de l'Academie Goncourt*, Ferenczi, 1929.

라세 출판사를 발자크상의 유일한 수혜자라고 지적했다. 출판인 조합도 발자크상의 규정을 바꿔서라도 수상자가 자유의사에 따라 출판사를 선택할 수 있도록 해야 한다고 압력을 가했다. 3월에 규정이 바뀌었고, 10월에 장 지로두와 에밀 바우만이 첫 수상자가 되었다. 하지만 신진 작가도 아니었고 첫 소설도 아니었다. 우연히도, 수상작인 『지그프리드와 리무쟁*Siegfried et le Limousin*』과 『운명론자 욥*Job le prédestiné*』은 그라세에서 이미 출간된 책이었다.[63]

같은 해, 즉 1922년에 갈리마르 출판사는 자크 드 라크르텔Jacques de Lacretelle의 『실베르만*Silbermann*』으로 페미나상을 차지했다. 페미나상을 수상하기는 처음이었다. 그로부터 8년 후, 라크르텔은 『부부의 사랑*Amour nuptial*』으로 가스통에게 처음으로 아카데미 프랑세즈 소설상을 안겨 주었다. 하지만 가스통이 문학상들에 가장 큰 관심을 쏟으며 사업 전략을 구상했던 해는 1926년이었다. 문학적인 이유보다 허기를 달래려는 기자들의 욕심 때문에 제정된 르노도상의 첫 수상자로 그가 배출한 신진 작가를 적극적으로 밀었던 이유도 바로 이 때문이었다.

매년 공쿠르상을 취재하던 파리의 주요 일간지 기자들은 점심 식사를 늦게까지 미루어야 한다고 투덜거렸다. 하기야 공쿠르 아카데미가 드루앙 식당에서 점심을 끝내고 발표한 후에도 기자들은 여기저기에서 반응을 취재해서 기사를 작성한 후에야 허기를 달랠 수 있었기 때문이다. 그래서 그들은 열 명의 심사 위원들보다 먼저 식사를 하면서 그들 나름으로 수상자를 예측해 수상하기로 결정했다. 이렇게 만들어진 문학상에는 프랑스에서 가장 유명한 기자의 이름이 붙여졌다. 「가제트 드 프랑스*La Gazetter de France*」를 1631년에 창간한 테오프라스트 르노도 Theophraste Renaudot였다. 1926년 「랭트랑지장」, 「르 마탱」, 「르 주르날」, 「파리미디」, 『캉디드』, 「프티 주르날」, 「카나르」 등을 대표한 기자들이 드루앙 식당 바로 옆에 있는 퐁텐 가이용 식당에서 점심 식사를 했다. 그리고 디저트를 먹는 시간에 무명의 젊은 소설가, 아르망 뤼넬Armand Lunel이 쓴 『니콜로 페카비, 혹은 카르팡트라의 드레퓌스 사건*Nicolo Peccavi ou l'affaire Dreyfus à Carpentras*』을 수

63 가브리엘 부아라Gabriel Boillat가 *Revue d'histoire littéraire de la France*(1983년 9/12월)에 기고한 글.

상작으로 선정했다.[64]

르노도상은 상당한 반응을 불러일으켰다. 그로부터 5년 후, 포부르 생토노레 가에서 페미나상을 취재하던 기자들도 뒤질 수 없다는 생각에 르노도상을 흉내 내 서, 그들 모임의 이름이던 세르클 앵테랄리에cercle Interallié를 따라서 앵테랄리 에상을 제정했다. 수상자를 기자 출신의 작가로 한정한다는 특징을 내세웠던 앵테 랄리에상의 첫 수상자는 앙드레 말로였다.

1933년, 에콜 데 보자르의 사서로 있던, 생제르맹데프레에 있는 〈카페 되 마 고〉의 한 단골손님이 그 카페의 이름을 따서 문학상을 만들기로 결심하고, 그 카페 의 손님들에게 1300프랑을 모금해서 『갯보리Le chiendent』를 쓴 레몽 크노 Raymond Queneau에게 전액을 전달했다. 하지만 크노는 이 상을 우습게 생각했 던지 배은망덕하게도 〈되 마고〉에서 약간 떨어진 〈카페 드 플로르〉의 손님들에게 술을 돌리면서 그 돈을 써버렸다. 그런데 되 마고상의 심사 위원들 간에는 처음부 터 불화가 있었던지, 한 심사 위원이 길 건너편의 카페 〈브라스리 리프〉까지 투덜 대며 걸어가 그 카페의 주인 이름을 따서 카즈상을 만들었다.

1920년대 초의 언론 전쟁은 가스통 갈리마르의 친구들에게 심적인 충격을 주 면서 NRF까지 뒤흔들어 놓았다. 그들이 결코 갖고 있지 않았던 권력과 힘을 적들 이 언론을 통해 공격하면서 출판사와 잡지가 커다란 시련을 맞아야 했다. 어쨌든 훗날 〈또 하나의 십자군 전쟁〉이라 일컬어진 케 도르세 사건은 과장되기는 했지만, 진정한 문제를 제기하면서 갈리마르 출판사에게는 한 단계 도약하는 중대한 계기 가 되었다.

사건의 발달은 1921년 가을에 앙리 베로가 발표한 글이었다. 당시 36세였던 베로는 리옹 출신으로 입담 좋은 싸움꾼이었다. 특히 그에게 공격당한 적이 있는 사람들에게는 공포스런 논객이었다. 기자이면서 소설가였던 베로는 이지적인 미 학자라기보다 포퓰리스트에 가까웠다. 원색적인 표현을 서슴지 않았고, 대단한 대 식가였던 그는 모임에서나 식탁에서, 또한 글에서도 삶의 환희를 과장되게 표현했

64 Georges Charensol, *D'une rive à l'autre*, Mercure de France, 1973.

다. 분명한 뜻을 지닌 단어들로 충격적인 표현을 거침없이 사용하면서 대중적 인기를 얻었지만 분석적 능력에서는 그만한 재능을 보여 주지 못했다. 요컨대 사색적 능력보다는 기초적인 상식을 드러내는 수준이었다.

북아일랜드 얼스터의 벨파스트 주재 기자로 지내는 동안 베로는 프랑스 서점을 자주 들렀다. 그리고 그곳에 두 종류의 책밖에 없는 것을 보고 그는 충격을 받았다. 요리책과 갈리마르에서 출간된 클로델, 쉬아레스, 지드 등의 책밖에 없었던 것이다. 외국인들에게 프랑스 문학은 곧 NRF의 책이란 뜻으로 받아들여질 수 있었다. 달리 말하면, 갈리마르의 책을 제외하면 프랑스에는 〈학자들, 싸구려 작가들, 서툰 시인들의 하찮은 책〉밖에 없다는 뜻으로 비춰질 수 있었다.[65] 베로는 조사를 진행했고, NRF의 당파성이 유럽 프로테스탄트 서점과 고객에게 어울린다는 사실을 확인했다. 하지만 〈그들의 정신이 위선적이기 때문에〉 무척 위험하다고 지적했다.

베로의 글은 별 반응을 일으키지 못했다. 약간의 반응이 있었지만 곧 사그라졌고, 자크 코포가 베로에게 논리 정연한 답변을 보낸 정도였다. 베로의 소동은 그렇게 끝나는 듯했다. 그런데 6개월 후, 베로가 다시 펜을 들고 지드를 겨냥해서 두 편의 글을 썼다. 사람들이 그 두 편의 글에 대해 떠들기 시작했다. 많은 사람들이 그 글들을 찾았지만 누구도 읽을 수 없었다. 소문이 걷잡을 수 없이 퍼져 나갔다. 베로는 〈문학에서는 발표하는 것도 좋은 일이지만 사라지는 것은 더 좋은 일이다〉라며 그런 미스터리를 즐겼다. 1923년 2월, 그는 그 수수께끼 같은 사건을 취재하려는 『누벨 리테레르』의 기자에게 적극적으로 협조했다. 인쇄되기도 전부터 사람들의 입에 오르내린 두 편의 글에 어떤 내용이 있었을까? 바야흐로 언론 전쟁이 시작된 것이었다.

곧잘 불경기에 따른 속물근성과 혼돈되곤 하는 권태의 속물근성을 타파해야 한다. …… 내 의도는 조그만 당파가 아니라 조그만 은행을 이루고 있는 집단을 까부수는 데 있다. 그들은 믿음의 부자가 아니라 돈 부자이기 때문이다. 그들은 많은 현학자들과 부잣집 아들들의 도움을 받아 가며 신교도적 속

---

65 *Cahiers d'aujourd'hui*, 1921년 9월 1일.

물근성을 우리에게 심어 주려 한다!

선제공격을 한 것이다. 게다가 베로의 고향인 리옹에서는 트라마사크라는 기자가 십자군을 자처하며 베로를 옹호하고 나섰다. 또한 그들을 〈지드당〉이라 지칭하면서 베로에게 새로운 역할까지 부여했다. 하지만 그들은 결코 〈지드당원〉일 수 없었다. 모두가 지드의 뜻에 동조하는 것도 아니었고 신교도도 아니었다. 오히려 〈갈리마르당〉이 더 어울렸다.[66] NRF 관계자들의 유일한 공통분모는 가스통 갈리마르였기 때문이다.

갈리마르당! 신조어가 탄생한 것이다.

앙리 베로는 먹잇감을 놓치지 않고, 〈지드는 외근 사제이고 게옹, 쉬아레스, 로맹, 리비에르, 슐룅베르제, 클로델은 보좌 신부이며 가스통 갈리마르는 재산 관리원〉인 문학의 성전을 집요하게 공격했다.[67] 베로는 일간지 「레클레르」를 통해 1923년 4월부터 6월까지 NRF를 신랄하게 공격했다. 벨파스트의 프랑스 서점에서 받은 첫인상을 근거로 파리까지 치밀하게 조사했다. 그리고 그 뿌리가 어디에 있는지 찾아냈다고 생각했다. 바로 케 도르세에 있었다. 그는 케 도르세의 외무부를 〈프랑스 문학 선전국〉이라 폄하시켰다. 달리 말하면, NRF에 충성하고 다른 출판사들과 다른 저자들을 희생시키면서까지 NRF의 저자와 책을 프랑스 국경 너머로 확산시키는 책임을 떠맡은 조직이란 뜻이었다. 베로의 글은 언제나 그랬듯이 진실과 추측이 뒤범벅되어 있었고 확인되지 않은 정보가 부풀려지기 일쑤였다.

1920년 1월에 외무부의 예술 문화 선전국이 개편되면서 〈프랑스 예술 작품 해외 담당국〉으로 바뀌었다. 그 부서의 역할은 해외에서 프랑스어를 가르치는 학교와 기관을 유지하고 확대시키는 동시에, 〈좋은 프랑스어로 쓰인 훌륭한 작품〉을 도서관과 서점에 공급하는 것이었다. 하지만 프랑스인의 경쾌함을 포르노그래피로 전락시킨 작품은 철저히 배제되었다.[68] 1920년대에 유럽의 프랑스어 사용자들은 파리에서 인정받지 못한 작가를 성공시키는 데 중요한 역할을 한다는 자부심을

66 *Guignol*, 1923년 8월 7일.
67 *La Nation belge*, 1923년 4월 27일.
68 1920년 회기에 외무부가 예산 위원회에 보낸 보고서.

가지고 있었다. 이런 시장은 그때까지 무주공산이었기 때문에 프랑스 출판사로서는 관심을 갖지 않을 수 없었다. 신생 출판사들은 이런 시장의 가능성을 보았고, 그곳의 지식인들에게 양서를 공급한다면 이익을 도모할 수 있으리라 확신했다. 판매 거점과 독자가 상상 이상으로 많았기 때문에 확실한 시장이었다. 프랑스 관련 연구소, 대학 도서관, 세계 곳곳에 퍼져 있는 알리앙스 프랑세즈만이 아니라 케이프타운의 문학 서클, 프랑스-그리스 문학 연맹, 제네바 예비역 장교 우호 단체, 취리히의 독서 클럽, 스코페(마케도니아 수도)의 프랑스 도서관 등…….[69]

외무부 본부 맞은편, 프랑수아 1세 가(街)에 자리 잡은 두 부서의 책임자로 필리프 베르틀로는 두 친구를 임명했다. 장 지로두는 〈프랑스 예술 작품 해외 담당국〉의 국장, 폴 모랑은 〈문학 예술과〉의 과장이었다. 둘 모두 이등 서기관을 지낸 경력이 있었다. 그 후 에드몽 잘루와 장 미스틀레를 비롯한 여러 작가가 그들과 합류했다. 1921년부터 1924년까지 해외 담당국을 끌어간 주역이 그들이었고, 따라서 〈갈리마르당〉의 결탁이란 의심을 불러일으키게 된 것이다. 지로두가 그라세에서도 책을 출간하긴 했지만 1909년부터 NRF에 훨씬 가까웠고, 모랑도 첫 소설집 『여린 재고품Tendres stocks』을 발표한 갈리마르와 계약하에 있다는 것을 확인하기란 그리 어려운 일이 아니었다. 또한 모랑이 대학 입학 자격 시험을 실패한 1905년부터 지로두가 그의 가정교사 노릇을 하면서 두 사람이 급속히 가까워진 것도 사실이었고, 푸앵카레와 클레망소가 지로두를 수장으로 한 해외 담당국의 개편을 흔쾌히 허락한 것은 그들이 필리프 베르틀로에게 뭔가를 빚지고 있었다는 증거였다. 게다가 베르틀로는 NRF의 절친한 친구였다!

뱅자맹 크레미외, 폴 클로델, 생레제 레제 이외에 마르탱 모리스처럼 덜 중요한 작가들도 참여한 것으로 볼 때 가스통 갈리마르가 케 도르세와 적잖은 관계를 맺고 있었다는 추론이 가능하다. 과연 가스통은 그 관계를 얼마나 이용했을까? 예컨대 루이다니엘 이르슈가 모랑에게 부탁해서, 외교 행랑이나 전보로 도쿄 대사관에 근무하던 클로델에게 〈다음 달에 공연되는 미발표 희곡을 편집해서 출간하는 것〉을 허락해 달라는 가스통의 전갈을 전달한 정도라면 얼마든지 눈감고

69 〈프랑스 예술 작품 해외 담당국〉의 자료, 케 도르세 문서 보관소.

넘어갈 수 있는 혜택이다.[70] 하지만 앙리 베로가 지적한 것처럼 케 도르세가 갈리마르 출판사를 대대적으로 지원했다면 문제가 달라진다. 모랑이 책임자였던 문학 예술과는 1922년에만 외국에 프랑스 관련 도서관을 짓고 유지하는 데, 문학 및 예술 잡지, 과학 잡지, 서적을 해외에 배포하는 데, 그리고 전시회를 개최해서 강연자를 파견하거나 파리로 외국의 명사를 초대하는 데 119만 프랑의 예산을 집행했다.

지로두가 가스통 갈리마르에게 보낸 편지대로라면 해외 담당국은 『NRF』를 1922년에 250부, 다음 해에는 100부 정기 구독했다. 앙리 베로는 이 편지를 근거로 삼아, 해외 담당국의 예산이 『NRF』에 편중되어 파리의 다른 잡지들에 피해를 주었다고 주장했다.[71]

하지만 그르넬 가의 갈리마르당은 침묵으로 일관했다. 공식적으로 어떤 해명도 하지 않았다. 「피가로」와 「르 탕」 이외에 주요 지역 신문들, 심지어 스위스와 벨기에의 일간지들까지 이 사건을 대대적으로 보도하기 시작했다. 대부분이 베로의 편에 서서 〈지드당〉의 재능 부족, 권태를 조장하는 성향, 프랑스에서는 대중적으로 외면당하면서도 외국에서는 호평 받는 기이한 현상 등을 비난했다.

이쯤 되자 갈리마르 측도 반발하지 않을 수 없었다. 가스통 갈리마르가 선봉에 섰다. 베로가 1922년의 공쿠르상 수상작 『뚱뚱보의 수난Martyre de obèse』을 갈리마르에게 거절당해 그런 소동을 피우는 것이란 소문을 퍼트렸다. 베로는 〈갈리마르는 내게 어떤 것도 거절하지 않았다. 나는 갈리마르에게 어떤 부탁도 하지 않았다〉라며 즉각 반박하고 나섰다.[72] 마침내 가스통은 황소처럼 덤벼드는 베로의 뿔을 꺾어 놓을 때가 되었다고 생각했다. 그는 『누벨 리테레르』의 프레데릭 르페브르와 장 지로두의 인터뷰를 주선했다. 잘못된 것을 바로 잡기 위한 인터뷰였다. 여기에서 지로두는 자신이 이끌고 있는 해외 담당국의 운영 방침에 대한 베로의 착각을 지적했다. 지로두는 교사를 위한 과학 서적과 고전 작품을 출판하는 출판사들이 가장 큰 혜택을 받고 있으며, NRF는 이 기준에서 벗어나 해외 담당국에 할당

70 1923년 10월 24일 이르슈가 모랑에게 보낸 편지, 모랑의 기증 도서.
71 *L'Éclair*, 1923년 6월 26일.
72 Henri Béraud, *La croisade des longues figures*, Éditions du siècle, 1924.

된 예산 중 200분의 1만이 NRF에 주어진다고 강조했다.

하지만 에스토니아와 리투아니아를 여행한 사람들, 특히 소르본의 오제 교수가 지적한 것처럼 이런 먼 나라의 프랑스 서점들에는 지드, 클로델, 쉬아레스, 발레리, 프루스트 등의 책만이 진열되고 있다는 점을 지로두 역시 인정했다. 이 부분에 대해서 지로두는 이렇게 설명했다. NRF의 강력한 영업부가 수출한 책들이며, 〈수출은 이윤을 목표로 하는 출판사의 당연한 권리인 동시에 의무〉라고![73] 게다가 대부분의 프랑스인들과 달리, 중부 유럽을 중심으로 한 지식인들은 가벼운 문학보다 윤리적 문제에 나름대로 해결책을 제시하는 엄격하고 까다로운 문학에 관심을 보인다는 개인적인 생각도 덧붙였다.

지로두의 설명에 모두가 공감하지는 않았다. 따라서 여름이 끝나 갈 즈음, 이번에는 모랑이 나섰다. 1908년의 NRF는 파당적 성격을 띠었을지 모르지만 1920년의 NRF는 결코 그렇지 않다고 강변했다. 파당이라고? 천만의 말씀!

내가 본 것은 다양한 생각들을 지닌 문학인들의 모임이었다. 국제 공산주의자인 장리샤르 블로크, 악시옹 프랑세즈(반공화정 우익 단체)의 이론가인 게옹, 언론인인 앙프와 케셀, 발레리나 빌드라크로 대표되는 시인들, 클로델을 중심으로 한 가톨릭 신자들과 프루스트와 같은 무신론자들, 기독교를 부정하는 라르보, 그리고 나와 같은 공무원과 대학교수들, 그밖에도 티보데, 로맹, 폴랑, 크레미외 등이 있었다.[74]

지로두 다음에 모랑이 나섰지만, 언론의 대대적인 비난에 비할 때 그들의 부인은 힘이 약했다. 더구나 여론조차 그들의 편이 아니었다. 이 사건은 파리와 프랑스에 국한되지 않고 해외로 확대되어 나갔다. 파장이 멈추지 않을 듯했다. 그 시작도 바람직하지 못했다. 몇몇 기사는 독직 사건으로 몰아가려는 기미를 보였다. 황급히 진화하지 않을 수 없었다. 이제 갈리마르의 문제가 아니라 외무부가 나서야 할 입장이었다. 지로두와 모랑의 봉급은 각각 2만 프랑과 1만 4천 프랑이었다. 갈

---

73 *Les Nouvelles littéraires*, 1931년 11월 14일.
74 *Les Nouvelles littéraires*, 1923년 9월 1일.

리마르 출판사를 해외에 선전하라고 그런 봉급을 주는 것은 아니었다. 게다가 외무부 사람들 모두가 지로두의 편인 것도 아니었다. 그가 낙마하기를 호시탐탐 기다리는 사람들이 있었다. 내각 수반으로 지로두를 좋아하지 않았던 푸앵카레는 그런 속내를 베르틀로에게 표명하기도 했다. 2년간의 공백 후 1926년에 내각 수반으로 복귀한 푸앵카레는 강권으로 해외 담당국을 폐쇄하고 지로두를 언론 담당 국장으로 전보시켰다.[75] 하필이면 장 지로두가 반목 관계에 있는 두 가문을 소재로 한 소설, 『벨라Bella』를 발표해 성공을 거둔 직후였다. 편협한 정신으로 세상을 무미건조하게 살아가는 변호사 집안인 르방다르 가문과, 교양 있고 다정다감하며 개방적인 정신세계를 지닌 뒤바르도 가문을 대립시킨 소설이었다. 따라서 파리의 정치인들은 푸앵카레의 편을 르방다르 가문에, 베르틀로의 친구들을 뒤바르도 가문에 비교했다.

외무부 경력에서나 문학계에서도 신참이었던 모랑은 말을 삼가려고 했다. 그런 소동에 휘말리지 않으려고 무던히 애를 썼다. 그는 자신의 존재까지 잊혀지길 바랐지만 자크 리비에르가 그를 부추기고 나섰다. 〈NRF와 그의 관계에 대한 악의적 소문〉을 반박하는 글을 『NRF』에 게재하라고 요구했다.[76] 그의 이름을 『NRF』의 목차에 당당하게 올리라고 요구했다.

한편 지드는 아주 오만하게 그 사건에 대응하며 짤막하지만 지극히 차분한 글을 간혹 발표했다. 〈자연조차 지드를 증오한다〉라는 베로의 도발적인 글에, 지드는 초콜릿 한 상자를 보내는 식으로 응수했다. 베로의 글이 유치하기 짝이 없다는 뜻이었다. 사실 앙드레 지드는 직접 참여하지는 않았지만 이런 논쟁의 중심에 자신이 있는 것이 그다지 불만스럽지 않았던 모양이다. 「그들의 공격은 석 달 만에 나를 내가 30년 동안 소설로 유명해진 것보다 더 유명하게 해주었다.」[77]

이 사건을 계기로 가스통 갈리마르는 친구와 적이 누구인지 알게 되었다. 레옹 도테는 정치 참여보다 문학을 더 중요하게 생각하며 NRF를 적극 옹호하고 나섰다. 반면에 동지인 줄 알았지만 적이 되어 화살을 당긴 사람도 있었다. 대표적인

75 Paul Morand, *Souvenirs de notre jeunesse*, Genève, 1948.
76 1923년 11월 23일 리비에르가 모랑에게 보낸 편지, 모랑의 기증 도서.
77 André Gide, *Journal*(1924년 12월), Gallimard, 1951.

예가 이번 전투와 큰 관계가 없던 『르뷔 위니베르셀*La Revue universelle*』의 편집장, 앙리 마시스Henri Massis였다. 그는 나중에 이 잡지의 주필이 되었고 플롱 출판사에서 문학 담당 책임자로 일했다. 베로가 〈또 하나의 십자군 전쟁〉에서 기폭 장치에 불과했다면 마시스는 이 전쟁을 끌고 간 이론가였다. 처음부터 대중 선동적이었던 말싸움을 계속하려면 지적인 이론가가 필요하긴 했을 것이다. 또한 지드와 슐룅베르제가 알자스 학파 출신이고 신교도 부르주아의 자제라는 이유로, NRF의 지도부를 제네바의 칼뱅회에 비교하면서 그들을 공격했다면 대중의 관심을 지속적으로 사로잡을 수도 없었을 것이다. 따라서 마시스는 프루스트부터 지드까지 NRF에 관련된 모든 작가들을 조사해서 공통점을 찾아내 갈리마르 출판사에 하나의 별명을 붙여 주었다. 예컨대 따분한 사람들, 지루한 사람들, 부풀려진 사람들, 배꼽이라 자처하는 사람들……. 하지만 그때 서점을 둘러본 사람이라면 마시스의 주장에 고개를 절레절레 흔들었을 것이다. 조제프 케셀의 『붉은 대초원』과 『승무원*L'équipage*』, 폴 모랑의 『밤이 닫히다』, 앙드레 브르통의 『잃어버린 걸음*Les pas perdus*』, 조지프 콘래드의 『승리』, 지그문트 프로이트의 『성욕에 관한 세 편의 에세이』 등 눈에 띄는 신간에는 한결같이 NRF/갈리마르의 로고가 붙어 있었다. 그 책들이 속물적이고 신교적이며, 지드의 영향을 받은 것이라 말할 사람은 아무도 없었다.

어쨌든 이런 공개적 비난에 직면해서도 가스통 갈리마르는 대중에 각인된 회사의 이미지를 가늠해 보는 여유를 가졌다. 파르그와 라르보가 그랬듯이 그 역시 갈리마르 출판사가 금욕적 정신을 지닌 파당으로 언급되는 것은 은근히 반겼지만, 이 사건에 진지하게 접근하는 몇몇 기사에는 우려를 감추지 않았다. 대표적인 기사가 갈리마르당의 영역이라 할 수 있는 그르넬 가를 심층 보도한 앙드레 랑André Lang의 기사였다. 정확한 조사를 바탕으로 정곡을 찌른 비판적인 기사였다.

　　이 회사는 하나의 실험실이다. 적어도 내 생각에는 그렇다. 이곳에서는 문학, 그것도 순수 문학만을 한다. 지적인 고뇌 이외에는 어떤 것도 없다. 아주 고매해서 때로는 역정이 나게 만든다. …… 그들의 순수한 열정에 마침내 위험한 면, 즉 미적지근한 불길을 가진 사람들을 달아나게 만들기 적합한 면을 부여하게 된 동기는 그들이 일정한 문학, 정확히 말하면 실험적이고 이지적인 사색만이 있는 문학을 선호했기 때문이다. 물론 예외가 없었던 것은 아니다. 많았다. 그렇다고 전체적인 틀이 바뀐 것은 아니다……

이번 전쟁은 살찐 자와 마른 자의 다툼이었다. 더 정확히 말하면 대로변에 뛰어다니는 사람들과 집 안에 틀어박혀 사는 사람들 간의 전쟁이다. 갈리마르 씨가 어떻게 대응할지 내가 모르는 바는 아니다. NRF에는 금욕주의자, 전도사, 연금술사, 상아탑의 건설자만이 있는 것이 아니라며 내 실수를 반박할 증거까지 들이밀 것이다. 하지만 갈리마르 씨, 당신은 얼굴도 잘 생기고 안색도 좋으며 삶을 사랑하지 않습니까. 당신을 둘러싸고 있는 것에 얼음처럼 차가운 모습을 입힌 사람, 오해가 있다면 그런 오해를 불러일으킨 장본인이 바로 당신인 것을 인정하십시오. 화려함 속에 감춰진 단순함, 아무런 장식도 없는 담, 그르넬 가에 서 있는 당신 건물의 망가진 현관 등 모든 것이 미리 계산된 것입니다. 잡지의 기고자들과 출판사의 저자들 중 많은 사람이 탁월한 능력에도 마르고 허약하며 걱정을 안고 삽니다. 이런 것은 걱정스럽지 않습니까? 설마 그들이 그런 척하는 것이라 생각하지는 않겠지요? 나는 결코 그렇게 생각지 않습니다.[78]

1923년이 저물어 가고 있었다. 논쟁도 그렇게 막을 내리는 듯했다. 갈리마르 출판사의 대변인, 자크 리비에르가 프레데릭 르페브르와 대담을 나누던 중에 벌인 격론이 『누벨 리테레르』에 실렸지만 큰 관심을 끌지 못했다.[79] 여기에서 리비에르는 도덕적 차원과 문학적 차원에서 지드와 주변 인물들을 구분하려 애썼고, 베로와 마시스의 비난으로 NRF에 드리운 어두운 그림자를 떨쳐 내려고 애썼다. NRF가 서로 감싸 주는 사람들의 집단이며, 문학적 주관주의를 표방하지만 실제로는 개인주의에 사로잡힌 사람들의 모임이란 비난이었다. 리비에르는 자아에 관심을 갖고 자아를 이해하려는 노력은 현실을 외면하거나 자신의 정신에서 객체를 배제하는 것이 아니라 정반대의 것이라고 설명했다.[80]

78 *Les Annales*, 1923년 6월 3일.
79 르페브르가 진행한 〈……와 함께하는 한 시간〉이란 인터뷰 기사는 문학계에서 상당히 유명했다. 1924년부터 1930년까지 계속된 이 인터뷰 기사는 나중에 갈리마르 출판사에서 다섯 권으로 묶어 출간되었다.

하지만 이런 토론은 이미 대중의 관심 밖이었다. 게다가 모리스 바레스가 세상을 떠나 신문들은 그를 추념하는 글로 가득 채워졌다(바레스는 1923년 12월 4일에 사망했다). 또 하나의 십자군 전쟁은 끝난 듯했다. 1924년에 들어서면서 앙리 베로는 〈살찐 자와 마른 자〉의 다툼에 다시 불씨를 지피려 했다. 하지만 반응은 싸늘했다. 충격적 효과도 없었다. 대대적인 호응을 얻었던 처음의 전쟁과는 달랐다. 파벌을 겨냥했고 누구도 건드리고 싶지 않은 문제를 갑자기 제기했기 때문이었다. 외무부의 해외 담당국과 갈리마르 출판사가 결탁했다는 충격적인 소식이었다. 하지만 이번에 베로가 제기한 문제는 순전히 개인적인 목적을 띤 것이었다. 그는 장 폴랑이 그의 최근 작 『라자르Lazare』를 점잖지 못한 표현까지 동원해서 비난한 것에 분노하고 있었다. 천박하고 상투적이며 어휘의 부족을 드러냈다고…….
냉정한 독자인 폴랑은 그의 소설을 한 구절씩 파헤치며 진정한 텍스트 분석이 무엇인지 보여 주었다. 양식 있는 사람이라면 베로에게 직업을 바꾸라고 요구할 지경이었다.[81] 베로는 분노를 참지 못하고, 「파리 주르날Paris-Journal」에 기고한 글에서 모욕을 만회하기 위해서라도 『NRF』 주필의 엉덩이를 걷어차 버릴 것이라고 말했다. 심지어 리비에르가 그를 피하려고 사무실을 자주 비운다는 비난도 서슴지 않았다. 하지만 자크 리비에르는 베로의 비난에 맞대응하지 않고, 언론과의 회견에서 사무실에 근무하며 작가들을 만나는 시간을 공개하고, 다만 5월에는 자주 비외콜롱비에 극장에 다닐 예정이라는 것도 분명히 밝혔다. 따라서 오후에는 그를 만날 수 없어도 저녁에는 언제라도 만날 수 있다는 뜻이었다.

그런데 모리스 마르탱 뒤 가르가 『누벨 리테레르』에 〈천박한 큰 얼굴의 나라에서〉라는 제목으로 기고한 글에서 리비에르를 옹호하고 나서는 바람에 이번 사건도 크게 비화되고 말았다. 베로는 글의 제목부터 시비를 걸었다. 베로의 옹호자들이 『누벨 리테레르』의 편집국에 들이닥쳤다. 주먹다짐이라도 벌였을까? 아주 잠깐 동안 주먹질이 오갔다. 하지만 작가들은 주먹보다 펜을 더 좋아하는 법! 양측은 격론 끝에 〈문제의 제목이 공격적 냄새보다 문학적 향기를 띤 것〉이라는 데 합의를 보았다.[82]

80 *Les Nouvelles littéraires*, 1923년 12월 1일.
81 *NRF*, 1924년 5월 1일.
82 Léon Treich, *Almanach des lettres françaises et étrangères*, Crès, 1974.

하지만 베로와 리비에르의 결전이 남아 있었다. 이번에는 리비에르가 선제공격을 하고 나섰다. 다시 양측의 지지자들이 비밀리에 회합을 갖고 타협점을 찾았다. 그들은 존경받는 두 작가가 양 극단에서 대립하는 것을 안타깝게 생각하며, 베로의 폭언이 발단이었다는 결론에 도달했다.

이렇게 사건은 일단락됐다. 하지만 분위기는 더더욱 험악하게 변했다. 앙리 베로의 집으로, 『NRF』와 『누벨 리테레르』의 편집실로, 우체부는 매일 욕설이 담긴 편지를 한 아름씩 배달했다. 모두가 익명의 편지였다. 문학의 창조에 결코 바람직하지 않은 분위기였다.

무의한 짓에 소리를 높인 탓이었을까? 마침내 편지의 늪에서 허우적대는 허영의 시장에 지친 한 작가 최후의 일성을 던졌다. 「이제부터 각자 자기 일이나 열심히 합시다!」

1927년 11월. 테아트르 드 미쇼디에르에서 파리의 저녁이 시작되고 있었다. 에두아르 부르데Edouard Bourdet의 4막 희극, 「최신간Vient de paraître」이 공연된 것이다. 관객석도 구경거리였다. 꽤 이름난 사람들, 예술계와 문학계의 거장들이 모두 모인 듯했다. 연극이 문학상과 그 뒷이야기, 그리고 한 권의 책이 쓰이기 시작한 때부터 출간될 때까지의 이야기를 다루고 있었기 때문이다. 돈과 책략, 그리고 부르데가 그 세계를 잘 알았던 만큼 일련의 오해로 발전하기 십상인 부자연스런 언동을 재밌게, 그러나 신랄하게 풍자한 연극이었다. 재치가 번뜩이는 대사에 사람들은 폭소를 터뜨렸고 씁쓰레한 미소를 지었다. 부르데의 명성에 걸맞은 연극이었다.

막이 오르면서 자크 보메가 연기한 쥘리앵 모스카의 출판사가 무대에 펼쳐진다. 오른쪽에는 그의 사무실이 있고 왼쪽에는 방문객을 맞는 응접실과 책을 발송하는 방이 있다. 시기는 졸라상의 발표가 있기 직전이다. 이 연극에는 중요하지만 결코 얼굴을 드러내지 않는 인물이 있다. 모스카의 경쟁자인 샤밀라르다. 그들은 물과 기름 같은 사이로 끊임없이 서로 작가를 빼내기에 바쁘다. 어떤 수단도 용납된다.

연극이 시작되고 15분 정도가 지나면, 모스카가 베르나르 그라세이고 샤밀라르가 가스통 갈리마르인 것을 누구나 눈치 챌 수 있다.

모스카가 말한다.

「아주 예외적인 경우가 아니면 나는 팔릴 만한 작가에게만 투자하지. 그런 작가의 세 번째나 네 번째 책에 투자하는 거야. 젊은 작가에게 투자하는 것은 불편해. 자네들은 어떻게 하고 싶은가? 난 그런 게 좋아. 재미있으니까.」

그리고 잠시 후에는 이렇게 덧붙였다.

「샤밀라르가 그렇게 교활한지 몰랐어. 많이 컸어.」

관객석이 웅성거렸다. 그들은 목을 내밀어 갈리마르와 그라세를 찾았다. 그때 무대에서는 모스카의 대사가 다시 이어지고 있었다.

「지금처럼 사업을 계속할 수는 없을 거야. 다른 출판사를 항상 앞서려면 말이야. 다른 출판사가 나를 앞서는 걸 내버려 둘 수는 없어!」[83]

이 독백은 그라세와 갈리마르 모두에게 해당되는 말이었다. 출판 경험이 없는 관객들은 출판을 재밌는 사업이라 생각했을 것이다. 연극이 조작과 전략, 공격과 반격에 대한 이야기로 짜여졌기 때문이다. 하지만 출판이 정말로 그런 것이었을까? 그랬다! 부르데는 문학 출판계를 충실하게 그려냈다. 그는 그라세 사무실의 옆방에서 프랑수아 모리아크를 만났다. 이때 부르데는 이 연극의 아이디어를 얻었고, 곧 본격적인 조사를 시작했다. 오고 가는 이야기들, 욕설과 찬사, 그리고 직원들에게 불같이 화를 내면서도 작가들에게는 차분한 모습을 보여 주는 베르나르 그라세를 기억했다. 그는 모든 것을 관찰하고 스케치했다. 그리고 파리의 출판사가 그 자체로 작은 무대라는 것을 연극으로 보여 주었다.

「마레샬, 자넨 정말 멍청하군! …… 진즉에 내게 와서 〈샤밀라르가 다음 소설의 선인세로 2만 5천 프랑을 제안했다〉라고 말을 했어야지. 그럼 나는 자네에게 3만 프랑을 주고 이야기를 끝냈을 것이 아닌가! …… 샤밀라르는 책을 어떻게 팔아야 하는지도 모르는 애송이야. 재능 있는 작가의 책은 무조건 팔린다고 생각하는 사람이라고! 그러니까 자네는……」

때때로 풍자는 명예를 훼손하는 지경까지 치달았다. 배우들의 입을 통해서, 그라세는 갈리마르가 자기보다 부정직하다고 비난하기도 했다.

<hr />

83 Édouard Bourdet, *Théâtre II*, Stock, 1954.

160

「초판으로 2만을 찍을 겁니다.」

「2만 부나요?」

「그렇습니다. 우리 출판사에서는 1000부는 진짜 1000부에 가깝습니다. 1000부가 500부니까요!」

「무슨 뜻인지?」

「샤밀라르를 예로 들면 거기서 250부는 사실 1000부랍니다.」

막간에 모두의 눈이 그라세를 향했다. 하지만 그라세는 동반한 여자 친구에게 얼굴을 돌리고, 주변 사람들에게 들릴 정도로 또렷하게 말했다.

「정말 재밌군요. 딱 갈리마르야!」

잠시 후 연극이 다시 시작되고 모스카가 누군가에게 날카로운 목소리로 반박하자, 그라세는 흠칫 놀라면서 이렇게 소리쳤다.

「아니, 아니야! 이번에는 갈리마르가 아니야. 알뱅 미셸이야!」[84]

에두아르 부르데는 파리의 여러 출판사를 멋들어지게 풍자했다. 하지만 그 연극을 본 사람들은 주로 그라세와 갈리마르, 그리고 그들의 치열한 경쟁을 떠올렸다. 두 사람의 경쟁 관계가 두 전쟁 사이에 있었던 프랑스 출판계의 모든 것인 듯했다. 훗날 베르나르 그라세는 부르데의 연극에 대해 〈문학계의 현실을 아주 재밌게 풍자한 것일 뿐〉이라 말했다.[85] 하지만 훌륭한 풍자는 자료적 가치를 가지듯이, 「최신간」은 두 출판업자가 세상을 떠난 후에도 오랫동안 계속된 현상을 고발한 연극이었다.

모두가 갈리마르를 가스통이라 불렀다. 두메르그 갈리마르, 베르제리 갈리마르 등 다른 이름은 없다는 듯이 갈리마르라 하면 모두가 가스통을 떠올렸다. 반면에 그라세는 일부, 그의 절친한 친구만이 베르나르와 연결시켰다. 두 사람 사이에 이런 차이만 있었던 것은 아니다. 두 사람은 같은 직업을 갖고, 그 직업을 〈문학적 가치가 있는 것을 찾고 또 찾아서 상품으로 만들어 파는 직업〉이라고 비슷하게 정의한 것 이외에 모든 면에서 달랐다. 출판을 기본적인 인적 사업, 수공업이라 생각

84 Henri Muller, *Trois pas en arrière*, La Table ronde, 1952.
85 Bernard Grasset, *La chose littéraire*, Grasset, 1938.

한 점도 같았다. 하지만 목표를 성취하는 방법에서 두 사람은 완전히 달랐다. 성격에서 비롯되는 차이였다.

베르나르 그라세는 핼쑥하고 무뚝뚝하며 신경질적이었다. 키가 작았고 주변의 시선을 끄는 생김새도 아니었다. 하지만 히틀러의 얼굴처럼 불안한 기운이 감도는 얼굴이었다. 콧수염, 헤어스타일, 심지어 자세도 히틀러와 비슷했다. 시간이 지날수록 이런 유사점들이 더욱 눈에 띄었다.[86] 그러나 그의 악의적인 눈빛에서는 독재자의 표정 없는 얼굴에서는 보이지 않는 대담함과 총기가 읽혔다.

그라세의 편지는 언제나 극단적이고 격정적이었다. 결코 적당한 타협은 없었다. 거의 언제나 부당한 강요였지만, 그에게 판단력이 부족한 때문은 아니었다. 이상한 외고집 때문이었다. 그는 사람을 한눈에 신속하고 정확하게 판단했다. 원고도 4면 정도만 읽고 판단했다. 이른바 육감이었다. 그의 경력에서 보이듯이 이런 육감은 거의 정확했다. 베르나르 그라세는 남들이 그에 대해 떠들어대는 말이나 글에 신경을 곤두세웠다. 대외적 평판을 중요하게 여긴 그라세는 그를 이기적이면서도 남에게 도움을 주고, 열정적이면서도 얼음처럼 냉정하며, 기분보다는 관계하는 사람에 따라 처세가 달라지는 변덕쟁이라고 표현한 기자에게 수정을 요구하는 편지를 보내기도 했다. 사실 그라세는 좋아하는 사람이나 그가 책임져야 할 사람에게는 무척 헌신적이었다.[87]

베르나르 그라세는 가스통 갈리마르와 같은 해에 샹베리에서 태어났다. 아버지가 변호사였기 때문에 그도 자연스레 파리로 상경해 법학을 공부했고 박사 학위까지 취득했다. 아버지가 남긴 3천 프랑의 유산으로 그는 1907년에 출판사를 시작했다. 처음에는 게뤼삭 가에서 시작했지만 곧 코르네유 가로 옮겼고, 1910년에 지금의 생페르 가에 정착했다. 그는 당대 최고의 출판인으로 손꼽히던 〈보름간의 수첩〉의 샤를 페기와 〈메르퀴르 드 프랑스〉의 알프레드 발레트에게 출판을 배웠다. 그라세는 지로두, 모리아크, 폴 르부, 샤를 밀레르, 알퐁스 드 샤토브리앙 등의 책을 출간했고, 프루스트를 비롯한 많은 작가에게 자비 출판을 유도했다. 하지만 그

<hr>

86 1942년 1월 10일의 『코모에디아』에 실린 베르나르 그라세의 사진에 많은 독자가 당혹감을 드러냈다.

87 1941년 5월 21일 그라세가 라 바랑드La Varende에게 보낸 편지, 국립 문서 보관소.

의 출판사가 한 단계 도약하면서 유명 출판사들의 경쟁자로 부각된 것은 1차 대전 이후였다. 특히 다니엘 알레비가 주도한 유명한 시리즈 〈초록 수첩Cahiers Verts〉, 그리고 루이 에몽의 『마리아 샤프들렌Maria Chapdelaine』이나 레몽 라디게의 『육체에 깃든 악마Le Diable au corps』처럼 크게 성공한 소설들 덕분이었다. 또한 에마뉘엘 베를, 앙드레 말로, 피에르 드리외 라 로셸, 블레즈 상드라르, 앙리 드 몽테를랑 등과 같은 재능 있는 젊은 작가들과 손잡은 때문이기도 했다.

『마리아 샤프들렌』과 『육체에 깃든 악마』의 출간 과정에서 그라세가 일하는 방식이 그대로 드러난다. 1921년 알레비는 7년 전 「르 탕」에 연재된 소설을 그라세에게 건넸다. 캐나다에서 나무꾼으로 일하다가 1913년에 사고로 숨진 브르타뉴 출신의 루이 에몽이란 사내가 쓴 소설이었다. 개척자 정신을 지닌 나무꾼을 주인공으로 삼아 인간이 자연과 완전히 공생하는 세계를 그린 소설이었다. 그 소설을 읽고 감격한 그라세는 에몽의 상속자를 찾아 나섰다. 하지만 에몽의 상속자가 1919년에 파이요 출판사와 계약했다는 청천벽력 같은 소식을 들었다. 그런데 2년이 지나도록 파이요는 그 소설을 출간하지 않고 있었다. 그라세는 파이요가 프로테스탄트라는 것을 알아내고, 그에게 전화를 걸어 그 소설에는 가톨릭적 색채가 진하게 배어 있다는 점을 지적했다. 그래도 파이요는 그라세에게 판권을 선뜻 넘기려 하지 않았다. 하지만 그라세는 모든 결정을 신속하게 내리는 사람답게 파이요를 밀어붙였다. 결국 파이요가 저작권 양도 가격을 입에 올리자, 그라세는 곧바로 비서를 시켜 2천 프랑과 계약서를 파이요에게 전달했다. 그리고 그날 저녁, 베르나르 그라세는 『마리아 샤프들렌』의 저작권 소유자가 되었다. 다음날 그라세는 캥페르로 달려가 에몽 부인을 만났고, 루이 에몽의 모든 책에 대한 출판권을 확보했다. 그로부터 6개월 후, 『마리아 샤프들렌』이 발간되었고 순식간에 10만 부 이상이 판매되었다. 그 후 몇 년 동안 전체적으로 100만 부 가량이 판매되었고 여러 언어로도 번역되었다.[88]

베르나르 그라세는 이런 사람이었다. 신속하고 열정적인 사람이었다. 팔릴 것이라 확신하는 책에는 모든 것을 쏟아 부었다. 그는 직접 뛰어다녔다. 허드렛일은

---

88 Grasset, *Évangile*, 같은 책.

직원들에게 맡기던 대부분의 출판업자들과는 달랐다. 그는 어떤 일도 남에게 맡기지 않았다. 그는 온몸을 던져 일했다. 1913년 아카데미 프랑세즈의 복도에서 문학상 심사 위원들이 『로르Laure』를 쓴 에밀 클레르몽과 로랭 롤랑을 두고 망설이고 있을 때, 롤랑의 소설을 출간한 그라세는 주간지 『질 블라스Gil Blas』의 문학 평론가와 이야기를 나누고 있었다. 롤랑의 소설을 호되게 비판했던 평론가였다. 둘 모두 어떻게 결투를 벌이는 것인지 몰랐겠지만 그들은 칼을 들고 싸웠다. 그리고 그라세는 팔에 상처를 입었다. 십중팔구 부주의한 탓이었겠지만…….. 하여간 그라세는 자신의 작가를 지키기 위해서 피를 흘릴 줄 아는 사람이었다.[89]

이런 충동적인 성격이 베르나르 그라세의 장점이고 매력이었다. 하지만 여자들과 작가들에게 거짓말을 하고 때로는 야비한 짓까지 한 이유도 이런 충동적 성격에서 비롯되었다. 그는 상대를 공개적으로 모욕하는 데 망설이지 않았다. 냉소적인 성격 탓도 있었지만 재미 삼아 그렇게 하기도 했다. 어느 날, 쿠바 출신이었지만 프랑스어로 글을 썼고 그라세 출판사에서 몇 권의 시집까지 발표한 시인 아르망 고두아Armand Godoy가 여전히 자비로 시집을 내야 한다며 투덜거렸다. 그때 그라세는 그에게 〈맞습니다. 하지만 당신 시집이 내 명성에 먹칠하는 것을 생각하면 그것도 싼 겁니다!〉라고 면박을 주었다.[90]

이처럼 모순되고 격한 성격에도 불구하고 그라세는 작가와 원고의 냄새를 맡는 데 타의 추종을 불허했다. 그는 누구도 말릴 수 없는 자신의 본능에 충실히 따랐다. 따라서 많은 작가가 그의 출판사보다는 그를 믿었다. 심지어 출판권을 그라세 출판사가 아니라 그라세 개인과 맺는다고 계약서에 명기한 작가들도 적지 않았다.[91] 출판업자라면 당연히 큰 자부심을 느꼈을 것이다. 그라세도 예외는 아니었다. 그런데 1935년에 이런 계약 방식 때문에 그는 큰 곤경에 빠지고 말았다. 회사와 소송에 휘말리면서 그라세는 생페르의 사무실에서 쫓겨나 가르쉬의 휴양소에서 시간을 보내야 했다. 그의 가족은 그를 미친 사람으로 취급해서 회사에서 완전히 손을 떼게 만들려 했지만 궁극적인 승리자는 그라세였다. 회사로 복귀한 그라세는 그에게 등진

89 Boillat, 같은 책.
90 Maurice Chapelan, *Rien n'est jamais fini*, Grasset, 1977.
91 Chapelan, 같은 책.

사람들을 모두 몰아냈다. 많은 작가가 그의 편에 섰다는 점에 비추어 볼 때, 베르나르 그라세가 없는 그라세 출판사는 존재할 수 없다는 사실이 확인된 셈이었다.

과연 베르나르 그라세는 미쳤던 것일까? 사실 그의 행동은 많은 사람을 놀라게 만들었다. 그에 대한 동료들의 기억을 더듬어 보자.

〈어린 시절부터 그는 신경 쇠약으로 고생했다. 그래서 우울증, 자살 충동, 거식증, 가학적 증세를 보이곤 했다.〉[92]

〈심각한 우울증이 겹친 조울증으로 그는 지독한 신경 쇠약 증세를 보였다.〉[93]

베르나르 그라세와 함께 일하는 것은 정말 어려운 일이었다. 하루 네 갑씩 피워 대는 담배, 쉴 새 없이 신경질적으로 만지작대는 담배 파이프, 지나친 민족주의적 언동, 터무니없는 자존심 등도 견디기 힘들었다. 1920년대와 1930년대에 그와 일하려면 그의 말이 무조건 옳다고 인정할 수 있어야 했다. 가스통 갈리마르는 독자 위원회의 결정을 전적으로 신뢰하고 그 위원회가 추천한 원고만을 읽었지만 베르나르 그라세는 자신의 판단으로 모든 것을 결정했다. 실제로 그라세는 〈기획자는 실력 없는 변호사라 할 수 있다. 기획자는 《어떤 것이 왜 좋은 것》인지 따지지 않는다. 《왜 이것이 다른 것보다 나쁘지 않은 것》인지를 생각할 뿐이다. 따라서 나는 독자 위원회를 두지 않는다〉라고 습관처럼 말했다.[94]

독자 위원회는 없었지만 그래도 원고 심사 위원은 있었다. 에드몽 잘루 Edmond Jaloux와 다니엘 알레비Daniel Halévy였다. 그라세는 그들과 생각이 일치하지 않을 때는 몇 번이고 이야기를 나누었다. 또한 문학 관련 원고는 앙드레 프레뇨André Fraigneau와 앙리 풀라유Henry Poulaille에게, 번역 관련 원고는 앙드레 사바티에André Sabatier에게, 역사 관련 원고는 피에르 베상마스네Pierre Bessand-Massenet에게 심사를 맡겼지만 최종 결정은 언제나 그라세 혼자의 몫이었다. 따라서 그라세 출판사는 그의 의지, 결국 그의 기분에 따라 책을 출간했다. 법적으로도 그라세 출판사는 개인 회사였다. 1930년에야 자본금 950만 프랑의 주식회사, 〈에디시옹 베르나르 그라세〉가 되었다. 그는 720만 프랑에 상당하는

92 Chapelan, 같은 책.
93 Henri Muller, *Retours de mémoire*, Grasset, 1979.
94 *Paris-Presse, L'Intransigeant*, 1951년 8월 6일.

28,800주를 소유했다.[95] 법적 규정 때문에 마지못해 이사회를 두기는 했지만 출판 계에서 그라세 출판사는 여전히 베르나르 그라세 개인의 것이었다. 그의 그림자 속에는 그의 끄나풀이나 마찬가지인 루이 브룅Louis Brun이 있었다. 약간 살이 찌고 불그스레한 얼굴의 브룅은 툴루즈 출신의 프로테스탄트로 출판사를 실질적으로 운영하는 사람이었다. 그라세가 기행을 일삼고 천재적인 솜씨를 마음껏 발휘할 수 있도록 브룅은 출판사를 주도면밀하게 운영했다. 한마디로 주인이 일으킨 불을 끄는 소방수였다. 그라세에게 호되게 당한 작가들을 다독거리며 타협하는 역할도 맡았다. 그라세가 사고를 저지르면 브룅은 그 사고를 원만하게 처리했다. 이처럼 그라세와 브룅은 서로의 부족한 점을 완벽하게 보완하는 관계였다.

그라세는 브룅을 좋아하지 않았지만 높게 평가했다. 브룅도 그라세를 좋아하지 않았지만 숭배했다. 이런 속내를 서로 나눈 후부터 두 사람은 경이로울 정도로 서로를 이해하는 관계로 발전했다. 달리 말하면, 서로 상대의 단점을 참고 묵인하는 관계가 되었다. 그라세와 달리, 브룅은 돈을 사랑했다. 또한 사치품을 좋아해 희귀 서적을 수집했다. 하지만 책은 거의 읽지 않았다. 간혹 브룅은 불필요할 뿐 아니라 저질스런 책이라도 회사에 이익을 안겨 준다는 이유만으로 출간하자고 강력히 주장하곤 했다. 그는 〈그래, 그라세 출판사는 매춘부다. 하지만 고급 매춘부다!〉라고 말하면서 이런 면을 떳떳하게 인정했다.[96]

베르나르 그라세는 브룅의 이런 면을 모른 척하고 넘어갔다. 출판사를 운영하자면 그라세와 같은 사람도 필요하지만 브룅과 같은 사람도 필요하지 않겠는가! 그러나 브룅은 분수를 알았다. 어떤 일을 하더라도 그라세의 계획이나 개인적인 습관을 거역하지 않는 범위 내에서 행동했다. 한마디로 주인의 영역을 침범하지 않았다. 브룅은 학생용 공책을 사용했다. 각 면의 위에는 그 달에 출간할 책의 제목들이 쓰였고, 그 양 옆으로는 날짜와 출고되거나 판매된 부수가 기록된 공책이었다.[97] 그라세는 언제라도 그 공책을 볼 수 있었다. 그라세가 감각적으로 출간을 결정한 책에 대한 개인적 생각을 브룅은 거의 입 밖에 내지 않았다. 특히 그라세의

95 *Journal spécial des sociétés françaises par actions*, 1930년 8월 5일.
96 Muller, *Trois pas*, 같은 책.
97 마르셀 주앙도가 *La Table ronde*(제102권, 1956년 6월)에 기고한 글.

글에 대해서는 결코 왈가왈부하지 않았다. 그라세도 글을 쓰는 사람이었다. 작가의 개인적인 청탁이 없을 때도 그라세는 편지 형태로 장문의 서문을 쓰길 즐겼다.[98] 또한 이미 발표한 평론과 서문과 공개 서한을 중심으로 구성한 10여 권의 책을 출간하기도 했다. 이런 글들은 크게 두 가지 주제로 나뉜다. 하나는 출판이란 직업 세계였고 다른 하나는 윤리 의식이었다. 그는 글쓰기, 문학, 책의 판촉, 책의 수집, 서점 운영 등에 대한 조언만이 아니라 행복, 영원한 삶, 정의, 행동, 즐거움, 지식 등에 대한 개인적 생각을 주저 없이 펼쳤다. 베르나르 그라세의 글은 도덕주의자들보다 출판업자들에게 더 큰 도움을 주었을 것이란 평가가 지배적이다. 그는 대부분의 책을 그라세 출판사에서 발표했지만 갈리마르 출판사에서 발표한 책도 적지 않다. 신랄한 비난이 오가는 출판계에서 이런 교환은 베르나르와 가스통 모두에게 대담한 모험이었다. 실제로 다니엘 알레비가 주도한 시리즈를 빗대어 장 아잘베르가 〈베르나르 그라세가 초록색 모자를 믿지 못하는 모양이지?〉라고 빈정대지 않았던가![99]

그라세와 갈리마르는 서로를 높이 평가하고 존중했다. 그라세는 자기 일에 몰두하는 자기중심적인 사람이었던 반면에 갈리마르는 목적을 성취하기 위해서는 어떤 짓이라도 마다하지 않는 음흉한 신사였다. 하지만 그들은 같은 세대에 속했고 같은 빵을 나눠 먹어야 했기 때문에, 특히 그들의 출판사가 같은 시기에 같은 시장을 두고 같은 속도로 성장했기 때문에 전면전을 펼치지 않을 수 없었다. 두 출판사 모두에서 책을 발표한 말로의 주장에 따르면, 그들은 한때 합병을 모색하기도 했다.[100] 2차 대전 전의 상황에 비추어 보면 도저히 상상할 수 없는 공존이었지만, 훗날 그라세는 〈출판 경쟁도 우리의 동료애를 깨뜨리지 못했다. 전환점에 있을 때마다 우리의 동료애는 더욱 돈독해졌다고 말할 수 있다〉라고 회고했다. 시간이 지나면서 그는 성격 탓으로, 또한 출판이란 직업에 전념하겠다는 뜻으로 결혼하지 않은 것을 후회하면서 〈나는 때때로 길 맞은편의 출판사, 가스통이란 가장(家長)의 지휘하에 운영되는 회사가 부러웠다. 폴랑이 간혹 딴죽을 걸었지만 가스통이 전권

98 예를 들면, 자크 사르돈Jacques Chardonne의 *Claire*(1931).
99 *Les Nouvelles littéraires*, 1931년 11월 14일.
100 Jean Lacouture, *François Mauriac*, Seuil, 1980.

을 휘두르는 회사가!〉라고 인정했다.[101]

그라세는 혼자이길 원했고 그렇게 지냈다. 가스통은 독자 위원회 위원들, 편집자들, NRF의 회원들과 회사의 권위를 나눠 가졌지만 그라세는 성공과 실패를 혼자 감당해야 했다. 〈프랑스 서적의 해외 확산에 기여한 공로〉로 산업성 장관에게 레지옹 도뇌르 훈장을 받은 것을 무척 자랑스럽게 여겼던 베르나르 그라세는 출판사를 최대한 사유화시켜서, 모두의 의견을 꺾어서라도 자신의 생각을 반영하고 싶어 했다.[102] 1920년대 초에 그라세가 문학 출판계에 뛰어들어, 동료들은 몸조심을 하는데도 불구하고 엄청난 예산을 광고에 투자한 것도 바로 이 때문이었다. 콕토의 소개로 레몽 라디게가 쓴 『육체에 깃든 악마』의 앞부분을 읽은 후, 베르나르 그라세는 1923년에 그 소설을 출간하고, 출간에 맞춰 대대적인 판촉 활동을 전개하기로 결심했다. 그라세는 라디게에게 매달 1500프랑을 주기로 계약을 맺고, 콕토와 막스 자콥이 가능성 있다고 판단한 작품을 쓰는 데 전념할 수 있도록 해주었다. 그라세는 광고의 효율성을 증명해 보일 절호의 기회라 생각했다. 작가는 20세에 불과했지만 15세에 시집 『사슬에 묶인 오리Le Canard enchaîné』를 발표한 적이 있었다. 소설이 발표되자 파리의 지식인들은 찬사를 보냈다. 게다가 믿기지 않을 정도로 보헤미안적 삶을 살았던 까닭에 부분적으로 자서전적 성격을 띤 그의 소설은 불륜의 냄새까지 짙게 풍겼다. 주인공은 어린아이의 영혼을 가진 남자로 산전수전을 다 겪은 사람이었다. 그는 전선에 남편을 보낸 여자를 정부(情婦)로 두었고, 그녀에게 남편을 안심시켜 줄 감미로운 편지까지 직접 구술해 주었다. 그녀는 그와의 만남에서 양심의 가책을 느끼지 못한다. 오로지 즐겁기만 할 뿐이다. 하지만 1차 대전을 겪은 상처가 아물지 않은 때여서 이런 이야기는 많은 프랑스인을 분노하게 만들었다. 이 때문에 1인칭으로 쓰인 이 소설의 단순함과 진지함은 묻혀 버릴 듯했다.

라디게가 실제로 이 소설을 쓴 것이 3년 전이었기 때문에 그라세는 〈17세의 작가〉를 강조한 광고 문안을 만들어 모든 문학 잡지와 보수적인 일간지에 광고를 실었다. 또한 언론인과 배우, 정치인, 그리고 관련 단체에 증정본을 보냈다. 그리

101 Grasset, *Évangile*, 같은 책.
102 *Bibliographie de la France*, 1930년 2월 21일.

고 기다렸다. 곧바로 반응이 나타났다. 평론가들은 라디게의 문학성을 칭찬하며, 주인공의 도덕성보다 작가의 성숙함을 부각시켰다. 반면에 향군 단체들은 분노를 감추지 못했다. 어쨌든 책은 날개 돋친 듯이 팔려 나갔다. 성공은 보장된 듯했다. 그리고 라디게는 그해의 소설가가 되었다. 몇 달이 지난 후에도 『육체에 깃든 악마』는 아주 순조롭게 판매되었다. 천우신조였던가! 작가가 그라세에게 멋진 광고거리를 제공했다. 급작스레 사망한 것이었다. 겨우 20세의 나이로 병원에서 혼자 쓸쓸이 장티푸스로 죽어 간 것이었다. 콕토마저 친구의 고통을 차마 볼 수 없다며 병원을 찾지 못했다. 하지만 죽음의 길은 화려했다! 그라세가 아니었다면 언론에 그런 기사를 제공할 수 없었을 것이고, 그런 장례식을 상상조차 못했을 것이다. 생토노레 델로 성당은 흰 장미로 채워졌고 라디게의 관은 붉은 장미로 뒤덮였다. 백마가 끄는 마차 뒤로는 파리의 명사들이 애도의 눈물을 흘리며 뒤따랐고, 카바레 〈옥상의 황소〉 전속의 흑인 재즈 연주가들이 슬픈 연주로 장례 행렬을 이끌었다. 라디게의 여자 친구, 코코 샤넬Coco Chanel이 기획한 파리의 장례식이었다.

라디게의 소설로 그라세는 광고의 효율성을 확신하게 되었다. 작가와 책도 일반 상품과 같은 방식으로 팔아야 하는 것이라 생각했다. 예컨대 알뱅 미셸이 1919년에 피에르 브누아Pierre Benoit의 『사막의 여왕L'Atlantide』을 출간하면서 일간지에 〈15일 후면 이 작가는 유명해질 것입니다〉, 다음날에는 〈14일 후면 이 작가는 유명해질 것입니다〉라고 시도한 광고 기법을 뛰어넘고 싶어 했다.

그라세의 목표는 독자의 상상력을 자극하고, 책 제목이나 저자의 이름을 독자의 기억에 심어 주는 것이었다. 그라세는 자사의 도서 목록을 들척이다가 앙드레 모루아, 프랑수아 모리아크, 폴 모랑, 앙리 드 몽테를랑의 이름이 모두 M으로 시작하는 것을 간파하고, 서로 문학적 성향이 달랐지만 그들을 하나로 묶어 〈M 4인방Les quatre M〉이란 간판을 붙이려 했다. 앙드레 모루아는 때마침 갈리마르로 달아나면서 이런 어색함을 피할 수 있었다. 모랑의 기억에 따르면, 〈그라세의 주선으로 M 4인방이 점심을 함께하게 되었다. 분위기는 냉랭했다. 그 후 그들은 점심 식사를 이유로 결코 한자리에 모이지 않았다. 하지만 《M 4인방》을 앞세운 광고는 계속되었다.〉[103] 그라세도 그 자리에 초대한 기자들의 얼굴을 보고 그 기획이 실패라는 것을 직감했다. 개인주의에 물든 부르주아 작가들을 그런 식으로 다룰 수 없다는 사실을 깨달은 계기이기도 했다. 그라세는 광고를 책에 끼워 넣겠다는 생각도 해보았다. 신문도 그렇게 하는데 책이라고 못할 이유가 무엇이겠는가? 그라세도 순수 문학책에는 그런 시도를 할 생각조차 않았다. 책의 품위를 떨어뜨려 오히려 해가 될 수도 있었기 때문이었다. 따라서 작가도 인정하는 대중적인 책들에 광고를 넣고 싶었다. 하지만 광고 수입이 광고로 추가되는 종잇값과 인쇄비를 겨우 감당할 뿐이라는 계산이 떨어지자 그런 계획은 유야무야되고 말았다.[104]

책 광고를 하는 이유가 신간 서적의 존재와 성격에 대한 정보를 독점하는 평론가들의 절대적인 권한을 깨뜨리기 위한 것이란 생각을 감추지 않았기 때문에, 베르나르 그라세는 평론가들과 대립하지 않을 수 없었다. 그러나 지로두를 비롯해 적잖은 작가가 그라세의 편을 들었다. 그라세가 평론가라는 장애물과 〈미약〉을 과감히 넘어서 책을 직접 독자에게 소개하는 용기를 보여 줬다고 극찬했다.[105] 하지만 출판계 내부에서도 〈광고〉를 비난하는 목소리가 높았다. 또한 평론가들만이 아니라 편집자들과 일부 작가들도 광고를 바람직하지 않은 것이라 생각했다. 예컨대 조르주 뒤아멜은 광고를 〈도덕적 해이〉의 증거라고 정의하면서, 〈오로지 돈에 근거한 판단을 불특정 다수의 독자에게 강요하면서〉 자유로운 비판을 방해하는 것이라 비난했다. 뒤아멜에게 책 광고는 문학이란 고귀한 직업이 결코 기대서는 안 될 천박한 술책처럼 보였던 것이다. 달리 말하면, 문학의 고유한 품위를 저버리는 행위였다.[106]

한 잡지가 이 문제를 두고 실시한 설문 조사에서 출판업자 조르주 크레는 책 광고를 〈출판의 미국화〉라고 비난했다. 또한 책 광고를 〈하찮은 상혼〉, 〈식품점적 발상〉이라 비난하는 사람도 있었다. 하지만 책을 출간하는 이유가 대중을 위한 것이지 평론가를 위한 것은 아니라며 광고를 옹호하는 작가들도 적지 않았다. 한편 작가, 출판인, 평론가라는 세 가지 직업을 동시에 가졌던 앙리 마시스와 같은 사람들은 지적인 산물을 세상에 알리기 위한 방법으로 광고는 부적절하다며, 〈한 작가

---

103 폴 모랑Paul Morand이 *Arts*(1955년 11월 2일)에 기고한 글.
104 *Paris Press*(1951년 8월 9일)에 실린 그라세의 인터뷰.
105 *Les Nouvelles littéraires*(1926년 2월 20일)에 실린 지로두의 인터뷰.
106 Georges Duhamel, *Chroniques des saisons amères*, Hartmann. 발행연도 미상.

가 대중에게 평판과 신뢰와 이해를 얻기 위해서는 어떤 광고로도 대신할 수 없는 준비가 요구된다〉라고 결론지었다. 막시밀리앵 고티에Maximilien Gauthier가 실시한 설문 조사에 응한 대다수의 응답자가 광고로 인해 문학적 사건, 달리 말하면 작가가 진정한 재능을 발휘하는 데 부적절한 비도덕적이고 불건전한 분위기가 조장될 수 있다며 광고를 반대했다. 한편 앙리 베로는 근거 없이 과대포장하지 않고 순수하게 정보적 가치를 갖는 광고라면 수용할 수 있다는 입장을 밝혔다. 하지만 돈 많은 작가는 허영심을 채우기 위해서라도 엄청난 광고비를 쏟아 부을 것이라며 광고에 따른 비용 문제를 염려했다. 베로는 이런 불평등의 폐해를 지적하면서 최고의 광고는 입소문이라는 결론을 내렸다. 어떤 책을 읽고 만족한 독자라면 주변 사람들에게 그 책을 추천하기 마련이라는 뜻이었다. 하지만 베로의 이런 통찰력 있는 견해도 생제르맹 가에 있던 한 서점 직원의 인터뷰 내용에 빛을 잃고 말았다. 그 직원의 주장에 따르면 제목과 표지와 띠지와 더불어 광고가 책이 1주일 만에 진열대에서 창고로 사라져 재고로 쌓여 있다가 결국 출판사로 반품되는 것을 모면할 수 있는 유일한 방법이란 것이었다.[107]

새삼스레 언급할 필요도 없겠지만, 이런 논쟁은 책 광고의 개척자로 나선 베르나르 그라세에게 용기를 북돋워 주었을 뿐이다. 그는 책 광고를 아주 단순하게 생각했다. 하지만 효과가 있다고 믿었다. 다만 책의 내용보다는 일화를 앞세우는 광고법을 택해야 한다고 말했다.

가령 〈타블〉이란 작가가 있다고 해보자. 그 작가를 〈타블은 재능이 있습니다〉라는 식으로 광고해서는 안 된다. 〈타블이 생트로페즈에서 다음 소설을 쓰고 있습니다〉라는 식이 되어야 한다. 어떤 사람이 〈타블? 모르겠는데〉라고 말한다면 실패한 광고다. 하지만 두 번째 사람이 아는 척하면서 〈정말? 재밌겠는데……〉라는 반응을 보이면 그런대로 괜찮은 광고. 여기에서 한 걸음 더 나아가서, 세 번째 사람이 당신에게 윙크까지 보내면서 〈그 작가를 알아요〉라고 한다면 성공한 광고라 할 수 있다. 따라서 광고는 항상 일화적 형태를 띠

107 *Renaissance politique, littéraire, artistique*, 1924.

어야 한다. 광고에는 사람들이 기대하던 것이 이미 완성되었다고 주장할 수 있
는 용기가 필요하다.[108]

이런 확고한 원칙이 있었기 때문에 그라세는 〈라디게는 천재 작가다〉보다 〈라
디게는 열일곱 살이다〉라는 광고문을 선택했고, 폴 모랑의 『루이스와 이렌*Lewis et
Irène*』에서 루이스가 파리의 모자 디자이너이긴 했지만, 사실 모자는 소설 내용과
별 관계가 없었음에도 불구하고 〈이렌의 모자는 루이스가 만든 것일까요? 폴 모랑
의 소설을 읽어 보십시오!〉라는 광고문을 채택할 수 있었다. 대단한 용기가 아닐
수 없었다! 갈리마르로서는 생각할 수 없는 대담함이었다. 같은 시기에, 갈리마르
는 비순수 문학, 예컨대 조제프 케셀, 피에르 마크 오를랑 등의 이국적 정서를 지
닌 소설, 미스터리 소설, 모험 소설 등을 출간하려면 독자 위원회와 실랑이를 벌여
야 했다. 게다가 겉만 번지르르한 광고는 그의 성격에 맞지 않았다. 하지만 광고를
해서 판매를 촉진시킬 수 있다는 확신이 있었더라면 가스통 또한 상업적 이유에서
라도 기꺼이 광고를 했을 것이다.

좋든 싫든 가스통을 비롯한 다른 출판사들도 그라세의 길을 따르지 않을 수
없었다. 무엇보다 그라세가 『누벨 리테레르』의 광고면을 독식하는 것을 용납할 수
없었다. 그 잡지의 독자들에게 그들도 존재한다는 것을 보여 줘야 했다. 이런 광고
경쟁으로 행복의 비명을 지르던 곳이 있었다. 바로 문학 관련 매체였다. 또한 갈리
마르와 그라세의 경쟁으로 많은 작가들이 덕을 보았다. 그라세가 갈리마르에 타격
을 주려고 『가톨릭 *NRF*』(가제)를 창간하려 하지 않았다면 프랑수아 모리아크가
클로델, 게옹, 마리탱, 질송 등과 협력해서 잡지 『비르질*Virgile*』을 창간할 수는 없
었을 것이다. 그라세가 눈덩이처럼 불어나는 적자를 감당하지 못하고 잡지가 금세
데클레 드 브루에르에게 팔렸지만 말이다.

프루스트 사건 이후로, 가스통과 베르나르는 하나의 파이를 나눠 먹어야 한다
는 사실을 절감했다. 그들은 서로를 존경해서 평화 공존을 여러 차례 약속하긴 했
지만 곧잘 전면전을 벌였다. 주변 사람들은 둘의 경쟁을 보며 즐겼지만 영리한 작

108 *Paris-Presse*, 1951년 8월 6일.

가들은 한쪽을 응원했다. 1919년에 프루스트가 공쿠르상을 받은 후 그 상처를 회복하려고 절치부심하던 그라세는 같은 해에 또 한 번의 충격을 받았다. 샤를 페기의 미망인이 『선집Œuvres choisies』의 출판권을 회수한 것이었다. 1911년에 그 책을 출간한 바가 있기 때문에 그라세는 기득권을 인정받아, 페기가 죽었지만 페기 부인이 남편의 전집을 출간할 권리를 자연스레 그에게 양도할 것이라 확신했다. 하지만 가스통이 그의 뒤통수를 때렸다. 『선집』의 계약서를 면밀히 검토한 후, 그라세가 페기와 10년 동안만 계약한 것을 확인한 가스통이 미망인을 설득해서 전집을 발간할 권리를 얻어낸 것이었다. 가스통의 음모라고 분개하기는 했지만 어쩔 수가 없었다. 베르나르 그라세는 눈물을 흘리면서 『선집』의 출판권을 넘겨주며, 가스통에게 〈자네는 내게 『선집』을 훔쳐 간 도둑놈이야!〉라는 편지를 보냈다.[109]

얼마 후, 1922년 갈리마르 출판사가 고등학교에서 친구들에게 학대당하는 유대인 학생을 주인공으로 한 소설, 자크 드 라크르텔의 『실베르만』으로 페미나상을 차지했을 때도 베르나르 그라세는 분노를 감추지 못했다. 2년 전 처녀작 『장 에르믈랭의 불안한 삶La vie inquiète de Jean Hermelin』을 출간해 주며 라크르텔을 문단에 데뷔시킨 장본인이 바로 그라세 자신이었기 때문이었다. 앙드레 말로와 에마뉘엘 베를과 같은 작가들도 똑같은 길을 밟아 그라세에서 갈리마르로 옮겨 갔다. 결국 그라세가 씨를 뿌리고 갈리마르가 거둔 셈이었다. 한 평론가는 한층 냉정하게 둘의 관계를 정리했다.

〈갈리마르는 두 번째로 작가를 발굴해 내는 첫 번째 사람이다!〉

약간 과장되긴 했지만 정곡을 찌른 지적이 아닐 수 없었다. 가스통은 독자 위원회가 버린 작가들을 다시 사들이고 문학계를 잘 조직된 인간관계로 대신하며 한 작품을 발표한 무수한 젊은 작가들을 지원하면서 이런 상처를 지우려고 애썼다.

가스통 갈리마르가 회계 책임자의 충고를 귀담아 들었더라면 저자들과의 관계에서도 모든 일이 수월했을 것이다. 갈리마르의 회계 책임자, 뒤퐁은 저자들을 나름대로 두 집단으로 나누었다. 하나는 저작권의 선지급을 요구하지 않는 착한

109 1922년 3월 21일의 편지, Boillat, 같은 책.

저자들이었고, 다른 하나는 끊임없이 저작권료를 따지고 드는 고약한 저자들이었다.[110] 이런 분류에 따르면 거의 모든 저자가 고약한 사람들이었다. 하지만 출판사와 저자의 관계는 아주 복잡했다. 가스통은 19세기의 위대한 출판인 미셸 레비와 당시 작가들의 다툼에 관련된 이야기를 알프레드 발레트에게 귀에 못이 박히도록 들었다. 실제로 출판계에는 전설처럼 전해 오는 일화가 있었다. 출판사가 어떤 대가를 치르더라도 피해야 하는 유령이 그 일화에 등장하기 때문이다. 바로 작가의 대리인이라는 유령이었다.

귀스타브 플로베르는 『보바리 부인 Madame Bovary』를 미셸 레비의 출판사에서 출간했지만 1862년에 『살랑보』를 그 출판사에 넘기기 전에 심사숙고를 했다. 그리고 지나친 조건을 제시했다. 1) 원고를 그대로 출간할 것, 2) 삽화를 절대 사용하지 말 것, 3) 10년간 출판권을 보장하는 대가로 25만~30만 프랑을 지급할 것, 4) 책의 제작에 성의를 다할 것, 5) 출판권 이외의 저작권은 양도하지 않는다는 조건이었다. 그래도 부족했던지 플로베르는 친구의 동생인 변호사 에르네스트 뒤플랑 Ernest Duplan을 대리인으로 내세워 출판사와의 협상을 맡겼다. 또한 플로베르는 『보바리 부인』를 출간한 미셸 레비와 꾸준한 관계를 맺고 싶었지만 다른 출판사들에서도 제안을 받았다는 사실을 감추지 않았다. 협상을 유리하게 끌려는 전략이었을 것이다. 이런 요구들을 합리화시키기 위해서 플로베르는 대리인에게 모든 것을 일임하지 않고, 『살랑보』를 쓰는 데 5년이란 시간을 보냈고 조사 비용으로 4천 프랑이나 썼다는 편지를 레비에게 보냈다. 〈소설로 풍족하게 살 뜻은 추호도 없소. 하지만 굶지 않고 살 만한 돈은 요구할 수 있는 것이 아니겠소.〉[111] 결국 미셸 레비는 눈을 딱 감고 플로베르의 원고를 그대로 출간하기로 약속했고 1만 프랑을 우선 치렀다. 또한 플로베르에게 절대 삽화를 넣지 않겠다고 안심시키면서, 다음 소설이 현대를 배경으로 한 것이라는 조건하에 우선권을 확보했다. 이런 합의에 이르기 위해서 레비는 법률가, 문학이 무엇인지도 모르고 출판에 대해서는 더더욱 모르는 법률가와 오랫동안 협상을 벌여야 했다.

프랑스의 출판사들에게 작가 대리인은 그야말로 골칫덩이었다. 첫째로 대리

110 Aron, 같은 책.
111 *Correspondance Lévy-Flaubert*, 같은 책.

인이 대부분의 작가보다 법에 정통했기 때문이었다. 따라서 적당한 선에서 대충 넘어가는 법이 없었다. 둘째로 대리인은 법률적이고 금전적인 문제 이외의 것에는 신경조차 쓰지 않았다. 다행히 가스통과 관계한 작가들은 영어권 작가들과 달리 상당히 개인주의적이어서 대리인과 이익을 나눠 가지려 하지 않았다. 간헐적으로, 예컨대 갈리마르 출판사가 원고를 분실한 경우처럼 아주 예외적인 경우에나 법률 가를 대리인으로 내세우는 정도였다. 실제로 갈리마르는 원고 분실로 소송에 휘말려 작가에게 20만 프랑을 배상해 준 적이 있었다.[112]

가스통 갈리마르는 저자와 출판사 간의 직접 계약이 최선이라 생각했다. 양자 간에 암묵적 관계가 성립되고 인간적 관계로 발전한다면, 나아가 금전적 관계를 넘어서 진정한 친구가 된다면 작품도 크게 영향을 받는다고 믿었다. 가스통 갈리마르와 베르나르 그라세가 없었더라면 20세기 전반기의 프랑스 문학이 그처럼 발전하지 못했을 것이란 주장은 사실이다. 그들의 성격과 도전 정신, 기회를 놓치지 않으려는 집요함, 그리고 그들이 출판이란 직업과 문학에 대해 가졌던 생각이 문학계와 출판계의 풍경을 완전히 바꿔 놓았다. 여기에 대리인이 끼어들었다면 불가능했을지도 모른다. 작가와 출판사의 관계는 사람에 따라서, 시대와 필요성에 따라서 화합하기도 하고 갈등을 빚기도 했지만 작품의 질에 미묘한 영향을 미친다는 점에서 무척 중요했다. 가장 대표적인 예가 조르주 심농Georges Simenon으로, 평론가들과 전기 작가들은 심농이 출판사를 바꿀 때마다 글쓰기 방식도 달라진다고 지적하고 있다.

가스통 갈리마르는 작가들과 관계를 유지하는 데 많은 시간을 할애했다. 아침에는 출판사를 처음 시작했을 때부터 규칙으로 삼았던 편지 쓰는 전통을 지켰다. 가끔 비서에게 타이프라이터로 치도록 하기도 했지만, 대부분의 경우에 검은 잉크를 사용해서 힘 있고 반듯한 글씨체로 썼던 그 편지들은 크게 네 종류로 나뉘었다. 인쇄, 편집, 저작권 등을 다룬 기술적인 편지는 기록을 위한 것이었다. 그밖에 관계 유지를 위한 친선의 목적에서 쓴 편지, 원고를 독촉하며 서둘러 달라고 재촉하는 편지, 그리고 다른 출판사(주로 그라세 출판사)의 저자에게 **NRF**를 알리면서

112 Léautaud, 같은 책.

NRF에 원고를 준다면 대환영이라고 전하는 편지가 있었다.

가스통은 저자와 식당에서 점심 식사를 끝내고 계약서에 서명하게 하는 버릇이 있었다. 고급 포도주를 마신 후에는 누구나 기분이 좋아지는 법이었기 때문이다. 또한 가스통은 전화도 없고 동생 레이몽의 감시도 없는 이런 사교적 분위기를 더 좋아했다. 점심 식사를 끝내고 독자 위원회의 모임이 없을 때, 그가 직접 읽고 해결할 원고가 없을 때, 회사 내에 화급히 해결해야 할 문제가 없을 때 그는 작가의 집을 방문하거나 사무실에서 작가를 만났다. 그의 머리에서는 〈이 작가는 재능이 있을까?〉라는 생각이 떠나지 않았다. 출판업자에게 재능이란 〈얼마나 많은 책을 써낼 수 있는가?〉를 뜻했다.[113] 하지만 그런 재능을 어떻게 판단하고 어떻게 알아낼 수 있었을까? 물론 육감과 직감이었다. 그러나 언제까지 그런 육감에 의존해야 한단 말인가? 알랭푸르니에가 살아 있었다면 『대장 몬』에 버금가는 책을 또 쓸 수 있었을까? 푸르니에는 너무 젊은 나이에 죽었다. 사람들이 그 이름을 기억하기도 전에 세상을 떠났다. 하지만 첫 작품은 훌륭했지만 그 이후는 그렇지 못했던 작가들이 얼마나 많았던가! 반세기 동안의 문학상 수상자들을 살펴보더라도 놀랍게도 상당수의 수상자가 거의 절필하고 있다는 사실을 어렵지 않게 확인할 수 있다. 새로운 프루스트나 말로라며 혜성처럼 등장한 카미유 마르보, 샤를 실베스트르, 로제 쇼비레, 로베르 부르제파유롱, 장 발드 등은 그 시대의 문학에 어떤 흔적도 남기지 못하고 완전히 지워져 버렸다. 가스통 갈리마르도 착각했던 것이다. 전설로 전해지는 그의 육감도 실수할 때가 있었다. 가스통이 아라공, 드리외 라 로셸, 자크 오디베르티를 발굴한 것은 자주 언급된다. 하지만 1920년대에 가스통이 문학 단체, 문학상 심사 위원들, 문학 저널에 앙리 드베를리(『프로스페르와 브루딜파뉴』, 『팡클로슈』, 『한 남자와 다른 남자』)와 뤼시앵 파브르(『라브벨』, 『라 타라마뉴』, 『웃음과 웃는 사람』)의 책들을 소개하며 문학상을 줘야 한다고 억지를 부렸던 사실을 아는 사람은 몇이나 될까? 지금은 완전히 잊혀진 사람들인데…….

직관력의 부족이었을까? 그렇다고 누가 그를 비난할 수 있을까?

성공이 실패를 덮어 주는 법이고, 실패는 손익 계산에서 보이지 않은 곳에 감춰

---

113 Jean Paul Sartre, *Situation II*, Gallimard, 1948.

지기 마련이다. 언젠가 재발견이란 실낱같은 희망을 품지만, 두 전쟁 사이에 10여 권의 책을 발표했고 케셀과 카바레에서 춤을 췄으며 상드라르와 술잔을 기울였다는 이유로 아무런 작가나 되살려 낼 수 있는 것은 아니다. 에마뉘엘 보브, 폴 가덴, 앙리 칼레를 되살려 낸 식으로 로제 베르셀이나 이냐스 르그랑을 되살려 낼 수 있는 것은 아니다. 세월이 지나도 퇴색되지 않는 가치를 갖지 못한 글에 누가 관심을 갖겠는 가! 가스통 갈리마르가 기본 원칙의 하나로 삼았던 것이 바로 이런 영속성이었다.

당시 유명 작가이던 조르주 뒤아멜을 짜증날 정도로 방문해서 『톨스토이의 삶 *Vie de Tolstoï*』을 써달라고 보챘을 때 가스통의 머릿속에는 분명한 생각이 있었 다. 그 생각은 작품의 영속성과 무관한 것이었다.[114] 뒤아멜을 갈리마르로 끌어들 이기 위한 사전 포석이었다. 하지만 당시 자크 리비에르에게 쓴 편지에서 확인되 듯이 가스통은 새로운 작가의 발굴을 멈추지 않았다.

오늘 아침 폴랑에게 새 원고를 건넸네. 내가 보기엔 그렇게 나쁘진 않아. 주앙도란 사내인데, 몇 달 전에 내게 그 원고를 가져왔네. 재능이 뛰어나 보이 더군. 그래서 얼마 전에 내 사무실을 방문해 달라고 했지. 내 생각대로 아주 매력적인 친구였네. 수줍음이 많고. 하지만 지금까지 한 권의 책도 발표한 적 이 없다고 하더군……[115]

가스통의 눈은 정확했다. 사르트르식으로 표현한다면 마르셀 주앙도Marcel Jouhandeau는 〈뱃속에 이야깃거리를 잔뜩 갖고 있는 친구였다〉. 주앙도는 처녀작 인 『테오필의 젊은 시절*La jeunesse de Théophile*』(1921)을 필두로 『일록(日 錄)*Journaliers*』 제26권(1978)까지 갈리마르에서만 100여 권의 책을 발표했다. 물론 그의 모든 책이 성공한 것은 아니었다. 오히려 성공한 것이 드물었다. 따라서 주앙도가 그라세의 꼬임에 넘어가 마음이 흔들릴 때마다 가스통은 그가 회사에 얼 마나 많은 손해를 입혔는지 상기시켜 주었다. 대단한 액수였다. 물론 마르셀 주앙 도가 갈리마르 출판사에 가장 큰 손해를 안겨 준 작가는 아니었다. 몇 차례의 성공

---

114 Georges Duhamel, *Le livre de l'amertume*, Mercure de France, 1983.
115 1920년 7월 26일의 편지, 알랭 리비에르의 사료.

작이 손해를 넉넉히 만회해 주었다. 하지만 대다수의 작가들은 그렇지 못했다. 판매 수치의 명백한 증거를 보고서도 실패를 인정하지 않는 작가들도 적지 않았다. 그러면 가스통은 출판계에서 〈사모라의 이야기〉로 알려진 유명한 일화를 그들에게 들려주었다.

샤를 구노Charles Gounod(프랑스 작곡가)는 오페라 「파우스트」의 저작권을 출판사에 단돈 5천 프랑에 팔았다. 그 작품으로 구노는 일약 유명 작곡가가 되었다. 덕분에 구노는 「사모라의 공물Le tribut de Zamora」로 10만 프랑을 받았다. 하지만 이 작품은 참혹한 실패였다. 말년에 구노는 길에서 우연히 그 출판업자를 만났다. 그는 고급 모피 코트를 입었지만 이상하게도 낡은 모자를 쓰고 있었다. 구노는 의미심장한 미소를 지으며 그에게 다가가 모피 코트를 어루만지면서 말했다.

「아하! 파우스트?」

그러자 출판업자는 손가락으로 낡은 모자를 가리키며 차가운 목소리로 대답했다.

「사모라의 공물!」

출판사들의 도서 목록과 지하 창고에는 〈파우스트〉와 같은 것도 있겠지만 〈사모라의 공물〉과 같은 책도 얼마나 많겠는가!

장 콕토와 베르나르 그라세에 관련된 일화가 있다. 어느 날, 그라세가 작가보다 출판사가 훨씬 중요하다고 거듭 이야기하자 장 콕토가 화를 벌컥 내며 쏘아붙였다.

「영화 제작자를 흉내 내고 싶은 건가요? 〈제작 그라세〉라고 큼직하게 쓰고, 〈시나리오 콕토〉는 조그맣게 쓰고 싶은 건가요!」[116]

그라세는 이런 사람이었지만 가스통은 전혀 달랐다. 그는 작가를 앞세우고 자신을 드러내지 않는 사람이었다. 그라세와 달리 가스통은 원고를 읽어야 할 때면 철저하게 읽었다. 〈냄새〉를 맡거나 대충 읽는 것으로 만족하지 않았다. 비판하고 거부하는 이유를 작가에게 완벽하게 설명할 수 있어야 한다고 생각했다. 회사의 종신 위원이나 친구의 원고를 거부해야 할 때는 독자 위원회의 편지로 거절 소식

116 Jean Galtier-Boissière, *Mémoires d'un Parisien, III*, La Table Ronde, 1963.

을 알리는 것으로 만족하지 않았다. 또한 그와 가까운 작가일수록 더 엄격하게 심사해야 한다고 생각했다. 로제 마르탱 뒤 가르가 희곡 「이틀간의 휴가Deux jours de vacances」에 대한 의견을 물었을 때 가스통은 그야말로 〈소나기〉를 쏟아 부었다. 칭찬의 소나기가 아니라 얼굴까지 찌푸리며 비난을 퍼부었다. 등장인물들이 너무 작위적이고, 글의 전개도 부자연스러우며, 전체적인 구성도 불완전하다고……. 그리고 최후의 일격을 가했다. 너무 서둘러 쓴 것이라고! 그로부터 2년 동안 마르탱 뒤 가르는 가스통 앞에서 기가 죽어 지냈다. 하지만 그는 가스통이 친구를 아끼는 마음에서 진솔하게 지적한 것이란 사실을 잘 알고 있었다.[117]

이처럼 가스통은 작가들의 신뢰를 얻었다. 그에게는 그것이 중요했다. 그는 단순한 물주가 아니었던 것이다. 그에게 농락당하는 기분이었다고 솔직한 심정을 밝힌 작가들도 있었다. 그의 친구, 파르그는 책을 쓰겠다고 약속하면서 선인세를 챙겼지만 좀처럼 글을 쓰지 않았다. 주말을 맞아 베네르빌에서 친구들이 모였을 때, 파르그는 방에 틀어박혀 글을 쓰겠다고 가스통에게 약속했다. 그동안 가스통과 다른 친구들은 시골의 맑은 공기를 즐겼다. 저녁이 되자, 파르그가 득의양양한 표정으로 가스통에게 종이 뭉치를 내밀었다. 그런데 그 종이 위에는 끝없이 이렇게 쓰여 있었다.

〈나는 해군 소령이다. 나는 해군 소령이다. 나는……〉[118]

출판에서 홍보는 무시할 수 없는 부분이다. 가스통 갈리마르는 이 점을 누구보다 잘 알고 있었다. 따라서 그의 회사를 바깥 세계에 알리는 데 상당한 시간을 할애했다. 중요한 것은 하나라도 놓치지 않기 위해서 그물을 사방으로 촘촘하게 던졌다. 1930년대 초에는 잡지 『NRF』, 지드, 리비에르, 폴랑 등을 동원해서 도서 목록의 상당 부분을 채웠다. 사실 이 최고의 작가들을 그르넬 가로 낚아 올리는 낚시꾼인 동시에 불필요한 작가들을 걸러 내는 여과기였다.

앙드레 살몽André Salmon에게 『모자 속에서 발견된 원고Manuscrit trouvé dans un chapeau』를 NRF 출판사의 이름으로 출간하라고 권유한 사람은 바로 알

117 Journal, 앞의 기증 도서.
118 Charensol, 같은 책.

랭푸르니에였다. 하지만 살몽은 원고를 고치고 또 고쳐서 1919년에야 갈리마르에 가져왔다. 그런데 코포가 그 원고를 거절했다. 결국 그 책이 〈소시에테 리테레르 드 프랑스〉 출판사의 이름으로 출간되자, 코포가 그 원고를 거절했다는 사실을 몰랐던지 가스통은 살몽이 그에게 원고를 미리 보여 주지 않았다고 비난했다.[119]

앙드레 말로는 에마뉘엘 베를을 그라세에서 빼내 갈리마르로 데려갔다. 베를은 2권의 책을 그라세에서 출간했지만 거의 주목받지 못했다. 그러나 1929년 『부르주아적 사고의 죽음Mort de la pensée bourgeoise』을 역시 그라세에서 발표하면서 이름을 얻기 시작했다. 그런데 성공하자마자 그라세를 떠났고, 갈리마르에서 『부르주아적 윤리의 죽음Mort de la morale bourgeoise』을 발표하면서 진정한 성공의 길에 들어섰다. 사실 그때까지 베를은 NRF에 관심을 가져 왔지만 줄곧 퇴짜를 맞았다. 초기에 NRF에서 책을 한 권 발표한 그의 사촌, 앙리 프랑크의 적극적인 소개에도 불구하고 NRF의 〈좌안적 성향〉과 〈프로테스탄트적 기질〉은 베를을 받아들이지 않았다.[120] 하지만 말로의 결정적인 도움으로 베를은 갈리마르의 일원이 되었다.

『NRF』의 기고자였고 갈리마르의 저자였던 장 프레보스트는 앙투안 드 생텍쥐페리Antoine de Saint-Exupéry를 가스통에게 소개했다. 생텍쥐페리의 소설 한두 권을 읽어본 후 가스통은 그에게 더 야심 찬 소설을 써보라고 격려했다. 생텍쥐페리는 가스통의 충고를 받아들였다. 그 결과로 『남방 우편기Courrier sud』가 1929년 갈리마르에서 출간될 수 있었다.[121]

미국 문학에 매료되어 미국에서 살면서 스페인어를 가르치던 모리스에드가 쿠앵드로Maurice-Edgar Coindreau는 존 더스패서스의 『맨해튼 트랜스퍼 Manhattan Transfer』 앞부분을 직접 번역해서 가스통에게 보냈다. 가스통은 쿠앵드로의 판단을 전적으로 믿고, 실패의 위험을 감수하면서 1928년, 538면의 책을 2권으로 출간했다. 그때부터 가스통은 쿠앵드로의 안목을 믿고, 그가 제안하는 모든 책을 출간하기로 약속했다. 1931년 쿠앵드로가 윌리엄 포크너에 대한 평론을

119 André Salmon, *Souvenirs sans fin, II*, Gallimard, 1956.
120 Berl-Modiano, 같은 책.
121 Curtis Cate, *Saint-Exupéry*, Grasset, 1973.

『NRF』에 게재한 후, 가스통은 『성역Sanctuary』과 『임종의 자리에 누워서As I Lay Dying』를 연이어 출간해서 윌리엄 포크너라는 이름을 프랑스 독자에게 알렸다. 그 후에도 갈리마르는 쿠앵드로의 힘을 빌려 1939년 존 스타인벡의 『생쥐와 인간Of Mice and Men』, 1936년 콜드웰의 『신의 작은 땅God's Little Acre』, 1932년 어니스트 헤밍웨이의 『무기여 잘 있거라A Farewell to Arms』 등으로 시리즈 〈전 세계에서Du monde entier〉를 더욱 알차게 꾸밀 수 있었다.[122]

샤를 뒬랭은 신진 작가 아르망 살라크루Armand Salacrou의 희곡을 가스통 갈리마르에게 소개했고, 그가 직접 공연하기도 했다. 살라크루는 1934년부터 갈리마르를 통해 희곡을 발표했다.

한편 1925년에 갈리마르를 통해 『림보의 배꼽L'ombilic des limbes』을 발표했던 앙토냉 아르토Antonin Artaud는 초현실주의 작가들을 갈리마르의 깃발 아래로 끌어와 달라는 부탁을 받았지만 큰 성과를 내지는 못했다.

그리고 지드와 그의 탄탄한 조직력이 있었다.

이처럼 갈리마르의 발전에 기여한 작가들은 일일이 헤아리기 힘들 정도다. 그들의 성격도 다양하여, 가스통 갈리마르가 두 전쟁 사이에 얼마나 폭넓게 활동했는지 짐작하게 해준다. 이처럼 전방위로 새로운 작가들을 끌어들이면서도 가스통은 질과 영속성을 강조했다. 이런 정책이 궁극적으로 갈리마르에게 가장 큰 이익을 안겨 준 원동력이었다. 보석 중의 보석, 즉 〈플레이아드Pléiade〉 시리즈가 완성될 수 있었기 때문이다. 〈플레이아드〉가 지금은 문학의 성전으로 자리 잡고 있지만 당시의 출판 상황에서는 대담한 모험이었다.

〈플레이아드〉라는 대담한 사업의 뒤에는 자크 쉬프린Jacques Schiffrin이란 사람이 있었다. 뼈만 남은 듯한 홀쭉한 몸, 수척한 얼굴, 하지만 눈빛은 강렬했고 거역하기 힘든 품격이 있었다. 게다가 큼직한 손과 여성조차 부러워할 길쭉한 손가락까지…… 또한 쉬프린은 고매한 인격과 교양, 예리한 통찰력으로 상대에게 깊은 인상을 주었다. 그는 1894년, 아제르바이잔의 바쿠에서 태어났다. 유대인 아버지는 화학자인 동시에 사업가였다. 두 언어를 완벽하게 구사한 쉬프린은 러시아에서 학교를

---

122 Maurice-Edgar Coindreau, *Mémoires d'un traducteur*, Gallimard, 1974.

다녔고 그 후 제네바로 건너가 법학을 공부해 박사 학위를 취득했다. 그 후 파리에 정착해서 피아니스트와 결혼했다. 처음에는 예술 서적 전문 출판사인 앙리 피아자에서 일했다. 시각예술에 타고난 재능이 있었지만 지독한 독서가였고 애서가였던 쉬프린은 1920년대 말에 직접 출판사를 차리기로 결심했다. 그래서 몽파르나스, 정확히 말해서 라스파유 가와 위스망스 가가 만나는 모퉁이에 사무실을 마련했다. 그리고 파리에서 거주하던 세 러시아인의 지원을 받아 자본금 28만 프랑의 주식회사를 세웠다. 훗날 영화 제작자가 되어 「안개 긴 항구Quai des brumes」를 제작한 동생 시몽, 자신의 이름으로 설립한 출판사를 통해 쥘리앵 그린 등 몇 권의 삽화 책을 발행한 바가 있는 매형 조제프 푸터만Joseph Pouterman(1890년 키시네프 출생), 그리고 절친한 친구로 영국에 귀화해서 훗날 윈스턴 처칠이 장관이던 시절에 정치 보좌관을 지낸 알렉산더 핼펀Alexandre Halpern(1879년 상트 페테르부르크 출생)이었다. 1929년 11월 16일에 〈에디시옹 드 라 플레이아드Editions de la pléiade〉라는 이름으로 회사가 창립되었다. 플레이아드라는 이름은 〈그룹〉, 즉 〈친구들〉을 뜻하는 러시아어 〈pleiada〉에서 따온 것이었다. (어원은 같지만) 일간의 속설처럼 롱사르와 뒤 벨레를 중심으로 한 시파(詩派)의 별호로 〈성좌〉를 뜻하는 플레이아드가 아니었다.

처음에 자크 쉬프린은 예술 관련 도서와 러시아 고전을 주로 출간했다. 특히 러시아 고전은 친구인 앙드레 지드, 그리고 작가이자 외국 작가의 작품들을 편집한 평론가인 샤를 뒤 보Charles Du Bos의 도움을 받아 쉬프린이 직접 번역하기도 했다. 쉬프린은 어느 날 기차로 여행하면서 문득 떠오른 생각을 근거로 사업을 확장하기로 결정했다. 분야를 가리지 않고 어떤 책이나 즐겨 읽었던 쉬프린은 두꺼운 책을 주머니에 넣고 다녀 주머니가 언제나 쭈글쭈글했다. 아무리 두꺼운 책도 여행 내내 읽기엔 부족했다. 그렇다고 그가 다루기 쉽고 값싼 포켓판을 생각한 것은 아니었다. 애서가답게 완벽하게 편집하고 성경용 종이를 사용해서 수백 면을 아담한 포켓 크기에 담아낼 수 있는 디럭스판 책을 생각했다. 대단히 기발한 발상이라 할 수는 없었다. 하지만 훗날 조제 코르티, 앙리 피아자, 앙리 필리파키, 장 프레보스트 등 많은 사람이 그런 생각을 먼저 했다고 주장했지만 쉬프린만이 그런 생각을 실천에 옮겼던 것이다.[123]

쉬프린은 아내의 지참금 중 상당 부분을 이 사업에 투자했다. 그 시대의 작가에게는 눈을 돌리지 않고 저작권이 소멸된 고전 작가들을 집중적으로 다루었다. 1931년 11월에 시리즈의 첫 권으로 탄생한 보들레르의 『시총서*Œuvres poétiques*』 이후로, 동일한 판형으로 10여 권이 연이어 출간되었다. 성공이었다. 하지만 언제나 그렇듯이 성공이 작은 출판사에게는 오히려 독이 되었다. 자금의 유동성 위기를 가져온 것이었다. 쉬프린은 돈을 빌리거나 자본을 증액할 시도조차 하지 않았다. 그런데 서점들의 오랜 관습이 그의 발목을 잡았다. 책을 위탁 판매하는 데 길들여진 서점들이 〈플레이아드〉를 현찰로 구입하지 않았던 것이다. 쉬프린은 출판사의 독립성을 포기하더라도 성공하리라 굳게 믿고 있던 〈플레이아드〉를 포기하고 싶지는 않았다. 이때 지드가 끼어들었다. 지드는 쉬프린에게 큰 도움이 되었다. 훗날 쉬프린이 갈리마르의 이름으로 〈플레이아드〉를 계속 출간하고, 그의 매형 조제프 푸터만이 푸슈킨을 비롯해 〈러시아 고전〉 혹은 〈젊은 러시아 작가〉 시리즈에 포함된 작가들을 번역하도록 주선했다. 출판에 대한 쉬프린의 애정을 가까이에서 지켜보았던 지드는 『일기』에서 쉬프린이 발행한 책들에 대한 찬사를 아끼지 않았다. 지드는 다른 출판사의 도움을 받아서 〈플레이아드〉를 계속 출간하라고 쉬프린을 설득했다. 라루스, 아르망 콜랭, 아셰트 등을 접촉해 보았지만 모두가 거절했다. 가스통 갈리마르마저도 선뜻 허락하지 않았다. 가스통은 〈대체 그 시리즈가 좋다고 말하는 이유를 모르겠습니다!〉라고 반발했지만, 지드와 슐룅베르제는 2년 동안 가스통을 집요하게 설득한 끝에 허락을 얻어냈다.[124]

1933년이 저물어 갈 무렵에 계약이 완료되었다. 〈에디시옹 드 라 플레이아드〉는 갈리마르에 합병되었고, 쉬프린은 〈플레이아드 총서〉의 발행인이 되면서 그에 따른 수익의 상당 부분을 갖기로 했다. 갈리마르 출판사에서 플레이아드는 질적으로나 양적으로 한결 나아졌다. 가라몽 활자체를 사용해서 읽기에도 편했고, 장정에는 양가죽을 사용했다. 최고의 번역가를 동원하였으며, 텍스트 이외에 각주, 찾아보기, 연표, 서문 등 학문적 연구에 도움이 될 만한 자료까지 덧붙였다. 그리고 현재, 〈플레이아드 총서〉는 300종을 훌쩍 넘어섰다.

쉬프린을 향한 지드의 애틋한 우정이 없었더라면 ── 그들은 외젠 다비Eugène

<hr />

123 시몽 쉬프린Simon Schiffrin과 저자와의 인터뷰.
124 Gide, *Journal*, 같은 책.

Dabit와 루이 기유Louis Guilloux를 동반해서 함께 소련을 여행하기도 했다 — 갈리마르는 플레이아드 총서를 갖지 못했을 것이다. 그러나 모든 동전에는 뒷면이 있는 법이다. 지드는 작가들과 기고자들을 지켜 줘야 한다는 이유만으로 갈리마르 출판사에게 큰 부담을 주었다. 대표적인 예가 모리스 삭스Maurice Sachs였다.

삭스는 갈리마르 출판사에 취직할 때까지 보잘 것 없는 삶을 살았다. 1924년에 콕토의 비서이자 친구였던 삭스는 2년 후에 아사스 가에 있던 카르멜 신학교에 들어갔다. 자크 마리탱이 이 개종한 유대인의 대부였고, 코코 샤넬은 그를 위해 특별히 사제복을 디자인해 주었다. 하지만 신학교 생활이 힘들었던지 그는 곧 신학교를 나와서 막스 자콥과 마르셀 주앙도의 도움을 받았다. 그 후에는 친구들이 맡긴 사소한 일을 하면서 입에 풀칠을 했다. 예컨대 콕토와 자콥은 그들의 원고를 교정하는 일을 맡겼고, 샤넬은 책의 초판을 구해서 도서관을 꾸미는 일을 맡겼다. 그는 출판사들을 돌아다니며 구한 책들, 특히 저자의 서명이 들어간 책들을 팔아넘겨 꽤 많은 돈을 벌었다.

1933년 10월, 지드의 적극적인 지원을 받아 삭스는 갈리마르 출판사에 둥지를 틀었다. 폴랑과 가스통 모두 못마땅하게 생각했지만 지드의 부탁을 거절할 수는 없었다. 가스통은 삭스를 레몽에게 넘겨 고용 계약을 체결하도록 했다. 얼마 후, 삭스는 가톨릭 관련 총서의 진행을 맡게 되었다. 그런데 원화와 원고를 반복해서 도난당해 몇 번이고 해고당할 뻔했다. 콕토와 지드마저 그에게 눈을 흘길 정도였다. 그는 에드거 앨런 포의 단편선 『스핑크스Sphinx』(1934)를 번역했고, 같은 해 7월에는 『NRF』에 「오늘날의 화가들을 고발한다Contre les peintres d'aujourd'hui」라는 글을 기고했다. 지나치게 공격적인 글이어서 한바탕 소동이 일어났지만 덕분에 삭스라는 이름은 널리 알려졌다. 이 기회를 놓치지 않고 가스통은 그에게 소설을 써서 출간하자고 제안했다. 삭스는 소설 『알리아스Alias』를 써서 가스통에게 넘겼고, 십년지기로 독자 위원회 멤버이기도 한 에마뉘엘 부도라모트에게 헌정한 그 소설은 1935년에 출간되었다. 하지만 그는 사치스런 삶을 살았고 투기를 일삼았으며 2년 치 봉급을 미리 당겨쓰기도 했다. 또한 갈리마르 출판사의 독자 위원회 위원 역할을 계속하면서 바노 가에 있던 지드의 집에서 개인 비서로 일했다. 인민 전선이 승리하기 직전에 지드는 삭스에게 모리스 토레즈Maurice Thorez(프랑스 공산당 지도자)를 미화시킨 책을 써보라고 권했다. 삭스는 갈리마르의 경쟁 출판사인 드노엘을 통해 그 책을 출간하면서 2권을 더 출간하기로 계약까지 맺었다.[125]

가스통은 분을 참지 못하고 이것을, 삭스를 차제에 가톨릭 관련 총서의 진행자 자리에서 몰아낼 핑계거리로 삼았다. 삭스의 동성애적 성향과 방탕한 삶을 못마땅하게 여기던 파리 주교의 압력까지 있던 터였다. 게다가 이번에는 〈공산주의자〉의 찬양자로 돌변하지 않았던가! 지드가 삭스의 후원자를 자처했음에도 가스통이 삭스를 제거하려 했던 데는 다른 이유도 있었다. 삭스는 가스통보다 훨씬 교활한 면모를 보여 주었다. 가스통은 드루오 호텔에서 프루스트와 아폴리네르가 오래전에 콕토에게 기증한 책들을 경매하게 되었다는 소문을 듣고 콕토에게 그 사연을 물었다. 콕토의 고백에 따르면, 그가 없는 틈을 타서 삭스가 원고와 논문과 희귀본을 차에 가득 싣고 나가 팔았다는 것이었다. 가스통은 곧바로 삭스를 불러 들였고 그 자리에서 해고를 통고했다. 같은 날, 사기꾼 기질이 농후한 삭스는 다시 가스통의 사무실을 찾아와 콕토의 편지라며 가스통에게 편지를 건네주었다. 하지만 그것은 콕토의 필체까지 흉내 내어, 콕토가 모리스에게 서류를 팔도록 허락했다고 쓴 가짜 편지였다. 가스통이 의심쩍어 하는 표정을 눈치 챈 삭스는 라이터를 켜면서 이렇게 말했다.

「장이 거짓말한 것을 제가 용서하면 끝나는 일입니다. 이 편지는 태워 버리겠습니다.」[126]

가스통은 다시 한 번 속아 넘어갔다. 하지만 오래 지나지 않아 자신이 속은 것을 깨닫고 삭스에게 모든 직책을 빼앗았고 이후 어떤 일도 맡기지 않았다. 하지만 천성적으로 착했던 가스통은 삭스를 완전히 버리지 못하고, 그가 편집한 책들에 대한 인세를 꼬박꼬박 챙겨 주었고 영어 번역을 맡기기도 했다. 심지어 NRF가 주최하는 문학 및 음악의 밤을 기획하는 일도 맡겼다. 이렇게 가스통은 골칫덩이를 조금씩 제거해 나아갔다. 가스통은 삭스에게 열등감까지 느꼈기 때문에 더더욱 그를 떨쳐 내고 싶어 했다. 사실 삭스는 물질적이고 직업적 차원에서, 심지어 사랑의 문제에서도 가스통과 경쟁했다. 이 유명한 동성애자는 자신의 매력을 한껏 발산하

125 Jean-Michel Belle, *Les folles années de Maurice Sachs*, Grasset, 1979.
126 Jean Cocteau, *Journal d'un inconnu*, Grasset, 1953.

면서, 가스통이 흠모하던 여자들을 유혹하곤 했다. 가스통에게서 그 여자들을 빼앗아 패배의 쓴맛을 안겨 주겠다는 단 하나의 의도로![127]

두 전쟁 사이에, 가스통 갈리마르는 실패를 피하는 데 초점을 맞추었다. 뛰어난 작가와 작품이 그의 품에서 벗어난다는 생각은 스스로 용납할 수 없었다. 그런 이름들을 기억에 새겨 두고 〈잃어버린 양〉이라 생각하며, 온갖 수단을 다 동원해서라도 다시 끌어왔다(대표적인 예가 앙드레 쉬아레스였다). 가스통은 경쟁 출판사가 관심을 보이는 작가들을 붙잡는 데도 혼신을 다했다. 그야말로 총성 없는 전쟁이었다. 1914년까지 출판사들이 불문율처럼 지키던 예절과 페어플레이는 이제 온데간데없었다. 특히 그라세와 갈리마르 간의 경쟁은 참호전을 방불케 했다. 어떤 수법도 허용되었다. 비열한 수법도 상관없었다. 전에는 다른 출판사의 작가를 빼낼 때 미리 알려 주는 최소한의 예의를 지켰지만 이제는 「비블리오그라피 드 라 프랑스」에 수록된 신간 안내를 보고서야 작가가 다른 출판사로 떠난 것을 알 지경이 되었다. 따라서 출판계의 원로들에게 그라세와 갈리마르는 악덕 사업가였다. 하지만 그라세와 갈리마르는 이런 평가에 조금도 개의치 않았다.

이 시기에 가스통이 말로, 코엔, 심농, 모랑, 블로크, 레오토, 아라공 등과 맺은 관계는 작가들의 기질과 단점, 특히 그들의 요구에 유연하게 대처하는 가스통의 적응력을 잘 설명해 준다.

1928년부터 가스통은 말로를 갈리마르에 끌어들이기 위해서 〈작업〉을 시작했다. 당시 말로는 그라세 출판사의 저자였다. 프랑수아 모리아크의 추천으로 1924년 말에 그라세와 3권의 책을 출간하기로 계약을 맺은 처지였다. 베르나르 그라세는 말로의 글을 한 줄도 읽지 않았고 말로의 얼굴을 본 적도 없었지만 모리아크의 판단을 전적으로 믿고 말로와 계약을 맺었다. 대단히 만족스러웠다. 말로의 첫 시론 『서구의 유혹La tentation de l'Occident』은 대단한 반응을 불러일으켰다. 또한 그 후에 출간된 인간 조건을 동양적 시각에서 추적한 두 소설 『정복자Les conquérants』와 『왕도La voie royale』의 반응도 뜨거웠다. 지드의 소개로 『NRF』의 기고자가 되면서 말로는 그르넬 가를 자주 드나들었고, 1929년에는 카자흐스탄

127 앙드레 다비드André David가 La Revue des Deux Mondes(1975년 7월)에 기고한 글.

의 알마티에 투옥되어 있던 트로츠키를 구출하자며 NRF 사람들에게 탐험대를 조직하자고 종용했다. 가스통은 이 열정적인 젊은이에게 큰 호감을 품었다. 하지만 말로가 그 계획을 진지하게 추진하기 시작하자 가스통은 말로에게 그런 일은 출판사가 할 일이 아니라고 따끔하게 나무랐다. 말로가 스스로를 자신이 쓴 소설의 주인공으로 착각하고 문학을 향한 순수한 열정에 사로잡힌 것을 보고, 가스통은 낭만적 열정과 선전에도 한계가 있는 것이란 사실을 깨닫게 해주었다.[128]

가스통은 말로가 그라세를 떠날 수 있게 될 때를 묵묵히 기다렸다. 다시 말해, 세 권의 책을 내고 자유인이 되기를 기다렸다. 그때가 되었을 때 가스통은 말로에게 예술 담당 책임자직을 제안했다. 선인세 이외에 봉급이 꼬박꼬박 지불되는 그런 직책의 제안은 말로를 영구히 붙잡기 위한 미끼에 불과했던 것일까? 가스통은 약속을 지켰다. 대신 당시 예술 담당 책임자였던 로제 알라르가 회사를 떠나야 했다. 한편 말로는 출판인으로서의 자질도 보여 주었다. 실제로 그는 금세 망하기는 했지만 〈아 라 스페르A la sphère〉와 〈알드Aldes〉라는 작은 출판사를 운영한 적이 있었다. 그라세가 동정심을 발휘해서 그 중 하나를 인수했다. 하지만 이때의 쓰라린 경험으로 말로는 인쇄물과 양질의 삽화에 대해 복수심 같은 것을 가지고 있었다.

가스통은 말로를 믿었고 그에게 최고의 대우를 해주었다. 고정된 시간에 일할 필요도 없고 특별히 보고할 것도 없는 지극히 편안한 직책, 즉 호화 장정으로 제작되는 예술 서적 책임자 역할을 하면서 말로는 독자 위원회의 위원이 되었다. 그 후 말로는 학교 친구로 그의 삶을 줄곧 옆에서 지켜본 루이 슈바송Louis Chevasson을 갈리마르로 끌어왔다. 온갖 생각이 많고 쉽게 흥분했던 말로는 희귀본을 수집하고 원고를 읽는 데 만족하지 못했다. 가스통에게 갖가지 프로젝트를 제안하면서 받아들이라고 압력을 넣었다. NRF의 정예 부대가 참여하고도 거의 11년이란 시간이 지난 후에야 서너 권으로 완성된 대작, 『프랑스 문학 일람Tableau de la littérature française』처럼 야심 찬 프로젝트가 있었던 반면에, 끝없는 상상력에서 비롯된 허황된 프로젝트도 적지 않았다. 예컨대 1928년부터 1930년까지 네 권, 즉 장자크 부샤르의 『다르타냥의 자서전La vie de d'Artagnan lui-même』과 『고백록Confessions』,

128 Lacouture, 같은 책.

바이런의 『내밀한 일기*Journaux intimes*』, 『나폴레옹 자서전*La vie de Napoléon par lui-même*』을 출간한 시리즈 〈계시적 회고록*Mémoires névélateurs*〉이 대표적인 예이다. 『나폴레옹 자서전』이 출간된 후 가스통은 지원을 중단하고 말로에게 글을 쓰는 데 집중하라고 충고했다. 그때부터 말로는 문학가들을 번질나게 만나면서 『*NRF*』에 짤막한 단평(短評)을 실었으며 갈리마르 출판사에서 전시회를 개최하기도 했다. 또한 갈리마르에서 그가 손가락으로 꼽았던 몇몇 선배들, 예컨대 지드와 그뢰튀장에게 헌신적인 애정을 보였고 출판사를 위해 신진 작가들을 찾아다녔다. 영어를 유창하게 구사하지는 못했지만 영국 출판사들에게서 새로운 작가들을 발굴하는 데 주력했다.[129] 이런 와중에도 그는 『인간의 조건』을 써냈다. 가스통에 그에게 기대하던 대작이었다. 비로소 가스통은 말로를 갈리마르에 입사시킨 것을 기념해 출간했던 기상천외한 이야기, 『이상한 왕국*Royaume farfelu*』을 잊을 수 있었다. 가스통은 힘 있는 작품, 즉 대중에게 가까이 다가갈 수 있는 작품, 여기에다 공쿠르 심사 위원들까지 감동시킬 수 있는 작품을 원했다. 『인간의 조건』은 이런 기대에 완벽하게 부응하는 소설이었다. 이국적 정취(중국), 극적인 요소(장제스에 맞선 대장정), 도덕적 사색(인간은 운명을 뛰어넘을 수 없으며 그 숙명적 조건에서 벗어날 수도 없다), 정치 참여(공산주의자의 행동주의), 원대한 이념(자유, 충성 등), 영웅적 행위에서의 경쟁 관계 등 모든 것이 있었다. 무엇보다 이 작품에는 독자들이 『정복자』와 『왕도』에서 엿보았던 말로의 숨결이 한층 성숙된 기운을 띠며 녹아 있었다.

공쿠르 아카데미는 수상자를 결정하는 데 오랫동안 고민할 필요가 없었다. 폴 니장Paul Nizan의 소설은 일찌감치 탈락했고, 말로와 샤를 브레방Charles Braibant(『잠자는 왕*Le roi dort*』)이 다섯 표씩을 얻었다. 하지만 심사 위원장이 말로의 손을 들어 주면서, 말로는 공쿠르 역사상 가장 젊은 나이인 27세에 수상자가 되었다.

가스통은 흐뭇한 미소를 지었다. 그의 판단이 옳았던 것이다.

물론 그때가 처음은 아니었고 마지막도 아니었다.

---

129 André Vandegans, *La jeunesse littéraire d'André Malraux*, Pauvert, 1964.

1922년 가스통은 『NRF』에서 낯선 이름을 보았다. 『제네바의 자정 이후*Après minuit à Genève*』를 쓴 알베르 코엔Albert Cohen이었다. 자크 리비에르에게 코엔이 누구냐고 물었다. 코엔은 27세의 작가로 제네바에서 변호사로 활동하는 스위스인이 었지만 그리스의 코르푸 섬이 고향이었다. 그는 무작정 원고를 『NRF』에 보냈고, 그 원고가 『NRF』 심사 위원들의 마음을 사로잡아 게재되었던 것이다. 가스통은 코엔이란 인물이 어떤 사람인지 궁금했다. 몇 달 후, 가스통은 리비에르를 제네바로 보냈다. 『NRF』가 그의 원고를 실어 줘 깜짝 놀랐던 코엔은 주필까지 예고 없이 그를 찾아오자 어쩔 줄을 몰랐다. 의례적인 인사가 오간 후, 리비에르가 단도직입적으로 말했다.

「가스통 갈리마르를 대신해서 당신에게 제안을 하려 합니다. 5권의 책을 갈리마르 출판사와 계약하는 것이 어떻겠습니까?」

코엔은 그 제안에 깜짝 놀라며 대답했다.

「다섯 권이나요! 아직 한 권도 쓴 적이 없는데요.」

「그런 것은 중요하지 않습니다. 앞으로 쓰면 되니까요. 우리가 당신에게 원하는 것은 하나뿐입니다. 제목은 마음대로 정하시고, 우선 이 계약서에 서명만 하시면 됩니다!」[130]

어떤 제목이라도 괜찮다고? 코엔은 잠시 생각한 후에 〈국제 특급 열차〉라고 썼다. 그리고 그를 갈리마르 출판사의 전속 작가로 규정하는 계약서에 서명을 했다. 그가 손해 볼 것은 없었다. 더구나 은행 계좌의 돈도 바닥난 상태였고 변호사라는 직업에도 사실 흥미가 없었다. 계약을 끝내고 잠시 이런 저런 이야기를 나눈 후 리비에르는 떠났다. 그는 코엔과 오랫동안 이야기를 나누진 않았지만 모든 것을 간파할 수 있었다. 코엔의 경제적 사정과 변호사라는 직업에 대한 불만까지도 읽어냈다. 파리에 도착하자마자 그는 국제 연맹의 국제 노동국 사무국장인 알베르 토마Albert Thomas에게 편지를 써서, 알베르 코엔이란 아주 비범한 젊은이가 제네바에서 하찮은 소송 사건이나 처리하면서 썩고 있다며 적극 추천했다. 1주일 후, 갈리마르의 식구가 된 코엔은 영문도 모른 채 국제 노동국 외교부에서 일해 달라는 제안서를 받았다. 코엔은 그 제안을 흔쾌히 수락했고 그곳에서 여러 해를 보냈다.

130 알베르 코엔이 *Magazine littéraire*(제147권, 1979년 4월)와 가진 인터뷰.

그 후 코엔은 단 한 편의 원고도 보내지 않았지만 가스통은 그에게 세상에 이름을 알릴 수 있는 기회를 주었다. 즉 코엔이 잡지를 창간하는 것을 허락하는 동시에 출판과 배급과 관리를 대행해 주기로 결정했다. 젊은 시절부터 다양한 조직에서 활동한 덕분에 시오니스트 조직과 무척 가까웠던 코엔은 당시 세계 시오니스트 연맹의 총재였고 훗날 이스라엘의 초대 대통령이 된 하임 바이츠만Chaim Weizmann과 가까웠다. 두 사람은 오랜 논의 끝에 선전 수단의 한계를 극복하고 그들의 사상을 유럽에 전파하기 위해서 유명한 인물들이 쓴 글로 구성된 고급 잡지를 발간하기로 결정했다. 세계 시오니스트 연맹이 잡지를 창간하는 데 필요한 대부분의 자금을 지원했고, 코엔은 갈리마르 출판사와 계약을 맺었다.

『르뷔 쥐브La Revue juive』는 1925년 1월 15일에 창간호를 발행했다. 주필은 알베르 코엔, 발행인은 가스통 갈리마르, 영업 책임자는 루이다니엘 이르슈였다. 편집 위원으로는 알베르트 아인슈타인, 지그문트 프로이트, 카임 바이츠만, 게오르그 브란데스(덴마크의 유명한 수필가이자 철학자), 샤를 지드 교수(앙드레 지드의 삼촌), 레옹 자도크 칸이 있었다. 몇 달 후에는 철학자 마르틴 부버도 편집 위원으로 참여했다.

영화인이었다면 〈호화찬란한 캐스팅이군!〉이라 말했을 것이다. 코엔은 동분서주하며 뛰어다녔다.『누벨 리테레르』를 대신해서 코엔을 인터뷰한 르네 크르벨은 〈그의 의지력은 대단했다. 옛날에 홍해가 히브리인들 앞에서 갈라졌다는 이야기도 놀랍게 여겨지지 않았다〉라고 말했을 정도였다.[131] 격월간으로 발행된 이 잡지는 유대 국가의 재탄생을 위한 기관지로 자처하면서, 이스라엘을 하나의 국가로 회복시켜야 한다는 생각을 전파하는 데 진력하며 지적인 세계에서 이스라엘인들의 활동을 지원하는 데 힘썼다. 창간호의 목차에는 코엔, 아인슈타인, 피에르 앙, 막스 자콥, 앙드레 스피르, 피에르 브누아, 자크 드 라크르텔, 장리샤르 블로크 등의 글이 실렸다. 거의 모두가 갈리마르 출판사의 식구들이었다. 알베르 코엔은 많은 사람들에게 원고를 청탁했다. 이 때문에 분별력의 부족이 지적되었지만 열린 정신의 증거라고 해석하는 사람들도 있었다. 코엔은 당시에도 친유대적 입장을 분

---

131 *Les Nouvelles littéraires*, 1925년 1월 24일.

명하게 드러내지 않았을 뿐 아니라 10년 전에는 프랑스 영화에서 유대인들의 역할을 맹렬하게 비난한 소설 『프랑스 라 둘스France-la-doulce』를 썼던 폴 모랑에게도 중편소설을 청탁했다.[132] 모랑은 『르뷔 쥐브』에 글을 기고하겠다고 약속했지만 약간 난처했던지 코엔에게 소설의 방향을 분명히 정해 달라고 요구했다. 코엔은 즉시 답장을 보냈다. 〈선생님의 소설이 유대인을 주인공으로 해야 하냐고 제게 물으셨습니다. 그렇게 할 수 있다면 그렇게 해주십시오. 그리고 선생님께서 허락하신다면 아예 두 편의 중편 소설을 부탁드리고 싶습니다. 하나는 루이스의 형이나 동생이 겪는 모험을 주제로, 다른 하나는 헝가리의 밤에 등장하는 어린 무희의 누이에 대한 이야기이면 좋겠습니다.〉[133]

모랑은 바보 같은 질문을 했다고 생각했다. 어쨌든 『르뷔 쥐브』는 호를 거듭할수록 기고자들도 정리되었고 주제가 유대인에 맞춰졌다. 프로이트는 「정신분석학에 대한 저항」이란 글에서 〈정신분석학의 주창자가 유대인인 것은 결코 단순한 우연이 아니다. 정신분석학을 지지하려면 대립에서 강요되는 소외를 인정할 수 있어야만 한다. 유대인은 다른 어떤 민족보다 이런 소외에 길들여져 있다〉라고 결론지었다. 시인 앙리 프랑크를 추념한 글은 그의 시적 재능을 유대인이란 숙명에서 찾았고, 프루스트가 자크 에밀 블랑슈에게 보낸 편지들도 유대인적 시각에서 편집되었다. 유대인에 대해 언급하지 않은 글은 아인슈타인의 「비유클리드 기하학과 물리학Géométrie non euclidienne et physique」이외에 거의 찾아볼 수 없었다.

감상적인 판단이긴 했지만 팔레스타인에서 시오니즘이 궁극적으로 승리할 것이라 확신한 코엔은 잡지의 발간사에서 〈과거 우리에게는 믿음이 있었다. 깨달음이 우리 가슴을 뜨겁게 불태웠다. 앞으로 우리는 쫓겨나는 허약함 대신에 우리를 자신 있게 보여 주는 힘을 가질 것이다〉라고 선언했다. 또한 코엔은 〈우리는 우리 민족을 생각할 것이다〉, 〈민족은 살로 만들어진 이념이다〉와 같은 충격적인 표현도 서슴지 않았다. 그리고 잡지의 성격과 목표를 더 구체적으로 밝힌 후에 〈복음: 이스라엘인이 이스라엘 땅으로 돌아가고 있다!〉라고 끝을 맺었다. 『르뷔 쥐브』는

132 이 소설은 1936년에 독일에서 〈선한 하느님의 포로수용소〉라는 제목으로 출간되었다.
133 1924년 10월 26일과 11월 23일의 편지. 모랑의 기증 도서.

창간된 지 2년 만에 앙리 드 주브넬, 레옹 블룸, 조제프 케셀 등의 글을 싣기에 이르렀지만, 정기 구독자의 수가 5000부에 이르면서 〈일련의 음모〉로 발행인이 갈리마르 출판사에서 에디시옹 리데르로 넘어갔다.[134]

사회 운동가로 활동하면서도 — 국제 연맹에 시오니스트 대표로 참석하기도 했다 — 코엔은 소설을 쓰는 데 노력을 아끼지 않았다. 마침내 계약서에 서명하고 8년이 지난 1930년에, 코엔은 가스통에게 『솔랄Solal』(〈국제 특급 열차〉가 아니었다)의 원고를 건넸다. 이 두툼한 원고는 유머 감각, 비극적인 구성, 경이로운 이야기 전개로 독자 위원회의 감탄을 자아냈다. 그리스에서 태어난 유대인으로 스위스에서 살았고, 유대인의 땅 팔레스타인에서 멀리 떨어진 곳에서 프랑스 문학과 프랑스어를 고향으로 삼아야 했던 진정한 코즈모폴리턴이 한 유대인의 파란만장한 삶을 끈기 있게 그려낸 소설이었다. 찬사와 갈채가 쏟아졌다. 그리고 알베르 코엔은 파리와 사랑에 빠졌다. 국제 노동국에 사표를 내고 파리에 체류하기로 결심했다. 그 후 그는 1막의 희곡, 「에스겔Ezéchiel」을 썼다. 그 원고는 독자 위원회의 검토를 통과한 후에 코메디 프랑세즈에서 공연되었다. 『솔랄』의 성공에 고무된 가스통은 그에게 〈아주 합당한 월급〉을 보장해 주었다.[135] 그를 다른 출판사에 빼앗기지 않기 위해서! 코엔을 통해서 가스통은 인내하는 법을 배워 가고 있었다. 코엔은 걸핏하면 가스통에게 이렇게 말했다. 그 작품의 살이라 할 수 있는 유대인의 숙명과 닮은 기쁨과 고통을 겪으면서 구상하고 다듬는 과정이 있은 후에야 소설은 탄생하는 것이라고! 따라서 가스통은 기다렸다. 그리고 어찌 코엔에게 후속작을 재촉해서 『솔랄』의 독자들을 만족시켜 주고 싶지 않았겠는가. 하지만 가스통이 약간 불안해하는 모습을 눈치 챈 코엔은 1937년에 의무감을 느꼈던지 9개월 만에 두 번째 소설을 써냈다. 제목이 얼마나 길었던지 출판사 사람들 모두가 눈살을 찌푸릴 지경이었다. 〈손톱을 뜯는 남자, 혹은 긴 이, 사탄의 눈, 기침하는 술탄, 말을 탄 용사, 검은 발, 높은 모자, 거짓말쟁이들의 지도자, 영광의 혀, 심판자 겸 소송의 해결자, 관장 전문의, 탐욕자, 유산 약탈자, 양 갈래의 수염, 배덕자, 바람의 지배자〉

그래도 가스통은 만족했다. 진정한 작가를 얻은 기분이었다. 코엔에게는 원고

134 Cohen, 앞의 인터뷰.
135 위의 인터뷰.

를 얻기 힘들고 비용도 많이 들었다. 16년간 기다려서 두 권을 얻었지만 그의 원고
는 나무랄 데가 없었다. 한 도시를 48시간 동안 둘러보고 300면의 원고를 써내는
모랑과 그의 아류들과는 달랐다. 하지만 갈리마르의 도서 목록을 알차게 유지하려
면 코엔 같은 작가들만이 아니라 모랑, 케셀, 미쇼와 같은 작가들도 필요했다. 가
스통은 이런 사실을 잘 알고 있었다.

　　가스통 갈리마르가 작가들과 맺은 관계들을 추적해 보면 그도 변해 갔다고 생
각할 수 있다. 하지만 그런 생각은 성급한 판단이다. 그는 언제나 〈가스통〉이었다.
다만 상대하는 사람과 상황에 순응했을 뿐이다. 가스통은 상대에 대한 거부감과
불만을 감출 줄 알았다. 또한 어떤 작가를 갈리마르로 끌어들이기로 결심하면 말
을 바꾸기도 했다. 카멜레온이 따로 없었다. 그라세마저 무색하게 만들 정도였다.
그라세가 실패한 곳에서 가스통은 성공을 거두었다. 그라세처럼 뻔뻔하게 거짓말
하지 않고 마키아벨리식으로 한층 영리하고 교묘하게 거짓말한 덕분이었다. 그라
세는 누구 앞에서나 불만을 솔직하게 드러냈지만 가스통은 한 사람씩 달콤한 말로
유혹하면서 작가들을 그의 편으로 만들어 갔다.
　　원칙적으로 가스통 갈리마르는 한 작가와 열 권의 책을 계약하려고 애썼다.
그래야 작가들이 다른 출판사에서 책을 출간할 가능성을 원천봉쇄하면서 세 번째
책부터 최소한의 수익성을 기대할 수 있었기 때문이다. 하지만 이러한 규칙을 모
든 작가에게 일률적으로 적용할 수는 없었다. 많은 예외가 있었다. 예컨대 레몽 게
랭Raymond Guérin은 점점 두툼한 책을 쓰고 있어, 책의 수가 아니라 원고량으로
계약하길 원했다. 클로델은 〈계약 문제로 신경 쓰고 싶지 않다〉라며 종신 계약을
했다. 한편 대부분의 책을 그라세에서 출간하던 앙드레 모루아는 한 권씩 계약을
맺었다. 모루아는 이런 식으로 계약했지만 가스통에게 큰 이익을 안겨 주었다. 모
루아가 소설식으로 쓴 디즈레일리의 전기가 큰 성공을 거두면서, 〈위대한 인물의
삶Vie des hommes illustres〉이란 시리즈를 기획하는 계기를 마련했고 이 시리즈
가 상업적으로 대단한 성과를 거두었기 때문이다.
　　가스통은 경쟁 출판사들의 책에서도 영감을 얻었다. 또한 어떤 작가를 원하면
동생 레몽을 비롯해서 독자 위원회의 회원들이 반대해도 소용이 없었다. 어떤 대가

를 치르더라도 끌어들였다. 1993년에 끌어들인 조르주 심농이 대표적인 예이다.

당시 심농은 훗날의 명성에 비하면 아무 것도 아니었지만 그런대로 이름이 알려진 작가였다. 가스통 갈리마르에게 심농은 무엇보다 쉽게 글을 쓰는 작가로 비쳤다. 사실 심농은 익명으로 수백여 편의 잡문을 쓰고 파야르 출판사에서 대중 소설을 발표한 기자였다. 심농의 소설은 잘 팔렸다. 가스통이 보기에 심농은 믿을 만할 뿐 아니라 그 능력을 충분히 발휘하지 못하는 작가였다. 그의 강렬한 개성을 감안한다면 더 크게 키워 갈 수 있는 작가였다. 1930년대 초, 심농은 아주 파격적인 소설을 쓸 계획이었다. 그가 글 쓰는 모습을 누구나 볼 수 있도록 유리 상자 안에서! 일대 사건이었다. 이 계획은 거의 이뤄질 뻔했지만 성사되지 못했고, 무성한 억측과 소문을 낳았다. 사건의 전말은 이렇다. 1927년에 극좌 성향의 일간지 「파리 마티날Paris Matinal」을 창간했던 메를이 심농에게 5만 프랑을 주겠다며, 물랭 루즈 앞에 설치한 유리 상자 안에서 사흘 밤낮으로 글을 써보겠냐고 제안했다. 유리 상자이므로 밤낮으로 물랭 루즈 앞을 지나가는 사람들이 심농의 작업 모습을 들여다볼 수 있었다. 처음에는 심농과 그의 독자들이 공동으로 작업하는 방식이 고려되었다. 독자들이 주요 등장인물을 선택하고 제목까지 정하는 식으로…… . 다만 심농은 집필하는 동안 대중 앞에서 한시도 벗어나서는 안 된다는 조건이 있었다. 하지만 생리적 욕구까지 부끄럽게 대중 앞에서 해결할 수는 없는 법! 한 건축가가 생리적 욕구를 혼자서 해결할 수 있는 방법을 찾아냈다. 마침내 유리 상자의 제작이 시작되었다. 하지만 메를의 신문사가 파산하는 바람에 유리 상자는 완성되지 못했다. 그 후로 조르주 심농은 유리 상자 안에서 나흘 동안 소설을 집필한 사람으로 남게 되었다.[136]

가스통 갈리마르는 이 전설 같은 이야기가 순전히 심농이란 인물 탓에 꾸준히 사람의 입에 오르내리는 것이라 생각했다. 심농은 그런 소문을 완강히 부인하지 않았다. 오히려 그런 소문이 끊이지 않도록 애썼다. 1933년, 심농은 2년 전에 기발한 방법으로 책을 쓰려고 했던 면모를 다시 한 번 과시했다.

심농은 파리의 명사, 특히 몽파르나스의 명사들을 2월 20일 자정에 바뱅 가의

136 *Magazine littéraire*, 제107호, 1975년 12월.

불 블랑슈 카바레로 초대했다. 초대장이 경찰 출두서를 연상시켜 〈소환〉했다는 표현이 더 어울렸다. 〈야회복을 입되 너무 격식을 차리지 말 것〉이란 조건이 있었다. 이른바 〈지문 무도회〉였다. 초대 손님들은 입구에서 지문을 찍어야 했다. 웨이터들이 죄수복을 입고 칵테일을 서비스하고 있어, 무도장은 마치 교도소와 같은 분위기를 풍겼다. 심농은 그의 책들에 서명을 하느라 여념이 없었다. 메그레라는 형사를 주인공으로 한 추리 소설 시리즈였다. 메그레는 어딜 가더라도 트렌치코트와 펠트 모자를 벗지 않고 파이프 담배를 물고 있는 형사였다. 심농이 한 달에 한 권씩 쓰고 처음에 여섯 권으로 시리즈를 시작한다는 조건으로 파야르는 심농의 계획을 받아들였다. 성공을 거두었지만 파야르는 추리 소설이 꾸준한 인기를 끌 것이라고 생각지 않았다. 바로 이때 가스통 갈리마르가 끼어들었다.

물론 심농도 가스통 갈리마르라는 이름과 그 명성을 알고 있었다. 가스통이 심농을 글 쓰는 기계라 생각했다면 심농은 가스통을 〈칵테일에 익숙한 귀족〉이라 생각하며 경계심을 늦추지 않았다.

가스통이 전화로 심농에게 만나자고 제안했고, 얼마 후 심농이 가스통의 사무실을 방문했다.

「앉으십시다, 심농 씨. 먼저 계약에 대해 말해 볼까요? 심농 씨가 우리 식구가 되길 바랍니다. 그러니까 우리 출판사의 저자가 되길 바랍니다. 잘 아시겠지만 지드도 우리 출판사의 저자입니다. 지드가 당신을 무척 높이 평가하면서 언젠가 만나보고 싶어 하더군요.」

심농이 말을 끊고 나섰다.

「지드 이야기는 나중에 하지요.」

「알겠습니다. 파야르 출판사와는 장기 계약을 했습니까?」

「아닙니다. 아무런 계약도 하지 않았습니다. 파야르가 원하는 걸 줄 뿐입니다. 계약으로 묶여 있지는 않습니다. 나는 그런 지루한 계약을 좋다고 생각지 않습니다.」

가스통은 미소를 띠며 말했다.

「잘 됐군요. 이번 일이 끝나면 바로 다른 작품을 시작할 수 있겠습니까?」

「물론입니다. 하지만 당신이 어떤 조건을 제시하느냐에 달렸습니다.」

「그럼, 다음 주에 괜찮은 식당에서 계약 조건에 대해 말을 나눠 봅시다.」

그러자 심농이 단호한 목소리로 말했다.

「갈리마르 씨, 우리는 절대 점심을 함께 먹지 않을 겁니다. 나는 그런 식사를 싫어합니다. 자질구레한 이야기까지 해야 하니까요. 그리고는 다시 그런 점심 약속을 하고…… 하지만 사무실 문을 걸어 잠그고 전화까지 끊어 놓고, 비서를 불러다가 계약 조건에 대해 이야기를 나누면 30분이면 충분할 겁니다. 다른 사람들이야 내가 알 바 아니지만 나는 결코 당신을 〈가스통〉이라 부르지 않을 겁니다. 〈친구〉라고도 부르지 않을 겁니다. 나는 그런 표현이 죽도록 싫으니까요. 아무 날이나, 한 시간을 내게 주십시오. 그럼 다시 이 사무실에 와서 계약 조건을 마무리 짓겠습니다. 하지만 다음에 계약을 갱신할 때는 당신이 내 집에 와야 합니다!」[137]

가스통은 말문이 막혔다. 어떤 작가도 그에게 그런 식으로 말한 적이 없었다. 심농이 어떤 사람인지는 알고 있었지만 뜻밖의 공세였다. 하지만 가스통은 심농을 원했고, 이런 사소한 이유로 그를 놓치고 싶지는 않았다. 다음 주, 심농은 가스통의 사무실에서 〈놀라운 계약서〉에 서명을 했다. 1년에 여섯 권을 쓰고, 저자와 출판사가 순이익을 반반씩 나눈다는 파격적인 조건이었다. 전례가 없는 계약이었다. 심농은 종잇값, 인쇄비, 운송비, 제본비, 유통비 등을 정확히 알고 있었다. 이렇게 제작 비용을 오랫동안 깊이 연구했기 때문에 출판사에 돌아가는 몫이 얼마인지도 알고 있어, 이런 요구가 결코 무리한 것은 아니라며 한 발짝도 물러서지 않았다.[138] 결국 이런 조건을 받아들이겠느냐만 결정하라는 것이었다. 게다가 책을 써내는 속도와 과거의 판매량을 감안하더라도 어쭙잖은 시인들과 똑같은 대우를 받을 수는 없다는 주장도 서슴지 않았다. 계약 기간은 1년이었고 매년 계약을 갱신한다는 조건도 덧붙여졌다. 따라서 가스통 갈리마르는 매년 계약을 갱신하려고 심농을 찾아서 프랑스 전역을 헤매고 다녀야 했다.

갈리마르와 심농의 관계는 13년 동안이나 계속되었다. 심농은 『동거인 *Locataire*』, 『도나디외의 유서*Le testament Donadieu*』, 『기차가 지나가는 것을 목격한 사내*L'homme qui regardait passer les train*』, 『뷔른 시장*Le Bourgmestre de*

---

137 Fenton Bresler, *The mystery of Georges Simenon*, Heinemann-Quixote Press, London, 1983. 이 책은 심농과의 대담을 기초로 쓰인 것이다.

138 같은 책.

Furnes』,『미망인 쿠데르크*Le veuve Couderc*』,『페르쇼 집안의 장남*L'aîné des Ferchaux*』 등 50여 권의 책을 갈리마르에서 출간했다. 〈파야르의 아버지와도 그랬듯이 그와도 돈독한 관계를 유지했다. 하지만 갈리마르 출판사의 다른 작가들과는 그다지 친하지 않았다.〉[139]

가스통의 노력에도 불구하고 심농은 갈리마르 출판사의 일원이 되지 않았다. 사실 어딘가에 소속되는 것은 심농의 기질에 맞지 않았다. 그렇다고 떠돌이 작가는 아니었다. 하지만 출판사 일은 그에게 어울리지 않았다.

조르주 심농은 세 곳의 출판사와 일했다. 그의 삶도 세 시기로 구분된다. 소수이긴 하지만, 그가 함께 일한 출판사에 따라 작품의 경향과 문체가 뚜렷이 구분된다고 말하는 평론가들도 있다. 출판사가 작가들에게 큰 영향을 미친다는 사실에는 대부분의 평론가가 동의하는 듯하다.

예컨대 모파상이 많은 독자에게 꾸준히 사랑받은 이유의 하나로 그의 출판사의 편력이 지적된다. 모파상이 함께 일했던 아바르, 올랑도르프, 코나르, 플라마리옹 등은 모파상의 인기가 시들어 갈 때마다 다시 독자들을 끌어들였다.[140] 모리스 바레스는 끊임없이 출판사를 옮겨 다녔다. 쥐방, 페랭, 파야르, 퐁누엥, 에밀폴, 파스켈, 플롱 등 일일이 헤아리기 힘들 정도이다. 하지만 예전에는 훨씬 간단했다. 에밀 졸라는 샤르팡티에, 아나톨 프랑스는 칼망레비, 베르그손은 알캉, 쥘 베른은 에트셀로 공식화되어 있었다.

그러나 1920년대에 들면서 출판계와 문학계의 풍경이 바뀌기 시작했다. 젊은 작가들이 대세를 차지했다. 원로급에 속한 작가들 중에서는 〈1914년 전까지 상징주의가 줄기차게 던진 그림자 때문에〉 뒤늦게까지 빛을 보았다는 공통점을 가진 지드와 발레리가 유일했다.[141] 그들이 언제 작가로 탄생했는지는 애매했다. 그러나 30세 미만의 젊은 작가들, 예컨대 아라공, 드리외 라 로셸, 말로, 모랑, 몽테를랑 등의 이름은 사람들의 입에 오르내렸지만 작품으로는 겨우 걸음마를 뗀 수준이었다. 그래도 그들이 대세로 여겨진 이유는 젊었기 때문이었다. 달리 말하면 현재보

139 조르주 심농이 저자에게 보낸 편지.
140 André Dinar, *Fortune des livres*, Mercure de France, 1938.
141 Ramon Fernandez, *Itinéraire français*, Éditions du Pavois, 1943.

다 미래를 끌어 나갈 사람들로 여겨진 때문이었다.[142] 이렇게 젊은 작가들이 문학계에서 작품에 비해 턱없이 중요한 위치를 차지하고 있었다.

1920년대 말에는 젊은 작가가 소설이나 주요 작품은 한 출판사에 독점적으로 제공하면서 덜 중요한 글, 예컨대 어떤 도시의 방문기, 여행기 등은 여러 출판사에서 미리 주문을 받아 쓰는 경우가 드물지 않았다. 따라서 이미 다른 출판사와 계약하에 있는 작가들을 유인할 목적으로 시리즈를 고안하는 것이 이 시대의 유행이었다. 가스통은 이런 분위기에 편승해서 적잖은 이익을 보았으면서도 그의 작가들이 다른 출판사와 이런 계약을 맺으려 하면 몹시 못마땅하게 여겼다. 예를 들면, 장리샤르 블로크가 아크로 출판사에서 중편소설집을 출간하겠다며 허락을 요구하자 가스통은 단호히 거절하는 편지를 보냈다.

당신 작품이 NRF가 아닌 다른 출판사의 이름을 출간된다는 것에 솔직히 기분이 좋다고 말씀드릴 수는 없습니다. 나는 아크로 출판사를 좋아합니다. 하지만 아크로는 NRF의 작가들을 집요하게 접촉하고 있습니다. 내가 가장 소중하게 여기는 작가들을 말입니다. 내가 존재하는 이유가 무엇이겠습니까? 바로 NRF 작가들의 책을 출간하기 위해 존재하는 것입니다. 당신은 750부로 한정판을 출간하실 것이라 했습니다. 하지만 솔직히 말해서 공쿠르상 수상작과 같은 책을 제외할 때 어려운 점은 미리 인쇄 부수를 결정하지 않고 팔아야 한다는 점입니다. 어떤 책이라도 750부로 한정한다면 손익 계산을 분명히 맞출 수 있습니다. 하지만 한정판은 다른 책들에 나쁜 영향을 미치기 마련입니다. 더 자세히 말하면, 내가 지금까지 취해 온 초판의 원칙에 비추어 볼 때 한정판은 내 전반적인 계획을 훼손하는 것입니다. 또한 나는 많은 작가들을 영입하기 위해서 그동안 많은 투자를 했습니다. 내가 그들을 욕심 사납게 붙잡아 두려는 이유를 십분 이해하리라 생각합니다. 이제 내 생각과 기분을 이해하였으리라 믿고 감히 말씀드리겠습니다. 나는 당신의 요구에 언제라도 응할 준비가 되어 있습니다. 당신이 건네는 원고는 언제라도 출간할 준비가 되어 있습니다. 『카

---

142 Ramon Fernadez, 같은 책.

198

니발은 죽었다『*Carnaval est mort*』의 서문을 다시 써주시기 바랍니다. 그럼 당신은 갈리마르에서 두 번째 책을 내시게 되는 것입니다.

가스통 갈리마르
NRF 출판사 발행인[143]

결론과 인사말이 상당히 사무적이다. 따라서 가스통이 블로크의 요구에 화가 났음을 짐작하기란 그다지 어렵지 않다. 하지만 블로크는 고집을 꺾지 않고 그 후로도 몇 주 동안 계속해서 허락을 요구했다. 가스통도 쉽게 물러서지 않았다. 쥘로맹과 같은 친구의 그런 요구도 거절한 바가 있고, 관리 책임자인 트롱슈도 원칙을 깨지 않아야 한다는 점에서 그와 같은 생각이라며 완강히 버텼다. 심지어 가스통은 작가들이 은혜를 모른다고 불만을 터뜨리기도 했다. 가스통이 NRF의 깃발 아래 많은 작가를 끌어들이고 유지하기 위해서 많은 돈을 투자한 것은 사실이었다. 경쟁 출판사들이 그 작가들에게 접근하는 것을 막으려고 손해를 보고 책을 출간해 주기도 했다. 블로크를 설득하기 위해서 가스통은 〈한 권의 책〉으로 NRF의 작가들을 훔쳐 가려 한 아크로와 같은 출판사들, 예컨대 크레, 에밀폴, 소시에테 리테레르 드 프랑스, 시렌 등과 주고받은 엄청난 편지들을 보여 주겠다고 제안하기도 했다.[144]

배은망덕! 가스통 갈리마르가 일부 작가들과의 관계를 이야기할 때마다 그의 입에서 자주 언급되는 단어였다. 가스통은 출판계에 종사하는 동안 몇 번이고 모든 것을 포기하고 출판계를 떠나 버릴 생각을 했다. 그때마다 그는 구멍가게 주인과 다를 바가 없다면서 차라리 약국이나 배관업에 종사하면서 남는 시간에 좋아하는 작가의 책을 출간하는 것이 낫겠다고 한탄했다.[145] 또한 이런 배신을 당해서 기운이 빠질 때마다 책을 상품으로 전락시키지 않고 가치 있는 것으로 남겨 두기 위해서라도 그림을 그리거나 책을 쓰면서 살아야겠다고 속으로 다짐하곤 했다. 이런

---

143 1919년 9월 10일의 편지, 블로크 기증 도서.
144 1919년 9월 15일과 12월 17일의 편지, 블로크 기증 도서.
145 로베르 말레Robert Mallet가 *Bulletin de la société Paul Claudel*(제65권, 1977)에 기고한 글.

일이 일어날 때마다 친구들은 가스통이 우울증에 걸릴까 염려했다.

다행스럽게도 이런 일이 빈번하게 일어나지는 않았다.

가스통 갈리마르는 원래 낙천적인 사람이었다. 가스통은 〈어떤 직업에나 결국에는 두 사람이 남기 마련이다. 출판계라고 다르겠는가〉라는 단순하지만 실질적인 원칙을 좌우명처럼 받아들이면서 어떤 일이 닥치더라도 크게 당황하지는 않았다.[146] 모든 작가가 프루스트와 같았다면 출판인으로서 그의 삶도 훨씬 보람있었을 것이다. 물론 프루스트도 가스통을 괴롭히긴 마찬가지였다. 무엇보다 그가 낮에는 잠을 잤기 때문에 밤에 방문해야 했다. 프루스트는 마지막 순간까지 단어를 손보고 문장을 고쳤다. 그 때문에, 입에 풀칠을 하려고 교정이란 지루한 일을 떠맡았던 앙드레 브르통André Breton을 난감하게 만들기 일쑤였다. 하지만 프루스트에게는 다른 작가들과 분명히 구분되는 장점이 있었다.

「마르셀 프루스트는 정말 예절 바른 사람이었다. 그는 내게 한 번도 돈을 미리 요구한 적이 없었다. 광고를 해달라고 요구한 적도 없었다.」[147]

출판업자라면 귀가 솔깃할 말이 아닐 수 없다. 하지만 가스통 갈리마르가 많은 작가들 중에서, 특히 그에게 깊은 인상을 남긴 많은 작가들 중에서 특별히 프루스트를 언급한 것은 단지 그런 이유 때문만은 아니었다. 주간지 『마리안 Marianne』이 세 출판인에게 기억에 남는 작가를 꼽아 달라고 했을 때 외젠 파스켈은 졸라, 로베르 드노엘은 셀린, 가스통 갈리마르는 프루스트를 선택했다.[148] 하기야 공쿠르상 수상자로 결정되고 바로 다음날 이런 편지를 보낸 작가를 어떻게 잊을 수 있겠는가!

공쿠르상을 받았다고 자만하지는 않을 거네. 요즘엔 최악의 책에 그 상을 준다고 하니까. 상을 받았고 우쭐하고 싶지는 않지만 그래도 조금이라도 돈을 벌었으면 좋겠군……. 가스통, 돈이라는 영원한 문제가 자네의 우정어린 악수로 씻어 내고 싶은 진흙처럼 나를 괴롭히네. 자네가 내게 실질적인 조언

146 *Arts*와의 인터뷰, 1956년 11월 14일.
147 샤프살과 갈리마르의 대담.
148 *Marianne*, 1939년 5월 3일.

200

을 해준다면 내게 돈을 더 많이 주는 것보다 훨씬 도움이 될 듯 싶구먼. 남들이 돈을 많이 버는 것만큼 지출을 줄이면 그것으로도 부자가 될 수 있는 것이 아니겠나. 내가 자네에게 이런 말을 할 만큼 사업적 재능이 있는 것은 아니지만 자네를 진정으로 생각하는 친구의 객설쯤으로 생각해 두게.[149]

행복한 시기였다! 폴 모랑이나 아라공을 만나면서 가스통은 까다로운 작가가 어떤 존재인가를 절실히 깨달았다. 그들은 글이나 성격에서 추측하는 것보다 훨씬 엉큼하고 탐욕스런 사람들이었다. 파르그에게 글을 쓰게 만들고, 〈rustique〉가 〈mystique〉로 〈humidité〉가 〈humilité〉로 인쇄된 것을 보고 화를 낸 클로델을 달래는 문제와는 완전히 달랐다.[150]

1923년까지 폴 모랑은 재능이 넘치는 매력적인 작가였고 기분 좋은 사업의 동반자였다. 그런데 1923년부터 모든 것이 달라졌다. 그 즈음 모랑은 세 권의 책, 『여린 재고품』, 『밤이 열리다』, 『밤이 닫히다』를 차례로 발표해서 모두 성공했다. 그러자 자유와 미래를 보장받겠다며 처음 계약에서 우선권을 규정한 11조를 삭제하자고 나섰다.[151] 찬란한 미래를 예견이라도 한 것처럼! 1922년 『밤이 열리다』를 출간하면서 가스통은 「피가로」, 「골루아」, 「악시옹 프랑세즈」, 「외브르」, 「데뷔」, 「르 탕」 등에 조직적으로 광고를 집행하며 엄청난 돈을 퍼부었다. 신문을 읽는 독자라면 누구도 폴 모랑의 신간 광고에서 벗어날 수 없을 정도였다. 게다가 가스통의 노력으로 많은 잡지와 신문이 그 책을 특집 기사나 서평으로 다루었다. 이렇게 엄청난 광고비를 투자한 까닭에 연말에 공쿠르상까지 기대하고 있었다. 하지만 모랑은 앙리 베로에게 패배의 쓴잔을 마셔야 했다. 그런데 공쿠르상을 받지 못한 데 대한 비난의 화살이 가스통에게 날아왔다. 가스통이 전략을 잘못 세워서 모랑이 공쿠르상을 받을 기회를 날려 버렸다는 비난이었다. 모랑의 책이 이미 3만 부가 팔렸기 때문에 공쿠르 아카데미의 공식 발표만을 기다리고 있다는 소문을 퍼뜨렸지만 그런 소문이 오히려 공쿠르 심사 위원들의 심기를 건드렸다는 것이었다. 실제

149 *Marianne*, 1939년 5월 3일.
150 Mallet, 같은 글.
151 여기에서 언급된 계약과 편지는 모랑의 기증 도서를 참조한 것이다.

로 공쿠르 심사 위원들은 책 광고를 달갑게 생각지 않았다. 따라서 나중에 가스통이 그들에게 실제 판매 부수가 7000부에 불과했다고 털어놓았을 때도 그들의 결정을 후회하지 않았다.[152]

정말로 가스통의 전략적 실패였을까? 어쨌든 모랑은 가스통을 원망했고 그런 원망을 감추지 않았다. 하지만 주변 사람들은 모랑이 공쿠르상에 따르는 경제적 이익을 아쉬워했는지 명예의 상실을 아쉬워했는지 궁금해 했다. 그때부터 돈 문제가 연루될 때마다 모랑의 냉담하고 초연한 태도가 흔들린다는 것을 가스통은 깨닫기 시작했다. 같은 시기에 비슷한 문제가 연이어 일어나면서 가스통은 그런 사실을 새삼 확인할 수 있었다. 루마니아처럼 환율이 떨어지는 나라의 서점들은 상당히 할인된 가격으로 NRF의 책을 구입하고 싶어 했다. 가스통은 출판사의 이익을 포기하고 총비용을 회수하지 못하더라도 수출을 감행하려 했다. 또한 일부 작가들에게는 그런 판매분에 대한 인세를 포기해 달라고 요구하며, 만약 거절한다면 그들의 책이 그런 나라들로는 한 권도 들어갈 수 없을 것이기 때문에 인세를 포기하더라도 장기적으로는 수출하는 것이 낫다고 설명하기도 했다. 지드, 쥘 로맹, 슐링베르제는 가스통의 요구를 받아들였다. 하지만 이제 막 성공의 문턱에 들어서서 더 겸손하게 행동하며 욕심을 버렸어야 했을 모랑은 거부했다. 거의 같은 시기에, 가스통은『여린 재고품』의 육필 원고와『밤이 열리다』의 한 부분인「카탈로니아의 밤」의 원고를 팔아 주겠다고 모랑에게 제안했다. 당시에는 육필 원고의 판매가 흔히 있는 일이었다. 마침내 가스통은 모랑의 원고에 관심 있는 사람을 찾아냈다. 하지만 수집가 자크 두셰는 4천 프랑에 난색을 표명하며 2천 프랑을 제안했다. 하지만 모랑이 4천 프랑을 고집해 그 거래는 성사되지 못했다.

당시 모랑은 겨우 35세에 불과했다. 그는 외무부에서 근무하고 여러 곳에 글을 게재해 적잖은 수입을 올리고 있었다. 게다가 집안도 넉넉한 편이었다(그의 아버지는 대리석 창고를 운영했다). 하지만 모랑은 돈에 집요한 면을 보였다. 물론 그가 많은 사람을 만나면서 호사스런 삶을 살고 여행을 즐기며 스포츠카에 열광하긴 했지만, 이런 것만으로는 설명되지 않는 부분이었다. 가스통 갈리마르보다 베

---

152 James Harding, *Lost Illusion: Léautaud and his world*, Londres, 1974.

르나르 그라세가 모랑의 이런 면을 더 일찍 간파한 듯하다. 어떤 작가보다 재치 있고 이야깃거리가 되며 글을 쉽게 써내는 모랑은 글의 성격과 주제 및 내용의 가벼움에서 그라세가 개척자로 나선 광고에 안성맞춤이었다. 따라서 『밤이 닫히다』의 계약서를 훑어보고 그라세는 회심의 미소를 지었다. 그 계약서에 따르면 갈리마르 출판사에서 모랑은 6000부까지 권당 1.10프랑, 6001부에서 12,000부까지 1.15프랑, 12,001부에서 20,000부까지 1.20프랑의 인세를 받았다. 계약서에 서명하면서 2천 프랑의 인세를 받았고 출판된 후에 다시 3천 프랑을 받았다.

하지만 그라세는 모랑에게 5만 프랑의 선인세 이외에 3천 프랑의 월급을 보장하겠다고 제안했다. 게다가 그의 명성에 걸맞은 광고를 약속했다. 또한 한 작가에게 그만큼의 돈을 투자하는 것이 대단한 모험이란 점을 증명이라도 하듯이 『루이스와 이렌』을 완성할 때까지 모랑의 생활을 보장하겠다는 조항까지 계약서에 명기했다.[153] 그라세의 말대로, 〈그가 거절할 수 없는 제안을 했다.〉

1923년 10월 8일, 모랑은 가스통 갈리마르에게 그들이 그동안 자주 이야기를 나누던 소설, 즉 그리스와 시칠리아 섬을 무대로 한 『루이스와 이렌』을 베르나르 그라세에게 넘겼다고 알리는 짤막한 편지를 보냈다. 짤막한 편지였지만 가스통을 위로하는 구절도 없지 않았다. 〈외유〉에 불과한 것이며 다음 책은 반드시 NRF의 이름으로 내겠다는 언질을 덧붙였다. 갈리마르가 도서 목록에서 이미 『루이스와 이렌』을 근간이라 알리고 있어 무책임하기 짝이 없는 짓이었다. 가스통은 모랑을 외무부 사무실까지 찾아가, 라인 강을 무대로 쓴 중편소설집 『사랑의 유럽 L'europe galante』은 반드시 NRF의 이름으로 출간하겠다는 확약을 받았다. 이런 확약을 편지로 다시 확인받은 가스통은 이 중편소설집이 NRF에서 곧 출간될 것이라는 사실을 모랑의 독자들에게 회람으로 알렸다. 가능한 모든 방해를 미리 차단하려는 조치였다. 심지어 가스통은 모랑에게 〈당신은 내게 《사랑의 유럽》이라 제목을 붙인 소설 한 권, 혹은 중편소설집 한 권을 빚지고 있습니다. 만약 그 원고를 내게 넘기지 않는다면 법적인 권리를 행사해서라도 강제로 빼앗아 오겠습니다〉라고 협박하기도 했다.[154] 하지만 며칠 후, 가스통은 분통을 터뜨리지 않을 수 없었

---

153 Harding, 같은 책. Ginette Guitard-Auviste, *Paul Morand*, Hachette, 1981.
154 1924년 6월 24일의 편지.

다. 모랑이 약속한 중편소설집이 아니라 〈뜨거운 얼음Glaces chaudes〉이라는 제목의 시집을 보냈기 때문이었다. 가스통은 곧바로 팡티에브르 가의 모랑 집으로 등기 편지를 보냈다. 그들의 계약 조건과 구두 약속을 거듭 언급하고, 〈당신이 내 회사에 끼친 손해의 막중함을 느끼게 해줄 권리〉를 갖고 있다고 경고하며 분노를 고스란히 담아낸 편지였다.[155]

모랑은 그라세로의 외유라 표현했지만 가스통이 보기엔 명백한 배신이었다. 하지만 가스통은 분노를 억누르고 자존심을 꺾었다. 그리고 모랑이 1924년을 넘기지 않고 『루이스와 이렌』과 중편소설집 『사랑의 유럽』의 원고를 넘긴다는 조건으로 가스통은 『뜨거운 얼음』을 출간하는 데 동의했다. 대신 가스통은 자신의 권리를 포기하지 않았다. 경쟁자가 그라세였기 때문에 더더욱 권리를 포기할 수 없었다. 다른 출판사가 끼어들었을 때보다 더 크게 분노했다. 하지만 폴 모랑은 잦은 여행과 외무부의 고된 업무를 핑계로 차일피일 원고를 미루었다. 이제 가스통은 그에게 세 권의 원고를 기다리고 있었지만 하나도 제때에 인도되지 않았다.

모랑은 런던 피카딜리 호텔에 머물면서 가스통에게 편지를 썼다가 찢어 버리곤 했다. 경제적 이유로 그라세 출판사와 계약하고 싶었지만 법률적으로 갈리마르에게서 벗어나지 못하는 입장이었다. 그 나름대로는 가벼운 책은 그라세 출판사에, 좀 묵직한 책은 갈리마르 출판사에 나눠 주고 싶었던 것이다. 이런 구분은 출판사의 이미지와도 일치하는 듯했다. 하지만 두 출판사는 사사건건 경쟁하면서 어떤 것도 나눠 갖으려 하지 않았다. 따라서 모랑은 무리한 요구로 갈리마르의 양보를 얻어 내려 했다. 예컨대 책의 소매가를 평균 7.5프랑으로 책정하고 권당 1프랑의 인세를 요구하며, 10만 부가 팔릴 것이란 가정하에서 선인세를 요구했다.[156]

결국 가스통은 물러서고 말았다. 하지만 가스통은 편지에서 조금의 분노도 드러내지 않으면서 〈어쨌든 나는 당신의 충실한 친구로 영원히 남아 있겠습니다. 이런 우정이 당신에게 거추장스럽게 느껴지지 않는다면 말입니다〉라며 약간 비꼬는 말로 편지를 끝맺었다.[157]

155 1924년 7월 1일의 편지.
156 1924년 7월 28일의 편지.
157 1924년 12월 1일의 편지.

마침내 그라세가 승리를 거두었다. 『루이스와 이렌』은 1924년, 『사랑의 유럽』
은 그다음 해에, 그 이후로도 15권의 책이 연이어 그라세 출판사의 이름으로 출간되
었다. 이렇게 모랑을 독점함으로써 그라세는 프루스트 사건으로 받은 상처를 깨끗
이 복수했다. 한마디로 심리전에서 승리자가 되었다. 물론 모랑의 여러 책들이 성공
을 거두면서 상업적으로도 승리를 거두었다. 1925년 갈리마르 출판사의 회계 보고
를 그대로 믿는다면 모랑은 그해에 갈리마르에서 19,122.55프랑의 인세를 받았다.

가스통은 폴 모랑을 잃었지만 그의 책 모두를 잃은 것은 아니라고 생각했다.
따라서 그는 패배를 인정하지 않았다. 4년 후, 그는 다시 폴 모랑에게 편지를 보냈
다. 그에게 어떤 유감도 없다면서 다시 그의 책을 출간하고 싶다는 의향을 전했다.
실로 가슴을 뭉클하게 만드는 편지였다. 〈당신이 우리를 원망한다고는 생각하지
않습니다. 그동안 나는 많은 것을 배웠습니다. 《이벤트》를 벌이고 적절한 순간에
《소문》을 무성하게 하는 법도 배워 갈 것입니다. 이 편지를 받고 괜찮다고 생각하
시면 언제라도 연락을 주십시오.〉[158]

그러나 이 편지로는 충분치 않았던 모양이다. 가스통은 거의 10년을 기다린
후에야 폴 모랑을 되찾아 올 수 있었다. 이번에는 가스통이 엉큼하게 〈외유〉라 표
현한 시기에 『동양의 화살Flèche d'Orient』(1932), 『프랑스 라 둘스』(1934), 『밀
라디Milady』(1936) 등이 거듭해서 출간되었다. 하지만 가스통은 호된 대가를 치
러야 했다. 선인세로 10만 프랑을 주었으니 말이다. 특히 1933년 6월부터 모랑이
새로운 시리즈, 〈중편소설의 재탄생La renaissance de la nouvelle〉을 기획하기 시
작했고, 매출의 2퍼센트를 기획료로 가져갔다. 그의 중편 이외에도 드리외 라 로셸
의 『기만당한 사람의 일기Journal d'un homme trompé』, 장 카수의 『별에서 식물
원까지De l'étoile au jardin des plantes』, 외젠 다비의 『사는 방법들Train de
vies』, 조르주 심농의 『7분Les sept minutes』 등도 이 시리즈에 포함되었다. 계약에
따르면 모랑은 갈리마르에 매년 네 권의 소설을 인도해야 했다. 이번에는 계약을
지키려고 애쓰는 모습이 역력했다. 따라서 법적 소송은 없었지만 갈리마르는
1923년과 1924년처럼 모랑을 거듭해서 협박해야 했다.

158 1928년 4월 20일의 편지.

장 지오노의 경우는 거의 법적 소송까지 각오할 정도였다. 『언덕Colline』과 『두 번째 싹Regain』을 쓴 지오노는 갈리마르와 그라세를 오가면서 골탕을 먹었다. 그는 자신의 출판권을 독점적으로 주겠다는 계약서를 두 출판사와 동시에 작성했다. 교활했던 것일까, 아니면 표리부동했던 것일까? 고향(마노스크) 친구들이 그를 대신해서 변명해 주었다. 좀처럼 거절하지 못하는 성격 탓이란 것이었다. 〈그는 어떤 요구를 해도 《예》라고 대답하지만 뒤처리로 전전긍긍했다.〉[159] 다행히 장 지오노는 갈리마르와 그라세 모두를 만족시킬 만큼 많은 글을 써냈다. 이렇게 법적 소송은 피했지만 가스통의 분노와 이르슈의 멸시까지 피할 수는 없었다.

아라공은 분노와 멸시를 받고 소송까지 당해도 할 말이 없을 듯하다. 아라공은 1919년 가을부터 NRF의 저자였다. 당시 젊은 군인이었던 아라공은 휴가를 틈타 『아니세 또는 파노라마Anicet ou le panorama』의 처음 네 장(章)을 지드에게 보여 주었다. 지드는 그 소설의 첫 부분에 크게 만족하여, 아라공이 그 소설을 끝내기도 전에 가스통에게 아라공과 계약하라고 재촉했다. 엄격하게 말하면 소설도 아니었고 회고록도 아니었던 『아니세』는 당시만 해도 전위적이라 여겨지던 실화를 바탕으로 한 글이었다. 따라서 주인공의 파란만장한 삶을 쫓아가다 보면 형사인 닉 카터, 실제 인물로 아나키스트인 쥘 보노Jules Bonnot를 중심으로 한 〈보노단〉 등이 등장한다. 한편 리비에르는 아라공의 원고가 뛰어나다고 인정하면서도 유보적인 입장을 표명하였다.

아라공의 소설이 매우 뛰어나다고 생각하네. 무척 재밌지만 몽상적인 분위기를 띠는 끝부분은 지루한 면이 없지 않네. 또한 심리적인 문제를 깊게 파고든 글도 아니야. 하지만 자네가 확신을 갖고 우리 출판사로 끌어들인 두 다다이스트의 장래를 나도 점점 확신하고 있네. 자네 판단이 옳았던 거지. 따라서 아라공의 원고를 거절해서 그가 다른 출판사로 갈 것이라 생각한다면 그의 소설을 출간하도록 하게.[160]

159 피에르 시트롱Pierre Citron이 *Bulletin de l'Association des amis de Jean Giono*(제12권)에 게재한 글.
160 1920년 7월 10일의 편지, 알랭 리비에르의 사료.

아라공은 다른 출판사를 기웃거릴 필요가 없었다. 『아니세』이후에 아라공은 갈리마르에서 『방종Le Libertinage』(1924)을 발표했다. 희곡과 단편소설, 산문시와 수필을 모은 책이었다. 그런데 첫 책에서 그랬듯이 이번에도 아라공은 서문에서 많은 사람을 불안하게 만들었다. 서문이 책 내용과 무관했기 때문이었다. 아나키즘과 사랑을 동시에 찬양한 모순된 글들에 초현실주의적 색채까지 덧씌운 것이었다. 하여간 2년 후에 아라공은 『파리의 농부Le paysan de Paris』를 발표했고, 갈리마르는 이 책을 어울리지 않게 도서 목록에서 〈회고록, 회상록 편지〉로 분류했다. 사실, 이 책은 당시까지 알려진 문학의 어떤 장르에도 속하지 않았다. 당시에 비공식적으로 초현실주의자라 불리던 사람들의 글에 속했다. 『파리의 농부』는 실제 파리의 농부와 아무런 관계도 없었다. 파리라는 도시, 그리고 그 도시를 통해서 삶을 새로운 시선으로 조감할 수 있는 사람을 뜻했다. 훨씬 뒤에 출간된 『파리의 산책자Le Piéton de Paris』에서 파르그는 파리를 걸어서 산책해 보자고 제안하지만 아라공의 책에서 파리의 명소들과 그 냄새는 모든 사물에 대한 그의 생각, 그리고 시에 대한 그의 철학을 표현하기 위한 수단에 불과하다.

아라공은 1924년부터 갈리마르에서 매월 1000~2000프랑의 기본급을 받았다. 이 돈이 당시로서는 상당한 액수였음을 감안한다면 갈리마르가 아라공을 놓치고 싶지 않았다는 뜻으로 해석된다. 아라공도 이런 사실을 충분히 인식하고 있었고, 이런 입장을 이용해서 출판사 내의 반대를 무릅쓰고 몇몇 작가와 작품을 출간시키려고 애썼다. 〈『NRF』는 극렬하게 반대했지만 아폴리네르와 같은 작가들이 갈리마르 출판사에서 책을 출간할 수 있었던 것은 전적으로 나와 가스통 갈리마르의 관계 덕분이었다.〉[161]

그런데 드리외 라 로셸이 『NRF』에 초현실주의자들에게 보내는 공개서한을 게재하면서 그 관계가 뒤틀리기 시작했다. 한 달 뒤 아라공은 이 편지에 대해 예민하게 반응했다. 이런 문학 논쟁 뒤에는 그들의 관계를 벌어지게 만든 여자가 끼어 있었다. 드리외가 가스통에게 아라공을 공개적으로 깎아 내리겠다며 소책자를 발간해 달라고 요구했다는 사실이 아라공에게 전해지면서 분위기는 한층 험악하게

161 Pierre Daix, *Aragon, une vie à changer*, Le Seuil, 1975.

변했다. 게다가 몇 년 후 드리외는 파시즘에, 아라공은 공산주의에 심취하면서 둘은 완전히 견원지간으로 변하고 말았다.

가스통은 최선을 다해 두 사람을 화해시키려 했다. 가스통의 역할은 서로 반목하는 작가들, 글을 쓴다는 것 이외에 닮은 데라곤 없는 사람들, 때로는 주먹질까지도 불사하는 사람들을 하나의 깃발 아래에 공존시키는 것이었다. 이 시기에, 앙드레 브르통이 폴랑에게 무례를 범했다(초현실주의자들은 곧잘 한계를 넘어 욕설에 가까운 무례를 저질렀다). 폴랑은 크레미외와 아를랑을 보내 결투를 청했다. 결투! 결투였다. 하지만 브르통은 결투를 거절했다. 결국 폴랑이 그의 증인들에게 공개서한을 보내는 것으로 모든 문제가 종결되었다. 물론 그 편지는 『NRF』에 실렸다.

〈친구들, 고맙네. 쓸데없는 일로 자네들을 괴롭혔구먼. 이제 부도덕하고 폭력적인 언행을 일삼는 그 사람이 얼마나 비겁한 인물인지 밝혀지지 않았는가!〉

폴랑과 브르통은 결국 화해했다.[162] 그러나 말은 잊히지만 글을 잊힐 수 없는 법! 아라공과 가스통을 결정적으로 갈라놓은 것도 책이었다. 1928년 아라공은 엘자 트리올레Elsa Triolet를 만났고, 그녀에게서 큰 영향을 받았다. 그때부터 아라공은 초현실주의자가 아니었다. 그렇다고 완전한 공산주의자가 된 것도 아니었다. 한마디로 공산주의자로 변해 가는 과정에 있었다. 이런 전환기에 아라공은 가스통 갈리마르에게 원고 하나를 보냈다. 기존의 모든 문학을 격렬하게 비난하고 있어 갈리마르 출판사를 뒤흔들어 놓기에 충분한 원고였다. 그의 『문체론Traité du style』을 처음 읽었을 때 가스통은 그렇게 걱정하지 않았다. 폴 레오토에게 NRF의 기고자들을 험담하고 비난하는 글로 가득한 「주르날 리테레르Journal littéraire」를 언급하며 오히려 레오토를 안심시켰다.

〈내 생각엔 별 문제가 없는 것 같습니다. 나는 아라공의 원고를 출간하려 합니다. 지드에 대해 말하고 있는 것이 아닙니까! 지드를 《마부》로 취급하고 있지만 크게 걱정할 문제는 아니라고 생각합니다. 게다가 나는 한 작가가 그의 책에서 다른 작가에 대해 쓴 글에 대해 왈가왈부하고 싶지 않습니다.〉[163]

162 자크 브레네르가 Lire(제94권, 1983년 6월)에 게재한 글.
163 Léautaud, Journal, 1927년 11월 25일.

아라공이 지드를 공격하고 있어 가스통은 이 문제에 깊이 관여하고 싶지 않았던 것이다. 하지만 아라공의 책이 미칠 파장을 과소평가했던 것일까? 아라공의 원고를 끝까지 읽기나 했던 것일까? 어쨌든 지드와 발레리를 비롯한 NRF 식구들의 압력에 『문체론』의 발간은 지체되었다. 특히 지드와 발레리는 분노를 감추지 못했다. NRF의 핵심 요인들이 사방에서 가스통에게 압력을 가했다. 그들도 내부의 비판을 견딜 수 없을 정도로 자기 확신을 상실한 것이었을까? 아라공이 에둘러 말하지 않고, 초현실주의자들이 무색할 정도로 충격적 어법을 사용한 것은 사실이었다. 그는 누구도 무엇도 용납하지 않았다. 그의 『문체론』은 그야말로 대학살이었다. 이 산문시에서 아라공은 흔히 볼 수 없는 폭언을 구사하며 사람과 조직 모두를 무차별적으로 공격했다.

지드? 〈…… 마부도 아니고 어릿광대도 아니다. 귀찮은 놈일 뿐이다. 지드는 자기가 괴테인 줄 착각한다. 말하자면 우스꽝스런 사람이 되길 바라는 사람이다.〉

뱅다? 모랑? 〈둘 다 어릿광대다!〉

NRF? 아를랑? 〈세기말의 잔재다. 어수룩하게 포장된 낡은 개념이 NRF의 펜 아래에서 되살아나서 거들먹대고 다닌다. 카페 콩세르(식사를 하면서 쇼를 즐기는 곳)보다 서커스를 좋아하는 사람들이 있듯이 나는 잡지들보다 변소를 더 좋아한다. 특히 『NRF』는 비길 바가 아니다. 그 잡지에서는 6개월마다 사방에서 일어난 일들이 다뤄지지만 변소에서 배설되는 것은 이틀 이상 묵은 것이 없지 않은가.〉

발레리? 〈이 시인이 사용하는 추상적 단어들은 미리 교묘하게 계산된 속임수, 그런대로 매력이 없지 않은 속임수라는 생각을 나는 떨칠 수가 없다.〉

뢰클레? 알랭? 〈먹을 것이 없는 거다!〉

이런 어투로 아라공은 교회와 종교, 클로델의 개종을 성적인 관점에서, 좀 더 정확히 말하면 사디즘/마조히즘의 관점에서 해석하면서 신랄하게 비난했다. 게다가 아라공은 최후의 일격을 군부에 가했다. 군 복무 중에 경험한 혐오감, 군 지도부와 프랑스 군복에 대한 증오심을 드러냈고 장교와 하사관을 〈대변〉에 비유하면서 글을 마쳤다. 〈길에서 곁눈질로 그들을 쳐다보면 곧바로 유치장행이기 때문에 나는 이 책에서, 이 자리를 빌어서 아주 의식적으로 프랑스군 전체를 똥칠하려 했다.〉

NRF처럼 진보적이고 개방된 조직은 이런 작은 충격에 흔들릴 수 있지만 가스통 갈리마르는 지드와 군부, 클로델과 교회 등이 신랄하게 비난받는 것에 개인적으로 박수를 보내고 싶었을 것이다. 그런데 왜 『문체론』의 험담으로 아라공과 갈리마르 출판사가 불화를 일으키며 급기야 법정 다툼까지 벌인 것일까? 정확히는 알 수 없다. 하여간 그들의 싸움은 10년을 끌었고, 그때 혜성처럼 출판계에 등장한 로베르 드노엘Robert Denoël에게 큰 이익을 안겨 주었다.

드노엘은 1930년 4월에 자본금 30만 프랑으로 출판사를 창립했다. 자본금을 마련하고 라 부르도네 가의 비좁은 사무실을 떠나 아멜리 가로 옮기기 위해서, 드노엘은 미국계 유대인인 버나드 스틸Bernard Steele과 손을 잡았다. 스틸은 자본 가졌지만 경영에 능숙하지 못했고, 출판보다는 음악에 더 관심을 가진 사람이었다. 따라서 스틸은 파트너로서 회사의 운영에 별다른 역할을 하지는 않았지만 모든 책은 〈드노엘 에 스틸〉이란 이름으로 출간되었다. 드노엘이 거의 전적으로 출판사를 운영했다. 그는 자금과 원고, 작가 등을 찾아다니는 데 총력을 다 했다. 훤칠한 키에 품위가 있었고 매력적인 외모까지 지닌 드노엘은 타고난 낙천주의자였다. 날카로운 지성과 열린 가슴을 지녀 선입견에 좌우되지 않았고, 책과 문학을 진정으로 숭배했지만 사업 문제에서는 순진하기 이를 데가 없었다. 벨기에에서 태어나 벨기에 국적을 지닌 드노엘은 파리 사람들에게 열등의식을 가졌던지, 빛의 도시에서 군림하는 문학계 사람들에게 자신은 영리한 시골뜨기 정도로 비칠 것이라고 지레짐작했다. 따라서 그는 역시 외국인이었던 스벤 닐센Sven Nielsen을 제외하고는 출판인들과 거의 교제하지 않았다. 대신 베푼 만큼 돌려주는 언론인들과 주로 사귀었다. 1930년대, 출판사의 규모가 성장하는 것에 비례해서 로베르 드노엘은 문학상들을 휩쓸다시피 했다.

1930년에 열 명 미만의 인원으로 시작한 드노엘이 험난한 출판계에서 살아남을 것이라 예측한 사람은 아무도 없었다. 모든 원고를 직접 읽었던 로베르 드노엘, 그의 비서, 경리, 2차 대전 후에 작가로 변신한 제작 책임자(르네 바르자벨), 디자이너, 포장 담당자, 제작 보조, 파리 지역 담당 영업 직원, 지방 담당 영업 직원, 이들이 전부였다![164] 하지만 갈리마르와 갈라선 아라공을 붙잡기에는 그것으로도 충

164 르네 바르자벨과 저자의 인터뷰.

210

분했다. 또한 블레즈 상드라르, 외젠 다비, 셀린의 책을 출간하는 데도 부족한 인원이 아니었다. 게다가 그들은 권위 있는 정신분석학 잡지까지 발간했고, 1934년과 1935년에 갈리마르에게 잠시 빼앗기기는 했지만 1931년부터 1939년까지 필리프 에리아의 『순진한 사람L'innocent』, 셀린의 『밤의 종말에서의 여행Voyage au bout de la nuit』, 샤를 브레방의 『잠자는 왕』, 아라공의 『아름다운 구역들Les beaux quartiers』, 장 로지사르의 『메르발Mervale』, 피에르장 로네의 『레오니, 행복한 여자Léonie-la-bienheureuse』, 장 말라케의 『자바 사람들Les Javanais』로 르노도상을 연속으로 차지했다. 1936년에는 르네 라포르트 덕분에 앵테랄리에상을 차지했고, 1936년과 1939년에는 각각 루이즈 에르비외와 폴 비알라르를 앞세워 페미나상을 수상했다.

따라서 가스통 갈리마르가 그를 좋아할 리 만무했다. 더 젊고 더 활기에 넘쳤고, 조직을 융통성 있게 끌어가던 로베르 드노엘은 1932년의 사건으로 가스통과 영원히 등지게 되었다.

어느 날 저녁 연극 관람을 끝내고 집에 돌아온 드노엘은 신문지로 싸인 커다란 꾸러미가 식탁 위에 놓여 있는 것을 보았다. 신문지를 풀자, 한 출판사 포장지로 아무렇게나 싸인 원고 꾸러미가 나타났다. 모두 합하면 900면에 달하는 세 뭉치의 원고였다. 〈밤의 종말에의 여행〉이란 제목이 붙어 있었다. 하지만 서명도 없고 주소도 없었다. 늦은 시간이었지만 드노엘은 그 원고를 읽기 시작했다. 벼락을 맞은 듯한 기분이었다. 드노엘은 〈유려한 문체와 강렬하고 참신한 서정성에 숨이 막힐 듯했다.〉 밤을 하얗게 지새우며 원고를 읽었다. 멀리 새벽이 밝아 오고 있었지만 그는 원고를 계속 읽고 있었다. 〈피곤했지만 온몸이 들뜬 기분이었다.〉 잠을 잘 수 없었다. 그는 원고를 계속 끝까지 읽었다. 그리고 오후부터 그 작가를 찾아 나섰다.[165]

같은 주, 그 원고는 갈리마르 출판사에도 보내졌다. 루이페르딩낭 데투슈 Louis-Ferdinand Destouches, 즉 셀린은 출판계에 전혀 알려지지 않은 인물은 아니었다. 갈리마르의 독자 위원회는 1927년에 그의 원고, 『교회L'Église』를 거부한 적이 있었다. 독자 위원회의 파일에는 〈풍자하는 힘은 있지만 끝까지 끌어가는 힘

---

165 드노엘이 말하는 셀린, *Marianne*, 1939년 5월 10일.

이 부족하다. 아주 다양한 세계를 묘사하는 재능이 돋보인다〉라고 간단히 쓰여 있었다. 2년 후, 갈리마르는 그에게서 『제멜바이스Semmelweis』라는 원고를 받았지만 똑같은 이유로 거부했다.[166] 하지만 이번에는 달랐다. 브리스 파랭의 회고에 따르면, 독자 위원회에서 여덟 시간 동안 격론이 벌어졌다.[167] 뱅자맹 크레미외가 첫 독자였다. 그는 큰 목소리로 몇 구절을 낭송한 후에 〈악한(惡漢) 소설〉이라 결론지었다. 그리고 크레미외는 라구사(현재의 두브로브니크)에서 열리는 집회에 참석해야 하기 때문에 이 어려운 원고를 깊이 있게 연구할 시간이 없다면서 원고를 가스통에게 돌려주었다. 가스통은 이 원고를 말로에게, 다시 라몬 페르난데스와 에마뉘엘 베를에게 넘겼다. 그리고 장시간의 토론이 벌어졌다. 그동안 드노엘은 원고의 주인을 찾고 있었다. 하지만 이름도 알지 못하는 작가를 어떻게 찾았을까? 그는 찢어 버린 원고의 포장지를 찾아 나섰다. 그리고 여러 개의 쓰레기통을 뒤진 끝에 포장지를 찾아낼 수 있었다. 실망스런 결과였지만 의욕이 샘솟았다. 이름이 있었지만 여자의 이름이었다. 그것도 그가 이미 여러 차례 거절했던 감상적인 소설을 쓰던 여자의 이름이었다. 하지만 그 여자가 『밤의 종말에의 여행』의 작가일 리는 없었다. 불가능했다! 이렇게 의심하면서도 드노엘은 그녀에게 만나자고 연락을 했다. 그리고 그녀에게 그 꾸러미를 보여 주며 물었다.

「당신이 이 소설을 썼습니까?」

「내가요? 천만에요! 같은 층에 사시는 분이 쓴 거예요. 데투슈 박사님요.」

마침내 드노엘은 작가를 알아냈고 모든 의혹을 풀 수 있었다. 여자와 데투슈가 같은 가정부를 고용하고 있었고, 그 가정부는 두 집에서 거둔 낡은 포장지를 구분 없이 사용했던 것이다. 드노엘은 곧장 데투슈에게 속달 우편을 보냈다. 데투슈는 드노엘의 열띤 편지를 받은 직후에 갈리마르의 편지를 받았다. 하지만 갈리마르의 편지는 약간 글을 가볍게 하고 수정하는 조건으로 책을 출간하겠다는 미온적인 반응이었다. 달리 말하면 독자 위원회, 특히 크레미외가 불필요하다고 판단한 부분을 덜어 내는 데 데투슈가 동의해야만 했다.[168]

166 François Gibault, *Céline I*, Mercure de France, 1977.
167 앙드레 칼라스André Calas가 *Lectures pour tous*(1961년 11월)에 기고한 글.
168 Gibault, 같은 책.

즉각 출간하겠다고 약속한 출판사와 괜찮지만 수정을 요구한 출판사를 두고 셀린이 선택할 길은 분명했다. 당연히 드노엘이었다. 물론 드노엘도 나중에 약간을 덜어 내자고 제안했지만 일언지하에 거절당했다. 훗날 셀린은 이때의 에피소드를 이렇게 간단히 정리해 주었다.

「갈리마르는 내 소설에 코를 박고 쿵쿵댔다. …… 그가 원하는 것이 아니었다. …… 그가 원하는 것이 결코 아니었다! 하지만 드노엘은 기회를 놓치지 않고 무작정 달려들었다.」[169]

셀린은 망설일 이유가 없었다. 드노엘을 찾아갔다. 〈그의 책만큼이나 특이한 사람〉[170]은 드노엘에게 이렇게 말했다. 5년 동안이나 쓴 소설이다. 다시 쓰고 수정하면서 거의 2만 페이지를 썼다. 여러 출판사와 접촉해 보았지만 항상 실망스런 소식을 들었다. 이 원고는 갈리마르에게도 보냈다. 드노엘에게도 보낸 이유는 외젠 다비의 『북호텔Hôtel du Nord』이 괜찮게 팔린 것을 알고서다.

652면에 달하는 두툼한 소설이었지만 로베르 드노엘은 자신감을 갖고 판촉을 시작했다. 세 잡지사에 교정쇄를 보냈고, 파리에 입소문을 퍼뜨리기 시작했다. 그를 찾아오는 사람들에게 그 책의 일부를 읽어 주었고, 파리에서 소문을 만들어 내는 곳들을 찾아다니며 셀린이란 새로운 작가의 독창성과 특이함에 대해 알렸다. 10월 말, 마침내 첫 반응이 나타나기 시작했다. 서평들은 극과 극을 달렸다. 미지근한 것이 없었다. 공쿠르상을 겨냥한 전쟁도 시작되었다. 광고를 시작했지만 다른 문체와 다른 어휘, 즉 고전적인 문체와 다소 긴 문장에 길들여진 일반 독자의 저항을 극복하는 데 한 달이 걸렸다. 드루앙 식당에서의 점심 식사를 열흘 앞두었을 때까지 초판 3천 부도 소화되지 않았다. 하지만 소문은 그의 편인 듯했다. 〈그〉가 공쿠르상을 받을 것이란 소문이었다. 게다가 장 아잘베르가 드노엘 출판사까지 찾아와, 심사 위원들의 비공식 모임에서 모두가 셀린을 지목했다는 소식을 전해 주었다. 한편 뤼시앵 데카브는 셀린을 만나 미리 축하 인사를 건네기도 했다. 기자들도 셀린이 수상자일 것이라 점찍었다. 주문이 쇄도했다. 드노엘은 재판으로 1만 부를 찍었다. 그러나 데카브와 아잘베르, 레옹 도데와 로스니의 적극적인 지지에

169 Robert Poulet, *Mon ami Bardamu*, Plon, 1971.
170 *Marianne*, 앞의 기사.

도 불구하고 상황이 역전되었다. 공쿠르 아카데미 내의 분위기가 뒤바뀌면서 기마즐린의 『늑대들』이 수상작으로 결정되었다. 갈리마르 출판사의 책이었다. 파리가 들썩거렸다. 하지만 상관없었다.

셀린은 르노도상을 수상하면서 멋지게 복수했다. 그 후 두 달 동안 그에 대한 기사의 수가 5천 개에 달할 정도였다. 덕분에 『밤의 종말에의 여행』은 5만 부가 순식간에 팔려 나갔다. 드노엘은 쇄도하는 주문을 감당하느라 인쇄소 세 곳을 돌려야 했다. 14개국에 번역권을 팔았고, 서점 직원들이 아멜리 가에 길게 줄을 섰다.[171]

셀린은 일약 유명 작가가 되었고, 『밤의 종말에의 여행』은 〈올해의 책〉으로 선정되었다. 로베르 드노엘은 작은 출판사를 운영하는 출판계의 거물이 되었다. 가스통 갈리마르는 그보다 민완하고 신속하게 움직이는 드노엘을 용서할 수 없었다. 하지만 이 사건은 몸집이 큰 NRF-갈리마르와 자금 면에서는 부족하지만 신속하고 가볍게 움직이는 작은 출판사의 차이를 뚜렷하게 보여 준 사건이었다. 로베르 드노엘 이전에도 많은 출판인이 그와 같은 꿈을 지니고 있었지만 거의 모두가 실패하고 말았다. 그럼 그들이 드노엘만큼 집요하지 못했고 재능이 없었던 것일까? 원고를 읽는 시간까지 빼앗길 정도로 관리 문제에서 완전히 벗어나지 못했지만 드노엘은 자금을 끌어올 곳을 알고 있어 파산을 면하고 자금 문제를 원만히 처리할 수 있었다. 이것도 출판업자의 능력이다! 실제로 밝은 미래를 보장받은 듯한 한 작은 출판사, 한동안 가스통 갈리마르를 애타게 만들었던 〈오 상 파레이유〉 출판사에게 부족한 것도 바로 자금을 끌어오는 능력이었다.

언제나 그렇듯이 한 사람에게서 모든 사건이 시작된다. 르네 일생René Hilsum은 네덜란드 태생의 목재상인 아버지와 폴란드 출신의 어머니 사이에서 태어났다. 독서광으로 독학으로 문학을 공부한 일생은 샤프탈 중학교 동창생인 앙드레 브르통과 의학 공부를 시작했지만, 브르통과 같은 이유, 즉 징집과 전쟁으로 학업을 중단했다. 1918년 그들은 파리의 군병원 발 드 그라스에서 진료 보조원으로 근무했고, 이 병원에서 그들과 같은 상황에 처한 젊은이, 루이 아라공을 만났다. 우정으로 뭉친 세 사람은 미술 전람회, 러시아 발레단의 공연, 아드리엔 모니에의

---

171 *Marianne*, 앞의 기사.

서점을 자주 들락거리면서 문학 잡지, 『리테라튀르Littérature』를 창간할 계획을
세웠다. 일생은 이 잡지를 위해 많은 일을 했지만 글을 기고하지는 않았다. 이때
일생은 랭보의 미발표 원고, 『잔마리의 손Les mains de Jeanne-Marie』을 발굴해
서 소책자로 500부를 발행했다. 출판사의 이름은 없었다. 다다이즘이 활기를 띠던
시기였다. 그들은 부조리를 강조하며 전통적인 출판과 분명한 경계를 두고, 어떤
관계도 맺지 않으려고 애썼다. 브르통은 꽤 알려진 구둣가게의 이름을 따서 〈랭크
루아야블L'Incroyable〉(믿을 수 없는)이라고 출판사 이름을 정하자고 제안했고,
아라공은 지방 특산물을 파는 가게의 이름을 따서 〈오 상 파레이유Au sans pareil〉
(비할 데 없는)를 제안했다. 아라공의 제안이 만장일치로 채택되었다.

　　일생이 발행인을 맡았다. 화가 앙드레 로트André Lhote의 화실에서 만난 두
젊은 여인이 약간의 돈을 빌려 주었고 셰르슈미디 가에 사무실까지 구해 주었다.
첫 해, 일생은 잡지의 기고자들, 브르통, 아라공, 필리프 수포를 비롯해 상드라르,
모랑(그의 첫 책, 시집), 자크 바셰, 프랑시스 피카비아 등의 책을 발행했다. 그런
데 프랑시스 피카비아Francis Picabia 때문에 창립자들 간에 첫 충돌이 있었다. 일
생이 그의 『사기꾼 예수 그리스도Jésus-Christ rastaquouère』를 출간하길 거부한
때문이었다. 일생이 그 원고를 거부한 이유는 합리적이었다. 그라세 출판사에서
거부당했기 때문이 아니라 예수를 고발하기 위한 문학성과 독창성이 부족하다는
이유였다. 그때부터 〈오 상 파레이유〉는 초현실주의와 다다이즘의 틀에서 벗어나
모두에게 문호를 개방하기 시작했다. 또한 일생은 클레베르 가 37번지에 〈상 파레
이유〉라는 이름의 서점까지 열었다. 그리고 마르크스와 트로츠키의 책만이 아니라
아폴리네르와 폴 발레리의 시집까지 진열했다. 그 서점을 자주 드나들던 발레리는
나중에 일생에게 시집의 출간을 맡기기도 했다.

　　1923년까지 〈오 상 파레이유〉에는 진정한 의미에서 기획 위원회라고 할 것이
없었다. 일생이 『리테라튀르』의 기고자들과 관계를 유지하면서 그들에게 조언과
제안을 듣는 식이었다. 저자들이 자발적으로 찾아오는 경우가 드물었기 때문에 일
생은 권위 있는 잡지에서 글을 읽고 그 저자를 찾아 나섰다. 그의 계약서에는 다음
책에 대한 권리를 요구하는 조항이 없었다. 선인세를 파격적으로 줄 수도 없었고
적절한 유통망도 갖추지 못했기 때문에 모랑이나 아라공 등이 갈리마르 출판사로

돌아가는 것을 막을 도리가 없었다. 따라서 일생은 저자들과 한 권에 대해서만 계약할 수밖에 없는 처지였다. 상드라르처럼 친구가 된 몇몇 작가들에게 도움을 받기는 했지만 일생은 든든한 자금원이 없었다. 때문에 회사를 잠정적으로 폐쇄하고 〈프랑스의 천재들La génie de la France〉이란 이름으로 프랑수아 비용을 필두로 사망한 지 50년이 지나 저작권이 소멸된 작가들의 작품을 호화 장정으로 제작하기 시작했다. 독자들의 반응은 뜨거웠다.

〈오 상 파레이유〉는 수 년 동안 176종의 책을 발간한 데 비해서 이 시리즈는 단숨에 130종을 넘어섰다. 하지만 이번에는 더 이상 혼자가 아니었다. 충분하지는 않았지만 종자돈을 댄 후원자가 여럿 있었다. 이렇게 성공을 거둔 후 자본금을 증액하려 하자, 은행가인 한 주주가 일생에게 70만 프랑을 빌려 주었다. 그런데 그 주주는 1936년에 갑자기 그 돈을 갚으라고 재촉하기 시작했다. 돈을 갚을 방법이 없었던 일생은 결국 시리즈를 팔 수밖에 없었다. 한 대리인이 구매자로 나섰다. 가스통 갈리마르의 대리인이었다. 거래가 종결되고 재고가 정리되자 시리즈는 곧 중단되었다. 갈리마르가 비슷한 시리즈, 〈플레이아드〉를 이미 시작한 때였기 때문이다. 어쨌든 그 거래로 가능성이 엿보이던 작은 경쟁자를 제거한 것은 사실이었다. 일생은 가스통을 어떻게 평가했을까? 일생은 가스통을 〈똑똑한 백만장자, 문학을 사랑하는 애호가〉라 평가했다.[172] 사실 두 사람 사이에 공통점은 전혀 없었다. 가스통은 부자로 태어나 풍요롭게 시작했다. 또한 원고를 판단할 줄 아는 사람들과 계산에 밝은 사람들이 주변이 있었다. 하지만 일생은 과거에도, 그리고 앞으로도 혼자였다. 훗날 공산주의자가 된 일생은 공산당 지도자인 자크 뒤클로Jacques Duclos의 소개로 공산당 출판부를 맡았고, 2차 대전 후에는 에디시옹 소시알 Éditions Sociales의 고문을 수십 년 동안 지냈다.

이렇게 공통점은 없었지만 두 출판사를 연결시키는 가교들은 많았다. 모랑과 아라공을 비롯해 무명의 많은 작가들이 이 작은 출판사를 통해 데뷔해 큰 출판사로 옮겨갔다. 마르그리트 유르스나르Marguerite Yourcenar도 그 중의 하나였다. 1929년 27세였던 유르스나르는 첫 소설의 원고를 갈리마르와 일생에게 동시에 보

---

172 르네 일생과 저자의 인터뷰.

냈다. 갈리마르에서는 어떤 답변도 받지 못했지만 일생은 적극적인 출판 의지를 보여 주었다. 일생은 그 소설을 즉시 출간했고 150프랑이란 쥐꼬리 같은 인세를 건넸다. 하지만 상관없었다. 『알렉시 혹은 헛된 전투*Alexis ou le traité du vain combat*』가 서점에 진열되었다. 마르그리트 유르스나르라는 필명을 택한 마르그리트 드 크레앙쿠르에게는 그것이 중요했다.

실수였을까? 갈리마르는 숱한 실수를 저질렀다. 독자 위원회는 기계가 아니었고, 레몽 갈리마르의 노력에도 불구하고 덩치가 커진 회사는 비능률적이었다. 프루스트와 셀린이 기회를 날려 버린 대표적인 예였다. 모리아크가 NRF의 일원이 되길 바랐을 때 리비에르가 거부했지만, 두 사람은 나중에 절친한 사이가 되었다. 하지만 갈리마르는 1978년에야 모리아크를 〈플레이아드〉에 포함시킬 수 있었다. 1914년 자크 코포는 장 콕토의 시집을 NRF의 이름으로 출간하는 데 결사적으로 반대했다. 브리스 파랭이 데려온 보리스 수바린Boris Souvarine은 모두에게 냉대를 받았고, 말로는 수바린의 『스탈린*Staline*』 전기를 거절했다. 쥘리앙 그라크라는 필명을 사용한 루이 푸아리에Louis Poirier는 첫 소설 『아르골 성에서*Au château d'Argol*』를 갈리마르에서 거절당했지만 낙천적이고 대담한 출판인 조제 코르티 José Corti는 그 원고를 흔쾌히 받아들였고, 훗날 〈다른 사람이 부엌으로 돌려보낸 요리를 당신이라면 버릴 수 있겠는가? …… 손도 대지 않은 그 요리가 맛없지도 않았는데 말이다〉라고 그때를 회상했다.[173]

회사 전체가 책임져야 할 실수도 적지 않았지만, 소문에 따르면 대부분의 실수는 독자 위원회의 몫이었다. 프루스트 사건은 지드의 실수였고,[174] 셀린을 놓친 것은 크레미외의 실수였다. 하지만 가스통 갈리마르도 때로는 실수의 책임에서 벗어날 수 없었다. 앙리 드 몽테를랑Henry de Montherlant의 경우가 대표적인 예이다. 가스통은 몽테를랑을 놓쳤고, 2차 대전 후 소송을 통해서야 되찾을 수 있었다. 1919년 6월에 몽테를랑은 리비에르에게 원고를 보냈지만 리비에르는 『*NRF*』에 그

<hr />

173 José Corti, *Souvenirs désordonnés*, José Corti, 1983.
174 1984년 5월 6일, 『뉴욕 타임스 북리뷰*New York Times book review*』는 미국 출판인들에게 실수를 저지른 경우에 대한 설문 조사를 하면서 지드가 프루스트 원고를 거부한 것을 예로 들었다.

원고를 요약해서 싣는 것으로 그쳤다. 갈리마르와 그라세를 비롯해 열 군데의 출판사에서 거절을 당하자, 몽테를랑은 3500프랑이란 자비를 들여서 〈소시에테 리테레르 드 프랑스〉를 통해 『아침의 교대La Relève du matin』750부를 발행했다.[175] 가스통은 자크 리비에르에게 보낸 편지에서 〈…… 내가 몽테를랑에게 그의 책을 출간하지 않겠다는 거절 편지를 썼네. 물론 다음 원고로 좋은 관계를 맺어 보자는 인사말은 덧붙였네〉라고 인정했다.[176] 하지만 배는 이미 떠나간 뒤였다. 다니엘 알레비와 베르나르 그라세가 더 신속하게 움직여 몽테를랑을 영입했고 1922년에 『꿈Le songe』을 발행했다. 그 후 몽테를랑은 1920년대에 그라세 출판사에 가장 큰 이익을 안겨 준 작가가 되었다.

돈과 계약에 얽힌 이야기, 책략과 양보, 서점들 간의 경쟁, 작가와의 이해관계, 친구는 손가락으로 꼽지만 폭넓은 인간관계, 문학상을 위한 이전투구 …… 이런 것들이 가스통 갈리마르의 직업, 즉 출판계였을까? 그랬다!

ZED. 이 세 문자는 많은 것을 뜻하지 않았다. 두문자(頭文字)일 것이라 생각하고 이리저리 짜 맞추어 봐도 특별한 의미를 찾을 수 없었다. 하지만 1930년대에 〈ZED 출판사〉라는 이름이 많은 신문의 마지막 면에 작은 글자체로 처음 선을 보였다. 가스통 갈리마르가 1928년 12월 20일에 70만 프랑의 자본금으로 창립한 주식회사의 이름이었다. 이 회사가 공식적으로 밝힌 창립 목적은 출판, 인쇄, 광고이었을 뿐 그밖에는 거의 알려지지 않았다. 하지만 이 회사는 갈리마르 출판사에 부담을 주지 않으면서 신문과 잡지를 발간하기 위한 발판 역할을 했다. 따라서 이 계획이 실패하더라도 출판사는 손해 볼 것이 없었다. 적어도 이론적으로는!

가스통은 왜 갑자기 정기 간행물을 발간하고 싶었던 것일까? 언론계에 뛰어들고 싶었던 것일까? 그렇다고 그가 뷔노 바리야, 메에르, 칼메트, 프루보스트, 허스트 등을 꿈꾸었던 것은 아니었다. 1차 대전이 끝난 후, 출판사를 완전히 책임지게 되면서부터 가스통 갈리마르는 출판 영역 내에서 더 많은 돈을 벌 수 있는 방법

175 Pierre Sipriot, *Montherlant sans masque*, Laffont, 1982.
176 1919년 8월 20일의 편지. 알랭 리베에르의 사료.

을 모색했다. 하지만 스파게티나 자동차를 팔 생각은 없었다. 그런 사업이 단기적으로 그에게 큰 이익을 안겨 줄 것이라며 동업을 제안하는 사람이 적지 않았지만 가스통은 그 제안들을 거절했다. 그런 일은 그의 몫이 아니라고 생각했다. 하지만 신문과 잡지는 달랐다. 그것들은 종이를 이용하는 사업이었고 막강한 힘을 지녔으며, 불완전한 실업 상태에 있는 작가들을 갈리마르의 깃발 아래에서 안정되게 일하게 할 수 있는 방법이었다. 따라서 갈리마르 출판사에서 책을 발표한 작가들의 이름은 『NRF』, 『르뷔 뮈지칼』, 『르뷔 쥐브』, 『누벨 리테레르』에서도 흔히 찾아볼 수 있었다. 그런데 이런 사업이 모기업에 이익까지 안겨 줄 수 있다면, 가스통은 NRF의 순수주의자들과 맞서 싸울 각오가 되어 있었다. 그런 사업을 통해서 이익을 얻고 산소 공급을 해주지 않으면 출판이란 작은 사업은 파산할 수밖에 없을 것이고, 그에 따라서 수많은 작가들이 책을 발표하지 못하는 사태가 닥칠 것이란 사실을 그 순수주의자들에게 증명하기 위해서라도!

1928년 가을. 생클루 경마장에서 휴식 시간을 틈타 세 기자가 이야기를 나누고 있었다. 「코티디앵Quotidien」의 기자로 28세인 마르셀 몽타롱Marcel Montarron, 같은 신문사의 보도 국장 마리위스 라리크Marius Larique, 그리고 조르주 케셀 Georges Kessel(조제프 케셀의 동생)이었다. 케셀이 입을 떼었다.

「요즘 골치 아파 죽겠어. 몇 달 전부터 갈리마르에서 봉급을 받으면서 잡다한 사건들을 다룰 주간지를 준비하고 있거든. 모든 것을 걸었어.」

라리크가 말했다.

「그래? 잘됐구먼. 자네에게 딱 맞는 일이 아닌가?」

「맞아. 하지만 요즘 밥맛도 없을 지경이야. 가스통이 며칠 전에 부르더니 10월까지는 모든 준비를 끝내라고 했으니까. 하지만 준비된 게 없어. 내 서랍은 텅 비어 있다고……」

몽타롱이 끼어들었다.

「정말입니까? 아무런 준비도 안 됐습니까?」

「머릿속에 계획은 있지. 하지만 글로는 조제프 형의 중편이 있지만 그게 전부야. 그걸로 주간지를 만들 수는 없는 노릇이잖나. 팀을 짜야 해. 자네들도 관심

있나?」[177]

라리크와 몽타롱은 서로 얼굴을 바라보며 눈빛을 나누었다. 케셀은 그들에게 이틀의 시간을 주었다. 케셀이 만나서 의사를 타진해 본 모든 기자들에게서 흔히 보았던 망설임이었다. 새 주간지를 만든다고? 좋지! 하지만 어떤 주간지를? 그래, 가스통 갈리마르가 지적인 사람이긴 해. 하지만 지드와 클로델의 책을 제외하면 그가 뭘 알지? 조르주 케셀이란 인물도 신뢰감을 주기엔 부족했다. 물론 매력적이고 멋진 사내이긴 했지만 그의 형처럼 글을 쓰겠다고 언론계를 기웃거리는 댄디로 정체가 불분명했다. 조르주가 잡지의 창간이란 책임을 떠맡은 것은 형 조제프가 갈리마르 출판사에서 차지하는 위치 덕분일 것이란 소문도 있었다. 게다가 그 주간지가 잡다한 사건들을 다루면서 — 별로 달갑지 않은 분야였지만 지드가 1914년에『중죄 재판소의 회고Souvenirs de la cour d'assises』를 발표한 이후로 관심을 끌게 된 분야 — 『미루아르 데 스포르Le Miroir des sports』처럼 사진을 많이 실을 것이란 정도만 알려져 있었다. 그런데 조르주 케셀이란 매력적인 모험가의 말을 믿고 어떻게 안정된 직장을 떠날 수 있었겠는가? 조르주 케셀은 가스통에게 확실한 사업이라고 꼬드겼다. 가스통은 케셀이 도박꾼이어서 밤이면 포커 판에서 지내고 낮에는 경마장에서 시간을 죽인다는 것을 알고 있었을까? 조제프 케셀은 이런 동생의 삶을 추적해서 『행운을 쫓는 아이들Les enfants de la chance』(1934)이란 책을 쓰기도 했다(하지만 훗날 조제프는 유명한 기자 폴 프랭기에의 삶에서 영감을 얻어 쓴 소설이라 말했다). 이 소설의 주인공, 자크 르 드로즈는 모든 면에서 조르주와 비슷했다. 신문사에서 월급을 당겨썼고 도박에 열중했으며 식당마다 외상을 깔아 두고 지냈지만, 쩨쩨하고 무능력한 파리 언론계 종사자들 틈에서 갑갑증을 견디지 못했다.

「아! 내게 신문사가 있다면! 전 세계에 거미줄을 얽어 놓을 텐데. 극지의 사냥꾼, 진주를 캔 어부들, 아편 밀매꾼들, 커다란 학의 잠자리, 독재자의 왕궁, 성자들의 안식처 등 모든 것을 취재할 텐데. 모든 도시에 스파이를 심어 둘 텐데. 자유를 만끽할 수 있을 텐데. 내 목을 걸고 단언하건대 그런 신문과 경쟁할 신문은 어

---

177 마르셀 몽타롱과 저자의 인터뷰.

디에도 없으리라……. 술을 마시고 싸우고 여자를 납치하고 마음대로 살면서 성공하리라!」

케셀이 팀원을 모집하는 동안 가스통은 주간지의 이름을 〈데텍티브*Détective*〉(형사)로 정했다. 그럴듯했고 기억하기 좋은 이름이었다. 게다가 잡다한 사건을 다루는 잡지라는 목표에도 부합되는 제목이었다. 그런데 불행히도 그 이름은 이미 등록되어 있었다. 걱정할 일은 아니었다. 가스통은 그 이름의 주인에게 그 이름을 빼앗아 오기로 결정했다. 그는 경찰 출신으로 사립 탐정이었다. 본명은 앙리 라 바르트Henri La Barthe였지만 아셸베Ashelbé라는 가명을 쓰고 있었다. 아셸베는 10여 년 후에 언론계에서 두각을 나타낼 젊은 기자, 알랭 로브로Alain Laubreaux의 도움을 받아 가며 〈데텍티브〉라는 이름으로 홍신소들을 광고하고 경찰과 절도범에 대한 기자들의 이야기를 재미로 곁들인 일종의 광고지를 발행하고 있었다. 가스통 갈리마르는 그 광고지와 제호(題號)를 사들이면서, 주간지 『데텍티브』의 창간호에 그의 사설탐정 사무소를 무료로 광고해 주기로 했다. 그 후 아셸베는 다른 길을 택해 시나리오 작가가 되었고, 영화 「페페르모코Pépé-le-Moko」의 시나리오를 썼다.

이제 남은 문제는 주간지 편집팀의 구성이었다. 하지만 여전히 암중모색 단계를 벗어나지 못했다. 케셀은 유능한 기자들로 팀을 구성하려 했지만 모두 유보적인 태도를 보일 뿐이었다. 사실 그들에게 『데텍티브』는 문자 그대로 모험이었다. 당시 신문사 기자는 평생이 보장된 직장이었다. 편집장에게 잉크병을 던지지만 않으면 말이다. 마침내 마르셀 몽타롱이 모험에 가담하겠다고 승낙했다. 그가 기자로서 첫 발을 디딘 「포퓔레르」와 「코티디앵」을 떠나 새로운 삶을 택한 것이었다. 하지만 그의 동료 대부분은 원고 행수에 따라 보수를 받는 기자의 삶을 버리지 못하고 비상근으로 틈나는 대로 글을 써주겠다고 약속했다. 어쨌든 「주르날」, 「프티 주르날」, 「프티 파리지앵」의 기자들이 신생 주간지의 첫 기고자들이 되었다. 하지만 잡지의 대부분은 갈리마르 사단 작가들의 글로 채워졌다. 조제프 케셀과 피에르마크 오를랑, 프랑시스 카르코, 폴 모랑……. 조르주 심농은 미스터리 단편을 기고해 독자가 직접 사건을 해결하게 만들었다(이때 조제프 르 보르뉴라는 주인공이 탄생했다). 콕토도 글을 기고할 것이란 사고(社告)가 있었지만 콕토는 한 편의 글도 기고하지 않았다. 그러나 갈리마르 출판사의 작가들과 약간 〈결탁〉

한 것은 사실이었다.

10월 25일, 『데텍티브』의 창간호가 키오스크(가판대)에 진열되었다. 커버스 토리는 〈범죄의 도시, 시카고〉였다. 풍부한 사진, 많은 삽화와 글은 관련자 모두를 만족시켰다. 가스통 갈리마르, 케셀 형제, 모리스 가르송, 루이 루보, 폴 브랭기에, 그리고 경영을 맡은 브리스 파랭까지! 35만 부가 순식간에 팔려 나갔다. 대단한 성 공이었다. 이런 판매 부수는 1936년까지 이어졌다. 『데텍티브』는 어렵사리 창간되 었지만 그 후에도 우여곡절이 많았다. 예컨대 11월 15일, 제3호를 마감하기 직전 에 대재앙을 가까스로 면한 적이 있었다. 두 면이 백지였다. 그런데 보충할 것이 전혀 없었다. 글도 없었고 사진도 없었다. 전혀 예측하지 못한 일이었다.

조르주 케셀과 마르셀 몽타롱은 봉마르셰 근처, 쇼보 가에 있는 기사 식당으로 달려갔다. 갈리마르 형제가 주로 저녁 식사를 하는 곳이었다. 두 형제 모두 그곳에 있었다. 그들은 두 형제에게 문제를 털어놓았다. 가스통과 레몽은 난감한 표정이었 다. 출판을 하면서도 그런 경우는 처음이었던 것이다. 다행히 레옹폴 파르그가 옆 에 있었다. 그들의 이야기를 쭉 듣고 있던 파르그가 무거운 침묵을 깨고 말했다.

「돈이 없어 사라진 잡지는 있어도 원고가 없어 사라진 잡지는 없었네!」[178]

그리고 파르그는 파리를 돌아다니며 그럴듯한 기삿거리를 찾으라고 말했다. 시사성을 따질 것이 아니었다. 그저 읽을거리이면 충분했다. 모두가 파르그의 의 견에 동의했다. 사진은 금세 구할 수 있었다. 하지만 케셀은 파르그를 잘 알고 있 었다. 원고를 넘기는 데 몇 년이나 걸리는 작가였기 때문에 밤새 기사를 쓰기란 무 리일 것이라 생각했다. 그래서 케셀은 그의 형인 조제프에게 사진과 관련된 글을 부탁했다. 파르그는 조금도 기분 나쁜 표정이 아니었다. 케셀의 그런 행동을 이해 했다. 사실 파르그는 『데텍티브』를 좋아했다. 매일 그르넬 가의 모퉁이에 있는 〈카 페 드라공〉에 죽치고 앉아 쥘리앵 아카데미의 모델들이 목을 축이러 오는 것을 지 켜보거나 『데텍티브』의 기자들을 기다리면서 시간을 보냈다. 그리고 한 사람의 기 자라도 사건을 쫓아 나가면 그를 따라 경찰서로 사건의 냄새를 찾아갔다.

앙리 베로가 〈또 하나의 십자군 전쟁〉에서 NRF를 가리켜 〈칼뱅의 광신도들〉

178 마르셀 몽타롱과 저자의 인터뷰.

이라 말했던 갈리마르 출판사의 엄격한 분위기와는 대조적으로 『데텍티브』는 가볍고 해학적인 기운을 띠었다. 실제로 『데텍티브』는 귀족의 사생아쯤으로 여겨졌다. 갈리마르와 『데텍티브』의 관계는 감춘다고 감춰질 수 있는 것이 아니었다. 공공연한 비밀이었기 때문에 구태여 감추려 하지도 않았지만 굳이 드러내려 하지도 않았다. 갈리마르 출판사가 그때까지 소유하고 있던 마담 가의 창고를 주간지의 사무실로 개조했다. 그 후 NRF가 본 가로 이주하면서 『데텍티브』가 그르넬 가의 사무실을 이어받았다. 하지만 거리가 멀어졌어도 출판사의 작가들은 『데텍티브』에 꾸준히 글을 기고했고, 간혹 주간지 사무실을 방문해서 일터에서 범죄와 피를 쫓는 사람들을 이상한 야생 동물처럼 지켜보았다.

마감 일이었던 화요일이면 가스통도 레몽과 발랑틴 테시에를 데리고 마담 가에 들렀다. 그리고 편집 직원들이 일을 끝내고 라 빌레트 식당으로 저녁을 먹으러 가려 하면 〈서커스나 구경 갑시다!〉라고 말하곤 했다.[179]

폴랑의 조용한 사무실과는 완전히 달랐지만 〈데텍티브〉 사무실도 어엿한 사무실이었다. 어느 날 저녁 〈데텍티브〉를 방문한 그들은 흐뭇한 미소를 짓지 않을 수 없었다. 현관을 들어서자 총소리가 들렸다. 그들은 허겁지겁 편집실로 뛰어갔다. 지하 세계에 대한 기사를 준비하던 편집 직원들이 보복을 대비해 방어 훈련을 하고 있었던 것이다. 그런데 리볼버에 간혹 실탄이 장전된 경우가 있었다. 그날 저녁 갈리마르 형제는 초판본과 호화 장정본에 간혹 총구멍이 뚫려 있는 이유를 알게 되었다. 하지만 사격 훈련은 우편물을 가져오던 여자 수위를 맞출 뻔하면서 완전히 중단되었다. 나중에 알게 된 사실이지만 그 여자는 귀머거리였다! 어쨌든 지하 세계의 악당들은 마담 가를 공격하지 않았다. 스타비스키 사건에 연루된 것으로 기사화된 유명한 악당, 조 라 퇴르(공포의 조)가 〈데텍티브〉 사무실을 불시에 덮친 것이 최악의 사건이었지만, 그 사건도 그날 밤 근처 술집에서 원만하게 해결되었다.

가스통 갈리마르의 생각에 『데텍티브』는 기대 이상의 성공작이었다. 그는 이 주간지로 상당한 돈을 벌었다. 심지어 『데텍티브』 덕분에 NRF가 파산을 면했다는 소문까지 있었다. 가스통도 이런 사실을 굳이 감추려 하지 않았다. 실제로 〈메르퀴

179 장 가브리엘 세뤼지에Jean-Gabriel Sérusier(주간지의 사진 기자)와 저자의 인터뷰.

르 드 프랑스〉를 운영하던 알프레드 발레트에게 〈『NRF』로는 손해를 보지만 『데텍티브』로는 돈을 벌었습니다〉라고 자주 말했다.[180]

또한 훗날에는 〈내가 이 시기에 돈 걱정을 하지 않았던 때는 『데텍티브』를 발행하던 때였다. 대단한 성공작이었다. 금전적으로 가장 큰 성공을 거둔 잡지였다〉라고 인정했다.[181]

『데텍티브』가 꾸준한 성공을 거두면서 커다란 수익을 거두자 가스통은 그 성공을 책으로 이어갈 계획을 세웠다. 이렇게 해서 〈데텍티브〉라는 시리즈가 탄생했고, 모리스 삭스에게 진행이 맡겨졌다. 케셀을 비롯해서 주간지에 글을 기고한 작가들의 작품으로 1934년부터 1939년까지 모두 86권이 출간되었다.

『데텍티브』는 갈리마르 출판사에 돈을 벌어 주었을 뿐만 아니라 활력까지 불어넣어 주었다. 갈리마르 형제는 『데텍티브』의 편집에 전혀 간섭하지 않았다. 관심과 흥미를 갖고 지켜보았을 뿐이었다. 손익 계산만이 그들의 관심사였다. 하지만 『데텍티브』가 공격을 받으면 가스통은 공개적으로 주간지를 대표해서 싸웠다. 언론 감시 위원회가 혐오의 대상으로 점찍은 까닭에 『데텍티브』는 포스터 광고를 금지시키겠다는 협박을 여러 번 받기도 했다. 『데텍티브』는 언제나 논쟁거리였다. 따라서 성인용 주간지라는 사실이 널리 알려져 있었음에도 불구하고 〈핏덩이〉라고 비난하는 목소리가 작지 않았다.

『데텍티브』로 언론계에 첫 발을 내딛으면서 가스통은 다른 세계의 사람들, 하지만 그렇게 불쾌하지 않은 사람들을 자주 만날 수 있었다. 파르그처럼 가스통도 언론계, 기자실과 경찰서의 분위기, 마감 시간과 범죄 추적을 즐겼다. 완전히 다른 세계였다! 또한 『데텍티브』가 없었더라면 훗날 갈리마르 출판사의 회계사가 되었던 사람을 만나지도 못했을 것이다. 『데텍티브』의 초창기에 루이 루보Louis Roubaud가 카이엔(프랑스령 기아나에 있던 범죄자 식민지)의 〈착한〉 죄수들, 즉 사회로의 재편입이 가능한 사람들을 대대적으로 조사해서 기사화한 적이 있었다. 그런데 어느 날 한 남자가 마담 가의 사무실을 찾아와 편집장을 만나길 원했다. 폴 그뤼오Paul Gruaut라는 사내였다. 그는 사랑, 스파이 활동, 돈 등에 연루된 파란만

---

180 Léautaud, 같은 책(1931년 11월).
181 샤프살과 갈리마르의 대담, 같은 책.

장한 사건으로 악마의 섬에서 15년 동안 복역했고, 그 15년 동안 회계를 배워 그 섬에서 실제로 회계사로 일했다고 말하며 이렇게 덧붙였다.

「저는 당신의 주간지에서 말한 사람들 중 하나입니다. 저를 구원해 주십시오. 제게 일자리를 주십시오!」

케셀은 가스통을 찾아가서 이 문제를 상의했다. 가스통은 이 색다른 실업자를 인터뷰한 후 고용하기로 결정했다. 그때부터 『데텍티브』가 폐간될 때까지 그뤼오는 주간지의 회계를 맡았다. 그뤼오의 일솜씨에 만족한 가스통은 그를 무척 신뢰해서, 『데텍티브』가 폐간된 후 출판사로 데려와 그의 개인 재산 관리와 저자들의 인세 관리를 맡겼다. 그뤼오는 삶을 마칠 때까지 그 일을 충실하게 해냈다.

『데텍티브』를 출간하고 몇 주가 지나지 않아, 가스통 갈리마르는 새로운 전문 잡지 『뒤 시네마Du cinéma』를 세상에 내놓았다. 『뒤 시네마』는 1928년 12월부터 세 호가 차례로 발간되었다. 그 후 1929년 10월부터 1931년 12월까지는 『르뷔 드 시네마Revue de cinéma』라는 이름으로 출간되었다. 편집장도 피에르 케페르, 자크 닐, 로베르 아롱으로 차례로 바뀌었다. 하지만 필리프 수포, 장리샤르 블로크, 로베르 데스노스, 앙드레 뵈클레 등의 주옥같은 글이 실리고 사진을 풍부히 사용한, 이 잡지를 끌어가는 중심은 장조르주 오리올Jean-Georges Auriol이었다. 오리올은 까다롭고 퉁명스러워 걸핏하면 가스통과 충돌을 일으켰지만 영화에 대해서는 누구보다 많이 아는 사람이었다. 오리올의 잡지를 위탁 판매한 클리시 가의 조제 코르티 서점까지 달려간 영화광들이나 평론가들 모두가 인정하는 사실이었다.

『르뷔 드 시네마』는 모든 면에서 품격 높은 잡지였지만 그래도 잡지일 뿐이었다. 그때 가스통 갈리마르는 언론에 눈길을 돌리고 있었다. 그는 『데텍티브』의 성공을 재현해 내고 싶었다. 『데텍티브』의 성공에 고무된 가스통은 1931년 3월에 『부알라Voilà』를 창간했다. 갈색 잉크를 사용한 주간지로, 사무실은 그르넬 가에 두었고 조르주 케셀에게 운영을 맡겼다. 그리고 『데텍티브』 같기만 바랐다! 하지만 근본이 달랐다. 『부알라』는 잡다한 사건만을 다룬 주간지가 아니었다. 〈뉴스 위클리〉라는 부제가 말해 주듯이, 이 주간지는 많은 사진을 곁들이면서 법률적인 것이나 경찰 관련 사건만이 아니라 파리, 국제, 정치 등 시사적인 문제를 폭넓게 다루었다. 대필 작가를 고용해서 숙명적인 삶을 산 여성들의 이야기를 게재한 덕분에 그런대로 주목을 받았다. 또한 그 시대로서는 대담하기 이를 데 없는, 미끈한 다리와 가슴을 훤히 드러낸 핀업 걸의 사진을 마지막 면에 실어 독자의 눈길을 끌기도 했다. 조르주 케셀은 편집장으로 2년을 넘기지 못했다. 크뢰즈 도로에서 교통사고를 당하면서 조르주는 목에 부목을 하고 다녀야 했고, 그의 형 조제프는 절름발이가 되었다. 이 사고로 조르주는 편집장을 그만둘 수밖에 없었다. 가스통은 장 마송에게 편집장을 잠시 맡긴 후, 플로랑 펠스를 『부알라』의 편집장에, 그리고 마리위스 라리크를 『데텍티브』의 편집장에 임명했다.

플로랑 펠스Florent Fels(본명은 플로랑 펠상베르)는 『부알라』의 방향을 구체화시키는 데 큰 역할을 해냈다. 하지만 그의 과거와 성장 과정은 주된 독자들의 기호나 관심사와 정반대였다. 1920년대에 그는 잡지 『악시옹, 철학 예술 노트Action, cahiers de philosophie et d'art』의 창간에 참여했고, 스토크 출판사에서 시리즈 〈현대인들Les contemporains〉을 기획했으며, 『누벨 리테레르』와 『아르 비방L'Art vivant』에서 예술 평론을 맡았다. 독학으로 자수성가한 낙천주의자였고 화가와 시인의 친구로 누구와도 식사를 함께하며 누구에게나 책을 기꺼이 빌려 주었던 펠스는 전형적인 파리지앵이었지만 변덕스런 면이 없지 않았다. 특히 어떤 면에서는 가스통 갈리마르와 무척 유사해서 예쁜 여자, 특히 발랑틴 테시에의 친구들에게 음흉한 눈빛을 던지곤 했다. 예절을 간혹 무시하긴 했지만 우정을 무엇보다 중요하게 여긴 까닭에 펠스는 『부알라』에 기고하는 작가들이 저지른 경범죄를 용서해 달라고 장 시아프 경찰청장에게 청탁을 하기도 했다. 베나레스의 집에서 7킬로그램의 아편을 압수당한 아편쟁이 시인, 주머니에서 헤로인이 발견된 작가, 노출증 환자인 기자 등을 위해서 발 벗고 나섰다. 한편 시아프 경찰청장은 영국의 경찰청장 트랜차드 경에게 직접 전화를 걸어, 펠스가 영국의 교도소를 방문해서 그곳의 상황을 조사할 수 있도록 도와주기도 했다.[182]

『부알라』에 실명으로 글을 기고하는 작가도 있었지만 그렇지 않은 작가도 있었다. 글의 성격에 따라 달랐다. 즉 고급 매춘부의 회상록에는 실명을 밝혔지만 분

182 Florent Fels, *Voilà*, Fayard, 1957.

쟁 지역의 탐방 기사에는 익명을 사용했다. 예컨대 1932년 조르주 심농은 전해에 다녀온 아프리카 여행을 주제로 탐방 기사를 썼다. 반식민주의적 색채를 띤 기사로 독자에게 큰 반향을 얻었지만 그 후 심농은 프랑스 정부의 비자를 얻지 못해 검은 대륙을 다시 방문할 수 없었다. 심농은 왕정주의자들에게 호의적이지 않았다. 당시 프랑스 영화계가 〈아프리카가 말한다*L'Afrique qui parle*〉라는 제목으로 앙드레 시트로엔의 〈검은 여행〉에 대한 다큐멘터리를 상영하고 있어, 〈아프리카가 당신에게 말한다. 개새끼라고〉라는 부제를 붙인 글에서 심농은 〈그렇다, 아프리카는 우리에게 개새끼라고 말한다. 우리는 그런 욕을 먹어도 싸다!〉라는 도발적인 구절로 끝을 맺었다.

가스통 갈리마르가 출간한 정기 간행물 대부분이 그랬듯이 『부알라』도 출판사에 소속된 많은 작가들의 경제적 부담을 덜어 주는 데 큰 역할을 했다. 예컨대 앙토냉 아르토는 아편중독을 치료하던 사이, 즉 1932년에 중국과 갈라파고스에 대한 탐방 기사를 썼다. 하지만 그의 친구이던 펠스(10년 전에 『악시옹』과 스토크 출판사에서 아르토의 글을 출간한 적이 있었다)는 아르토가 그 두 곳에 다녀오지 않았다는 것을 알고 있었다. 순전히 집과 도서관에서 써낸 〈탐방 기사〉였다. 따라서 아르토에게 세 번째 기사를 받았을 때 펠스는 원고를 서랍에 묻어 버렸지만 원고료는 지불했다. 가스통이 작가들을 붙잡아 두기 위해서 온갖 수단을 다 사용했고, 필요하다면 간접적으로라도 금전적 지원을 아끼지 않았기 때문이었다. 게다가 당시 다른 출판사들이 아르토에게 유혹의 손짓을 내밀고 있기도 했다. 특히 로베르 드노엘은 아르토에게 번역거리와 추천사를 제시하고, 심지어 그의 글들을 편집해서 존 포레스터 John Forester라는 가명으로 『헬리오가발루스 혹은 왕관 쓴 아나키스트*Héliogabale ou l'anarchiste couronné*』(1934)와, 『사라진 인간족*La Race des hommes perdus*』을, 〈계시 받은 사람*le révélé*〉이란 이름으로 『존재에 대한 새로운 계시*Nouvelles révélation de l'être*』를 연이어 출간하면서 아르토에게 접근하고 있었다.[183]

이런 경제적 불안정 때문에 작가들은 출판업자를 돈줄인 동시에 대리인으로 여겼다. 그러나 두 개의 주간지를 발간하면서 겪었던 이런 미묘한 문제들은 가스

183 *Magazine littéraire*, 제206호, 1984년 4월.

통 갈리마르가 마지막으로 시도한 주간지, 『마리안Marianne』에서는 크게 줄어들었다.

정치와 문화를 다룬 이 주간지는 천재적 직관력의 산물이라기보다 당시 환경에 대한 대응이었다. 아르템 파야르Arthème Fayard가 1924년에 『캉디드』를, 1930년에 『주 쉬 파르투』를 연이어 창간했다. 둘 다 정치적으로 보수적 색채를 띤 주간지였다. 『캉디드』가 성공하자 비슷한 주간지들이 속출했다. 에디시옹 드 프랑스의 발행인 오라스 드 카르뷔시아가 1928년에 『그랭구아르Gringoire』를, 가스통 갈리마르가 1932년에 『마리안』을 창간했다. 1년 뒤에는 플롱 출판사가 『1933』, 『1934』······ 라는 식으로 매년 이름이 바뀌는 주간지를 창간했다. 이처럼 정기 간행물에 뛰어든 출판사들은 한결같이 똑같은 목표를 지향하는 듯했다. 즉 사업 영역을 다각화해서 새로운 판로를 개척하며 최소한의 비용으로 그들의 책을 선전하는 것, 신진 작가나 경쟁 출판사의 작가에게 연재소설을 의뢰함으로써 그들을 유인하는 데 있었다. 『그랭구아르』는 다소 저속하다는 평가를 받았기 때문에 가스통은 『캉디드』를 경쟁자로 삼았다. 하지만 『캉디드』는 흠잡을 데가 없이 편집되었고 우익에 확고한 뿌리를 내리고 있었다. 따라서 『마리안』은 좌익을 겨냥할 수밖에 없었다. 정치적 신념보다 시장을 겨냥한 기획 방향이었다. 이 주간지의 편집장으로 가스통은 에마뉘엘 베를을 염두에 두었다. 베를과는 장문의 시론, 『부르주아적 윤리의 죽음』과 『부르주아와 사랑Le bourgeois et l'amour』을 출간해 준 인연이 있었다. 베를은 직접 글을 쓸 수도 있었지만 글을 청탁해서 출판할 역량도 갖추었고, 경쟁 출판사와 주간지의 기고자들을 끌어들일 능력도 있었다. 한마디로 모든 면에서 적합한 인물이었다. 결국 파야르가 『캉디드』를 앞세워 NRF 사람들을 유혹하듯이 『마리안』으로 똑같이 하겠다는 뜻이었다. 물론 가스통이 『마리안』을 창간한 데는 작가 유출을 막겠다는 의도도 있었다.

당시 40세이던 베를은 전형적인 파리 태생의 유대인 부르주아였다. 프루스트, 베르그손, 프랑크와 인척 관계에 있던 산업 자본가와 학자 집안에서 태어난 베를은 파리에 완전히 동화되어 종교적 색채가 옅은 분위기에서 자랐고, 정치적으로는 온건 진보주의자였다. 드리외 라 로셸과 친해서 1927년에 함께 잡지 『최후의 날들Les derniers jours』을 창간한 적이 있었다. 월 2회 발간된 이 잡지는 갈리마르 출판사를 위탁 판매자로 지정했지만 통권 7호에서 폐간되고 말았다. 또한 말로의 친구여서, 말로의 권유로 그라세 출판사를 떠나 갈리마르에 새 둥지를 틀었다.

가스통이 『캉디드』를 모델로 한 새로운 주간지 『마리안』의 창간을 맡아 달라고 부탁하자, 베를은 약간 다른 생각을 제안했다. 그는 혼자서, 거의 단독으로 주간지를 만들고 싶어 했다. 달리 말하면, 『보름간의 수첩』과 같은 주간지를 만들어 제2의 샤를 페기가 되고 싶어 했다. 야심 찬 꿈이었지만 페기와 베를의 권위를 비교할 때 실현 불가능한 꿈이었다. 가스통은 기자들을 이용한 주간지, 사진과 기사, 다양한 정보와 평론, 시평(時評)과 NRF의 광고가 실린 주간지를 만들어 보자고 베를을 설득했다.

몇 달 동안 베를은 말로의 도움을 받아 가며 오프셋 인쇄, 견본, 지면 배치, 마감 시간 등에 관련된 기술적 문제를 해결하는 데 열중했다. 가스통은 이런 어려움을 고려하지 않은 채 하루라도 빨리 창간호를 내자고 재촉해 댔다. 이 때문에 베를과 가스통은 간혹 입씨름을 벌였지만, 가스통은 베를을 반드시 필요한 동반자라고 생각했다.

그는 까다롭고 요구가 많았다. 때로는 소란스럽기도 했다. 그는 폭포처럼 말을 쏟아 냈다. 그에게 투자한 비용도 만만치 않았다. 그러나 몇몇 사소한 점을 제외하면 우리에게는 공통된 목표가 있었다. 게다가 그 덕분에 나는 우익과 좌익의 이념을 배우고 이해할 수 있었다. 물론 그렇게 간단한 일은 아니었다. 베를은 그야말로 아이디어 뱅크였다. 간혹 정리되지 않은 생각도 있었지만 말이다. 하지만 그가 회사에 출근하기 시작하면서 회사는 활기를 띠었다. 핵심 권력층과 무대 뒤와도 끈을 만들 수 있었다.[184]

NRF 맞은편에 있어 기자들과 작가들이 만남의 장소로 이용했던 퐁 루와얄 호텔의 바, 근처의 식당들과 마찬가지로 무대 뒤와 핵심 권력층도 필요한 것이었다. 프로사르, 브로솔레트, 피에르 보스트, 그리고 비서 조제트 클로티스의 도움을

---

184 André Beucler, *Plaisirs de mémoires*, Gallimard, 1982.

받아 에마뉘엘 베를은 예정대로 1932년 10월 26일에 〈사진이 곁들여진 고품격 문학 주간지〉를 표방한 『마리안』의 창간호를 세상에 내놓았다. 발행인은 가스통 갈리마르. 영업은 루이다니엘 이르슈, 인쇄는 랑이었다. 첫 면에는 당연히 베를의 창간사가 실렸고, 다음 면에는 생텍쥐페리의 『정기항로 조종사 *Pilote de ligne*』의 한 구절이 인용되었다. 그 뒤로는 조제프 카이요의 정치 시론, 피에르 브로솔레트의 의회 탐방기, 하원 재무 위원회에 소속된 쥘 모크의 재무론, 라몬 페르난데스의 서평, 조제트 클로티스의 콜레트의 화장법, 에두아르 부르데의 연극 평론, 피에르 마크 오를랑의 전시회 순방기, 장리샤르 블로크의 음반 순례, 마르셀 에메의 단편, 조르주 뒤아멜의 연재소설, 앙드레 모루아가 말하는 볼테르의 삶 등이 차례로 실렸다.

모두가 가족이었다! 섹션들의 제목까지도 모랑, 프루스트, 뮈세, 채플린 등을 연상시키며 친구들에게 보내는 눈짓으로 여겨졌다. 볼거리에는 〈밤이 열리다〉, 스포츠에는 〈세계의 챔피언〉, 전시회와 연주회에는 〈즐거운 나날〉, 연극 공연에는 〈마리안의 변덕〉, 그리고 〈도시의 빛들〉……. 또한 넉넉한 마음을 과시라도 하듯이 창간호부터 경쟁 출판사들, 즉 플롱, 그라세, 피르맹디도, 에밀폴 등에게 신간 서적의 광고란을 제공하겠다는 뜻을 밝혔다.

베를은 창간호에 글을 기고해 준 작가들에 만족하지 않고 계속 새로운 작가들을 발굴해 나아갔다. 에두아르 에리오와 베르나르 르카슈, 콜레트와 트리스탕 베르나르, 마르탱 뒤 가르와 지로두에게 주옥같은 글을 받아 내었다. 심지어 2호에는 유명한 언론인 알베르 롱드르Albert Londres의 단편을 싣기도 했다. 목차는 무척 다채로웠다. 글들은 한결같이 훌륭했다. 그때부터 세 개의 주간지를 갖게 된 가스통은 그 주간지를 읽을 틈조차 내지 못했다. 극작가 앙리 베른스텐의 대리인을 자처한 두 사내가 『마리안』에 실린 가십 기사 때문에 베른스텐이 정신적 충격을 받았다며 손해 배상을 요구했을 때, 가스통은 『마리안』을 펼쳐 보지도 않았던 까닭에 어리둥절할 수밖에 없었다.[185]

처음부터 『마리안』은 정치적 성향을 분명히 밝혔다. 온건 좌파, 반파시스트로 인민 전선을 소극적으로 지지한다는 입장이었다. 『마리안』은 평화주의를 표방하며

185 *Pavés de Paris*, 제1권, 1938년 6월 17일.

푸앵카레보다 아리스티드 브리앙을 지지했다. 외국 정치에 대해서 베를은 모든 판단을 생레제 레제에게 일임했다. 사설을 쓰기 전에 베를은 반드시 외무부의 의견을 구했다.[186] 조르주 베르나노스Georges Bernanos는 갑자기 극우와 악시옹 프랑세즈에 결별을 선언하면서 『마리안』의 지면을 통해 입장을 밝혔다. 이런 모든 것이 가스통 갈리마르가 바라던 이미지였고 성향이었다. 『마리안』이 『캉디드』와 모든 면에서 다르다는 것을 보여 주고 싶었던 것이다.

『마리안』은 갈리마르 출판사에게 트로이의 목마와도 같은 존재였다. 그라세 출판사에서 발간한 콜레트의 신작을 소개하기도 했지만 예상치 않게 공쿠르 심사위원이 된 프랑시스 카르코의 신작을 소개하기도 했기 때문이다. 많은 독자가 이런 문학란에 관심을 두고 잡지를 구입한 반면에 기고자들은 정치에 경도된 듯한 분위기였다. 이런 분위기는 『마리안』의 사령부이기도 했던 NRF 출판사에서 금요일 오후 여섯시에 열린 주간지 편집 회의에서 여실히 드러났다.

NRF는 『데텍티브』와 『부알라』를 거추장스런 사촌쯤으로 생각하며 그 관계를 감추려 애썼지만 『마리안』은 흡족하게 생각했다. 따라서 NRF는 자진해서 『마리안』에 새로운 생각을 제안하고 원고를 기고했으며, 〈전형적인 파리풍〉의 주간지를 이용하는 동시에 그 편집장을 알리는 데 힘썼다. 1932년 갈리마르가 D. H. 로렌스의 『채털리 부인의 사랑Lady Chatterly's Lover』을 출간하면서 말로의 서문과 마담 가르송의 친절한 해석까지 덧붙였지만 커다란 소동이 벌어졌다. 검찰청으로부터 고소까지 당했다. 하지만 법무장관이 보좌관의 조언을 받아들여 고소를 취하시켰다. 한편 한 시의원은 시장에게 그런 책의 판매를 허가한 이유에 대해 엄중히 따졌다. 이런 와중에 시아프 경찰총장은 갈리마르 내의 두 친구, 펠스와 베를을 위해서 최선의 해결책을 찾아냈다. 시가 소유한 키오스크에서는 로렌스의 책을 판매하지 못하게 한 것이다. 이 즈음, 시장은 팬시리 고집을 부리면서 『데텍티브』의 포스터 선전을 금지시켰다. 『데텍티브』는 선정적인 표지로 독자의 눈길을 끌었기 때문에 갈리마르는 엄청난 금전적 손해를 입어야 했다. 베를을 만나 본 후 시아프 경찰총장은 생각을 바꿨고, 모든 것이 원만하게 정리되었다. 하지만 그 여파로 좌파적

186 Berl-Modiano, 같은 책.

주간지『마리안』은 편집장을 다시 찾아야 했다. 그 자리는 2월 6일의 사건(프랑스 우익 세력의 봉기) 이후로, 특히 좌파적 색채를 띤『방드르디Vendredi』라는 새로운 경쟁자가 나타나면서 더욱 어려운 자리가 되었다.

1936년은 갈리마르의 주간지들이 전성기를 누린 동시에 쇠락의 조짐을 보이기 시작한 때였다. 스페인에서 내전이 일어나고 유럽 전역에 긴장감이 감돌면서 독자들의 관심이『데텍티브』와『부알라』에서 주로 다루던 늙은 여인의 살인 사건이나 벨빌 갱단의 대담한 행위에서 멀어지기 시작했다. 인민 전선이『마리안』의 구독을 정중하게 거절했다. 평균 12만 부까지 팔리던『마리안』의 판매 부수는 계속 떨어지기만 할 뿐이었다. 물론 파리에서 가장 많이 팔리는 세 주간지 중 하나로 군림하기는 했지만 가스통에게는 만족스럽지 않았다. 1937년 그는『마리안』을 대부호로「프티 주르날」의 옛 주인이었고, 레옹 블룸 정부에서 경제부 장관을 지낸 레몽 파트노트르Raymond Patenôtre에게 넘겼다. 팀이 새로 꾸려졌다. 앙드레 코르뉘가 발행인이 되었고, 자크 파제가 편집장이 되었다.『마리안』은 그렇게 죽어 갔다. 하지만 가스통은 매각하면서, NRF의 글과 저자를 위한 지면을 계속 유지한다는 조건을 명문화시켰다.[187]

최소한의 배려였다. 한편 베를은 혼자서, 자신의 성향대로 새로운 정기 간행물을 창간했다.『파베 드 파리Pavés de Paris』였다. 이런 경험을 통해서, 가스통 갈리마르는 한 출판업자가 여러 주간지를 창간해서 운영할 수는 있지만 언론계의 대부로 올라설 수는 없다는 사실을 절실히 깨달았다. 언론은 출판과 다른 세계였다.

1931년, 가스통 갈리마르는 50세가 되었다. 벌써 반세기를 산 셈이었다. 하지만 아직 할 일이 많이 남아 있었다. 그는 노령과 죽음을 향해 다가가는 공식적인 단계인 생일을 축하한다는 말을 듣는 것이 무서웠다. 마술을 부려서라도 쫓아내고 싶은 유령이었다. 그는 나이를 잊고 살았다. 주변 사람들의 죽음만이 그에게 나이를 떠올리게 할 뿐이었다. 1925년 자크 리비에르의 죽음은 그에게 큰 상심을 안겨

187 자크 파제Jacques Paget가 Press-Océan(1976년 1월 8일)에 기고한 글.

주었다. 그들이 거의 10년 동안 주고받은 정감 어린 편지들은 남아 있었다. 아슬아슬한 순간들이 있었지만, 그들이 꾸준히 맺어 온 깊은 우정이 담겨 있는 편지들이었다. 가스통의 아내, 이본 갈리마르를 향한 연정을 잊기 위해서 리비에르는 실화 소설 『사랑하는 여인Aimée』을 써서, 주말이면 가스통과 이본과 함께 베네르빌에서 보냈던 자신의 모습을 투영시켰다. 초기의 NRF에서는 무엇보다 문학적인 것이 중요했다. 문학으로 모든 것을 지워 낼 수 있었다. 어떤 사건이나 상황도 문학의 주제가 되는 순간부터 개인적인 문제가 아니었다. 이본 갈리마르를 향한 비밀스런 연정을 소설로 승화시키면서 리비에르는 고뇌에서 벗어날 수 있었다. 더구나 그녀는 가스통의 아내가 아니었던가!

1929년에는 가스통 갈리마르의 아버지가 세상을 떠났다. 한 시대가 끝나는 날이었다. 하지만 이미 오래전부터 그는 옛날의 폴 갈리마르가 아니었다. 폴 갈리마르는 약간의 땅만을 남기고 베네르빌의 저택을 팔았다. 몇몇 유명한 작품만을 남기고 정성스레 수집한 예술품도 팔았다. 이렇게 해서 거둔 돈이 얼마인지는 누구도 몰랐다. 하지만 1952년에 샤르팡티에 화랑에서 코냑 판매전이 있은 직후 화상 빌덴스텐은 가스통과 점심을 함께 나누며, 폴 갈리마르의 컬렉션 판매전이 그때 있었더라면 최소한 10억 프랑은 받았을 것이라 말했다. 가스통이 남몰래 한숨을 내쉬게 하기에 충분한 액수였다.[188]

가스통 갈리마르는 대가들의 그림을 유산으로 물려받았다. 나중에 가스통은 은행에서 돈을 빌리지 않고 르누아르의 「샘La source」을 팔아서, 그르넬 가의 비좁은 사무실을 떠나 세바스티앵보탱 가, 즉 캉바세레스 호텔 맞은편으로 이주했다.[189]

인생의 절반을 넘긴 50세였지만 가스통은 바쁘지 않고 걱정거리가 없을 때면 젊은 시절처럼 친구들과 어울려 지냈다. 막중한 책임과 회사의 막대한 거래 규모에도 불구하고 그는 신중하게 처신하지 못했다. 저녁 늦게 그르넬 가의 사무실을 나서면서, 서류와 원고가 흩어진 긴 의자에서 꾸벅꾸벅 졸고 있는 파르그를 보면 가스통

188 *Figaro littéraire*, 1952년 6월 7일.
189 가스통 갈리마르와 에디트 모라의 인터뷰, *Bibliographie de la France*(제9권, 1954년).

은 〈레옹, 힘들겠지만 열쇠는 맞은편에 맡겨 두고 가게!〉라고 장난스레 말했다.[190]

맞은편은 드라공 가의 카페를 뜻했다.

장난기가 많았던 가스통 갈리마르는 친구들과 엄선한 작가들에게, 시인들이 상상해 낸 가짜 지폐를 나눠 주기도 했다. 10프랑짜리 지폐에는 꿈을 꾸는 듯한 여자 농부의 옆에 〈라일락처럼 지혜로운 눈을 가진 베르트가 하느님에게 기도했다. 내게 돌아오라고······〉라는 쥘 라포르그Jules Laforgue의 시구가 적혀 있었고, 뒷면에는 광부가 〈여보, 거기 시골에서 뭘 하고 있는 게요?〉라고 묻고 있었다. 그리고 아래쪽에는 〈가스통 갈리마르의 선물〉이라 조그맣게 쓰여 있었다.[191]

그러나 가스통은 옷의 선택에서는 아주 신중했다. 양복은 언제나 짙은 남색이었다(여름에는 회색). 나비넥타이도 예외 없이 짙은 남색이었다. 희끗희끗한 머리카락에 포마드를 잔뜩 발라 넘겼고, 언제나 모자를 쓰고 다녔다. 싫든 좋든 그의 이런 모습은 NRF의 엄격함을 상징하는 듯했다. 하지만 이런 겉모습을 제외하면 그는 결코 답답하고 진지한 사람이 아니었다. 푸른 눈에는 장난기가 흘렀고, 입술은 항상 미소를 머금고 있었다. 또한 불룩한 배는 테른 광장의 브라스리 로렌이나 막심 식당에서 배불리 먹는다는 증거였다. 발그스레한 얼굴에서는 수줍어하는 기운이 읽혔다. 또한 말투와 행동거지에 꾸밈이 없었다. 그를 알았던 모든 사람이 동의했듯이 이런 모든 것이 수렴되어 가스통이란 사람을 한 단어, 즉 〈매력덩어리〉라고 요약해 주는 듯했다. 그러나 언제나 생각을 많이 하고, 감정을 교묘하게 감추었다면서 그를 다소 여성적인 사람이었다고 평가하는 친구들도 적지 않았다.

가스통 갈리마르는 이념보다 멋을 앞세웠다는 점에서 19세기 인물의 전형이었다. 그는 우아함, 세련미, 품격에서 정신적이고 미학적인 중요성을 강조했다. 이런 이유로 가스통은 말로보다 라르보를 높이 평가했고, 드리외나 아라공보다 파르그를 더 좋아했다. 그는 독단적으로 결정하는 사람들을 좋아하지 않았다. 따라서 지드의 작품에 대해서도 항상 의심을 품었다. 그는 파벌을 죽도록 싫어하며, 지나치게 엄격한 원칙의 멍에에 사로잡힌 사람들이라 비난했다. 그는 전투적인 사람이나 융통성 없는 원칙주의자도 싫어했다. 간혹 지나치게 속내를 감추며 애매한 태

190 André Beucler, *De Saint-Pétersbourg à Saint-Germain-des-Prés*, Gallimard, 1980.
191 *Figaro littéraire*, 1949년 10월 22일.

도를 취해서 표리부동한 사람이란 소리까지 들었다. 엄격한 의미에서 결코 솔직한 사람은 아니었던 가스통은 비밀을 털어놓길 극히 꺼리며, 그런 것은 분별력의 부족이라 생각했다. 그는 누구를 지나치게 혐오하거나 동경하는 법이 없었다. 날씨에 비유해서 말하면 가스통은 미지근한 사람이었다. 지적인 사람이라기보다 탐미주의자였고, 이념가보다 예술가를 더 사랑했다. 따라서 폴 폴랑과 같은 사람들의 복잡한 괴변과 역설에 짜증을 내기 일쑤였다. 요컨대 가스통은 이성적으로 추론하는 사람이 아니라 올바로 추측하는 사람이었다.

가스통이 보스였을까? 물론 회사에서는 보스였지만 일상의 삶에서는 그렇지 않았다. 시간표에 따라 정확히 움직이고 싶어 했지만 실제로는 그렇지 못했다. 직원들의 봉급이나 작가의 선인세에 특별히 너그러운 것도 아니었다. 하지만 그가 좋아한 작가, 믿을 만한 작품을 쓰는 작가에게는 특별한 조건 없이 터무니없는 액수를 주기도 했다. 하지만 이렇게 조건 없이 돈을 주었던 까닭에, 언젠가 그들에게 도움을 청할 수 있었던 것이다. 그는 필요한 곳에는 어디에나 자기편을 두고 있었다. 또한 회사에서나 사교계에서나 다른 사람을 난처하게 만들기를 극히 꺼렸다. 특히 제3자가 있을 때는 말조차 꺼내지 않았다. 다른 사람이 실수를 저질러도 자기가 먼저 사과할 정도였다. 예컨대 식당에서 웨이터가 잔을 엎지르면 그 웨이터가 지배인에게 곤경을 당하지 않도록 자기 잘못이었다며 너그럽게 넘어가 버렸다. 또한 교정자가 활자를 빠뜨리는 중대한 실수를 저지르면, 〈나라도 똑같은 실수를 저질렀을 거네〉라고 말했다.

가스통 갈리마르는 관용의 화신이었다. 면전에서 남에게 굴욕감을 주는 것을 무엇보다 싫어했다. 하지만 그것은 의도적으로 그를 공격하지 않은 사람에게만 적용되는 관용이었다. 세바스티앵보탱 가로 사무실을 이전한 후, 직원들은 가스통의 침묵하는 분노를 가장 두려워했다. 그의 약점을 들추며 몰아세우면 벼락이 떨어졌다. 그는 대단한 집념의 사내였다. 〈좋은 생각이라도 자주 바꾸는 것보다 나쁜 생각이라도 꾸준히 고수하는 편이 낫다〉라고 말했듯이, 한번 결정을 내리면 틀린 것임을 알아도 그대로 밀고 나갔다. 이르슈와 뜨거운 격론을 벌인 후, 가스통은 이르슈의 차분한 얼굴을 똑바로 바라보며 엄숙한 목소리로 〈이제부터 내 말에서 모순을 지적할 생각일랑 버리게!〉라고 말했다고 전해진다.

가스통 갈리마르는 멋진 사람이었다. 자동차를 운전하길 좋아했지만 과시하기 위한 것은 아니었다. 사교계에 들락거렸지만 사교계를 경멸했다. 사치스럽고 세련된 것을 좋아했지만 양복은 닳아 해질 때까지 입고 다녔고 언제나 같은 것으로 교체했다. 팔꿈치가 해진 스웨터, 변색된 낡은 트위드 재킷, 에르메스 가죽 가방, 레인코트를 버릴 줄 몰랐다. 가스통은 책과 연극과 여자 이외에 다른 취미가 없는 사람이었다. 그는 습관적으로 행동해야 편한 사람이었다. 언제나 입술 끝에는 골루아즈 담배를 물고 있어야 했고 만년필에는 푸른색 잉크가 가득 채워져 있어야 했다. 단점이라 할 만큼 얌전했던 까닭에, 마르탱 뒤 가르가 플레이아드 총서에 포함된 회고록에서 그의 아버지와 어머니의 질병에 대해 언급한 것을 보고 가스통이 충격을 받은 것은 당연한 일이라 하겠다.[192]

그가 즐겨 찾는 식당까지 찾아와 괴롭히는 기자들에는 이렇게 대답했다.

「나는 파리의 모든 것들을 좋아합니다. 〈카르멘〉, 〈보리스 고두노프〉, 〈루이즈〉(귀스타브 샤르팡티에의 오페라), 『백치』, 『잃어버린 환상』, 『위대한 유산』, 인상주의, 마요네즈를 친 찬 송아지 고기와 감자튀김, 모파상의 생활 방식……. 하지만 나는 콕토처럼 거울이 달린 장롱을 통해 현실을 탈출하지는 않습니다. 클로델처럼 갈리마르를 벗어날 필요성도 느끼지 않습니다.」[193]

1920년대에 가스통을 자주 만났던 앙드레 뵈클레는 언젠가 틈을 내어 그에게 좋아하는 것과 싫어하는 것에 대해 물어보았다.

「내가 좋아하지 않는 것을 말하는 편이 낫겠네. 베른스텐의 연극, 큰 나비넥타이, 의식(儀式), 내 사무실에서 내게 출판이 뭔지 가르치려 드는 작가들, 내가 명색이 출판인인데 말이야! …… 하여간 일일이 나열하기 힘드네. 아무래도 오래된 것이 내게는 편하게 느껴지네.」

「작가들은 어떤가?」

「로제 뒤 마르탱은 정말 좋아하네. 난방 장치, 소시지, 우산에 대해 자주 말하는 발레리도 무척 좋아하는 편이야. 지드는 너무 영리해서 무서워.

192 갈리마르가 마르탱 뒤 가르에게 1955년 9월 6일에 보낸 편지.
193 Beucler, I, 같은 책.

숨을 돌릴 틈도 주지 않는다고. 하지만 라크르텔, 아라공, 케셀, 베를, 이티 앙블도 좋아하는 편이고, 파르그는 말할 필요도 없겠지. 내 가족이나 다름없으니까. 내가 좋아하지만 원고가 좋지 않아 책을 내주지 않는 작가들도 있지만, 거꾸로 잘난 체해서 친하게 지내지 않지만 원고가 좋아 책을 내주는 작가들도 있네.」

「그럼 적은?」

「헤아릴 수 없이 많지. 우리가 좋아하는 문학, 인쇄, 유통과 아무런 관계도 없는 사람들 중에도 있다네. 하지만 그중에서도 꼽으려면, 모두가 알고 있겠지만, 앙리 베로, 갈티에 부아시에르, 뤼시앵 뒤베크, 앙리 마시스가 되겠지.」[194]

「개인적으로 좋아하는 책은?」

「지금은 라 브뤼에르를 다시 읽고 있네. 잠들기 전에 조금씩.」[195]

가스통 갈리마르의 모든 면이 이 대화의 행간에서 드러난다. 〈비밀주의〉라는 단 하나를 제외하고! 그는 비밀스런 사람이었다. 따라서 누구나 그에게는 비밀을 믿고 털어놓을 수 있었다. 출판인으로서는 이상적인 자세였다. 작가들은 가스통을 어떻게 생각했을까?

발레리 라르보: 〈가스통 갈리마르가 내 오랜 친구 중 하나가 아니었다면 나는 내 책의 판매 상황에 대해 신경조차 쓰지 않았을 것이다. 그 시간에 발루아의 재산을 제대로 관리했더라면 더 큰 수익을 거두었을 것이다.〉[196]

앙드레 뵈클레: 〈가스통 갈리마르는 모두에게 큰형과도 같았던 뛰어난 리더였다. 이해심과 인내심으로, 남다른 지적 능력으로, 좀 더 정확히 말하면 매력 없는 고리타분한 교장 선생님이 말했다면 진부하기 짝이 없었을 이야기

194 베로와 마시스에 대해서는 이 책의 앞부분을 참조할 것. 장 갈티에 부아시에르Jean Galtier-Boissière는 괴팍한 언론인으로 『박격포』의 주필이었다. 한편 뤼시앵 뒤베크Lucien Dubech는 왕당파 언론인으로 샤를 모라스를 추종했으며, 『악시옹 프랑세즈』와 『르뷔 위니베르셀』에서 연극 평론을 담당했다.

195 Beucler, I, 같은 책.

196 Maurice Martin du Gard, III, 같은 책.

도 재밌고 단순하고 명쾌하게 풀어 갈 줄 아는 타고난 재능으로 가족을 화기 애애하게 끌어간 가장(家長)과도 같은 존재였다.〉[197]

막스 자콥: 〈그는 분별력이 있었다. 유쾌하고 조화로운 삶을 추구하는 사람이었다. 하지만 약간은 악마적 기질이 있었다.〉[198]

뱅자맹 크레미외: 〈가스통 갈리마르는 대략 이런 사람이었다. 당신이 월급을 인상해 달라면 책이 잘 팔리지 않아서 월급을 올려 줄 여력이 없다고 말하지만, 당신이 도박판에서 1만 프랑을 잃었다고 투덜대면 그 자리에서 1만 프랑을 당신에게 마련해 주는 사람이었다.〉[199]

로제 니미에: 〈장 폴랑이 거의 평생을 함께 지낸 이 폭군은 강철 지휘봉을 휘두를 줄 모르는 사람이었다. 그는 미국의 모권제, 포르투갈의 가부장제, 프랑스의 소아증과 아무런 관계도 없는 특유의 권위를 만들어 냈다. 굳이 이름을 붙인다면 《가스토나트Gastonat》라 할 수 있을 것이다. 이 폭군이 좋아하는 것은 책이었다. …… 가스통은 최초의 가스토니드(가스통화된 사람)였고, 가스토나트의 창립자였다.〉[200]

장 뒤투르: 〈가스통 1세는 출판의 왕, 문학의 재판관, 소설의 왕자, 시의 보호자, 인쇄계의 군주였다. 여러 세대의 작가들에게는 붉은색과 검은색으로 테두리를 친 겉표지에 NRF 로고가 박힌 책을 출간하는 것이 유일한 꿈이었다. 당시 내가 스무 살이었다면 그 겉표지를 위해서 내 영혼이라도 팔았을 것이다.〉[201]

셀린: 〈갈리마르 씨는 아주 부자다. …… 그는 당신을 6개월 만에 금세기 최고의 작가로 만들 수 있다![202] …… 이 치사한 사람은 당신을 놓아주지 않을 것이다. 나는 그를 심하게 욕했다. 그에게 온갖 저주를 퍼부었다. …… 더러운 기둥서방.[203] …… 나는 가스통 갈리마르와 대(大)플리니우스에게 『노르망스

197 Beucler, I, 위의 책.
198 같은 책.
199 Léautaud, 같은 책(1934년).
200 Roger Nimier, *L'élève d'Aristote*, Gallimard, 1981.
201 *France-soir*, 1975년 12월 30일.
202 Céline, *Entretiens avec le professeur Y*, Gallimard, 1955.
203 셀린과 마들렌 샤프살의 인터뷰, *L'Express*, 1957년 6월 14일.

Normance』를 헌정했다. 하지만 누구도 내게 감사의 뜻을 표하지 않았다.〉[204]

프랑수아 모리아크: 〈상어!〉[205]

이 작가들은 가스통이 50세였을 때, 혹은 그 이전이나 그 이후에 알았던 사람들이다. 그들이 상황을 배제한 채 가스통을 평가하고 있지만 그들의 평가에서는 공통분모가 드러난다. 가스통 갈리마르의 성품과 단점이 1930년대에 확고하게 굳어져 그 이후로 변하지 않았기 때문이다. 1920년대 초와 1930년대 말 사이에 그의 어떤 면을 분석하더라도 가스통 갈리마르는 이런 이미지에서 벗어나지 못했다. 1924년 출판 협회 이사회의 일원이 되면서 그는 동생 레몽에게 모든 권한을 위임했다. 출판 협회가 동업 조합화되는 것을 경계했기 때문이었다. 그는 동료 출판인들을 만날 때 출판의 즐거움을 느끼지 못했다. 그들이 아무리 똑똑해도 마찬가지였다. 오히려 재능 있는 신진 작가를 발굴해서 띄우는 데에서 즐거움을 찾았다. 그의 자부심은 연말의 흑자가 아니었다. 1919년 한 잡지에서 21세의 무명작가, 조제프 케셀이 쓴 글을 가장 먼저 읽었고 그에게 글을 모아서 한 권의 책으로 만들자고 제안한 것에서, 그의 첫 책『마리 드 코르크』와『붉은 대초원』을 발간했다는 사실에서, 그리고 1939년까지 매년 평균 한 번씩은 그 책들을 찍었다는 사실에서 자부심을 느꼈다. 발레리 라르보가 번역해서 서문까지 덧붙인 새뮤얼 버틀러의 책들, G. K. 체스터턴의 전작(全作)과 앙리 미쇼의 전작을 출간한 것에서 가스통은 자부심을 느꼈다. 그의 원칙은 언제나 하나였다. 베스트셀러 작가들로 돈을 벌어 이익이 남지 않는 작가들의 작품을 출간한다!

어느 날 가스통은 친구 루이 기유에게 〈연극은 막간에 일어나는 사건들을 위해서 공연되는 거야〉라고 말했다.[206] 가스통다운 말이었다. 그는 이런 이유로, 즉 연극이 무대와 관객석 모두에서 제공하는 것 때문에 연극을 좋아했다. 사실 그는 연극에 오랫동안 열정을 쏟았다. 코포의 연극은 물론이고, 약간 가벼웠던 불바르 극

---

204 Gibault, 같은 책.
205 *La Table ronde*, 1953년 2월.
206 Guilloux, II. 같은 책.

장가의 연극들도 일정한 규칙에 따라 공연되는 것이었다. 그는 시사회에 빠짐없이 참석했다. 파리의 명사들과 함께 무대 앞의 귀빈석에 앉았고, 여배우들과 어울리길 좋아해서 때로는 분장실까지 넘어가기도 했다. 하지만 극장 관리자로 일하면서 이런 열정이 식어 버린 듯했다. 비외콜롱비에는 이미 과거의 역사였다. 쿠포가 지방 순회공연을 기획했지만 갈리마르, 파크망, 쿠브뢰는 그 기획의 채산성을 의심하며 1924년에 비외콜롱비에 극단을 해체하기로 결정했다. 루이 주베에게 임대 계약을 양도하기로 한 사실을 잊고 그들은 영화 제작인 테데스코에게 모든 권리를 넘기고 말았다. 하지만 코포는 비외콜롱비에라는 이름을 계속 사용할 권리를 확보했다.[207] 그때부터 가스통은 이런 프로젝트를 진행할 때 한층 신중한 입장을 취했다. 연극을 향한 가스통의 열정은 널리 알려져 있었기 때문에, 그 이후에도 그에게 희곡을 출간해 달라는 제안 외에도 극장에 투자하라는 유혹이 적지 않았다.

1932년 안토냉 아르토는 〈NRF 극단〉을 결성하자고 제안하며 이사회는 파르그, 라르보, 뱅다, 지드, 발레리 등으로 구성하자고 말했다. 아르토가 「파리 수아르」와 「랭트랑지장」을 통해 극단의 발족을 선포했지만 가스통은 아르토의 의도를 즉각 알아채고 거부했다. 아르토의 목표는 주베나 뒬랭이 달갑게 여기지 않을 듯한 게오르크 뷔히너의 「보이체크Woyzeck」를 공연하는 것이었다.[208] 어쨌든 누구도 가스통에게 연극에 큰 돈을 투자하라고 유혹하지 못했다.

루이 주베가 아테네 극장에 올린 지로두의 신작 공연에도 참석하지 않았고 영화를 보고, 막심 식당이나 『데텍티브』의 기자들이 즐겨 다니던 카페에서 저녁 식사를 한 후에 카바레에서 밤을 보냈다. 그가 가장 즐겨 다닌 카바레는 〈옥상의 황소 Le Bœuf sur le toit〉였다. 그곳의 분위기와 손님들이 그의 마음에 들었기 때문이다. 가스통은 〈옥상의 황소〉가 생긴 때부터 쭉 이곳에 드나들었다. 〈옥상의 황소〉가 자리를 옮겨도 따라다녔다. 뒤포 가와 부아시앙글라 가에 있을 때는 최고의 단골손님이었다. 파리의 명사들이 매일 밤 이곳에 모여 음악을 듣고 담소를 나누며 긴장을 푼다는 소문이 퍼지면서 이 카바레는 순식간에 명성을 얻었다. 작가들과 화가들은 단골 카페가 있지만 음악가들에게는 그런 카페가 없다는 사실에 착안한

207 마리 엘렌 다스테와 저자의 인터뷰.
208 *Magazine littéraire*, 1984년 4월.

다리위스 미요와 그 친구들로 이루어진 〈6인방〉이 루이 모이세스Louis Moysès에게 음악인을 위한 카페를 창업하자고 제안해서 〈옥상의 황소〉가 탄생하게 되었다. 건장한 체구에 다소 거칠지만 모든 친구를 언제나 성심성의껏 대했던 모이세스는 〈옥상의 황소〉를 끌어가는 주역이었다. 손님들을 허물없이 대했지만 지나침이 없었고, 특별히 부탁하지 않아도 손님의 기호를 귀신같이 알아냈다. 달리 말하면 구석진 곳의 조용한 자리를 원하는 손님, 볼거리를 구경하려는 손님, 남에게 과시하고 싶은 손님 등을 쉽게 구분해 냈다. 장관과 고급 매춘부, 예술가와 운동선수, 경마 클럽의 속물들과 NRF의 편집진……. 완전히 다른 세계에서 사는 사람들이라도 카바레의 분위기에 어울리고 싶으면 서로 팔꿈치를 부딪치며 좁혀 앉았다. 그곳은 대공(大公)들의 연회장이 아니었다. 누구라도 저녁 시간을 즐겁게 보낼 수 있는 곳이었다. 페로 데 가숑 경찰서장이 경쟁자들의 탄원과 압력에도 불구하고 새벽까지 영업을 허락한 때부터는 밤을 지새울 수도 있는 곳이었다.[209]

장 콕토는 〈옥상의 황소〉의 대부였다. 자정이 다가오면서 관광객들이 썰물처럼 빠져나가고 단골손님들만이 남으면, 설령 방에 진짜 왕족이 있더라도 콕토가 왕이 되었고,『육체에 깃든 악마』를 쓴 젊은 작가 라디게는 왕자가 되었다. 라디게가 요절하자 파리의 명사들은 험담의 기회를 놓치지 않고 콕토에게 〈옥상의 홀아비〉라는 별명을 붙여 주었다. 콕토가 〈옥상의 황소〉의 대부였다는 증거가 아닐 수 없다. 콕토의 테이블에는 웃음소리가 샴페인처럼 끊이지 않았다. 가스통 갈리마르, 발랑틴 테시에, 조제프 케셀, 뒤누아에 드 세공자크, 다리위스 미요 등의 얼굴도 자주 보였다.[210]

모이세스가 팡티에브르 가로 다시 이사하는 실수를 범하면서 〈옥상의 황소〉도 그 빛을 잃기 시작했다. 영혼이 없었다. 콕토와 그 친구들도 없었다. 사람들로 북적대기는 했지만 속물들의 잔치였을 뿐이다. 또 한 시대가 그렇게 막을 내렸다.

가스통 갈리마르, 50세의 청년이었던가? 그는 그렇게 믿고 싶었다. 주변 사람들도 그렇게 생각했다. 하지만 그는 몇몇 사람에게 은혜를 모르는 출판계에 염증을 느끼고 있으며, 건강도 예전만 못하다고 털어놓았다. 1928년 그는 간 치료를 위

209 William Wiser, *The crazy years: Paris in the twenties*, Thames and Hudson, Londres, 1983.
210 Fels, 같은 책.

해 평생 처음으로 비시로 요양을 떠났다. 그때 그는 장리샤르 블로크에게 〈이제 나도 늙었나 보네〉라고 편지를 보냈다. 2년 후 사고로 발뒤꿈치가 부러졌을 때는 정신적 충격이 대단했던지 병상에 누워 있기를 거부할 정도였다. 1928년 가스통은 베르농에서 하류 쪽으로 8킬로미터 떨어진 센 강변의 조그만 마을 프레사뉴로르게 이외에 있는 저택을 구입했다. 생 울타리가 둘러진 널찍한 정원이 있고, 테니스 코트까지 갖추어진 아름다운 집이었다. 그 후 그는 두 곳의 인근 대지까지 사들였다. 가스통은 프레사뉴에서, 즉 강가에서 조용히 휴식을 취하지 않을 때면 마르탱 뒤 가르가 장인에게 사들인 성으로, 파리 외곽에 있는 페르슈 평원의 벨렘 숲가에 자리 잡은 〈라 테르트르〉에서 시간을 보냈다. 마르탱 뒤 가르는 5년 동안이나 내부를 개조하고 건물을 보수했고, 가스통은 그 과정을 관심 있게 지켜보았다.

가스통 갈리마르는 이본 레델스페르제와 오랜 별거 끝에 공식적으로 이혼하고, 1930년 7월 23일 14구의 구청에서 잔레오니 뒤몽Jeanne-Leonie Dumont과 재혼했다. 하지만 재혼도 그의 습관에 아무런 변화를 주지 못했다. 그는 여전히 〈여자들에게 둘러싸인 남자〉(드리외 라 로셸의 소설 제목)였고, 결코 지적이거나 도덕적이지 않은 이야기꾼이었다. 그가 40세일 때 만났든 70세일 때 만났든 간에 그를 알았던 많이 여자들은 가스통을 회상할 때마다 미소를 띠고 꿈꾸는 듯한 눈빛을 가진, 매력 있고 여유에 넘치는 남자라고 말했다.

친구들과 동료들에게도 가스통은 여자를 좋아하는 남자로 비쳤다. 그의 혼외 관계는 결코 비밀이 아니었다. NRF의 핵심 인물들이 발랑틴 테시에의 집에서 가스통과 사업을 논의한 때가 한두 번이 아니었다. 두 세계대전의 사이에 발랑틴은 가스통의 삶에서 중요한 위치를 차지했다. 1차 대전 중에 가스통이 비외콜롱비에와 미국 순회공연을 할 때부터 그녀는 가스통에게 잊지 못할 존재가 되었다. 1931년, 가스통이 50세가 되었을 때 그녀는 39세였다. 지드는 그녀를 〈농익은 맛있는 과일〉에 비유했고, 한 평론가는 〈당시 연극을 사랑한 모든 남자에게 발랑틴 테시에는 우아함과 매력의 상징이었다. 한마디로 이상적인 여인상이었다〉라고 회고했다.[211] 비외콜롱비에가 해체되어 팔리고 코포가 부르고뉴로 은퇴한 1924년부터 그

---

211 막스 파발렐리Max Favalelli가 Ici Paris(1952년 11월 10일)에 기고한 글.

녀는 루이 주베의 〈코메디 데 샹젤리제Comédie des Champs-Elysées〉에 합류해 지로두의 연극을 가장 잘 해석하는 배우가 되었다.

1933년, 발랑틴 테시에는 가스통 갈리마르와 함께 영화계에 데뷔했다. 그녀는 연기를 했고 가스통은 제작비를 지원했다. 폴 갈리마르가 19세기 말에 큰 돈을 들이지 않고 정부(情婦)를 위해 자신의 극장에서 연극을 제작했다면, 가스통은 그렇잖아도 미래가 불확실한 출판사를 큰 위험에 빠뜨릴 뻔했다.

가스통은 영화 제작에 투자하기 전부터 영화에 관심을 갖고 있었다. 1925년 가스통은 제7예술에 순수한 문학성을 더하고 케셀이나 마크 오를랑과 같은 작가들에게 영화감독들을 위해 더 시각적이고 더 극적인 글을 쓸 기회를 제공할 목적으로, 알베르 피가스Albert Pigasse에게 새로운 시리즈 〈시나리오Cinario〉(영화 cinéma와 대본scenario의 합성어)의 진행을 맡겼다. 그리고 곧바로 가스통은 사빈 베리츠, 피에르 보스트, 장 마랭, 라울 플로캥, 자닌 부이수누즈 등의 흥행작들을 각색한 소설로 또 다른 시리즈 〈영화 소설Cinéma romanesque〉을 시작했다. 대신 가스통은 잡지 『르뷔 뒤 시네마』의 면수와 제작비를 줄였고 마침내 1931년 12월에 그 잡지를 폐간시켰다. 손해가 막심했을 뿐 아니라 NRF를 문자 세계의 영화로 만들려던 기대를 충족시키지 못했기 때문이었다. 한편 그 잡지의 편집장을 맡았던 장 조르주 오리올은 시나리오 작가로 파테 나탕에 들어갔다.

1933년 갈리마르 출판사에서 영화에 관련된 문제를 담당한 사람은 로베르 아롱이었다. 저작권 문제를 주로 다루던 그에게 가스통은 소규모로 영화 제작팀, NSF(Nouvell société de films)를 꾸려 보라고 말했다. 아롱은 배급 업자에게 돈을 당겨쓸 수 있어 현찰이 많지 않아도 영화를 제작할 수 있다는 사실을 알아냈다. 그 후 레몽이 극구 반대했지만 가스통의 지원을 등에 업고 아롱은 본 영화가 시작하기 전에 상영되는 30분짜리 단편 영화의 제작에 착수했다.[212] 이런 과정에서 소요되는 비용에 대해서 가스통은 개의치 않았다. 중요한 것은 발랑틴 테시에게 재능을 선보일 기회를 주는 것이었다. 레몽이 거듭해서 반대하고 나섰지만 가스통은 들은 척도 하지 않았다. 마침 파스켈 출판사의 대리인이 『보바리 부인』의 영화 제

212 Aron, 같은 책.

작권을 가스통에 제안했을 때 가스통은 주저 없이 받아들였다. 발랑틴이 엠마 보바리가 되는 것이었다!

가스통은 감독으로 자크 페데르Jacques Feyder를 선정했다. 각색과 시나리오는 마르탱 뒤 가르의 몫이었다. 그리고 점심 식사 겸 첫 만남의 시간이 라뤼 식당에서 있었다. 안타깝게도 첫 만남부터 삐걱대기 시작했다. 페데르가 발랑틴에게 엠마 보바리 역을 맡길 수 없다고 버텼다. 그의 부인, 프랑수아즈 로제 때문이었을까? 어쨌든 제작자인 가스통의 요구에도 불구하고 페데르는 발랑틴을 거부했다. 결국 시작하기도 전에 그들은 갈라서고 말았다. 마르탱 뒤 가르조차 이런 다툼에 실망한 듯이 떨어져 나갔다. 모든 것을 다시 시작해야 했지만 가스통은 좌절하지 않았다. 아롱의 도움을 받아 가며 가스통은 처음 못지않은 제작팀을 구성했다. 화가 오귀스트 르누아르의 아들, 장 르누아르Jean Renoir가 감독직을 허락하면서 그의 팀원들까지 데려왔다. 그의 동생으로 샤를 보바리 역을 맡을 피에르, 카메라 촬영기사인 클로드, 편집을 담당할 마르그리트…… 무대 장치를 담당한 세 예술가 중에는 게오르기 바케비치라는 이름이 눈에 띄었다. 음악은 다리위스 미요가 맡았다. 주연인 피에르 르누아르와 발랑틴 테시에 이외에, 약사 오메 역은 막스 디얼리, 안짱다리 역은 피에르 라르케, 포목상 역은 르 비강에게 돌아갔다.

짝짝짝! 완벽한 배역이었다. 더 이상 좋을 수가 없었다. 촬영 준비는 끝났다!

로베르 아롱도 이런 일을 이뤄 낸 것이 믿겨지지 않았던 모양이다. 〈나는 신생 배급 회사 CID와 계약했다. CID는 대단한 영화를 배급할 수 있게 된 것에 고무되어 배급망을 확대하고 어음을 마구 남발했다. 그런데 내가 돈을 끌어오는 능력을 믿었던지 가스통 갈리마르는 사무실을 나서면서, 그 어음에 개인 배서를 하고 내게 건네주었다. 그 옆에 써 있는 내용, 즉 그가 책임져야 할 내용에 대해서는 쳐다보지도 않았다.〉[213]

레몽 갈리마르는 곧 엄청난 폭풍이 닥칠 것이라며 경계를 늦추지 않았지만 누구도 그의 말에 귀를 기울이지 않았다.

스튜디오 촬영은 1933년 가을에 비양쿠르에서 시작되었다. 야외 촬영이 루

---

213 Aron, 같은 책.

앙, 리, 리옹라포레 등 노르망디를 무대로 마무리된 직후였다. 촬영팀은 친구가 되었다. 르누아르는 당시를 〈우애의 희열〉이라 회상했다. 배우들, 촬영팀, 보조들 모두가 매일 저녁 가스통과 발랑틴을 중심으로 모여서 환담과 웃음을 나누었다. 르누아르와 르 비강은 마르지 않은 이야기 샘이었다. 자크 베케르Jacques Becker[214]도 그 자리에 있었다.

가스통 갈리마르는 8월을 노르망디의 조그만 마을에서 이처럼 즐겁게 지내면서 세바스티앵보탱 가의 출판사, 저자와 계약, 그리고 베르나르 그라세를 완전히 잊었다. 오직 영화만을 생각했다.

편집하는 데 시간이 의외로 오래 걸렸다. 영화 상영 시간도 길었다. 세 시간이 넘었다. 어떤 극장도 그처럼 긴 영화를 상영하려 하지 않았다. 결국 감독과 제작자의 의견을 무시하고 배급업자들이 필름을 제멋대로 잘라 냈다. 영화관의 입맛에 맞춰 두 시간으로 조절되었다. 르누아르는 사지가 잘려 나간 듯이 격분했고 배신당했다고 소리쳤다. 소설이었다면 두께를 줄인다며 한두 장을 덜어 낼 수 있었겠는가? 가스통도 르누아르와 생각을 같이하며 〈대학살〉이라고 분노했다. 더구나 비양쿠르의 촬영실에 관객들을 초대해 대여섯 번의 시사회를 가졌고 모두가 박수를 보내지 않았던가![215]

1934년 1월 4일 파리의 시네오페라에서 첫 상영이 있었다. 40년 전과 상황은 달랐지만 그들의 아버지들이 그랬던 것처럼 가스통과 르누아르는 가슴이 두근거렸다. 관객의 반응은 괜찮은 편이었다. 하지만 평론가들은 무엇이라 말했을까? 『그랭구아르』의 조르주 샹포Georges Champeaux는 르누아르를 높이 평가하면서도 그 영화에 대한 실망감을 감추지 않았다. 〈심리 영화도 아니고 분위기 있는 영화도 아니다. 어중간하다. 르누아르는 보바리 부인의 열정이나 시골의 권태로움을 제대로 그려 내지도 못했다. 8천 프랑이 없어서 자살한 여자의 이야기를 설득력 있게 전달해 주지 못했다.〉 달리 말하면, 플로베르의 소설에 먹칠을 했다는 뜻이었다. 가스통에게는 중대한 문제가 아닐 수 없었다. 그나마 다행히도 샹포는 발랑틴

214 장 르누아르의 조감독으로 일하다가 독립해서 1955년에 감독으로 데뷔, 프랑스의 암흑 사회를 사실적으로 묘사했다 — 역주.
215 *Cahiers du cinéma*, 제78권, 1957년 12월.

을 감싸 주었다. 〈장 르누아르 감독에 보낼 유일한 찬사가 있다면 여주인공의 선택이다. 발랑틴 테시에는 보바리 부인의 적역이었다. 그녀의 재능이 더 부각되지 못한 것이 아쉬울 뿐이다.〉[216]

그다지 악의적인 평론은 아니었지만 관객을 끌어들이기에는 부족했다. 다른 평론들도 거의 같은 어조였다. 하지만 가스통은 우호적인 언론을 믿었다. 『마리안』은 같은 계열의 주간지였고, 「피가로」의 국장들과는 더할 나위 없이 절친한 관계를 맺고 있었기 때문이다. 평론가 장 로리Jean Laury는 〈플로베르의 팬들은 장 르누아르가 그들의 작가를 꼼꼼하고 적절하게 해석해 준 것에 감사할 것이다. 프랑스 영화계도 복잡하고 느릿한 소설을 영화로 표현하는 게 어려웠겠지만 작위적인 냄새가 풍기지 않게 해석해 낸 장 르누아르에게 경의를 표할 것이다〉라고 칭찬하며 〈발랑틴 테시에의 탁월한 연기 덕분에 엠마 보바리는 소설처럼 처절한 절망 속에 죽어 갔다. 영화와 여주인공 모두 소름이 돋을 정도로 아름답게 끝을 맺었다〉라고 덧붙였다.[217]

끝으로 『NRF』에서는 가스통 갈리마르가 제작한 영화를 비판하지 않으면서 비판해야 할 무거운 짐을 외젠 다비가 맡았다. 실로 무거운 짐이었다! 다비는 『북호텔』의 저자답게 그 난관을 훌륭히 해결해 냈다.

하지만 다비의 재능으로도 충분하지 않았던 것일까? 「보바리 부인」의 흥행은 참패였다. 금세 간판이 내려지고 말았다. 모두가 실패의 원인에 대해 한마디씩 했다. 영화를 잘라 낸 때문이라고, 연극적인 분위기 때문이었다고, 평론가들의 반응이 싸늘한 때문이었다고……. 사실 1934년 초에 파리 사람들은 19세기의 노르망디에 살던 부르주아에게 닥친 비극보다 훨씬 흥미진진한 사건들을 즐기고 있었다. 희대의 사기꾼 알렉상드르 스타비스키가 죽었고, 쇼탕 내각이 해산되었다. 그리고 길거리에서는 2월 6일의 사건을 예고라도 하듯이 매일 폭력 시위가 벌어지고 있었다.

「보바리 부인」의 배급을 맡은 회사가 파산하고 말았다. 어음에 배서를 한 가스통에게는 재앙이나 다름없었다. 자금 계획이 순식간에 허물어졌다. 스튜디오 주인부터 필름 공급자까지, 심지어 선전용 트럭을 임대해 준 사람까지 모든 채권자가 가스통에게 달려갔다. 가스통은 귀머거리라도 되고 싶은 심정이었다. 그들은

216 *Gringoire*, 1934년 1월 19일.
217 *Le Figaro*, 1934년 1월 12일.

월급을 차압하고 스캔들을 공개적으로 폭로하겠다고 협박했다. 가스통은 자신과는 관계없는 일이라 생각하며 그들의 요구를 거절했다. 채권자들은 로베르 아롱의 목을 요구하며 아롱을 파면시키라고 다그쳤다. 가스통은 이 요구도 거절했다. 문을 걸어 잠그고 굴복하지 않았다. 그는 끈기와 고집으로 버텼다. 가스통은 그들에게 빚을 수입액에 비례해서 갚아 주겠다고 제안했다. 부당한 제안이었지만 채권자들은 그 제안을 받아들였다.[218] 레몽의 판단이 옳았던 것이다. 그런데 가스통은 레몽의 충고를 무시했다. 가스통은 영화의 실패를 장기적 관점에서 훌륭한 책의 실패로 여기면서, 몇 십 년이 흐르면 영화 「보바리 부인」이 장 르누아르의 걸작으로 꼽힐 것이라 생각했다. 하지만 앞으로는 결코 성급하게 영화에 돈을 투자하지 않을 것이라고 다짐했다.

그러나 1936년, 베를에게 소개받은 드니즈 튀알Denise Tual의 제안에 동의하며 가스통은 〈시놉스Synops〉라는 회사를 세웠다. 튀알, 미롱 셀즈니크(제작자의 동생), 콩스탕스 콜린과 더불어 NRF도 대주주가 되었다. 사업 계획은 괜찮은 듯했다. 갈리마르의 도서 목록에서 영화에 적합한 책을 골라 번안해서 영화 제작자들과 감독들에게 제안하는 것이었으니까.

1932년, 세바스티앵보탱 가의 갈리마르 출판사에서 큰 소동이 벌어진 듯했다. 각 층에서 샴페인을 터뜨리는 소리가 들렸다. 결혼식이라도 있었던 것일까? 공쿠르상을 수상한 것이었을까? 아니면 그라세가 파산이라도 했던 것일까? 아니었다. 아셰트Hachette(당시 프랑스 최대의 인쇄물 유통 회사)와 손을 잡은 것이었다. 몇 달 전부터 회사 내에서는 그 이야기밖에 없었다. 그런데 마침내 세기적인 계약이 1932년 3월 29일에 맺어진 것이었다. 그리고 잡지 『박격포』의 표현대로 가스통 갈리마르가 〈출판계의 왕, 가스통 1세〉가 된 것이었다.

1930년대 초부터 아셰트는 이미 하나의 제국이었다. 1926년 12월의 어느 날 저녁 트로카데로 광장의 커다란 홀에서 성대하게 열린 창립 100주년 기념식을 보고, 파리는 아셰트의 위용을 짐작할 수 있었다. 레몽 푸앵카레와 에두아르 에리오,

218 Aron, 같은 책.

오페라 극장과 코메디 프랑세즈의 엘리트 배우들, 영향력 있는 언론인들, 거물급 산업 자본가들이 모두 참석했다. 서적 유통에서 아셰트의 위치를 여전히 의심하는 사람들에게는 서적 유통 협회 역대 27명의 회장 중에서 6명이 아셰트 출신이라는 사실로 설명을 대신했다. 기록이었다!

1920년대 말부터, 아셰트의 경영자 르네 셸레르René Schoeller는 내심 큰 야심을 품고 있었다. 신문에서 성공했듯이 책까지 독점적으로 배급해 보겠다는 야심이었다. 사업을 다각화해서 회사의 힘을 확대시키는 동시에 출판사들을 종속 관계에 두는 최선의 방법이기도 했다. 샹젤리제 출판사가 계약서에 처음 서명하면서 셸레르의 전략은 1927년에 돛을 올렸다. 하지만 앞으로 전략을 크게 변화시켜야 할 하나의 실험일 뿐이었다. 게다가 샹젤리제 출판사는 자체로 책을 유통시키기는 했지만 1926년부터 이미 아셰트의 계열사나 다름없었다. 1931년 3월에는 타이앙디에 출판사가 계약서에 서명했다. 하지만 큰 출판사는 아니었다. 셸레르는 권위 있는 대형 출판사를 물색했다. 그런 출판사와 계약한다면 파급 효과가 커서 다른 출판사들도 서둘러 계약할 것이라 생각했다.

그에 합당한 출판사는 NRF밖에 없었다. NRF는 셸레르가 원하는 조건을 모두 갖추고 있었다. 게다가 몇 년 전 『데텍티브』의 배급을 맡으면서부터 셸레르는 가스통 갈리마르와 우정을 나누는 절친한 사이였다. 포스터 문제로 둘의 관계는 더욱 돈독해졌다. 그들은 서로에게 도움을 주었다. 마침내 셸레르는 가스통에게 넌지시 의향을 물었다. 갈리마르 출판사가 서점들에 제공하는 수수료로 아셰트가 책 판매를 책임지겠다고! 도매상의 수수료는 출판사마다 달랐고, 현찰로 구매하는 부수에 따라서도 달랐다. 그 후 몇 달 동안 가스통은 노련한 협상력을 발휘하면서 할인율을 두고 팽팽한 신경전을 벌였다. 아셰트가 먼저 제안했기 때문에 가스통이 더 유리한 입장에 있었다. 이런 이점을 활용해서 가스통은 자신의 조건을 하나씩 제시했다. 갈리마르는 연간 250종을 발행하고, 분야(소설, 시론 등)에 따라 다르기는 하지만 평균 인쇄 부수가 3천~5천 부이기 때문에 아셰트에게 인쇄 부수의 75퍼센트를 현찰로 구입해 주길 요구했다. 가스통이 던진 최후의 카드였다. 과거 어떤 출판사도 얻어 내지 못했고 그 후로도 얻어 내지 못할 조건이었다. 가스통은 요지부동이었다. 그리고 결국 아셰트의 수락을 받아 냈다.[219] 이 협상에서 가스통은 결코 질 수 없는 열쇠를 쥐고 있었다. 잡지 『NRF』, 갈리마르의 도서 목록, 그리고 이미 굳건히 자리 잡은 출판물들이 그것이었다.

외부에서 보면 이해하기 힘든 거래였다. 따라서 아셰트가 갈리마르 출판사에 투자한 것이라 생각하는 사람들도 적지 않았다. 폴 레오토의 회고에 따르면, 당시 출판계는 NRF의 심각한 손실에 따른 재정난, 팔리지 않은 책의 과잉 재고, 출판사의 고질적인 방만 운영을 간접적으로 증명해 주는 거래라고 평가했다. 또한 레오토는 시인답게 〈그렇다고 아셰트의 입성이 출판사의 자유로움을 제한하지는 않았다. 아셰트는 유통 문제에만 관여했으니까〉라고 덧붙였다.[220]

원하는 것을 얻어 낸 가스통은 많은 신생 출판사들을 방해하던 세 가지 장애물을 한꺼번에 해결할 수 있었다. 즉 무명작가의 책을 출간하는 위험성, 반품에 대한 두려움, 그리고 자금이었다. 그때부터 갈리마르 출판사는 어떤 책을 출간하더라도 상당 부분이 판매되어 현찰을 손에 쥘 수 있었다. 이보다 좋을 수는 없었다. 화룡점정이라 할까? 1935년에는 앙리 필리파키Henri Filipacchi가 아셰트에서 서적 유통의 책임자로 임명되면서 갈리마르를 관리하게 되었다. 가스통은 플레이아드 총서를 사들일 때 친구인 쉬프린을 통해 필리파키를 만난 적이 있었다. 그리고 바로 1년 전에 그가 필리파키를 르네 셀레르에게 소개하지 않았던가! 그때 셀레르는 필리파키를 비정규 직원을 받아들였다. 필리파키가 서적 유통 책임자로 임명되었다는 소식에 가스통은 내심으로 기뻤지만, 젊은 필리파키가 그렇게 급속도로 승진해서 르네 셀레르를 대신해 그의 상대로 나타날 줄은 상상조차 못했다.

어쨌든 갈리마르로서는 손해날 것이 없는 거래였다. 아셰트에게도 만족할 만한 거래였다. 1935년 10월에 파스켈 출판사가 독점 배급을 위한 계약서에 서명을 했고, 그 이후로 많은 출판사가 뒤를 따랐으니 말이다.

219 개인 자료.
220 Journal, 같은 책.

제5장__1936~1939

6월 5일. 인민 전선. 레옹 블룸의 정치 실험이 시작되었다. 가스통 갈리마르는 블룸을 좋아했다. 에두아르 에리오와 필립 베르틀로와 더불어 정치 3인방 중 하나 였던 블룸을 자주 언급하며, 가스통은 정치인 모두를 싫어하는 것은 아니라는 사실을 간접적으로 드러내 보였다.[1]

나탕송 형제가 발행하던 잡지 『르뷔 블랑슈』에 관련하여 하원의 정적들에게 〈댄디 블룸〉이라 놀림을 받았지만, 블룸은 1935년에 갈리마르 출판사에서 『드레퓌스 사건의 회고Souvenirs sur l'affaire』를 발표했고, 1937년에는 『괴테와 에커만의 새로운 대화Nouvelles conversations de Goethe avec Eckermann』와 『권력 연습L'exercise du pouvoir』을 발표했다.

당시, 내각 수반이었던 블룸은 가스통에게 권력층과 연줄을 맺을 고리였다. 이런 관계를 거부할 하등의 이유가 없었다. 사회주의자는 아니었지만 가스통은 이런 관계를 즐겼다. 하지만 6월 중순경 단체 교섭, 유급 휴가, 주 40시간 노동 등에 관련된 새로운 법이 시행되면서 가스통은 사회주의 정부에 대한 환상을 버리기 시작했다. 그때까지 가스통은 마음씨 좋은 아버지처럼 회사를 운영했었다. 적절한 임금을 보장하고, 근무시간에 융통성을 주었으며, 필요한 경우에는 월말에 보너스를 지급했다. 그는 자신이 정한 공생의 법칙에 충실했다. 따라서 정부가 강요하는

---

1 에리오는 1929년에 갈리마르에서 『베토벤의 일생Vie de Beethoven』을 발표했다.

법을 별로 달갑게 생각지 않았다. 가스통은 불만스러웠지만 영업 책임자인 루이다니엘 이르슈가 새 법을 철저하게 준수해야 한다고 충고까지 했기 때문에 충실하게 따랐다. 그런 일로 정부와 싸울 필요는 없었다. 사회주의자들이 더 가혹한 조건을 강요할 수도 있었기 때문이었다.

8월 13일, 정확히 말해서 군수 산업의 국유화에 대한 새 법이 발효되고 이틀이 지난 후 장 자이Jean Zay 교육부 장관이 저작권과 출판 계약에 관련된 개혁 법안을 하원에 제출했다. 56개라는 조항이 보여 주듯이 즉흥적인 법안은 아니었다. 출판사들의 첫 반응은 불안감이었지만 이것은 점점 분노로 바뀌기 시작했다. 스페인의 〈무간섭주의〉처럼, 정부가 공장의 연좌 농성에 관여하지 않듯이 출판 계약에도 아예 관심을 갖지 않는 편이 나을 법했다. 교육부의 법률 담당 부서가 작성한 법안은 장황하고 복잡하게 뒤얽힌 사슬과도 같았다. 이런 법안과 어떻게 싸워야 할까? 누가 출판계의 입장을 대변해야 할 것인가? 출판계는 아무런 준비도 없이 뒤통수를 맞았지만 마침내 성격대로 사는 출판인 하나가 나섰다. 베르나르 그라세였다. 그라세는 정부를 맹렬하게 공격하면서 승리를 거둘 때까지 포기하지 않겠다고 선언했다. 그라세를 잘 아는 사람들은 안도의 한숨을 내쉬었다. 이런 싸움에는 그가 적격이었기 때문이다. 그 어느 때보다 흥분한 모습으로 동료 출판인들에게 싸움에 동참하라고 다그치며, 그라세는 법안의 통과를 저지하기 위해서 각자 최선을 다하자고 목소리를 높였다. 가스통 갈리마르는 저자 중 하나가 교육부 위원인 것을 알아냈다. 『메르퀴르 드 프랑스』에서 편집자로 일했고 한때 공보부에서 장 폴랑과 함께 일했던 장 카수Jean Cassou였다. 게다가 갈리마르 출판사에서 6권의 책을 발표한 인연까지 있었다.

또한 좌파에 많은 인맥을 갖고 있던 『마리안』을 동원해서 가스통은 플롱이나 파야르보다 권력층에 더 큰 영향력을 행사할 수 있었다.

여론이 들끓었고, 그에게 유리한 것에 고무된 그라세는 교육부의 법안 중 한 부분, 즉 출판사가 한 작가의 작품 하나 혹은 전작에 대한 독점적 출판권을 보유할 수 있는 기간을 줄이려 한 조항을 집중적으로 공격했다.

베르나르 그라세와 가스통 갈리마르에게 그 조항은 출판계의 사망을 뜻했다. 적어도 그들은 그렇게 이해했다. 그들은 영리했다. 법안 전체를 비난하지 않았다.

254

그때까지 단편적으로 분산되어 있던 저작권과 출판 계약에 관련된 법을 통합한 법안의 필요성을 인정했다. 또한 라디오의 보급과 녹음 기록의 확대에 맞춰 과거의 법들을 개정할 필요성도 인정했다.

여기까지는 그들도 찬성했다. 하지만 21조는 출판에 죽음을 언도하며 출판의 원칙 자체에 의문을 제기한 것이라 생각했다. 베르나르 그라세는 〈출판업은 기본적으로 도서 목록을 만들어 가는 작업이다. 달리 말하면, 자신만이 아니라 후손을 위해서 생명력 있는 자산을 만들어 가는 사업이다〉[2]라고 주장하면서, 출판사는 즉각적인 이익을 추구하지 않고 미래의 이익을 보고 많은 책을 발행하는 것이란 점을 강조했다. 따라서 현재의 거래에 만족하는 출판사는 금세 사라지고 말 것이며, 한 작품에서 꾸준히 기대할 수 있는 수입의 가능성을 빼앗긴다면 어떤 출판사도 문학의 진흥을 위해 뛰어들지 못할 것이라고 덧붙였다. 그라세의 메시지도 법안만큼이나 분명했다. 이런 점에서 둘의 입장은 완전히 달랐다.

교육부의 법안에서 문제가 된 조항은 저작권을 한 출판사에 완전히 양도하던 원칙을 일시적 양도로 개정한 부분이었다. 특히 사후의 권리 기간이 문제였다. 새로운 법안에 따르면, 처음 10년 동안에는 출판사의 저작권이 보장되지만, 그 후 40년 동안에는 유산 상속자가 더 높은 인세를 제시하는 출판사에게 저작권을 양도할 수 있었다. 물론 50년이 지난 후에는 모든 저작물이 공공의 재산이 되므로 누구도 저작권을 행사할 수 없었다.

많은 출판사들이 반대하는 이유는 충분히 이해할 수 있었다. 하지만 이상하게도 적극적으로 반대하지 않는 출판사들도 적지 않았다. 일간지 「랭트랭지장」이 1936년 9월에 실시한 설문 조사에 따르면, 플라마리옹을 비롯한 적잖은 출판사가 그라세만큼 적극적으로 새 법안에 반대하지 않았다. 심지어 로베르 드노엘처럼 자유 경쟁이란 원칙을 내세우며 교육부의 법안을 지지하는 출판사들도 있었다.

베르나르 그라세는 법학 교수이자 저명한 법학자인 장 에스카라Jean Escarra, 장 로Jean Rault, 프랑수아 에프François Hepp에게 교육부의 법안을 분석해 달라고 의뢰해서, 1937년 초에 『저작권에 대한 프랑스의 정책La doctrine française du

2 *La Chose littéraire*, 같은 책.

droit d'auteur』를 발간해 여론을 다시 환기시켰다. 그들은 그라세의 손을 들어 주었지만 적절한 구절과 사례를 인용하며 절제된 언어로 사회주의 정부의 법안을 권위 있게 비판했다.

베르나르 그라세는 출판계를 대표한 투사가 되어 정부와 끈질기게 싸웠다. 그런 용기 있는 싸움은 마침내 결실을 맺었다. 1938년 6월, 정부가 계획한 토론회가 60여 개의 다른 개정 법안 때문에 연기되었다! 그 후에도 1년 동안 위원회의 홍보관 알베르 르 바일Albert Le Bail에게 작가 협회, 미술가 협회, 출판 협회가 항의 편지를 연이어 보내면서 압력을 가했기 때문에 토론회는 연기를 거듭했다. 마침내 1939년 6월 1일, 지루하게 미뤄지던 토론회가 하원에서 시작되었다. 교육부 장관인 장 자이와 그의 보좌관 피에르 아브라함, 그리고 쥘리앵 캥 국립 도서관 관장이 참석했다. 법안의 찬성자들과 반대자들 모두가 새 법안의 필요성을 인정했지만 세부적인 내용에서 서로 달랐다. 어느 쪽도 출판사의 이익을 보장하면서 저자의 이익까지 보장할 수 있는 해결책을 제시하지 못했다.

르 바일은 〈새 법안의 요점은 지금까지 남용되어 온 저작권 문제를 해결하자는 것이다. 우리는 출판사가 일반 기업처럼 운영되는 것을 원하지 않는다. 저자가 출판사에게 하나의 권리, 즉 출판의 주된 목적에 합당한 권리만을 양도하도록 하자는 것이다. 당연한 일이 아니겠는가! 그래야 출판사가 출판 본연의 역할에 충실할 수 있을 것이라 생각되기 때문이다. 출판사는 책을 발행하는 곳이지 영화 제작자까지 되어서는 안 된다!〉라고 주장했다.[3]

알베르 르 바일은 두 종류의 출판사가 있다고 생각한 듯하다. 하나는 정말 문학과 예술을 사랑해서 책을 출판하는 〈좋은〉 출판사이고, 다른 하나는 도둑놈이나 다름없는 〈나쁜〉 출판사였다. 그는 이런 두 유형의 출판사 사이에, 〈기업인처럼 책을 출간해서 최대의 이익을 거두려 애쓰는 기업가 정신을 지닌 정직한 출판인들이 있다〉라고 덧붙였다.

르 바일의 주장에 많은 박수가 터졌다. 법안은 3년 동안 갈고 다듬어졌다. 처음에는 거론조차 되지 않던 조항, 즉 저작권의 매절이 금지되었다. 하지만 르 바일

---

3 *Journal officiel*, 1939년 6월 2일.

이 언급한 다른 조항, 즉 저자와 출판사 간의 다툼을 조절하기 위한 특별 재판소의 상설에서 의원들 간의 견해 차이가 좀처럼 좁혀지지 않았다. 의사록에서도 확인되듯이 좌파와 우파 모두에서 다양한 의견들이 쏟아져 나왔다. 하지만 르 바일은 그런 재판소가 없으면 새 법안도 무용지물이 될 것이라 주장했다.

르 바일의 설명에 따르면, 처음 법안에서는 저자의 일방적인 계약 해지가 가능했다. 따라서 출판사들이 그 조항을 출판사 도서 목록의 조종(弔鐘)이라 주장하면서 반대의 목소리를 높였던 것이므로, 계약의 재심을 다룰 특별 재판소가 필요하다는 것이었다.

한 의원은 교육부의 법안을 격렬하게 비난하는 연설을 끝내면서 〈출판사가 요구하는 것은 프랑스 사상을 전 세계로 확대시킬 수 있도록 허락해 달라는 것이다〉라고 덧붙였다.

다음 날에도 설전은 계속되었다. 상공 위원회를 대표한 프랑수아 마르탱이 다시 단기간의 계약 문제를 거론하며, 수정된 법안을 꼼꼼히 뜯어보면 작가가 10년 후에 저작권을 회수할 수 있도록 되어 있다고 지적했다. 그는 지드까지 인용하면서 출판사들의 입장을 대변하며 목소리를 높였다.

「대중이 어떤 작품의 가치를 인식하기도 전에 그 작품을 빼앗길 수 있다는 사실을 안다면, 미친 사람이 아니고서야 그저 문학을 사랑하는 순수하고 너그러운 마음으로 그 작품을 출간해 줄 만큼 돈이 많은 출판인이 있겠는가?」[4]

마르탱의 지적은 정곡을 찌르는 것이었지만 귀담아 듣는 의원은 없었다. 350명의 의원들이 이런 토론의 필요성을 인정했지만 정작 토론회에 참석한 의원들은 손으로 꼽을 정도였다. 주말을 하루 앞둔 금요일이었기 때문이리라. 1939년에는 저작권 이외에도 화급히 처리해야 할 다른 문제들이 산재되어 있었다. 훗날 베르나르 그라세는 장 자이 교육부 장관이 그를 불러 법안을 폐기하겠다는 뜻으로 해석될 만한 말을 개인적으로 밝혔다고 회고했다.

「당신이 위험을 무릅쓰고 보여 준 끈기가 보상을 받아야만 한다고 생각합니다. 현행법이 당신에게 보장해 주고 있는 독점적 저작권만이 그 보상이 되겠지요.」[5]

4 *Journal officiel*, 1939년 6월 3일.
5 베르나르 그라세가 *Paris-Presse*(1951년 10월 5일)에 기고한 글.

출판사들의 압력, 다른 법률들의 개정, 전쟁 그리고 파시스트 의용대에 의한 장 자이의 암살 등으로 새 법안은 흐지부지되고 말았다.

인민 전선의 집권부터 〈전투 없는 전쟁〉(2차 대전 직후 유럽의 서부 전선에서 일어난 사건들)의 초기까지 3년이란 시간 동안 정국(政局)도 시끄러웠지만 출판계도 그에 못지않게 시끄러웠다. 한동안 조용하던 출판계에 소용돌이가 일어났다. 물론 장 자이의 법안도 적잖은 몫을 해냈지만 출판계 내에서도 변화가 일어났고, 무엇보다 사람들이 바뀌고 있었다.

메르퀴르 드 프랑스의 발행인이던 알프레드 발레트가 세상을 떠난 지 1년 후, 즉 1936년 11월에 아르템 파야르의 부고(訃告)가 전해졌다. 한편 베르나르 그라세는 다른 문제에 봉착해 있었다. 출판사를 전적으로 혼자서 운영하던 시대를 그리워하며, 사사건건 간섭하는 이사회와 실랑이를 벌여야만 했다. 1938년 말, 그라세는 회사의 자본금을 380만 프랑으로 줄여야 했다. 또한 그가 현물로 기여한 몫을 재평가한 결과에 따라 주식의 액면가는 250프랑에서 100프랑으로 떨어졌다. 그가 자기자신, 기껏해야 루이 브룅만 책임지면 되던 행복한 시절은 끝나고 말았다. 그리고 1939년 여름, 그라세 출판사의 2인자가 자신의 부인에게 살해되었다. 두 발의 총을 맞고! 하지만 그녀는 무죄로 풀려났고, 남편이 오랫동안 소중하게 수집해 온 수천 권의 희귀본과 기증받은 책들을 독일군의 점령 시대에 팔아 큰 돈을 벌었다.

1936년 초, 잡지 『에스프리*Esprit*』와 같은 기독교 좌익계에서 활동하던 두 청년 장 바르데Jean Bardet와 폴 플라망Paul Flamand이 출판계에 뛰어들어 앙리 쇠베르그Henri Sjöberg를 도와, 갓 탄생했지만 존재하지 않는 것이나 마찬가지이던 에디시옹 뒤 세이유Éditions du Seuil를 가내 수공업의 수준에서 탈출시켰다. 같은 시기에 런던에서는 영국의 출판업자, 앨런 레인Allen Lane이 앙드레 모루아의 『아리엘 혹은 셸리의 삶*Ariel ou la vie de Shelley*』을 작은 판형으로 만들어, 런던의 대형 서점인 울워스Woolworth에서 6펜스에 팔기 시작했다. 출판계는 이런 책을 달가워하지 않았지만 독자들은 뜨거운 반응을 보여 주었다. 문고판의 효시인 펭귄북의 첫 권이었다. 포켓판은 4년 후에 대서양을 건너가 미국의 출판인들에게 큰 영향을 끼쳤다. 또한 비슷한 시기에 영불 해협을 건너간 펭귄북은 아셰트의 사장, 로베르 뫼니에 뒤 우수아Robert Meunier du Houssoy의 눈에 띄었고, 그때부터 아셰트는 〈자주색 시리즈Collection pourpre〉라는 이름으로 포켓판 대중서를 발간하기 시작했다.

하지만 모든 좋은 아이디어는 프랑스 밖에서 전해진 것이란 섣부른 결론은 금물이다. 〈북 클럽〉은 프랑스에서 시작되었다. 그보다 10년 전에 35세의 르네 쥘리아르René Julliard가 세계 최초의 〈북 클럽〉인 세카나Sequana 출판사를 운영했다. 매달 쥘리아르는 앙드레 모루아, 폴 발레리, 리오테 원수 등으로 구성된 위원회 위원들과 함께 저녁 식사를 하면서 그 달에 출간된 책들 중에서 한 권을 선정했다. 쥘리아르는 프랑스뿐만 아니라 해외에서 가입한 회원들을 위해서 특별히 선정한 책을 보급용으로 만들었다. 관련된 사람들 모두에게 이익이 돌아가는 혁명적인 발상이었다. 따라서 그 후로 많은 북 클럽이 우후죽순으로 생겨났다.

갈리마르 출판사에도 변화의 조짐이 있었다. 창립 이후로 〈리브레리 갈리마르〉, 즉 NRF 출판사는 네 차례나 자본금을 증액시켰다. 회사의 확장, 직원 수와 일반 비용의 증가, 본사의 이전, 영화와 광고를 비롯해서 새로운 출판물에의 투자, 매출의 가파른 상승, 매달 출간되는 종수의 증가, 새로운 시리즈들, 저자에게 지불되는 선인세 등을 감안할 때 갈리마르는 이미 대형 출판사로 성장해 있었다.

가스통은 외아들, 클로드를 회사에 입사시켰다. 당시 스물세 살이었던 클로드는 자유 정치 학교école libre des sciences politiques를 졸업한 법학 박사였다. 아버지와 달리 클로드 갈리마르는 법을 존중하는 사업가였다. 따라서 갈리마르 출판사에 입사한 순간부터 그런 색깔을 분명히 드러냈고, 아버지와 작은 아버지와 같은 자격으로 독자 위원회에 참석했다. 또한 입사한 지 1년 후에는 박사 논문, 『국제 통화 거래에 대하여Des opérations de change international sur devises』를 정리한 책『외환: 그 변천사와 기법Le change, évolution et technique』을 케인즈, 주브넬, 후버 등 쟁쟁한 인물들의 저서로 꾸며진 시리즈의 한 권으로 발표했다. 클로드 갈리마르는 훗날 개혁당 출신의 상원 의원과 예술부 차관을 지냈지만 당시에는 가스통이 파트노트르에게 『마리안』을 넘긴 이후로 그 잡지의 주필을 맡고 있었던 앙드레 코르뉘의 딸과 결혼했다. 당시 스물다섯 살이었던 클로드 갈리마르는 성격에서나 취미에서, 아버지와 많이 달랐다. 부자 모두가 〈프랑스 자동차 클럽〉 회원이라는 점이 거의 유일한 공통점이었다.

　1938년 9월. 달라디에 프랑스 수상이 뮌헨에서 돌아왔다. 그가 평화 조약을 체결한 덕분에 프랑스인들은 평화가 보장되었다며 기뻐했다. 이상한 평화였다. 사람들은 안도의 한숨을 내쉬면서 〈팍스 게르마니카〉에 대해 설전을 벌였다. 그리고 새로운 욕이 생겼다. 〈뮈니슈아(뮌헨놈)!〉 비둘기파와 매파를 구분하기도 어려웠다. 모든 것이 엉망진창이었다. 이런 와중에도, 4년 전부터 2월 6일이면 콩코르드 광장에 추념의 꽃다발이 놓이기 시작했다. 새롭게 닥친 딜레마, 즉 〈굴욕인가 전쟁인가〉라는 딜레마를 이겨 내기 위한 수단의 하나였다. 〈민주주의를 더럽히지 않기 위해서〉 싸우려 하지 않는 사람들은 패배주의자들인가? 나치즘의 확산을 막으려는 사회주의자들은 곧 주전론자인가? 어지러웠다. 기준점들이 뒤엉키고 있었다.

　뮌헨이 모든 논쟁의 중심이었다. 뮌헨에 가야만 했는가, 거부해야 했는가? 달라디에가 평화 조약에 서명해야만 했는가? 언론은 매일 이런 문제로 떠들어 댔다. 잡지 『NRF』와 출판사는 이런 정치적 놀음에 지나치게 민감하게 반응할 필요가 없었다. 그러나 1938년에 발간한 몇몇 책은 당시의 현상을 적절하게 반영해 주고 있다. 베르트랑 드 주브넬의 『유럽의 각성Le Réveil de l'Europe』, 장 폴 사르트르의 『구토la Nausée』, 카프카의 『변신』과 『성』, 레몽 아롱의 『역사 철학 입문Introduction à la philosophie de l'histoire』, 로베르 아롱의 『전후의 종말La fin de l'après-guerre』, 호르헤 아마도의 『모든 성자들의 바이아Bahia de tous les saints』, 칠리가의 『큰 거짓말의 나라에서Au pays du grand mensongs』, 샤를 앙들레르의 『니체, 그의 삶과 사상Nietzsche, sa vie et sa pensée』 총 여섯 권…….

　잡지들도 11월호부터 뮌헨 문제에 목소리를 내기 시작했다. 〈1938년 9월 동원 이후 내 친구들에 보내는 말〉이란 제목의 글에서 아르망 프티장Armand Petitjean은 독자들에게 프랑스를 대표한다고 떠드는 사람들 — 정치인, 언론인, 은행가 등 — 을 경계하라고 촉구하며, 그들을 마지노선으로 보내 〈몇 킬로미터 떨어진 곳에서 불어오는 죽음의 냄새〉를 맡게 하자고 주장했다. 쥘리앙 뱅다는 독일에 대한 민주주의자들의 태도에 의문을 제기하며, 프랑스가 독일에 종속된다면 〈잠재된 파시즘이 폭발할 것이다〉라고 예언했다. 장 슐룅베르제는 굴욕이란 문제를 다루면서, 굴욕적 평화가 아닌 피와 땀이 깃든 평화를 바란다고 말했다. 마르셀 아를랑은 잠깐 동안 프랑스를 돌아보면서 프랑스 국민들의 대화에 감춰진 숙명론과 두려움과 체념에 큰 충격을 받았으며, 마치 프랑스가 죽음을 준비하는 듯한 기분이었다고 말했다. 언론과 정치인이 프랑스 국민을 그렇게 만들었다고 생각한 아를랑은 프랑스 국민에게 그런 날이 닥칠 때 죽음을 각오한 용기와 이성을 찾으라고 촉구하며 〈나는 우리가 한 독재자의 하찮은 발언에 실신해 버리는 국민이라 생각지 않는다. 한 민족이 죽음을 맞으려면 신들의 분노가 있어야 하는 법이다. 이와 마찬가지로 한 민족이 품위 있게 살기 위해서도 신들이 필요한 법이다〉라고 결론지었다. 한편 앙리 드 몽테를랑은 『캉디드』가 자체 검열로 삭제한 「일지Journal」의 부분들을 『NRF』에 보냈다. 그는 전쟁을 반대하며 뮌헨 조약을 두둔하는 사람들에게 일침을 가했다. 〈비겁한 바보들아, 좋든 싫든 언젠가 너희 배설물의 냄새가 너희 피 냄새에 묻혀 버릴 날이 올 것이다. 너희가 치욕을 견디다 못해 피를 지키지 않는다면 말이다.〉 드니 드 루즈몽Denis de Rougement은 훗날 역사 교과서가 된 「1938년 소수의 위기에 대한 강의Leçons sur la crise des minorités en 1938」를 게재했고, 자크 오디베르티Jacques Audiberti는 샹젤리제에 팽배한 반유대적 증오심을 언급했다. 로제 카유아, 조르주 바타유, 미셸 레리스를 중심으로 한 사회학 연구회는 그들의 전문 영역 밖의 것에 대한 의견 개진을 자제했지만 〈현 정치 형태의 절대적 위선을 인식하고, 지리적이고 사회적인 한계를 넘어서는 공동체적 존재 양식, 설령 죽음이 위협하더라도 모두가 품위 있게 처신할 수 있게 해주는 공동체적 존재 양식을 재구성할 필요성을 깨달아야 한다〉라고 주장했다.

NRF는 반항아들의 온상이었던 것일까? 주전론자들의 소굴이었던 것일까?

어쨌든 NRF도 논쟁의 한복판에 뛰어들어 목소리를 높였다. 이번에는 문학과 무관한 주제였다. 1년 전에 갈리마르에서 녹을 먹던 사내, 에마뉘엘 베를이 NRF를 격렬하게 비난하고 나섰다. 『마리안』의 전(前) 편집장이던 베를은 옛날부터 꿈꾸어 오던 주간지, 『파베 드 파리』를 거의 혼자서 만들어 내고 있었다. 굵은 활자로 표지를 가로지른 제목, 〈평화를 반대하는 NRF〉만으로도 그 내용을 충분히 짐작할 수 있었다. 뱅다와 슐룅베르제를 실명까지 거론하며 공격했지만 그의 실제 공격 목표는 가스통 갈리마르였다. 격렬한 논조의 비난이었다. 게다가 그 비난이 사실에 근거하고 있어 더더욱 충격이 컸다.

　　물론 『NRF』는 과거의 『NRF』가 아니다. 그 중요성을 상당히 상실했다. 자크 리비에르의 잡지에는 배울 것이 있었다. 그런데 폴랑의 잡지에는 진지함이 느껴지지 않는다. …… 다른 어떤 곳보다, 가스통 갈리마르가 창간하고 운영하는 조직에서는 호전적인 정책이 받아들여지지 않는다. 나는 한때 가스통 갈리마르의 친구였지만 지금은 아니다. 한때 나는 가스통 갈리마르와 함께 일했지만 지금은 아니다. 그래도 그를 비난하기가 꺼려진다. 다른 문제였다면 펜을 들지도 않았을 것이다. 나는 가스통 갈리마르가 거의 모든 영역을 기웃대는 것을 보아 왔다. 그래도 그는 단 한 가지 점에서 확고하게 변하지 않는 모습을 보였다. 바로 전쟁에 대한 두려움이었다. 그는 1914년의 전쟁에 참전하지 않았다. 징집당해야 마땅한 연령이었고 건강에도 문제가 없었지만 징집을 면제받았다. 누가 징집 기피를 특별히 비난하지 않아도 그는 자기변호에 열을 올렸다. 전쟁의 원인이 무엇이고 전쟁 상황이 어떻게 돌아가더라도 전쟁을 지지할 수는 없다고! 『NRF』는 평화를 반대하며 공격적 입장을 취하는데 그는 아무런 말이 없다. 아마도 다른 사람들을 위해서, 또한 자기 자신을 위해서도 그가 내놓고 의견을 말할 수 없는 유일한 부분인 듯하다. 지난 20년 동안 그는 성실한 반전론자였다. 전쟁을 악과 동일시하던 사람이었다. 그는 비난받을 만한 짓을 숱하게 저질러 왔다. 아나키스트적 철학으로 그런 짓을 너무나 쉽게 정당화 했다. 그동안 실수와 속임수를 반복해 왔더라도, 『NRF』가 주전론적 입장을 보인다면 가스통 갈리마르가 그것을 막아야 했다. 그는 한 인간이 자신에 대해 가져야 할 최소한의 도의마저도 망각한 듯하다.

　　이제 분명히 밝혀야겠다. 그는 지금까지 〈나는 출판업자다. 나는 모든 책을 만들어 낸다. 레옹 블룸(좌익 지도자)이나 레옹 도데(우익 지도자)를 차별할 이유가 없다〉라고 습관처럼 말해 왔다. 하지만 이제 그는 이렇게 말할 자격을 잃었다. 한 작가가 출판 계약으로 위협하면 그는 〈나는 다른 출판인들과 달

6 국립 문서 보관소.

리 장사꾼이 아닙니다. 철학을 가진 출판인입니다〉라고 말하기 때문이다. 그런데 그의 철학은 전쟁보다 평화를 사랑하는 철학인 것이 분명하다.[7]

그렇다면 가스통 갈리마르는 주전론자였을까? 프랑스와 독일의 화해에 반대했을까? 전쟁을 주장하는 NRF의 지휘자였을까? 베를의 비난은 틀린 곳이 없었다. 하지만 그의 비난은 뮌헨 협약을 지지하는 반전론자들의 태도를 겨냥한 것이 아니라, 막강한 영향력과 권위를 지닌 잡지와 출판사의 대표인 가스통 갈리마르라는 개인의 애매한 태도를 겨냥했다는 문제가 있었다. 따라서 출판이란 세계에 대한 가스통의 인식을 비난하는 것으로 읽힐 수도 있다. 어떤 책이라도 출간한다고? 공산주의자와 파시스트의 책도? 아라공과 드리외를 구분하지 않는다고? 하지만 이런 입장은 점점 지키기 어려워지는 듯했다. 전쟁의 가능성이 높아지면서 이념을 초월한 보편주의는 눈총을 받을 수밖에 없었다.

1930년대 초까지, 이런 보편주의는 얼마든지 용인되었다. 따라서 가스통도 보편주의를 원칙으로 삼았다. 1919년 가을에도 이와 관련된 문제가 급작스레 제기된 적이 있었다. 『NRF』는 장 슐룅베르제의 〈프랑스를 먼저 생각하라France d'abord〉라는 글을 게재할 예정이었다. 그런데 이 글에 실린 〈내가 가톨릭 신자라면……〉으로 시작하는 몇몇 문장에 갈리마르와 리비에르가 펄쩍 뛰었다. 일부 작가의 발의로 창립된 〈클라르테Clarté〉라는 단체가 조국과 종교에 바탕을 둔 성명서를 발표한 직후였기 때문이었다. 어느 쪽에도 속하지 않길 바랐던 가스통은 슐룅베르제의 글에 입장을 표명하지 않을 수 없었다. 「나는 내 작가들[8]을 위해서, 우리 친구들을 위해서, 우리 출판사를 위해서, 어쩌면 내 자신을 위해서 내 입장을 밝혀야 한다고 생각하네. …… 내가 우리 일에 지나치게 간섭하는 것일까? 그래도 우리 각자의 성향에 대해서는 오해가 없었으면 좋겠군.」[9] 만약 가스통이 반드시 어느 한 편에 서야 했다면 〈클라르테〉를 선택했을 것이다. 그 발기인들 중 일부를 낮게 평가했지만, 〈클라르테가 이념보다 감성을 더 강조하기는 하지만 슐룅베르제는

7 *Pavés de Paris*, 제23권, 1938년 11월 18일.
8 갈리마르는 처음에 〈이해 당사자〉라고 썼지만 나중에 〈작가〉라고 고쳐 썼다.
9 1919년 9월 22일 가스통 갈리마르가 리비에르에게 보낸 편지. 알랭 리비에르의 사료.

이념이랄 것조차 없고 정치적일 뿐이기 때문이었다.〉

이념보다 감성! 가스통 갈리마르라는 인간을 완벽하게 요약해 주는 구절이다. 가스통은 죽는 순간까지 이런 철학을 바꾸지 않았다. 따라서 가스통은 『NRF』의 절충주의와 개방된 정신을 높이 평가했다. 대표적인 예를 들면 이런 것이다. 1932년 12월, 『NRF』는 좌익인 폴 니장부터 우익인 티에리 모니에까지 성향이 각기 다른 11명의 젊은 작가들이 기고한 평론집을 발간하며, 반항적인 젊은 지식인들을 하나로 묶어 주는 희미한 끈을 독자들에게 보여 주려 했다. 1934년 2월에는 잡지 『유럽Europe』을 본 따서 〈고비노와 고비니즘〉[10]에 전체를 할애하여, 논쟁을 피하고 있지만 상당히 뜨거운 논의가 담겨 있는 특별호를 간행하기도 했다.

1934년 2월 6일의 폭동은 하나의 분수령이었다. 적어도 갈리마르에게는 큰 변화를 모색한 기준점이 된 날이었다. 그해 갈리마르 출판사는 블랑딘 올리비에 Blandine Ollivier의 『파시스트 젊은이Jeunesse fasciste』를 출간했다. 달갑지 않게 생각하는 사람들이 적지 않았다. 1년 후에는 폴 쇼핀Paul Chopine이 라로크 대령 (우익)을 신랄하게 공격한 『열화(熱火)의 십자가에서 보낸 6년Six ans chez les Croix-de-feu』을 발간하면서, 「포퓔레르Populaire」의 장 모리스 에르만Jean-Maurice Hermann의 서문까지 덧붙였다.[11] 1936년 벽두의 어느 수요일 저녁, NRF 출판사의 수위는 지하 창고를 돌아보던 중에 두 번의 폭발음을 들었다. 그는 황급히 올라갔다. 한 여인이 거의 발가벗은 모습으로 온몸에서 피를 흘리면서 울부짖었다.

「불이 났어요! 빨리 소방차를 부르세요!」

그녀는 즉시 『마리안』의 사무실로 옮겨졌지만 8시간 후에 사망했다. 현장으로 급히 달려온 가스통이 기자들에게 상황을 설명했다.

「우리 수위가 휘발유 통 위에서 밀랍을 녹여 광택을 내고 있었던 모양입니다. 그래서 그 증기에 불이 붙은 것입니다.」

하지만 제작 책임자인 가브리엘 그라Gabielle Gras가 곧바로 부인하고 나섰다.

---

10 Joseph-Arthur Gobineau, 1816~1882, 프랑스의 인류학자, 소설가로 순수 민족의 우월성을 제기한 『인종 불평등론Essai sur I'inégalité des race humaines』을 썼다. 이 책은 나치의 독일 민족 우월론에 영향을 주었다 — 역주.
11 1934년에 라로크 대령은 그라세 출판사에서 『공직Service public』을 발표했다.

「우리가 쇼팽의 책을 출간하면 〈열화의 십자가〉가 우리 출판사를 날려 버리겠다고 협박한 적이 있습니다. 그 단원 중 한 사람이 구석에 숨어서 기다리다가 방문객과 직원이 모두 퇴근했다고 생각하고 폭발물을 던졌을지도 모릅니다.」

어쨌든 경찰과 화재 전문가들은 정치적 테러로 결론짓는 듯했다. 언론에 그 사건을 상세하게 설명하지 말라는 지시가 떨어졌다. 따라서 계단은 연기로 가득했고 벽은 갈라졌으며 전선은 완전히 벗겨졌다는 설명이 전부였다. 그래도 그 앞을 지나가던 사람들은 〈그들이 NRF에 불을 질렀구먼!〉이라 말했다고 한다.[12]

가스통 갈리마르를 협박하려면 더 큰 충격이 필요했다. 시대가 정치적이었던 만큼 출판사들도 정치적이 되었다. 가스통은 지드의 유명한 『소련 기행Retour d'URSS』을 발행했고, 1937년에는 영국의 보수파 지도자 오스틴 체임벌린의 『시대의 끝에서Down the Years』, 블룸의 『권력 연습』, 한때 프랑스 수상을 지낸 피에르 에티엔 플랑댕의 『담론Discours』, 그리고 레옹 주오(공산당과 연계한 노동조합의 사무총장)의 『노동 총연맹이란 무엇이고 무엇을 원하는 조직인가?La CGT, ce qu'elle est, ce qu'elle veut』를 연속으로 발간했다.

문학은 여전히 중시되었다. 『NRF』도 마찬가지였다. 1937년에 두 번의 축제가 있었던 덕분이었다. 가스통은 스톡홀름으로 날아가, 옛 친구 로제 마르탱 뒤 가르가 노벨 문학상을 받는 모습을 옆에서 지켜보았다. 그리고 파리에서는 콜레주 드 프랑스에서의 역사적인 첫 강좌에 참석했다. 폴 발레리가 그 학교에서 시학을 강의하게 된 것이었다. 세바스티앵보탱 가의 출판사에게는 더할 나위 없이 좋은 광고거리였다. 여기에 기대조차 않았던 소식까지 들려왔다. 파리에서 갓 출범한 사설 방송국, 라디오 37에서 들려온 반가운 소식이었다. 산업 자본가 프루보스트와 베갱이 마르셀 블뢰스텡Marcel Bleustein의 도움을 받아 출범시킨 라디오 37의 운영 이사회에 갈리마르 출판사의 친구인 극작가 아르망 살라크루가 포함되었고, 제작 위원의 한 명으로 마르크 베르나르Marc Bernard가 포함되었다는 소식이었다. 그들이 갈리마르에 결정적인 도움을 줄 수 있지 않을까? 이런 기대감이

---

12 장 폴랑이 마르셀 주앙도에게 보낸 편지를 참조. *Cahiers de l'énergumène*, 제3권, 1983.

없지 않았다. 실제로 1938년부터 라디오 37은 매주 화요일 밤 9시 45분에 〈NRF와 함께하는 15분*Le quart d'heure de la NRF*〉이란 프로그램을 방송했다. 클로델, 지드, 앙리 칼레, 앙드레 쉬아레스, 쥘 수페르비엘, 쥘리앵 뱅다 등이 차례로 출연했다. 그 효과가 눈에 띄게 나타났다. NRF에게는 새로운 전기였다. 이때의 경험으로 NRF는 마르크 베르나르와 장 폴랑을 국영 방송국에 출연시켜 비슷한 프로그램을 진행했다.[13]

1938년과 1939년에, 가스통은 일부 저자들과의 관계를 분명히 매듭짓기로 했다. 그래서 독자 위원회 위원인 에마뉘엘 부도라모트Emmanuel BoudotLamotte에게 폴 모랑과 접촉을 유지하면서, 다음 책인 『바쁜 사람*L'homme pressé*』을 갈리마르가 출간할 수 있길 바라며 이런 맥락에서 〈가스통이 당신에게 최고의 제안을 하기 위해 새로운 구상을 하고 있다〉라고 모랑에게 전하는 역할을 맡겼다.[14]

드니즈 튀알에게는 조르주 베르나노스를 플롱에서 NRF로 끌어오는 역할이 맡겨졌다. 1938년에 베르나노스는 프랑스를 떠나 남아메리카에 정착할 생각을 품고 있었다. 드니즈는 툴롱까지 내려가 〈카페 드 라 라드〉에서 베르나노스를 만났다. 드니즈는 『시골 사제의 일기*Journal d'un curé de campagne*』를 쓴 작가와 이야기를 나누면서 그를 갈리마르에 끌어들일 절호의 기회라는 것을 알게 되었다. 그는 빚에 짓눌려 있었다. 플롱의 철인(鐵人), 모리스 부르델에게 받은 선인세만으로는 생활하기도 힘겨웠던 탓이다. 베르나노스는 절망에 빠져 있었다. 따라서 그 위대한 작가가 다른 출판사에서 책을 발표하는 것을 안타까워하던 가스통에게는 그를 끌어들일 절호의 기회였다. 하지만 그가 플롱과 맺은 독점 계약을 어떻게 해결할 것인가?

드니즈 튀알이 툴롱으로 떠나기 전에 가스통은 신신당부하듯이 이렇게 말했다.

「작가들은 언제라도 계약을 취소할 준비가 된 사람들입니다. 이 세상에 작가보다 부정직한 사람은 없습니다. 물론 출판업자를 제외하고 말입니다.」[15]

---

13 마르크 베르나르가 저자에게 보낸 편지.
14 부도라모트가 모랑에게 1938년 1월 8일에 보낸 편지. 책은 3년 후에야 출간되었다.
15 Denise Tual, *Le Temps dévoré*, Fayard, 1980.

실제로 베르나노스는 1931년에 『보수주의자의 큰 두려움*La Grande Peur des bien-pensants*』을 베르나르 그라세 출판사에서 출간하면서 이미 전례를 보여주지 않았던가? 게다가 가스통은 베르나노스의 결심을 재촉하려고 선인세 명목으로 2만 5천 프랑의 수표까지 보냈다. 효과가 있었다. 베르나노스가 가스통의 제안을 받아들였다. 하지만 베르나노스는 아무런 글이나 갈리마르 출판사에 보내고 싶어 하지 않았다. 그의 서랍에는 마조르카에서 쓴 『악몽*Un mauvais rêve*』이 있었지만 그 원고는 갈리마르의 도서 목록에 올리기에 부족하다고 생각했다. 『잔 다르크의 일생*La vie de Jeanne d'Arc*』은? 파야르 출판사에 주기로 이미 약속한 원고였고 선인세까지 받은 터였다.

일단 그는 파라과이로 떠났다. 그리고 브라질에 정착해서 갈리마르만을 위해 세 권의 책을 썼고, 그 원고들을 친구인 브뤽베르제Bruckberger 신부에게 보냈다. 도미니크 수도회 소속의 브뤽베르제 신부는 베르나노스의 중개인 역할을 하면서 그 세 권의 원고를 편집했다. 이렇게 해서 〈가톨릭 시리즈〉의 하나로 도미니쿠스 성자의 짤막한 전기인 『성 도미니쿠스*Saint Dominique*』, 『진실의 추문*Scandale de la vérité*』과 『우리 프랑스인*Nous autres Français*』이 1939년에 차례로 출간되었다. 원고를 직접 타이핑하고 교정까지 맡았던 브뤽베르제 신부는 출판사와 저자가 지리적으로 멀리 떨어진 것을 감안해서, 자신의 책임하에 샤를 모라스와 가톨릭계를 비판하는 논조로 세 권의 책을 꾸미면서, 베르나노스가 스승인 에두아르 드뤼몽Edouard Drumont을 감싸고 있다는 논쟁의 불씨를 애초부터 차단하려 했다. 사실 베르나노스가 40년 전에 성공을 거둔 『유대인의 나라, 프랑스*La France juive*』에서 선별적으로 인용한 글들이 반유대적인 감정을 직접적으로 표명하지는 않았지만 당시와 같은 혼돈의 시기에는 그를 위험을 빠뜨릴 가능성이 없지 않았기 때문이다.[16]

양측이 첨예하게 대립하던 시기였던 까닭에 조금의 실수도 용납되지 않았다. 작은 실수에도 격렬한 비난이 쏟아졌다. 지식인 세계를 정화하려고 이런 대립이 격화된 것은 아니었다. 갈리마르 출판사에 소속된 작가들 간의 관계도 서먹해졌다. 서로 얼굴을 마주치길 꺼리는 작가들이 있었고 욕설을 주고받는 작가들도 있

---

16 Bruckberger, 같은 책.

었다. 가스통이 완충 역할을 할 수밖에 없었지만, 작가들과의 대화와 관계에서 은근히 흘러나오는 증오심을 몸으로 겪으면서 점점 불안해졌다. 〈레옹 블룸과 레옹 도데를 구분하지 않던 출판업자〉였던 가스통이었지만 어느 한 쪽을 선택하지 않을 수 없었다. 심지어 그의 애매한 태도를 비난하고, 공산주의 작가를 두둔한다고 비난하는 사람들도 있었다. 따라서 가스통은 결단을 내려야만 했다. 먼저, 1926년부터 작가로서 봉급을 꼬박꼬박 지급받았지만 소설을 쓸 여유조차 없던 장리샤르 블로크에게 정산을 요구했다. 회계 담당자, 뒤퐁은 빈틈이 없었다. 블로크는 7만 8천 프랑이나 회사에 빚을 지고 있었다. 1931년부터 블로크는 서너 권의 소설을 쓰겠다고 약속했지만, 1937년 현재까지 한 권도 발표하지 못한 실정이었다. 게다가 새로 창간된 공산주의 일간지 「스 수아르Ce soir」에서 일을 맡고 있어 앞으로 약속을 지킨다는 보장이 없었다.[17]

가스통은 우익의 작가들에게도 정산을 요구했다. 드리외 라 로셸은 회사의 주주였지만 지분을 정리하고 싶어 했다. 1936년부터 그는 자신이 홀대받는다고 느꼈다. 그가 다른 작가들처럼 좌파가 아니어서 비난받고, 동료들이 그의 파시스트적 견해를 용납하지 않는다고 생각한 때문이었다. 게다가 가스통마저 그의 책들을 광고하는 데 별다른 열정을 보여 주지 않는 것 같았다. 따라서 소설 『질Gilles』을 계약할 시점에 그는 망설이지 않을 수 없었다. 그는 계약서에 서명하지 않았다. 다른 출판사를 찾아가고 싶었다. 십중팔구 그라세 출판사가 되겠지만, 갈리마르를 떠나기 전에 4만 5천 프랑을 갚아야 했다. 가스통은 오랫동안 대화를 나누면서 라 로셸을 설득했다. 그의 감정에 호소했고, 그가 갈리마르를 떠난다면 갈리마르에게도 타격이라고 지적했다. 게다가 그에게도 손해라는 말도 빠뜨리지 않았다. 더구나 가스통이 그의 장래를 전적으로 믿고 있는데 갈리마르를 떠난다는 것은 어불성설이라고 덧붙였다. 때로는 달래고 때로는 윽박지르면서 가스통은 라 로셸을 설득했다. 나무가 탐스런 과일을 맺으려 하는 찰나에 그런 실수를 저질러서는 안 된다고 말했다. 출판인으로서 그의 경력에도 오점이 되리라 생각하며 가스통은 라 로셸에게만 해당되는 의미심장한 말을 던졌다. 결코 불합리한 지적은 아니었다.

17 갈리마르가 블로크에게 보낸 편지, 1937년 2월 15일.

「자네처럼 판매력을 지닌 작가에게 8만 프랑의 돈을 미리 준 것은 단순히 선인세가 아닐세. 빚이야.」[18]

요컨대 회사의 장부에서 차변(借邊)에 기록된 액수를 갚는 것으로도 충분하지 않다는 뜻이었다. 작가가 책을 팔아서 빚을 갚더라도 출판사를 떠날 수 없다는 뜻이었다. 빚은 숫자로 표기될 수 없는 것이었다. 라 로셀은 백기를 들었다. 그리고 계약서에 서명을 했다. 가스통은 이렇게 다시 승리를 거두었다.

마르셀 주앙도와의 다툼은 다른 차원의 것이었다. 즉, 돈 문제가 아니었다. 가스통은 주앙도가 정치적 극단주의의 수위를 약간이라도 낮춰 주길 바랐다. 아무리 가스통이라도 모든 책을 차별 없이 출간할 수는 없는 노릇이었다. 어디에나 한계는 있는 법이기 때문이다. 독자 위원회가 시시콜콜하게 설명할 수 없는 한계가 있었다. 로베르 드노엘이라면 셀린을 프랑스 풍자 문학의 계승자라 생각하기 때문에, 그의 소설을 거부하면 경쟁 출판사들이 벌 떼처럼 달려들어 스타 저자를 채어 갈 것이 염려해서 그의 『시체 학교L'école des cadavres』를 출간할 수 있었다.[19] 하지만 『NRF』는 이런 책에 대한 입장을 명백히 밝혔다.

〈이런 쓰레기가 간혹 훌륭할 수 있지만 대부분의 경우는 쓸데없는 객설이다. 따라서 비평할 대상도 되지 않는다.〉[20]

따라서 갈리마르 출판사가 주앙도의 『남편의 기록Chroniques maritales』이나 『코르두의 정원Le jardin de Cordoue』은 기꺼이 출간해 주었어도 『위험한 유대인 Le péril juif』은 거부할 수밖에 없었다. 그런 책은 다른 출판사, 예컨대 소를로 Sorlot 출판사를 찾아가야만 했다. 마르셀 주앙도는 실망감을 감추지 않았다.

내가 1936년 10월에 가졌던 반유대적 신앙 고백은 그동안 쌓아 온 우정을 버리겠다는 뜻이었다. 또한 내가 어떤 보상도 기대하지 않고 내 자유의지

18 Andreu와 Grover, 같은 책.
19 바르자벨의 증언에 따르면, 1941년 11월 『노란 수첩Cahier jaune』에 기고한 글에서 로베르 드노엘은 셀린이 발표한 세 권의 반유대적인 책에 〈기본적인 가르침〉이 담겨 있다면서, 〈프랑스가 다시 일어서길 바란다면 이 세 권의 책에서 현명한 조언과 유용한 방법론을 찾아야 한다. 이 책에 모든 것이 있다. 이 책을 읽기만 하면 된다〉라고 말했다.
20 NRF, 제305권, 1939년 2월 1일.

로 수많은 적을 만들었다는 뜻이기도 하다. 나는 유대인에 반대한다는 뜻을 떳떳하게 밝힌다. 나 혼자서라도 싸우련다. …… 나는 17년 전부터 글을 기고 해 왔던 『NRF』의 친구들에게 약간의 관심과 배려를 기대할 수 있었다. 하지 만 내가 옳다고 생각하는 것, 진실이고 공정하다고 생각하는 것을 지키기 위 해서, 나는 우리 주인이 된 사람들, 결국 내게 필요할 수 있었던 사람들에게서 등을 돌렸다. …… 게다가 유대인과의 전쟁을 선포하면서 나는 문학마저 포기 했다. 나는 곧 출간될 두 권의 책을 가스통 갈리마르의 출판사에서 회수했다. 구차하게 그 이상까지 말하고 싶지는 않다. 쓸데없는 글이 한 줄이라도 끼어 들어 내 선언의 순수함을 퇴색시키게 하고 싶지 않기 때문이다.[21]

정치적 극단주의를 무엇보다 혐오했던 가스통 갈리마르는 문학에서, 그러나 누구도 죽이지 않고 누구에게도 죽이라고 강요하지 않는 순수 문학에서 탈출구를 찾으려 했다. 뮌헨 협약이 체결된 해에 그는 자크 오디베르티의 『아브락사스 Abraxas』, 마르셀 에메의 『귀스탈랭Gustalin』, 『마르탱의 집 뒤에서Derrière chez Martin』, 『나무에 오른 고양이의 이야기Les contes du chat perché』를 출간해서 위 안을 삼았다. 가스통은 에메Marcel Aymé와 같은 작가를 좋아했다. 1927년에 두 번째 소설 『왕복Aller retour』을 갈리마르에서 출간한 이후로 에메는 1년에 평균 한 권의 책을 꾸준히 발표했다. 환상 소설, 풍자 소설, 시골의 정취가 듬뿍 담긴 소 설 등 다양한 유형의 글로 독자의 욕구를 충족시켜 주었던 에메는 1933년에 발표 한 『녹색의 암말La jument verte』로 대단한 성공을 거두었다. 게다가 미래가 점점 암울해지고 있었기 때문에 가스통은 에메의 소설이 단기간이 성공할 것이라 확신 하고 있었다. 물론 직관적인 예측이었지 과학적인 분석은 아니었다. 그렇다고 가 스통이 지적이지 않은 문학을 선호했다는 뜻은 아니다.

당시 신진 작가들 중에는 32세의 장 폴 사르트르Jean-Paul Sartre도 있었다. 주변 사람들의 강권에 못 이겨 가스통은 사르트르의 원고를 받아들였다. 사르트르 는 10년 전부터 『NRF』의 문을 두드리고 있던 젊은 철학자였다. 고등 사범 학교 쉬

21 Je suis partout, 1938년 1월 14일.

페리외르의 동창생으로 갈리마르에서 소설 『트로이의 목마*Le cheval de Troie*』를 출간한 바 있던 친구, 폴 니장Paul Nizan의 소개로 사르트르는 폴랑에게 『진실의 전설*La légende de la vérité*』의 원고를 보냈지만 거절당했다. 사르트르는 다시 〈멜랑콜리아*Melancholia*〉를 보냈지만 역시 거절당했다. 그는 좌절하지 않았다. 이번에는 더 높은 사람들과의 관계를 이용했다. 비외콜롱비에 시절부터 가스통의 친구이던 샤를 뒬렝, 소설가로 『*NRF*』의 기고자였으며 독자 위원회 위원이었던 피에르 보스트에게 도움을 청했다. 마침내 사르트르는 뜻을 이루었다. 갈리마르 출판사에게 만나자는 연락이 왔다. 그리고 그가 원고를 출판사에 보낸 것이 아니라 『*NRF*』에 기고한 것이라 오해했다는 변명이 있었다. 또한 가스통이 직접 〈멜랑콜리아〉를 읽고 독창적인 구성과 뛰어난 글쓰기가 돋보이는 소설이라 극찬했으며, 독자 위원회도 그 원고의 형이상학적 문학성과 주인공 앙투안 로캉탱의 회의(懷疑)에 깊이 감동했다는 말도 덧붙였다. 미세한 감각으로 로캉탱을 짓누르면서 그의 의식 세계가 몸을 의식하게 만드는 구토증의 묘사가 참신했다는 칭찬도 있었다. 그 원고는 출간되었다. 하지만 그런 불쾌한 제목은 판매에 도움이 되지 않는다며 가스통은 독단적으로 제목을 〈구토*La Nausée*〉로 바꾸었다. 훨씬 노골적이고, 기억하기 쉽고 발음하기도 쉬웠다. 책의 반응은 순조로웠다. 르노도상까지 노려볼 만했다. 가스통은 이번에야말로 르노도상에 대한 드노엘의 아성을 깨뜨릴 기회라 생각했다. 그렇지 않으면 영원히 기회가 없을 것이라 생각했다. 전반적인 분위기가 유리하게 흘렀다. 낙관해도 좋을 듯하다. 심사 위원들의 마지막 모임에서, 다수가 젊은 사르트르에게 표를 던질 듯했다. 심사 위원 중 하나였던 언론인, 조르주 샤랑솔Georges Charensol은 최종 발표를 며칠 앞두고 사르트르를 라디오 뤽상부르로 데려가 발표 직후에 방송할 짤막한 소감을 녹음시키기도 했다. 〈르노도상을 받아 정말 기쁩니다〉라고![22]

그러나 부적절한 만장일치를 피하기 위해서, 일부 심사 위원들이 상의도 없이 다른 소설가에게 표를 던졌다. 결국 르노도상은 피에르장 로네의 『행복한 여자, 레오니』에게 돌아가고 말았다. 역시 드노엘 출판사의 책이었다.

---

22 Charensol, 같은 책.

실망이 컸지만 문제될 것은 없었다. 사르트르라는 이름은 충분히 알려졌다. 그는 이제 갈리마르의 식구였다. 그에 대한 평가는 좋았다. 게다가 가스통은 그의 두 번째 책, 『벽Le mur』의 출간을 준비하고 있었다. 무색무취한 문체로 간결하지만 효율적으로 써 내려간 5편의 단편, 「벽」, 「방La chambre」, 「에로스라트Erostrate」, 「친교Intimité」, 「지도자의 어린 시절L'enfance d'un chef」을 묶은 책이었다. 사르트르는 확고한 위치를 굳혔다. 다른 작가의 원고를 소개할 수 있는 위치가 되었다. 그는 가장 먼저 여자 친구인 시몬 드 보부아르Simone de Beauvoir의 원고를 소개했다. 하지만 독자 위원회는 보부아르의 『영성의 우월성La primauté du spirituel』을 구성이 탄탄하지 못하다는 이유로 거절했다. 보부아르는 실망했지만 사르트르는 그 원고를 그라세 출판사의 앙리 뮐레르에게 보냈다. 하지만 결과는 똑같았다. 그의 힘으로 무명작가의 원고를 출간하라고 강요하기엔 아직 어렸던 것이다.

에메와 오디베르티, 사르트르와 알베르 코엔, 모두가 훌륭하고 장밋빛 미래를 가진 작가들이었다. 그러나 케셀과 심농 같은 베스트셀러 작가들이 든든하게 뒷받침해 주어도 출판사를 넉넉하게 운영하기에는 부족했다. 다른 수단을 찾아야 했다. 하지만 어디에서? 시대적 분위기에서? 뒤숭숭한 시대였다. 세상을 읽으려면 신문을 들척거리는 것으로도 충분했다. 특히 짤막한 단신들을 눈여겨봐야 했다. 반파시스트 지식인 단체가 파시즘이란 단어를 재정의하기로 결정했다. …… 페탱 원수는 시앙스 포 대학에서 스위스군을 극찬하며 국가 방위에 대한 첫 강의를 시작했다. …… 무서운 백로로 여겨지던 성공한 작가, 클레망 보텔Clément Vautel은 바르셀로나에서 아나키스트들이 포로들을 입체파 그림 앞에 앉혀 두고 고문했다는 소식을 전했다. …… 뉴욕의 출판인들은 몇 달의 숙고 끝에 유럽의 새 지도를 발간하지 않기로 결정했다는 소식도 있었다. …… 히틀러가 오스트리아를 접수했고, 파업이 프랑스를 휩쓸면서 블룸이 물러나고 달라디에가 재집권했다는 소식도 들렸다.

이런 정치판에서 성공할 만한 소설이나 시론의 소재를 찾기란 불가능했다. 신문이 훨씬 재밌는데! 하지만 독자들은 이처럼 시끄러운 세상을 깨끗이 잊게 해줄 완전히 다른 것을 원하는 것이 아닐까?

독자 위원회가 검토 중인 원고들 중에서, 이런 기대에 부응하는 원고 하나가 있었다. 독자 위원회는 그 원고를 좋아하지 않았다. 하지만 거꾸로 해석하면 그런

272

거부감이 좋은 징조였다. 독자 위원회는 퇴짜를 놓았지만 가스통은 그 원고가 마음에 들었다. 남북 전쟁 시기와 그 이후에 남부인이 겪는 비극을 다룬 소설이었다. 아름답지만 이기적이고 충동적인 여주인공 스칼렛 오하라와 매력적인 바람둥이 레트 버틀러의 뜨거운 사랑 이야기도 재밌었다. 조지아 주의 풍경에 대한 묘사도 일품이었다. 사랑과 증오와 전쟁으로 어우러진 소설이었지만 이야기를 매끄럽게 끌어간 솜씨 덕분에 조금도 무겁게 느껴지지 않았다. 다시는 보기 힘든 소설이었다.

하지만 이 소설을 프랑스어판으로 내기에는 적잖은 문제가 있었다. 너무 두꺼워 번역료가 만만치 않았고, 따라서 책값도 비싸질 수밖에 없었다. 게다가 저자인 마거릿 미첼Margaret Mitchell은 프랑스에 전혀 알려지지 않은 38세의 여류 소설가였다. 더구나 그녀의 첫 책인 동시에 마지막 책이었다. 가스통 갈리마르는 고민에 빠졌다. 거부하고 싶지도 않았고, 그렇다고 선뜻 받아들이기도 어려웠다. 몇 달을 생각하고 또 생각했다. 주변 사람들에게 번갈아 가며 읽혔다. 외국 문학을 주로 소개하던 스토크 출판사가 이 소설을 거부했다는 사실은 알고 있었다. 스토크는 이런 소설의 선택에서 거의 실수를 범하지 않았다. 성공할 만한 외국 소설의 냄새를 맡는 데 일가견이 있었다. 에리히 마리아 레마르크Erich Maria Remarque의 『서부전선 이상 없다Im Westen nichts Neues』, 루이스 브롬필드Louis Bromfield의 『우계(雨季) 오다The rains came』가 스토크에서 출간된 대표적인 외국 소설이었다. 이런 스토크가 『바람과 함께 사라지다Gone with the Wind』를 거부하며 경쟁 출판사들에게 넘겼다는 사실은 좋은 징조가 아니었다. 하지만 가스통은 쉽게 포기하고 싶지 않았다. 외부적인 걸림돌이 있기는 했지만 훌륭하고 재밌는 소설이었다. 스토크의 거부가 〈출판계의 미스터리〉로 기록될 가능성은 없는 것일까? 스토크에서 편집부를 맡고 있던 작가, 자크 샤르돈Jacques Chardonne은 〈책의 성공은 평론가나 서점과 아무런 관계가 없다〉라고 주장하는 사람이었다. 실제로 스토크는 매년 40종의 외국 소설을 출간했고, 그중 두세 권이 20~30만 부까지 팔렸다. 다른 책들이 전혀 팔리지 않아도 이렇게 성공한 두세 종으로 스토크는 비용을 감당하고 이익을 남겼다. 평론가들이 외국 문학을 다루지 않아 언론에 서평이 실리는 책이 없었다. 따라서 스토크도 언론사에 책을 보내지 않았다. 그런데 왜 두세 권만 성공하고 나머지는 죽어 버리는 것일까? 〈아무도 몰랐다. 어째서, 어떤 경로로 그런 현상이 일어나는지 아무도 몰랐다.〉[23]

스토크도 실수할 수 있었다. 영어 소설에 너무 익숙해진 탓으로! 반복에 따른 일종의 피로감으로! …… 하는 일도 없이 빈둥대던 퇴역 장교들이 보낸 수많은 원고들 때문에, 그라세 출판사의 유능한 두 기획 위원, 앙리 뮐레르와 앙드레 프레뇨도 『칼날Au fil de l'epée』 — 임박한 전쟁을 주제로 한 전쟁 소설 — 을 받았을 때 긴 한숨부터 내쉬었다. 그리고 들척거려 보지도 않고 작가인 드골 대령에게 돌려보냈다.[24]

『바람과 함께 사라지다』도 그렇게 대충 처리된 것은 아닐까? 가스통은 그 책을 다른 사람들에게도 읽혔다. 영업 책임자 이르슈에게 그 책을 건네주며, 문학성은 떨어지지만 이야기의 흐름은 독자에게 먹힐 것 같다고 말했다. 이르슈는 그 소설을 읽고 괜찮다고 생각하며, 아내에게도 읽어 보라고 권했다. 이르슈의 아내는 〈델리Delly(싸구려 로맨스 소설가)처럼 팔릴 거예요〉라고 말했다.

이르슈는 가스통을 실망시키지 않으려고 아내의 말을 에둘러서 전했다.

「10만 부는 너끈히 팔릴 겁니다.」

「내기할 수 있겠나? 멋진 식사를 내기로 하지. 허름한 식당이 아닌 곳에서.」[25]

하지만 그것만으로는 결정을 내리기에 부족했다. 그런데 아셰트의 출판국이 미국 소설에 정통한 폴 빈클러Paul Winckler의 조언을 받아 그 원고의 저작권을 확보했다. 그렇게 문제는 끝난 듯했다. 한편 가스통은 여전히 그 책을 어떻게 처리해야 할지 고민하고 있었다. 하지만 마거릿 미첼이 퓰리처상을 받았고, 『바람과 함께 사라지다』의 판매가 모든 예상을 뛰어넘었으며, 해외에 판매한 번역권(점자판 포함)의 수에서 신기록을 세웠다는 소식이 들려왔다. 게다가 할리우드의 거대 영화사가 비비언 리와 클라크 게이블을 주연으로 초대형 영화를 만들기로 했다는 소식도 있었다. 이쯤 되자 가스통은 한 가지 생각밖에 없었다. 그 책의 저작권을 확보해서 즉시 출간하겠다는 생각뿐이었다. 모든 것이 확실해졌다. 대박이 확실했다. 그는

23 미셸 데옹에게 보낸 편지, *Ce que je voulais vous dire aujourd'hui*, Grasset, 1969.
24 Muller, *Trois pas en arrière*, 같은 책.
25 이르슈 부인의 증언.

274

기회를 기다렸다. 출판 협회의 모임이 끝날 쯤에 그 기회가 찾아왔다. 아셰트의 뫼니에 드 우수아 사장이 번역 비용과 엄청난 두께에 불만을 털어놓았다는 소문을 들은 레몽 갈리마르가 그에게 저작권을 사들이겠다고 제안했다. 거래는 신속히 마무리되었다. 합리적인 가격이었지만 갈리마르가 아셰트에 추가로 특별한 성의를 보인다는 조건이었다. 즉 케셀의 소설들을 원래의 계약보다 더 할인해서 제공하고, 지드가 번역한 조지프 콘래드의 『태풍』을 아셰트의 한 시리즈로 출간할 권리를 허락하기로 했다. 아셰트의 의뢰를 받아 번역을 시작했던 피에르 카예가 번역을 계속 맡았던 『바람과 함께 사라지다』는 프랑스에서 1939년에 출간되었다. 전 세계에서 1600만 권이 팔렸다는 그 소설은 프랑스에서만 80만 권이 팔렸다.[26]

이번에는 프랑스 독자와 평론가의 의견이 일치했다. 예상 밖이었다. 갈리마르 출판사로서도 오랜만에 경험하는 현상이었다. 당시 가장 영향력 있는 주간지 중 하나였던 『주 쉬 파르투』에 실린 서평은 이런 점에서 매우 의미심장했다. 3월 10일, 로베르 브라지야크Robert Brasillach(나치에 협력한 죄로 2차 대전 후에 총살당했다)는 〈우리는 이 걸작에 대해 하고 싶은 말이 많다. 어쨌든 이 소설이 미국에서 태어난 가장 뛰어난 소설은 아니더라도 최고라 손꼽을 만한 소설들 중의 하나인 것은 틀림없다. 하지만 지금 당장은 남북 전쟁을 주제로 한 감동적이고 낭만적이며 의미심장한 이야기에 주목하고 싶다. 뜻밖의 가르침으로 가득한 영화처럼 세련된 멋도 있지 않은가. 남부를 문명 세계로 그려내면서《톰아저씨의 오두막집》이 청교도에 대한 비방이었다는 것을 분명히 가르쳐 주고 있기 때문이다〉라고 썼다. 1주일 후에는 앙드레 벨레소르André Bellessort가 장문의 글로 이 소설을 격찬했다. 4월 14일에는 클로드 루아Claude Roy가 나섰다. 루아는 이 책을 전반적으로 칭찬했지만 서두에서 약간의 우려를 감추지 않았다. 흥미롭게도 가스통 갈리마르가 이 책을 처음 읽었을 때 우려했던 것과 크게 다르지 않았다. 〈미국의 300만 독자를 사로잡았다는 소설(나는 그들의 열광을 경계한다), 820면의 소설(나는 시간이 별로 없고 게으르기도 하다), 여성 소설(동병상련을 경계하라), 역사 소설 혹은 역사를 배경으로 한 소설(축제의 환희를 경계하라). 따라서 나는 경계심을 품고

---

26 Anne Edwards, *The Life of Margaret Mitchell*, Hodder, 1983.

『바람과 함께 사라지다』를 읽기 시작했다. 마거릿 미첼의 엄청나게 두꺼운 소설을.〉 그리고 5월 12일에는 조르주 블롱Georges Blond이 『바람과 함께 사라지다』를 예로 들어 정통 〈문학 소설〉이 무엇인지 설명했다. 이처럼 『주 쉬 파르투』는 문화면에 마거릿 미첼을 연속적으로 소개했다. 이런 흐름은 독일군의 점령 시대까지 계속되었다.

　　루이다니엘 이르슈와 가스통 갈리마르는 한 식당에서 멋진 점심 식사를 나누었다. 물론 음식값은 가스통이 치렀다.

제6장__1939~1944

1939년. 6월이 저물어 가고 있었다. 그러던 어느 금요일, 세바스티앵보탱 가에서 큰 소동이 일어났다. 많은 사람이 모였다. 독자 위원회에 그렇게 많은 사람이 모인 적은 없었다. 마르셀 아를랑, 로베르 아롱, 레네르 비멜, 뱅자맹 크레미외, 베르나르 그뢰튀장, 루이다니엘 이르슈, 말로와 그의 두 친구인 에마뉘엘 부도라모트와 루이 셰바송, 알베르 올리비에, 브리스 파랭, 장 폴랑, 이미 여섯 권의 소설을 발표한 레몽 크노, 모리스 삭스, 그리고 피에르 셀리그만(삭스, 부도라모트와 더불어 가스통의 비서를 지낸 3인방 중 하나). 모두 열다섯 명이었다. 그들 이외에 갈리마르가의 세 사람도 당연히 참석했다.

그리고 그들의 친구들과 지인들도 있었다. 그날처럼 칵테일파티가 있을 때는 회사가 비좁을 지경이었다. 폴 레오토가 가스통의 팔을 잡고 사람들을 가리키며 나지막한 목소리로 말했다.

「이 사람들 모두가 잡지에 기고하길 바라지는 않네.」[1]

그 사람들이 주고받는 이야기를 들으면서 누가 다음날 재앙이 닥칠 것이라 생각했겠는가? 하지만 …… 징조가 있었다. 달라디에가 장 지로두를 정보처 국장으로 임명했다. 『지그프리드와 리무쟁』의 작가, 『유디트』와 『엘렉트르』를 쓴 작가가 바로 지로두였다. 그가 그런 난장판에 무엇을 하러 간 것일까? 이런 의문의 답은

1 *Journal*, 같은 책.

어렵지 않게 짐작할 수 있었다.

이런 소란스런 시대에도 최고의 정보 제공자는 「주르날 오피시엘Journal Officiel」이었다. 논평은 없었지만 중요한 사건을 사실대로 정확히 전해 주는 일간 지였다. 8월 26일의 신문에는 알베르 르브랭 대통령이 국가 안보에 해로운 출판물을 압류할 수 있다는 법령에 서명했다는 소식이 실렸다. 반갑지 않은 소식이었다. 모스크바에서 독소 불가침 조약이 체결된 직후인 전날 밤에, 공산주의를 표방한 두 일간지 「스 수아르」와 「뤼마니테L'Humanité」가 압류 당했다. 8월 28일에도 대통령은 새 법령을 공포했다. 이번에는 신문과 출판을 통제하겠다는 법령이었다. 그날부터 영화와 라디오 프로그램의 대본을 포함해서 모든 인쇄물이 〈정보처〉의 사전 검열을 받아야 했다.

검열이었다. 전쟁 시기처럼!

9월 1일, 총동원령이 내려졌다.

갈리마르에게 검열은 곧 〈백지〉를 뜻했다. 잡지에 실린 「독일에서 보내온 편지」는 필자의 이름이 지워졌고 한 면은 완전히 백지였다. 〈검열〉이란 도장만이 찍혀 있었다.[2] 책들도 예외는 아니었다. 알베르 티보데의 『전쟁 중인 파뉘르주 Panurge à la guerre』에는 97면과 98면에 큼직하게 검열 도장이 찍혔다. 독자 위원회의 일부 위원들은 책의 출간을 거부할 구실로 검열 제도를 이용하기도 했다. 예컨대 로제 마르탱 뒤 가르는 대하소설 『티보가의 사람들』을 마무리 짓는 『에필로그Épilogue』의 출간을 폴랑과 슐룅베르제가 작당해서 미룬다고 투덜거렸다. 실제로 그들은 가스통에게 그 책이 출간된다면, 그리고 클로드와 미셸(가스통의 아들과 조카가 징집되었다)이 만에 하나라도 독일군의 포로가 된다면 십중팔구 총살당할 것이라고 말했다! 하지만 가스통은 의연하게 대처했다. 덕분에 『티보가의 사람들』의 마지막 권은 예정대로 출간될 수 있었다.[3]

1939년 가을까지 갈리마르에서 검열로 책을 출간하지 못한 작가는 전쟁의 위협을 거의 느끼지 못하던 지역, 오베르뉴의 서정 시인이라 일컬어지던 향토 소설가 앙리 푸라Henri Pourrat가 유일했다.[4] 따라서 예정대로 1939년을 넘기기 전에

2 *NRF*, 1939년 11월 1일.

3 1939년 12월 27일 마르탱 뒤 가르가 쿠포에게 보낸 편지, *Correspondance*, 같은 책.

헤르만 라우슈닝Hermann Rauschning의 『니힐리즘의 혁명*Die Revolution des Nihilismus*』의 출간을 준비하고 있던 갈리마르는 특별한 위협을 느끼지 못했다. 그런데 검열이 급속히 강화되었다. 9월 15일부터는 전쟁 선포 이전에 출간된 책을 재출간할 때에도 의무적으로 검열을 받아야 했다. 일반적으로 검열의 관할권은 군부대의 관할권과 일치했지만, 책을 주로 세네우아즈와 세네마른에서 인쇄하던 파리의 출판사들은 예외였다. 파리의 출판사들은 모든 책을 루제드릴 가에서 검열 받아야 했다.[5]

어쨌든 검열이란 귀찮은 일은 하급 직원들의 몫이었다. 게다가 가스통은 이미 가족을 데리고 파리를 떠난 상태였다. 선전 포고가 있기 직전, 가스통은 지로두에게 전화를 받았다.

「파리를 떠나는 게 좋겠네.」

어쨌거나 지로두는 정보처의 국장이었다. 가스통은 지로두가 무슨 말을 하는지 이해했다. 더구나 지로두가 당시 정황을 분석해서 프랑스에 닥친 위험을 다룬 정치 시론『무한한 권력*Pleins pouvoirs*』을 얼마 전에 발표했기 때문에 가스통은 그를 믿지 않을 수 없었다.

따라서 8월이 지나 9월로 접어들자, 가스통은 출판사의 핵심 직원들을 데리고 아브랑슈 근처에 있던 집으로 피신했다. 장 폴랑과 그의 아내, 에마뉘엘 부도라모트와 그의 누이인 마들렌, 가스통의 새 비서였던 피에르 셸리그만, 레몽 갈리마르 등……. 어느 금요일 오후 한시, NRF의 서류와 원고와 금고를 트렁크에 서둘러 실은 다섯 대의 자동차가 7구역을 떠나 영불 해협 쪽으로 향했다. 사무실에는 우편물을 처리하고 전화를 받을 일부 직원만을 남겼다. 그러나 독일군은 아직도 멀리 있었다. 하지만 가스통은 지로두의 재촉이 없었더라도 신속히 피신할 생각이었다. 파리와 인근 지역의 공습이 임박했다고 확신했기 때문이었다. 뷔시에르란 인쇄업자가 가스통에게 셰르 주의 생타르망에 잠시 머물면서 더 나은 곳을 찾아보라고 권했지만 가스통은 그런 호의마저 완곡하게 거절했다.[6]

---

4 1939년 10월 7일 폴랑이 로제 카유아에게 보낸 편지, *NRF*, 제197권, 1969년 5월 1일.
5 *Bibliographie de la France*, 1939년 9월 15일과 11월 10일.
6 Léautaud, 같은 책.

NRF의 중추 세력은 이렇게 생제르맹데프레에서 그랑빌로 옮겨갔다. 그들은 가스통 어머니의 사유지에 있던 사르티유 근처 미랑드와 그곳에서 얼마 떨어지지 않은 바실리에 가스통이 구입해서 보수 중이던 집에 머물렀다. 한편 플레이아드의 지휘관, 자크 쉬프린은 근처에 집을 갖고 있어 이웃처럼 왕래했다.

미랑드는 목초지로 둘러싸인 노르망디식의 아름다운 별장이었다. 몽생미셸 성(城)이 뚜렷하게 보이는 곳이었지만 가스통은 지루했다. 뭔가에 묶여서 꼼짝할 수 없는 기분이었다. 게다가 군부의 결정으로 해안 지역은 외부와 전화 연락도 차단된 상태였다. 영불 해협 지역이라고 예외는 아니었다. 가스통은 파리로 자주 편지를 쓰면서, 지인들의 도움을 받아 그 지역에서라도 자유롭게 지낼 수 있는 특권과 통행증을 얻으려 애썼다. 특히, 저명한 법률가로 코르시카 지역 의원이었고 1938년 4월부터 해군성 장관으로 재임 중이던 세자르 캉팽시César Campinchi에게 도움을 청했다. 가스통은 파리에서 멀리 떨어져서는 중요한 일을 해낼 수 없다는 사실을 일찌감치 깨달았다. 게다가 노르망디의 숲에서는 할 일을 찾을 수 없었다. 잡지가 발간되기는 했지만 늦어지기 일쑤였고 때로는 목차까지 뒤죽박죽이었다. 노르망디에 머물면서 출판사를 운영한다는 것은 거의 불가능했다.

독일군이 폴란드를 점령했다는 소식이 들렸다. 장 지로두는 꿈꾸는 몽상가였단 말인가!

1940년 2월 27일.

오후 여섯시, 세바스티앵보탱 가. 가스통 갈리마르는 파리에 잠시 상경해서 임시 주주 총회를 주재했다. 345만 프랑의 자본금이 15만 프랑만큼 증액되었고, 그 액수만큼 전년도의 이익을 재투자하기로 결정했다. 30분만에 임시 주주 총회는 막을 내렸다.

6월, 독일군이 파리에 입성하고 르통드에서 휴전 조약이 체결되었다. 외무부의 정원에서도 그랬듯이 갈리마르 출판사에도 서류, 편지 등 작가들에게 불리할 수 있는 서류를 태우는 냄새가 진동했다. 트로츠키를 구출하려고 말로가 세웠던 원정 계획서가 대표적인 예였다. 대통령 선거가 끝나고 권력을 이양할 때마다 파리의 정부 기관들이 행했던 소각 작업을 연상시켰다. 이런 소각을 마무리 짓고 싶었던 것일까? 회사 서류, 특히 계약서를 가득 싣고 남쪽으로 피난하던 트럭들 중한 대가 투렌의 도로에서 화염에 휩싸였다.

가스통과 NRF의 수뇌부는 노르망디에서 다시 남쪽으로 피신했다. 한편 파리에서는 브리스 파랭이 직원들에게 봉급을 주고 이미 편집이 끝난 책들을 발간하면서 출판사 운영을 도맡아 진행하고 있었다. 가스통 갈리마르는 아내 잔과 자동차로 미랑드를 떠나 혼돈에 빠진 프랑스를 가로질렀다. 짐을 가득 실은 마차에 몸을 의지한 피난민들, 걸어서 무작정 남쪽으로 내려가는 피난민들의 행렬은 끝이 보이지 않았다. 가스통은 카르카손 근처의 빌랄리에(오드 주)에서 폴랑 일행과 합류했다. 그들은 조에 부스케Joë Bousquet의 집에 머물렀다. 부스케는 1918년에 척추에 박힌 탄환 때문에 〈마비된 삶〉을 살고 있던 시인이었다. 그는 덧문까지 내려놓은 방의 침대를 하루 종일 지키면서 글을 쓰고 편지를 쓰는 데 몰두했다.

부스케의 머리맡에 모인 열세 명은 〈NRF의 생존자〉였고 〈갈리마르호(號)의 조난자〉였다.[7] 가스통과 잔, 폴랑, 제르멘과 그의 어머니, 회계원 뒤퐁과 그의 어머니와 딸, 두 운전기사, 서점 여직원, 창고 책임자이던 키리아크 스타메로프…… 지드도 멀리 않은 곳에 있었다. 이렇게 마련된 갈리마르 임시 사무소에 뱅다와 아라공 등도 자주 들렀다. 잡지 『PC 39』(PC는 헬멧을 쓴 시인들이란 뜻인 *poètes casqués*의 약어)를 창간한 피에르 세게르스Pierre Seghers는 여기에서 가스통 갈리마르를 처음 만났다. 훗날 그는 〈그들은 모두 영혼을 잃어버린 사람들처럼 보였다〉[8]라고 회고했다. 특히 아들 클로드와 소식이 두절된 가스통은 걱정과 근심에 갑자기 늙어 버린 모습이었다. 그는 최악의 경우는 생각하고 싶지 않았던지 포로가 되었으리라 기대하며 아픈 마음을 달랬다.

기다렸다! 하지만 무엇을 기다려야 하고 얼마나 기다려야 하는가? 이제 어떤 프랑스에서 살아가야 하는가? 자유의 프랑스인가, 아니면 점령당한 프랑스인가? 가스통은 갈피를 잡을 수 없었다. 이런 생각을 잊으려고 많은 작가들을 만났다. 생텍쥐페리를 비롯한 몇몇 작가들은 그에게 원고를 주었고, 여전히 원대한 계획을

7 지드의 『일기』.
8 피에르 세게르스Pierre Seghers와 저자의 인터뷰.

꿈꾸는 작가들도 있었다. 여하튼 대부분의 작가가 가스통에게 하루라도 빨리 파리로 올라가 잡지와 출판사를 다시 시작하라고 재촉했다. 윤리적이고 정치적인 문제를 떠나서, 갈리마르 출판사가 정상적으로 운영되어야 그들도 안정된 봉급과 저작권료를 보장받을 수 있었기 때문이었다. 그들에게는 그것이 본질적인 문제였다.

가스통은 선뜻 결정을 내리지 못했다. 그는 자유로운 지역을 떠나고 싶지 않았다. 파리에서 전해지는 소문과 신문 기사들에서 짐작할 수 있었듯이, 독일군의 통제를 받으면서 출판을 하고 싶지는 않았다. 가스통의 이런 생각에 폴랑은 〈세상 물정을 몰라서 그래. 하지만 이해할 수는 있겠어〉라고 말했고, 레오토는 〈이해해야지 어쩌겠나!〉라며 공감의 뜻을 나타냈다.[9]

가스통은 1940년의 가을이 파리의 상황을 분명하게 해주길 바랐다. 다른 프랑스인과 마찬가지로 그도 바캉스의 연장선에 있는 것이라 생각했다. 아무 일도 일어나지 않은 것처럼! 적어도 비점령 지역에서는 그런 생각이 바람직하기는 했다. 가스통은 지중해 일대를 돌아다녔다. 칸에서는 집을 지사(支社)로 삼았다. 카방디슈 호텔에 객실을 잡고, 조카 미셸과 8미터의 범선 〈에콜〉호를 타고 먼 바다로 항해를 떠나기도 했다. 이에르에서는, NRF를 대신해서 베르나노스의 책을 편집해 주었던 브뤽베르제 신부를 더 깊이 알게 되었다. 가스통과 오랫동안 이야기를 나눈 브뤽베르제 신부는 그가 바람직한 방향으로 변했다는 확신을 가질 수 있었다. 가스통이 생텍쥐페리와 만나면서 영웅적 행위의 미덕이 무엇인지 깨달은 때문이라 생각했다. 시대의 징조였을까? 1차 대전 당시에는 병역 기피자였고 〈성직의 파괴자〉였던 가스통이 브뤽베르제에게 이상한 부탁을 했다.

「저를 위해서, 오직 저만을 위해서 글을 써주실 수 있겠습니까? 몇 면이라도 좋으니 성직이 무엇이고, 순수함이 무엇인지에 대해서……」[10]

아들과 연락이 끊어져 걱정과 근심에 싸여 있었기 때문인지 자신감도 예전만 못했다. 안절부절 못하는 모습이 역력했다. 문제를 어떤 식으로든 해결해 보려 애썼지만 결론은 언제나 양자택일이었다. 즉 회사를 독일군에게 징발당해 독일군이 직접 회사를 운영하게 하느냐, 아니면 많은 동료들의 요구대로 점령군의 정치 철

9 *Journal*, 같은 책.
10 Bruckberger, 같은 책.

학과 유사한 정치적 견해를 갖고 있던 드리외 라 로셸에게 잡지를 맡기고 가스통은 출판사를 운영하는 형태로 독일군과 타협하느냐 하는 것이었다.

가스통은 브뤽베르제에게 이렇게 말했다.

저는 첫 번째 방법을 택하고 싶습니다. 개인적으로는 미국에 건너가서 전쟁이 끝날 때까지 지낼 돈이 있습니다. 책을 만드는 것보다 무게로 파는 것이 훨씬 이익일 정도로 종이도 넉넉히 확보하고 있습니다. 하지만 사람들이 아직 지킬 수 있다고 말하는 것마저 포기해 버릴 권리가 제게 있는 걸까요? 작가들에게 새로운 책을 발간할 기회도 주어야겠지만, 이미 사망한 작가들, 예컨대 페기와 프루스트의 글을 잘 선별해서 발간할 수도 있을 겁니다. 반프랑스적 목적으로 위대한 작품들을 왜곡해서는 안 됩니다. 제가 있는 한 그런 일을 일어나지 않을 겁니다. 물론 잡지는 드리외 라 로셸의 손에 들어가겠지만 그 책임은 전적으로 드리외 혼자서 짊어져야 할 겁니다. 하지만 드리외보다 더 파시스트에 동조하는 사람을 찾아낸다면······.[11]

하지만 가스통이 가슴을 열고 상의할 사람이 없었다. 그에게 초연함을 유지하고, 그가 평소에 말해 왔던 것처럼 〈정신과 협약을 맺은 사람〉인 출판인의 양심을 지키라고 충고해 주는 사람은 거의 없었다. 다른 많은 출판인들, 즉 돈을 벌기 위해서는 어떤 짓이라도 마다하지 않는 출판인들과 그를 구분해 주었던 것, 달리 말하면 도덕적이고 정치적이며 지적인 책임감을 지닌 사람답게 처신하라고 조언하는 사람은 없었다. 다만 슐룅베르제는 이렇게 말했다. 1870년 이후에도 알자스를 지켰던 사람들이 프랑스 곳곳으로 이주한 사람들보다 프랑스적 정신을 훨씬 잘 지켜 냈다! 이런 슐룅베르제의 말을 어떻게 가볍게 흘려버릴 수 있었겠는가?

가스통은 갈피를 잡을 수 없었다. 하지만 직업적 관성으로 민감하게 관찰해야 할 것이 있었다. 바로 경쟁 출판사들의 움직임이었다.

로베르 드노엘은 출판을 재개하고 있었다. 그는 벨기에군(軍)에서 징집 해제

11 Bruckberger, 같은 책.

되자 곧바로 파리로 돌아왔다. 하루라도 빨리 출판사를 다시 열어야 한다는 생각 밖에 없는 듯이 행동했다. 독일군은 파리에 입성하자마자, 전쟁 전에 반(反)나치 책을 출간하던 드노엘 출판사를 폐쇄해 버렸다. 하지만 드노엘은 놀라운 수완을 발휘해서 아멜리 가에 채워진 자물쇠를 걷어 냈다. 그리고 온갖 수단을 다 동원해서 자본을 증액하려 애썼다. 버나드 스틸과는 3년 전에 결별한 상태였다. 스틸이 셀린의 반유대적인 책들을 출간하는 데 극렬히 반대하며 결별을 선언한 때문이었다. 드노엘은 스틸의 지분을 사들였고, 그 만큼을 재투자하기 위해서 여러 사람에게 투자를 제안했다. 그러나 출판업자들은 배제시켰다. 많은 사람들의 조언에도 불구하고 갈리마르는 고려조차 않았다. 어떤 형태로든 가스통 밑에서는 일하고 싶지 않았기 때문이었다.[12]

드노엘에게나 스토크의 관리자들에게나 양심의 문제는 뒷전이었다. 파리의 거의 모든 출판인이 어떤 조건에서라도 출판사의 문을 다시 여는 데 중점을 두었다. 하지만 에밀폴 형제는 예외였다. 1940년 8월부터 두 형제는 장 카수, 마르셀 아브라암, 클로드 아블린과 손잡고 아베유의 사무실을 〈우편함〉으로 변모시켜 〈프랑스의 자유로운 프랑스인들〉, 그 후에는 그 출판사에서 최고의 자랑거리였던 『대장 몬』의 저자를 기린다는 뜻에서 〈알랭푸르니에의 친구들〉이란 이름으로 전단(傳單)을 제작했다. 곧 그들은 인류 박물관 *Musée de l'Homme*의 젊은 학자들이 결성한 단체와 하나가 되었고, 그때부터 에밀폴 출판사는 그들이 발행하는 회보의 전당이 되었다. 에밀폴 형제의 커다란 사무실을 장식한 앙투안 부르델Antoine Bourdelle의 아치형 자화상이 우편함으로 사용되었다. 그렇게 그들은 4년 동안 항독 운동을 전개했다.[13]

8월 초부터 프랑스 출판사들은 어떻게 처신해야 하는지 거의 눈치 챈 듯했다. 8월 3일, 오토 아베츠Otto Abetz 독일 대사가 잘츠부르크의 베르코프 사령부까지 달려가 대 프랑스 문화 정책을 히틀러와 상의했다. 독일 정보국은 파리의 지식인들을 엄격하고 철저하게 감시, 감독해야 한다고 주장했지만 아베츠 대사는 그런 검열은 역효과만 불러일으킬 것이라고 반박했다. 결국 히틀러가 결론을 내렸다.

12 바르자벨과의 인터뷰
13 클로드 아블린Claude Aveline이 저자에게 보낸 편지.

독일은 영리하게 모든 것에 개입할 수 있어야 할 것이다. 군 최고 사령부의 검열팀은 신문, 라디오, 서적, 영화, 연극 등이 프랑스 국민을 정치적으로 자극하지 않으며 점령군의 안전을 위태롭게 하지 않는다고 확신할 수 있는 수준까지만 검열을 시행해야 할 것이다.[14]

애매하기 짝이 없는 명령이었다. 따라서 점령군 내에서도 충돌이 잦았다. 그러나 8월 5일 선전국은 출판사와 서점과 유통 회사에 공문을 보내 독일 망명자, 이를테면 토마스 만의 작품, 히틀러와 무솔리니를 비롯해 그들의 체제를 다룬 책의 판매를 금지시켰다. 또한 서점에는 이와 관련된 재고를 출판사에 반품하거나, 자체 처분하라는 명령도 덧붙여졌다. 그로부터 3주 후, 독일군은 서점을 급습해 금지된 서적들을 압류했다.[15]

하지만 그것은 서곡에 불과했다.

좋든 싫든 출판사들은 이런 숙청 작업을 받아들여야 했다. 베르나르 그라세는 이런 상황에서 어떻게 처신하였을까? 가스통이 동료 출판인들의 처신을 생각하면서 가장 먼저 떠올린 사람은 그라세였다. 휴전 협정이 체결된 날부터 그라세는 동분서주로 뛰어다녔다. 그에게 파리 함락은 청천벽력과 같은 충격은 아니었다. 체념하지도 않았고 양심의 문제를 생각지도 않았다. 7월 13일 그는 프랑수아 피에트리 장관에게 편지를 보내, 자신을 〈자이 법안에 맞서 싸운 첨병〉이라 소개하며 비시 정부가 출판에 관련된 모든 문제에 대한 협상자와 대표자로 그를 지명해 주길 요청했다. 그가 천명한 목표는 〈두 부분으로 나뉜 픽션을 통합함으로써 프랑스에서 쓰이는 모든 글에 대한 법규를 통합시키자는 것〉이었다.

회계 장부와 중요한 원고를 들고 일부 측근과 도르도뉴의 농트롱에 피신해 있던 그라세는 이렇게 편지를 보내면서 그가 할 수 있는 일을 제안했다. 게다가 얼마나 초조했던지 비시 정부의 대답을 기다리지 않고, 페탱 원수의 임시 정부가 세워진 비시까지 직접 달려갔다. 어디에서 왔는지 알 만한 사람들과 뒤섞여서 그라세

14 Otto Abetz, *Histoire d'une politique franco-allemande*, Fayard, 1953.

15 Gerard Loiseaux, "Collaboration littéraire au service de l'Europe nouvelle", in *Lendemain*, 제29권, Berlin, 1983.

는 전쟁 전에 알고 지내던 고위 관리를 찾아 호텔과 식당과 카페를 뒤졌다. 한마디로 그의 지명을 서둘러 줄 수 있는 사람을 찾아다녔다. 나시오날 호텔의 방에 돌아와서는 친구이며 독일의 유명 작가인 프리드리히 지부르크Friedrich Sieburg에게 편지를 썼다. 지부르크와는 10년 전에 『하느님은 프랑스인인가?*Dieu est-il français?*』라는 충격적인 책을 발간해 준 인연이 있었다. 이 편지에서 그라세는 자신의 계획을 밝히며, 독일 측의 책임자들을 움직여서라도 새 프랑스 정부의 부수상인 피에르 라발이 파리에 체류하는 동안 라발에게 압력을 넣어 달라고 부탁했다. 출판계의 대표자로서 그라세가 제시한 프로그램은 간단했다. 적어도 그가 지부르크에게 보낸 편지에 쓰인 대로라면 무척 간단했다. 특별한 명령이나 법규가 없어도 프랑스 출판사들은 자발적으로 점령군의 정치적 검열을 받아들여야 한다. 이렇게 할 때 〈적어도 진정한 프랑스인이라면 누구나 수긍할 수 있는 프랑스 출판법〉의 기틀이 마련될 것이란 주장이었다.[16]

베르나르 그라세의 전략은 효과가 있었다. 8월 4일 그라세는 파리의 대리인 아모니크에게 편지를 써서, 전날 저녁 피에르 라발이 그에게 출판계를 대표해서 독일군과 협상할 자격을 정식으로 부여했다고 알렸다. 남은 문제는 독일 측의 동의였다. 하지만 이 부분에 대해서는 그라세도 자신이 없었다. 그의 정치적 견해가 파시스트에 호의적이 아니기 때문은 아니었다. 그가 오토 슈트라서Otto Strasser의 『히틀러와 나*Hiter and I*』(1940)를 출간한 것이 걸림돌로 작용할까 우려했다. 이런 〈실수〉를 만회하기 위해서 그는 아모니크에게 그라세 출판사에서 펴낸 다른 책들, 특히 지부르크의 책 네 권, 열렬한 독일 협력자들인 페르낭 드 브리농의 『프랑스와 독일*France-Allemagne*』(1934), 알퐁스 드 샤토브리앙의 『권력의 다발*Le gerbe des forces*』(1936), 그리고 아돌프 히틀러의 『행동 원칙*Principes d'action*』(1936)을 강조하라고 조언했다.[17]

그러나 베르나르 그라세의 진정한 의도는 1941년 9월에 써서 12월에 출간한 책에서 드러난다. 그가 가장 염려한 것은 점령군의 퇴각이 아니었다. 그는 『프랑스를 찾아서*A la recherche de la France*』에서 이렇게 적고 있다. 〈그런 일이 일어난

16 그라세가 지부르크에게 보낸 편지, *L'affaire Grasset*, Comité d'action de la Résistance, 1949.
17 1940년 8월 4일 그라세가 아모니크에게 보낸 편지, 위의 책.

다면 프랑스에서는 최악의 경우를 예상할 수 있다. 먼저 페탱이 처형될 것이다. 그런데 이런 미래를 바라는 프랑스인이 하나라도 있는지 의심스럽다.〉 그라세가 동료 출판인들에게 던진 메시지는 분명했다. 자유 지역을 떠나서 파리로 돌아와 일하라는 것이었다! 「나는 프랑스적인 것을 지키기 위해 내게 허락된 범위 내에서 모든 것을 하기로 결심했다. 나는 가장 프랑스적인 정신과 전통을 담은 책들을 점령군에게 검열 받을 것이다. 나부터 그런 글을 쓸 것이고, 다른 작가들에게 그렇게 글을 써달라고 요구할 것이다. 내게 지워진 한계 이외에 다른 한계는 생각지 않을 것이다.」 베르나르 그라세의 정신세계에서, 프랑스 출판인은 파리에 있어야만 했다. 점령 지역 밖에서 소일하는 사람은 〈진정한 프랑스인〉일 수 없었다. 옛 체제와 비굴하게 타협한 것을 자책해야 했다. 그는 몽테를랑이 겨울을 니스에서 보내기로 했다는 소식에 분개하면서, 〈그가 그다운 역할을 해낼 수 있는 곳은 여기뿐이다. 그 역할만이 위대한 것이다!〉라고 외쳤다.

자신에게 정직했던 그라세에게는 언제나 명쾌하다는 장점이 있었다. 따라서 대독 협력에 대한 그의 변명도 직설적이었다. 그는 새로운 질서를 선전한 책임을 전적으로 인정했다. 「자유 지역에 머물던 프랑스인들은 분명히 알아야 한다. 점령군이 존중할 것은 존중해 주었다는 사실을! 파리에서 우리는 프랑스인답게 살 수 있었고, 부끄럽지 않게 생업에 종사할 수 있었다.」

부끄럽지 않았다?

어디까지가 부끄럽지 않았다는 것일까? 하여간 9월부터 출판사들은 독일의 요구에 순응했다. 미리 예측하지 못한 요구에도 순응했다. 점령군은 교활하고 영리했다. 그들이 직접 책을 검열하지 않고 프랑스 출판사가 그들의 책을 자체 검열하도록 유도했다. 새로운 국가 사회주의 유럽의 원칙과 법에 따라서! 죄수가 죄수를 감독하는 감옥, 즉 나치 수용소에서 사용하는 방법이었다. 그러나 미심쩍은 출판사들은 검열관에게 원고의 확인을 요청했고, 검열관은 삭제하거나 고쳐야 할 부분을 출판사에게 지적해 주었다. 독일은 이처럼 자체 검열을 유도하면서 종이의 할당으로 그 부족함을 보완했다. 결국 자체 검열은 의무였던 셈이다. 이렇게 그들은 군화의 지배를 받았다.

검열에 동의하겠다는 합의서를 읽어 보면 프랑스 출판사들이 그토록 신속하게 협조한 것에 어리둥절할 지경이다. 몽투아르 회견(1940년 10월 24일 페탱이 히틀러와 몽투아르에서 가진 회담)이 있기도 전에, 페탱과 히틀러가 악수하는 사진이 신문의 1면에 실리기도 전에, 이미 출판사들이 검열에 동의했으니 말이다.

공고

프랑스 출판 협회는 점령 당국과 합의를 보았다. 그 합의서는 아래에 첨부되어 있다. 이로써 출판사들은 어떤 간섭도 받지 않고 자유롭게 출판에 종사할 수 있는 한계를 알게 되었다. 이 합의서에 서명함으로써 독일 당국도 출판사들에 깊은 신뢰감을 표명했다. 또한 출판사들은 승리자의 권리를 존중하는 한 프랑스적 사상의 전파라는 본연의 목적을 성공적으로 수행할 수 있게 되었다.

본 검열 합의를 적용함에 있어서, 독일 당국은 〈오토 리스트〉란 이름의 첫 금서 목록을 발표하는 바이다. 이 목록은 독일 당국의 결정으로, 혹은 출판사들이 솔선해서 서점에서 회수해야 할 서적들의 리스트이다. 합의서의 정신에 따라서 차후에도 금서가 추가될 수 있을 것이다. 공명정대한 기준에 따라서 결정된 오토 리스트에는 프랑스 영토로 망명해서 우리 출판계를 어지럽힌 외국 작가들이 상당수 포함되어 있다. 프랑스적 사상은 세계사적 관점에서 보아도 이미 높은 수준에 이르렀기 때문에 그들의 저서가 없어진다 해도 우리가 두려워할 것은 없다. 이런 쓰레기가 청소될 때 프랑스적 사상은 더 충만하게 표현되고 그 빛을 더 찬란히 비출 수 있을 것이다.

서적 신간 및 재판 검열에 대한 합의

독일 점령군과 프랑스 국민 간의 다툼 없는 공존을 유지하기 위해서, 더 나아가서는 독일 국민과 프랑스 국민 간의 정상적인 관계를 회복하기 위해서, 프랑스 출판사들은 이런 목적에 부합되는 서적의 출간에 힘쓰기로 한다. 이러한 정신에서, 프랑스에 주둔한 독일군 총사령관과 프랑스 출판 협회 이사장은 다음과 같이 합의한다.

I. 각 프랑스 출판사는 자신의 저작물에 대해 전적인 책임을 진다. 이를 위해서 출판사는 저작물에 대해 다음과 같은 사항을 지키기로 약속한다.

  a 공개적으로나 은밀하게, 즉 어떤 형태로도 독일의 권위와 이익을 해칠 수 없다.

  b 독일에서 출판 금지된 서적의 작가의 작품이어서는 안 된다.

II. I조 a항에 대해서 출판사가 자체적으로 결정을 내리기 곤란할 때는 출판 협회가 사전 검열을 시행하도록 한다. 출판 협회는 다음과 같은 식으로 결정을 내릴 수 있다.

  a. 출판 협회가 문제될 것이 없다고 판단한다면 자체의 책임하에 출판을 허락할 수 있다.

  b. 출판 협회가 문제될 것이 있다고 판단한다면, 문제되는 구절을 표시하여 샹젤리제 가 52번지의 슈타펠 선전국에 제출해야 한다.

  c. 출판 협회가 자체로 결정을 내릴 수 없거나 출판을 허락할 수 없다면, 문제의 서적을 샹젤리제 가 52번지의 슈타펠 선전국 출판과에 제출해 판단을 의뢰해야 한다.

III. II조 b항과 c항에 관련된 서적은 슈타펠 선전국이 자체로 검토한 서적과 마찬가지로 프랑스 주둔 독일군 사령부의 이름으로 슈타펠 선전국의 검열을 받아야 한다.

IV. 독일 국민과 프랑스 국민 간의 관계를 증진시키기 위해서는 지적인 출판물이 무엇보다 중요하기 때문에 앞의 조항을 위반한다면 해당 출판물의 출판에 관련된 모든 당사자, 출판사 혹은 협회에게 적절한 징계가 가해질 것이다.

V. 출판물에 관련된 책임은 인쇄업자가 아니라 출판사에 전적으로 있음을 밝혀 둔다.

위에서 나열한 원칙들을 원만하게 적용하기 위해서 바람직하지 못한 서적들을 미리 제거하는 사전 조치가 있었다. 프랑스 출판사들은 도서 목록과 창고에 남아 있는 재고 서적, 인쇄소와 제본소에 남겨 둔 재고까지 철저하게

재점검하기로 약속한다. 재점검에 의해 파기해야 할 서적들과 그 목록은 슈타펠 선전국에 제출하기로 한다.

프랑스 출판사들은 향후에 출간되는 재출간 도서와 신간 도서를 두 부씩 슈타펠 선전국 출판과에 의무적으로 제출해야 한다.[18]

가슴이 답답해질 정도로 모든 것이 쓰여 있었다. 행간을 읽을 필요도 없었다. 휴전 석 달 후, 몽투아르에서 정치적 담합이 있기 3주 전, 정확히 말해서 9월 28일에 프랑스 출판 협회 이사장은 이 합의서에 서명을 했다. 그와 동시에 제1차 〈오토 리스트〉— 독일 대사 오토 아베츠 때문에 이렇게 붙여진 것이라 여겨진다 — 가 공개되었다. 이 리스트에서 빠져나간 출판사는 거의 없었다. 전문(前文)에서 밝히고 있듯이, 〈거짓말과 편견으로 프랑스의 여론을 조직적으로 해치는 책, 특히 프랑스가 베푼 호의를 배신하고 이기적인 목적을 관철하고자 전쟁을 부추긴 정치적 망명객과 유대인 작가의 책〉을 서점에서 회수해서 판금시키는 것이 주된 목적이었다.[19]

〈오토 리스트〉는 길었다. NRF-갈리마르의 난에서는 약 100권을 헤아렸다. 작가 당 평균 두 권이었다. 외국 작가로는 체스터턴, 칠리가, 처칠, 알프레트 되블린, 프로이트, 마그누스 히르슈펠트, 이름가르트 코인, 에밀 루드비히, 토마스 만과 하인리히 만, 발테 라테나우 등이 있었다. 한편 프랑스 작가로는 말로, 드니 드 루즈몽, 다니엘 게랭, 폴 니장, 자크 리비에르, 클로델 등이 있었고, 유대계 작가로는 뱅다, 프레그, 조르주 프리드만, 로베르 아롱, 앙드레 모루아 등이 있었다. 가스통 갈리마르가 파리에 없었기 때문에 브리스 파랭이 모든 일을 책임지고 처리해야 했다. 심지어 〈오토 리스트에 오른 책들을 처리하러 온 독일군〉을 상대하며 그 여파를 최소화하는 일까지 맡아야 했다.[20]

10월 22일, 마침내 가스통이 파리로 돌아왔다. 그가 있어야 할 곳은 코트 다쥐르가 아니라 파리였다. 모든 출판인들이 일에 열중하면서 1941년을 준비하고 있었다. 가스통도 전열을 정비할 때였다. 검열 합의서? 오토 리스트? 유대인의 지

18 국립 문서 보관소.
19 근대 유대 자료 센터의 문서 보관소.
20 국립 문서 보관소.

위? 하지만 전시였다. 그래도 모든 기업이 돌아가고 있었다. 선생들은 가르쳤고, 공무원들은 국민을 위해 봉사했으며, 의사들은 진료에 열중했다. 어쨌든 살아야만 했다. 하지만 〈레옹 블룸과 레옹 도데를 차별 없이 출간해야 한다〉라며 출판인을 다른 장사꾼과 구분하였던 가스통이 평소에 즐겨 했던 말대로 〈정신과 협약을 맺은 사람〉인 출판인들은 어떻게 해야 하는가? 그 혼돈의 시기에, 출판인의 책임은 종이의 할당량으로 평가될 수 있었다. 종이를 가지려면 독일의 요구와 바람을 충족시켜야 했다. 독일에 협조해야만 했다.

파리에 돌아오자마자 가스통은 쉬운 게임이 아니라는 것을 알 수 있었다. 예전보다 더 능글맞은 협상가가 되어야 했고, 간혹 비난의 표적이 되었던 이중의 언어를 더 자주 구사해야만 했다. 그가 파리로 상경하기 직전에는 독일 협력 기관지들 중 가장 악명 높았던 「오 필로리Au Pilori」(형틀에서)가 등골을 섬뜩하게 하는 폴 리슈의 글을 게재했다.[21]

갈리마르를 정점으로 한 폭력단이 1909년부터 1939년까지 프랑스 문학계에서 활동했다. 아나키스트들, 온갖 유형의 혁명가들, 반파시스트, 반민족주의 등 온갖 반대론자들을 옹호하며 비열하고 음흉한 선전이 난무하던 30년이었다. 문학과 영성과 인간의 세계에 허무주의가 팽배하던 30년이었다! 갈리마르와 그의 폭력단은 발군의 갱단이었다.

시골뜨기 지드, 심령체 장사꾼인 브르통, 「스 수아르」의 주교격인 아라공, 아나키스트 은행가인 나빌, 썩은 열매 엘뤼아르, 욕쟁이 페레, 그리고 온갖 편집광들과 마약 중독자들과 환자들이 20년 전 갈리마르의 폭력단이었다. 그 폭력단은 진화했다. 초현실주의자들, 평화주의자들, 트로츠키 지지자들, 그리고 그들의 친구들이 곳곳에서 혁명의 선동자 역할을 자임했다. 갈리마르의 사주를 받은 카수는 1936년에 교육부의 수장이던 장 자이에게 협조했고, 말로는 스페인의 공산주의자들이 귀를 잘라 목걸이를 만드는 데 일조를 했으며, 쥘 로맹은 선전용 소설에 인간애라는 독을 은밀히 주입시켰다.

21 폴 리슈는 옛 영화 제작자이던 뒬랭 극단의 배우, 장 마미Jean Mamy의 필명이었다.

갈리마르가 돌아오고 싶어 한다! 갈리마르의 유령 작가들과 그 친구들은 이미 카페 〈되 마고〉에서 기다리며 다음 30년을 준비하고 있다. …… 정신의 살인마, 갈리마르! 썩을 대로 썩은 갈리마르! 깡패 두목 갈리마르! 프랑스의 젊은이들이여, 그에게 침을 뱉어라![22]

격렬한 어조였다. 하지만 이런 맹렬한 공격에도 가스통은 그에게 주어진 책임을 회피할 생각이 없었다. 「오 필로리」가 점령군의 극우적 입장을 옹호했고, 당시 지나치게 유화적이고 개방적 태도로 성급하게 적과 타협했다고 비판받던 비시 정권을 상당히 조심스레 다루었다는 점을 감안할 때 이런 비난은 충분히 이해할 수 있는 것이었다. 하지만 이 신문의 악의적 기사만으로 가스통이 레지스탕스의 편이었다고 말할 수는 없었다.

한편 아베츠 대사는 증명하기 불가능한 유명한 발언을 남겼다. 「프랑스에는 세 권력 기관이 있다. 공산주의와 거대 은행과 NRF다.」

시대에 따라 권력 기관들이 달라지면서 발언도 달라졌지만 NRF는 언제나 빠지지 않았다. 독일군 선전국, 대사관이 운영하던 독일 연구소, 프랑스 지식인들을 감시하던 프리드리히 지부르크와 같은 베를린의 〈관찰자들〉에게 갈리마르 출판사는 언제나 반독일적이고 친유대 볼셰비키적 단체로 비쳤다.[23] 따라서 11월 9일 아침에 갈리마르 출판사의 현관이 봉쇄된 것은 당연한 일이었다. 하지만 봉쇄는 오래 지속되지 않았다. 봉쇄 조치는 군부가 시행한 것이어서, 문학과 출판을 감독하는 독일 기관들 사이의 경쟁에서 비롯된 모순된 행위로 해석되었다. 11월에 들어서면서 가스통은 수차례 선전국을 드나들며 출판사 건물을 되찾으려 애썼다. 그때마다 독일군 참모부의 카이저 중위는 가스통의 반나치적이고 친유대적인 태도를 비난하며, 도서 목록에서 문제가 된 작품들을 지적하고 독자 위원회의 위원들과 작가들의 이름을 거론했다. 가스통은 종이를 충분히 확보하고 있어 출판사 문을 하루라도 빨리 열겠다는 한 가지 목적밖에 없었다. 하지만 그는 독일의 의도가 무엇인지 정확

22 *Au pilori*, 1940년 10월 10일.
23 게르하르트 헬러와 저자의 인터뷰.

히 파악하지 못했다. 11월 23일 독일의 의도가 명백히 밝혀졌다. 독일군 참모부는 가스통에게 독일의 한 출판업자를 간사로 고용하고, 갈리마르의 지분 중 51퍼센트를 독일인들에게 넘기라고 요구했다. 가스통은 그 요구를 단호히 거부했다. 고려할 가치도 없는 요구였다. 프랑스인에게도 지분을 넘길 수 없는데 하물며 독일인에게 지분을 51퍼센트나 양도한다는 것은 생각할 수조차 없었다. 진퇴양난이었다. 가스통은 잡지 『NRF』를 두고 란 참사관과 협상을 벌여 그 난관을 벗어났다. 마침내 협상이 타결되었다. 가스통과 란은 『NRF』를 향후 5년 동안 드리외 라 로셸에게 맡기고, 출판사의 〈지적이고 정치적인 서적〉에 대한 포괄적인 권한을 라 로셸에게 부여하기로 합의를 보았다. 독일 측도 만족감을 표시하며, 출판사의 운명과 잡지의 운명을 하나로 묶는 데 동의했다. 독일인들에게는 드리외의 존재가 〈귀 출판사가 독일에 악의적인 출판을 자제하면서 유럽의 정치적 통합, 프랑스의 재건, 독일과 프랑스의 공조라는 새로운 사상의 전파에 귀중한 역할을 할 것〉이란 합의의 보증서로 여겨졌기 때문이다.[24] 독일 선전국의 입장에서는 더할 나위 없이 좋은 결론이었다. 갈리마르 출판사를 인수하지 않고도 〈우리 시대의 정신과 미래의 과업에 합당한 서적〉을 공급하겠다는 확약을 갈리마르에게 받아 냈기 때문이었다.

  문제가 그렇게 해결되면서 가스통은 출판사를 돌려받을 수 있게 되었다. 언제 돌려받느냐가 문제일 뿐이었다. 그 직후, 잿빛 전륜 구동 승용차 한 대가 세바스티앵보탱 가 5번지 앞에 멈춰서며 독일 장교 두 명이 내렸다. 한 사람은 민간인 시절에 프랑스어 교수를 지낸 헌병 대위였고, 다른 한 사람은 서적 검열을 총괄하는 선전국의 게르하르트 헬러Gerhard Heller 중위였다. 헌병 대위가 자물쇠를 열자, 헬러 중위가 텅 빈 건물의 문을 열었다. 그들은 2층으로 올라갔다. 헬러 중위가 장 폴랑의 책상에 앉아 전화기를 들었다.

  「드리외 라 로셸 씨입니까? 방금 세바스티앵보탱 가에 도착했습니다. 문을 열었습니다. 아무런 문제가 없습니다. 갈리마르 씨에게도 알려 주십시오. 갈리마르 씨에게는 내일이나 모레쯤 공식 통지서가 도착할 겁니다.」[25]

  마침내 출판사가 다시 문을 열었다. 출판은 예전처럼 진행되었고, 잡지도 5개

24 1940년 11월 28일 선전국이 가스통 갈리마르에게 보낸 편지, 국립 문서 보관소.
25 Gerhard Heller, *Un Allemand à Paris*, Seuil, 1981.

월 만에 다시 복간되었다. 드리외 덕분에! 드리외는 일종의 담보였다. 이상주의적 파시스트였던 드리외는 갈리마르에 없어서는 안 될 독일 협력자였다. 『NRF』의 주필로 임명된 드리외를 등에 업고 출판사는 다시 정상적으로 가동되었다. 잡지와 책은 거의 독립적으로 운영되었다. 1940년 12월에는 어쩔 수 없는 현실이었지만 1944년 9월부터는 그 사실을 감추려 애썼다. 훗날 브리스 파랭은 〈드리외는 가스통과 회사 전체를 위해서 그렇게 했다〉라고 회고했다.[26]

드리외의 지휘하에 『NRF』의 첫 호가 1940년 12월 1일에 발행되었다. 목록은 예전과 다름없이 화려했다. 물론 드리외의 글이 빠질 수 없었다. 주앙도, 페기, 오디베르티, 에메, 지오노, 파브르 뤼스, 모랑, 페르난데스, 알랭 등이 필자였다. 그 잡지를 주머니에 넣고 가스통 갈리마르는 뿔뿔이 흩어진 기고자들을 찾아다니며, 폴랑이 공식적으로 자리를 비운 새로운 『NRF』를 위해 글을 기고해 주길 부탁했다. 가스통은 이중 언어를 구사하며 작가들을 설득했다. 레오토에게는 드리외와 독일인들이 그를 제쳐 두고 협상을 맺었으며, 그도 이런 상황을 어쩔 수 없이 참고 견디어야 할 처지라고 말했다. 그렇다고 드리외와 독일이 그에게 말 한마디 없이 그런 짓을 저질렀다고 단언하지는 않았다. 특유의 어법으로 그랬을 것이란 암시를 주었을 뿐이다.[27] 지드에게는 코트 다쥐르까지 직접 찾아가, 『NRF』의 재발간을 독일에의 협조가 아니라 저항 운동의 일환으로 이해해야 한다고 해명했다. 특히 가스통이 파리로 돌아가면서 남긴 말은 지드의 기억에 뚜렷이 새겨져 잊혀지지 않았다. 1940년 12월 당시, 가스통의 결심과 정신 상태를 분명히 드러낸 말이었기 때문이다.

「파리를 떠날 수는 없습니다!」[28]

미래를 준비해야 할 곳은 자유 지역이 아니라 파리였다. 모든 것이 파리에서 결정되었다. 게다가 모든 산업 분야가 부산스레 움직이고 있었다. 출판 협회에서 가장 두려워한 것은 불공정한 경쟁이었다. 즉 자유 구역의 출판사들과 경쟁해야 하는 현실이었다. 10월 말, 아르망 콜랭 출판사의 공동 사주이자 출판 협회 이사장

26 Gerhard Heller, *Bribes d'un journal perdu*, 미발표 원고.
27 Léautaud, 같은 책.
28 Maria van Rysselberghe, *Les cahiers de la petite dame*, Gallimard.

인 르네 필리퐁René Philippon은 베르나르 그라세와 함께 카이저 중위의 사무실로 찾아가, 자유 지역에서 출판사를 개설하는 문제를 상의했다. 필리퐁과 그라세는 자유 지역의 출판사들이 상대적으로 큰 이점을 지니고 있다며 그런 불공정한 경쟁 체제를 인정할 수 없다고 주장했다. 즉 생산비가 낮고, 검열도 없으며, 특별한 규제를 받지 않고 프랑스 전역에 책을 유통시킬 수 있다는 이유를 들었다.

출판 협회의 판단은 옳았다. 미래를 예견한 주장이기도 했다. 글을 쓰고 싶어하는 작가들의 열정은 차치하더라도 독일군 점령 시기에 문학, 결국 출판이 보여준 주된 특징의 하나는 잡지와 책의 파리 탈출이었다. 중심축이 파리에서 알제리(에디시옹 샤를로, 막스폴 푸셰의 『퐁텐』, 『아르슈』, 『라 네프』), 리옹(르네 타베르니에의 『콩플뤼앙스』, 빌뇌브레자비뇽(피에르 세게르스의 『포에지 40』), 런던(『라 프랑스 리브르』), 뉴욕(자크 쉬프린이 창업한 출판사와 에디시옹 드 라 메종 프랑세즈), 스위스(알베르 베갱의 『카이에 뒤 론』, 에디시옹 드 라 바코니에르), 아르헨티나(로제 카유아의 『레트르 프랑세즈』) 등으로 옮겨가고 있었다.

출판 협회의 판단에는 불공정한 경쟁이었다. 독일이 그들이 생각하는 협력이란 개념을 프랑스 출판사들에게 심어 주는 데는 오랜 시간이 걸리지 않았다. 1주일에도 몇 번씩 출판 협회의 지도자들이 선전국에 불려가서, 오토 리스트나 검열 합의서에 비하면 별 것도 아닌 문제로 호된 질책을 받았다. 독일군들은 센 강변의 헌책방에서 유대인들과 공산주의 동조자들이 쓴 책들을 찾아냈다고 불평했고, 일상적인 점검을 하는 동안에는 독일 선전국이 주둔한 마제스틱 호텔 근방의 서점들이 점령군에게 반항이라도 하듯이 영어 번역본들을 진열창에 버젓이 진열하고 있었다며 비난을 퍼부었다. 일부 독일군 장교들은 1870년과 1914년의 독일군을 희화화한 삽화책 때문에 출판 협회와 서점 연합회의 대표들에게 욕설을 퍼붓기도 했다. 한 장교는 〈렝스 성당이 정말로 불길에 휩싸일 수도 있습니다. 그런 상황이 독일군의 폭격에 의한 것이란 설명이 덧붙여지지 않는다면 말입니다〉라고 협박하기도 했다.[29]

사실 자유 지역에서는 이런 문제가 없었다. 그러나 파리의 출판사들이 체념한 상태에서 점령군의 명령에 순순히 따랐다고 섣불리 결론지어서는 안 된다. 그들은

29 국립 문서 보관소.

희망 사항을 앞세우지 않고 스스로 타협점을 찾았다. 예컨대 11월 말 베르나르 그라세가 새로운 시리즈를 발간하며, 서점들에 최적의 진열을 부탁하며 돌린 회람에서 그런 흐름을 읽을 수 있다. 그라세가 직접 쓴 책이 첫 권으로 시작되는 〈프랑스를 찾아서〉라는 시리즈였다. 그라세는 이 시리즈에 동참하기로 약속한 작가들 — 자크 샤르돈, 베르나르 페이, 알퐁스 드 샤토브리앙, 드리외 라 로셸, 폴 모랑, 아벨 보나르 — 의 이름을 밝히면서, 그 시리즈의 유일한 목표를 〈외부의 정치적 상황과 관계없는 프랑스적 질서〉라고 천명했다.[30] 애매한 목표였지만, 비시 정권과 독일군 선전국이 제시한 방향에서 한 치도 벗어나지 않는 것이었다.

시대의 징후였을까? 출판계 사람들의 부침이 있었다. 떠나는 사람들이 있었던 반면에 새로이 들어서는 사람들도 있었다. 출판 협회에서는 베르나르 그라세의 추천을 받은 서적 유통 회사 〈메사즈리 뒤 리브르Messageries du Livre〉의 스벤 닐센이 정회원으로 입회했고 브라운스텐, 페르낭 아장, 르네 키페르 등이 물러났다.[31] 갈리마르에서는 로베르 아롱, 이르슈, 크레미외 등과 같은 핵심 인물들이 유대인이란 이유로 회사를 떠나야 했다. 6월경 아내와 함께 오베르뉴 생플루르 근처의 농가로 피신한 이르슈는 양을 키웠고, 뱅자맹 크레미외는 군에서 제대한 후 곧바로 프로방스로 떠났다. 하는 일 없이 소일하던 크레미외는 곧 『단테Dante』를 쓰기 시작했다. 그는 친구 피에르 브리송에게 보낸 편지에서 〈이 책이 출간될 수 있다면 미국이나 아르헨티나로 이민 갈 수 있을 텐데. 하지만 프랑스 땅이 내 발을 붙잡는구먼〉이라 썼다.[32] 그는 1944년에 부헨발트 수용소에서 세상을 떠났다.

1941년 파리.

2월 21일 오후 세시, 생제르맹 가에 위치한 출판인 회의 건물 회의실에서 페탱을 〈희망의 불길을 되살려 주고 프랑스의 명예를 온전히 세워 준 분〉이라 칭찬하고 독일 선전국의 지도자들을 〈우리에게 널찍한 시설까지 제공하는 넓은 아량을 베풀어 주었다〉라고 칭송한 후, 필리퐁 이사장은 이렇게 말했다.

30 L'affaire Grasset, 같은 책.
31 Bibliographie de la France, 1941년 1월 3일.
32 André Lang, Pierre Brisson, le journaliste, l'écrivain, l'homme, Calmann-Lévy, 1967.

「지난 해 9월 28일, 검열 합의서가 체결되었습니다. 우리가 세워 가고 있는 협력의 기초를 놓은 날이며, 몽투아르 회합이 있은 지 거의 1년 후에 국가수반께서 제시한 방향을 충실히 지키겠다는 우리 의지를 천명한 날이기도 했습니다.」[33]

출판계가 독일에 협조했다는 것을 분명히 보여 준 연설의 한 부분이었다. 출판 협회에서 탈퇴한 출판사들, 즉 미뉘 출판사처럼 지하에서 은밀하게 활동하거나, 에밀폴 출판사처럼 오토 리스트와 검열을 거부하면서도 그 자리를 지켰지만 종이의 부족 때문에 책을 거의 출간할 수 없었던 출판사들은 손가락으로 헤아릴 정도였다.

연초부터 점령군은 프랑스 독자들이 필독서 — 물론 선전용 — 로 삼아야 할 도서 목록을 작성하기 시작했다. 선전국의 한 보고서에서 밝히고 있듯이, 〈준비 작업을 하는 동안 처음으로 우리는 프랑스의 주요 출판사들에게 대독 협력을 위한 선전용 서적이 대형 출판사의 이름으로 발행되어야 한다는 사실을 납득시켰다.〉 제3 제국의 선전국과 일곱 개의 대형 출판사 — 갈리마르, 그라세, 플롱, 플라마리옹, 스토크, 드노엘, 파이요 — 와 일곱 개의 중견 출판사 — 보디니에르, 부아뱅, 코레아, CEP, 에디시옹 드 프랑스, 르 리브르 모데른, 르나르 — 의 부자연스런 결합으로 태어난 결실인 그 유명한 도서 목록에는 〈책의 거울Miroir des livres〉이라는 이름이 붙여졌다.[34]

하나의 도서 목록에 불과했지만 잘 짜여진 것이었다. 이런 특별한 대독 협력의 뿌리는 다른 곳에서 찾아야만 한다. 독일 연구소가 발간한 잡지에 기고된 「지식의 교환과 출판계의 대독 협력Échanges intellectuels et collaboration dans l'édition」이란 글은 점령군이 프랑스 출판사들에게 가한 비난과 지시, 명령과 충고 등을 잘 요약하고 있다. 이 글은 1940년 12월에 베르나르 그라세가 같은 잡지에 기고한 글에 대한 반론으로 보인다. 기고자인 칼 라우히Karl Rauch는 뒤셀도르프에 본사를 둔 라우히 출판사의 대표였다. 라우히는 독일 선전국의 지시 등에서 프랑스 지식인 사회, 특히 프랑스 사상의 전파자들인 출판사들에게 외국 문화와 전통을 강요할 의도가 읽히지 않는다고 지적했다. 오히려 두 전쟁 사이에 프랑스 민

33 *Bibliographie de la France*, 1941년 2월 28일.
34 Loiseaux, 앞의 글.

족주의가 와해된 이유는 〈베르나르 그라세가 지적했던 것처럼 유대인을 필두로 한 문학적 교류에 따른 국제화된 정신이 출판계의 지형을 왜곡시켰고 프랑스 출판의 본래적 특징을 희석시키면서 문학의 협조 정신을 위협하며 프랑스 국민에게도 타격을 입힌 탓〉이라고 주장했다. 라우히는 프랑스 출판계가 1930년부터 1940년 사이에 치명적 실수를 저질렀고 그 결과가 지금까지 영향을 미치고 있다고 말했다. 달리 말하면 프랑스 출판계가 토마스 만, 슈테판 츠바이크, 알프레트 되블린, 에리히 마리아 레마르크 등과 같은 〈독일 망명자들의 문학〉을 쌍수로 환영하며 확산시킨 것이 프랑스 민족주의의 말살로 이어졌다는 것이었다. 심지어 라우히는 1940년대의 패전에 대한 책임이 이런 반나치 작가들의 작품을 소개한 프랑스 출판계에도 있다고 주장했다.

프랑스 출판인들이 〈좋은〉 독일 작가들을 외면한 채 〈나쁜〉 독일 작가들을 높이 평가하는 중대한 잘못을 저지른 대가를 아직 치루지 않았다고 덧붙이며 라우히는 〈독일의 출판인들도 실수를 저질렀지만 프랑스 땅에 깃든 건전하고 긍정적인 힘을 담고 있는 프랑스 문학의 정수를 확산시키는 데도 게을리 하지 않았다〉라고 평가했다. 그리고 대표적인 작가로 레몽드 뱅상, 장 드 라 바랑드, 생텍쥐페리, 마르셀 아를랑, 로베르 브라실라크 등을 거론하며 이런 작가들은 독일어로 번역되었지만 과연 프랑스에서 한스 그림이나 에른스트 윙거가 얼마나 번역되었냐고 반문했다. 여기에 문제의 근원이 있었다. 제3 제국의 문화 정책에 따르면 프랑스 출판사들이 국가 사회주의적 유럽에 동참하기 위해서는 여기에서부터 다시 시작해야 했다. 따라서 라우히는 프랑스에서 번역의 빈곤이 두 전쟁 사이의 나쁜 기억으로 끝나길 기대하며 〈프랑스가 이렇게 뒤쳐진 시간을 하루라도 빨리 만회해야 한다〉라고 덧붙였다.[35]

관계자들은 라우히의 메시지를 신속하고 분명하게 받아들였다. 프랑스 출판계에 몇 번의 회람이 규칙적으로 발송되어 그들에게 독일 고전 문학을 번역하라고 압력을 넣었다. 가스통 갈리마르는 독일 문학에 정통한 베르나르 그뢰튀장의 도움을 받아 가며, 전쟁 기간에 상당수의 독일 문학을 번역 출간했다. 모든 작품이 점

---

35 칼 라우히가 *Cahiers franco-allemands*(1941년 7/8월)에 기고한 글.

령군의 구미에 맞는 것이었다. 독일 정부가 불만스레 생각하던 토마스 만에 비해 프랑스에 덜 알려지고 덜 읽혔던 괴테의 작품들이 주종을 이루었다. 점령군의 전략도 뤼시앵 르바테나 자크 도리오 등과 같은 국가 사회주의 이념가들의 작품보다 괴테의 작품을 널리 알리는 데 중점을 두었다. 훗날 아카데미 회원이 된 아벨 에르망이 썼듯이, 〈독일 정부의 입장에서 괴테는 대독 협력 정신을 완벽하게 구현시킨 작가였다.〉 한 세기의 시간을 뛰어넘어 『파우스트』의 작가가 위대한 독일 정신, 즉 순수한 게르만 정신의 건설을 위해 되살아난 셈이었다.

　　1941년부터 1943년까지 갈리마르는 『괴테와 에커만의 대화』, 괴테와 베티나 폰 아르님이 주고받은 『서간집』, 『타우리스 섬의 이피게니』, 『금언과 사색』을 연이어 발간했고, 그의 희곡집에 앙드레 지드의 서문을 더해서 플레이아드 총서에 포함시켰다. 또한 그뢰튀장과 파랭의 도움을 받아 가스통은 1943년에만 마이스터 에크하르트의 『설교와 논설』 이외에 테오도어 폰타네의 『예니 트리벨 부인』, 리하르트 바그너가 민나 바그너 그리고 프란츠 리스트와 주고받은 『서간집』, 칼 함페의 『중세 후기』, 발터 엘제의 『프레데릭 대왕』, 카르트 로테의 『장난감 병정』, 그리고 호프만의 『수고양이 무르의 인생관』을 차례로 발간했다. 일부 작품은 선전국의 지시를 정확히 다르고 있었지만 그라세나 소를로가 출간한 책들에 비해서 독일적 색채가 덜 진한 작품들이 많았다. 갈리마르는 과학으로 포장되기는 했지만 암흑 시대에 어울리는 책들도 적잖게 출간했다. 예컨대 헤르만 롬멜Hermann Lommel의 『고대 아리안Die Alten Arier』(1943)은 서문에서부터 저자의 의도가 분명하게 드러나는 경우였다. 〈…… 우리는 우리 민족의 기원과 성격, 그리고 인류에서 차지하는 위치를 의식하고 있다. 그러나 우리가 스스로 아리안이라 자처한다면 우리가 옛 아리아인들과 어떤 관계에 있는지도 알아야 하고 옛 아리안인의 정신세계를 이해할 수 있어야 한다. 우리 존재에 대한 이런 의식(역사적 진화와 생물학적 유전으로 형성된 것), 즉 민족의식이란 감정은 도덕의식과 일치한다.〉 헤르만 롬멜은 『베다』와 『우파니샤드』, 쇼펜하우어와 신성불가침 원리를 재해석해서 아리안족의 미래를 합리화시켰다. 훗날 조르주 뒤메질George Dumezil과 같은 학자들이 인도유럽어족을 비교 연구하는 데 있어서의 중요성을 역설하기는 했지만 책이 프랑스에서 발간된 시기에 미루어 볼 때, 이 책의 발간과 나치 치하를 떼어 놓고 생각하기 어렵다.

독일 연구소의 친불학자 칼 엡팅Karl Epting은 프랑스 출판사들의 협조를 얻어 〈마티아스 리스트〉를 작성했다. 프랑스 출판사들이 1930년대의 〈실수〉를 만회하고 독일인의 진면목을 프랑스 국민에게 긍정적인 방향으로 알리기 위해서 프랑스어로 번역해서 출간해야 할 1000여 권의 독일 책이 수록된 리스트였다.[36] 출판계의 대독 협력은 금세 결실을 맺었다. 1943년 언론인 조르주 블롱은 휴전 이후로 250종의 독일 책들이 번역되었다는 자료를 제시하며, 특히 괴테의 전작이 플레이아드 총서로 출간되고 프리드리히 지부르크의 작품이 그라세 출판에서 출간되는 성과를 거두었다고 찬사를 아끼지 않았다.[37] 한편 가스통 갈리마르는 독일 서적의 번역에 대한 분명한 계획을 알려 달라는 독일 측의 회람에, 그에게 의무적으로 할당된 리하르트 벤츠, 게오르그 브리팅, 루드비히 클라게스 등의 책들과 그의 개인적인 취향으로 발간하려는 책을 알려 주었다. 특히 가스통은 철학자 마르틴 하이데거의 책을 출간한 독일 출판사와 『칸트와 형이상학의 문제Kant und des Proldem der Metaphsik』, 카를 야스퍼스의 책을 출간한 출판사와는 『니체Nietzsche』, 그리고 바그너와 바바리아의 루드비히 2세가 주고받은 편지의 판권을 가진 카를스루에의 브라운 출판사와 협상 중인 것도 밝혔다.[38]

그러나 독일군의 점령기에 번역된 독일 작가들 중에서 에른스트 윙거Ernst Jünger는 특별한 위치를 차지했다. 1941년 8월 6일, 갈리마르는 함부르크의 출판사에서 윙거의 저서 네 권에 대한 번역권을 사들였다. 1차 대전의 영웅으로 민족주의자였지만 나치즘에 반대한 윙거는 장교로 프랑스와의 전투에도 참전한 인물이었다. 1942년 10월부터 1943년 2월까지 동부 전선에서 근무한 때를 제외하고 윙거는 점령기 동안 파리에서 근무했다. 그의 연대는 파리의 치안을 책임진 부대였다. 윙거는 『철의 폭풍 속에서In Stahlgewittern』(지드가 〈내가 읽은 최고의 전쟁 소설〉이라 극찬한 소설)로 독일에서 문학상을 수상하고, 히틀러가 집권한 후에도 〈내부 망명객〉으로 인기를 누리던 작가였다. 또한 중대원을 거느리고 콩티낭탈 호

---

36 Loiseaux, 앞의 글.
37 조르주 블롱이 *Deutschland-Frankreich* 제6권(1943)에 기고한 글.
38 1943년 4월 1일에 발송된 제298호 회람에 대한 답장, 국립 문서 보관소.

텔에 주둔하면서 무명용사의 묘까지 열병식을 지휘했고, 파리 사령부의 참모부에 소속된 군인들이 발송하는 편지를 검열하는 역할을 맡고 있었다. 하지만 가스통이 그를 만난 곳은 파리 명사들이 모이는 살롱이었다. 특히 샤를플로케 가에 있던 모랑의 집에서 자주 만나면서 얼굴을 익혔고 그의 진면목을 알게 되었다. 장 콕토도 자주 그들과 어울렸다. 윙거는 프랑스 친구들의 초대를 받을 때마다 멋진 장정의 희귀본이나 19세기 유명 작가의 친필 서명이 있는 편지를 우정의 선물로 받았다. 가스통도 윙거에게 플레이아드 총서 전체를 선물했다.

가스통은 파리의 최고급 식당들에서 윙거와 여러 번 조우하기도 했다. 막심, 라 투르 다르장, 르 푸케, 드루앙, 라 페루즈 등은 둘 모두가 자주 드나들던 식당이었다. 그러나 경찰이 불시 단속을 한 경우가 아니면 독일인들이 공식적으로 출입하지 않았던 샹타코, 페리고르 등과 같은 지하 카페까지 윙거가 드나들지는 않았다.

갈리마르는 전쟁 동안에 앙리 토마의 번역으로 윙거의 책, 세 권을 출간했다. 『대리석 절벽Auf den Marmorklippen』, 『모험심Das abenteuerliche Herz』, 『아프리카 놀이Afrikanische Spiele』였다. 그 이후 윙거의 열렬한 찬양자가 된 작가 쥘리앵 그라크Julien Gracq도 처음에는 당시의 시대와 그의 세대를 완벽하게 반영하는 반응을 보였다. 〈나는 지난 전쟁에서 가장 암울하던 시기에 윙거의 작품을 처음 만났다. 프랑스어로 『철의 폭풍 속에서』가 이미 번역되어 있었지만 당시 윙거라는 이름은 내게 무척 생소했다. 프랑스의 출판계가 독일의 선전부로 전락했던 시대였던 까닭에, 서점에 진열된 독일 작가의 책이 눈에 띄면 프랑스 독자는 충분히 이해 가능한 방어적인 본능으로 그 책을 못 본 체하며 지나갔다.〉[39]

윙거가 당시 프랑스에서 가장 많이 읽힌 독일 작가이긴 했지만 독일 문학에 대한 프랑스 독자의 반응은 정확히 알 길이 없다. 하지만 프랑스 출판사들은 종이를 배급받기 위해서라도 점령군의 요구에 부응하지 않을 수 없었다. 영화와 연극의 관객은 제한적일 수밖에 없었기 때문에 독일 점령 시기에는 책이 왕이었다. 또한 라디오 파리, BBC와 같은 라디오 방송은 프로그램도 재밌지 않았고 정치색이 지나치게 강해서 프랑스 사람들은 책을 더욱 즐겨 찾았다. 파리에서나 지방에서 책이

---

39 *Magazine littéraire*, 제130권, 1977년 11월.

지루함과 박탈감과 우울을 이겨 내는 최선의 방법으로 여겨진 덕분에, 종이 공급이 원활하지는 않았지만 프랑스 출판사들은 원만하게 사업을 꾸려 갈 수 있었다.

휴전 이후 서적 수출을 그만두고 알베르 프르미에 출판사를 사들여 스탕달, 볼테르, 플로베르 등의 작품을 양장이나 반양장으로 출간한, 덴마크 출신의 서적상 아들인 스벤 닐센은 〈어떤 책이라도 팔렸다. 전화번호부를 인쇄했더라도 문제없이 팔았을 것이다〉라고 당시를 회고했다.[40]

가톨릭계의 언론인, 위베르 포레스티에Hubert Forestier는 1941년에 파리의 주요 출판사들을 순례했다. 그의 발길을 따라가면 당시 프랑스 출판사들의 현황을 알 수 있다.

가랑시에르 가의 플롱 출판사에서는 문학 담당 국장인 벨페롱 씨가 위베르의 질문에 이렇게 대답했다.

「우리 출판사에서는 두 권이 가장 잘 팔렸습니다. 르네 뱅자맹의 『비극의 봄 *Printemps tragique*』은 3만 부, 베르트랑 드 주브넬의 『패전 이후*Après la défaite*』는 2만 부를 팔았습니다. 특별한 판촉도 없었지만 그런대로 팔려 나갔습니다. 이 두 권을 제외한다면 요즘 들어 알렉시스 카렐Alexis Carrel의 『무명인*L'homme cet inconnu*』이 다시 주목받고 있습니다. 지금까지 25만 부가 팔렸고 요즘에도 매달 5천 부 정도가 팔리고 있습니다. 독자들이 진지한 책을 찾는다는 증거입니다. 그렇다고 소설을 멀리하는 것은 아니지만 현실적인 문제를 다룬 책, 예컨대 역사와 정치 경제, 윤리 문제를 다룬 책을 많이 찾습니다. 카렐이 그 증거가 될 수 있을 겁니다. 물론 예전에도 꾸준히 팔렸지만 요즘처럼 많이 팔린 적은 없었습니다. 전쟁이 책을 많이 만든다고 말할 수 있을 겁니다. 1차 대전 중에도 똑같은 현상을 확인했습니다. 당시에도 독자들이 엄청나게 책을 읽었으니까요. 휴전 후에는 책이 춤에게 밀려나더군요. …… 하여간 조르주 쉬아레스의 『페탱 원수*Le maréchal Pétain*』는 앞으로도 잊기 힘들 겁니다. 벌써 9만 6천 부가 팔려 나갔으니까요.」

위베르 포레스티에는 생페르 가의 그라세 출판사를 방문해서 역시 문학 담당 국장인 앙리 밀레르를 만났다.

40 *Magazine littéraire*, 제21권, 1968년 9월.

「지금 우리 출판사에서 가장 많이 팔리는 두 권의 책은 자크 드 바롱셀리의 아들로 24세에 불과한 젊은 작가, 장 드 바롱셀리가 쓴 전쟁 소설 『26인Vingt-six hommes』과, 그라세 편집팀이 편집하고 주석을 붙인 『몽테스키외 연구Les cahiers de Montesquieu』입니다. 『26인』은 지금까지 2만 5천 부가 판매됐고, 『몽테스키외 연구』는 1만 8천 부가 팔렸습니다. 정치 관련 서적이라 할 수 있는 조르주 블롱의 『전쟁 중인 영국L'Angleterre en guerre』도 대단한 성공작이었습니다. …… 사람들이 속 시원히 알고 싶어 하는 문제들이 많습니다. 특히 전쟁에 대한 인간의 반응, 그리고 패전의 원인이 무엇인지 알고 싶어 합니다. 게다가 전쟁 중에는 뉴스의 보도가 제한되지 않습니까! 전쟁이 하루라도 빨리 끝나서 해방이 되어야지요. 전쟁이 끝나면 책을 많이 읽을 겁니다. 강렬한 작품을 찾으리라 생각합니다. 우리가 얼마 전에 출간한 모리아크의 『바리새 여인La pharisienne』이 팔리는 것을 보면 알 수 있습니다. 전쟁이나 프랑스의 현 상태가 아닌 모리아크적인 문제를 다룬 작품이니까요.」

다음으로 위베르는 같은 구역의 라신 가에 있던 플라마리옹 출판사를 방문했다. 역시 문학 담당 국장인 뒤케르만 씨가 그를 반갑게 맞아 주었다.

「…… 가장 많이 읽히는 책은 아나톨 드 몽지Anatole de Monzie의 『옛날에Ci-devant』일 겁니다. 최근에 출간되었는데 반응이 아주 뜨겁습니다. 달라디에 내각과 레노 내각에서 건설부 장관을 지낸 아나톨 몽지의 회고록 성격을 띠고 있으니까요! 생생한 역사가 담겨서, 역사를 알고 싶어 하는 독자들을 결코 실망시키지 않을 책입니다. 몇 부가 팔렸다고는 말씀드리기 곤란합니다. 최근에 출간했지만 벌써 여러 쇄를 찍었고 상당히 많이 팔릴 것이라 기대하고 있다는 정도만 말씀드리겠습니다. …… 농민의 권위를 회복시키는 문제가 개혁을 앞세운 국가 정책에서 화두입니다. 따라서 앙리 푸라가 역사적으로 농민의 삶을 나라별로 연구한 『삽을 든 사람L'homme à la bêche』이 꽤 많이 팔리고 있습니다. …… 먹거리에 대한 관심도 상당하기 때문에 이에 관련된 책들도 많이 읽는 편입니다. 샤를 조프루아의 『당신 몸에 영양을 공급하라Nourris ton corps』, 리소 박사의 『토끼 사육법L'Élevage du lapin』, 코른의 『가족 양봉법L'Apiculture familiale』, 앙드레 고의 『감자La pomme de terre』가 대표적인 책들입니다. 이런 실용서들이 요즘 시대에 많이 읽히는 것은 당연하다고 생각됩니다.」

갈리마르 출판사에서 위베르는 문학 담당 책임자를 만나지 못했다. 다만 〈대변인〉이라 자처한 사람이 위베르를 맞아 주었다. 갈리마르의 전통적 관습이기도 했지만 혼돈의 시기였던 까닭에 더욱 그랬으리라 여겨진다.

「요즘 가장 많이 팔리는 책은 허먼 멜빌Herman Melville의 유명한 소설『모비딕Moby Dick』입니다. 장 지오노가 번역했습니다. 독자가 유명한 장편 소설에 관심을 갖고 있다는 증거로 보입니다. 6월 1일에 초판을 찍었는데 벌써 3쇄를 넘겼습니다. …… 페기의 작품들도 다시 인기를 얻고 있습니다. 상당한 양을 팔았으니까. 전쟁 전에 비하면 판매량이 두 배를 넘는 듯합니다. 독자와 언론에서 큰 호응을 얻은 작품들 중에는 노르웨이 작가, 시그리 운세트Sigrid Undest의『정숙한 아내La femme fidèle』가 있습니다. 역사물로는 그랑트 주교의『숨은 실력자 L'Éminence grise』와 앙리 몽도르 교수의『말라르메의 생애La Vie de Mallarmé』가 많이 팔리는 편입니다. 물론 마르셀 에메와 로베르 프랑시스는 지금도 독자의 호응을 꾸준히 얻고 있지요. …… 조만간 샤를 페기의 〈총서〉를 플레이아드에서 출간할 예정입니다. …… 피난 직후, 독서 열기는 고전에서 시작되었습니다. 그 후로는 실록을 바탕으로 한 역사물이 뒤를 이었습니다.」

위강스 가의 알뱅 미셸에서는 문학 담당 국장인 앙드레 사바티에가 위베르를 반기며 지체 없이 이야기의 주제로 들어갔다.

「영미권 소설, 강과 바다를 주제로 한 소설이 잘 팔립니다. 까다로운 문제이긴 하지만 그래도 프랑스 작품에 대해 말하는 것이 낫겠죠? 브누아메생의『1940년의 수확La moission de 40』이 방송과 신문에서 가장 많이 언급된 듯합니다. 지금까지 3만 부 가까이 팔렸습니다. 대단하지요! 시론(時論)이 그렇게 팔렸으니 대단한 판매량입니다. 피에르 브누아, 베르셀, 반 데르 메르슈 등의 소설이 그렇게 팔린 것이 아닙니다. 전쟁 전에는 뚜렷한 흐름이 있었습니다. 전반적인 불경기였기 때문에 뛰어난 작품이나 제 몫을 했습니다. 그런데 전쟁이 시작된 이후로 확연히 달라졌습니다. 모든 출판사가 판매량의 급신장을 이루고 있습니다. 어떤 장르의 책이 잘 팔린다고 정확히 말할 수 없을 지경입니다. 독서에 굶주린 듯이 독자들이 장르를 가리지 않고 무차별적으로 책을 읽는 듯합니다. 우리 출판사만 해도 좋은 책과 나쁜 책, 심지어 저주스런 책까지 똑같이 팔려 나가고 있습니다. …… 적어도 출판계는 황금기를 맞고 있습니다. 누구도 기대하지 않았던 황금기를 말입니다. 요즘 우리는 책이 없어 못 팔 지경입니다. 하지만 물질적인 어려움으로 출판사 문을 닫지 않는 한 우리는 신념과 확신을 갖고 일할 겁니다. 지금으로서 우리가 프랑스를 위해 봉사할 수 있는 유일한 방법이니까요.」

아멜리 가의 드노엘 출판사에서는 로베르 드노엘이 직접 위베르를 맞아 주었다.

「우리 출판사에서 가장 많이 팔리는 책은 셀린의 『아름다운 시트*Les beaux draps*』입니다. 3월 초에 출간되어 오늘까지 석 달 동안 2만 8천 부를 찍었습니다. 분명히 말씀드리지만 광고용으로 부풀린 수치가 아닙니다. 셀린의 모든 책이 이상하게 잘 팔리고 있습니다. 지난 몇 달 동안 3만 부씩 팔렸습니다. 최근 것은 헤아리지도 않은 겁니다. 그밖에도 폴 비알라르, 뤼크 디트리히, 마리안 데마레, 루이즈 에르비외, 아라공, 샤를 브레방 등의 소설도 많이 찾습니다. …… 독일 연구소와 합의하에 프랑스 출판사들은 앞으로 예술, 문학, 사회 분야에서 독일의 노력을 알리기 위한 책들을 발행할 예정입니다. …… 그 결과에 대해서는 낙관적일 것이란 전망입니다. 새로운 프랑스에서 책이 원래의 위치를 되찾고 있는 중이니까요!」

세르방도니 가의 소를로 출판사에서는 문학 담당 책임자인 베나르 씨가 간략하게 현황을 설명했다.

「소를로 출판사에서 가장 많이 읽히는 소설은 파니 허스트Fanny Hurst의 『골목길*Back Street*』입니다. 2만 부 정도가 팔렸습니다. 그 다음으로 장 드 라 바랑드의 소설 『초록 마법사*Le Sorcier vert*』가 있고, 다음으로는 약 4천 부가 팔린 시론인 발테르 다레Walter Darée의 『민족*La race*』를 꼽을 수 있습니다. 현실도피의 한 방법으로 소설을 택하는 것 같습니다. 특히 시골을 묘사하고 농민들의 풍습을 한 연구한 자연 소설이 많이 읽히고 있습니다. 덩달아 도시의 삶을 그린 소설도! 독자의 취향이 개선되는 조짐이 보입니다. 덜 사변적이고, 하지만 더 남성적인 문학으로 돌아가려는 것일까요? 프랑스의 해방이 그 보상일 겁니다.」

라프 가의 에디시옹 드 프랑스에서도 문학 담당 책임자인 페리 피자니가 위베르의 질문에 대답해 주었다.

「지난 1년 동안 우리 출판사는 한 권의 소설밖에 발행하지 못했습니다. 여성 작가에다가 전혀 알려지지 않은 질베르트 도랭Gilbert Drain의 『시몬, 대지의 딸 *Simone, fille de la terre*』이었습니다. 그런데도 초판은 무난하게 소화해 냈습니다. 폴 샤크Paul Chack가 바다를 주제로 쓴 책들은 대단한 성공이라 할 만 합니다. 폴 알라르Paul Allard가 쓴 시사적인 책들이 최고 인기입니다. 반면에 가벼운 소설은 그야말로 위기라 할 수 있습니다. 희곡도 마찬가지입니다. 단어의 뜻 그대로 완전히 우스꽝스런 지경에 빠졌다고 할까요? 전쟁 포로의 이야기는 아직 출간되지 않았습니다. 하여간 출판계의 처지도 다른 산업 분야와 마찬가지입니다. 버터가 없는 아이스크림 장사에 비교할 수 있을 겁니다. 고객은 있지만 물건이 없습니다!」

프랑스에서 가장 오랜 역사를 지닌 출판사 중 하나인 칼망레비에서는 온갖 의혹을 불러일으키며 편집 주간으로 갓 부임한 사람이 위베르를 맞아 주었다.

「3월 11일 이후로 54건의 계약서에 서명했습니다. 그 중 하나가 콜레트의 것으로, 『내 문학 수첩*Mes cahiers*』이 곧 출간될 것입니다. 우리 출판사에서 가장 인기 있는 작가 다섯 명을 꼽는다면 피에르 로티, 아나톨 프랑스, 르네 바쟁, 알렉상드르 뒤마 1세, 그리고 기 상트플뢰르입니다. 시대 분위기를 감안해서 역사책과 회고록을 많이 출간할 예정입니다. 앞으로 두 달 동안 열 권의 책을 발행할 계획입니다.」

그르넬 가의 파스켈 출판사에서는 파스켈 1세가 말했듯이 옛 전통이 그대로 살아 있었다.

「우리 출판사의 효자 상품이라면 에드몽 로스탕Edomond Rostand의 『시라노 드 베르주라크*Cyrano de Bergerac*』와 『새끼 독수리*L'Aiglon*』일 거요. 『시라노』는 864쇄 1천 부 단위이고, 『새끼 독수리』는 875쇄이니까. 로스탕 다음으로는 졸라, 도데, 마테를링크의 책이 되겠지요. 내 경험에 비추어 보면 이상할 것도 없어요. 불확실한 시대에는 독자들이 이미 널리 알려진 책을 찾는 법이니까. 신간으로 잘 팔리는 책은 마르셀 파뇰Marcel Pagnol의 『우물 파는 인부의 딸*La Fille du puisantier*』을 꼽을 수 있습니다. 같은 제목으로 영화화되어 극장에서 상연된 덕분에 더 잘 팔리는 것도 사실이고. 우리 책들이 얼마나 팔렸는지는 잘 모르겠어요. 책들이 창고에 책이 있는 데다 반품도 예상해야 하니까. 하지만 많은 독자가 찾고 있다는 것은 자신 있게 말할 수 있습니다.」

아베 가의 에밀폴 형제의 출판사에서 위베르는 약간 침체된 분위기를 느꼈다. 이런 사실은 에밀폴의 증언에서도 확인되었다.

「우리 출판사에서 가장 인기 있는 책은 레옹폴 파르그의 『지독한 고독*Haute Solitude*』으로 약 8천 부가 팔렸습니다. 피에르 마크 오를랑의 모험 소설 『긍휼의 닻*L'ancre de misericorde*』을 최근에 출간했는데 첫 주에만 1만 2천 부가 출고되었습니다. …… 우리 출판사의 경우는 순수 문학이 시론보다 우세한 듯합니다. 눈에 띄는 현상은 『대장 몬』입니다. 처음 발간된 해에는 1500부밖에 팔지 못했는데 요즘에는 매달 4천 부 정도가 팔리니까요. 독자들이 약간 동화 같은 소설을 읽으면서 악몽 같은 현실을 잊으려 하는 것이 아닐까요.」

카지미르들라비유 가의 스토크 출판사는 전쟁 전과 크게 달라진 점이 없었다. 들라맹 씨는 루이스 브룸필드의 『우계 오다』를 비롯한 외국 문학의 성공을 강조했다.

「독자는 저항의 기운을 담은 장편을 좋아하는 듯합니다. 하지만 대중적으로 성공한 책은 누가 뭐라해도 삶, 모험, 감정, 인간애를 그린 소설입니다. 특히 『우계 오다』의 성공은 전쟁 전부터 예상되었던 것이지만 그 후에 판매고가 급속히 올랐습니다. 벌써 200쇄를 찍었고, 매달 5~6천 부를 팔고 있으니까요. …… 패전 이후 프랑스의 상황을 고려해서 우리 출판사는 프랑스의 역사, 지리, 풍습 등을 집중적으로 다룬 작은 시리즈를 준비하고 있습니다. 새로운 세계에서 프랑스의 미래를 도모하기 위한 윤리적이고 정치적인 모색이라 생각하면 됩니다. …… 국가를 재건하기 위한 출판사의 역할이라 할 수도 있겠지요.」

위베르 포레스티에는 1941년 7월부터 9월까지 출판사를 순례하며 현황을 조사했다. 앞에서 거론한 출판들 이외에도 가톨릭계를 비롯한 다른 출판사의 관계자들을 만났다. 거의 모든 출판사에서 비슷한 목소리를 들려주었다. 모든 것이 순조로웠다. 출판계는 1940년 6월 이후로 예기치 않은 호황을 맞고 있었다. 불만의 목소리도 거의 똑같았다. 그 시대의 위급한 상황을 감안한다면 불만이라기보다 푸념이었다. 한결같이 종이가 부족했고 풀, 실, 가죽 등과 같은 원자재의 부족을 호소했다. 따라서 재고는 바닥나고 있었지만 때맞추어 책을 공급하지 못했다. 공급이 수요를 따라가지 못한 셈이었다. 독일의 점령이 시작되고 1년 후에 실시된 이런 현황 조사의 결과로 위베르 포레스티에는 〈담당자들의 목소리를 통해 조사한 바에 따르면 프랑스 출판사들은 《일, 가족, 조국》이라 천명한 국가수반의 슬로건을 충실히 수행하고 있는 듯하다. 또한 책이라는 강력한 수단을 통해서 프랑스 국민의 삶에 이러한 슬로건을 심어 주는 데 제 역할을 다하고 있는 듯하다〉라고 결론지었다.[41]

당시 상황을 적절히 표현해 준 결론이었다. 쥘리앵 그라크가 당시를 회고하면서 프랑스 출판계를 〈독일의 선전부〉라 지칭했던 것과 다를 바가 없는 결론이었다. 달리 말하면 독일 선전국과 완전한 공생 관계를 맺고 있었다는 뜻이다.

출판사들이 독일 지도부와 유착했다면 작가들은 어땠을까?

일부 학자들이 시도한 것처럼 작가를 공무원, 교사 등과 같은 부류로 보고 그들과 비슷한 역할을 수행한 노동자로 취급하면서 이런 문제를 간단히 처리해 버린다면 결코 온당한 판단이 아니다. 오히려 지식인의 책임이란 작가의 본질을 부인하는 꼴이다. 이런 책임은 일반적인 기업인들과 다르다고 자처한 출판인에게도 물어야 하겠지만, 전쟁이란 특수한 상황에서 작가들에게 여간 큰 짐이 아니었다.

강압을 수용하며 글을 쓸 것인가, 절필할 것인가? 양심의 문제였기 때문에 딜레마가 아닐 수 없었다. 1941년에 프랑스에서 작가가 되어, 예컨대 갈리마르 출판사에 원고를 건넨다는 것은 마르셀 아를랑과 브리스 파랭, 그리고 라몬 페르난데스와 같은 부역자들의 판단을 기꺼이 인정하겠다는 뜻으로 해석되었다. 라몬 페르난데스는 〈프랑스 민중 서클Cercles Populaires Français〉의 헌신적인 강연자였고 신문 「민중의 목소리Cri du peuple」의 기고자였으며, 자크 도리오가 주도한 〈프랑스 민중당Parti Populaire Français〉의 정치국 위원이었다. 관련된 모든 조직원이 독일 점령군에게 일사분란하게 협조한 조직이었다. 페르난데스는 뛰어난 윤리 의식과 지성을 자랑했고, 판금당한 두 유대인 작가 베르그손과 프루스트를 향한 감동적인 찬사를 점령 기간 중에 발표할 정도로 독립적인 정신세계를 지닌 작가였지만 드리외 라 로셸과 같은 부류였다. 출판사와 완전히 결별한 듯한 잡지 『NRF』의 편은 결코 아니었다. 그러나 갈리마르 출판사의 심장부라 할 수 있던 독자 위원

41 위베르 포레스티에가 *Cahiers du Livre* 제2권(1941년)에 게재한 탐방기.

회에서도 유대인은 전혀 찾아볼 수 없었다. 로베르 아롱과 뱅자맹 크레미외가 비운 자리를 라몬 페르난데스가 채웠다. 루이다니엘 이르슈도 보이지 않았다. 그 자리를 1940년까지 갈리마르에서 재고 관리 책임자로 있던 키리아크 스타메로프 Kyriak Stameroff가 대신 채웠다. 친구들에게 스탐이라 불리던 키리아크는 프랑스계 러시아인으로 러시아 혁명기에 오데사에서 태어났다. 내전이 일어나자 제정 러시아군에 자원입대했지만 중상을 입고 퇴역했다. 그리고 몇 년 후에는 프랑스로 망명했다. 갈리마르 출판사에서 재고 관리 책임자로 일하면서 스탐은 『러시아 땅, 우크라이나L'Ukraine, terre russe』, 『극단의 땅La terre de l'extrémité』을 발표했고, 오볼렌스키 왕자와 공동으로 소비에트의 학살자들을 주제로 글을 발표하거나 러시아 소설을 번역했다. 또한 그의 처남으로 『주 쉬 파르투』의 대표적인 논설 위원이던 피에르앙투안 쿠스토와 공동 작업을 하는 동시에, 피에르 브레지Piérre Brégy라는 필명으로 이 신문에 정기적으로 글을 기고했다.

그러나 작가들은 독자 위원회가 어떻게 구성되었는지 몰랐던 것으로 보인다. 하지만 신문, 라디오, 소문을 통해서 시대적 분위기를 알고 있었을 것이고, 프랑스에서는 두 번의 검열을 거치지 않고는 글을 발표할 수 없다는 사실도 분명히 알았을 것이다. 하나는 1940년 9월 이후로 유대인 작가와 드골주의 작가(공산주의 작가는 독소 불가침 조약이 유명무실화된 후에야 추가되었다)의 작품, 그리고 프랑스와 독일의 공조 정책과 원칙, 독일의 국가 사회주의, 이탈리아의 파시즘을 비판하는 글을 출간하지 않겠다고 약속한 출판사의 자체 검열이었다. 다른 하나는 출판사가 자체 검열을 충실히 이해하지 않을 때만 개입하겠다고 약속했지만 시시때때로 참견을 일삼은 점령군의 검열이었다. 한편 1941년 파리에서는 책이 발간되면 아무 일도 없는 것처럼 모든 일이 진행되기도 했다. 예전처럼 검토용 도서를 언론사에 발송하면서 일간지나 주간지에 서평이 실리길 기대했다. 다만 달라진 것은 합법적으로 인정받은 서평, 달리 말하면 독일 선전국을 대신한 대독 협력자들의 검열을 통과한 서명이란 점이었다.

점령군의 허락 없이 어떤 인쇄물도 발행할 수 없었다. 그 허락을 얻으려면 직, 간접적인 의무를 충실히 이행해야 했다. 엄격하게 말하면 협조가 아니었다. 그렇다고 훗날 많은 작가들이 주장한 것처럼 저항은 더더욱 아니었다. 가스통 갈리마르와 잘 폴랑의 성격만큼이나 무한히 복잡한 것이었다.

구체적으로 말해 보자. 점령군과 협조를 약속한 후에 점령군의 법을 지킨다는 것은 샤를 페기(상당히 많은 독자가 찾았기 때문에 지체 없이 복간해야 할 저자였다)의 『프랑스*La France*』를 재발행할 때 다음 문장을 삭제하겠다는 뜻이었다. 실제로 1941년 가을에 복간된 책에서는 1939년 판에서 다음 문장이 삭제되었다.

> 제국을 건설하지 못한 채 수 세기를 보낸 끝에 44년 전에야 폐허 위에 제국을 재건한 독일인들은 이제 민족이 되었다. 제국의 신민이 되었다. 성 게르만 제국! 이 때문에 자유에 대한 진정한 철학이 독일에서는 태어날 수 없었다. 그들이 자유라 칭하는 것을 우리는 충성이라하고, 그들이 사회주의라 칭하는 것을 우리는 핏기 없는 중도 좌파라 부른다. 그들이 혁명가라 칭송하는 사람을 우리는 완고한 보수주의자라 부른다.[42]

이 구절을 독일 선전국이 달갑게 생각했을 리 만무하다. 이 구절을 삭제하길 바라는 선전국의 마음은 곧 그 구절을 삭제하라는 명령이었다. 페기의 가족이 이런 조건까지 받아들이며 재출간을 허락하였더라도 1914년에 독일군과의 전투에서 전사한 페기는 27년 후에 다시 한 번 독일인에게 죽임을 당한 셈이었다. 프랑스인들의 묵인하에!

가스통 갈리마르는 베르나르 그라세와 달리 독일의 검열에 아주 신중하게 대처했다. 가스통의 단기적 목적은 종이를 최대한 확보하는 것이었다. 그는 미래에 대비하며 누구에게도 상처를 주지 않으려고 한층 신중하게 처신했다. 따라서 가스통과 그라세는 점령군을 다루는 데도 완전히 상반된 모습을 보였다. 그라세의 정치 참여는 차지하더라도, 1941년 6월이란 같은 시기에 일어난 비슷한 사건에 대한 두 사람의 대응을 비교해 보는 것은 흥미로운 일이 될 것이다.

그 즈음에, 베르나르 그라세는 독일 검열단의 헬러 중위에게 항의 편지를 보냈다. 그라세는 불만에 가득 차서, 선량한 프랑스 시민의 자격으로 검열단의 무능

---

42 Jean Galtier-Boissière, *Mon journal pendant l'Occupation*, La Jeune Parque, 1944에서 재인용.

을 신랄하게 비판했다. 마치 식당에서 종업원을 혼내는 사람을 연상시켰다. 그가 이처럼 분노한 이유는 프랑수아 모리아크의 『바리새 여인』 때문이었다. 애초부터 문제를 일으키지 않으려고 그라세는 신중에 신중을 기했고, 모리아크에게도 독일 연구소의 카를 엡팅 소장을 만나서 출간 허락을 받아 내면서 문학 활동을 재개하고 싶다는 의향을 넌지시 비치라고 부탁했을 정도였다. 다행히 엡팅과 모리아크의 대화는 순조롭게 끝났고 엡팅은 모리아크의 새 소설을 조건 없이 허락해 주겠다고 약속했다. 마침내 『바리새 여인』을 서점에 배본할 수 있게 되었다. 모리아크는 그라세 출판사의 간판 작가였기 때문에 그라세는 모리아크의 작품이면 대개 초판부터 2만 부 가량 찍었다. 종이가 부족했기 때문에 초판을 8,800부로 줄였지만 그것도 부담스런 양이었다. 그런데 그라세는 독일 검열단이 5천 부만 허락했다는 사실을 알게 되었다. 마른하늘에 날벼락 같은 소식이었다. 모리아크는 매달 인세 명목으로 9천 프랑을 받고 있었다. 여기에 곧 출간될 그의 『회고록Mémoires』에 대한 선인세로 매달 11천 프랑을 추가로 지불해야 할 처지였다. 그런데 『바리새 여인』을 5천 부만 찍는다면 베르나르 그라세는 수지를 맞추기도 힘들 뿐 아니라 매달 2만 프랑의 인세조차 지불하지 못할 입장이었다. 그라세는 끓어오르는 화를 참지 못했다. 그리고 가스통이었다면 꿈도 꾸지 못했을 행동을 취했다. 독일 선전부로 직접 편지를 보내, 그들의 잘못된 결정 때문에 그가 입어야 할 손해를 항의했다. 게다가 최후의 수단으로, 독일인들을 깜짝 놀라게 만들기에 족한 주장까지 내세웠다. 「독일에 충성을 다하는 파리의 출판사들에게 출판 부수를 제한하도록 강요한다면 결국 우리 작가들은 자유 지역에서 창작 활동을 할 수밖에 없을 것입니다.」[43]

이런 그라세를 배짱 좋은 사람이라 해야 할까, 아니면 우둔한 사람이라 해야 할까?

반면에 가스통은 이도 저도 아니었다. 1941년 6월, 선전국의 슐츠가 얼마 전에 출간된 바이올렛 트레퓌시스Violet Trefusis의 『잃어버린 대의Les causes perdues』 때문에 분노에 찬 편지를 보내왔다. 이 편지에 대해 가스통은 이 책이 전쟁 전에 체결된 계약에 따라 출간된 것이라 변명하면서 유화적인 답장을 보냈다.

---

43 1941년 6월 5일의 편지, 국립 문서 보관소.

저자가 영국인인 것을 모르진 않았지만 유대인이라고는 전혀 생각지 못했습니다. …… 이 책을 출간하면서 슐츠님을 자극할 생각은 전혀 없었습니다. 이 책이 당신의 뜻에 맞지 않는다는 것을 미리 알았더라면 우리는 출간 계획에서 아예 빼버렸을 것입니다.[44]

슐츠가 애초부터 바이올렛 트레푸시스의 소설을 그렇게 위험하다고 생각한 것은 아니었다. 밀고를 받은 것은 것이었다. 즉 독일 검열관들보다 프랑스 출판물을 더 면밀하게 감독하고 프랑스 작가들에 대해서 더 많은 것을 알고 있었던 충성스런 대독 협력자들의 〈우정어린 충고〉를 받아들인 것이었다. 이때 독일군 선전국은 타이프라이터로 쓰인 다섯 장의 밀고장을 받고 면밀한 검토에 들어갔다. 물론 익명의 밀고였다. 제목은 〈바이올렛 트레푸시스, 가스통 갈리마르, 그리고 정보국〉이었다. 밀고자는 갈리마르에서 일한 유대인 출신의 직원들 이르슈, 쉬프린, 펠스 등을 일일이 나열한 후, 트레푸시스가 영국 간첩이며 소설이란 형태로 영국 측의 선전을 퍼뜨리려고 파리의 유력한 언론인과 출판인들을 유혹했다고 비난했다. 그리고 가스통 갈리마르가 이런 사실을 모두 알고 있다고 주장했다. 〈그는 바보가 아니다. 그는 프랑스에서 유대인을 적절히 써먹었고 지금도 그 짓을 교묘하게 계속하고 있는 교활한 인간이다. 과거에 레옹 블룸의 책을 발간했듯이 지금은 바이올렛 트레푸시스의 소설을 발간하고 있는 것이다.〉[45]

밀고자의 서명은 없었지만 갈리마르의 독자 위원회에서 원고를 거절당한 수많은 작가 중 하나일 것이란 의혹이 없지 않았다. 그러나 밀고자는 이런 고발을 하는 이유와 공모자에 대한 정보를 은연중에 남겼다. 독일 대사관을 대신해서 파리의 출판계를 지휘하던 게르하르트 히벨렌Gerhard Hibbelen이 운영하던 소시에테르 퐁이 강제 매각을 통해 가스통 갈리마르의 집을 사들였고, 바이올렛 트레푸시스가 프랑스에 갖고 있던 두 군데의 땅은 루이 토마가 관리하던 베른하임 재단에 양도되었다는 사실을 넌지시 언급했다. 루이 토마는 나중에 칼망레비 사건에서 다시 등장하는 인물이다.[46]

44 1941년 6월 17일의 편지, 국립 문서 보관소.
45 국립 문서 보관소.

검열에 대한 가스통 갈리마르의 이런 태도는 결코 놀라운 것이 아니었다. 소동을 벌이지도 않고 평지풍파를 일으키지도 않겠다는 태도였다. 그의 성격을 그대로 보여 준 대응법이었다. 수단은 중요하지 않았다. 목적만 달성하면 그만이었다. 하지만 작가들은? 어떤 출판사에서 책을 출간했다는 이유만으로, 점령군과 그렇고 그런 관계를 유지한 출판사와 암묵적으로 공모했다는 죄를 뒤집어써야 했을까?

역사의 흑백론을 거부한다면, 구체적으로 말해서 갈리마르의 일부 작가들이 1944년 9월 이후로 날조한 거짓된 소문을 배제한 채 그들의 개인적인 행위를 심층적으로 분석하려 한다면 여간 복잡한 문제가 아니다.

2차 대전이 발발하기 전에, 프랑스 작가들은 점령 기간 동안 그들이 처하게 될 상황을 심사숙고할 충분한 여유가 있었다. 적어도 프랑스 지식인들에게는 그런 상황이 급작스레 닥친 것은 아니었다. 무솔리니가 정권을 잡았고, 그 후로 히틀러와 프랑코가 차례로 권좌에 오르면서 그 나라들의 지식인들이 프랑스로 밀려들었다. 독재화된 조국에 봉사하느니 망명을 택한 그 정치적 난민들은 검열, 자체 검열, 암묵적인 동의 등과 같은 동일한 문제에 부딪쳤다. 특히 1933년부터 1940년까지 프랑스에서 환영받은 독일 망명객들은 양심의 투쟁이라는 이런 딜레마를 자주 언급했다. 그들은 잡지에 기고한 글이나 책을 통해서 이런 사상 논쟁을 다루었다. 따라서 프랑스 지식인들도 그런 경우를 당한다면 어떤 입장을 취할지에 대해 생각할 기회를 가질 수 있었다. 게다가 1933년 독일 땅의 민족주의자들, 즉 나치 당원들이긴 했지만 같은 독일인들에게 유린당하는 현장에서 지내야 했던 독일 작가들의 처지에 비교한다면, 전쟁 중이었고 조국이 독일군에게 점령당했지만 1941년의 프랑스 작가들의 상황은 그다지 가혹하지 않았다.

1935년의 독일은 작가들에게 그야말로 악조건이었다. 군화에 짓밟힌 나라에 머물고, 공공 기관이나 다름없는 출판사를 통해 책을 발표한다는 것은 마녀 사냥과 억압을 감수한다는 뜻이었다. 달리 말하면, 군사 정권에 협조한다는 뜻이었다. 이 시기에, 프랑스 지식인들은 독일의 상황 변화를 예의주시했다. 괴벨스 선전부 장관과 알프레드 로젠베르크 〈문학국〉 실장의 하수인들이 저지르는 만행을 지켜보면서,

---

46 Pierre-Marie Dioudonnat, *L'Argent nazi à la conquête de la presse française* 1940~1944, Picollec, 1981.

프랑스 지식인들은 독일이 프랑스를 침략할 경우에 그들에게 닥칠 상황을 미리 경험할 수 있었다. 게다가 히틀러는 1936년 2월에 「파리 수아르」를 대신한 베르트랑드 주브넬과 가진 인터뷰에서 프랑스 지식인들에게 분명히 경고하고 있었다.

내 뜻대로 독일과 프랑스의 친선을 도모하게 된다면 내 의지에 맞게 대대적인 개편이 있을 겁니다. 내 의지가 역사라는 위대한 책에 쓰일 겁니다! …… 두 나라의 친선이 이루어진다면 적잖은 프랑스 책이 수정되어야 할 겁니다. 우리를 좋지 않게 다룬 책들이 많으니까![47]

속내를 드러낸 말이었다. 4년 후를 예상한 선언이었다. 오토 리스트의 예고편이었다!

〈내부의 망명객〉과 조국을 등진 〈외부의 망명객〉 간에 격렬한 토론이 벌어지면서 독일의 지식인 계급은 분열되었다. 내부의 망명객들은 외부의 망명객들에게 조국을 유린하는 적과 싸우지 않고 조국을 떠나 버린 입만 살아 있는 비겁자들이라고 비난했다. 망명자들 중에서 수적으로 가장 많았던 유대인들, 공산주의자들, 베를린에 나치의 깃발이 펄럭이는 한 독일어를 결코 사용하지 않겠다고 맹세한 이름 없는 독일인들, 사회주의자들, 평화주의자들이 토론에 끼어들면서 분열의 골은 점점 깊어졌다. 한편 에른스트 윙거나 오스발트 슈펭글러(갈리마르에서 그의 『서구의 몰락Der Untergang des Abendlandes』을 출간함)와 같은 우익 작가들은 이런 논쟁에 끼어들지 않으면서 나치 체제와 일정한 거리를 두었다.

〈독일 문학의 부흥〉이란 기치 아래 제3제국은 괴테와 실러를 〈최초의 국가 사회주의자〉, 즉 선구자로 승화시켰다. 나치는 살아 있는 사람들, 즉 조국을 떠나지 않은 지식인들도 이용하려 애썼다. 1933년 나치는 독일이 낳은 위대한 극작가 중 한 명으로 1912년에 노벨 문학상을 받은 게르하르트 하우프트만Gerhart Hauptman이 예전처럼 희곡을 공연하는 것에 만족하며 자랑거리로 삼았다. 또한 그 시대에 가장 위대한 시인이자 수필가였던 고트프리트 벤Gottfried Benn은

47 Bertrand de Jouvenel, *Un voyageur dans le siècle*, Laffont, 1979.

1933년 봄에 신진 교사들을 라디오 베를린에 출연시켜 그의 수필 「신국가와 지식인」을 낭독시켰고, 1년 후에는 시대적 분위기를 반영한 『예술과 권력』을 출간했다. 독일 지식인 사회에서 그가 지닌 영향력과 권위에 감안할 때 이런 변절은 망명한 독일인들에게 큰 실망을 안겨 주었을 뿐 아니라, 독일 내에서도 많은 사람을 의혹과 절망의 구렁텅이로 몰아넣었다. 이런 사례에 비추어 볼 때 지식인이 갖는 책임은 실로 막중했다. 프랑스로 망명해 남프랑스의 라방두에서 지내던 클라우스 만Klaus Mann은 벤에게 이런 편지를 보냈다. 〈우리에게 고결한 지식인의 대명사였고 무한한 순수함의 상징이었던 당신을 유럽의 역사에서 전례를 찾아볼 수 없고 전 세계인을 구역질나게 만드는 수치스런 사람으로 전락시킨 이유가 무엇이었습니까? 증오받아야 마땅한 사람들에게 협조함으로써 얼마나 많은 친구를 잃었는지 아십니까! 그 더러운 장막 뒤에서 당신은 결국 어떤 친구를 사귀시렵니까?〉

우익 지식인들의 입대를 저항의 한 형태로 승화시킬 목적으로 〈군(軍)은 품위 있는 망명의 한 형태일 뿐이다〉라는 유명한 말을 남긴 고트프리트 벤은 클라우스 만의 비난에 이렇게 대답했다. 「나는 신국가의 편이네. 우리 민족은 우리만의 방식으로 새로운 길을 개척해 나아가야 하기 때문일세. 내 민족을 버린다면 내가 무엇이 되겠나? 내가 내 민족보다 무엇을 더 많이 알겠나? 아닐세. 내 능력이 닿는 데까지 내가 꿈꾸는 방향으로 내 민족을 이끌어 가 볼 생각이네. 설령 내가 성공하지 못하더라도 그들은 여전히 내 민족이네. 민족이란 결코 사소한 것이 아닐세. 내 정신과 내 몸, 내 언어, 내 삶, 내 인간관계, 내 뇌에 담긴 모든 것이 민족에게 빚진 것일세.」[48]

이런 논쟁의 중심에는 클라우스의 아버지, 토마스 만이 있었다. 히틀러가 정권을 잡았을 때 68세였고, 『브로덴브로크가(家)의 사람들Die Buddenbrook』과 『마의 산Der Zauberberg』이란 위대한 소설을 써서 노벨상을 수상한 노작가가 독일인들에게 미친 영향력 때문이었다. 또한 국가 사회주의 체제가 태동할 때부터 그 위험을 경고하며 단호한 입장을 취한 때문이기도 했다. 1933년 2월 11일, 토마스 만은 순회강연을 위해 가벼운 마음으로 독일을 떠났다. 하지만 순회강연은 끝없이 이어

---

48 1933년 5월에 교환한 서신. *Double vie* (Gottfried Benn, Éditions de Minuit, 1954)에서 재인용.

졌다. 독일 국민에게 끊임없이 그 위험을 경고했던 나치가 지배하는 독일에는 돌아가려 하지 않았다. 그는 보금자리와 친구, 특히 그에게는 생명이었고 글의 원동력이었던 뿌리를 잃은 것을 슬퍼하며 여러 나라를 전전했다. 그러나 괴테의 언어가 괴벨스의 언어인 한 독일어로는 결코 글을 쓰지 않겠다고 맹세한 작가들과 달리, 만은 독일어를 〈내가 망명을 떠나면서 가져 나왔고, 어떤 독재자도 내게서 빼앗아 갈 수 없는 진정한 조국〉이라 생각하며 독일어로 계속 글을 발표했다.[49] 많은 사람의 권유에도 불구하고 그는 영어로 글을 쓴다는 것은 어리석은 짓이라 생각했다. 망명 중에도 그는 이렇게 독일어를 사랑했고 소중하게 여겼다. 망명 중이었지만, 그렇기에 더욱 더 독일어를 발전시키고 아름답게 가꾸며 널리 알리는 데 혼신을 다했다. 이런 와중에도 BBC에 정기적으로 출연해, 나치의 철 십자가 그에게 안겨 준 증오심을 알리는 데 게을리 하지 않았다. 그가 나치에 의해 파문당한 1936년까지 그의 소설은 독일에서 거의 정상적으로 출간되었다. 토마스 만은 자신의 입장을 두 문장으로 정리했다. 〈우리가 알고 있는 가증스런 정권이 존재하는 한 독일에서는 정상적인 문화 행위가 허락되지도 않고 가능하지도 않다. 부패를 미화하고 범죄를 찬양하는 문화 행위만이 있을 뿐이다.〉[50]

만이 독일 밖을 전전한 까닭에 나치 정권은 커다란 선전거리를 상실한 셈이었다. 만이 그들에게 협조하지 않더라도 독일 땅에만 있어 주길 바랐다. 하지만 1933년부터 1940년까지 작가들, 철학자들, 학자들이 줄지어 독일을 떠나 취리히, 뉴욕, 런던, 모스크바, 파리로 향했다. 나치 정권에는 이로울 것이 없는 엑서더스였다. 그리고 이 망명객들은 조국을 등졌다는 비난을 감수하고, 조국과 민족을 오랫동안 만날 수 없는 슬픔을 이겨 내면서 신문과 라디오와 회합을 통해 끊임없이 선전전을 전개하며 〈내부의 망명객〉들에게 힘을 실어 주었다.[51]

독일의 경험이란 전례가 있었다. 따라서 1940년 말, 프랑스 지식인들은 이런

49 Thomas Mann, *Les exigences du jour*, Grasset, 1976.

50 1945년 9월의 편지. *Tableau de la vie littéraire en France*(Jacques Brenner Luneau-Ascot, 1982)에서 재인용.

51 James Wilkinson, *The intellectual résistance in Europe*, Havard University Press, Londres, 1981.

딜레마가 낯설게 여겨지지 않았다. 떠날 것인가, 남을 것인가? 점령군의 요구를 따를 것인가, 아니면 타이프라이터를 버리고 총을 잡을 것인가? 참고 견딜 것인가, 아니면 저항할 것인가? 점령 기간에 펜을 꺾을 것인가, 아니면 예전처럼 계속 글을 쓸 것인가?

1940년 6월이 끝나고 7월이 시작되었을 때도 혼돈은 계속되었다. 에마뉘엘 베를 — 유대인! — 이 페탱 원수의 연설문을 썼고, 〈땅은 거짓말하지 않는다. ……나는 여러분에게 큰 고통을 안겨 주었던 거짓말을 증오한다〉라는 유명한 말을 남겼다.[52] 그 직후, 베를은 정신을 차렸던지 코트 다쥐르로 향했고 나중에는 코레즈에 머물렀다. 한편 갈리마르의 영업 책임자였지만 유대인이란 이유로 해고당했던 루이다니엘 이르슈는 가스통에게 한 통의 편지를 받았다. 이 편지에서 가스통은 이르슈에게 해고를 정식으로 통보하면서 그래도 월급은 계속 지급될 것이라며 안심시켰다. 오베르뉴에 피신해 있던 이르슈 부부는 불안감을 감추지 못하고 1941년 가을에 로트의 한 농가로 피신해서 전쟁이 끝날 때까지 젖소를 키우며 시간을 보냈다. 전쟁이 길어지면서 파리에서 보내는 월급도 줄어들었다. 그 때문에 이르슈 부부는 집을 사려 했을 때 장 슐룅베르제에게 도움을 청했고, 슐룅베르제는 흔쾌히 이르슈에게 돈을 빌려 주었다.

1940년 9월, 오토 리스트가 처음 공개되고 프랑스 출판사들이 독일 측과 검열 합의서를 체결한 후에도 작가들은 갈피를 잡지 못했다. 결국 1940년 말, 몽투아르 회담이 끝나고 출판사들이 독일에 협조하기로 했다는 사실을 확인해 주는 일간지들의 기사가 실린 후에야 작가들은 의혹을 썻고 나름대로 결정을 내리기 시작했다.

누가 망명의 길을 택했던가?

레몽 아롱은 영국으로 떠났고, 앙드레 브르통과 생 종 페르스는 미국을 택했다. 조르주 베르나노스는 브라질을 택했고 로제 카유아는 아르헨티나로 떠났으며, 쥘 로맹과 앙드레 모루아를 비롯한 몇몇 작가는 미국으로 향했다. 시대의 징후를 뚜렷이 보여 주는 예도 있었다. 알베르 코엔은 연합군의 편에서 싸울 유대인 군대를 조직하려고 시도했지만 수포로 돌아가자 런던으로 피신한 반면에, 1939년부터

---

52 Berl-Modiano, 같은 책.

프랑스 경제 사절단 단장으로 영국 정부에 파견되었던 폴 모랑은 황급히 런던을 떠나 비시 정권에 가담하며 페탱을 보좌했다. 이른바 〈빛의 시대〉였던 몇 년 전에 코엔이 모랑에게 『르뷔 쥐브』에 글을 기고해 달라고 부탁했다는 사실이 무색할 정도였다.

1941년 7월 부에노스아이레스에서, 카유아는 잡지 『레트르 프랑세즈*Lettres Françaises*』를 발행하기 시작했다. 아메리카 대륙에서 프랑스어와 프랑스 문학의 권위를 지켜 가겠다는 의지의 표명이었다. 제2권에서 카유아는 망명한 작가들의 의무를 〈작은 소리로 의견을 표명할 수밖에 없는 동료들의 충실한 통역관이 되어야 한다〉라고 정의했다. 카유아의 주장에 따르면, 망명 작가들은 전쟁터에서 멀리 벗어나 있기 때문에 침묵을 버리고 절제의 미학을 살리면서 적극적으로 의견을 표명해야 했다. 달리 말하면, 망명 작가들은 조국에 남은 사람들, 그들과 보이지 않는 끈으로 이어진 사람들의 대변인이 되어야 했다. 따라서 카유아는 프랑스에서 이미 발표되었던 에마뉘엘 무니에Emmanuel Mounier의 글들을 『레트르 프랑세즈』에 재수록하면서, 〈이런 노력, 이런 관심, 이런 목소리가 그들에게 전달되어야 한다. 그래야 발표되지 않은 글을 기대할 수 있지 않겠는가!〉라고 결론지었다.[53]

남아메리카에서 볼 때, 프랑스의 상황은 양자택일인 듯했다. 카유아의 글에서도 짐작할 수 있듯이, 그는 입에 재갈을 물린 작가들은 지하 운동을 하거나 『주 쉬 파르투』에 글을 기고하는 것 이외에 다른 선택이 없다고 생각했다. 하지만 대부분의 프랑스인이 그랬듯이 대다수의 지식인은 제3의 길을 택했다. 이른바 형세 관망주의였다.

장 게에노Jean Guéhenno는 글을 계속 썼지만 독일군이 프랑스에 주둔하는 한 한 문장도 발표하지 않겠다고 선언했다. 자신의 원고를 독일군에게 검열받으면서 이름을 더럽히지 않겠다는 의지의 표명이었다. 르네 샤르René Char는 레지스탕스가 되어 알렉상드르 대위로 변신했고, 그 기간에 쓴 『잠이 든 신의 글*Feuillets d'Hyonos*』을 해방 후에 발표했다. 타협을 거부한 이런 지식인들의 태도는 명쾌했다. 드리외 라 로셸, 라몬 페르난데스, 마르셀 주앙도처럼 비시 정부에 가담한 작

---

53 Roger Caillois, *Circonstancielles*, Gallimard, 1945.

1930년대 초의 갈리마르. 이때부터 나비넥타이는 그의 트레이드마크가 되었고, 모두가 그를 가스통이라 불렀다.

집무실의 갈리마르 형제. 가스통 갈리마르와 레몽 갈리마르.

문학에 심취한 청년 시절, 20세기 초의 가스통 갈리마르.

1950년대 말, 갈리마르 제국은 지평을 더욱 넓혔다.

세바스티앵보탱 가에서 열린 갈리마르의 칵테일파티. 앞쪽에 마르셀 아를랑(왼쪽)과 장 폴랑(등을 보인 사람)이 보인다.

알베르 카뮈와 대화 중인 가스통 갈리마르(카뮈의 사망 직전).

Photo (C) by Roger-Viollet, D.R., René Saint-Paul.

가들의 입장도 뚜렷했다. 하지만 대다수의 지식인은 애매한 태도를 취했다.

아라공과 그의 부인 엘자 트리올레는 혼란기에 빠진 프랑스의 상황을 적절히 이용했다. 그들은 대독 협력자로 전락한 출판사들 — 아라공은 갈리마르에서 『단장Le crève-cœur』(1941)과 『제국의 여행자들Les voyageurs de l'impériale』(1943)을 발표했고, 트리올레는 드노엘을 통해 『1000가지 회한Mille regrets』과 『흰말Le cheval blanc』을 발표했다 — 을 통해서 책을 발표하는 동시에 비밀 출판을 감행하고 자유 지역에서 책을 출간하기도 했다. 냉소주의자라면 그들을 〈양다리를 걸친 기회주의자〉라고 빈정댔겠지만 아라공과 트리올레는 그들의 글을 〈밀수한 산문〉이라 칭하며 〈검열을 피해서 애국적인 시민들에게 어떤 희망, 즉 절망을 이겨낼 수 있다는 희망을 심어 주기 위한 도박〉이었다고 말했다.[54] 어쨌든 검열 합의서에 서명한 출판사들은 〈배신자〉이고 〈대독 협력자〉라고 비난을 멈추지 않았던 지하 잡지 『레트르 프랑세즈』에도 그들이 글을 기고한 것은 사실이기 때문에 기회주의적 도박이었다고 단정하기는 어렵다.

한편 마르크스주의자이던 조르주 폴리처Georges Politzer는 1941년 2월 『팡세 리브르La Pensée libre』에 기고한 글에서 〈요즘 프랑스에서 합법적인 문학은 곧 배신의 문학이다〉라고 선언하며 분명한 입장을 밝혔다. 독일에 점령당해 양 지역으로 나뉜 프랑스의 모순적 상황을 이용하던 아라공과 트리올레 부부는 스스로 자초한 모순에 부딪히고 말았다. 미국이 전쟁에 개입하면서, 아라공의 책을 출간하던 미국 출판사가 인세 지급을 중단한 것이었다. 그때부터 그들은 로베르 드노엘이 엘자 트리올레에게 지급한 선인세로 연명해야 했다. 그런데 드노엘은 셀린과 르바테의 치욕적인 글과 엘자 트리올레의 산문을 똑같이 출판하는 출판사였다. 하나의 도서 목록에 대독 협력자들과 이름을 나란히 올리고, 서점에서도 샤르돈, 주앙도, 도리오 등의 신간들과 나란히 전시되는 치욕을 견디느니 시대의 모순을 이용하려던 꿈을 버리는 것이 낫지 않았을까?

과연 그들의 본심은 무엇이었을까?

1940년 10월, 장 폴랑은 『NRF』가 유대인과 반나치주의자를 모두 쫓아낸 것

54 Daix, 같은 책.

에 분노하며 『NRF』로 돌아가려 하지 않았다. 한때 그는 교육부에 일자리를 알아볼 생각도 했다. 하지만 가스통 갈리마르의 설득에 출판사로 돌아와 공식적으로 플레이아드 총서를 관리하면서, 드리외와 바로 인접한 사무실에서 잡지의 목차를 정리하는 일을 은밀하게 도왔다. 폴랑은 문학을 위해서 작가들의 정치적 이념과 관계없이 친구 역할을 해냈기 때문에 많은 작가가 그와 연락을 계속했다. 예전처럼 폴랑은 원고를 읽었고 새로운 작가를 발굴했으며, 그가 좋아하는 글을 출판하려 애썼다. 1941년 8월, 주앙도와 아를랑이 퐁티외 가의 한 식당에서 폴랑과 게르하르트 헬러의 만남을 주선했다. 헬러는 친불학자이고 자유주의자였지만 점령군인 독일 장교였고 선전국의 검열관이었다. 우정의 징표로 폴랑은 헬러에게 호화 장정으로 꾸며진 볼테르의 책을 선물했다. 그 후 두 사람은 5구역의 모스크와 같은 은밀한 장소에서 만남을 계속 했다.[55] 이런 만남을 가지면서도 폴랑은 자크 드쿠르Jacques Decour를 도와 지하 잡지인 『레트르 프랑세즈』를 은밀하게 발행했다.

폴랑의 이런 행위를 어떻게 생각하는가?

브리스 파랭은 아를랑, 그뢰튀장, 자크 르마르샹, 알베르 올리비에, 에마뉘엘 부도라모트, 크노, 페르난데스, 스타메로프, 갈리마르 형제 등과 함께 독자 위원회의 위원으로 활동하면서 학술적 성격을 띤 새로운 시리즈 〈생트주느비에브 산La montagne Sainte-Geneviève〉을 기획했다. 그는 이 시리즈를 통해서 학자들의 글을 자유롭게 출간했다. 언어에 대한 그의 연구 결과만이 아니라, 사회의 인도유럽어적 개념과 로마의 기원에 대한 시론이라 할 수 있는 조르주 뒤메질의 『주피터, 마르스, 퀴리누스Jupiter, Mars, Quirinus』를 발간했다. 훗날 뒤메질은 〈어떤 학자들은 레지스탕스가 되었지만 나는 침묵했다〉라며 프란츠 보프Franz Bopp의 예를 거론하며 〈역사가 평가할 것이다〉라고 덧붙였다.

독일의 유명한 언어학자 프란츠 보프는 한동안 파리 국립 도서관에서 산스크리트어의 어형 변화를 연구한 적이 있었다. 그때가 1813년으로, 프러시아는 프랑스와 전쟁 중이었다. 당연히 당시 사람들은 보프의 이런 행위를 비난했다. 하지만

---

55 Heller, 앞의 글.

역사의 판단은 달랐다. 훗날 그는 현대 언어학의 아버지로 추앙되었고, 조국이 프랑스와 전쟁 중인 때 그가 파리에 머물렀다는 사실을 잊었다. 하지만 그가 남긴 기념비적 저작『비교문법』은 영원히 기억되었다. 뒤메질를 비롯해 자신의 연구를 정치적 참여보다 중요하게 여겼던 학자들에게 프란츠 보프는 하나의 모델이었다. 학문적 연구는 무엇보다 중요한 것이었고 시대를 초월하는 것이었다. 정치적 혼돈에 관계없이 오랫동안 남겨질 결실이 중요한 것이었다. 1938년 뒤메질은 로마의 전통이 그리스의 전통보다 훨씬 중요하다는 결론에 이르며, 세상의 흐름을 잊은 채 언어 연구에 전념했다.

뒤메질의 이런 행위는 어떻게 생각하는가?

1941년 봄, 트리어 포로수용소에서 탈출한 장 폴 사르트르는 모리스 메를로퐁티와 함께 〈사회주의와 자유Socialisme et liberté〉로 알려진 지식인 저항 단체를 결성해서 공산주의자들과 접촉하려 했지만 실패했다. 여름에는 자전거로 자유 지역을 돌아다니며 저항 조직을 결성하려 애썼다. 9월에 학교로 돌아온 그는 콩도르세 고등학교에서 시험 준비 학급을 담당하는 교수가 되면서, 〈사회주의와 자유〉를 해체하고 〈그에게 가능한 유일한 저항 형태〉인 평론과 소설과 극을 쓰는 데 전념하며『파리Les Mouches』를 발표했다.[56] 1974년에 사르트르는 카페 플로르(시몬느 보부아르의 표현에 따르면 독일인을 보지 않아도 되고 선전국 장교들이 사복으로 갈아입고 들락거리리라고는 상상조차 할 수 없었던 카페였다)에서『존재와 무L'être et le neant』를 집필해서 그 원고를 갈리마르의 이름으로 발표하기 위해 점령군의 검열관에게 제출하고, 극작을 써서 똑같은 조건에서 발표하고,『레트르 프랑세즈』와 같은 지하 잡지들에 글을 기고하는 것이 그의 저항 방식이었다고 변명했다.[57] 레지스탕스의 길이 모호하지는 않았지만 그는 레지스탕스의 총보다 지식인의 펜을 택했다. 그는 자신은 르네 샤르처럼 건장한 몸이 아니었고 전투적인 기질도 없다고 변명했다. 하지만 사르트르와 동갑이었던 장 프레보스트는 레지스탕스가 되어 싸우다가 죽었고, 지천명의 나이를 넘겼던 뱅자맹 크레미외와 역사학자 마르크 블로크도 레지스탕스로 활동한 덕분에 목숨을 잃어야 했다. 크레미외는 강제 수용

56 Michel Contat et Michel Rybalka, *Les Écrits de Sartre*, Gallimard, 1970.
57 James Wilkinson, 같은 책.

소에서 죽임을 당했고, 블로크는 총살을 당했다. 카페 플로르에서 깊은 사색을 한 다고 죽을 사람은 어디에도 없으리라! 그러나 해방 후, 사르트르는 극렬하게 저항한 레지스탕스 문필가로 여겨졌다.

당신은 어떻게 생각하는가?

1941년 10월, 선전국은 바이마르에 열린 〈유럽 작가 협의회〉에 참석할 프랑스 작가들을 선정했다. 드리외, 페르난데스, 앙드레 프레뇨, 브라실라크, 샤르돈, 아를랑, 모랑이 프랑스를 대표하는 작가로 선정되었다. 일곱 명 중에서 네 명이 NRF-갈리마르 출판사 소속이었다. 게다가 두 명은 독자 위원회 위원이었고, 한 명은 『NRF』의 주필이었다. 그리고 처음이자 마지막으로 갈리마르에서 『잔 다르크의 소송Le Procès de Jeanne d'Arc』을 발표한 브라실라크가 있었다. 최종적으로 모랑과 아를랑은 대표단에서 제외되고 주앙도와 아벨 보나르로 교체되었다.[58]

이에 대해서는 어떻게 생각하는가?

근본적인 문제는 책을 발표하느냐 않느냐가 아니었다. 이름을 대외적으로 드러내느냐 않느냐는 것일 수도 있었다. 글을 썼지만 점령기에는 어떤 글도 발표하지 않겠다고 선언한 장 게에노는 드리외 라 로셸이 주관하는 『NRF』의 목차에 새로운 유럽을 찬양하는 협력자들의 이름만이 있는 것을 확인하고는 이렇게 말했다.

문인이 인간 중에서 가장 고결한 존재는 아니다. 어둠 속에서 오랫동안 살 수 없기에 문인은 그 이름을 드러낼 수 있다면 영혼까지 팔아 버린다. 문인은 몇 개월의 침묵을 견디지 못한다. 몇 개월만 잊혀져도 초조해 한다. 문인의 유일한 관심사는 그의 이름이 얼마나 크게 인쇄되고, 목차에서 어떤 위치에 놓이냐는 것이다. 문인에게도 그럴 만한 이유가 없는 것은 아니다. 〈프랑스 문학은 계속되어야 한다!〉라고 변명한다. 그가 곧 프랑스 문학이고 프랑스 사상이며, 그가 없다면 프랑스 문학과 사상이 소멸될 것이라 착각한다. …… 이제 아무런 이해관계 없이, 오직 즐거움을 위해서 글을 쓸 수 있는 시대가 되었다.[59]

---

58 헬러의 증언.
59 Jean Guéhenno, *Journal des années noires*, Gallimard, 1947.

무자비했지만 정확한 지적이었다.

문학, 잡지, 언론의 세계에서도 데카르트적 원리가 적용되었다. 〈나는 글을 쓴다. 그러므로 존재한다!〉 따라서 이름을 드러내야 했다. 전쟁과 같은 우발적인 사태도 이런 욕구를 꺾을 수는 없었다. 갈리마르의 시리즈들만큼 알려지지는 않았지만 기발한 프로젝트들을 수없이 시도했던 가스통 갈리마르도 루이 기유의 제안을 단호히 거절한 적이 있었다. 익명의 작가들만으로 시리즈를 꾸며 보자는 제안이었다. 나중에 멋지게 등장하려고 처음에 신분을 감추는 파리의 한량들을 위한 시리즈가 아니라 대중에게 그 존재를 영원히 알리지 않을 익명의 작가들로 시리즈를 꾸미자는 것이었다.

무엇보다 이름으로 먹고 사는 세계에서는 상상조차 할 수 없는 순진한 제안이었다. 모리아크가 포레즈Forez라는 필명으로 『검은 수첩Chier noir』을 비밀리에 출간하는 데 얼마나 큰 시련을 겪었는지 알았더라면······.[60]

1941년 군화에 짓밟힌 조국에서는 글을 발표하지 않겠다고 선언한 작가들에게도 하나의 탈출구가 있었다. 자유 지역이나 알제리, 외국에서 책을 발표하는 것이었다. 그러나 예술과 지성의 중심인 파리가 아닌 다른 곳에서 이름을 드러낸들 무슨 소용이겠는가? 리옹과 알제리에서 글을 발표한들 무슨 이득이 있겠는가? 비밀 출판처럼 그런 출판도 익명이나 다름없었다.

1941년, 장 브륄레르Jean Bruller와 피에르 드 레스퀴르Pierre de Lescure가 에디시옹 드 미뉘Éditions de Minuit를 창립했다. 검열을 받기 위해 원고를 독일 선전국에 제출하지 않았던 비합법적인 출판사로 종이를 공급받으려고 점령군의 선의를 기대하지도 않았고, 아셰트나 독일인이 관리하던 유통 회사를 통해 책을 배포하지도 않았다. 베르코르Vercors라는 필명을 사용하던 브륄레르는 그 필명을 평생 동안 버리지 않았다. 당시 39세이던 삽화가, 베르코르는 전쟁 전에 서너 점의 판화집을 출간한 적이 있었다. 『인간 희극La comédie humaine』을 연필화로 그리려는 장기적인 계획을 실천하던 중 갑자기 군에 소집되어 그 계획을 중단할 수밖에 없었다. 제대한 후 그는 작가는 아니었지만 출판계에서 일했다. 9월에 출판인회가 주도한 대

---

60 Jean-Louis Ezine, *Les Écrivains sur la sellette*, Seuil, 1981.

독 협력에 참여하길 거부하면서 그는 연필을 던져 버리고 직업을 바꿔 세네마른에서 목수로 일했다.[61]

피에르 드 레스퀴르와 베르코르는 현실적 상황, 즉 자기 주장을 꺾고 점령군과 타협하기를 거부하며 대안을 모색했다. 레스퀴르가 당시 독일에 협조적이던 한 신문에 글을 기고하던 문학 평론가인 친구의 경우를 언급했을 때 한 동료는 이렇게 대답했다.

「그가 옳지 않을까 생각하네. 어차피 그의 직업은 책을 비판하는 것이니까! 그래, 요즘 책을 신랄하게 비판해야지! 카페의 종업원이 독일 사람에게 맥주를 갖다 준다고 비난할 수 있겠나. 평론가나 카페 종업원이나 다 똑같지.」

악의적인 빈정거림이었을까, 아니면 무지의 소치였을까? 그럼 지식인도 그저 허울에 불과한 것이기 때문에 사회적 책임에서 자유롭다는 뜻인가? 그러나 당시 국제 펜클럽 사무총장이던 앙리 망브레의 집에서 목수 일을 하던 베르코르는 레스퀴르에게 이렇게 대답했다.

「자네는 뭘 바라나? 나는 그들을 이해하네! 그들은 점령기가 영원히 계속되길 바랄 거네. 뒤아멜, 모리아크, 말로 같은 작가들은 얼마라도 기다릴 수 있네. 침묵을 지켜도 그들은 손해 볼 것이 없으니까. 왜냐고? 그들은 이미 확고한 명성을 얻었잖나. 침묵을 지킨다고 그 명성에 흠이 가지는 않아. 하지만 나를 예로 들어볼까? 그런대로 괜찮은 평을 얻은 소설은 『면소 판결Non-lieu』이 유일하네.[62] 다른 두 권은 주목조차 받지 못했어. 이런 내가 5년이나 10년 동안 아무런 글로 발표하지 못한다면 잊혀지고 말 거네. 처음부터 다시 시작해야 할 거라고!」[63]

1941년의 프랑스와 유럽의 상황을 감안할 때 이런 주장은 가당치 않았지만 현실을 직시한 판단이기도 했다. 그러나 서점의 진열대에서 5년을 사라져도 너끈히 이겨낼 수 있을 만큼 확고한 명성을 지닌 아라공과 같은 작가들에게는 해당되지 않는 주장이었다. 점령기였지만 먹고 사는 문제는 전쟁 전에 글로 밥벌이를 했던 소수의 작가에게만 해당되는 일이 아니었다.

61 베르코르의 증언.
62 Gallimard, 1929.
63 Vercors, *La bataille du silence*, Presses de la cite, 1967.

역시 역사가 판단해 줄 일이었다.

40년 후, 역사학자 앙리 미셸Henri Michel은 〈『NRF』의 저자들은 자체 검열이란 조건이 있었지만 자유롭게 글을 쓸 수 있었다〉라며 〈유대인과 민주주의와 영국을 공격한 글 옆에는 그들의 서명이 있었다. 그들의 이름이 더불어 실렸다는 것만으로도 그런 공격을 정당화시키는 데 도움이 되었다〉라고 지적했다.[64] 괴벨스 선전 부장과 리벤트로프 외무 장관은 점령 지역에 대한 문화 정책을 두고 격론을 벌였고, 대부분의 경우에 히틀러는 리벤트로프의 손을 들어 주었다. 1940년 11월 30일의 훈령에서 리벤트로프는 〈문화 정책의 목적은 독일의 외교 정책이 목표를 달성하는 데 필요한 최적의 조건을 조성하는 것〉이라고 천명했다.[65] 파리에 파견된 장교들이 친불파로 분류되기는 했지만 점령군 당국은 프랑스를 완벽하게 종속시키기 위해 그런 문화 정책을 지지했을 뿐이었다. 하지만 카를 엡팅 독일 연구소 소장이 프랑스 문학을 지극히 사랑했지만 옷깃에는 언제나 철 십자를 달고 있었다는 사실을 프랑스 사람들은 간혹 잊고 지냈다.

앙리 미셸은 〈휴전이 체결된 순간부터 몇몇 위대한 작가들이 입을 다물었더라면 얼마나 더 기품 있게 보였을까〉라고 아쉬워했다.[66] 말로가 점령 기간 동안 갈리마르의 출판물에 이름을 드러내기를 극히 자제했고, 『알텐부르크의 호두나무Les Noyers de l'Altenburg』를 자유의 나라인 스위스에서 출간했으며, 1943년에야 레지스탕스에 가입했지만 해방 후에 독일과 타협했다고 누구에게도 욕먹지 않은 극소수 작가 중 한 명이었던 것은 사실이다. 하지만 더욱 놀라운 사실은 말로의 이런 면에 우리가 감동한다는 점이다. 빅토르 위고도 루이 나폴레옹의 왕정을 반대하며 저지 섬과 간디 섬에서 18년 동안 망명했는데 말이다.

1941년 초까지, 여전히 대외적으로 글을 발표하면서도 그런 행위를 계속해야 하는 것인지 의혹을 품었던 작가들이 적지 않았다. 그러나 독일의 점령이 시작되고 6개월이 지나면서 비시 정권과 독일 대사관이 제시한 정책 방향은 그런 의혹을 깨끗이 씻어 주었다. 인류 박물관의 젊은 학자들을 중심으로 한 레지스탕스가 잉

64 Henri Michel, *Paris allemand*, Albin Michel, 1981.
65 Michel, 같은 책.
66 Michel, 같은 책.

태되었지만 이미 소멸된 때이기도 했다. 폴 발레리, 폴 엘뤼아르, 앙드레 지드, 외젠 기유빅Eugène Guillevic은 드리외의 『NRF』에 글을 기고하며 그 목차에 악명 높은 대독 협력자들의 옆에 이름을 올렸다. 그러나 지드는 자크 샤르돈의 글을 읽은 후 드리외에게 전화를 걸어 실망했다면서 『NRF』에는 더 이상 한 줄의 글도 싣지 않겠다고 선언했다. 「피가로」가 4월 초에 지드의 절필을 대서특필하자, 가스통은 지드의 행위를 배신이라 생각했다. 『NRF』를 정상화시키려던 그의 필사적인 노력이 지드의 절필로 무산될 수도 있었기 때문이다. 한편 엘뤼아르는 폴랑의 책상 서랍에서 잠자고 있던 그의 시를 드리외가 허락도 받지 않고 『NRF』에 게재한 것이라 항의했고, 기유빅은 〈그때 나는 시(詩)가 전쟁이란 불상사까지 뛰어넘는 것이라 생각했다. 시가 어디에 게재되든 그 혁명적인 힘을 발휘하리라 믿었다!〉라며 자신의 입장을 변호했다.[67]

그러나 이런 말에 설득 당할 사람은 없었다. 특히 일부 작가가 본심을 고백하지 않고 아라공과 트리올레처럼 〈문학의 밀수〉라는 개념을 강변했을 때 사람들은 크게 분노했다. 특히 사르트르는 『파리』와 『출구 없음Huis clos』이 저항의 메시지였다며 자신의 행위를 합리화시키려 했다. 행간을 읽은 사람은 그 메시지를 읽었을 것이라며……. 하지만 이런 기만 술책을 가장 먼저 구사한 사람은 에른스트 윙거였다. 그의 『대리석 절벽』이 1939~1940년에 독일에서 발간되었을 때 그는 조금도 걱정하지 않았다. 의혹의 눈길을 받았지만 그의 화려한 군사 경력 덕분에 〈누구도 윙거를 의심하지 말라!〉라는 히틀러의 한마디가 모든 의혹을 잠재웠다.[68]

그리고 그의 출판사는 군복을 입은 그에게 〈1주일 만에 1만 4천 부가 팔렸습니다〉라고 알려 주었다.

『대리석 절벽』이 상징으로 가득한 책인 것은 부인할 수 없는 사실이다. 수수께끼 같은 독재자인 〈위대한 산림 감독관〉은 히틀러일 수밖에 없고, 그의 사나운 개들은 SS라고 수군대는 소리가 있었다. 전쟁이 끝난 후, 윙거의 예찬자들은 이 소설을 반나치 문학의 하나로 선정하기도 했다. 훗날 조지 스타이너는 영어판 서문에서 이 소설을 〈히틀러 체제하의 독일 문학에서 표현될 수 있었던 유일한 저항 행

67 Guillevic, *Vivre en poésie*, Stock, 1980.
68 Daniel Rondeau, *Trans-Europ-Express*, Seuil, 1984에서 재인용.

위이자 내부적 반란〉[69]이라고 썼다. 나치에 대한 저항으로 해석되기 위해서 행간을 읽을 필요가 없는 책이나 평론, 전단을 쓴 이유로 고문과 추방, 심지어 죽음으로 그 값을 치렀던 지식인들을 생각한다면 무책임한 평가가 아닐 수 없다. 윙거처럼 사르트르도 속내를 감춘 인물이었다. 그들의 의도는 분명치 않았다. 해방 이후 그들이 가슴에 품었던 영웅들의 모습, 즉 고난의 시대에도 순수하고 흠결 없는 삶을 살았던 사람들의 모습을 재구축하는 데 심혈을 기울인 작가로서 열정은 있었지만 그들의 의도는 여전히 분명치 않았다. 그러나 훗날 윙거는 그의 정신세계에서 〈위대한 산림 감독관〉은 〈히틀러보다 더 강력하고 극악무도한 독재자〉, 예컨대 스탈린과 같은 독재자였다고 밝히면서, 〈내게 『대리석 절벽』은 그 시대의 정치적 삶보다 훨씬 큰 차원의 것이었다〉라고 말했다. 그리고 그의 독재자는 조국이 없어, 문화에 대한 증오심과 폭력을 향한 갈망을 표출할 수 있다면 어떤 나라에서나 태어날 수 있는 존재라고 역설했다.[70]

점령 시대만큼 작가들이 애매한 태도를 취한 적은 없었다. 1941년에 한 신문이 그런 현실을 신랄하게 고발하기도 했다. 가스통은 예전과 다름없이 출판사를 운영하고 싶어 했다. 하지만 점령 시대라는 특수 상황에서 비롯된 걸림돌을 피해 가려면 이중 언어라 일컬어지는 애매한 표현을 구사하지 않을 수 없었다. 그는 살롱을 번질나게 드나들며 대독 협력자들과 그들의 주인들을 만났다. 그곳에 권력(검열, 종이 배급, 통행권 등)이 있었기 때문이었다. 한편 가스통은 지하 잡지인 『레트르 프랑세즈』에 관계하는 사람들의 비공식적 모임을 위해 회사 내에 사무실을 제공하기도 했다. 가스통은 드리외와 잡지와 칼, 그리고 폴랑과 출판사와 성수채를 양편에 거느리고, 이 둘을 보이는 끈과 보이지 않은 끈으로 조절하는 마법사가 되어 완전히 상반된 두 세계를 문학이란 하나의 이름으로 공존시켜야 했다.

가스통의 이런 모순과 변덕스런 태도가 책이나 도서 목록에 나타나지는 않았지만, 암흑시대에 갈리마르의 이미지를 정확하게 반영한다고 여겨지는 주간지 『코모에디아 Comoedia』에 집약되어 나타났다. 가스통이 예전에 『누벨 리테레르』의

69 *Magazine littéraire*, 제130권, 1977년 11월.
70 위의 잡지, 프레데릭 드 토바르니키Frédéric de Towarnicki와의 인터뷰.

편집에 간섭했던 것처럼 이 잡지의 편집에 사사건건 참견했던 것은 결코 우연이 아니었다.

『코모에디아』는 1906년에 창간된 연극과 문학, 미술 전문 잡지로, 『주 쉬 파르투』가 복간된 지 4개월 후인 1941년 6월 21일에 복간되었다. 경쟁지들과는 비교가 되지 않을 정도로 지적이고 품격 높은 고급 주간지였다. 지면 배치도 뛰어났지만 권위 있는 기고자들의 글은 그야말로 지식인들을 매료시켰다. 당시 파리의 모든 인쇄 매체가 그랬듯이, 『코모에디아』도 검열을 피할 수 없었다. 달리 말하면, 주간지를 발간하기 전에 그 내용을 선전국의 장교들에게 점검받아야 했다. 그러나 『코모에디아』의 논조는 도전적이거나 도발적이지 않았고 문학적 기준을 엄격히 지키면서 신간을 평가하는 데 주력했기 때문에 다른 주간지들과는 현격하게 달랐다. 오히려 이런 점에서, 즉 누구의 편도 들지 않는 무색무취한 성격을 띠었다는 점에서 『코모에디아』는 감시의 대상이었다. 독일인들이 어떤 방향에서도 그들에게 이익을 주는 않는 인쇄물의 발간을 허락했을 것이라 생각한다면 큰 착각이다. 독일은 점령당한 프랑스의 긍정적인 이미지를 외국인들에게 알리는 데 목표를 두었다. 이런 점에서, 『코모에디아』는 독일에게 점령당한 후에도 찬란한 문화가 전혀 손상되지 않았을 뿐 아니라 한층 성숙해진 프랑스의 이미지를 외국에 알리는 데 안성맞춤인 주간지였다. 게다가 『코모에디아』는 선전국의 눈으로 볼 때 다른 이점도 갖고 있었다. 국가 사회주의를 선전하는 칼럼에 불과했던 〈유럽란〉을 통해서 그들의 사상과 메시지를 확산시킬 수 있다는 장점이었다. 따라서 이 주간지는 번역된 독일 책을 무조건 칭찬했고, 바이마르에서 개최된 히틀러 유겐트의 문화 총회, 파리와 잘츠부르크에서 기획된 모차르트 주간, 바이로이트 음악제 등을 호의적으로 보도했다. 새로운 질서에 순응한 언론들의 노골적인 선전보다 훨씬 효과 있는 교묘한 선전술이었다. 따라서 이 주간지의 다른 기사들은 형세를 관망하며 페탱을 미온적으로 지지하는 지식인들에게 국가 사회주의라는 지배 이념을 은밀히 심어 주기 위한 〈유럽란〉의 구실이 아니었느냐는 의문이 제기될 수 있다. 이런 의문에 대해 역사 학자 파스칼 오리Pascal Ory는 〈코모에디아〉는 독일에 협조하는 문화를 건설하는 데 이차적인 역할을 한 것이 아니다. 프랑스인에게는 파리 중심주의, 유럽인에게는 범게르만주의를 지향하며 연극, 미술, 문학의 전문지를 표방한 이 주간지는 코메디 프랑세즈와 실러 극장, 하우프트만과 클로델을 이어 주는 끈을 찾고 싶어 하던 사람들에게 확실한 증거를 보여 주었다. 공동 전선 협약의 체결을 기다릴 필요가 없는 접근법이었다〉라고 대답해 주었다.[71]

『코모에디아』의 주필, 르네 들랑주René Delange는 파리의 언론계에서 무척 존경받는 언론인으로, 전쟁 전에 권위 있는 두 일간지 「엑셀시오르L'Excelsior」와 「랭트랑지장」의 기고자였다. 1941년 11월, 모차르트의 150주기를 맞아 프랑스 대표단의 명예 회원으로 빈에 초대받았지만 그 대표단은 〈모차르트보다 나치를 위한 순례단〉이었다.[72] 또한 보부아르의 『회고록Mémoires』에서 사르트르와 보부아르 부부의 친구로 소개되는 인물이기도 했다. 어쨌든 『코모에디아』의 실력자, 들랑주는 남을 도와주길 좋아했다. 전쟁 전 젊은 레몽 크노를 「랭트랑지장」에서 일하게 해주었듯이, 점령 시기인 1943년에는 사르트르와 보부아르에게 〈카스토르Castor〉의 일자리를 알선해 주어 그들이 〈근근하게라도〉 먹고 살게 해주었고, 라디오 비시의 국장이던 친구에게 보부아르를 라디오 작가로 추천하기도 했다.

르네 들랑주는 갈리마르 출판사의 작가들을 유난히 좋아했다. 따라서 『코모에디아』에서는 갈리마르의 평론가가 갈리마르 작가를 칭찬하는 칼럼들을 흔히 볼 수 있었다. 가스통은 기뻤다. 그런 혼돈의 시기에 그 이상의 마케팅을 기대하기는 어려웠다. 마르셀 아를랑, 발레리, 파르그, 콕토, 몽테를랑, 지로두, 장 루이 바로, 자크 오디베르티, 아르튀르 오네게르, 샤를 뒬랭, 자크 코포가 정기적으로 이 주간지에 글을 기고하며 악명 높은 대독 협력자들의 이름과 나란히 소개되었다. 루비콘 강을 건너길 주저하며 이 주간지에 글을 싣지 않았던 작가들까지도 여기에서 용기를 얻었다. 유럽 혁명을 내세운 독일에 협조적인 기관들에 주저 없이 글을 실었던 몽테를랑조차 훗날, 『코모에디아』의 복간을 축하하는 점심 시간에 레지스탕스와 공산주의자로 알려진 작가들을 마주쳤다며 자신의 태도를 합리화시키려 했다. 그런 사람들과 협력해서 그 주간지에 글을 기고했는데 그가 어떻게 양심의 가책을 느낄 수 있었겠는가?[73]

71 Pascal Ory, *Les collaborateurs*, Seuil, 1976.
72 Lucien Rebatet, *Mémoires d'un fasciste*, II, Pauvert, 1976.
73 Henry de Montherlant, *Mémoire*, Gallimard, 1976.

장 폴 사르트르는 『코모에디아』의 창간호에 허만 멜빌의 『모비딕』이 갈리마르 출판사에서 출간된 것을 축하하는 평론을 기고했다. 시몬 드 보부아르는 사르트르가 그 직후 『코모에디아』의 정체를 파악하고 더 이상 그 주간지에 글을 싣지 않았다고 말했지만, 〈폭로성 밀고를 일삼은 『주 쉬 파르투』와 달리 『코모에디아』는 파시스트의 가치관과 비시 정권의 정신에 반대하는 글을 옹호했다〉라고 덧붙였다.[74] 20년 후, 그들의 타협을 변명하는 데 분주했던 지식인들은 모순에서 벗어나지 못했다. 보부아르도 〈나는 모든 대독 협력자들을 저주했다. 하지만 나와 같은 부류의 사람들, 즉 지식인과 언론인과 작가들을 향해 더욱 처절한 혐오감을 느꼈다. 작가들과 화가들이 독일로 건너가 정복자들에게 정신적 충성을 맹세할 때마다 나는 개인적으로 배신감을 느꼈다〉라고 말했다.[75] 이런 배신감은 존중받아 마땅한 것이었다. 하지만 사르트르와 보부아르의 친구이자 후견인이었고, 점령 시기에 지식인의 대표격이었으며, 독일까지 다녀온 르네 들랑주의 주간지가 아니었다면 누가 그들에게 칼럼을 쓸 기회를 제공했겠는가? 글은 사라지지 않는 것이기에 부인할 수 없는 사실이었다. 『코모에디아』에서 사르트르와 보부아르는 최고의 대접을 받았고, 덕분에 빠르게 이름을 알릴 수 있었다. 실제로 마르셀 아를랑은 보부아르의 『초대받은 여자L'invitée』를 극찬하는 장문의 평론을 실었고,[76] 얼마 후에는 장 그르니에Jean Grenier가 온갖 미사여구를 동원해서 『존재와 무』를 칭찬했다.[77]

장 폴랑은 옛날보다 더 이해할 수 없는 사람으로 변한 듯했다. 지하 잡지였던 『레트르 프랑세즈』에서는 점령군에 협조하는 지식인들을 신랄하게 비난하면서도, 1942년과 1943년에는 『코모에디아』에 정기적으로 글을 기고하는 이중적인 면을 보였다. 또한 드리외의 『NRF』에는 글을 기고하지 않으면서도 르네 들랑주의 주간지, 즉 『코모에디아』에는 자크 샤르돈과 이름을 나란히 올리기도 했다.[78] 도무지 이해할 수 없는 행위였다. 그렇기에 장 폴랑이었겠지만⋯⋯. 1941년 6월 폴랑은 루

74 Simone de Beauvoir, *La force de l'âge*, Gallimard, 1960.
75 같은 책.
76 *Comoedia*, 1943년 8월.
77 *Comoedia*, 1943년 10월 30일.
78 *Comoedia*, 1943년 10월 16일.

이 기유에게 보낸 편지에 이렇게 자신의 태도를 변명했다.

　작가는 자기가 쓰는 글에 책임을 질 수 있어야 한다고 생각하네. 나는 위험한 생각을 품고 있네. 생각이 없다면 무엇이 위험할 수 있겠나? 나는 이교(異敎)를 믿네. 물론 그 이교를 강력히 억압해야 할 필요성도 인정하네. 하지만 작가라면 함께 글을 쓰는 다른 작가들에 대해서도 책임 의식을 가져야 할지 않을까? 하지만 나는 그렇게 하질 못하고 있네.
　사람들은 〈『코모에디아』와 같은 주간지에 글을 기고함으로써 당신은 독일 당국과 손을 잡은 겁니다. 독일 당국은 그들에게 도움이 되는 글만 허락하니까! 그러니까 침묵하도록 하십시오〉라고 말하겠지. 하지만,
　첫째, 독일 당국이 힘과 지능을 겸비했다면 그들이 내게 원하는 것이 바로 침묵이 아니라고 내가 어찌 자신할 수 있겠는가? 내 침묵이 그들의 목적에 부합하는 것이 아니라고 내가 어찌 자신 있게 말할 수 있겠는가? 결국 내가 지금 침묵해 버린다면, 그래서 그들이 내 침묵을 달갑게 받아들인다면…… 누가 그 속내를 판단할 수 있겠는가?
　둘째, 독일 당국이 나보다 똑똑하다고 선험적으로 인정하는 이유는 무엇인가? 내가 기고한 글이 그들에게 피해를 안겨 준다고 내가 생각한다면 어떻게 할 것인가?
　셋째, 자네의 주장대로 생각해 보세. 모든 것을 철저히 거부하는 자네는 〈독일 당국은 점령 지역에서 발간되는 양질의 매체에 실린 글들에서 이익을 본다. 그런데 당신도 독일에 협조하면서 그런 매체에 글을 기고하고 있다〉라고 말하고 싶겠지. 자네 말이 맞을 수도 있네. 하지만 자네 논리대로라면 이렇게도 결론 내릴 수 있지 않을까? 〈글을 기고하라! 하지만 독일 당국의 나쁜 점을 더 효과적으로 드러낼 수 있는 고약한 글을! 부적절한 시론과 지루하고 재미없는 글을 써라!〉 H. de M 씨처럼 말일세.[79] 하지만 나는 이런 식의 반항을 별로 좋아하지 않네.[80]

79 앙리 드 몽테를랑Henry de Montherlant을 가리킨 듯하다.
80 Louis Guilloux, *Carnets I*, Gallimard, 1978.

장 폴랑이란 인물과 『코모에디아』의 성격에 감춰진 이런 모순을 이해하지 못하면 가스통 갈리마르의 불투명한 성격도 파악하기 힘들고, 1941년 초에 드리외라 로셸이 헬러 중위에게 보낸 〈말로, 폴랑, 가스통 갈리마르, 아라공 등을 겨냥해서 누가 무슨 험담을 하더라도 개의치 마시기 바랍니다〉라는 청탁에 담긴 의미도 이해하기 힘들다.[81]

정치적인 문제가 아니었다. 점령이란 특수 상황을 넘어서는 것이었다. 무엇이라 이름 붙일 수 없는 영역, 한마디로 우정과 의리와 문학이 뒤엉킨 영역이었다.

1941년은 가스통 갈리마르에게 일상적 삶과 습관에서 큰 변화가 일어난 해였다. 목탄의 부족으로 인해 난방이 힘들어지면서 가스통은 생라자르의 가족 곁으로 돌아가야 했다. 1930년 재혼하며 페르낭 나탕 출판사와 정신 병원이 바로 옆에 있는 메셍 가의 집, 벽을 하얗게 칠하고 아르데코 가구로 장식한 집에서 살려고 떠났던 집이었다.

또한 주식회사의 구조를 개정한 1940년 11월 16일의 법에 따라 가스통은 회사의 최고 경영자가 되었고, 그때까지 이사회에서 자신의 역할을 충실하게 담당해 왔던 친구 마네 쿠브뢰에게 큰 슬픔을 안겨 줄 수밖에 없었다. 한편 가스통은 ZED 출판사의 최고 경영자로 회계 책임자이던 샤를 뒤퐁을 임명했다.

문학을 위한 정책도 수정되었다. 점령 기간 동안 앵테랄리에상은 수상되지 않았다. 페미나상의 심사 위원들도 1940년부터 1943년까지 활동을 중지했다. 1941년, 가스통 갈리마르는 로베르 부르제파유롱Robert Bourget-Pailleron의 『위베르의 광기La folie d'Hubert』로 아카데미 프랑세즈 소설상을 차지하면서 회복의 발판을 마련하자 공쿠르상까지 차지할 욕심을 품었다. 파야르 출판사에서 출간한 기 데 카르Guy des Cars의 『이름 없는 장교L'officier sans nom』는 프랑시스 카르코의 지원에도 불구하고 일찌감치 후보에서 탈락했다. 독일군 포로가 된 레몽 게랭Raymond Guérin의 『종말이 다가올 때Quand vient la fin』가 공쿠르상의 유력한 후보로 떠올랐다. 하지만 비시 정부는 공쿠르 위원회에게 암 환자의 고통을 그린 소설보다 페탱

81 Heller, 같은 책.

원수가 역설하던 방침의 하나인 땅으로의 회귀를 묘사한 앙리 푸라의 『3월의 바람
Vent de mars』을 수상작으로 정하는 것이 좋겠다는 의향을 비쳤다.[82] 비시 정부의
바람대로 공쿠르상이 결정되었다. 갈리마르 출판사는 쾌재를 불렀다. 게랭과 푸라
모두 갈리마르의 작가였기 때문이었다. 1942년과 1943년에도 갈리마르는 만족스
런 결과를 거두었다. 마르크 베르나르의 『어린아이들에게는 똑같아Pareils à des
enfants』의 마리위스 그루의 『인간의 행로Passage de l'homme』가 로베르 드노엘
출판사의 두 작가, 뤼시앵 르바테와 엘자 트리올레와 치열한 경쟁을 벌인 끝에 상을
수상한 덕분이었다. 하지만 엄격하게 말하면, 가스통 갈리마르의 영향력과 집요한
공작이 『파편Décombres』과 『흰말』에게 승리를 거둔 것이었다.

따라서 미래는 그다지 암울해 보이지 않았다. 독자 위원회가 여전히 정력적으
로 활동하고 있었고 가능성 있는 원고들도 적지 않았다. 그중 극히 드물게 만장일
치로 독자 위원회를 통과한 원고 하나가 있었다. 일부 위원들, 폴랑과 말로와 가스
통, 그리고 당시 독자 위원회 비공식 위원으로 활동한 헬러 중위까지 감탄한 원고
였다. 파스칼 피아의 소개로 갈리마르의 문을 두드린 알베르 카뮈Albert Camus의
『이방인L'étranger』이었다!

경영 상태도 괜찮았다. 전쟁 전에 비하면 반품은 없는 것이나 마찬가지였다.
모든 책이 잘 팔렸다. 『바람과 함께 사라지다』가 암시장에서 비싼 값에 팔렸고, 폴
모랑의 신작 소설 『바쁜 사람』은 1941년 여름에 출시되자마자 22,600부가 팔렸다.
가스통은 모랑과 3년 전에 계약하면서 선지급한 5만 프랑을 제외하고도 20,336프
랑의 인세를 모랑에게 보냈다.[83]

9월 초, 선전국은 내부용으로 두 보고서를 작성했다. 하나는 프랑스 출판사에
관련한 것이었고, 다른 하나는 파리의 서점에 관련한 것이었다. 첫 번째 보고서는
전쟁 전의 출판계를 조감하면서 〈출판사, 문학상의 심사 위원, 라디오, 언론 등이
《유대 조직의 자본》 때문에 부패했다〉라고 결론짓고 있었다. 보고서 작성자는 프
랑스 출판계의 부패를 해결할 방법으로 이렇게 제안했다. 〈출판사를 돈의 지배에
서 해방시키고 할인된 가격에 책을 사는 습관에 물든 독자를 재교육시켜야 하며

82 Jean Galtier-Boissière, Mémoires d'un Parisien, III, La Table ronde, 1963.
83 1941년 10월 21일 갈리마르가 모랑에게 보낸 편지.

(프랑스인들은 하찮은 연극에는 40~50프랑을 펑펑 쓰면서 책은 3~5프랑의 저가 판을 사는 데 익숙해져 있다) 불편부당한 문학 평론가를 양성해야 한다. 저자와 출판사의 관계, 또한 출판사와 서점의 관계를 개선해야 하며, 아카데미 프랑세즈를 개혁해서 자격 있는 사람에게 문호를 개방하고, 젊은 작가들을 지원해야 한다.〉

두 번째 보고서는 더 충격적이었다. 선전국 요원들이 파리의 20개 구에 산재한 서점들을 직접 방문해서 조사한 결과였다. 서점마다 조사 날짜, 서점의 이름과 주소, 직원의 수, 매장의 규모, 전문 분야, 도서 목록, 출판사의 겸직 여부, 독자들이 주로 찾는 책의 유형과 제목, 「비블리오그라피 드 라 프랑스」의 구독 여부, 아셰트가 발송하는 포스터의 전시 여부, 프랑스와 독일의 협조에 대한 서점의 의견, 그리고 기타로 서점 주인이 유대인인가를 물었다.

첫머리부터 보고서 작성자는 조사자들이 중대한 문제에 부딪혔다고 지적했다. 서점들이 조사를 거부했다는 것이었다. 하지만 집요하게 추궁한 끝에 기술적인 문제에 대해서는 대답을 얻어 냈지만 대독 협력에 대해서는 시원한 대답을 듣지 못했다고 덧붙였다.

우리는 이런 어려움을 이렇게 이겨 냈다. 조사자들은 서점들의 고충을 비공식적으로 조사하기 위해서 출판인회에서 파견된 직원이라 속였다. 그러자 서점은 우리를 따뜻하게 맞아 주었고, 대독 협력 관계에 대한 생각을 숨김없이 털어놓았다. …… 그들의 증언에 따르면 진정한 서점은 소수에 불과하다. 공식적인 자료에는 1498개의 서점이 기록되어 있지만 269개만이 서점다운 서점이다. 나머지는 간혹 책을 파는 잡화점에 불과하다. …… 269개 서점을 조사한 결과에 따르면 167개 서점만이 「비블리오그라피 드 라 프랑스」를 구독했다. 프랑스 서점이 신간 정보에 그다지 신경을 쓰지 않는다는 증거라 할 수 있다. …… 포스터는 어떤 서점에서도 볼 수 없었다. 독일 연구소가 유대인 문제에 대해 다룬 책은 물론이고 최근 사건들을 다룬 책도 진열되지 않았다. 이런 점에서 프랑스 서점도 프랑스인들 사이에서 팽배한 분위기를 보여 준다고 결론지을 수 있다. 달리 말하면, 형세 관망주의와 독일 것이나 독일적 색채를 띤 것으로 여겨지는 것에 대한 반감이 점점 뚜렷이 나타나고 있었다. …… 이번 조사의 결과로 우리는 다음과 같은 두 가지 결론을 추가로 확인할 수 있었다.

— 서점들은 책 공급이 원활하지 못한 것에 불만을 품고 있으며, 그 책임을 아셰트에 돌리고 있다. 이 점에서는 모든 서점이 일치된 생각이었다.

— 서점의 영업 상태는 상당히 활발한 편이다. 사람들이 여행을 줄이고 집에 머물기 때문이라 여겨진다. 심지어 식욕을 줄이려고 먹으면서 책을 읽는 사람들도 적지 않다고 한다.

번역한 책이 뚜렷한 강세를 보이는 반면에 프랑스 책은 판매가 부진한 편이다. 특히 영어 번역서는 예전보다 훨씬 큰 호응을 얻고 있는 듯하다. 영국에 대한 심정적 호의로 해석된다. 노동자들 모여 사는 구역에서는 참담한 현실을 확인할 수 있었다. 프랑스 노동자들은 책을 읽지 않는다! 13, 14, 15, 18, 20구역의 서점들은 극히 한적하다. 노동자 계급은 절대적인 무지 상태에 있다. 무지에서 노예근성으로의 전락은 순식간이다.[84]

노예근성…….

독일에 빌붙은 프랑스인이었던 이 보고서의 작성자는 이 단어의 의미를 몰랐던 것일까? 그로부터 몇 주가 지난 후, 파리 사람들은 〈유대인과 프랑스〉란 전시회에 몰려들었고, 100여 명의 인질이 총살당했으며, 페탱은 생플로랑탱에서 괴링과 회담을 가졌다. 모든 면에서 독일에게 점령당한 시기였다.

1942년이 끝나 갈 무렵이었다. 12월 29일 오전 11시 30분 정각, 가스통 갈리마르는 갈리마르 출판사의 임시 총회의 개막을 알렸다. 그의 좌우로는 동생 레몽과 최대 주주인 에마뉘엘 쿠브뢰가 있었다. 의사일정에 따라, 가스통은 이익의 일부나 전부를 자본금으로 전환시켜 자본금을 증액하자는 안건을 상정하며 이렇게 말했다.

「지난 6월 30일로 마감된 회계 연도 1941~1942년은 흑자를 기록했습니다.」

그때부터 갈리마르 출판사의 자본금은 1200만 프랑으로 증액되었고, 갈리마

84 1941년 9월 8일의 보고서, 국립 문서 보관소.

르는 액면가 500프랑의 주식 24000주를 발행한 주식회사가 되었다. 1937~1938 년의 이사회를 돌이켜 보면서 주주들은 독일의 점령이 출판사에 불리한 것만은 아 니었다고 수군거렸다. 가스통 갈리마르만이 아니라 다른 출판인들에게도 샤를 모 라스의 〈신성한 놀라움*divine surprise*〉은 순익의 증가라는 아주 구체적인 수치로 나타났다.

1942년 2월, 미뉘 출판사에서 베르코프의 『바다의 침묵*Le silence de la mer*』 이 출간되었다. 늙은 프랑스인과 그의 조카딸이 사는 집에 독일군 장교가 묵게 되 면서 시작되는 이상한 동거를 주제로 한 소설이었다. 독일군 장교는 대화를 갈망 하지만 그들은 악의보다 침묵과 권위로 항거할 뿐이다. 따라서 독일군 장교의 일 방적 독백만이 흐른다. 비밀리에 출간된 이 소설은 문학계만이 아니라 정치와 도 덕에도 영향을 미쳤다.

『바다의 침묵』, 그리고 그로부터 몇 달 후에 등사기로 인쇄된 주간지 『레트르 프랑세즈』의 창간호는 많이 배포되지 못했지만 희망의 숨결이었다. 또한 지식인들 이 이름을 드러내지 않고 글을 쓰면서, 점령군과 타협하지 않고 지식인으로서의 본분을 다한다면 타이프라이터를 전쟁 무기로 바꿀 수 있다는 증거이기도 했다. 독일 당국이 통제할 수 없는 조직들, 즉 반항적 성격을 띤 조직들이 사회적 분위기 를 밝고 자유롭게 만드는 데 큰 역할을 해냈다.

가스통 갈리마르는 그 어느 때보다 활동적이었지만, 그의 태도는 그 시대만큼 이나 애매모호했다. 정치적 입장이나 견해를 표명한 글보다, 일상의 사소한 사건 들에서 가스통과 문학계의 모순이 훨씬 더 분명하게 드러나는 듯하다.

2월 1일. 가스통의 매력적인 여비서의 어머니, 부도라몬트 부인의 살롱에서 콕토는 헬러 중위, 윙거 대위, 아셰트의 감독관 호르스트 비머, 가스통 갈리마르, 배우 장 마레Jean Marais 등을 앞에 두고 신작 『르노와 아르미드*Renaud et Armide*』의 강독회를 가졌다.[85]

2월 21일. 생미셸 가의 로티스리 페리구르딘 식당에서 파리의 출판사 대표들이

85 Jünger, 같은 책.

〈파리에서 재임하는 동안 그들을 크게 괴롭히지 않은〉[86] 브레머 독일 연구소 부소장의 환송식을 가졌다. 그 후 브레머는 동부 전선으로 떠났고, 그곳에서 전사했다.

3월 5일. 가스통 갈리마르의 어머니를 위한 장례 미사가 있었다. 마르셀 주앙도는 트리니테 성당에 도착했지만 폴랑과 그뢰튀장의 옆에 앉아야 할지, 아니면 드리외 라 로셸의 옆에 앉아야 할지 망설이지 않을 수 없었다. 결국 주앙도는 미사 중에는 폴랑의 곁에 앉았고, 성당을 떠날 때는 드리외의 함께했다. 문학인의 처세술이었을까?[87]

3월 11일. 가스통은 출판사 사무실로 윙거를 초대해 『대리석 절벽』의 출간을 알렸다. 그 자리에는 여비서인 마들렌 부도라모트와 스타메르프 영업 국장이 배석했다. 윙거는 갈리마르 출판사를 떠난 후 〈갈리마르 씨는 개방적이고 지적이며 실천적인 에너지로 가득한 출판인이라는 느낌이다. 훌륭한 출판인으로서의 모든 조건을 갖춘 듯하다. 그런데 그에게서 정원사 같다는 느낌도 받았다〉라는 기록을 남겼다.[88]

6월 2일. 파리 출판계와 문학계의 명사들이 드루오 호텔에 모였다. 베르나르 그라세의 왼팔이었지만 그의 부인에게 살해당한 루이스 브룅의 장서(藏書)에 대한 경매가 있었다. 커피와 달걀이 부족한 시대였지만 낙찰가는 천정부지로 뛰었다. 샤를 모라스가 타이프라이터로 작성한 『실내악La musique intérieure』 원고와 교정쇄가 2만 프랑에 낙찰되었다! 일본 종이로 제작한 『스완네 집 쪽으로』는 프루스트의 육필 편지 몇 장을 더해서 무려 18만 5천 프랑에 낙찰되었다![89]

7월 10일. 한 여인의 집에서 샴페인 파티가 있었다. 약간의 과자도 곁들여졌다. 가스통은 소설, 『클레망Clément』의 작가, 모리스 퇴스카Maurice Toesca와 주로 이야기를 나누었다. 전직 독일어 교사였던 퇴스카는 아메데 뷔시에르 경찰청장의 보좌관으로 점령군과의 관계를 전담하고 있었다.[90]

86 André Therive, *L'envers du decor*, Éditions de la Clé d'or, 1948.
87 Marcel Jouhandeau, *Journal sous l'occuaption*, Gallimard, 1980.
88 Jünger, 같은 책.
89 Galtier Boissière, 같은 책.
90 Maurice Toesca, *Cinq ans de patience*, Emile-Paul, 1975.

가스통 갈리마르는 평소보다 신중하게 행동했다. 이른바 〈사건〉들에는 휘말리지 않는 것이 최선이었다. 사고가 나더라도 곧 잠잠해질 것이라 확신했기 때문에 그는 변명조차 삼갔다. 언제나 한쪽에는 드리외, 다른 한쪽에는 폴랑이 있었다. 괴테를 〈전략적 깃발〉[91]로 사용하는 한계를 벗어나 독일 고전들의 출간을 허락하였지만 독일 문학의 꽃이라 추앙받더라도 골수 나치 작가들의 작품은 출간하기를 극히 꺼렸다. 반면에 스토크 출판사는 르네 라슨René Lasne과 게오르그 라뷔즈 Georg Rabuse를 편찬자로 앞세워 괴테를 되살린다는 이유로 독일 제국을 찬양하는 듯한 『독일 시선Anthologie de la poésie allemande』을 출간했다.

1942년, 가스통 갈리마르는 편지를 거의 쓰지 않았다. 출판인에게는 의무라 할 수 있는 편지 쓰기를 등한시하고, 그는 필요한 때마다 독일 대사관, 독일 연구소, 선전국을 찾아가 그들의 결정에 대한 그의 생각을 구두로 전달했다. 물론 그도 그렇게 생각했겠지만 독일 측이 남긴 기록이 더 확실하지 않았겠는가! 이런 점에서 가스통은 경쟁자였던 베르나르 그라세나 로베르 드노엘과는 확연히 달랐다.

가스통은 양쪽 모두를 만족시켜야 했기 때문에 경쟁자들에 비해 훨씬 난처한 입장이었다. 뤼시앵 르바테가 6월에 『파편』의 원고를 『주 쉬 파르투』의 기고자이면서 갈리마르의 독자 위원회 위원이었던 스타메로프에게 주었을 때 가스통은 무척 당혹스러웠다. 그런 폭력적인 책을 NRF의 이름으로 출간하고 싶지는 않았다. 그러나 독일에 협조적인 언론과 등을 질 수도 없어 내용을 문제 삼아 거절하기도 힘들었다. 거의 2주일 동안 고민을 거듭하던 가스통은 스타메로프에게 출판에 동의하지만, 저자가 지나치게 방대한 원고(664면)를 절반쯤 덜어 내고 5천 부 한정판으로 출간하는 것을 허락해야 한다는 조건을 내걸었다. 예상대로 르바테는 가스통의 조건을 거부하고 그라세 출판사의 앙드레 프레뇨와 앙리 뮐레르를 찾아갔다. 그들은 르바테의 원고를 대환영했지만 베르나르 그라세가 반대하고 나섰다. 르바테가 서문에 남긴 표현을 빌면, 〈사물의 폐허, 독단적 주장의 폐허, 제도의 폐허 등 온갖 폐허로 뒤덮인 프랑스, 즉 거대한 파편 더미들을 만들어 낸 오랜 쇠락과 몰락의 연대기〉에 불과한 『파편』에서 그의 친구들이 모욕당하지는 않았지만

91 Loiseaux, 앞의 글.

적잖은 상처를 입고 있었기 때문이다.[92] 결국 르바테는 로베르 드노엘에게 원고를 가져갔다. 경제적 곤경에서 허덕이고는 있었지만 셀린, 브라실라크, 바르데슈 등 명망 있는 작가들로 도서 목록에 채우고 있어 아쉬운 대로 〈괜찮은 출판사〉였기 때문이었다. 하여간 원고를 건네고 48시간 후에 르바테는 계약서에 서명을 했고, 초판 2만 부에 대한 선인세로 2만 5천 프랑을 손에 쥐었다. 드노엘은 독일 측에 검열을 받기 전에 알자스의 병합에 관련된 몇 줄만 삭제하자고 제안했고 르바테의 허락을 얻어 냈다.[93]

『파편』은 대단한 반응을 불러일으켰다. 그야말로 1942년을 장식한 문학적, 정치적 사건이었다. 『파편』의 영향은 그 후로도 2년 동안 사그라지지 않았다. 로베르 드노엘은 물론이고 누구도 프랑스인들이 이 책에 그처럼 열광적인 반응을 보이리라 생각지 못했다. 드노엘 출판사에게는 기록적인 판매고였고, 『밤의 종말에의 여행』이후로 저자 사인회를 그렇게 많이 가져 본 적이 없었다. 독자의 빗발치는 요구에 쉴 새 없이 인쇄기를 돌려야 했다. 덕분에 로베르 드노엘은 터널의 끝을 볼 수 있었다. 더구나 1941년 10월부터 베를린의 출판업자인 빌헬름 안데르만 Wilhelm Andermann이 드노엘의 주식 725주를 18만 프랑에 인수하면서 파트너가 된 까닭에 드노엘 출판사는 흑자를 기대하기에 충분했다. 로베르 드노엘이 유일한 경영자로 출판사를 관리했지만, 계약서 8조에 따라 안데르만은 경영 상태를 감사할 수 있는 권한을 가졌다.[94] 기대하지 않았던 자금이 유입되면서 드노엘은 『파편』을 비롯해 적잖은 성공을 거둔 책들로 인한 경영적 압박을 무난하게 넘길 수 있었다. 드노엘 출판사에게 1942년은 풍성한 수확을 거둔 해였다. 『파편』외에, 피에르 마크 오를랑을 필두로 파리의 모든 평론가들이 극찬한 엘자 트리올레의 단편집 『1000가지 회한』도 대단한 성공을 거두었다. 덕분에 로베르 드노엘은 회사의 자산에 대해 이중의 담보권을 갖고 있던 서적 유통 회사 아셰트의 빚을 깨끗이 청산할 수 있었다. 그리고 1942년 말에는 독점적 유통권을 요구한 아셰트의 계약을

---

92 르바테의 표현을 빌면, 〈모리아크의 사나운 하이네나〉.

93 Rebatet, *Mémoires II*, 같은 책.

94 1943년 자본금을 증액하면서 안데르만은 전체 3000주 중 1480주를 보유하게 되었다. 따라서 로베르 드노엘이 여전히 최대 주주였다.

비난하며 1943년 1월 1일부터는 아셰트를 거치지 않고 모든 서점과 직거래를 하겠다고 선언하는 호기를 부렸다.[95]

가스통 갈리마르는 좌안에 위치한 생미셸 가의 독일계 대형 서점에서 『파편』을 찾는 독자들을 보면서 통탄을 금하지 못했을 것이다. 하지만 그 책은 갈리마르의 것일 수 없었다. 지나치게 위험했고 지나치게 정치적이었다. 물론 『NRF』도 위험하고 정치적이긴 했다. 그 목차에서 간혹 폴랑의 손길이 느껴지기는 했지만 전반적으로는 점령군을 향한 충성 맹세와 다르지 않았다. 주필인 드리외는 확고부동한 파시스트였고, 잡지를 그의 뜻대로 만들어 갔다. 드리외가 독일을 방문해서 조각가 아르노 브레커의 작업실을 찾았을 때, 괴벨스의 부하들은 두 사람이 만나는 모습의 사진에 〈국가 사회주의와 파시스트에 지대한 관심을 가진 『NRF』의 주필〉이란 설명을 붙여 대대적으로 선전했다.[96] 독일을 여행할 때마다 드리외는 몇몇 작가들을 대동하며 프랑스 문학계의 대표로 자처했다. 1942년에는 여행이 잦았다. 『NRF』에 머무는 것이 지루하게 느껴졌다. 그는 〈집안의 협력자〉로 머물기를 원치 않았다. 〈현명한 사람들〉로 짜여진 위원회와 유능한 비서가 도와준다면 『NRF』를 계속 관리할 수 있을 것 같았다. 법적인 대표, 즉 경영자 역할이라면 얼마든지 받아들일 수 있었다. 그는 자유를 원했다. 다른 사람들의 글을 읽는 것보다 자신의 글을 쓰고 싶었다. 〈현명한 사람들〉로 짜여진 위원회는 어떤 것이어야 했을까? 여러 이름들이 떠올랐다. 클로델, 지드, 몽테를랑, 모리아크, 지오노, 주앙도, 발레리, 파르그……. 하지만 위원회를 어떤 인물로 구성하더라도 그들의 허락을 얻어 내기란 불가능했다. 폴랑 편이냐 드리외 편이냐를 넘어서, 이 〈위대한 작가들〉은 경쟁 관계에 있었고 더구나 그들 간에는 깊은 증오심과 질투심까지 존재했다. 아쉽지만 드리외는 『NRF』를 사직하기로 결심했다. 그는 사직서를 썼지만 가스통 갈리마르에게 보낼 수는 없었다. 드리외는 가스통에게 다시 설득당하고 말았다.

「『NRF』는 전반적으로 훌륭하네. 게다가 모두가 그 주필을 존경하고 있지 않나. …… 설마 나를 협박할 생각은 아니겠지. 자네라면 내가 자네에게 품고 있는 애정이 얼마나 깊은지 잘 알 테니까.」[97]

95 *Bibliographie de la France*, 1942년 10월 23일.
96 *Signal*, 제2권, 1942년 1월.

드리외는 『NRF』에 머물기로 약속했고 잡지는 계속 출간되었다.

출판사는 호조를 보였다. 가스통의 표현을 빌면 장래가 〈유망했다〉. 마르셀 아를랑의 『극장Théâtre』, 알랭의 『정신의 파수꾼들Vigiles de l'esprit』, 루이 기유의 『꿈의 빵Le pain des rêves』, 레옹폴 파르그의 『햇살 가득한 아침 식사 Déjeuners de soleil』, 피에르 에마뉘엘의 『오르페우스Orphiques』, 로베스 데스노스의 『행운Fortunes』, 모리스 블랑쇼의 『수수께끼의 사나이, 토마스Thomas l'obscur』, 마르셀 에메의 『여행 방향Travelingue』, 몽테를랑의 『죽은 여왕La reine morte』, 프랑시스 퐁주의 『사물의 편견le parti pris des choses』 등이 차례로 출간되었다. 또한 샤를 엑스브라야Charles Exbrayat의 소설들, 카렌 블릭센Karen Blixen과 펜티 하안파Pentii Haanpää 등과 같은 덴마크와 핀란드 출신 작가들의 소설도 번역 출간되었다.

독자 위원회에도 새로운 피가 수혈되었다. 26세의 디오니스 마스콜로Dionys Mascolo는 가스통의 조카이자 레몽의 아들인 미셸 갈리마르의 친구였다. 그들은 에콜 알자시엔의 동급생이었다. 독학으로 문학을 공부한 마스콜로는 전쟁 초기에 비철 금속 연합회에서 사환으로 일했지만 곧 행정 비서가 되었다. 그때부터 마스콜로는 미셸 갈리마르와 돈독한 우정을 쌓기 시작했고, 미셸은 마스콜로에게 갈리마르 출판사에서 펴낸 책들을 건네주며 블랑쇼의 『수수께끼의 사나이, 토마스』처럼 어려운 작품에 대한 서평을 쓰게 했다. 어느 날 저녁, 미셸은 마스콜로를 가스통에게 소개했다. 가스통은 그들을 식당으로 데려가 밤새 대화를 나누면서 마스콜로를 테스트했다. 얼마 후 가스통은 마스콜로에게 3천 프랑의 월급에, 비서직과 독자 위원회 위원직을 제안했다. 비철 금속 연합회에서 받던 월급보다 500프랑이 적은 액수였다. 마스콜로는 가족을 부양할 책임이 있었지만 가스통의 제안을 받아들였다. 세바스티앵보탱 가에 입사하자마자 그는 자신의 역할을 확실하게 해냈다. 신간 서적과 원고를 읽었고 작가들을 영접했으며, 독자 위원회 앞에서 원고에 대한 의견을 분명하게 밝혔다.[98]

일거리가 부족하지는 않았다. 점령 시대가 작가들의 창조적 의지를 꺾지는

97 Grover-Andreu, 같은 책.
98 디오니스 마스콜로Dionys Mascolo의 증언.

못했다. 오히려 그 반대였다. 그들에게 전쟁은 공동의 과제가 아니었다. 1942년에 갈리마르 출판사에서는 두 작가가 시대정신을 드러내 보였다. 카뮈와 생텍쥐페리였다. 6월에 『이방인』을 발간한 이후, 가스통은 카뮈에게 인세 이외에 매달 일정한 월급을 제공했다. 공식적으로 회계 장부에 카뮈는 월급을 받는 독자 위원회 위원이었다. 가스통은 경제적으로 곤란을 겪는 작가들을 돕기 위해 이런 방법을 흔히 사용했다.[99] 게다가 가스통은 카뮈를 믿었고, 그가 위대한 작가로 성공하리라 확신했다. 『이방인』과 그 이후의 작품들이 거둔 성공이 가스통의 이런 확신을 증명해 주지 않았던가! 같은 해 10월에 가스통은 독자 위원회의 반대를 무릅쓰고, 부조리와 자살을 분석한 소설 형태를 띤 철학책인 『시지프스의 신화Le mythe de Sisphe』를 출간했다. 하지만 유대인이라는 이유로 오토 리스트에 오른 프라하 출신의 작가, 카프카에 할애한 장을 독일 검열단의 요구에 의해 통째로 삭제해야 했다. 갈리마르는 이 책의 시장성에 확신을 갖지 못해 소량만을 찍었다. 『이방인』의 절반만![100]

그 직후, 가스통 갈리마르는 헬러 중위에게 생텍쥐페리의 원고 『전투 조종사 Pilote de guerre』를 보냈다. 헬러는 시큰둥한 반응을 보였지만 출간을 허락해 주었다. 달리 말하면 인쇄를 허락하고 종이를 배급하지만 두 가지 조건이 더해졌다. 인쇄 부수를 2100부로 제한하고, 〈이 미친 전쟁을 시작한 히틀러〉라는 구절을 삭제하라는 조건이었다. 그런 조건이라면 수락할 만했다. 헬러의 요구대로 그 구절은 삭제되었다. 『전투 조종사』가 출간되자마자 큰 소동이 벌어졌다. 독일에 협조적인 언론들이 거센 비난을 퍼부어 댔다. 심지어 이스라엘이란 이름의 주인공이 조종사들 중에서 〈가장 용감하면서도 가장 겸손한 조종사〉로 묘사되었다고 지적하며 분노하는 언론까지 있었다. 〈그는 유대인의 신중한 성격에 대해 귀에 못이 박히도록 들었다. 따라서 용기를 신중함이라 생각했고, 승리자는 신중해야 하는 것이라 생각했다.〉[101] 당시의 권력자들에게는 용납하기 어렵고 모욕적이라 여겨질 만한 평가도 있었다. 즉 생텍쥐페리는 유대인과 전쟁론자를 미화시키고 있으며[102], 『전투

99 Patrick Mac Carthy, *Camus*, Random House, New York, 1982.
100 Herbert Lottman, *Camus*, Seuil, 1978.
101 Antoine de Saint-Exupéry, *Pilote de guerre*, Gallimard, 1942.

조종사』는 〈반파시스트 출판사에서 간행된 전쟁 무기〉인 동시에 〈제국의 패망과 프랑스의 영락(零落)을 합리화시킨 책〉이라 주장하는 평론가들이 적지 않았다.[103] 비시 정부는 언론 전쟁이 확대되는 것을 원하지 않았다. 익명의 프랑스인이 『전투 조종사』의 반국가적인 성격을 제기하면서 첫 〈비난의 화살〉을 날리자마자 비시 정부는 가스통에게 배포한 책 전부를 회수하라고 요구했다. 헬러도 그런 소설을 통과시켜 주었다고 상관들에게 질책을 받았다. 그 때문에 1942년 2월 20일부터는 미국이 그 소설의 원본을 찍어 내는 유일한 특권을 누리게 되었다. 하지만 지하에서 활동하던 프랑스의 출판사들과 인쇄업자들이 그 원본을 구했고, 리옹의 식자공들은 『전투 조종사』를 조판해서 인쇄하고 직접 손으로 꿰어 묶어서 1000부를 찍어 냈다. 그 직후 릴에서도 레지스탕스 인쇄공들이 거의 똑같은 과정을 거쳐 『전투 조종사』를 찍어 냈다.[104]

가스통 갈리마르는 불만스러웠다. 이번 사건으로 막대한 돈을 손해 보기도 했지만 그의 출판사에 이목이 집중되었기 때문이다. 결코 바람직한 현상이 아니었다. 따라서 더 신중해질 수밖에 없었다. 그를 돕기라도 하듯이 선전국은 예방책과 억압책을 더욱 강화시켰다.

금서 리스트가 다시 작성되었다.

한 문학 평론가는 〈프랑스 출판사는 이번 사건으로 호된 시련을 겪었지만 그 소명을 포기하지 않았다. 과거에도 그랬지만 새로운 질서에 부응하기 위해서 취한 노력은 감동스럽고 칭찬받아야 마땅한 것이다〉라고 말했다.[105] 그로부터 몇 주 후, 출판 조합 이사장이던 필리퐁은 모든 출판사에 회람을 발송해서 점령군의 요구에 더 순응해 주길 바란다고 전하며, 그가 마제스틱 호텔에 불려 가 선전국 장교들에게 당한 질책을 그대로 옮겨 놓았다. 독일 선전국은 종이 공급을 제한하는데도 파리의 출판사들이 많은 책, 심지어 점령군의 충고와 위협에 아랑곳하지 않는 듯한 책까지 출간하는 것에 우려를 표명하며, 출판 조합이 스스로 조치를 취하지 않으면

102 *Le Cri du peuple*, 1943년 1월 31일.
103 *Je suis partout*, 1943년 1월 8일과 15일.
104 서점 〈투르 뒤 몽드*Le Tour du monde*〉의 도서 목록 제17권, 1983년 가을.
105 *L'alerte*, 제72권, 1942년 1월 31일.

그들이 개입하지 않을 수 없다고 위협했다는 것이었다. 따라서 조합의 책임자들은 독일의 요구에 협조하고 성의를 보이는 차원에서, 출간되는 책을 자체 검열하는 위원회를 발족시킬 계획을 세웠다. 약간 모호한 계획이었지만 프랑스 출판사들이 독일의 요구에 적극적으로 협조하겠다는 중대한 양보였다. 그 회람에서 필리퐁의 어조는 단호했다. 아무런 책이나 팔린다는 이유로 함부로 만들지 말고, 필요불가결하고 대중의 요구에 부합하는 책을 신중하게 선택해서 출간하라는 지시였다. 그렇지 않으면 〈이런 요구에 순응하지 않아 선전국의 눈 밖에 난 출판사는 종이 공급 수혜자의 명단에서 지워질 것이다〉[106]라고 덧붙였다. 마침내 독일 선전국이 최후의 제재 수단, 즉 프랑스 출판사가 가장 두려워하던 조치를 취한 것이었다.

그때부터 상황은 한층 분명해졌다. 적당한 타협주의는 막을 내렸다. 준엄한 판결과 복종만이 있었다. 자체 검열로 그런대로 자유를 누렸던 시대가 지나고 새로운 시대가 시작되었다. 그때부터 세 기관이 프랑스 출판사들을 단속했고 조합은 심부름꾼 역할을 했다.

— 〈서적 제작 위원회〉. 1941년 3월 3일의 법령으로 조직되었고 산업청에 속했다. 그 창립 목적은 서적 제작에 따른 경제적이고 기술적인 문제에 다루는 데 국한되었다.

— 〈서적 평의회〉. 역시 1941년 3월 3일의 법령으로 조직되었다. 그러나 교육청 소속으로 발간된 서적의 정치적 성향을 평가했다. 초기 위원으로는 『NRF』의 주필인 드리외 라 로셸, 앙드레 벨레소르, 폴 모랑, 앙드레 지그프리드, 뒤누아에 드 세공자크, 그리고 출판인으로 기용, 부드뎈, 아르토, 그라세가 있었다.

— 〈종이 감독 위원회〉. 1942년 4월 1일의 법령으로 창설되었고, 그 명칭에서 설립 목적을 충분히 짐작할 수 있었다.

독일이 프랑스 출판사들을 통제하기 위한 기관들 중 가장 나중에 설립되어 외부에 거의 알려지지 않았던 종이 감독 위원회는 5월 23일 리슐리외 가의 국립 도서관에서 첫 회합을 가졌다. 이 회합에 참석한 사람으로는 국가 정보 국장을 대리한 오리고, 국립 도서관 관장이던 베르나르 페이, 출판 조합을 대표한 필리퐁과 리

106 1942년 3월 7일, 회람 제224호. 국립 문서 보관소.

브, 서적 평의회의 르누, 그리고 위원회의 사무총장이던 포르트레가 있었다. 본 위원회의 위원이던 폴 모랑과 퀼만은 개인적인 이유로 참석하지 않았다. 어쨌든 그들이 종이 문제만을 상의하기 위해서 모인 것이 아니라는 사실은 금세 밝혀졌다.

오리고가 대략 〈한 걸음 더 나아가서, 우리 위원회는 발간을 금지해야 할 책만이 아니라 반드시 발간되어야 할 책까지 권고할 수 있어야 한다. 프랑스 문학을 향한 사랑과 애국이란 기준에서 그 선별이 이뤄져야 할 것이다〉라고 발언하자, 필리퐁은 〈경우마다 특수성을 감안해야 한다〉라고 지적했다. 리브도 〈국가 선정용 서적, 교과용 서적, 과학 서적을 제외하면 책의 필요성 여부를 판단하기가 무척 어렵다〉라고 필리퐁을 지원했다.

여하간 근본적인 문제가 제기된 셈이다. 그들은 결론을 내리지 못한 채 헤어졌지만 이 문제를 계속 의식하지 않을 수 없었다. 훗날 베르나르 페이가 증언했듯이, 자크 브누아메생 정무 차관도 이 문제에 지대한 관심을 기울이며 전개 과정을 면밀하게 지켜보았다.

의사록[107]을 훑어보면 종이 감독 위원회는 대략 월 2회씩 국립 도서관이나 출판인회 회의실에서 정기 모임을 가졌다. 시기에 따라 구성원은 조금씩 달라졌다. 핵심 위원은 항상 같았지만 사안에 따라 참석 인원이 추가되거나 교체되었다. 국립 도서관 사무총장이던 라베르즈리, 서적 제작 위원회를 대표한 정부 관리 드 라벤, 서적 제작 위원회 회계국장 들마, 국가 정보국장을 대리한 페나포르트, 산업청 사무국장을 대리한 미쇼, 물리학자 루이 드 브로이, 작가 폴 샤크와 앙드레 테리브 등의 이름이 눈에 띈다.

6월 8일의 모임에서는 서너 가지 목표가 정해졌다. 오리고는 출판사를 일반적인 산업과 똑같이 완전히 자유로운 기업으로 다루어서는 안 된다고 주장하며, 종이가 부족한 실정을 감안해서 〈이제부터 출간되는 책은 문학적 가치나 관련성에서 프랑스의 정신적 권위를 드높이고 프랑스를 재건하는 데 기여할 수 있어야 한다〉라는 의견을 분명히 밝혔다. 또한 폴 마리옹 국가 정보국장의 결정으로 서적 검열을 총괄하는 직책을 맡고 있었던 오리고는 〈효율적이고 질적인 검열〉을 강조하

107 국립 도서관의 자료.

며 〈프랑스의 대표적인 출판인들을 만났습니다. 가스통 갈리마르, 베르나르 그라세, 알뱅 미셸, 로베르 드노엘, 르네 쥘리아르, 보디니에르 등을 만났습니다. 다행히도 모두가 내 의견에 동의해 주었습니다〉라고 덧붙였다.

그렇게 위원회의 활동 방향은 결정되었다. 〈마리옹 국장께서는 드노엘 출판사에서 루이 페르디낭 셀린의 전작(全作)을 하루라도 빨리 재출간하기를 바라십니다. 셀린의 작품이 갖는 가치와 중요성을 높이 평가하시기 때문입니다.〉 더구나 전권을 부여받은 오리고가 이렇게 폴 마리옹의 지시와 요구 사항을 서면으로 제시하면서 위원회는 곧바로 일에 착수해야 했다.

6월 24일의 모임에서는 〈종이 배급권〉을 쥔 이 위원회 정치 서적 리스트가 제출되었다. 마침내 종이 감독 위원회가 신간 서적의 생사여탈권까지 가지게 된 셈이었다. 검열권만이 아니라 종이 공급권까지 움켜쥔 종이 감독 위원회의 권한은 막강했다. 그날 여러 권의 책이 검토되었다. 미셸 모르의 『1870년 재앙 이전의 지식인들Les intellectuels devant le désastre de 1870』, 프로사르의 『조레스에서 블룸까지De Jaurès à Blum』, 피에르앙투안 쿠스토의 『유대계 미국L'Amérique juive』, 조제프 카이요의 『회고록Les mémoires』, 뤼시앵 르바테의 『파편』 등이었다.

리브가 말했다.

「이 책들은 정보국의 판단에 맡겨야 합니다. 정부의 생각을 정보국이 가장 잘 알 테니까요.」

오리고는 한술 더 떴다.

「맞습니다! 그 원고들을 내게 직접 보내십시오. 아니면 검열관인 르그라나 베르제에게 보내도 됩니다!」

필리퐁이 거듭 확인해 주었다.

「이번 검열은 지금까지 서적 제작 위원회에서 그 역할을 맡던 릭송이 하지 않습니다. 릭송은 검열 기준을 통과하지 못한 책을 출판사에 알려 주는 역할에 그칠 것입니다.」

복잡하게 얽힌 검열과 허락 절차에 출판사들은 방향을 상실하고 인내심을 잃기 시작했다. 결국 출판 조합의 필리퐁 이사장이 조합원들을 대신해 독일 측에 불만을 전달했다. 검열 위원회가 출판 허가를 지체하기 일쑤였기 때문이었다. 게다가 최종적인 금서 리스트조차 작성되지 않았다! 그 때문에 리브는 〈최종 리스트는 오래 전에 교육청으로 보내졌다. 최근에도 아벨 보나르는 출판 조합이 제출한 리스트에 유대인이나 저항 조직에 가입한 프랑스 작가들이 추가되는지 확인해 달라는 독촉 편지를 보냈다〉라고 확인해 주기도 했다.

검열단의 독회자(讀會者)들은 하루 종일 원고와 씨름해야 했다. 출판사의 프로그램이 그들의 결정에 달려 있었기 때문에 그들은 출판사들에게 끝없이 시달렸다. 300면의 소설을 읽는 대가가 평균 150프랑이었다. 한 작품을 충실하게 숙청시킨 대가였다. 하지만 독일은 그들의 결정에 가끔 불만을 드러내며 그들의 결정을 뒤집기도 했다. 따라서 7월 15일의 모임에서 일부 위원들은 독일이 기초적인 사전이라 할 수 있는『라루스 기초 백과사전Larousse élémentaire』와 아카데미 회원 조르주 뒤아멜의『미래의 삶Scènes de la vie future』까지 출판 허락을 거부한 것에 분노를 감추지 않았다.

필리퐁은 〈이런 책들까지 아무런 설명도 없이 출판 허락을 거부한 것을 인정할 수 없다. 선전국의 슐츠에게 정식으로 항의하겠다!〉라고 천명했다.

항의는 즉시 이루어졌고 두 책에 대한 출판 허락이 떨어졌다.

원칙 없는 기준과 경험을 통해서 출판사들은 금서 리스트가 최종적으로 완성되지 않았다는 사실을 깨달았다. 금서들이 시시때때로 추가되고 삭제되면서 수정되었다. 약간의 전략과 돈독한 인간관계에 따라 금서 목록은 언제라도 달라질 수 있었다. 다만 그런 노력을 투자할 여지가 없는 책들까지 고집할 필요는 없었다. 폴 모랑은 롤랑 도르젤레스의『하얀 투구를 쓰고Sous le casque blanc』에 대한 출판 허락을 어렵지 않게 얻어 냈지만, 올리비에의『우표 수집Les curiosités philatéliques』이나 뒤부아와 콜리니의『스포츠클럽 생생포리앵Le sporting club de Saint-Symphorien』을 출간하겠다고 싸우는 사람은 없었다.

7월 28일, 위원회는 성과표를 작성했다. 그날까지 2230종을 제출받아 1170종을 통과시켰고, 독일 선전국은 그중에서 22종을 거부했다. 기준은 점점 모호해졌다. 갈리마르 출판사를 예로 든다면, 그날 위원회는 1차 독회에서 거부했던 파르그의『햇살 가득한 아침 식사』와 발레리의『나쁜 생각Mauvaises pensées』을 통과시켰고, 카뮈의『시지프스의 신화』에는 출판 허락을 내렸지만 데스노스의『포도주를 따다*Le vin est tiré*』에는 보류 판정을 내렸다. 하지만 이 작품도 나중에는 출판 허락이 내려졌다. 마치 입학 시험장과도 같은 모습이다. 특별한 취향을 가진 판정관 뒤에 독일군 장교들이 감시의 눈을 번뜩이고 있었다는 것만이 달랐다.

〈종이 감독!〉이란 명칭답게 소속 위원들의 권한이 막강하다는 것을 인식한 출판사들은 로비를 시작했다. 주앙도의 『3부작*Triptyque*』, 클로델의 『주여, 기도하는 법을 가르쳐 주소서*Seigneur, apprenez-nous à prier*』, 윙거의 『모험심』 등에 대한 즉각적인 출판 허락을 얻어 내기 위해서, 그들의 표현대로 〈특별한 조치〉가 취해졌다. 위원들은 아벨 에르망의 강력한 편지를 받은 후에 티라 셀리에르의 『그래요, 난 사랑했어요*Oui, j'ai aime*』를 통과시켰고, 쥘리앵 블랑의 『범죄*Crime*』는 알뱅 미셸이 저자의 허락하에 일부 구절을 완화시킨다는 조건으로 1차 판정을 뒤집고 출간 허락을 내렸다. 당시 문인 협회 간사였던 샹플리의 『누구의 여자?*La femme à qui?*』도 우여곡절 끝에 출간을 허락 받았다. 처음 회합에서 천명되었던 엄격성의 원칙은 온데간데없었다. 밀려드는 원고에 독회자들은 정신을 차리지 못했고, 일부 독회자의 무능을 지적하는 목소리도 있었다. 당연히 감독 위원회를 강화할 필요성이 대두되었다. 마르셀 아를랑이 10월 21일의 모임에서 추천되었고, 라몬 페르난데스가 자천으로 나섰다. 브리스 파랭도 새로운 독회자로 선발되었다. 흥미롭게도, 셋 모두 갈리마르의 독자 위원회 위원이었다. 시대의 징후였을까? 최고의 독회자들이 세바스티앵보탱 가에 모여 있었다.

1942년 7월. 2년 전의 리스트를 보완한 새로운 오토 리스트가 배포되었다. 머리말에서 출판 조합 이사장은 이 바람직하지 않은 목록에 새로운 작품들이 추가되었다는 사실을 분명히 지적했다. 고전을 제외한 영어 번역서와 폴란드어 번역서, 과학 서적을 제외한 유대인이 쓴 모든 책, 아리안이 썼더라도 유대인의 삶을 기록한 전기물 등이 금서로 추가되었다며 〈이번 조치가 프랑스 출판사들에게 경제적 타격을 주지 않으면서 프랑스 정신을 이어갈 수 있는 방향을 제시함과 동시에 독일 국민과 프랑스 국민의 화합에 일조할 수 있기를 기대한다〉고 덧붙였다.

이런 조치로 오펜바흐, 다리우스 미요, 마이어베어Meyerbeer의 책들이 서점에서 사라졌다. 가스통 갈리마르가 발간한 100여 종의 책이 금서에 포함되었다.

1940년 9월의 상황과 너무나 비슷했다. 하지만 여기에 5권이 다시 추가되었다. 이 브 퀴리의 『퀴리 부인*Madame Curie*』, 지드의 『소련 기행』과 『소련 여행 이후 *Retouches à mon retour de l'URSS*』, 그리고 여간첩으로 의심받던 바이올렛 트레푸시스의 『그는 달린다*Il courts, il court*……』와 『잃어버린 대의』였다.

다행히 일부 창고에 금서로 지정된 책들의 재고가 미뉘 출판사의 불법 서적들 옆에 감춰져 있었다. 서점은 선전국에게는 감시의 대상이었지만 레지스탕스에게는 금서를 유통시킬 통로였다. 서점의 역할은 막대했다. 서점의 협조가 없이는 어떤 책도 눈에 띄게 진열될 수 없었다. 하지만 서점의 도움을 받는다면……. 지하 출판사들은 이런 사실을 간파하고, 「비블리오그라피 드 라 프랑스」와 외관상 구분할 수 없을 정도로 똑같은 회보를 제작해 서점에 유통시켰다. 이 해적판 회보는 독일에 협조하는 출판사들과 서점들을 상세하게 나열했고, 제2호에서는 레지스탕스 서점을 위한 6계명을 정하기도 했다.

1. 책을 받을 때는 신중하게 선별하라.
2. 배신자의 책은 눈에 띄지 않는 곳에 감춰 두어라.
3. 선전국이 발간한 책은 배신자의 책과 똑같이 취급하라.
4. 트라파파의 구호를 찬양하는 책은 절대 진열하지 마라.[108]
5. 저항 정신을 지키는 한, 승리는 그대의 편이다.
6. 프랑스 정신을 공경하라. 프랑스 정신만이 그대를 구원하리라.[109]

두 오토 리스트에 짓눌린 서점들에게 6계명은 맑은 공기와도 같았다.

같은 시기에 미국에서는 잡지 『라이프*Life*』가 8월 24일의 판에서 미스탱게트 (뮤지컬 배우)와 자크 샤르돈, 사샤 기트리(배우이자 극작가)와 페르낭 드 브리농, 페탱과 다를랑 등, 뒤죽박죽이긴 했지만 독일에 협조하는 프랑스인 40명의 명단을 발표하며 그들에 대한 면면을 대서특필했다. 이때 파리에서는 금서의 목록을 대조하는 작업이 벌어지고 있었다. 선전국은 그들의 요구에 순응하는 출판사들에게는

---

108 트라파파Trafapa, Travail(노동), Famille(가족), Patrie(조국)의 합성어로 페탱 정부의 구호.
109 Louis Parrot, *L'intelligence en geurre*, La Jeune Parque, 1945.

종이를 넉넉하게 공급해 주었지만 반항적인 출판사에는 종이 공급을 늦추거나 최소한으로 공급했다. 한편 선전국에는 오토 리스트보다 더 야심 찬 리스트가 있었다. 즉 점령지 프랑스에서 판매를 촉진하고 싶은 문학서들의 목록으로 〈반오토 리스트〉라 할 만 했다. 달리 말하면 독일은 금서를 지정하는 데 만족하지 않고 프랑스 출판사들에게 일정한 책의 출간을 강요하고 있었던 것이다.[110] 이 리스트는 저자나 출판사별로 분류되지 않고 주제별로 분류되어 있었다. 예컨대 〈자유주의와 민주주의의 부정〉, 〈영국의 고발〉, 〈드골주의의 고발〉 등이었다. 목록은 상당히 길었다. 그중 5권이 갈리마르에서 출간되었다. 드리외 라 로셸의 『금세기를 이해하기 위한 조언Notes pour comprendre le siècle』, 마르셀 아를랑의 소설 『은총La grace』, 그리고 루터, 리스트, 크리스토프 글루크(독일 작곡가)의 전기였다. 점령지 프랑스에서, 선전국 책임자들은 이런 책들이 두 나라의 화합을 촉진하고 영원한 제3 제국을 보장하기에 합당한 책들이라고 보았다.

이런 리스트들은 출판사들에게 점령군의 문화 정책 방향을 이해하는 데 적잖은 도움을 주었다. 저자, 제목, 출판사……. 하지만 해석하기가 쉽지는 않았다. 금서로 지정된 이유를 도무지 이해할 수 없는 책이 있었고, 정반대로 금서로 지정되지 않은 이유가 설명되지 않는 책도 있었다. 지침이 필요했다.

베른하르트 파이르Bernhard Payr가 그 역할을 맡았다. 나치 체제가 성립된 때부터 그는 베를린에서 중요한 역할을 수행해 왔다. 독일 국가 사회주의 노동자당(NSDAP)의 이론가로 정책 입안가였던 알프레드 로젠부르크를 보좌한 파이르는 〈문학과〉를 지휘하며 독일 문학과 외국 문학을 감시했고,[111] 온갖 서적들의 내용을 철저하게 분석해서 제3 제국의 목표에 부합하느냐 그렇지 않느냐에 따라서 검열이란 이름으로 판금 조치를 내리거나 반대로 판촉을 지원했다. 파이르는 프랑스 문학 전문가였고 권력과 영향력까지 지니고 있어 프랑스 출판계에서는 무시 못 할 사람이었다. 점령 기간 중에, 파이르는 독일에 협조한 프랑스 문학서들을 정리한 책, 『불사조 혹은 재Phönix oder Asche?』를 독일에서 발표했다.[112] 열 장으로 이루

110 Gesamtliste des foerdernswerten, 1942년 12월 31일, CDJC 문서 보관소.
111 Loiseaux, 앞의 글. 1981년 9월 렝스에서 〈점령기 하의 프랑스 문학〉이란 주제로 열린 국제 세미나에 기고한 글도 참조할 것.

어진 이 책에서 파이르는 국가 사회주의적 입장에서 르바테와 조르주 블롱, 브라실라크와 파브르뤼스, 샤르돈과 주앙도를 평가했다. 또한 악시옹 프랑세즈를 편협한 국수주의라 해석하며 폭언에 가까운 비난을 퍼부었으며, 독일과 프랑스의 공조를 넘어서 유럽의 통일을 지향한 작가들을 극찬했다. 따라서 그의 분석에서 가장 흥미로운 부분은 셀린에 대한 평가일 수밖에 없었다. 파이르는 셀린의 적(유대인, 공산주의자, 비밀 결사대)이 곧 독일의 적이라 인정했지만 그의 〈거칠고 천박한 변말〉과 〈노골적인 외설〉은 바람직하게 생각지 않았다. 특히 『아름다운 시트』를 언급하면서 파이르는 〈전반적으로 이 책은 신경질적인 고함을 연상시키는 감탄사와 짧은 단어 조각으로 이루어져 작가의 좋은 의도를 희석시키고 있다〉라고 덧붙였다. 또한 파이르는 셀린을 독일어로 번역될 수 없는 작가라 평가하면서도 그래도 〈셀린은 민족적 관점에서 정확히 출발하고 있다〉라고 결론지었다.[113]

정치 참여와 정치적 견해를 떠나서 셀린보다 엘자 트리올레가 독일의 검열망을 더 쉽게 통과했다. 하지만 반유대주의가 공식적으로 옹호되던 시기에 외설과 표준어의 파괴를 이유로 셀린의 『학살을 위한 유희Bagatelles pour un massacre』에 판금 조치를 내릴 수는 없었다.

이상한 시대였던 만큼 이해하기 힘든 사람들도 많았다.

정치적 상황 때문에 이런 분위기는 간혹 극단으로 치닫기도 했다. 예컨대, 대독 협력자들을 경멸하거나 무시했고 독일인을 만나는 것조차 최소한으로 자제하던 가스통 갈리마르였지만, 적어도 그의 측근에 따르면 가스통도 아리안으로 자처한 적이 있었다고 한다. 물론 공개적으로 천명한 것은 아니었고, 극히 개인적인 이유로 신중하게 내비친 심중이었다.

비시 정부가 제정한 반유대적인 법들이 발효되면서 유대계 기업주들은 적법한 절차 없이 재산을 몰수당했다. 출판계에서도 세 사람이 지목되었다. 페렝치, 나탕, 칼망레비였다. 당시의 표현에 따르면 그들의 출판사도 〈아리안화되어야 했다〉.

---

112 *Phönix oder Asche?* Volkschaft Verlag, Dortmund, 1943. 이 책의 첫 프랑스어 완역본은 Gerard Loiseaux, *La litterature de la défaite et de la collaboration*, Publications de la Sorbonne, 1984에 실려 있다.

113 *L'affaire Céline*, Comité d'action de la Résistance, 1949.

달리 말하면 투자자는 물론이고 직원 중에서도 유대인은 빠짐없이 물갈이되어야 했다. 교과용 도서 출판사인 페르낭 나탕은 출판계의 끈끈한 연대로 최적의 결과를 얻어 냈다. 10여 개의 출판사가 연대해서 나탕을 사들여 독일 측은 자본에 투자할 수 없었고 대리인을 경영진에 참여시킬 수도 없었다. 대신 연대한 출판사들은 독일 측에 아리안화의 요구를 충실히 따르겠다고 약속했고, 페르낭 나탕에게는 출판사의 원래의 성격을 유지하는 데 최선을 다하겠다고 약속했다. 다시 말해, 독일이 프랑스를 떠나면 즉시 나탕에게 소유권을 반환하겠다는 뜻이었다. 실제로 파리가 해방되던 날, 나탕이 출판사 연대 대표의 사무실을 찾아가자 그는 나탕에게 나탕 출판사의 열쇠를 건네주며 〈드디어 돌아오셨군요!〉라고 반겼다. 물가 지수를 감안해서 회사를 다시 사들이는 것만이 문제였다. 모든 문제가 물 흐르듯이, 한마디로 품위 있고 격조 있게 해결되었다.

칼망레비의 경우는 달랐다. 오랜 역사와 권위를 지닌 출판사로 탐내는 사람들이 많았다. 미셸 레비가 19세기 위대한 작가들의 작품을 꾸준히 출판해 온 까닭에 출판에 관심 있는 사람은 모두가 눈독을 들였다. 따라서 아리안화되더라도 칼망레비는 금방 팔릴 듯이 보였다. 그 사이에 카피라는 사내가 임시 관리자로 임명되었다. 그는 마들렌 가에서 호텔을 운영하는 사업가로, 독일의 점령이 시작된 때부터 독일에 협조하면서 언론계와 출판계에서 돈을 벌어들일 기회를 호시탐탐 노리면서 외부로 몸을 거의 드러내지 않고 있었던 루이 토마의 꼭두각시였다. 루이 토마는 선전국의 대리인이 분명했다. 그는 역시 칼망레비를 탐내던 독일 연구소 사람들과 미묘한 실랑이를 벌였지만 결국 독일 연구소의 〈지식인들〉이 승리를 거두면서 장 플로리Jean Flory를 임시 관리자로 지명했다. 그러나 완전한 승리는 아니었다. 완전한 승리를 거두기 위한 두 번째 단계가 남아 있었다. 칼망레비는 프랑스 출판계에서 독특하면서도 중요한 위치를 차지하고 있던 가족 기업이었다. 따라서 조르주와 가스통 칼망레비 형제, 미셸 칼망, 그리고 조르주 프로페르가 공동으로 소유한 회사를 사들이는 문제가 남아 있었다.

나탕의 경우처럼, 독일 자본의 유입을 봉쇄하기 위해서 출판사들이 컨소시엄을 만들어 칼망레비를 사들이자는 제안이 출판계에서 대두되었다. 이런 제안의 중심에는 1911년부터 칼망레비에 몸담았으며 여비서로 시작해서 총무국장을 거

처 최고 경영진까지 승진한 르네 드루엘Renée Drouelle이 있었다.[114] 그녀는 칼망
레비 가족의 신뢰를 한 몸에 받고 있었으며, 1941년 7월 루이 토마의 입김에 의
해 해고당할 때까지 칼망레비의 원래 경영진에서 유일하게 그 자리를 지키고 있
었다. 그녀는 프랑스 출판인들을 접촉해서 컨소시엄에의 참여를 독려하던 출판
인 뒤랑오지아스Durand-Auzias와 신중하게 협상을 벌이면서, 다른 한편 칼망레
비가 팔린 후에도 프랑스를 대표하는 명예로운 출판사로 남을 수 있도록 도서 목
록에 있는 주요 저자들(프랑스, 로티, 바쟁, 르낭 등)의 상속자들과도 은밀하게
접촉했다.

아무 것도 결정된 바가 없었던 까닭에, 임시 관리자 장 플로리는 여러 사람에
게 매입 제안을 받았다. 알뱅 미셸이 구매자로 나섰고,[115] 가스통 갈리마르도 칼망
레비를 탐냈다. 1942년 1월 20일, 가스통은 장 플로리에게 등기 편지를 보냈고,
유대인 문제 처리 위원회 위원장이던 레젤스페르제에게도 동일한 내용의 편지를
보냈다.

우리는 칼망레비라는 이름으로 알려진 출판사를 매입할 의사를 재확인
하는 바입니다.
현찰 250만 프랑으로 매입하겠습니다. 그렇다고 갈리마르 출판사(NRF
출판사)가 칼망레비 출판사를 흡수하지는 않을 것입니다. 칼망레비는 독립적
인 출판사로 계속 존재할 것이며, 독자적인 편집 위원들로 구성될 것입니다.
드리외 라 로셸과 폴 모랑이 허락한다면 칼망레비의 편집 위원으로 위촉될 것
입니다. 더불어 갈리마르 출판사는 아리안의 자본으로 운영되는 아리안의 기
업임을 밝혀 두는 바입니다……[116]

매입의 의사를 분명히 밝힌 제안서로, 주요 고객, 상호 이윤과 일반 비용, 저자
들의 계약서, 재고, 장비, 사무실 비품, 받을 어음, 제3자의 채권, 저작권 판매에 따

114 르네 드루엘과 저자의 인터뷰.
115 국립 문서 보관소.
116 CDJC 문서 보관소.

른 수입, 세금과 경비의 지불, 임대차 계약 등 매매에 필요한 모든 요건까지 열거되어 있었다. 요컨대 언제라도 매입 협상에 응할 준비를 끝낸 사업가의 제안서였다.[117]

가스통 갈리마르가 실제로 칼망레비를 인수할 의사가 있었던 것일까? 그렇다면 단독으로 칼망레비를 인수할 생각이었을까, 아니면 출판사 컨소시엄을 대신해서 반응을 떠보려고 했던 것일까? 진실은 알 길이 없지만 가스통에 플로리에게 인수 의사를 비친 편지를 보낸 것만은 사실이다.

결국 칼망레비는 독일 연구소의 게르하르트 히벨렌을 대리한 네 남자, 즉 루이 토마, 르네 를리프, 알베르 르죈, 앙리 자메에게 넘어갔다. 마침내 아리안의 회사가 되면서 칼망레비라는 이름도 사라졌다. 그때부터 칼망레비는 에디시옹 발자크로 불렸다.

1943년 1월, 가스통 갈리마르는 62세의 생일을 맞았다.

히틀러는 〈총력전〉을 선포했다. 프랑스에서는 2달 전부터 자유 지역과 점령지역의 구분이 사라졌다. 그때부터 프랑스 전역에 독일군이 주둔했다. 피에르 라발Pierre Laval이 전권을 휘둘렀다. 법과 명령에 서명하는 유일한 권력자였다. 파리에서는 마르셀 카르네Marcel Carné의 영화 「저녁의 방문객들Les visiteurs du soir」과 몽테를랑의 연극 「죽은 여왕」이 절찬리에 상영되고 있었던 반면에, 남프랑스에서는 레지스탕스가 본격적으로 조직화되기 시작했다.

프랑스가 독일에게 점령된 지 거의 3년이 지난 때였다.

출판계에도 조종(弔鐘)이 울리고 있었다. 알뱅 미셸과 피에르 빅토르 스토크가 차례로 세상을 떠났다. 사람들이 가스통 갈리마르를 〈가스통〉이라 불렀듯이, 모두에게 〈알뱅〉이라 불렸던 그는 출판계의 기인이었다. 대담하고 자유분방했던 알뱅은 공동묘지 옆에 출판사를 세워서 눈부신 성공을 거두었다. 대담하고 기발한 발상으로 냉소적인 사람들에게서도 존경심을 끌어냈다. 또한 출판이란 개념을 단순하게 생각하길 좋아해서 한 인터뷰에서는 이렇게 말하기도 했다.

---

117 저자의 확인 요구에 갈리마르 출판사는 〈그 제안에 대한 어떤 기록도 없다〉라는 공식 답변을 보냈다. 1984년 4월 9일 저자에게 보낸 편지.

356

작가를 선택할 때 나는 어떤 문학 단체나 동우회를 기준으로 삼지 않는다. 내가 원하는 책은 잘 쓰인 책, 구성이 탄탄하고 대중의 관심을 끌 만한 책이다. 내게 출판의 목적을 한마디로 정의하라 한다면, 〈대중의 마음을 사로잡는 것〉 이라 말하고 싶다. …… 거의 알려지지 않았지만 내 출판사와 같은 출판사들의 주력 상품은 〈해몽법〉이나 〈정원을 가꾸는 법〉, 또는 0.25프랑에 팔리는 싸구려 책들이다. 이런 책들의 판매는 확실하다. 어찌 보면 문학은 사치품이다.[118]

문학은 일종의 사치품…….

한편 피에르 빅토르 스토크는 출판을 일종의 도박이라 생각했다. 그는 알베르 사빈 출판사를 매입해 외국 서적부를 확대시켜 스토크 출판사의 간판으로 키워 내 며 전통과 혁신의 균형을 맞춰 갔다. 몇 번의 잘못된 거래로 중대한 위기를 맞은 후에 그는 비서였던 자크 부텔로(나중에 작가가 되면서 자크 샤르돈이란 필명을 사용함)와 그의 매형인 들라맹에게 출판사를 넘겨야만 했다. 그 후 스토크 출판사 는 사람들의 기억에서 점점 잊혀졌다. 출판인회 사람들은 그를 위대한 출판인이라 평가했지만 언론계에서는 그를 뛰어난 도박꾼이라 평했다. 여하튼 스토크는 두 번 의 죽음을 맞은 사람이라 할 만 했다. 10년 전 파산하면서 그가 재산을 탕진한 카 지노에서 밥벌이를 해야 했으니 말이다. 문학을 사랑한 까닭에 책을 출판하는 데 삶을 걸었던 문화인에게는 슬픈 종말이 아닐 수 없었다.

어떤 면에서 피에르 빅토르 스토크는 19세기의 사람이었다. 그의 삶에서 가 장 중대한 사건이었던 드레퓌스 사건에 온몸을, 그리고 영혼까지 내던졌던 인물이 었다. 만약 1943년에도 출판인으로 계속 활동했었더라면, 마치 이상한 별에 혼자 떨어진 듯이 방황하게 되었을 것이다.

독일군 선전국은 프랑스 출판사들에게 교과용 참고 도서와 고전 작품을 제외 한 모든 영어 번역서를 즉각 회수하라는 명령을 내렸다. 아일랜드인 버나드 쇼 Bernard Shaw와 인도 출신인 타고르Tagore는 예외였다. 하지만 유대인인 까닭에 독일만이 아니라 프랑스에서도 금서 작가로 꼽힌 카프카의 책, 『성』과 『심판』 등은

---

118 조르주 샤랑솔Georges Charensol과의 인터뷰, *Les Nouvelles littéraire*, 1923년 1월 1일.

영어판으로 몰래 유통되었다. 마조 드 라 로슈Mazo de la Roche의 연작 『잘나 *Jalna*』가 베스트셀러였고, 신생 출판사 세이유는 기 드 라리고디Guy de Larigaudie의 모험 소설 『대양의 별*Étoile au grand large*』 덕분에 처음으로 인쇄기를 바삐 돌리는 즐거움을 누렸다. 생텍쥐페리는 뉴욕에서 『어린 왕자*Le petit prince*』를 출간했다. 사르트르는 그의 평론집을 출간하자는 가스통과 레몽 크노의 제안을 완곡히 거절했다. 아직 때가 이르다고 판단한 것이었다. 한편 『*NRF*』의 단골 기고자이던 알프레드 파브르뤼스Alfred Fabre-Luce는 『프랑스 일기*Journal de la France*』의 제3권을 출간해서 폭발적인 호응을 얻었다. 이 책은 출판사를 통해서 발간된 것이 아니었다. 앞의 두 권이 어렵지 않게 검열을 통과했기 때문에 파브르뤼스는 직접 출간하더라도 문제가 없으리라 생각했다. 직접 책을 제작해서 배포하기 전에 친구들에게 견본을 보냈다. 그중 몇몇이 독일과 교전 중인 나라의 외교관이었던 까닭에, 『프랑스 일기』는 자연스레 프랑스 밖으로 유출되었다. 그 때문에 파브르뤼스는 세르슈미디 교도소에 투옥되었고, 서적상 라르당셰는 체포되어 모든 책을 회수해야 석방될 것이란 협박을 받았다. 따라서 라르당셰는 모든 서점에 『프랑스 일기』를 반송해 달라는 등기 편지를 보냈다. 파브르뤼스도 교도소에서 오랫동안 지내지는 않았다. 영향력 있는 자리에 있던 독일 친구들과 프랑스 친구들이 그를 석방하기 위해 노력했다. 헬러 중위는 〈유감스런 실수였고 오해에서 비롯된 사건이었다〉라며 파브르뤼스를 석방하는 데 앞장섰다.[119] 이런 와중에 『프랑스 일기』는 암시장에서 9천 프랑에 거래되었다.[120] 참고삼아 말하면, 막상스 반 데르 메르슈의 새 소설 『육체와 영혼*Corps et Ame*』은 암시장에서 400프랑에 거래되었고, 르바테의 『파편』 원본은 경매 시장에서 2600프랑에 낙찰되었다.[121] 한편 『바람과 함께 사라지다』는 꾸준히 팔리고 있었다.

책값은 서적 제작 위원회와 출판사가 가장 첨예하게 대립한 항목이었다. 에콜 폴리테크니크 출신답게 책의 특수성을 고려하지 않고 출판업을 다른 산업과 동등하게 다룬 리브 위원장은 출판사를 거세게 비난했다. 그리고 훈령을 통해, 출판사

119 헬러의 증언.
120 Maurice Martin du Gard, *La chronique de Vichy*, Flammarion, 1975.
121 *Je suis partout*, 1943년 6월 25일과 28일.

의 순익은 판매가의 3.7퍼센트로 한정한다고 공고했다. 출판계가 비난의 목소리를 높였다. 하지만 리브는 단호했다. 출판사에게 더 이상 책값을 결정할 권한을 인정하지 않으며, 책을 출간할 때마다 제작에 관계된 계산서를 증빙 자료로 제출해서 책값의 승인을 받으라고 요구했다. 또한 책값은 일률적으로 18.6퍼센트의 총이윤과 3.7퍼센트의 순익을 보장하는 방식으로 결정될 것이라고 거듭 천명했다.[122] 출판계도 쉽게 포기하지 않았다. 그런 부당한 결정을 재고해 달라고 요청했다. 이 사건은 당시 산업부 장관이던 장 비셸론Jean Bichelonne에게까지 올라갔다. 비셸론 장관은 막후 조정을 통해서 훈령을 수정하고, 출판계의 항의를 잠재우기 위해 훈령의 적용을 1년간 유보시켰다.

이 사건에서 베르나르 그라세는 어떤 역할을 했을까? 그라세는 공식적인 행동을 삼갔다. 이상하게도 그라세는 아주 신중한 입장을 취했다. 그는 출판 조합만이 아니라 서적 제작 위원회 및 교과용 교재나 백과사전을 출간하던 출판사들을 마땅찮게 생각하면서 독자적인 길을 걸었다. 그렇다고 그라세 출판사가 3년 전부터 나치 독일의 지도관처럼 행세한 것을 부인하는 것도 아니었다. 오히려 그 위치를 유지하기 위해 온갖 짓을 다하면서 많은 사람들에게 눈총을 받았다. 또한 관련된 기관들을 무시하면서까지 결정권을 독차지하려는 고집 때문에 그의 제안은 배척 받기 일쑤였다. 그러나 그와 좋은 관계를 유지하던 비셸론은 1943년 2월에 베르나르 그라세를 새로운 직책인 출판국장에 임명했다. 그 직책을 출판에 이용하지 않아야 한다는 조건이 덧붙여지기는 했다. 그러나 인간관계에 따른 빈번한 충돌 때문에 그라세는 본의 아니게 출판국장직을 사임할 수밖에 없었다.[123]

대독 협력에 호의적이었고 독일 측 사람들과 가깝게 지내면서 다양한 책을 출간했지만 그라세의 성과는 부진했다. 5년 동안의 매출표가 그 결과를 확연하게 보여 준다.

1938년: 7,153,450프랑

122 *Comoedia*, 1943년 9월 18일.
123 Bernard Grasset, *Mémoire sur le désordre présent de l'édition et de la librarie en France à propos de la directive 168*, 1943년 10월 2일, 국립 문서 보관소.

1941년: 18,922,634프랑

1942년: 10,005,665프랑

1943년: 8,289,589프랑[124]

갈리마르의 경우도 마찬가지였다. 1941년에 최고의 성과를 올린 후에는 매출이 계속 떨어졌다. 이런 매출 하락의 근본 원인은 어디에 있었을까? 바로 종이였다! 종이가 부족했다. 독일의 요구에 순응하는 출판사들에게도 종이가 원활하게 배급되지 않았다. 전쟁이 길어지면서 종이는 점점 부족해졌다. 1942년 7월에 갈리마르는 종이 감독 위원회의 결정으로 3.2톤을 배정 받았지만 종이 배급은 1943년의 같은 기간에 1.3톤으로 줄어들었고, 다음 해 같은 기간에는 2톤으로 약간 늘었다. 아셰트, 라루스, 프랑스 대학 출판사보다 적은 양이었다.

그러나 대중의 독서열은 예전과 다름없었기 때문에 베르나르 그라세는 종이 배급의 축소에 분노를 감추지 않았다. 책을 기다리는 독자들에게 어떻게 설명하고, 주주들을 어떻게 설득해야 하는가? 이것이 문제였다. 베르나르 그라세가 38000주 중 25390주를 보유한 대주주이긴 했지만 많은 소액 주주들이 있었다. 게다가 그들 중에는 주식의 보유량에 관계없이 막강한 영향력을 지닌 사람들이 적지 않았다. 지로두(10주), 모리아크(8주), 모랑(8주), 앙리 뮐레르(10주) 등이 대표적인 인물이었다. 반면에 각 200주를 보유한 세 주주, 즉 여배우 시몬(뱅다 태생), 작가 앙드레 모루아(에르조그 태생), 그리고 산업 자본가 폴 루이 베이에르는 유대인으로 모두 망명 중이어서 걱정할 필요가 없었다.[125]

서점 조합에서 종이 배급을 총괄한 도나디외Donadieu는 훗날 마르그리트 뒤라스Margurite Duras가 되었지만, 당시에는 종이 교환권에 서명하며 처녀작 『파렴치한 사람들Les impudents』을 준비하던 젊은 여인이었다. 어느 날 라페루즈 식당에서 폴랑, 헬러, 가스통, 발레리가 드리외와 함께 점심 식사를 했다. 드리외가 『NRF』를 떠나기로 완전히 결심을 굳혔기 때문에 『NRF』의 새 편집진을 구성하기 위한 만남이었다. 드리외는 6월 1일 마지막 호를 내보냈다. 아쉽기도 했지만 마음

124 국립 문서 보관소.
125 국립 문서 보관소

360

은 가벼웠다. 아니, 마음은 이미 『NRF』를 떠나 있었다. 솔직히 말해서 『NRF』에 대한 열정을 잃은 지 오래였다. 롬멜이 1942년 11월에 엘알라메인 전투에서 패한 이후로 드리외는 독일의 패전을 확신하고 있었다. CIA의 전신인 전략 사무국 (OSS)은 1943년 4월에 비시 정부의 협력자들을 조사했다. NRF의 주필이 드리외 라 로셸이며 이사회가 장 폴랑, 폴 발레리, 파르그, 슐룅베르제, 가스통 갈리마르로 구성되어 있다는 사실을 파악한 후, 그 잡지에서 주요한 대독 협력자로 장 지오노, 샤르돈, 페르난데스, 장 폴랭, 들르탕 타르디프, 클로드 루아, 폴 모랑, 장피에르 마상스를 지목했다.[126]

전략 사무국은 게르하르트 헬러를 잊고 있었다. 따라서 헬러가 가스통 갈리마르를 〈완벽한 출판인의 모델〉이라며 공개적으로 극찬했고, 갈리마르 출판사의 〈보호벽〉으로 자처하며 지켜 주었다는 사실도 잊고 있었다.[127] 셀린은 헬러의 사무실에 백묵으로 『NRF』라 써두고, 〈네가 갈리마르의 하수인인 것을 모두 알고 있다!〉라고 소리치기도 했다.[128] 사실 독일인보다 프랑스인의 험담과 비방을 가라앉히기 위해서 헬러의 도움이 필수적이었다. 독일에 협조한 언론들은 툭하면 가스통이 르바테의 『파편』을 거부한 것에 시비를 걸었다. 〈가스통은 종이 부족을 핑계로 내세웠다. 하지만 아라공의 책을 출간할 때는 종이 문제를 쉽게 해결한 갈리마르였다. 정치적 냄새가 풍기지 않는가?〉[129] 가스통은 『전투 조종사』의 출간 후에 겪은 고난을 교훈으로 삼아, 아라공의 새 소설 『제국의 여행자』를 출간하면서 언론에 서평용 도서를 보내지 않았다. 이런 작은 전략 덕분에 서점들은 아라공의 소설을 진열할 수 있었고, 금서로 지정될 경우에 몰래 팔려고 충분한 양을 확보해 둘 수 있었다. 언론인들은 가스통의 이런 책략을 눈치 채고 분개했지만 때늦은 것이었다. 피에르앙투안 쿠스토는 〈파렴치하고 추잡스런 짓〉이란 욕설을 서슴지 않았고,[130] 과격한 언론인들은 가스통을 두 가지 기준을 둔 사람이라고 비난했다. 한쪽에서는 생텍쥐페리와 아

---

126 *A selected Who's who in Vichy France*, OSS Research and analysis branch, 1944년 10월 24일, IHTP 문서 보관소.
127 Heller, 같은 책.
128 Heller, 같은 책.
129 *Je suis partout*, 1943년 2월 19일.
130 *Notre combat*, 1943년 4월 6일.

라공, 다른 쪽에서는 르바테를 지원한다는 빈정거림이었다. 〈갈리마르 씨는 후원할 작가의 선택에 있어 분별력이 부족한 듯하다. 배신자에서 도망자까지, 심지어 유대인과 반역자까지 후원하겠다는 철학을 갖고 있지 않다면 말이다.〉[131]

가스통이 모든 작가 때문에 비슷한 문제를 겪지 않은 것만도 천만다행이라 할 수 있다. 실제로 1943년에 갈리마르에서 출간된 책의 대부분은 아무런 문제가 없었다. 덴마크의 철학자 키르케고르의 『이것이냐 저것이냐*Enten-Eller*』, 제임스 조이스의 『다이달로스*Daidalos*』, 미셸 모르의 『몽테를랑, 자유인*Montherlant, homme libre*』, 티에리 모니에의 『페드르 강의*Lecture de Phèdre*』, 모리스 블랑쇼의 『실족*Faux pas*』, 마르셀 에메의 『벽으로 드나드는 남자*Le passe-muraille*』과 『짓궂은 사람*La vouivre*』, 오스트리아의 작가 아달베르트 슈티프터의 『교목의 숲 *Der Hochwald*』, 그리고 노르웨이와 덴마크 작가들의 소설들을 번역해 출간했다. 또한 생활비의 압박을 받고 있었던 장 지오노의 단편집 『생수*L'eau vive*』와 『연극 *Théâtre*』을 출간하기도 했다. 지오노는 미셸 갈리마르에게 그의 두 원고를 사줄 구매자를 찾아 달라고 부탁하기 전에 가스통에게 〈내게는 부양해야 할 아내가 있고, 먹어야 할 자식들이 있습니다. 그 녀석들이 나를 먹여 살리기 전에 말입니다. 1만 5천 프랑이나 2만 프랑을 선인세로 지원해 줄 수 있다면 더할 나위 없이 고맙겠습니다〉라는 편지를 보냈고 곧이어 〈…… 혹시 남은 인세가 없을까요? 이렇게 묻는 내가 안타깝기만 합니다. 이렇게 물을 수밖에 없는 내 심정을 이해해 주시겠지요〉라는 편지를 보냈다.[132]

가스통에게는 이처럼 돈을 부탁하는 지오노와 같은 작가들이 너무 많았다. 평소에도 빚에 쪼들렸던 작가들은 전쟁으로 더 쪼들리며 살아야 했다. 그러나 사소한 사건도 턱없이 큰 사건으로 발전할 수 있는 혼돈의 시기에 돈 문제는 그저 일상적인 걱정거리일 뿐이었다. 아주 하찮은 일도 세바스티앵보탱 가를 완전히 공포 상태로 몰아넣는 경우가 있었다. 어느 날 아침, 한 독일 군인이 갈리마르 사에 전화를 걸어 발터 하이스트 상사라고 신분을 밝히며, 서점에 진열된 소설의 저자에 대해 알고 싶다고 말했다. 겁에 질린 가스통은 곧바로 모리스 퇴스카에게 그 사실

131 *L'Union française*, 1943년 6월 5일.
132 피에르 시트롱의 편지.

을 알렸다. 문제의 작가가 퇴스카였기 때문이었다. 얼마 후, 퇴스카가 전화를 걸어 사건의 전말을 알려 주었다. 문제의 독일 군인은 마인츠에서 발행되던 『볼크자이 퉁Volkzeitung』의 편집장 출신으로 그와 어린 시절부터 편지를 주고받던 친구이며, 그를 만나고 싶어 갈리마르에 전화를 했다는 것이었다. 그때서야 가스통은 안도의 한숨을 내쉴 수 있었다.[133]

때로는 가스통이 세바스티앵보탱 가를 들쑤셔 놓기도 했다. 가스통은 암시장의 식당들을 빈번하게 드나들고 몇 가지 대원칙을 고수한 때문에 두 번이나 큰 곤욕을 치렀다. 한번은 옆 테이블에 앉은 독일 장교에게 갖다 준 식으로 오믈렛을 해달라고 고집하면서 소동을 일으켰다. 〈왜 저 사람에게만 부드러운 오믈렛을 해주고 내게는 해주지 않는가!〉라고 소리치면서 시작된 소동이었다.

또 한번은 경찰이 불시 단속을 한다는 소식을 듣고 식당 주인이 모든 손님에게 서둘러 주방 쪽으로 피하라고 했지만 가스통은 〈나는 잘못한 것이 없어!〉라며 피신하길 거부했다. 가스통은 체포되어 하룻밤을 유치장에서 보냈다. 독일 경찰이 지역 파출소들에서 무작위로 볼모로 잡아가던 때였기 때문에 이런 사건은 갈리마르사를 당혹스럽게 만들기에 충분했다.

권력자들과 친분이 있었지만 가스통은 신중하게 처신해야 한다는 것을 알고 있었다. 상황이 완전히 달라졌다. 비시 정부에 충성하던 사람들까지도 투옥되고 추방되는 시대였다. 누구도 점령군 내의 〈알력〉이나 〈오해〉를 핑계로 면죄부를 받을 수 없었다. 알프레드 파브르뤼스조차 예외일 수 없었다.

1943년 5월, 푸르 가 54번지, 생제르맹데프레 근처의 한 아파트에서 〈전국 레지스탕스 평의회Conseil National de la Résistance〉의 첫 집회가 열렸다. 각 저항 단체와 노동조합을 대리한 16인이 참가했다. 의견의 차이는 있었지만 〈프랑스의 해방〉이라는 공동의 목표를 위해, 드골 장군을 대리해서 모임을 주선한 장 물랭 Jean Moulin을 중심으로 모였던 것이다.

저항 운동? 가스통 갈리마르의 머릿속은 다른 생각들로 꽉 차 있었다. 당장에

133 Toesca, 같은 책.

해결해야 할 개인적인 문제들도 있었다. 그날 저녁, 조카 미셸과 함께 가스통은 초조한 가슴을 달래며 닐 가에 있던 모리스 퇴스카의 집 앞을 서성대고 있었다. 퇴스카에게 다음 소설을 부탁하려는 것이 아니었다. 경찰청장에게 보좌관으로서 영향력을 행사해 달라고 부탁하려고 그가 집에 돌아오길 기다리고 있었던 것이다. 가스통과 미셸은 두 시간을 끈기 있게 기다렸다. 마침내 친구들과 저녁 식사를 끝내고 돌아오던 퇴스카는 자연스레 두 사람을 집으로 안내했다. 가스통은 〈두려움에 질려 있었다〉. 무척이나 걱정스런 표정이었다. 그날 오후, 그와 조카인 미셸이 의무 노동국(STO)에서 소환장을 받았기 때문이었다. 누군가 그들을 고발한 것이 틀림없었다. 친독일계 언론에서 그 사실을 조만간 대서특필할 것이란 걱정을 떨치지 못하며 가스통이 말했다.

「뭔가 조치를 취해야 되지 않겠나?」

「걱정 마십시오.」

퇴스카는 이렇게 안심시키며 덧붙였다.

「연세가 높으신데 독일까지 보내기야 하겠습니까. 뭔가 실수가 있었을 겁니다.」

미셸이 말했다.

「어쩌면 저를 겨냥한 것일지도 모릅니다.」[134]

몇 달 후 장 주네Jean Genet가 감사의 편지에 표현했듯이 〈방패〉였고 〈경찰청의 시인〉이었던 모리스 퇴스카는 다음 날 바로 도청 노동국의 서류를 점검했다. 그리고 가스통을 안심시키기 위해서 노동국장과의 만남을 주선했다. 노동국장은 독일의 결정을 취소시킬 수 있을 것이라며 가스통을 안심시켰다. 도청을 나서면서 가스통은 고맙다는 말을 연발하며 퇴스카에게 어떤 부탁이라도 들어주겠다고 약속했다. 그 후 가스통은 평생 동안 지켜 온 원칙까지 어기면서 퇴스카를 여러 차례 점심 식사에 초대했고, 주말이면 그의 시골 별장이나 사돈인 앙드레 코르뉘의 집으로 퇴스카를 초대해 함께 보냈다. 하지만 퇴스카만이 갈리마르 가족을 STO의 소환에서 지켜 준 것은 아니었다. 독일인들도 갈리마르 가족을 위해 방패 역할을 해주었다. 가스통이 『모험심』을 출간해 주었고 엘렌 모랑의 집을 비롯해 파리의 여

---

134 퇴스카의 증언.

러 살롱에서 자주 만났던 에른스트 윙거 대위도 갈리마르 가족을 위해 힘이 되어 주었다. 윙거는 프랑스 주둔군 사령관이던 폰 슈튤프나겔 장군에게 도움을 청했다. 윙거의 기록에 따르면, 그가 〈슈튤프나겔 장군에게 갈리마르의 문제를 부탁했다. 그러자 모든 문제가 해결되었다.〉[135] 그러나 적절한 선을 갖고 있지 못하던 사람들은 STO의 소환에 속절없이 응하는 수밖에 없었다. 예컨대 전국 고교 작문 대회에서 최고상을 수상했던 젊은 앙투안 블롱댕Antoine Blondin은 철학 공부를 중단하고 오스트리아로 부역을 떠나야 했다.

가스통은 그 〈고발〉의 출처를 알 것만 같았다. 그는 원흉을 추적했고, 마침내 『주 쉬 파르투』에서 완전히 다른 문제를 다루고 있었지만 〈…… 그렇지 않으면 갈리마르 씨를 독일로 보내야 한다!〉라고 끝맺는 한 기사에서 확신을 얻었다.[136] 『파편』의 출간을 거부한 대가를 그에게 치르게 해주려던 일당의 글이었다. 레지스탕스가 본격적인 활동을 벌이던 당시의 프랑스에서, 〈착한〉 독일인보다는 〈나쁜〉 프랑스인과 화합하기가 더 어려웠다는 증거였다.

미셸 갈리마르는 자신이 주된 목표였는지, 아니면 그를 통해서 삼촌을 우회 공격하려던 것인지 확신할 수 없었다. 어쨌든 6월 25일, 경찰들이 세바스티앵보탱가에 찾아와 종업원들 중에서 〈부역병〉들을 차출한 후, 가스통 갈리마르는 그런 조치를 완화시키고자 고위층에 전화를 걸었고 미셸과 그의 친구 디오니스 마스콜로는 프랑스를 떠나 영국으로 피신할 것을 신중하게 고려하기 시작했다.[137] 그들은 프랑스를 떠나지 않기로 결심했지만 마스콜로는 프랑수아 미테랑François Mitterand이 이끌던 저항 단체(MNPGD)에 참여하고 카뮈가 주필이던 『콩바 Combat』에 글을 기고하며 레지스탕스 활동을 벌였다. 마스콜로는 세바스티앵보탱 가의 사무실 책상 서랍에 항상 권총을 준비해 두고 있었다. 가스통은 그 사실을 알았지만 모른 척 했을 뿐 아니라, 폴랑이 작가들에게 『레트르 프랑세즈』와 지하에서 암약하던 미뉘 출판사에 글을 기고하라고 부추기는 것조차 모른 체 했다. 그가 벌이던 이상한 게임의 한 단면이었다.

135 Daniel Rondeau, *Trans-europ-express*, Seuil, 1984.
136 *Je suis partout*, 1943년 7월 16일.
137 마스콜로의 증언.

1943년, 가스통 갈리마르는 연주회를 조직하기 시작했다. 출판, 연극, 신문, 영화에서 이제는 음악까지 관심의 영역을 넓힌 것이었다! 하지만 음악을 사랑한 사람의 일시적 변덕은 아니었다. 집에 처박혀 두문불출하는 작가나 유랑민처럼 떠도는 작가, 파리의 작가와 지방의 작가, 즉 모든 작가들을 비정치적인 즐거운 자리에 정기적으로 초대하는 방법의 하나였다. 궁핍의 시대, 즉 파리의 명사들이 볼거리를 찾아 무작정 몰려들던 시대에 이런 방법은 손해나는 장사가 아니었다. 전쟁전에 가스통과 함께 시놉스라는 에이전시를 차렸던 드니즈 튀알이 모든 것을 주관했다. 가스통은 갈리마르의 권위 있는 시리즈와 연계시켜 무게를 더하기 위한 전략으로 이 연주회에 〈플레이아드 연주회〉라는 이름을 붙였다. 첫 공연은 샤르팡티에 갤러리에서 3월 22일에 열렸다. 아르튀르 오네게르Arthur Honegger[138]의 표현대로 〈귀를 즐겁게 해주는 매혹적인〉 프로그램이 공연된 후, 공연 기획자들은 라모의 「우아한 인도인들Indes galantes」이나 포레의 「황금 눈물Pleurs d'or」에 만족하지 않고, 르누아르와 툴루즈 로트레크의 그림들 사이에 우아하게 앉은 상류층 지식인들을 위해서 파격적으로, 당시에는 무명이었던 작곡가 올리비에 메시앙Olivier Messiaen의 피아노곡 「아멘의 환영Les visions de l'Amen」을 준비했다. 통행금지가 시작되기 전에 끝내기 위해 분 단위까지 정확히 계산된 「아멘의 환영」은 5월 10일에 처음 연주되었다. 시놉스가 주관한 연주회에는 빠짐없이 참석했던 가스통과 NRF의 친구들, 즉 발레리, 폴랑, 콕토, 모리아크, 뒬랭, 그리고 피에르 불레가 그 공연을 지켜보았다.[139] 플레이아드 연주회는 음악을 듣고 싶어 하는 사람들만이 아니라 음악계의 사람들과 교제를 나누고 싶어 하는 사람들에게 균형 잡힌 프로그램을 제공하면서 순조롭게 진행되었다. 평론가 토니 오뱅Tony Aubin은 플레이아드 연주회를 이렇게 묘사했다.

지난 세기의 멋진 그림들을 회고하기 위한 연주회일까? 예술과 문학이 여전히 살아 있다는 것을 증명하면서 패션과 영화를 만나는 사교적 모임일까? 좀처럼 연주되지 않았지만 귀담아 들을 만한 작품들로 귀를 즐겁게 해주려는

138 *Comoedia*, 1943년 5월 15일.
139 Tual, 같은 책.

음악인들의 만남일까? 여하튼 플레이아드라는 이름으로, 예술가들이 샤르팡티에 갤러리에서 열리는 프랑스 음악의 향연장으로 우리를 초대한다. 살아 있기에 행복한 파리 사람들 모두가 접이식 의자에 점잖게 앉아서……[140]

살아 있기에 행복한 사람들…….

전쟁? 전선은 멀리 떨어져 있었지만 점령군의 공격과 체포와 고문은 도시 한복판에도 존재했다. 그래도 파리 사람들은 심판의 날을 앞둔 전야처럼 영화, 연극, 연주, 춤, 음식 등을 미친 듯이 즐겼다. 전쟁의 공포가 짙어지면서 파리의 삶도 점점 향락으로 치달았다. 〈그 비극의 시간에 나는 프랑스인들을 즐겁게 해주기 위해서라도 내 방식을 버릴 수밖에 없었다〉라고 말했던 사샤 기트리의 푸념에 충분히 공감할 수 있으리라. 파리에서는 모든 것이 가능했다. 재능과 사교성과 열정이 있으면 어떤 일이라도 꾸밀 수 있었다.

연주회의 성공에 고무된 가스통 갈리마르는 베르나르 그라세가 20년 전에 시도했던 것을 과감히 시도했다. 즉, 새로운 문학상을 창설하는 것이었다. 플레이아드가 갈리마르를 대표하는 상표처럼 굳어진 마당에, 문학상의 이름은 당연히 〈플레이아드상〉이 되어야 했다. 자크 쉬프린이 만들어 1940년까지 지휘했던 플레이아드 총서는 이제 유럽 전역과 미국에서도 찾는 권위 있는 시리즈로 자리 잡고 있었다. 로마에서 절판된 책들은 권당 2천 프랑에 팔렸고, 뉴욕에서는 일부 책들이 심지어 5천 프랑까지 치솟았다![141] 파리에서는 브라실라크를 비롯해 열 명의 임원 중에서 네 명이 독일인이었던 독일계 서점 〈리브 고쉬Rive gauche〉도 할당받은 프랑스 서적 중 플레이아드에 큰 비중을 두었고 이를 독일의 대학들에 납품하는 역할을 맡았다.[142]

카뮈는 갈리마르에서 매달 일정한 봉급을 받는 특혜에 보답하기 위해서 원고를 읽어 주는 것으로 그치지 않았다. 공쿠르상을 비롯해 여러 문학상의 경쟁에 뛰어들 만한 작품을 선정하는 역할을 자진해서 맡았다.[143] 그런데 플레이아드상이 정

140 *Comoedia*, 1943년 5월 22일.
141 A. Gide, *Journal*, 1943년 3월 16일.
142 Jacques Isorni, *Le procès de Robert Brasillach*, Flammarion, 1946.

식으로 제정된다면 갈리마르 출판사가 수상하는 상이기 때문이 약간 미묘한 문제가 발생하게 된다. 마르셀 아를랑, 모리스 블랑쇼, 조에 부스케, 알베르 카뮈, 폴 엘뤼아르, 장 그르니에, 앙드레 말로, 장 폴랑, 레몽 크노, 장 폴 사르트르, 롤랑 튀앙 등 NRF의 독자 위원회가 곧 플레이아드상의 심사 위원이 되어야 했기 때문이다. 어쨌든 그들은 8월에 플레이아드상의 출범을 알리면서 그 상의 성격을 밝혔다. 상금은 10만 프랑으로 결정되었고 젊은 작가를 대상으로 삼았으며, 프랑스어로 작성된 기존에 발표되지 않은 독창적인 작품이면 어떤 장르나 후보작이 될 수 있었다. 수상자는 본인의 뜻에 따라 갈리마르 출판사에서 수상작을 출판할 수 있었다. 베르나르 그라세가 깊숙이 관여했던 발자크상에서 얻은 쓰라린 교훈을 받아들인 것이었다. 원고는 11월 1일 전까지 갈리마르 출판사의 플레이아드상 담당자, 장 르마르샹에게 제출되어야 했고, 수상자는 다음 해 2월 초에 발표할 예정이었다.[144]

찬반을 떠나 뜨거운 반응이 있었다. 일개 출판사가 문학상의 심판자가 되겠다는 발상에 경악하면서 가스통 갈리마르가 출판사와 문학상 심사 위원단 간의 결탁을 마침내 공식화했다고 비난하는 사람들이 있었고, 심사 위원단의 구성에 시비를 거는 사람들도 있었다. 〈가스통 갈리마르는 대체 무슨 근거로 앙드레 말로에게 혁명적 색채를 띠어야 할 신세대 작가를 선정할 권한과 자격을 주었을까?〉[145]라고 의문을 제기한 평론가들이 있었던 반면에, 장 폴랑이 심사 위원에 속한 것에 반감을 드러내며[146] 10만 프랑의 상금은 〈파리를 깨끗이 청소해야 할 필요성을 역설한 갈리마르의 작가이며 공산당 동지인 일리야 에렌부르크〉에게 주어질 것이라고 빈정댄 언론도 적지 않았다.[147]

플레이아드상 심사 위원들 중에는 파리 지식인들의 모임에는 어디에나 참석하고 적극적으로 활동하면서 대독 협력자들에게 큰 비판을 받지 않던 사람이 하나 있었다. 바로 장 폴 사르트르였다. 그는 여러 권의 책을 썼고 여러 곳에 글을 발표하면서도, 아라공이나 생텍쥐페리처럼 검열 문제로 소동을 일으키지 않았다. 그는

143 Lottman, 같은 책.
144 *Comoedia*, 1943년 8월 7일.
145 *Le pays libre*, 1943년 10월 30일.
146 *Réagir*, 1943년 9월 9일.
147 *Je suis partout*, 1943년 8월 27일.

순풍에 돛을 단 듯이 욱일승천하고 있었다. 독일에게 점령 당한 4년은 그에게 예기치 않게 찾아온 도약의 시간이었다. 4월에는 첫 번째 극본인 「파리」를 발표했다. 아라고스의 성주가 아가멤논을 살해하고 그 아내를 아내로 맞아들이면서 그 죄를 대속시키려고 시민들을 공포에 몰아넣었다는 신화를 3막의 이야기로 꾸민 극본이었다. 하지만 갈리마르 출판사에서 기대한 책은 사르트르의 『파리』가 아니라, 그의 여자 친구 시몬 드 보부아르의 첫 소설 『초대받은 여자』였다. 훗날 보부아르가 회고록에서 〈그해 공쿠르상을 내게 주었더라면 나는 기꺼이 그 상을 받아들였을 것이다〉라고 밝혔듯이 그녀도 공쿠르상의 수상을 은근히 기대했다.[148] 세바스티앵보탱 가에서도 보부아르에게 기대를 걸었다. 레지스탕스 문인들의 조직이던 전국 작가 위원회에서도 누군가 — 하지만 누구였는지는 불분명하다 — 가 보부아르에게 언론과의 인터뷰를 거부한다면 공쿠르상을 수상할 수 있을 것이란 언질을 주었다.[149] 수상자를 발표하는 날, 보부아르는 카페 플로르에 앉아 초조한 마음으로 전화를 기다렸다. 수상자로 결정된다면 새 옷을 사고, 미장원에서 머리까지 예쁘게 손질할 생각이었다. 하지만 공쿠르 위원회는 마리위스 그루Marius Grout를 수상자로 결정했다. 보름 후에는 르노도상의 수상자 발표가 있었다. 이번에도 보부아르는 한숨을 내쉬어야 했다. 르노도상은 수비랑 박사에게 돌아갔다.

모든 기대가 물거품이 되었지만 사르트르와 보부아르가 그런대로 아쉬움을 달랠 수 있는 작은 즐거움이 있었다. 사르트르의 『파리』가 아니라 「파리」의 공연이 안겨 준 즐거움이었다. 『코모에디아』는 연습 때부터 시사회와 초연이 있을 때까지 거듭해서 「파리」의 공연을 알렸을 뿐 아니라, 『구토』와 『벽』을 썼고 『파리』를 발표하고 몇 주 후에 철학적 대작 『존재와 무』를 발표하며 다재다능한 면모를 과시한 사르트르와 대대적인 인터뷰를 가졌다. 이 인터뷰에서 사르트르는 〈내 극본의 주제는 이렇게 요약할 수 있을 겁니다. 《한 인간이 어떤 행위를 저질렀고 그 행위로 인해 심한 공포감에 사로잡히더라도 그 행위의 결과와 책임을 떠안아야 할 경우에 어떻게 행동하는가?》라는 문제를 고찰한 것입니다〉라고 말했다.[150]

148 Simone de Beauvoir, *Le force de l'âge*, Gallimard, 1960.
149 〈전국 작가 위원회에서는 거의 모든 일이 위원들 간의 구두 합의로 결정되었다〉, 베르코르의 증언.

6월 2일, 전에는 테아트르 사라 베른하르트로 알려졌지만 아무리 뛰어난 배우였더라도 유대인 여배우의 이름을 프랑스 극장에 붙이는 것은 바람직하지 않다는 이유로 테아트르 드 라 시테로 개명된 극장에서 샤를 뒬랭의 연출로 「파리」의 첫 공연이 있었다. 초만원이었다. 친구들과 지인들, 파리의 지식인들, 그리고 일반 관객들로 극장은 발 디딜 틈이 없었다. 국영 극장에는 지정석이 마련되고 사설 극장에서는 최고의 좌석이 주어지던 언론계의 편집장들도 빠짐없이 참석했다. 그들은 시사회도 관람하지 않았던가![151] 제복을 입은 독일 장교들도 눈에 띄었고 민간인 복장을 한 독일 장교들도 대거 참석했다. 무대 앞에 마련된 20석의 귀빈석은 선전국의 몫이었다. 당연한 배려였다. 그들이 공연할 원고를 미리 검열하고 공연 허가를 내주지 않았던가! 독일 장교들은 어리석지 않았고 마조히스트도 아니었으며 드골주의자는 더더욱 아니었다. 그들이 레지스탕스를 찬양하는 연극의 공연을 허락할 리 만무했다. 그러나 첫 공연이 있은 후 한 저명한 독일인은 〈파리는 우리를 가리킨 거야……〉라고 중얼거렸으며, 모리스 퇴스카의 주변 인물들은 〈에우리피데스가 우방기 강변의 흑인 세계로 떨어진 듯한 세계〉 혹은 〈설득력 있는 연극〉이라 평가했다.[152] 전쟁이 끝난 후, 이 연극이 1943년에 쓰이고, 공연(6월에 25회 공연되었고 가을에 다시 공연되었다)된 이유를 정당화시키려는 노력이 있었다. 「파리」가 무엇보다 페탱 장군이 역설하던 속죄라는 문제를 고발하고 있기 때문에 저항적인 성격을 띤다는 주장이 많았다. 심지어, 레지스탕스 문인에게 무기는 문학뿐이었다는 이유로 이 연극에서 〈당시를 지배하던 정신적이고 사회적인 질서에 대한 반항〉[153]을 읽어 내려는 시도까지 있었다. 이런 해석이 가능하다면, 몽테를랑도 『사람의 아들Fils de personne』과 『죽은 여왕』에서 저항의 뜻을 드러내려고 애썼다고 해석하지 못할 이유가 없었다.[154] 기트리도 마찬가지였다. 그러나 4년의 간격을 두고 페탱과 드골을 차례로 찬양하면서 변절의 전형을 보인 클로델은 시인이 아니라 보통 인간으로 심판받아야 마땅하다. 11월 27일 코메디 프랑세즈에서 「비단 구두

150 *Comoedia*, 1943년 4월 24일.
151 뤼시앵 콩벨의 증언. 콩벨은 주간지 『레볼루시옹 나시오날*Révolution nationale*』의 주필이었다.
152 Toesca, 같은 책.
153 Laffont-Bompiani, *Dictionnaire des œuvres*, Bouquins, 1983.
154 Montherlant, *Mémoire*, 같은 책.

Soulier de satin」의 초연이 있었다. 막이 오르기 직전까지 클로델은 칸막이 좌석에 혼자 앉아 있었다. 옆 칸막이 좌석에서는 언론인 뤼시앵 콩벨Lucien Combelle이 그를 지켜보고 있었다. 갑자기 극장이 웅성거리기 시작했다. 오토 아베츠 대사와 제복을 입은 군사령관이 참모들을 거느리고 극장에 들어왔기 때문이었다. 그들은 클로델의 칸막이 좌석 앞에 멈췄다. 클로델은 자리에서 일어나 그들에게 공손히 인사를 했다. 독일 제국의 두 대표는 발꿈치를 소리 나게 붙이면서 군대식으로 경례를 했다.[155] 그들이 자리에 앉고 마침내 연극이 시작되었다. 원래 아홉 시간의 연극을 다섯 시간으로 축소한 것이었다. 독창성이 돋보인 화려한 공연이었다. 도나 프루에스를 향한 돈 로드리고의 감정 표현에 관객들은 르네상스 시대의 스페인을 벗어나 인간의 숙명과 기독교 신비주의라는 클로델의 세계로 빠져들었다. 코메디 프랑세즈의 단장이던 장루이 보두아예Jean-Louis Vaudoyer는 만족했다. 연극의 성공은 극단의 승리였다. 달리 말하면 연출가 장 루이 바로, 작곡가 아르튀르 오네게르, 그리고 피에르 뒥스, 마들렌 르노, 마리 벨, 마리 마르케를 비롯한 모든 배우의 승리를 뜻했다. 하지만 모두가 연극을 호평한 것은 아니었다. 다섯 시간의 마라톤 공연이 끝난 후, 지루함을 감추지 않는 사람들도 적지 않았다. 나중에 사샤 기트리는 「비단 구두」의 포스터를 다시 읽으면서 한숨을 내쉬며 〈비단 구두가 하나이기에 망정이지!〉라고 말했다. 어쨌든 「비단 구두」에서 〈저항의 목소리〉를 읽어 낼 사람은 아무도 없을 것이다. 이 희곡은 1919년에서 1924년 사이에 쓰였던 것이니까!

그러나 「비단 구두」의 공연이 〈점령기에 가장 중요한 연극적 사건〉이었다는 데 의문을 제기할 사람은 없다.[156] 초연이 있었던 날 저녁, 클로델은 큰 갈채를 받았다. 열네 번이나 커튼콜을 받았다. 열 번째 커튼콜을 받았을 때 배우들은 물러나고 무대에는 클로델 혼자였다. 관객석에서는 독일인들만이 박수를 보내고 있었다. 그들은 클로델에게 뜨거운 환호를 보냈다. 그런 모습에 가스통 갈리마르는 남몰래 미소를 지었다. 가스통은 클로델이 1920년대에 베를린 대사로 임명되지 못했던 상황을 뚜렷이 기억하고 있었다. 함부르크 영사를 지냈던 클로델은 독일에서 높은 평가를 받았던 까닭에 외무부의 실력자였던 친구 필리프 베르틀로는 그를 베를린

155 콩벨의 증언.
156 Hervé Le Boterf, *La vie parisienne sous l'Occupation*, France-Empire, 1975.

주재 대사로 강력히 천거했다. 그러나 이런 계획을 사전에 감지한 독일의 한 언론인이 강력히 반대하고 나섰다. 클로델이 1차 대전 중에 쓴 두 시(詩)를 거론하며, 그 시에서 클로델이 괴테를 〈과장된 얼간이〉로 묘사했다는 것이었다. 이런 폭로에 독일인들이 분노의 함성을 높였고, 베를린이 프랑스 외무부에 클로델이 적어도 대사로는 바람직하지 못한 인물이라며 완곡하게 거절하자, 베르틀로도 원래의 계획을 포기할 수밖에 없었다.[157]

이 이야기는 곧 잊혀졌다. 클로델도 괴테의 비방을 자제했다. 어쨌든 크리스마스가 다가오고 있던 때였다. 그 유명한 연극이 정말로 〈샤틀레 성당의 장식을 그대로 본뜬 고딕 성당〉을 무대로 하고 있는지 확인하려는 파리 시민들이 코메디 프랑세즈의 좌석을 메우고 있어 질서유지가 필요할 정도였다.[158] 그 즈음에 페탱은 오토 아베츠 대사를 만난 후 독일이 제시한 모든 조건을 받아들인 반면에, 어둠 속에서는 프랑스 국내군(FFI)이 창설되었다.

1944년 2월, 가스통 갈리마르는 생피에르뒤그로카이유 성당을 찾았다. 기도하기 위한 것이 아니라 추념하기 위한 것이었다. 장 지로두의 장례식이 있었다. 프랑스 문학계와 외교계의 유명 인사들이 모두 있었다. 망명을 택한 사람들을 제외하고는! 학자들과 대사들, 옛 장관들과 고위 공직자들, 주앙도와 헬러, 조르주 쉬아레스와 에두아르 부르데, 장 폴랑과 장 파야르, 마들렌 르노와 아를레티, 앙드레 테리브와 피에르 르누아르……. 자주 보던 사람들이었다. 틀림없이 성당이었지만 살롱, 아니 연주회에 온 듯한 기분이었다. 고인을 기억하는 찬사를 제외한다면 대화의 내용도 똑같았다.

그로부터 6개월이 지난 후, 지로두의 장례식에 참석한 작가들이 이번에는 생제르맹데프레 성당에 모였다. 심장 혈전으로 사망한 라몬 페르난데스의 장례식에 참석한 것이었다. 하지만 이번엔 외무부의 명사들 대신에 자크 도리오의 프랑스인민당(PPF) 당원들이 장례식 장을 채웠다.

다시 1944년 2월 초, NRF는 2월 23일로 예정된 플레이아드상의 첫 수상자 결정에 대한 문제로 부산스러웠다. 카뮈와 르마르샹은 최종적으로 30개의 원고를 두

157 Auguste Bréal, *Philippe Berthelot*, Gallimard, 1937.
158 Le Boterf, 같은 책.

고 고민을 거듭했다. 보헤미안적 기질을 지닌 무일푼의 젊은이, 게다가 마르셀 물루지Marcel Mouloudji라는 재밌는 이름을 지닌 사내가 유력한 후보로 떠올랐다. 아를랑과 폴랑은 그의 글이 약간 성급하고 공허하며, 나쁜 의미에서 퇴폐적이라 생각했다. 게다가 뒤틀리고 혼란스런 어린 시절에 대한 이야기가 그들에게는 억지처럼 느껴진다는 의견을 피력했다. 하지만 카뮈와 사르트르가 물루지를 강력하게 밀었고 결국에는 승리를 거두었다. 덕분에 10만 프랑은 물루지의 차지가 되었다.

사르트르는 끼지 않는 곳이 없었다. 지로두를 추념하기 위한 공개 행사에 참여했고 플레이아드상에 관여했으며, 희곡을 써서 친구인 카뮈에게 연출과 주연을 맡기기도 했다. 또한 뒬랭의 연습실에서 그리스 희곡에 대해 강연하면서 콩도르세 고등학교에서는 철학을 가르쳤고, 온갖 종류의 기념행사에 참여하면서 미셸 레리스Michel Leiris의 집에서 공연된 피카소의 희곡 「꼬리가 잡힌 욕망Le désir attrapé par la queue」에 배우로 등장하기도 했다. 이런 와중에도 사르트르는 카페 플로르를 매일 드나들었고, 그곳에서 서점에서 책을 훔친 죄로 8개월을 복역하고 갓 출소한 장 주네를 만났다. 주네는 상습범이었다. 주네의 재판에서 장 콕토는 〈여러분은 금세기 최고의 시인을 보고 계십니다!〉라고 주네를 변호했으며, 대다수가 NRF와 갈리마르의 깃발 아래에 있었던 주네의 친구들은 모리스 퇴스카에게 압력을 넣어 주네가 유치장에서도 종이와 연필을 가질 수 있도록 해주었다.

이상한 시대였다. 종이 감독 위원회는 선전국의 결정을 빌미로 갈리마르가 신청한 네 권의 출간 계획을 연기시켰다. 도스토예프스키의 『백치』와 『악령』, 그리고 생텍쥐페리의 『야간 비행』과 『남방 우편기』였다. 베르나르 그라세도 『우리의 브리지 방법Notre méthode de bridge』의 출간을 연기당해 투쟁을 벌였다. 그라세는 그런 연기의 부당함을 항변하며, 그 책의 공저자들이 국제적인 투사들로 자유를 되찾은 전쟁 포로들이어서 그들의 책이 포로들에게 깊은 감동을 줄 것이라고 강조했다. 그라세는 마침내 승리를 거두었다. 유대인 문제 처리 위원회는 1944년 3월에 『1000가지 회한』과 『흰말』의 저자인 엘자 트리올레의 족보를 조사했다. 전국 작가 위원회와 『레트르 프랑세즈』가 그녀의 두 작품이 〈영적인 포괄성〉을 지녔다고 극찬하자 선전국은 엘자를 의심하기 시작했다. 한 달의 조사 후에 조사국은 〈엘자 트리올레는 10년 전 러시아 시인 마이코비치의 정부였던 러시아계 유대인, 엘자 카간의 필명이다. 엘자는 현재 아라공이란 사내와 아비뇽에서 살고 있다. 아라공은 전쟁 전에 인민 전선과 밀접한 관계를 맺고 있던 프랑스 정치인으로, 누군지 알 수 없는 생부가 유대인일 가능성이 높다는 점에서 유대인의 피가 섞인 인물이다〉라는 보고서를 제출했고, 다시 한 달 후에는 〈…… 우리는 엘자 트리올레가 유대인이라고 거의 확신한다. 하지만 더 확실한 정보를 얻을 때까지 특별한 조치를 취하지는 않을 것이다〉라고 보고했다.[159]

불쌍한 페탱! 불쌍한 프랑스!

1944년 봄, 프랑스는 진정한 전쟁에 휩쓸려 들어갔다. 이제부터는 라디오를 통한 선전 전쟁이 아니라 총성이 오가는 전쟁이었다. 도르도뉴 지역이 화염에 휩싸이며 피로 물들었다. 레지스탕스가 주둔하던 글리에르 고원을 독일군과 친독 의용대가 공격했다. 페탱은 레지스탕스에게 테러리스트라며 비난의 목소리를 높였다. 연합군은 스물다섯 군데의 프랑스 도시에 거센 폭격을 가했다. 레지스탕스도 새로운 국면을 맞아 맹활약을 펼치기 시작했다.

그러는 동안에도 파리에서는 연극이 공연되었다.

장 마레Jean Marais가 테아트르 에두아르 7세에 올린 라신의 비극, 「앙드로마크Andromaque」의 공연을 허락해야 하느냐 금지해야 하느냐는 문제로 격렬한 논쟁이 벌어졌다. 파리 지역 친독 의용 대장이 경찰청장을 방문해 「앙드로마크」의 공연을 금지시키지 않은 것에 항의했다. 라디오에서도 앙리오가 「앙드로마크」의 공연 금지를 촉구했다. 그들의 판단에, 마레는 콕토의 지지를 받기는 했지만 프랑스 문화유산의 하나인 라신의 고전적 품격을 무시하고 천박하게 해석하며 외설스런 동성애적 분위기를 조장해 낸 범죄자였다. 콕토의 중재에도 불구하고 「앙드로마크」의 공연은 금지되고 말았다. 점령군 때문이 아니라 프랑스 극우주의자들 때문이었다. 브뤼시에르 경찰청장은 공연 때마다 모든 것을 때려 부수려 하는 친독 의용대와 파리 경찰 간의 충돌을 피하는 것이 최선이라 판단하며 「앙드로마크」의 공연을 금지시켰다. 그때 경찰청장의 보좌관이던 퇴스카는 한숨을 내쉬며, 〈옛날에는 휘파람을 불며 야유하는 것으로 만족했지만 요즘에는 모든 것을 때려 부수려

159 1944년 3월 15일과 24일, 그리고 4월 26일에 유대인 문제 처리 위원회 위원장에게 제출한 보고서. CDJC 문서 보관소.

한다〉라는 기록을 남겼다.[160]

연극을 향한 가스통 갈리마르의 열정은 여전했다. 그는 〈첫 공연〉에 빠짐없이 참석했다. 전쟁 전에는 볼 수 없던 일이었다. 새로운 작품들이 공연된 때문이기도 했다. 예전처럼 다시 극단을 운영할 계획은 없었지만 마음에 드는 연극을 볼 때마다 모든 연줄을 동원해서 도와주려 애썼다. 갈리마르의 신진 작가 중 한 사람인 사르트르를 위해서는 기꺼이 제작자가 되기도 했다. 「파리」를 공연한 후 사르트르는 단막극인 「타인들Les autres」을 썼지만, 곧 〈출구 없음〉으로 제목을 바꾸었다. 당시 상황을 감안하면 더 적절한 제목이기도 했다. 희곡은 준비되었지만 공연할 곳이 마땅치 않았다. 검열관들이 아무런 문제가 없다고 공연을 허락한 까닭에 검열은 문제가 아니었다. 공연할 극장이 문제였다. 공연 제한과 등화관제로 공연하기가 쉽지 않았다. 3월에 내려진 법령으로 극장은 1주일 중 나흘 동안 문을 닫아야 했고, 7월에는 그마저도 이틀로 줄어들었다. 게다가 전기 공급도 1시간 30분으로 제한되었다. 공습경보를 걱정하고 지하 방공호에서 시간을 보내는 것은 배우와 관객 모두에게 피하고 싶은 일이었다.[161]

가스통이 해결책을 찾아냈다. 그는 〈출구 없음〉의 원고를 주머니에 넣고 외젠 플라샤 가에 살던 친구 아네 바델Anet Badel을 찾아갔다. 그들은 오랫동안 사귀지는 않았지만 서로에게 도움을 줄 정도는 됐다. 변호사이던 바델은 연료 사업가로 변신해서 원유를 목탄으로 전환시켜 프랑스인과 독일인에게 대량으로 팔았다. 연극에도 관심이 많아 여배우 가비 실비아와 결혼한 바델은 비외콜롱비에를 인수하면서, 그 극장의 창설자인 가스통 갈리마르를 알게 되었다. 1944년 봄, 비외콜롱비에는 정상적으로 운영되던 몇 안 되는 극장 중 하나였다. 어쩌면 유일한 극장이었을지도 모른다. 바델은 적절한 허락을 얻어 냈을 뿐 아니라 저녁 늦게까지 햇빛을 받아들일 수 있도록 지붕을 개폐식으로 개조했고 자체의 발전기까지 갖추었다.

처음에 가스통은 저자와 바델을 이어 주는 중개자 역할에 그치려 했지만 곧 마음을 고쳐먹고 바델의 집에서 사르트르와 보부아르, 그리고 카뮈의 만남을 주선했다. 그 만남에서 사르트르는 「출구 없음」의 무대 장식과 역할 배정, 그리고 카뮈

160 Toesca, 같은 책.
161 André Roussin, *Rideau gris et habit vert*, Albin Michel, 1983.

에게 연출을 맡기려는 그의 생각을 바델에게 전했다. 바델은 공연을 허락했지만 연출과 역할 배정에 대해서 생각이 달랐다. 바델은 연출을 카뮈에게 맡기는 것을 거부하며 레몽 룰로를 제안했고, 주연 배우로 미셸 비톨과 가비 실비아를 지정했다. 따라서 모든 것을 처음부터 다시 시작해야 했다.[162]

5월 28일,「출구 없음」의 초연이 비외콜롱비에 극장에서 막을 올렸다. 관객석은 입추의 여지가 없었다. 사르트르가 다시 사건을 일으킨 것이었다. 그는 개인적으로 모든 유명 인사들을 초대했다. 뤼시앵 르바테, 알랭 로브로, 앙드레 카스틀로, 장 갈티에부아시에르 등『레트르 프랑세즈』와 대치 관계에 있던 언론인들까지 초빙했다. 부아시에르는 〈좋은 자리는 모두 초록색 군복을 입은 독일군 장교들에게 배정되고 나쁜 자리에 앉아야 했다〉며 불평을 터뜨렸다.[163] 한편 무대에는 죽어서 지옥에 떨어진 세 인물이 있었다. 창문까지 벽으로 봉해진 방 하나에 갇혀서 예상조차 못했던 저주에 직면해 있었다. 한 사람이 다른 두 사람의 처형자가 될 것이란 저주였다. 어떤 식으로 짝을 지어도 이 지옥의 3각관계를 벗어날 수 없었다. 그들은 희생자인 동시에 처형자였다. 또한 문이 열릴 때까지는 문밖으로 나갈 수도 없었다.

지옥은 〈타인들〉이 아니라 숨 막히는 열기로 가득한 방이라 말하는 사람들이 있었던 반면에, 〈타인〉은 독일인을 가리키며 썰렁한 무대 장식은 레지스탕스들이 갇힌 감옥이라 수군대는 사람들도 있었다. 라디오를 자주 청취한 사람들은 지옥이 영국군에게 폭격을 당한 프랑스 도시들이거나 오베르뉴 근처의 마르즈리드 고원에 주둔한 레지스탕스의 참혹한 상황이라 생각했을 것이다. 친독일계 언론은 튼실한 극적 구성과 등장인물들의 죄책감, 차분한 연출 등을 거론하며 찬사를 보냈다. 몇 달 전에 공연된 장 아누이Jean Anouilh의「안티고네Antigone」에 버금가는 공연이었다며,「출구 없음」을 극찬하기도 했다. 평론가들이 사르트르와 아누이의 연극에 정치색을 입히기 시작한 것은 전후의 일이었다.

롤랑 퓌르날Roland Purnal은『코모에디아』에 사르트르의 연극을 극찬하는 글

---

162 로베르 캉테르의 증언. 당시 캉테르는 바델 자녀들의 가정교사로 이들의 모임에 빠짐없이 참석했다.

163 Jean Galtier-Boissière, *Mémoires d'un Parisien*, III, Table ronde, 1963.

을 실었다. 사실 『코모에디아』는 점령기에 사르트르를 줄곧 지지해 준 주간지였다.

이 작품이 얼마나 현실을 반영하고 있는지에 대해서는 분명하게 말할 수 없다. 장 폴 사르트르는 현실 세계를 빗대어 보여 주는 듯하지만 근본적으로 그는 우리에게 어떤 확실한 언질도 주지 않는다. …… 있음직한 사건을 찾으려고 애쓸 필요는 없다. 나는 이런 식의 접근 방식에 절대적으로 동의한다. 하나의 작품을 아름답게 만드는 것이 바로 이런 점이 아니겠는가?[164]

가스통 갈리마르는 흐뭇한 미소를 짓지 않을 수 없었다. 당시 39세이던 사르트르의 인기가 기껏해야 5~6년을 넘기지 못할 것이라 평가했던 독자 위원회의 일부 위원들과 달리 가스통은 사르트르의 능력을 믿었다. 그의 판단이 옳았던 것이다! 하지만 한 달 후, 6월 24일에 가스통은 참담한 상황을 맞아야 했다. 그는 테아트르 데 마튀랭에서 열린 카뮈의 「오해Malentendu」의 시사회에 참석했다. 실패작이었다. 사방에서 야유의 소리가 터졌지만 가스통은 귀빈석에 조용히 앉아 의무적으로 박수를 보내야 했다.[165]
카뮈의 연극으로 파리의 연극 시즌은 막을 내렸다. 노르망디에 연합군이 상륙하면서 독일 점령군에게 조종을 울린 시기이기도 했다. 한 시대가 끝나 가고 있었다.

8월 1일. 며칠 전에 베르코르 고원의 레지스탕스들이 궁지에 몰렸다는 소식이 들렸다. 하지만 소련군이 폴란드의 비스와 강까지 내려왔고, 망슈 주(州)의 제2 도시 아브랑슈에서는 패튼 장군의 탱크 부대가 독일군 전선을 격파하고 파리를 해방시키기 위해 진격을 계속하고 있었다. 한편 망슈의 주도, 파시에서는 폴 발레리가 그의 3막극 「파우스트Faust」의 강독회를 열었다. 조르주 뒤아멜, 에두아르 부르데, 루이 드 브로이, 앙리 몽도르, 가스통 갈리마르, 아르망 살라크루, 모리스 퇴스카, 그리고 문학을 사랑하는 여인들이 그 자리에 초대 받았다. 무더운 날이었다.

164 *Comoedia*, 1944년 6월 10일.
165 Lottman, 같은 책.

극본은 길고 단조로웠다. 가스통은 지루했다. 그는 퇴스카와 귀엣말을 나누었다.

「실패작이야. 발레리도 알고 있을 거야. 요즘 들어 발레리가 발표하는 글은 한결같이 옛날 공책들에서 꺼낸 거라고. 옛날에는 대단했을지 모르지만 이제는 먹히질 않아. 발레리에게 남은 것이 있다면 도박꾼적 기질이야. 그는 어떤 일에도 당황하지 않으니까.」[166]

그래도 삶은 계속되었다. 파리에서 수백 킬로미터 떨어진 곳에서는 치열한 전투가 벌어지고 있었다. 렌, 르 망, 알랑송, 사르트르가 차례로 해방을 맞았다. 8월 13일 밤, 헬러 중위는 파리를 떠나기 전에 앵발리드 광장에 15센티미터 깊이의 구멍을 팠다. 그리고 습기의 침범을 막으려고 고무로 감싼 직사각형의 주석 상자를 그 구멍에 묻었다. 상자 안에는 그가 점령기 동안에 쓴 일기, 몇몇 작가들과 나눈 편지, 친구인 윙거가 쓴 15면 정도의 원고 「평화Der Friede」가 들어 있었다.[167] 독일군들이 짐을 꾸리기 시작했다. 파리 언론계의 대독 협력자들도 짐을 꾸렸다. 파리 시민들은 신문 가판대에서 〈주 쉬 파르투〉(나는 어디에나 있다) 대신에 〈주 쉬 파르티Je suis parti〉(나는 떠났다)를 찾기 시작했다.

이런 패주의 와중에도 몇몇 사람은 대단한 수완을 발휘했다. 가스통은 위니베르시테 가 17번지의 저택을 오래전부터 탐내고 있었다. 파리의 첫 국민의회 의장을 지낸 보샤르 드 사롱이 세운 저택이었지만 초현실주의의 창시자 중 한 명으로 어린 시절을 간혹 그곳에서 보낸 필리프 수포의 삼촌이던 델퐁 드 베세크라는 소송 대리인이 다시 사들였다. 그 후 그의 상속자들이 저택의 일부를 언론사 사주인 레옹 베일비에게 팔았는데, 독일의 패주로 베일비가 곤경에 빠진 것이었다.

그 저택은 세바스티앵보탱 가 5번지에 위치한 갈리마르 건물과 뒤쪽을 마주 보고 있었다. 해방을 맞기 며칠 전, 가스통 갈리마르는 그 저택을 〈헐값〉에 구입했다.

파리는 몸살을 앓았다. 파리는 폭동의 도시가 되었다. 파리는 해방된 도시였다. 가스통 갈리마르는 주머니에 손을 넣고 가볍게 휘파람을 불며 생제르맹 거리를 걸었다. 그의 곁에는 조카들과 몇몇 친구들이 있었다. 멀리 시청에서 완강한 저

166 Toesca, 같은 책.
167 Heller, 앞의 글.

378

항자들이 환희에 들뜬 군중에 총격을 가하는 소리가 들렸다. 마침내 점령 시대가 끝난 것이었다. 전쟁도 끝나 가고 있었다. 예전으로 돌아가 모든 것을 다시 시작할 때였다. 가스통은 즐거웠고 마음도 가벼웠다. 그는 은은한 미소를 머금었다. 양심에 꺼릴 것이 없었다. 비난 받을 짓은 하지 않았다. 그는 그렇게 확신했다.

하지만 모두가 그처럼 생각한 것은 아니었다.

제7장__1944~1945

9월.

결산의 시대가 시작되었다.

출간을 했어야 하는가, 글을 썼어야 하는가, 독일에 협조했어야 하는가, 독일과 화합하고 타협했어야 하는가, 아니면 모든 것을 포기했어야 하는가, 그리고 저항했어야 하는가? 문학계와 출판계에서 이런 토론은 이상한 방향으로 전개되었다.

일부는 이렇게 주장했다. 먹고 살아야 했다. 작가에게 밥벌이를 할 수단은 펜밖에 없지 않은가. …… 비시 정부가 인수했다고 국가를 위해 봉사하며 녹을 먹은 공무원들을 누가 욕할 수 있겠는가. …… 문학은 억압당하던 프랑스 국민에게 정신적 지주였던 까닭에 책을 출판하지 않을 수 없었다. …… 페탱의 국가 혁명론과 독일의 국가 사회주의를 옹호하며 사상 문제에 천착한 사람들, 특히 정적들을 고발하고 경찰의 꼭두각시가 되어 도살자들에게 협력한 사람들과 그들을 똑같이 취급해서는 안 된다. …… 점령기가 2~3배 정도 길어졌고 작가들마저 침묵했다면 프랑스의 문화와 지적 유산은 돌이킬 수 없을 만큼 황폐해지고 말았을 것이다. 이런 것이야말로 정신적 범죄가 아니겠는가!

그러나 이렇게 반론을 제기하는 사람들도 만만치 않았다. 4년 동안 작가들과 출판인들이 점령군과 타협하지 않았더라면 훨씬 더 좋았을 것이고, 명예로운 일이었을 것이다. …… 삭제를 감수하면서도 출간 허락을 얻으려고 소설과 평론, 극본을 적(敵)에게 제출했다는 사실을 어떻게 저항의 행위로 해석할 수 있겠는가. 교육부에는 작가들이 일할 수 있는 자리가 많았다. 전쟁 기간 동안만이라도 인세에 대한 욕심을 버리고 그런 일을 하면서 먹고 살 수는 없었나. …… 오토 리스트와 검열 합의서에 140개 출판사가 서둘러 서명했다. 적어도 비시와 베를린 간의 정치적 합의가 공식화될 때까지 서명을 미루어야 했다. 그들이 만장일치로 서둘러 서명했다는 사실, 그리고 그런 합의에서 얻은 혜택 등으로 미루어 볼 때 프랑스에 대한 독일의 문화 정책에 일조했다는 책임을 면하기 어렵다.

영국의 주간지 『옵서버*The Observer*』는 1943년 7월 11일에 〈점령당한 나라들 중 프랑스만이 유일하게 품격 있는 예술 서적을 출간하고 있다〉라고 지적한 적이 있었다.[1] 이 지적까지도 양 진영 모두가 서로에게 유리하게 해석했다. 점령 기간 동안 작가와 출판사들의 잘잘못을 가리기가 얼마나 어려웠던가를 잘 보여 주는 증거였다. 양 진영의 대표 주자가 상대편의 입장을 상당히 명쾌하게 요약해 주었다.

『박격포*Crapouillot*』의 발행인이었고 서점 주인이자 작가였던 장 갈티에부아시에르Jean Galtier-Boissière는 점령기에 코메디 프랑세즈의 관장을 지낸 장루이 보두아예로부터 변론을 위한 서류를 꾸미는 데 도와 달라는 요청을 받고, 다음과 같이 끝나는 참고인 증언서를 보냈다.

내가 알기에, 순수한 레지스탕스, 특히 호놀룰루에서 막 귀국한 사람들이 점령기 동안에 화가들은 붓을 꺾고 작가들은 펜을 던졌어야 했으며 배우들은 낚싯줄이나 드리웠어야 한다고 주장합니다. 나는 이런 생각에 동의할 수 없습니다. 오히려 나치의 군화 밑에서도 그들의 역할을 충실히 수행한 것을 칭찬해야 한다고 생각합니다.

예술계, 문학계, 연극계의 지도층은 독일 당국과 접촉할 절대적인 의무가 있었습니다. 독일 당국과 접촉할 일이 거의 없었던 우리는, 싫은 기색을 감추고 위험을 무릅쓰면서 적들과 만나 예술가들과 작가들의 권익을 지키기 위해 용기 있게 나섰던 사람들, 또한 암울했던 시기에 프랑스의 사상을 이어가기 위해 노력했던 사람들에게 감사해야만 한다고 생각지 않습니까?[2]

1 Le Boterf, 같은 책에서 인용.
2 Jean Galtier-Boissière, *Mémoires d'un Parisien*, 같은 책.

갈티에부아시에르의 주장에 맞선 논객은 뛰어난 학자였고 작가였던 장 게에노였다. 앞에서도 말했듯이 게에노는 점령기 동안 글을 쓰겠지만 한 줄도 발표하지 않겠다고 공언한 작가였다. 예외적으로 미뉘 출판사에 일기 몇 편을 세벤이란 필명으로 발표했지만 미뉘 출판사의 성격을 보아 충분히 이해할 수 있는 결심의 파괴였다. 앙리 4세 고등학교에서 졸업반을 가르치던 게에노는 원고를 독일 선전국에 제출하길 거부했고, 볼테르에 대한 평론을 『NRF』에 기고해 달라는 드리외의 청탁까지도 일언지하에 거절했다. 따라서 〈파국을 맞아 경력을 쌓고 명성을 유지하려 애쓰면서, 결국 독일의 입맛에 맞춘 노예로 전락해 가는 동료 작가들〉을 용서할 수 없는 사람들이라 생각했다. 그는 〈포로의 정절〉을 거론하면서 이렇게 말했다.

소리치고 싶어도 참아야 했던 시대에, 입에 풀칠을 하기 위해서라도 글을 발표해야 할 처지가 아니었다면 최소한 침묵했어야 했다. 중요하지 않은 것에 대해서는 입을 다물었어야 했다. …… 독일군의 게임이 끼어들지 말았어야 했다. 그들이 우리에게 원하던 것을 하지 말았어야 했다. 달리 말하면, 우리가 예전처럼, 자유를 찾은 지금처럼 살면서 즐기는 모습을 보여 주지 말았어야 했다. 한마디로 한 줄의 글도 발표하지 말았어야 했다. …… 평소에는 빛으로 반짝이던 곳이 한 마디의 말도, 한 줄기의 생각도 새어나오지 못하는 검은 수렁에 떨어졌다는 것을 세상 사람들에게 알려야 했다. 그 암흑의 수렁을 세상 사람 모두가 부끄럽게 생각하도록 만들어야 했다.[3]

가스통 갈리마르는 이런 논쟁의 흐름을 흥미로운 눈으로 지켜보았지만 한순간도 죄책감을 느끼지는 않았다. 자신은 출판인으로서 마땅히 해야 할 일을 한 것이라 생각했다. 독일에게 이용당했다는 생각은 추호도 없었다. 드노엘, 사를로, 클뤼니와 달리 독일에서 유입된 자본으로 출판사를 구하기는 했지만,[4] 베르나르 그라세와 같은 〈선전용〉 서적은 한 권도 출간하지 않았다. 따라서 그는 문제될 것이 없다고 믿었다. 그런데 아라공을 필두로 그에게 돈을 얻어 쓴 사람들이 〈정화 위

3 Jean Guéhenno, *Journal des années noires*, Gallimard, 1947.
4 Pierre Arnoult, *Les finances de la France et l'occupation allemande*, PUF, 1951.

원〉에 끼어서 그를 숙청 대상으로 삼자, 가스통은 끓어오르는 분노를 참을 수 없었다. 그는 1940년부터 1944년까지 출간된 책들의 목록을 살펴보고 또 살펴보았다. 얼굴을 붉힐 만한 책은 단 한 권도 없었다. 그러나 훗날 셀린은 〈그는 매일 총살당해야 마땅한 목록을 갖고 있었다. 아니면 종신형에 처하든지!〉라고 말했다.[5]

독일의 고전과 근현대 작품, 그리고 앞에서 언급한 프랑스 문학을 제외할 때 갈리마르가 암흑기에 출간한 책들은 다음의 범주로 나눌 수 있다. 위대한 인물의 전기(뒤게트루앵, 리요테, 루터, 칼뱅, 말라르메, 알퐁스 도데, 물리학자인 라부아지에와 아라고 등), 1941년까지 허락되었던 영어 번역 소설(델라필드, 벤틀리, 엘리자베스 보엔, 캐슬린 코일 등), 가벼운 읽을거리와 여행기(F. 앙젤의 『카멜레온과 다른 도마뱀들의 삶La vie des caméléons et autres lézards』, 레옹 르모니에가 쓴 북아메리카 역사서, 여행가 알랭 제르보의 『아름다운 섬들Iles de beauté』, J. 베틀리오즈의 『벌새의 생애La vie des colibris』 등), 과학과 역사에 관련된 학술서(프레데릭 브레슈의 『1789, 혁명의 해1789, l' année cruciale』, 페르디낭 로트의 『프랑스, 기원에서 백 년 전쟁까지La France des origines à la guerre de Cent ans』, 알프레드 메트로의 『부활절의 섬L'île de Pâques』, 나폴레옹이 1806년부터 1810년까지 기록한 전투 일지 등)로 분류될 수 있다.

브리스 파랭에게 일임한 〈생트주느비에브 산〉 이외에도 가스통은 여러 시리즈를 기획했다. 알베르 도자의 『프랑스의 촌락과 농민Le village et le paysan de France』(1941)으로 시작된 〈농민과 땅Le paysan et la terre〉, 조르주 뒤아멜의 책들을 중심으로 꾸며진 〈로마 신화Les mythes romains〉, 앙리 비뉴의 『건강과 비만Hygiène de la grossesse』 한 권으로 끝나 버린 〈처세Savoir vivre〉가 있었다. 특히 두 시리즈가 호평을 받았다. 하나는 1939년에 시작된 〈행복에 관하여Du bonheur〉였고, 다른 하나는 생루이 당탱 교구의 보좌 신부였던 프랑수아 뒤코부르제 신부가 주된 역할을 맡았던 〈가톨릭 컬렉션〉이었다. 기도집인 『잔 드 프랑스의 경멸받은 삶La vie méprisée de Jehanne de France』, 피에르 코르네유의 『그리스도를 모방하여L'imitation de Jesus-Christ』, 17세기의 글을 모은 선집 『아름다운 죽음들Les

5 L'Express와의 인터뷰, 제312권, 1957년 6월 14일.

belles morts』, 크리스마스에 관련된 시집, 민중에게 귀감이 될 성자들의 생애(카트린 라부레, 베르나데트 수비루스, 힐데가르트, 성 마틴, 성 주느비에브, 시에나의 성 카테리나 등……), 샤를 페기의 『프랑스의 성자들*Saints de France*』, 『노트르담 *Notre-Dame*』, 『주 예수 그리스도*Notre-Seigneur*』도 이 시리즈에 포함되었다.

부끄러울 것이 없었다. 특히 다른 출판사들의 목록과 비교하면 조금도 부끄럽지 않았다. 하지만 갈리마르가 점령군의 입맛에 맞춘 책을 간혹 펴낸 것은 부인할 수 없는 사실이었다. 드리외 라 로셸의 『금세기를 이해하기 위한 조언』과 『정치 기록*Chronique politique*』이 대표적인 예였다. 또한 잡지 『*NRF*』의 발간도 결코 수동적 체념은 아니었다. 드리외가 갈리마르의 잡지를 대독 협력의 도구로 전락시킨 것은 〈정치에 들뜬 몽상가의 일방적 독일 사랑 때문이 아니었다. 분명한 계산에 따른 것이었다. 퇴폐, 의회 민주주의, 《타락한 민족》, 공산주의에 몰매를 가하기 위한 국제 파시스트의 연대였다.〉[6]

파리의 해방 이후에 닥친 광기와 환희의 나날에서 파리 사람들은 쉽게 벗어나지 못했다. 전쟁은 계속 되었지만 다른 곳의 이야기였다. 식량 배급표와 군 검열로 전쟁이 계속되고 있다는 사실을 실감할 뿐이었다. 마침내 빛의 세상으로 올라온 『레트르 프랑세즈』의 창간호에 실린 갈리마르의 광고들은 음흉한 면이 없지 않았다. 〈지하 활동을 하는 동안 썼다〉는 아라공의 『아우렐리아누스*Aurelien*』, 〈1943년에 출간되었지만 독일이 판금 조치를 내렸다〉는 아라공의 『제국의 여행자』, 〈독일이 금서로 지정했다〉는 말로의 『모멸의 시대*Le temps du mepris*』, 〈1942년에 출간되었지만 독일에게 압류당했다〉는 생텍쥐페리의 『전투 조종사』……. 이런 광고들과 나란히 실린 칼럼들은 배신자들을 대놓고 욕하면서, 〈점령 기간 동안 압제자들에게 정신적으로나 물질적으로 도움이 되는 입장을 보이거나 글을 쓴 작가들〉을 명백한 공모자라고 고발했다.[7]

1941년에 정보부가 그의 기업을 등한시한다며 불평을 터뜨렸고,[8] 비시 정부

---

6 Lionel Richard, in *Revue d'histoire de la Seconde Guerre mondiale*, 제97권, 1975년 1월.
7 *Les Lettres françaises*, 1944년 9월 9일.
8 Hubert Forestier, 앞의 글.

의 정책에 호응하며 유대인과 영국을 비방하는 책들을 발간한 출판업자, 보디니에르Baudinière는 해방과 동시에 출판 조합에서 제명되어야 마땅했지만, 그런 보디니에르조차 〈독일놈들에게 화형 당한 책들〉을 해묵은 도서 목록에서 찾아내며 구명 운동을 벌였다.[9]

9월의 출판계 분위기는 레지스탕스가 발간한 전단과 신문에서 충분히 짐작할 수 있다. 9월 말, 일간지 「프랑스 리브르France Libre」는 〈적들에게 협조한 출판조합〉이라 기사에서 점령 시기에 출판 조합의 이사회는 르네 필리퐁(이사장), 조르주 마송(사무총장), 뒤랑오지아스(회계), 폴 앙굴방, 모리스 들라맹, 앙드레 지용, 오귀스트 오프노, 로베르 맹그레, 장 파야르, 모리스 뒤 우수아(이상 이사)로 구성되었다고 폭로했다. 「프랑스 리브르」는 독일에 협조한 작가들을 벌주는 것으로 충분하지 않다고 여겼던지, 〈프랑스 사상의 노예화를 겨냥한 책들을 확산시키는 데 물질적 수단을 제공한 사람들, 특히 독일에게 점령당한 초기부터 기꺼이 독일의 선전 도구가 되면서 오토 리스트와 검열 합의서에 서명하며 조국을 배신한 출판업자들〉에게 책임을 물어야 한다고 역설했다. 또한 현 출판 조합의 이사장과 사무총장과 회계 담당자는 점령 시기부터 그 자리에 있었던 사람들인데 해방을 맞은 지금도 파렴치하게 그 자리를 지키고 있으며, 문제의 세 인물은 출판인으로서 과학 서적과 법률 서적을 주로 출간했기 때문에 오토 리스트로 거의 피해를 입지 않았다는 사실까지 지적했다.[10]

이 기사를 내보낸 다음 날, 「프랑스 리브르」는 뜻밖의 사람, 즉 보디니에르에게 감사의 편지를 받았다. 이 편지에서 보디니에르는 〈귀사가 어제 내보낸 용기 있는 기사에 박수를 보냅니다. 그 기사가 건전한 공화국의 건설을 위해 작은 초석이 될 수 있기를 바랍니다. 귀사의 기사에는 한 단어도 바꿀 것이 없었습니다. 다만 뤼셰르의 처남으로 브뤼디라고도 불렸던 스위스인, 필리프 아치가 대표를 맡고 있던 유통 회사 아셰트의 사무실에서 검열 합의서가 서명되었다는 사실을 덧붙였더라면 더 좋았을 것입니다〉라고 말했다. 이 이상한 편지에서, 보디니에르는 자신은 독일 연구소나 독일 대사관에서 열린 프랑스 출판인과 독일 출판인의 친목 모임에

---

9 *Les Lettres françaises*, 1944년 9월 16일.
10 *France Libre*, 1944년 9월 22일.

단 한 번도 참석하지 않았다고 강조했고, 점령 기간 내내 아셰트가 23개 출판사에게 특혜(종이 공급 등)를 주면서 출판계의 대주주 노릇을 하며 가장 큰 이익을 거두었다고 지적했다. 보디니에르는 아셰트를 〈역 구내 서점들의 피를 빨아먹고, 그들의 유통 조직을 이용하지 않는 소형 출판사들을 제거해 버린 문어〉같은 존재라고 비난했다.[11]

거센 비난이었다. 그러나 부분적으로는 옳았지만 역시 독일과 타협한 출판인의 글이란 냄새를 물씬 풍겼다. 혼돈의 시기답게 친드골계 신문이 보디니에르의 주장을 적극적으로 환영했다는 사실이 놀랍고 의미심장할 뿐이다. 또한 전쟁이 끝나지 않았던 까닭에 책의 검열이 계속되기는 했지만, 놀랍게도 여전히 출판 조합 이사장직을 맡고 있던 르네 필리퐁이 그 사실을 출판사들에게 알렸다. 4년 전 오토 리스트를 출판사들에게 알렸던 것처럼! 시대의 모순이 아닐 수 없었다.

9월 말, 『레트르 프랑세즈』는 숙청의 정당성을 이유로, 대독 관계에서의 역할을 완전히 밝히지 못한 출판사들의 광고를 싣지 않겠다고 공언했다.

숙청의 정당성? 〈출판 정화 위원회〉가 그 역할을 맡았다. 출판 정화 위원회는 르페세(정부 대표), 로베르 뫼니에 드 우수아(아셰트), 뒤랑오지아스(점령기의 출판 조합 이사), 장 파야르, 프랑시스크 게, 베르코르(미뉘 출판사), 피에르 세게르스와 장 폴 사르트르(전국 작가 위원회 대표)로 구성되었다.[12] 그들은 생제르맹 가에 있던 출판 조합 본부에서 모임을 가졌다. 커다란 회의실에 마련된 타원형의 책상에 둘러앉아 엄숙한 분위기에서 회의를 진행했다. 그러나 곧이어 한 건씩 면밀하게 검토하는 그 회의 방식에, 피에르 세게르스Pierre Seghers가 〈이런 식이라면 작은 출판사들만 타격을 입을 것이다!〉라며 반론을 제기하고 나섰다.[13] 한편 사르트르는 전국 작가 위원회(CNE) 대표인 동시에 갈리마르의 대리인이란 의심을 불식시키지 못했다.

그러나 전국 작가 위원회는 법학자와 작가로 구성된 소위원회를 구성해 점령 시기에 출판사들이 보인 행태의 잘잘못을 심판하자고 주장했다. 정화 위원회의 구

11 *France Libre*, 1944년 9월 23일.
12 *Les Lettres françaises*, 1944년 9월 30일.
13 피에르 세게르스의 증언.

성이 미흡했기 때문에 이런 주장은 대대적인 호응을 얻었다. 또한 전국 작가 위원회는 죄가 있는 것으로 밝혀진 출판인들에게서 국민 여론에 영향을 미치는 수단을 빼앗고, 〈그들의 범죄 행위에 대해 법정이 결정한 형벌과 관계없이, 그들이 점령 기간 동안 저작권을 유린한 작가들에게 같은 기간에 거둔 수익으로 배상하도록 요구해야 한다〉라고 주장했다.[14] 파리가 해방되고 한 달이 조금 지나 행복감에 도취된 때였으니 어떤 주장인들 못했으랴!

베르코르는 정화 위원회에 실권이 없다는 사실을 금세 깨달았다. 따라서 정화 위원회를 공식화해서 공권력을 인정받고 실질적 수단을 확보하기 위해 일부 위원들과 협력해 투쟁을 벌였다. 「하지만 헛수고였다. 우리는 비공식적인 기구로 남았다. 힘 있는 출판업자들의 압력에 우리 같은 작은 집단의 의지는 맥없이 꺾이고 말았다.」[15] 실제로 출판업자들은 자기 사람들을 위원회에 집어넣어 핵심적 위치를 차지하게 만들었다. 폴랑의 지원을 받은 사르트르는 가스통 갈리마르를 변호하기에 바빴고, 반면에 모리아크는 베르나르 그라세를 제외한 모든 출판업자들을 숙청시키려고 압력을 넣었다. 베르코르는 출판 조합이나 독일에 아무런 빚도 없는 위원, 즉 어느 쪽에도 속하지 않은 극소수의 위원 중 한 명이었다.

정화 위원회의 위원을 맡아 달라는 부탁을 흔쾌히 수락하면서 베르코르는 오토 리스트에 서명하며 금서들을 쓰레기처럼 내버렸던 출판사 대표들, 독일에게 아부하면서 종이를 공급받았던 출판사 대표들에게 철퇴를 가하고 싶었다. 그들에게 은퇴를 종용하며 출판사 자체를 유능한 직원, 구체적으로 말하면 책임자 급이면서도 점령군과 타협하지 않았던 직원에게 양도하라고 요구하는 엄중한 조치까지 신중하게 고려하고 있었다. 예컨대, NRF의 경우에는 가스통의 자리를 대신할 사람으로 두 사람이 물망에 올랐다. 장 폴랑과 루이다니엘 이르슈였다.[16]

베르코르는 갈리마르와 그라세를 겨냥하고 있다는 속내를 감추지 않았다. 전시에는 아니었을지라도 전쟁 전에는 출판계에서 가장 중요한 위치를 차지하던 두 출판사였다. 정화 위원회는 전반적으로 베르코르의 의향을 따랐지만 두 출판사를

14 *Les lettres françaises*, 1944년 9월 16일.
15 베르코르의 증언.
16 베르코르의 증언.

똑같이 취급하는 데는 난색을 표명했다. 가스통은 빈틈없는 사업가로 행동한 죄밖에 없기 때문에 은퇴로 끝날 수 있지만 잡지 『NRF』는 폐간시켜야 한다는 주장이 대세였다. 한편 내놓고 독일에 협조한 그라세의 경우는 달랐다. 그가 독일 당국에 누군가를 고발한 적은 없지만(고발자는 무조건 숙청 대상이었다), 출판계에서 나치 독일의 지도관으로 자처했고 친독일적 책들을 출간했기 때문에 법의 심판대로 보내 전례를 남겨야 한다는 주장이 주를 이루었다.

정화 위원회 위원들은 공식적인 모임 이외에 개별적인 모임을 자주 가졌다. 특히 베르코르와 사르트르는 센 가에 있던 사르트르의 호텔방에서 장시간 논쟁을 벌이기 일쑤였다. 베르코르는 가스통을 처벌해야 한다고 끈질기게 주장했고, 사르트르는 가스통을 변호하기에 바빴다.[17]

출판계의 정화는 쉽지 않은 문제였다. 기계가 헛도는 듯한 기분이었다. 고위층이 출판인들에게 아무 일도 없을 것이라고 약속이라도 한 것 같았다. 역시 인쇄물로 똑같이 사상을 다룬 다른 영역인 언론계의 정화와는 뚜렷이 대비되었다. 그들은 정부의 결정을 기다리지 않고 곧바로 행동에 들어갔다. 해방된 다음 날부터, 지하에서 활동하던 편집장들이 점령기에 창간된 일간지와 주간지의 요직을 차지하며 이런 변화를 기정사실화시켰다. 하지만 출판계에서는 이런 변화가 불가능한 듯했다. 미뉘 출판사라면 세바스티앵보탱 가의 갈리마르를 전격적으로 인수할 특공대를 꾸밀 만도 했지만 그런 행위는 베르코르의 기질에 맞지 않았다.[17] 또한 출판계에 빈 자리를 채울 만한 인재가 턱없이 부족한 것도 사실이었다. 무려 140개 출판사가 오토 리스트에 서명하지 않았던가! 달리 말하면, 거의 모든 출판사가 대독 협력자였다. 게다가 지하 출판사의 탄생을 가능하게 했던 기술적인 문제들, 예컨대 제작과 유통 등이 부담되어 지하에서 활동한 출판인들도 선뜻 이런 모험에 나설 수 없었다.

레지스탕스 출신의 언론인들이 독일에 협력한 언론을 접수하던 시기에, 출판계에서 있었던 변화라면 나탕과 칼망레비, 그리고 페렌치의 복귀였다. 이런 변화 이외에 다른 혁명적 변화는 기대할 수 없었다. 적어도 권력층이 그런 변화를 주도

17 베르코르의 증언.

해 주길 바라는 것은 헛된 환상에 불과했다. 베르코르는 9월 초부터 이런 결과를 확신하고 있었다. 드골 장군은 모리아크, 아라공, 엘뤼아르 등을 차례로 면담한 후 베르코르를 도미니크 가의 전쟁성 건물로 초대해 식사를 나누었다. 그 자리에는 스타니슬라스 퓌메와 조르주 비도, 그리고 두 보좌관이 동석했다. 베르코르는 전혀 기대하지 않았던 이 특별한 만남을 기회 삼아, 출판 정화 위원회의 필요성을 드골에게 인식시켜 공식적인 지원을 얻어낼 생각이었다. 하지만 식사를 하는 동안 출판계의 문제는 단 한 번도 거론되지 않았다! 드골이 당면한 문제만을 화제로 삼아, 베르코르는 대화의 방향을 출판계쪽으로 돌릴 수가 없었다. 드골은 『일뤼스트라시옹L'illustration』과 『NRF』의 복간을 저지하는 것은 해외에서 프랑스의 위신과 이미지를 위태롭게 할 수 있다고 생각한다며 속내를 밝혔다. 그런데 베르코르는 두 잡지가 지닌 권위 때문에 그들을 처벌하고자 했던 사람이 아니던가! 죄인은 반드시 처벌받는다는 사실을 외국에 알리고 싶었던 사람이 아니던가! 그러나 더 이상의 대화는 없었다. 그때부터 베르코르는 확신할 수 있었다. 드골 장군은 갈리마르와 그라세가 프랑스 문학계를 대표한다고 생각하며 출판업자보다 작가를 처벌하려 한다는 사실을! 베르코르는 드골과 오랫동안 이야기를 나누고 싶었지만, 드골에게 깊은 감동을 받아 출판계 문제를 감히 거론하지도 못했고 다음에 다시 만나길 기대한다는 말조차 꺼내지 못했다.[18]

그 후로 그 문제는 다시 거론되지 못했다.

11월이 저물어 갈 무렵, 정화 위원회는 석 달 동안의 활동 결과를 점검하기 시작했다. 필요한 서류는 대부분 갖추어졌고 언제라도 활용할 수 있었다. 게다가 전국 작가 위원회는 몇 주 전부터 파문시켜야 할 작가들의 명단을 유포시키고 있었다. 앙리 베로, 셀린, 드리외 라 로셸, 모라스, 몽테를랑, 앙드레 테리브, 피에르 브누아 등이 거론되었다. 전국 작가 위원회는 이미 상당한 결과를 얻고 있었지만 정화 위원회는 어떤 성과를 거두었을까? 거듭된 요청에도 불구하고, 정화 위원회는 처벌의 수위를 결정할 수 있는 법적 지위를 부여받지 못하고 있었다. 게다가 일부 위원들이 사임하겠다고 위협하는 바람에 정화 위원회의 기능은 정지된 상태였다.

18 베르코르의 증언.

세게르스가 가장 먼저 문을 박차고 나갔다. 그가 정화 위원회를 사임한 결정적인 이유는 소를로 출판사의 신간 광고였다. 세게르스가 분개하며 사임을 표명했지만 변한 것은 없었다. 베르코르도 화가 치밀었지만 참고 기다렸다. 하지만 『레트르 프랑세즈』의 1면에 실린 「타락의 근원La gangrène」이란 글에서 〈정화 위원회가 퇴출시키고 싶었던 출판사들이 뻔뻔스레 신간을 광고한다. 정화 위원회를 비웃는 짓이 아닐 수 없다. 시체나 다름없다고 비웃는 짓이다. 정화 위원회는 더 이상 존재하지 않는다〉라고 말했듯이 그 유령 같은 위원회의 해체를 예견하고 있었다.[19] 이 글에서 베르코르는 부도덕한 현실 세계를 신랄하게 고발했다. 신문을 펼치면 독일에 협조한 작가들의 사형 언도를 환영하는 기사 옆에, 점령 기간에 그 작가들의 책을 발간했던 출판사들의 신간 광고가 눈에 띄는 기막힌 현실을!

출판인들은 정화 위원회를 무력화시키는 데 성공했다. 작은 승리가 아니었다. 산업 자본가들이 그랬듯이, 그들도 촘촘한 그물코를 빠져나오는 데 성공했다. 〈정신과의 협약〉이란 출판의 특수한 성격에도 불구하고 출판인들도 〈경제적 대독 협력〉이란 관점에서 두루뭉술하게 처리되었다. 독일군을 위해 〈대서양의 벽〉을 쌓았던 토목 업자들은 벌금형으로 끝났지만 암시장의 상인들은 실형에 처해지지 않았던가![20] 이와 마찬가지로, 로베르 브라실라크Robert Brasillach나 폴 샤크와 같은 출판인들은 자신의 작가들이 총살형을 당할 때도 큰 걱정을 하지 않았다. 작가는 이름을 알려야 한다는 욕심에 사로잡혀 뚜렷한 정치적 목적도 없이 허영심을 채우려고 책을 출간한 것이고 출판사는 그 와중에 이윤을 챙긴 것이라는 이상한 논리에 정의라는 저울은 크게 흔들리고 말았다.

훗날 시몬 드 보부아르는 〈대서양의 벽을 건설한 사람들보다 그 벽을 칭찬하듯 말한 사람들을 더 가혹하게 처벌하는 정부의 행태를 비난하는 목소리가 높았다. 경제적 대독 협력은 묵인하면서도 히틀러의 선전꾼들만 일방적으로 처벌한 것은 부당한 처사였다〉라고 말했지만, 히틀러의 선전꾼들 중에서도 글로 죄를 지은 사람들과 브라실라크처럼 〈고발하고 학살을 옹호하며 게슈타포에게 직접적으로

19 *Les lettres françaises*, 1945년 1월 20일.
20 부당 이익 환수 위원회는 독일에 협조해서 취한 총매출의 1.5퍼센트에 상당하는 벌금을 기업체에 부과했다.

협력한 사람들〉을 구분해야 한다고 주장했다.[21]

1945년, 출판계는 여전히 검열의 족쇄를 벗어나지 못했다. 이번에는 프랑스 군의 검열이었지만. 예전에 비해 훨씬 나아진 것은 사실이었다. 전쟁성이 발표한 금서의 첫 목록은 그라세, 드노엘, 소를로, 보디니에르 출판사에 큰 타격을 주었지만 갈리마르는 거의 피해를 입지 않았다. 얼마 후, 군 정보국은 〈이번 목록은 독일 편향적인 작품과 페탱의 국가 혁명 이데올로기에 편향된 책들을 서점에서 거둬들이기 위한 목적에서 발표된 것이다〉라고 밝히며, 이런 조치가 작가 중심이 아니라 작품 중심으로 이뤄진 것임을 강조했다.[22] 검열이란 단어 대신에 한결 완화된 표현으로 임시 정부가 수행한 〈사전 승인〉은 전쟁이 끝나면서 자연스레 종결되었다.

로베르 브라실라크가 2월 6일에 처형되었다. 드리외 라 로셸은 자살을 택했다. 그리고 가스통 갈리마르와 그의 아들, 브리스 파랭이 참석한 가운데 뇌이 공동묘지에 묻혔다. 최고 재판소에서 첫 공판이 열렸고, 에스테바 장군에게 종신형이 언도되었다. 얄타 회담과 드레스덴의 폭격⋯⋯. 이렇게 1945년의 첫 몇 달이 지나갔다.

출판계에서는 여전히 정화 작업이 계속되고 있었다. 정화 위원회의 실패에도 불구하고, 출판계의 정화를 꿈꾸는 사람들은 자료 수집을 계속했다. 그들 중 하나이던 뒤랑오지아스는 전국 정화 위원회 위원인 정부 관리에게 장문의 편지를 보냈다. 이 편지에서 오지아스는 출판사가 물질적인 이익만을 추구하는 기업이 아니기 때문에 일반적인 기업과 똑같이 다루어서는 안 된다고 주장하며, 〈어떤 책의 출간은 적군에게 가죽이나 시멘트를 판 행위보다 즉각적인 결과에서나 장기적인 결과에서 훨씬 중대한 배신행위가 된다〉고 역설했다. 또한 10월 16일의 법령으로는 죄지은 출판사들의 이름을 지워 버릴 수 없다고 지적하며, 〈그랭구아르〉와 〈오 필로리〉 그리고 〈드노엘〉이란 이름을 남겨 둔다면 프랑스의 권위에 치명타가 될 것이라고 말했다. 또한 그는 기존의 책을 다른 출판사에서 출간하거나, 마음에 들지 않는 출판사의 이름으로 책이 팔리는 것을 거부할 합법적 권한이 없는 작가들에게 적잖은 피해가 있을 것이라 덧붙였다. 오지아스는 정부 관리에게 처벌의 정도와

21 Simone de Beauvoir, *La force des choses*, I. Gallimard, 1963.
22 *Bibliographie de la France*, 1945년 7월 6~13일.

방법에 대해 정화 위원회에 자문을 구하라고 요구하며 출판사의 징계 방법까지 제안했다. 언론계에 귀속시키는 단순 징계, 출판계에서 일시적으로 제명하거나 영구히 제명하는 징계, 권한을 일시적으로 정지시키고 외부의 임시 관리자를 임명하는 방법, 영구 제명과 동시에 외부의 임시 관리자를 임명하는 방법 등이었다. 외부에서 임명한 임시 관리자의 역할은 문제의 출판사 이름을 세상에서 완전히 지워 버리고, 그 출판사를 다른 사람에게 매각하는 것이었다. 이때 임시 관리자에게는 매입자가 유죄 선고를 받은 출판인의 명의인(名義人)이 아니라는 것을 철저히 확인할 의무가 주어졌다.[23] 그러나 갈리마르와 그라세와 드노엘에서 정화 작업은 이상한 방향으로 진행되었다.

1945년 1월, 로베르 브라실라크는 법정에서 〈…… 나는 오늘날 가장 유능한 출판인이라는 갈리마르 씨를 평생 동안 단 한 번 만났습니다. 독일 연구소에서……〉라고 증언했다.[24] 짧막한 증언이었지만 가스통은 모골이 송연해지는 듯한 기분이었다. 그는 이중 언어를 교묘하게 구사해서 누구도 가스통이 어떤 사람인지 정확히 알지 못했다. 망명에서 귀국한 작가들, 따라서 4년 동안 파리의 삶이 어떤 것인지 상상조차 할 수 없었던 작가들은 점령 기간에 『NRF』의 활동을 저항적 관점에서 해석하려는 경향이 짙었다.

일부 친구들과 마찬가지로 가스통은 과격한 레지스탕스의 매몰찬 공격을 무시하고 경멸하는 듯한 태도를 취했지만 과거 청산을 이유로 쏟아지는 밀고와 의혹에서 자유로울 수는 없었다. 측근들의 증언에 따르면, 그는 자신과 출판사의 이름이 매국노들이나 골수 나치주의자들의 이름과 나란히 쓰여 있는 것을 볼 때마다 크게 상심했다. 그는 1943년부터 전후를 대비하며, 일부 작가들을 배려하고 미래를 섣불리 예측하지 않으려 애썼다. 또한 파리가 해방을 맞은 날부터 독일과 타협하지 않은 극소수 작가들 중 한 사람인 피에르 세게르스에게 접촉을 시도하며, 폴랑에게 세게르스와 시인 앙드레 프레노를 저녁 식사에 초대하라고 지시했다. 그들은 샤바네 가의 한 식당에서 만났다. 식사가 끝나 갈 무렵, 가스통은 전국 작가 위

<hr />

23 1945년 3월 6일의 편지, 국립 문서 보관소.
24 Isorni, 같은 책.

원회의 창립자로 얼마 후 그 조직의 핵심 인물로 활동하며 정화 위원회 위원으로 위촉되었던 세게르스에게 이렇게 제안했다.

「『마리안』을 복간할 생각이네. 전쟁 전에 베를이 맡았을 때처럼 문화와 정치를 전문적으로 다루는 주간지로 키워 볼 생각이야. 자네가 그 주간지를 맡아 주면 고맙겠네. 또한 자네가 시작한 〈오늘날의 시인들〉이란 시리즈를 갈리마르의 이름으로 계속 출간해 주길 바라네. 허락한다면 그르넬 가에 자네 사무실을 준비하지.」[25]

뜻밖의 제안에 피에르 세게르스는 이틀 동안 생각할 여유를 달라고 요구했다. 이미 많은 것을 빚진 사람에 대한 의리를 감안해서라도 그 제안을 가볍게 받아들일 수는 없었다. 실제로 1944년 1월에 세게르스가 출판 조합의 직원으로 응시했을 때 가스통 갈리마르는 기꺼이 그의 후원자가 되어 주었다. 그때까지 두 사람의 인연은 전쟁 초기에 카르카손에 있던 조에 부스케의 집에서 잠시 만난 것이 전부였다. 하지만 가스통은 1944년 여름에도 인쇄업자(르발루아페레에 있는 뒤퐁 인쇄소)와 제지업자에게 그를 적극 추천해서, 그가 파리에서 잡지를 출간할 수 있도록 간접적으로 도와주었다. 더구나 그가 〈오늘날의 시인들 *Poètes d'ajourd'hui*〉이란 시리즈를 준비하자, 『*NRF*』가 저작권을 갖고 있는 시인들, 예컨대 미쇼, 엘뤼아르, 막스 자콥, 아폴리네르, 클로델, 쉬페비엘, 로베르 데스노스 등의 시를 마음대로 사용할 수 있도록 허락해 주기도 했다. 덕분에 이 시리즈는 처음 20호까지 어렵지 않게 발간될 수 있었다. 따라서 세게르스는 가스통 갈리마르에게 큰 빚을 진 기분이었다.

이 때문에 세게르스는 고민하지 않을 수 없었다. 이틀 후, 그는 저녁 식사를 끝내고 가스통의 집으로 찾아갔다.

「깊이 생각해 보았지만 선생님의 제안을 거절할 수밖에 없는 입장입니다. 주간지에서 일해 본 경험이 전혀 없습니다. 그래서 두려울 뿐입니다. 시리즈는 제가 선원부터 선장까지 해낼 생각입니다. 물론 앞으로도 그 시리즈는 계속될 것입니다. 하지만 저 혼자 힘으로 해내고 싶습니다.」[25]

가스통은 그렇게 좋은 제안을 거절할 정도로 패기만만한 25세의 젊은 출판인

25 세게르스의 증언.

을 점잖게 꾸짖었다. 하지만 그를 원망하지는 않았다. 거절한 이유를 충분히 이해할 수 있었다.

1945년, 가스통 갈리마르는 모든 수단을 동원해서라도 쓰러지지 않겠다고 굳게 다짐했다. 친구들을 만났고 그의 편으로 끌어들였다. 이를 통해 그는 어떤 작가가 진실하고 어떤 작가가 표리부동한가를 알게 되었다. 또한 그를 위해서 조금도 위험을 무릅쓰지 않으려는 작가와, 그를 도울 수 있다면 그동안 쌓았던 명성까지 과감히 내던질 작가가 누구인지도 알게 되었다. 사르트르와 말로는 그를 위해 사방팔방으로 뛰어다녔고, 문인 숙청에서 주된 역할을 하던 아라공도 기꺼이 가스통을 변호해 주었다. 하지만 전쟁 직전에 〈에스프리〉 시리즈에서 두 권의 책을 발표했던 에마뉘엘 무니에Emmanuel Mounier는 갈리마르를 떠나 세이유의 품에 안겼다. 게다가 브리스 파랭과의 깊은 우정에도 불구하고 〈나는 갈리마르와의 계약을 취소하고 싶네. 갈리마르가 이런 저런 구실을 늘어놓으면서 면죄부를 받으려고 애쓰는 것으로 보아 당장이라도 계약을 취소해야 할 것 같네〉라는 내용의, P. A. 투샤르에게 보낸 편지에서 볼 수 있듯이 갈리마르의 처신을 문제 삼아 점령기에 체결된 계약을 무효라 선언하며 그 계약을 취소하고 싶어 했다.[26] 반면에 폴 레오토는 가스통에게 위기가 닥친 순간부터 떳떳하게 그를 지지해 주겠다고 공언했다. 〈상심이 크시겠습니다. 사람들이 당신에 대해 이러쿵저러쿵 하는 말을 들었습니다. 제명, 축출……. 깜짝 놀랐습니다. 무슨 짓들입니까! 이런 역경을 이겨 내야 합니다! 프랑스 사람들과 함께 이겨 내야 합니다! 당신의 편지를 받고 나는 확신할 수 있었습니다. 그들이 어떤 짓을 하더라도 당신은 승리할 것입니다! 당신에게는 어떤 일도 일어나지 않을 것입니다.〉[27]

1945년에 갈리마르가 출간한 책들은 문학적이라기보다 정치적인 색을 뚜렷이 띠고 있었다. 이때 레몽 아롱의 『휴전부터 국민 봉기까지De l'armistic à l'insurrection nationale』, 카뮈의 『독일인 친구에게 보내는 편지Lettres à un ami allemand』, 앙드레 샹송의 『1940년에 쓴 글Ecrit en 40』과 『기적의 우물Le puits

---

26 1945년 2월 9일의 편지. Michel Winock, *Histoire politique de la revue Esprit 1930~1950*, Seuil, 1975에서 재인용.

27 1944년 9월 14일의 편지, Léautaud, *Correspondance générale*, Flammarion, 1972에서 재인용.

des miracles』, 르네 샤르의 『홀로 남아서*Seuls demeurent*』, 자크 드뷔브리델의 『패주*Déroute*』, 사르트르의 『자유의 길*Chemins de la liberté*』 중 2권, 생텍쥐페리의 『한 인질에게 보내는 편지*Lettre à un otage*』, 피카소의 『꼬리가 잡힌 욕망』, 레옹 블룸의 『인간에 대하여*A l'échelle humaine*』, 쥘리앵 뱅다의 『비잔틴화된 프랑스*La France byzantine*』, 시몬 드 보부아르의 『타인의 피*Le sang des autres*』와 『불필요한 입들*Les bouches inutiles*』 등이 차례로 출간되었다. 숙청당한 사람들이 감옥에서 쓴웃음을 지었을 이런 목록으로 판단하건대 전국 작가 위원회의 위원들이 갈리마르를 위해 만남의 시간을 가졌을 것이란 의혹을 떨쳐 내기 어렵다.

작가들은 형장의 이슬로 사라졌지만 출판인들은 살아남았다.

새로운 프랑스를 선전하는 책들도 눈에 띄었다. 특히 〈문제와 기록*Problèmes et documents*〉이란 시리즈로 출간된 세 권은 노골적이었다. 샤를렌Charlereine(오딕 장군의 필명)의 『패배한 원수*Le Maréchal défaite*』는 〈페탱과 그 도당의 범죄〉를 심판대에 올리면서 페탱을 〈똥통에 빠진 맥베스〉라 조롱하며, 페탱이 히틀러와 패배와 더불어 3각관계를 맺었다고 빈정거렸다. 〈페탱의 냄비에는 오색찬란하게 설사한 똥, 구린내 나는 온갖 썩은 것들, 온갖 쓰레기들로 가득하다……〉 친드골 판 『주 쉬 파르투』와 같은 책이 NRF-갈리마르의 이름으로 출간되었다는 사실은 너무나 어색했다. 이런 것도 시대의 요구였을까? …… 그 직전에는 샤를 뒤마 Charles Dumas의 『배신당해 넘어간 프랑스*La France trahie et livrée*』가 출간되었다. 지하에서 활동한 사회당의 집행 위원이던 뒤마는 이 책에서 전쟁 기간과 해방 이후 부르주아 자본가들의 책임을 추궁하면서 〈부패한 것은 제거되어야만 한다!〉라고 결론지었다. 끝으로 전국 해방 운동의 집행 위원으로 활동하던 사회주의자 앙드레 페라André Ferrat는 『공화국 재건*La République à refaire*』에서, 문학계처럼 특별한 영역만이 아니라 모든 공공 영역에서의 숙청 필요성을 역설하며 국가 전체에 새로운 피를 수혈하는 철저한 개혁을 주장했다.

기회주의적 출판이라 할 수밖에 없는 이런 책들의 출간은 가스통이 시대 분위기에 굴복했다는 뜻으로 해석된다. 정화 위원들이 그를 대독 협력자로 몰아가려고 증거를 수집하던 시기에 가스통도 고집을 꺾지 않을 수 없었을 것이다. 11월에 접어들면서 가스통은 자신을 방어할 준비를 갖춰 가기 시작했다. 30명 정도의 작가들에게 전쟁 기간 중에 그가 베푼 선행, 암암리에 레지스탕스를 지원한 사실, 독일 군의 억압하에서 출판을 계속한 용기 등을 증언해 달라고 부탁했다. 그들은 갈리마르 출판사에 관련된 범죄와 잘못은 드리외 라 로셀이 운영한 잡지 『NRF』에서 비롯된 것이라 증언하며 갈리마르 출판사만이라도 수렁에서 구해 내려 애썼다. 그들의 증언은 명료했다. 갈리마르 출판사, 특히 폴랑의 사무실은 전쟁 기간 중에 레지스탕스의 피난처였기 때문에, 점령군이 주필로 임명한 악명 높은 파시스트가 운영한 잡지와는 구별해야 한다는 증언이었다. 달리 말하면, 잡지 『NRF』와 갈리마르 출판사는 완전히 다른 조직이었다는 것이었다! 하지만 회계 장부와 주소, 심지어 소유자의 이름까지 똑같은 것은 어떻게 설명할 것인가? 그렇다면 전쟁 기간 중에 그라세가 『NRF』를 출간하기라도 했다는 말인가?

가스통이 자신을 변호하기 위해 작성한 서류의 방향도 다를 바가 없었다. 가스통을 변호한 증인들도 각자 나름대로 겪은 경험을 바탕으로 증언을 했지만 전체적인 방향에서는 이런 사실을 전적으로 인정했다.

앙드레 샹송: 〈…… 갈리마르와 관계를 맺은 작가들이 『NRF』와 완전히 결별한 것은 내 생각에 양심의 문제였던 것으로 보인다.〉

아르망 살라크루는 점령 기간에 자신의 극본을 파리 무대에서 공연하겠다는 제안을 단호히 거절했다는 사실을 강조하면서, 〈그러나 갈리마르에서 내 책을 출간하는 데는 조금도 꺼리지 않았다. 당시 갈리마르는 트리올레, 아라공, 엘뤼아르, 생텍쥐페리 등의 책을 출간하지 않았는가!〉라고 밝혔다. 또한 1942년부터 1944년까지 갈리마르에 자주 들락거렸다는 사실을 인정하면서 〈가스통 갈리마르 씨의 행동으로 판단하건대 갈리마르 출판사는 레지스탕스의 본거지였다!〉라고 덧붙였다.

1942년 1월 1일부터 갈리마르의 독자 위원회 위원으로 활동한 디오니스 마스콜로는 갈리마르가 이중적 삶을 산 사람들에게 사무실을 빌려 주어 큰 위험을 감수한 적도 있다고 증언했다. 가스통과 그 측근들의 도움을 받아 레지스탕스들이 갈리마르를 연락 사무소처럼 사용했다는 증언이었다. 실제로 여러 레지스탕스 조직(MNPGD, 콩바, FFI)에 가담했던 마스콜로는 〈그 시절, 파리의 어디에서도 가스통만큼 독일과 비시 정부를 단호히 비판하며 저항하는 정신을 가진 사람을 찾을 수 없었다. 내 이름을 걸고 맹세하건대 가스통을 만났기 때문에 나는 레지스탕스에 가입하겠다는 결심을 굳힐 수 있었다〉라고 덧붙였다.

앙리 몽도르Henri Mondor 교수는 작가로서, 전쟁 기간 동안에 갈리마르 형제와 나눈 대화는 반독일적이고 친영국적인 내용이었다고 기억한다면서 가스통은 독일의 마수에서 출판사를 지키기 위해 싸웠다고 주장했다. 〈갈리마르 형제는 출판사만이 아니라 저항 정신을 구하기 위해서 수완을 부렸다. 그 덕분에 많은 작가가 용기를 얻을 수 있었다.〉

가스통은 레몽 크노의 정치적 견해를 잘 알고 있었지만 1941년 초부터 갈리마르 출판사의 운영을 맡겼다. 따라서 크노는 〈3년 반 동안 나는 가스통 갈리마르가 친독작가들을 쫓아내고, 독일이 제안한 모든 프로젝트를 무시하면서 점령군의 눈 밖에 난 작가들, 쉽게 말해서 반나치작가들의 작품을 용기 있게 출간하는 것을 수없이 보았다〉라고 서면으로 증언했다.

베르나르 그뢰튀장은 독일 선전국의 의도에 완전히 배치되는 독일 고전과 독일 문학을 번역하려는 자신의 뜻을 따뜻하게 격려해 준 가스통 갈리마르가 감사할 따름이라며, 〈우리 독자 위원회는 항상 비슷한 생각을 가진 사람들의 모임이었다. 덕분에 우리는 충절과 저항 정신을 함양시키는 데 적합한 책들을 꾸준히 출간할 수 있었다〉라고 회고했다.

1942년 갈리마르에서 『능선(稜線)Ligne de faîte』을 발표한 때문에 투옥되었던 브뢱베르제 신부는 〈내가 갈리마르에서 책을 출간하긴 했지만 갈리마르가 프랑스를 위해 일하는 모습을 내 눈으로 확인하지 않았다면 그 출판사에 드나들지 않았을 것이다〉라고 말했다.

루이 마르탱소피에Louis Martin-Chauffier는 〈가스통은 내가《의심스런 인물》인 것을 알면서도 나와 계약을 맺었다〉라며 가스통을 변호했다. 또한 플레이아드상의 제정과 심사 위원의 구성에서도 그의 반항 정신을 읽을 수 있다고 증언했다.

장 폴랑: 〈1940년 완전히 독일의 수중으로 넘어간 잡지 『NRF』와 출판사가 완전히 분리되지 않았다면 그뢰튀장과 크노, 그리고 나는 1940년부터 1944년까지 갈리마르를 위해서 절대 일하지 않았을 것이다. 또한 세바스티앵보탱 가의 사무실에 매일 출근하면서 나는 이 원칙에서 벗어난 예를 본 적이 없다. 『NRF』의 주필은

물론이고 기고자들까지 마주치지 않으려고 하는 그 원칙을 고수했다.〉

1940년 6월부터 10월까지 가스통의 가족과 갈리마르의 수뇌부에게 피난처를 제공했던 조에 부스케는 가스통에게서 언제나 〈프랑스적 확신〉을 읽을 수 있었고, 그가 검열의 위험을 무릅쓰고 〈우리 군의 승리를 기원한다!〉라는 편지를 여러 번 자신에게 보냈다고 증언했다. 또한 그가 파리로 돌아간 것은 작가들의 빗발치는 요구에 따라 그들의 물질적 빈곤을 해결해 주고 독일군의 선전에 혼신을 다해 투쟁하기 위한 것이었다고 덧붙였다. 그리고 〈나는 가스통 갈리마르가 우리 요구에 부응해 생색나지 않는 역할을 기꺼이 맡았다는 점에서 레지스탕스의 정신을 분명하게 보여 주었다고 확신하는 바이다〉라고 증언을 끝맺었다.

당시 정보 장관이었던 앙드레 말로는 1940년 가을의 상황을 숨김없이 증언했다. 〈독일이 출판사를 폐쇄한 상태에서 잡지는 어떤 형태로든 복간될 예정이었기 때문에, 나로서도 어떤 방향으로든지 출판사 문을 다시 열어서 주옥같은 책들을 구해 내는 것이 낫다고 생각했다. 더구나 문학인으로서 지드, 발레리, 엘뤼아르 등이 갈리마르와 함께 일하는 데 동의한 상태였다.〉

폴 엘뤼아르는 1941년 폴랑의 사무실에서 자크 드쿠르[28]를 만났다고 증언하면서 『NRF』의 고약한 주필이 같은 건물에 상주하는 위험에도 불구하고 나는 그 건물에 들어갈 때 아무런 걱정도 하지 않았다. 가스통 갈리마르와 그 주변 사람들이 나를 지켜 준다는 확신이 있었던 것이다〉라고 덧붙였다.

로제 마르탱 뒤 가르는 1940년 9월의 상황을 회상하면서, 〈드리외의 『NRF』와 출판사의 분리는 누가 보아도 확실한 것이었다. 논란거리도 아닌 것을 두고 내가 이렇게 증언해야 한다는 사실이 놀라울 뿐이다. 양심과 정의로 판단하는 사람에게는 한 줌의 의혹도 없는 사건이다〉라고 증언했다.

브리스 파랭은 1940년 10월 22일 가스통이 갈리마르로 복귀할 때까지 출판사를 책임지고 운영했다는 사실을 확인해 주었다.

「피가로」의 편집장, 피에르 브리송Pierre Brisson은 1940년 10월부터 1942년 정간당할 때까지 리옹에서 발간된 『피가로 리테레르Figaro littéraire』가 정치적

28 전국 작가 위원회의 발기인이었고 『레트르 프랑세즈』의 창립자 중 하나로 독일군에게 총살당했다 — 역주.

입장과 기고자의 성격에서 드리외의 『NRF』와 끊임없이 대치했다고 회고하면서, 〈이런 대치 관계에도 불구하고 나는 가스통 갈리마르에게 『몰리에르Molière』의 출간을 부탁하는 데 어려움이 없었다. 1944년 초에 내 두 번째 책, 『라신의 두 얼굴 Les deux visages de Racine』의 출간을 부탁할 때와 똑같았다. 가스통 갈리마르가 레지스탕스 작가들에게 보여 준 애착과 지원, 장 폴랑과 크노와 그뢰튀장을 비롯한 갈리마르 직원들의 항독 활동, 그리고 아라공과 생텍쥐페리, 엘뤼아르와 사르트르와 같은 작가들의 책을 대담하게 출간한 용기 등을 감안할 때 갈리마르 출판사의 정신은 의심할 바가 없다〉라고 증언했다.

〈리베르테〉의 일원이자, 1941부터는 〈콩바〉라는 저항 조직의 일원이었고, 전국 해방 운동에서는 지역의 대표로 활동한 조르주 브리삭Georges Brissac은 점령 기간에 갈리마르 출판사를 자주 방문했고, 잡지와 출판사는 뚜렷이 구분되었으며, 갈리마르가 출간한 반히틀러 성향의 서적들은 동료들에게 〈프랑스 문학의 자유로운 정신이 유지되고 있다는 증거〉로 해석되었고, 클로드 갈리마르는 그가 레지스탕스라는 것을 알면서도 항상 반갑게 맞아 주었다고 증언했다.

W. E. 모울더Moulder도 가스통의 〈용기〉를 증언해 주었다. 그녀가 영국인이었지만 가스통은 그녀를 1940년부터 1944년까지 비서로 채용해 주었고, 또한 갈리마르 출판사는 레지스탕스의 보금자리였다고 증언했다.

오딕 장군은 독일 당국의 압력에도 불구하고 가스통이 『파편』의 출간을 거부하고, 삼엄한 검열을 감수하면서 『전투 조종사』를 출간한 것에 감사한다고 말했다. 〈그는 내 원고를 받자, 상황이 허락되는 즉시 출간하겠다고 약속했다. 1943년 말 게슈타포에 체포되어 부헨발트로 압송된 나는 프랑스로 돌아오자마자, 샤를렌이란 필명으로 발표된 『패배한 원수』를 보도 기관에 발송할 책들에 서명할 수 있었다. 나는 가스통 갈리마르가 언제나 우리 편이라 생각했다. 그렇지 않았다면 나는 그에게 말조차 붙이지 않았을 것이다.〉

모리스 에비Maurice Hewitt는 바이올린 연주자로 음악 교수였으며, 오케스트라 지휘자로 1943년 11월에 부헨발트로 압송될 때까지 플레이아드 연주회에 그의 오케스트라를 이끌고 참석했던 레지스탕스였다. 그는 플레이아드 연주회에서는 프랑스 음악만을 연주했고 프랑스 사람만이 연주회를 관람할 수 있었다고 증언했다. 그리고 〈나는 가스통 갈리마르를 애국자라 생각한다. 어렵고 민감한 상황에서도, 갈리마르 출판사의 선장으로서 그는 플레이아드 연주회를 조직하고 프랑스적 정신을 되살리는 데 주된 역할을 해냈다〉라고 덧붙였다.

가스통의 사돈, 즉 며느리의 아버지였던 알베르 코르뉘Albert Cornu는 악명 높은 대독 협력자들이 함께했던 모임을 기억한다고 말했다. 하지만 〈그의 태도는 위험하기 짝이 없었다. 그런 모임에서도 그는 비시 정부와 점령군의 행동을 비난하며 연합군의 승리를 확신한다고 서슴없이 말했다〉라고 증언하며 그때마다 가스통에게 말조심하라고 타일렀다고 덧붙였다.

끝으로 사르트르와 카뮈의 증언에 주목할 필요가 있다. 두 작가의 권위와 가스통과의 관계, 그리고 편지의 내용을 감안할 때 특별한 의미가 있기 때문이다.

장 폴 사르트르: 〈…… 개인적으로 나는 가스통 갈리마르를 친구로 생각하며 그에게 깊은 존경심을 품고 있다고 말해 두고 싶다. 점령 기간에 나는 그를 통해서 『존재와 무』와 『파리』를 발표했다. 독일과 비시 정부에 대한 그의 태도에 조금이라도 의혹이 있었더라면 나는 결코 갈리마르의 이름으로 내 책을 출간하지 않았을 것이다. 따라서 갈리마르 출판사에 대한 비방은 곧 아라공, 폴랑, 카뮈, 발레리 그리고 나를 향한 공격이라 생각할 수밖에 없다. 요컨대 지적인 저항에 매진하며 갈리마르를 통해 책을 출간한 작가들 전부를 향한 공격인 셈이다. 그러나 가스통 갈리마르는 자신의 생각을 행동으로 우리에게 증명해 보였다. 그는 갈리마르 출판사가 지하 운동 조직원들에게 집회장으로 사용되는 것을 알고 있었고, 레지스탕스 작가들을 돕는 데 주저하지 않았다. 독일의 압력에 『NRF』를 드리외에게 양도한 것도 말로와 지드, 마르탱 뒤 가르의 충고를 따른 것이었다. 그들 모두가 가스통에게 독일의 요구에 따르라고 충고했다. 게다가 모두가 『NRF』는 문학 잡지로 남을 것이라 생각했다. 처음에는 많은 작가가 그렇게 믿었다. 『NRF』에 엘뤼아르의 시가 실려 있지 않았던가?〉

한편 알베르 카뮈는 잡지와 출판사의 결별이 〈공공연한 사실〉이었고, 아라공이나 생텍쥐페리의 책을 출간한 것에서 레지스탕스 작가들은 갈리마르의 충절을 확신했다고 증언했다.

〈내가 곤경에 처할 때마다 갈리마르 출판사가 나를 도와주었다는 사실을 증언하는 것이 내 의무라 생각한다. 1943년과 1944년, 갈리마르에 있던 내 사무실은 내가 관계를 맺고 있던 《콩바》 조직원들에게는 만남의 장소였다. 그 조직의 상세한 활동까지는 몰랐겠지만 가스통 갈리마르는 그 조직의 존재를 알았고, 그 점에서 나를 언제나 보호해 주었다. 《콩바》의 파리 조직이 추적을 당하면서 결정적인 위기를 맞았던 1944년 5월, 갈리마르 가족은 나를 변함없이 지켜 주고 보호해 주었다. 그런데 어찌 내가 그들을 존경하지 않고 그들에게 성의를 다하지 않을 수 있겠는가! 말이 나온 김에 더 중요하다고 생각되는 사실 하나를 덧붙여 말해 두고 싶다. 많은 레지스탕스 작가들이 점령 기간에 갈리마르의 이름으로 책을 발표했고, 그들이 유지해야만 한다고 생각했던 것을 유지하기 위해서 갈리마르를 이용했다. 나를 포함해, 이런 작가들 중 누구도 갈리마르를 떠나지 않았다! 갈리마르에 대한 평가는 그들에 대한 평가이기도 하다. 따라서 갈리마르를 벌한다면, 나를 포함해서 다른 유명 작가들도 그에 상응하는 벌을 받아야 한다고 생각한다. 이처럼 모순된 상황을 가볍게 판단해서는 안 될 것이다. 나는 갈리마르 건을 결정할 사람들을 믿는다. 그들이 엄격한 정의의 잣대로 결정을 내릴 것이라 믿기 때문이다.〉

가스통 갈리마르를 죄인이라 심판하는 것은 레지스탕스 작가들을 죄인이라 심판하는 것이다! 이런 위협이 있은 후에, 누가 감히 갈리마르 출판사를 숙청해야 한다고 생각할 수 있었겠는가?

위의 변론 편지들[29]은 대부분 가스통 갈리마르에게 빚진 사람들이 쓴 것이다. 거의 모든 편지가 1945년 11월에 쓰였고, 이 편지들을 종합한 듯한 변론서와 그 편지들의 사본이 〈출판계 정화를 위한 자문 위원회〉에 보내졌다.

『NRF』에 기고하기를 거부한 이 모든 작가들이 갈리마르 출판사와 계약을 체결하거나 계약을 갱신하는 데 동의하며 갈리마르와의 끈끈한 관계를 다시 한 번 확인해 주었습니다. 그들이 갈리마르 출판사와 일하기로 결정했다는 사실은 점령 기간에 갈리마르가 어떻게 처신했는지 단적으로 보여 주는 증거인 동시

29 국립 문서 보관소.

에, 그들이 갈리마르 출판사와 『NRF』를 뚜렷이 구분했다는 증거이기도 합니다. …… 1940년 말에 활동을 재개한 이후로 갈리마르 출판사는 프랑스적 정신을 함양하는 데 적합한 노선을 확고히 따랐고, 어떤 경우에도 그 노선을 지키려고 애썼습니다. 아를랑, 그뢰튀장, 말로, 파랭, 폴랑, 크노 등을 독자 위원회에 꾸준히 소속시켰고 블랑자트, 카뮈, 마스콜로 등과 같은 반나치주의자들을 독자 위원회에 추가로 선임하며 반독일적 성격을 띤 작가들(생텍쥐페리, 아라공)의 작품을 출간했습니다. 이 때문에 갈리마르 출판사는 독일 선전국에 소환당하고, 직원들이 부역에 징발되는 곤욕을 치렀습니다. …… 독일 고전과 과학 및 역사 서적을 출간할 때는 그뢰튀장과 파랭의 결정에 맡겼고 …… 독일 측이 제시한 번역가를 이용하지 않고 자체로 선정한 번역가에게 번역을 맡겼습니다. 심지어 유대인에게도 번역거리를 주었습니다. …… 점령 기간 중에 플레이아드 상을 제정하면서 심사 위원단은 대부분 레지스탕스 작가로 꾸몄습니다. 아를랑, 블랑쇼, 부스케, 카뮈, 엘뤼아르, 그르니에, 말로, 폴랑, 크노, 사르트르, 튀알 등이 심사 위원이었습니다. 게슈타포는 이런 심사 위원단의 구성에 경악하며, 심사 위원 전원의 주소를 요구하기도 했습니다. …… 친독일계 언론의 무차별한 공격에도 갈리마르 출판사는 본래의 노선에서 벗어나지 않았습니다.

해방 후의 혼돈스런 시기에 역사는 승리자들에 의해 쓰였다. 아니, 승리자들에 의해 꾸며졌다! 지적 저항의 기준이 1945~1946년만큼 애매한 때는 없었다. 숙청의 광풍이 지나가고 한참의 시간이 지난 후에야 그 기준은 합리성을 되찾기 시작했다. 그때서야 역사학자들이 그 시대의 글을 다시 읽기 시작하면서 명성보다 글 자체에 초점을 맞춰 심판을 내리기 시작했다.

가스통 갈리마르는 사무실의 책상 서랍에 이 변론 편지들의 원본을 오랫동안 간직했다. 만약의 경우를 대비한 것이었다. 이 편지들의 사본을 〈출판계 정화를 위한 자문 위원회〉에 보낼 때 가스통은 변론서 이외에, 그를 수렁에 몰아넣었던 점령 시기의 언론 기사들을 발췌해서 요약한 글도 동봉했다. 하지만 그에게 불리한 서류는 얄팍했다. 1940년 독일 선전국이 출판사의 재개와 관련해서 가스통 갈리마르에게 보낸 편지 한 장이었다.[30] 가스통이 갈리마르 출판사에 외국 자본의 유입을 거부하긴 했지만 드리외를 5년 동안 『NRF』의 주필로 임명하는 데는 동의했다는 사실을 상기시키면서, 가스통이 독일 장교들과 나눈 대화 내용을 확인하는 편지였다.

이런 서류가 가스통 갈리마르에게 불리할 것이라 생각한 사람이 있었을까? 그러나 1946년 5월, 전국 정화 위원회의 한 조사관이 이 문제를 재조사하겠다고 나서며 뒤랑오지아스 자문 위원회 의장의 간담을 서늘하게 만들었다. 출판 산업청이 자문 위원회의 의견을 받아들이지 않는다면 도대체 자문 위원회는 무엇 때문에 존재하는가? 이렇게 오지아스는 반발했지만 출판 산업청은 갈리마르를 제재하지 않고 그 사건을 묻어 버린 것에 동의하지 않았다. 그들은 갈리마르 건을 심도 있게 조사하고 싶어 했다. 이미 종결된 사건을 다시 조사하고 싶어 했다. 그러나 2년 후, 출판 산업청은 예전과 동일한 사실들을 나열한 보고서를 제출하면서 이렇게 결론을 지었다. 〈이런 사실들에 비추어 볼 때, 1944년 10월 16일에 제정되고 1945년 3월 25일에 수정 보완된 법령의 《어떤 형태로든 적에게 도움을 준 사람들》에 갈리마르는 포함되지 않는다고 결론 내릴 수밖에 없다. 따라서 전국 정화 위원회는 갈리마르에게 무혐의 판정을 내리며 본 사건을 종결하는 바이다.〉[31]

결국 가스통 갈리마르에게 내려진 유일한 징계는 잡지 『NRF』의 폐간과, 언론을 통해 이 잡지의 폐간 결정을 공개적으로 알리는 것이었다. 1944년 가을, 가스통은 『NRF』에 모든 죄를 뒤집어씌운 대가로 이 잡지를 희생시키기로 결정했다. 그리고 가스통, 전국 작가 위원회, 정화 위원회의 동의하에 폴랑이 지난 20년 동안 그의 분신이나 다름없었던 『NRF』를 청산하는 책임자로 선정되었다. 『NRF』는 그렇게 사라졌지만 출판사는 살아남았다!

그리고 1948년 6월, 갈리마르 사건은 완전히 종결되었다.

〈M 4인방〉을 거느린 베르나르 그라세의 숙청은 가스통 갈리마르의 경우보다 훨씬 어려웠다. 첫째로 베르나르 그라세가 그런 시련을 이겨낼 만큼 건강하지 못했기 때문이었고, 둘째로 그가 완전히 외톨이로 전락한 때문이었다. 사실 누구보다도 자신의 성격과 정치적 이념에 정직했던 그라세는 전쟁 기간에도 개인적으로

30 300페이지를 참조할 것.
31 1948년 3월 18일의 보고서. 국립 문서 보관소.

무척이나 열심히 일했다. 잘못된 방향으로 빠진 것이 문제였지만!

페탱과 라발이 프랑스를 떠나 지그마링겐으로 향하기 이틀 전, 1944년 9월 5일에 베르나르 그라세는 전격적으로 체포되었다. 처음에 그는 드랑시에 구금되었지만 곧 신경 쇠약을 이유로 파리 근교의 한 요양소로 이송되었다. 그리고 소 병원에서 보놈 박사에게 정신 치료를 두 번이나 받았다. 처음은 1944년 3월부터 8월까지, 두 번째는 1944년 11월부터 1945년 8월까지였다. 그라세는 심각한 우울증을 보였고, 전기 충격 요법 덕분에 우울증에서 힘겹게 벗어날 수 있었다. 측근들의 말을 빌리면, 퇴원할 때 그라세는 육체적으로나 정신적으로 여전히 피폐한 상태였다. 다시 말해, 불안할 정도로 허약해진 상태였다.

그는 사방에서 공격을 받았다. 그러나 변론을 준비하는 데만도 6~7주가 필요했다. 갑자기 일에 몰두하면 근심을 이기지 못하고 병이 재발할 위험이 높았기 때문이었다. 파리 시청의 보건소장 로페르 박사는 침상의 부족으로 그라세를 정신병원에 다시 입원시키지 않을 뿐이라는 사실을 감추지 않았다. 그라세는 사방에 편지를 보내고 전화를 걸어 도움을 청했다. 수첩을 샅샅이 훑어보고 저자들과의 계약서를 다시 읽었다. 기억을 더듬어, 그에게 구원의 손길을 내밀어 줄 만한 사람들을 찾아내려 애썼다. 그런데 모든 작가가 갑자기 기억 상실증에 걸린 듯했다. 그라세가 전쟁 전에, 그리고 점령 기간에 그들을 위해 어떤 도움을 주었는지 모두가 잊어버린 것처럼 처신했다. 그라세는 갑자기 흑사병 환자가 된 듯한 기분이었다. 모두가 그의 곁에는 얼씬조차 하지 않으려 했다. 그러나 그라세에게는 프랑수아 모리아크가 있었다. 모리아크는 세상의 눈길을 무시하며, 그라세가 저지른 짓에도 불구하고 그를 위해 변호하고 나선 극소수 작가 중 한 명이었다. 사실 그라세는 많은 잘못을 저질렀다. 정화 위원들이 문서 창고를 뒤져서 찾아낸 서류 뭉치가 두툼했다. 그라세가 나치의 고위 관리이던 요제프 괴벨스에게 1941년 10월 21일에 보낸 편지를 예로 들어보자.

각하,

건강이 좋지 않아, 각하께서 주재할 회의에 참석하러 바이마르에 갈 수 없는 것을 유감스럽게 생각합니다. 하지만 제 보좌관인 앙드레 프레뇨가 저를 대신해서 각하의 옥고(玉稿)를 그라세에서 출판하게 된 즐거움과, 프랑수아 독일의 지적 연대를 더욱 돈독히 하고자 하는 저의 바람을 전할 것입니다. …… 요즘 프랑스 출판계가 당면하고 있는 문제, 특히 우리를 극히 불안하게 만드는 종이 문제를 앙드레 프레뇨가 각하께 정확히 전달할 수 있다면 더 이상 바랄 것이 없겠습니다. 신문이 갖지 못하는 영향력과 생명력을 책이 갖고 있다는 사실을 요즘 사람들은 잊고 있는 듯합니다. 책이 어떤 인쇄물보다 탁월한 면을 지닌다는 사실도 잊혀 가고 있는 실정입니다. 각하의 건강을 빌며…….

추신: 제가 쓴 첫 책, 『행동에 대한 고찰*Remarques sur l'action*』을 감사의 뜻으로 각하께 보냅니다. 부디 소장해 주시기 바랍니다. 제가 쓴 다른 책들도 원하시면 즐거운 마음으로 보내드리겠습니다.[32]

그라세 출판사는 괴벨스의 책, 『독일 투쟁에서의 내 역할』의 판권을 구입해 번역해서 인쇄까지 끝냈지만 서점에 유통시키지는 않았다. 역풍이 불기 시작한 때문이었다. 하지만 위의 편지를 쓰기 전, 즉 8월 25일에 괴벨스의 저작권을 지닌 에흐러 출판사에 그라세가 보낸 편지가 증명해 주듯이 그가 이 책을 진정으로 원했던 것은 사실인 듯하다.[33]

따라서 1946년 5월 28일 전국 정화 위원회가 그라세 사건을 조사하기 위해서 모임을 가졌을 때 조사관들이 보인 태도는 어렵지 않게 이해할 수 있다. 베르나르 그라세가 출판사를 독일과 비시 정부의 선전 도구로 전락시키면서 적에게 이롭게 행동했다는 비난이 쏟아졌다. 또한 1940년부터 1944년까지 드리외 라 로셸의 『더 이상 기다리지 마라*Ne plus attendre*』를 비롯해서 〈친독일적 성향〉의 책들을 출간했을 뿐 아니라, 1940년 7월부터 1942년 11월까지 독일 선전국에 연이어 편지를 보내면서 인종차별적이고 친독일적인 감정을 표출했다는 비난도 있었다.

한편 베르나르 그라세는 독일군이 자신의 출판사를 폐쇄했고, 대독 협력적인 작품들이 그라세라는 이름으로 출판되는 것을 방치할 수 없어 출판사를 다시 열었던 것이라고 극구 변명했다. 또한 1940년부터 1944년까지 그라세 출판사가 출간한

32 국립 문서 보관소.
33 *L'affaire Grasset*, Comité d'action de la Résistance, 1949.

약 200종의 책들 중에서 15종만이 친독일적 책이며, 금액으로 계산하면 4000~4400만 프랑의 총매출 중에서 기껏해야 200만 프랑만이 친독일적 서적에서 거둔 수입이라고 지적했다. 그리고 그의 〈특수한 심리 상태〉, 즉 건강 문제를 고려해 달라고 간청했다. 달리 말하면, 자신의 죄를 원칙적으로 인정하지만 건강 상태를 감안해서 처벌의 수위를 낮춰 달라는 것이었다.[34]

결국 베르나르 그라세는 3개월의 정직을 선고받았다. 하지만 〈출판계 정화를 위한 자문 위원회〉의 결정은 구속력이 없었다. 따라서 그 결정이 최종적인 것은 아니었다. 자문 위원회는 그들의 의견을 전국 정화 위원회에 제시할 뿐이었다. 최종 결정은 전국 정화 위원회의 몫이었다. 그러나 그라세 사건은 민사 재판소로 이관되었다. 그리고 재판은 그라세 출판사와 베르나르 그라세라는 인물로 구분되어 진행되었다.

1948년 출판사는 해산을 선고받았다. 출판사는 저자들의 이익을 침해해서는 안 된다는 이유로 특사 청원을 신청했다. 베르나르 그라세도 유죄 선고를 받았다. 당연히 그라세는 항고했다.

창백한 안색, 축 늘어진 눈꺼풀, 안면 경련으로 고생하던 67세의 그라세는 궐련용 파이프를 초조하게 만지작거렸다. 그리고 힘겹게 일어나 그의 자식이나 다름없는 출판사를 위해 변론하기 시작했다.

「나는 무일푼으로 이 출판사를 시작했습니다. 내 분신이나 다름없는 출판사이외에 다른 재산은 가져 본 적이 없습니다. 오늘 나는 처음으로 다시 돌아갔습니다. 이 출판사는 내가 평생 동안 이뤄 낸 결실이라 할 수 있습니다. 출판사를 내게 돌려주시기 바랍니다……」

그의 변호사이던 샤르팡티에는 이렇게 덧붙였다.

「출판사를 해산하게 한다면 많은 사람들이 이 출판사를 턱없이 낮은 값에 인수하려 들 것입니다. 그렇게 되면 오늘의 재판은 그라세라는 이름을 탐내 왔던 사람들에게만 이익을 안겨 주게 될 것입니다.」[35]

숙청 대상자들의 재판 과정을 집요하게 추적한 까닭에 그들에게는 저승사자

34 국립 문서 보관소.
35 *France-Soir*, 1948년 6월 17일.

처럼 여겨졌던 언론인 마들렌 자콥Madeleine Jacob은 베르나르 그라세가 점령 기간에 쓴 글들에서 대독 협력을 촉구하는 구절을 발췌해서 폭로하는 글을 발표했다.[36] 일종의 전술이었다. 하지만 해방을 맞은 지 4년이 지난 시점에서는 과거의 기억을 되살리는 데 큰 효과를 발휘했다. 마들렌 자콥은 이 글에서, 비정상적인 재판 과정과 라카제트 검사의 모순을 지적하기도 했다. 그라세 출판사의 세 책임자, 즉 아모니크, 장 블랑자르, 앙리 풀라유도 7월의 기자 회견에서 이런 점을 부각시키려 애썼다. 베르나르 그라세가 곧 그라세 출판사였기 때문에, 출판사를 살리려는 그들의 노력은 본의 아니게 베르나르 그라세에게 피해를 안길 수밖에 없었다. 베르나르 그라세가 쓴 개인 편지들이 문제로 떠올랐다. 그라세 자신의 재판 과정에서는 전혀 제시되지 않았던 자료들이었다. 결국 검사는 베르나르 그라세에게 유죄를 구형했고 출판사에게 무죄를 구형했다. 즉 베르나르 그라세에게 모든 잘못이 있는 것이지 그라세 출판사의 잘못은 아니라고 판단한 것이었다. 하지만 변호사들이 브라실라크와 르바테는 유죄 판결을 받았지만 그들의 책을 출간한 출판인은 아무런 죗값을 치루지 않은 이유가 뭐냐고 따지자, 검사는 대답할 마땅한 근거를 제시할 수 없었다. 결국 그라세가 『하지(夏至)Le solstice de juin』를 출간한 것을 비난하면서도 그 소설을 쓴 몽테를랑을 기소하지 않은 이유를 어떤 식으로든 변명해야 했던 검사는 〈글을 인쇄되어 유통되어야만 해악적 피해를 끼칠 수 있기 때문에 출판인이 작가보다 천 배는 죄가 크다〉라고 논고했다.[37]

샤르팡티에와 제랑통 변호사가 그라세보다 친독 성향의 책을 더 많이 출간한 출판사들도 기소되지 않았고 기소되었어도 무죄 판결을 받았다는 점을 언급하면서 설득력 있게 변론을 전개했지만 그라세 출판사는 해산과 동시에 자산의 99퍼센트를 압류하라는 선고를 받았다. 하지만 작가들의 이익을 고려해서 후일 1000만 프랑의 벌금으로 감형되었다.[38] 1949년 초, 사법관 최고 회의를 마친 후 뱅상 오리올 의장은 그라세 출판사가 프랑스 문학의 발전에 기여한 공로를 감안해서 물리적 인격체로 다루어 사면을 승인했다. 그 후 프랑스 대통령은 그라세가 프루스트의

36 *Franc-Tireur*, 1948년 6월 17일.
37 Grasset, *Evangile*, 같은 책.
38 *L'affaire Grasset*, 같은 책.

첫 책, 〈M 4인방〉, 지로두 등의 책을 출간했을 뿐 아니라 루이 에몽의 『마리아 샤프들렌』을 발굴해서 수백만 권을 판매한 사실을 지적하며 그라세 출판사의 죄를 사면해 주었다.[39]

법정에서 힘든 싸움을 하면서 정신 병원과 요양소를 드나들던 베르나르 그라세는 마침내 사면을 받아 출판사의 지휘봉을 다시 돌려받았다. 두 번째 삶이 시작된 셈이었다. 하지만 예전처럼 화려하지 못했고 기간도 길지 못했다. 하지만 5년간 힘겹게 투쟁하면서 그라세는 누가 진정한 친구인지를 깨달았다. 작가들 중에서는 거의 찾아볼 수 없었다. 오히려 경쟁자라 생각했던 출판인들이 어려울 때 도와주는 친구였다. 절망에 빠져 지푸라기라도 붙잡겠다는 심정으로, 그의 충실한 보좌관이었던 앙리 뮐레르는 그라세를 대신해서 출판인들에게 도움을 청했다. 한 사람도 거절하지 않았다! 〈그러나 누구보다 열심히 도움을 준 사람은 가스통 갈리마르였다. 고난 앞에서는 경쟁심도 잊혀졌던 것이다!〉[40]

1945년. 〈수많은 사건〉 때문에 해를 넘긴 1944년의 공쿠르상이 엘자 트리올레의 『200프랑의 첫 벌금*Le premier accroc coûte deux cents francs*』에게 수여되었다. 이런 결정에, 레오토는 〈공쿠르 형제가 일석삼조를 거둔 것일까? 트리올레는 러시아인이고 유대인이며 공산주의자가 아닌가. 붉은 실로 꿰맨 상이 되었다〉라고 빈정거렸다.[41]

이 책을 출간한 로베르 드노엘은 르바테의 『파편』을 출간한 까닭에, 정화 위원들과 지루한 싸움을 벌여야 했다. 워낙에 낙천적이고 다소 순박한 면이 있었던 드노엘은 해방 후에 닥친 숙청의 파고에도 별로 걱정하는 모습이 아니었다. 친독 의용 대원을 사냥하고, 여자들의 머리카락을 짧게 깎아 버리며, 재판도 없이 독단적으로 투옥시키는 만행들은 그와 전혀 관계없는 일이라 생각했다. 하여간 몇 년까지는 아니어도 몇 달 전부터 매일 그를 만났던 두 사람, 즉 드노엘 출판사의 제작 책임자이던 르네 바르자벨과, 그의 여자 친구로 장 부아일레Jean Voilier라는

39 *France-Dimanche*, 1949년 1월 23일.
40 Henri Muller, *Carrefour*, 1976년 1월 8일.
41 Galtier-Boissière, *Mémoires d'un Parisien*, 같은 책.

필명으로 더 많이 알려졌던 잔 로비통Jeanne Loviton의 눈에 로베트 드노엘은 너무나 태평한 사람으로 보였다. 폴 발레리와도 무척 가까웠고, 소설가 피에르 프롱데Pierre Frondaie의 전 부인이었던 잔 로비통은 에밀폴 출판사에서 세 권의 책을 발표한 적이 있었다. 당시 그녀는 아버지에게 도마 몽크레스티앙 출판사를 물려받은 출판인의 신분이었다.

1944년 9월 초, 드노엘은 그녀에게 귀가 닳도록 말했다.

「난 믿습니다. 아라공 부부를 믿습니다. 절대 나를 배신하지 않을 겁니다. 내가 그들을 위해 해준 일을 기억할 테니까요.」[42]

그러나 아라공 부부가 늦장을 부리자 드노엘도 초조한 빛을 감추지 못했다. 마침내 아라공 부부에게 점심 식사를 함께하자는 연락이 왔다! 아라공과 트리올레가 레지스탕스 문학계와 정치계에 지닌 영향력을 믿었기 때문에 숙청당할 염려는 없다고 확신하며 그는 기분 좋게 식당으로 향했다. 하지만 그들과 만나고 집에 돌아온 드노엘의 얼굴은 창백하게 변해 있었다. 자신감은 온데간데없었다. 로비통이 그 이유를 추궁하자 드노엘은 어렵게 입을 뗐다.

「나를 도와 달라고 했는데⋯⋯. 그들은 이렇게 대답하더군요. 불가능하다고⋯⋯. 오히려 내게 불평을 하더군요. 셀린과 르바테의 책을 출간한 출판사에서 그들도 책을 낸 이유로 어떤 시련을 겪어야 할지 모르겠다면서요.」[43]

이런 뜻밖의 충격이 있은 후 로베르 드노엘은 어떤 것도 믿지 않았다. 그는 낙담해서, 언론과 대중 집회를 통해 그를 공격해 대는 사람들과 싸울 엄두조차 내지 못했다. 결국 잔은 드노엘에게 알리지 않고, 오르페브르 가의 경찰청 범죄 수사국을 찾아가 출판 문제를 담당하는 수사관을 만났다. 그녀는 수사관에게 이렇게 말했다.

「서류를 갖고 계실 테니, 로베르 드노엘이 아라공의 부탁을 받고 유대인들을 자유 지역으로 빼돌리는 데 큰 역할을 했다는 사실을 아실 겁니다. 드노엘은 그들의 명단을 지금까지 보물처럼 간직하고 있으니까요. 드노엘이 아라공에게 여러 번에 걸쳐 상당한 돈을 빌려 줬다는 사실도 아실 겁니다. 그에 관한 자세한 명세서를 제가 갖고 있습니다. 또한 드노엘이 금전적 도움을 준 덕분에 트리올레가 자유 지

42 장 부알리에의 증언.
43 장 부알리에의 증언.

412

역에서 책을 출간할 수 있었다는 사실도 아실 겁니다. 그렇다면 드노엘만이 아니라 아라공 부부도 조사해야 한다고 생각지 않으십니까?」

「당연합니다. 좋은 정보를 주셔서 감사합니다. 아라공 부부를 당장에 소환하겠습니다.」

「아마 그들은 소환에 응하지 않을 겁니다. 소환되더라도 드노엘에게 불리한 증언을 할 겁니다. 그러니까 내가 당신에게 제공한 정보들을 바탕으로 그들에게 〈예, 아니요〉라고만 대답하도록 하십시오. 그래야 더 효과적일 겁니다.」

수사관은 로비통의 충고를 받아들였다. 그리고 아라공 부부의 집까지 직접 찾아가, 사실 여부를 묻는 질문들에 〈예, 아니요〉라고만 대답하게 했다.[44]

도마 몽크레스티앙 출판사의 대표 자격으로 출판 조합의 회의에 참석한 장 부알리에는 출판계가 점령 기간에 저지른 잘못을 떨쳐 내고 명예를 회복하기 위해서 세 출판사 — 그라세, 드노엘, 소를로 — 를 희생양으로 삼으려는 음모를 꾸민다는 사실을 확인할 수 있었다. 잔은 드노엘과 함께 몇 달 동안 밤낮으로 변론을 준비하면서, 1940년부터 1944년까지 모든 출판사가 출간한 책들을 샅샅이 조사해서 친독 행위의 정당성을 주장한 책들을 찾아냈다. 또한 점령기에 파리의 모든 출판사가 「비블리오그라피 드 라 프랑스」에 실은 광고들을 정리한 두툼한 서류철도 만들었다. 다른 출판사들도 드노엘만큼, 아니 그 이상으로 친독일적 책을 출간했다는 것을 보여 주는 가장 확실한 방법이었다. 드노엘이 이처럼 과거를 백일하에 드러내려고 결심한 이유는 출판계에 타격을 주려던 것은 아니었다. 그의 경쟁자들은 아무 일도 없었던 것처럼 책을 다시 출간하고 있는 마당에 그의 출판사도 그렇게 구원받고 싶었던 것이었다. 드노엘은 그 서류철을 르네 바르자벨에게 보여 주며, 〈죗값을 치루더라도 나 혼자만 희생양이 되고 싶지는 않네〉라고 말했다.[45]

로베르 드노엘은 1944년 늦가을에 일시 정직을 선고받았지만 1945년 7월에 면소 판결을 받았다. 하지만 출판사는 여전히 기소 중이었다. 1944년 9월에 출판사가 가압류되면서, 임시 관리자로 막시밀리앵 복스Maximilen Vox가 임명되었다. 또한 베를린의 출판인 안데르만이 1943년부터 보유하던 몫, 즉 전체 주식의

44 장 부알리에의 증언.
45 바르자벨의 증언.

49퍼센트가 〈적의 재산〉이란 이유로 공공 재산 관리청에 위탁되었다. 로베르 드노엘이 대주주였던 것이 천만다행이었다. 궁극적으로 출판사를 파국에서 구해 낼 수 있는 구실이 되었으니 말이다.

재판 일은 1945년 12월 8일로 결정되었다. 그러나 며칠 전, 정확히 말해서 12월 2일 저녁에 로베르 드노엘은 장 부알리에와 함께 몽파르나스의 한 극장에 가고 있었다. 그런데 앵발리드 근처에서 그의 승용차 푸조 202의 타이어가 터지고 말았다. 장 부알리에는 택시를 부르려고 가까운 파출소로 달려갔고, 그동안 드노엘은 타이어를 교체하려고 애썼다. 파출소에 도착한 부알리에는 앵발리드에서 한 남자가 폭행을 당했다는 소식을 들었다. 그녀는 경찰과 함께 서둘러 앵발리드로 달려갔다. 드노엘은 의식을 잃은 채 땅바닥에 쓰러져 있었다. 등에는 커다란 총구멍이 보였다. 드노엘은 잠시 후 영원히 눈을 감았다.

부랑자의 소행이었을까? 정치 테러였을까? 아니면 계획된 음모였을까?

언론은 모든 가능성을 타진하며 나름대로 확증을 찾으려 했지만 모두 억측과 추측에 불과했다. 경찰도 결국 기소 중지로 이 사건을 종결짓고 말았다. 드노엘이 자기 출판사의 무죄를 입증할 서류를 제시하겠다고 공언한 재판을 엿새 앞두고 일어난 사건이었기 때문에 온갖 억측이 난무했다. 출판계를 뒤흔들어 놓을 파장은 생각지 않고 자신의 출판사를 구명하겠다던 욕심의 결과였을까?

그날 저녁 앵발리드 가에서 누가 죽었다는 거야? 셀린과 르바테의 책을 낸 사람? 궁지에 몰려서 동료 출판인들을 고발하겠다던 사람이잖아? 그럼 출판계의 누군가가 죽인 건가? 아니면 단순 강도였을까?

1945년 파리에서 노상강도는 흔한 일이었다. 특히 앵발리드는 비탈길이어서 강도들이 쉽게 도망갈 수 있었다. 그날 밤에는 그 구역에서 세 건의 다른 강도 사건이 있었다. 파리 사람들은 놀라지도 않았다. 미군 탈영병들이 등화관제 시간을 틈타서 흔히 그런 짓을 저질렀다. 매일 밤 총성이 들렸고, 경찰의 발표에 따르면 그것은 군용 화기가 발포되는 소리였다. 시끄럽게 저항하는 사람들은 소지품을 도난당하지는 않았지만 가차 없이 죽임을 당했다. 사람들이 몰려올지도 모른다는 두려움 때문에 강도가 총만 쏘고 도망간 때문이었으리라. 드노엘의 주머니에도 1만 2천 프랑이 고스란히 남아 있었다. 드노엘의 갑작스런 죽음에 놀랐지만, 15년 동안 그를 충직하게 보좌해 온 르네 바르자벨은 홀로 조사를 진행했다. 신진 소설가였던 바르자벨은 그 범죄를 밝히고 싶어 하며, 엄격하게 말해 픽션이 아닌 소설을 차분하게 준비했다. 그리고 그의 죽음을 둘러싼 일곱 가지 풀리지 않는 의문점을 찾아냈기 때문에, 그 책에 〈로베르 드노엘의 일곱 가지 죽음Les sept morts de Robert Denoël〉이란 제목을 붙이려 했다. 하지만 조사를 거듭할수록 뜨내기 강도의 범죄라는 결론에 이르게 되어, 결국 그 계획을 포기하고 말았다.[46]

로베르 드노엘은 그렇게 죽었다. 그로부터 3년 후, 법정은 드노엘 출판사의 무죄를 선고했다.

출판사는 숙청의 파고에도 큰 피해를 입지 않고 살아남았다. 사법부가 인계받아 처리한 결과에 비할 때 전국 정화 위원회가 내린 징계는 무척 양호한 편이었다. 그라세에게는 3개월의 정직, 소를로에게는 대외비(對外秘)로 한 견책, 보디니에르에게는 출판 경영 금지가 내려졌다.[47] 소송 단계에서 첫 판결에 불과한 것이었지만, 그런 출판사들에서 친독 성향의 책을 발표했다는 이유로 사형에 처해진 작가들에 비한다면 터무니없이 약한 징계였다. 드리외 라 로셸이 자살하는 데 실패했더라면 그가 지닌 정보를 감안할 때 그의 재판은 대단한 주목을 받았을 것이다. 가스통 갈리마르는 물론이고 그의 측근들도 무척 곤혹스러웠을 것이다. 『NRF』에 부가된 10년간의 폐간보다 더 큰 대가를 치렀을 것이다.

과로에 지친 판사들의 책상에 산더미처럼 쌓인 서류들도 출판사들에게 유리하게 작용했다. 또한 1948년이나 1949년에야 본격적으로 시작된 출판사들에 대한 재판은 더 이상 관심거리가 아니었다. 1944년 9월에 프랑스 여론 연구소가 실시한 여론 조사에 따르면, 파리 시민 중 56퍼센트가 사샤 기트리의 검거에 박수를 보냈다.[48] 하지만 4년 후에 다시 조사했다면 어떤 결과가 나왔을까? 출판업자들은 일반 기업주들과 똑같이 다루어졌다. 그들이 자동차 제조업자나 옷감 제조업자와 차별성을 갖겠다며 주장하던 〈정신과의 협약〉은 온데간데없었다. 게다가 정부 고위층

---

46 바르자벨의 증언.
47 국립 문서 보관소.
48 Jean Pierre Rioux, *L'Histoire*, 제5권, 1978년 10월.

은 총살 집행대를 구성해서 출판계를 깨끗이 정화시키려는 자발적인 운동까지 공식적으로 억압하려 했다. 프랑스를 재건해서 연합군과 동등한 위치에 있기 위해서는 경험 있는 공무원과 기업주가 필요했다. 따라서 〈민중의 정의는 공정하게 적용되지 못했다. 숙청의 기준은 소기업주보다 대기업주에게, 젊은층보다 기성세대에 더 관대했다.〉[49]

1946년, 지하에서 활동하던 출판사들이 〈프랑스의 정절〉이란 이름으로 협회를 구성했다. 하지만 구성원은 미미했다. 에밀폴, 세게르스, 세이유, 미뉘, 르 디방, 사지테르, 샤를로, 샹피옹, 아르트만, 그리고 지방의 소규모 출판사들이 전부였다.[50]

그러나 이런 출판사들 중에서 정화 위원들의 모순점을 지적하고 출판 조합에게 점령 기간 동안의 책임과 의무를 추궁할 만한 출판사는 없었다. 거대 조직에 도전하려면 용기가 필요했다. 게다가 그러한 거대 조직은 양심에 꺼렸던지 서로 똘똘 뭉쳤다. 그러나 훗날 프랑스 유수의 출판사를 키워 낸 한 젊은 출판인이 정화 위원회에 고발당하자 분노를 금치 못했다. 정화 위원회가 사전에 아무런 통고도 없이, 독일이 프랑스를 점령하던 동안 그가 출간한 약 60권의 책 중에서 세 권 — 그중 두 권은 단 몇 줄만이 문제시되었다 — 이 숙청의 대상이라며 소명서를 제출하라고 요구한 것이다. 그는 독일 책을 번역한 바도 없고 비시 정부를 찬양하는 책을 출간하지도 않았을 뿐 아니라, 점령군에게 종이는 물론이고 어떤 물적 지원도 받지 않는 극소수의 출판인 중 한 명이었기 때문에 그를 〈고발〉한다는 것은 어불성설이었다. 그는 1946년 1월 16일 전국 정화 위원회의 정부 대표에게 분노를 그대로 드러낸 편지를 보냈다.

누가 보더라도 나는 출판계 동료들을 심판해야 할 입장이지만, 동료들을 심판하는 것은 결코 한 개인의 몫이 아니라고 생각하며 인간적 차원에서 입을 다물고 있었습니다. 그런데 그 경쟁자들이 그들의 잘못을 덮어 버리겠다는 심산으로 아주 작은 흠을 핑계로 나를 서슴없이 고발했다고 생각하면 역겨울 뿐입니다. 출판 정화 위원회 내에도 생쥐스트Saint-Just(1767~19794, 프랑스

49 위의 책.
50 *Bibliographie de la France*, 1946년 7월 5~12일.

혁명 말기에 활약한 로베스피에르파의 정치가)의 역할을 할 자격이 없는 사람
들이 있습니다. 라퐁텐의 우화, 〈전염병에 걸린 동물들〉이 그 어느 때보다 실
감나는 세상입니다. 나는 당신이 공정하게 판단해 주리라 믿습니다. 우리가
당나귀의 역할을 너무 오랫동안 하도록 내버려 두지 마십시오![51]

누구도 그 잘못된 역을 맡고 싶지는 않았을 것이다.
결국 정화 위원들은 그 역할을 조기에 끝내고 출판인으로 돌아갔다. 1944년
가을, 초기 위원회들이 보고서를 작성할 즈음에 대부분의 출판인들은 전후의 작가
들을 발굴해서 그들의 책을 독자들에게 소개하느라 분주하게 뛰어다니고 있었다.

51 국립 문서 보관소.

제8장___1946~1952

해방 후의 문학계에서는 전국 작가 위원회가 왕이었다. 전국 작가 위원회는 레지스탕스로 활동한 정통 작가들과, 저항 활동을 한 사람으로 여겨지기를 바랐던 사람들로 구성된 소규모 단체였다.[1] 그러나 1945년부터 공산당 문화 위원에 소속된 회원들이 점점 중요한 위치를 차지하면서 일부 핵심 인물들이 빠져나가 전국 작가 위원회의 위상도 추락하기 시작했다. 전쟁이 끝나고 2년이 지났을 때 폴랑과 슐룅베르제와 뒤아멜은 더 이상 독자 위원회의 위원이 아니었다. 아시스의 성 프란체스카라 불리던 모리아크도 아라공과 자리를 함께하기를 거부한 채 대독 협력죄로 기소된 동료들을 위해 법정에서 증언하는 데 더 많은 시간을 보냈다.

　하지만 대대적인 숙청에 인구적 요인이 더해지면서 새로운 문학 세대가 탄생하던 중요한 시기였다. 1차 대전이 끝난 직후에는 젊은층이 전쟁터에서 산화하고 귀환하지 못했기 때문에 50대(지드, 발레리 등)가 문학계를 주도했다. 그러나 해방 후에는 상황이 역전되었다. 연령이 높은 작가들이 죽거나(장 지로두와 로맹 롤랑), 독일에 협조했다는 이유로 신뢰를 상실하면서(셀린, 베로, 몽테를랑), 개개인의 차이에도 불구하고 레지스탕스 작가라 불렸던 상대적으로 젊은 작가들(사르트르, 카뮈, 말로, 베르코르)의 입지가 넓어 졌다.[2]

　1 Peter Novick, *The résistance versus Vichy: the purge of collaborators in liberated France*, Chatto and Windus, Londres, 1968.

　2 같은 책.

레지스탕스 작가들이 미래를 짊어지고 갈 유망한 작가들로 부각되었다. 가스통 갈리마르는 그들을 구태여 쫓아다닐 필요가 없었다. 그들은 이미 갈리마르의 작가들이었다. 〈학파〉라 할 수는 없었지만 이런 정신과 성향을 계속 이어가기 위해서 가스통은 당시 언론계에서 지배적 위치를 차지하고 있던 일간지들을 본 따서, 〈레지스탕스가 탄생시킨〉 새로운 잡지를 창간할 계획을 세웠다. 『NRF』가 폐간되었기 때문에 그런 잡지가 더욱 절실하게 필요했다. 새로운 작가를 끌어들이고, 파르그의 표현대로 〈내일의 문학을 위한 실험실〉을 제공하기 위해서, 한마디로 출판사의 원만한 운영을 위해서 그런 잡지가 절대적으로 필요했다. 그들이 1921년에 그르넬 가로 이사하면서 『NRF』의 사무실을 부엌에 꾸몄던 것은 결코 우연은 아니었다.

드니즈 튀알의 설득으로, 가스통 갈리마르는 장 조르주 오리올, 자크 도니올 발크로즈, 자크 부르주아의 지원을 받아 1946년 가을에 『르뷔 뒤 시네마』를 복간시켰다. 하지만 『데텍티브』의 옛 직원인 마르셀 몽타롱과 마리위스 라리크가 이 주간지의 복간을 제안했을 때 가스통은 단호히 거절했다. 몽타롱과 라리크는 생활은행의 소유인 〈뉘 에 주르Nuit et Jour〉 출판사가 비슷한 잡지를 창간하려 한다며 가스통을 설득했지만 그는 요지부동이었다.

「독일 점령기에 내가 『NRF』 때문에 얼마나 속을 끓였는지 자네들도 잘 알지 않나. 지금도 『NRF』가 내 목을 죄고 있네. 『데텍티브』로 걱정거리를 더하고 싶지는 않아. 물론 자네들을 믿네. 자네들이 적당한 구매자를 물색해 오면, 그 사람에게 군말 없이 넘기겠네.」

실제로 거래가 성사되었다. 가스통은 『데텍티브』를 500만 프랑에 넘겼다.[3] 가스통에게 중요한 것은 새로운 상황에 대처하는 것이었다. 『타블 롱드La Table ronde』, 『네프La Nef』, 『아르슈L'Arche』 등의 잡지가 『NRF』의 빈 자리를 호시탐탐 노리고 있었다. 사르트르가 가스통에게 『NRF』를 대신할 방법을 제시해 주었다.

시몬 드 보부아르, 레몽 아롱, 미셸 레리스, 모리스 메를로퐁티, 알베르 올리비에, 장 폴랑과 더불어 사르트르는 해방 직후에 새로운 잡지를 창간하기 위한 위

3 몽타롱의 증언.

원회를 구성했다. 〈콩바〉의 일로 바빴던 카뮈는 참여를 정중하게 거절했다. 말로도 개인적인 이유로 참여를 거부했다. 어쨌든 그들은 〈레 탕 모데른*Les temps modernes*〉(현대)이란 멋진 제목을 고안해 냈고, 피카소가 그들의 의도에 맞춰 그려 준 도안까지 갖게 되었다. 하지만 피카소의 도안은 폐기되고, 결국에는 갈리마르 출판사에서 제작한 도안이 사용되었다. 1945년 초에도 종이를 구하기란 쉽지 않은 일이었지만, 이 잡지는 자크 수스텔Jacques Soustelle 정보 장관의 도움으로 어렵지 않게 종이를 확보했다. 수스텔 장관은 반드골주의자이던 레몽 아롱이 잡지의 편집 위원에 포함된 것에 우려를 표명했다.[4]

창간호는 1945년 10월 1일에 발간되었다. 머리글을 끝맺으면서 사르트르는 〈……《참여 문학*littérature engagée*》에서, 참여를 이유로 어떤 경우에도 문학을 망각해서는 안 된다. 우리 목표는 문학에 새로운 피를 수혈함으로써 문학을 더 풍요롭게 하자는 것이다. 공동체에 적합한 문학을 제공함으로써 공동체적 삶을 풍요롭게 해야 한다〉라고 천명했다. 새로운 잡지가 지향하는 정신은 이 몇 줄에 압축되어 있었다. 전후 지식인 세계에서 『레 탕 모데른』이 차지한 위치는 중요했고, 그 영향력도 막강했다. 기고자들의 면면과 실존주의가 득세하던 시대에 이 잡지가 소개한 사상들은 타의 추종을 불허했다. 또한 핵심 편집 위원이었던 장 폴 사르트르가 새로운 세대에 행사하던 영향력도 무시할 수 없었다.

가스통은 좌익과 레지스탕스와 정화 위원회 등 모든 세력에서 든든한 배경을 갖게 되었다. 공산주의자들의 수중에 떨어진 『레트르 프랑세즈』의 주필인 아라공, 드골의 정보 장관이 된 말로, 『레 탕 모데른』의 수장이나 다름없는 사르트르를 곁에 두고서야 비로소 가스통 갈리마르는 안도의 한숨을 쉴 수 있었다. 사막을 횡단하는 것이 생각만큼 힘들지는 않았다. 하지만 세상만사가 다 그렇게 호락호락하지는 않았다. 1946년 6월, 레몽 아롱과 알베르 올리비에가 『레 탕 모데른』을 떠났다. 하지만 가스통의 간담을 서늘하게 만든 소동은 말로에서 시작되었다. 말로가 이 잡지의 공격을 맞받아치면서 큰 소동이 벌어진 것이었다. 1946년 초, 『레 탕 모데른』의 편집 위원이던 모리스 메를로퐁티가 가시 돋친 표현으로 말로를 자극한 것

---

4 Beauvoir, *La force des choses*, 같은 책.

이 이 사건의 시작이었다. 〈…… 요즘 들어 말로는 정치에서는 효율성이 가장 중요하다고 생각하는 듯하다. 그가 과거에는 이런 생각을 쉽게 인정하지 않았다는 사실을 그가 남긴 두 권의 책에서 어렵지 않게 확인할 수 있다. 과거에는 그의《현실주의》가 독소 평화 조약에 따른 시련을 이겨 내지 못했기 때문에 그런 생각을 인정하지 않았던 것이 아닐까? ……〉[5]

메를로퐁티의 글은 예비 공격에 불과했다. 그로부터 2년 반 후,『레 탕 모데른』은 말로를 매몰차게 공격했다. 이유가 무엇일까? 「뉴욕 타임스New York Times」에 사이러스 설즈버거Cyrus Sulzberger가 기고한 기사 때문이었다. 이 기사에서 설즈버거는 〈말로는 레온 트로츠키가 스탈린과의 정치 투쟁에서 승리했다면 그는 지금쯤 트로츠키식 공산주의자가 되었을 것이라고 말했다〉라고 주장했다.[6] 며칠 후, 「뉴욕 타임스」는 『인간 조건』의 작가, 즉 말로를 악독한 스탈린주의자이고, 트로츠키파의 적이며, 드골 내각에 입각한 음흉한 예수회 신도라고 맹렬하게 공격한 나탈리아 세도바 트로츠키Natalia Sedova Trotsky의 짤막한 반박문을 보도했다. 트로츠키 부인은 〈말로는 겉으로는 스탈린주의와 담을 쌓고 있지만 실제로는 원숭이처럼 옛 스승들을 흉내 내면서 트로츠키주의와 보수주의를 한통속으로 몰아가고 있다〉라고 비난했다.[7]

그런 논란이 미국 땅에서만 벌어졌다면 말로는 크게 개의치 않았을 것이다. 하지만『레 탕 모데른』은 미국 신문에 실린 기사들을 번역해서 소개하는 데 그치지 않고 메를로퐁티의 긴 논평까지 곁들여 말로를 궁지에 몰아넣는 고약한 짓을 저질렀다.

어떤 대가를 치르더라도 목적을 달성하려는 열정에 사로잡힌 말로는 자신의 과거를 통해서만 현재의 행위를 보려 한다. 따라서 그는 사람들에게 변함없는 인물인 듯한 인상을 넌지시 심어 준다. 달리 말하면 요즘 그가 옹호하는 드골주의는 과거에 그가 애지중지했던 트로츠키주의인 셈이다. 여기에서 〈만약 트로츠키가 스탈린에게 승리를 거두었더라면 드골 장군도 트로츠키주

5 Les Temps modernes, 제4호, 1946년 1월 1일.
6 The New York Times, 1948년 2월 14일.
7 The New York Times, 1948년 3월 9일.

의자가 되었을까?〉라는 의문이 생긴다. 이 의문에 답하려 할 때, 우리는 짙은 안개 속을 헤매게 된다. 그러나 지금 말로가 내 현기증에 답하려 한다면 정치를 떠나야 할 것이다. 설즈버거가 일으킨 파도에 기꺼이 휩쓸려야 할 것이다. 그렇게 된다면 그는 한낱 도구와 사물로 전락할 테고……. 우리가 말로, 아서 케스틀러, 티에리 모니에, 제임스 버넘을 원망하는 이유는 마르크스주의를 몸으로 체험하거나 적어도 머리로 이해했고, 우리가 지금 제기하는 의문에 부딪혔으면서도 과거로 회귀한 때문이다. 또한 어떤 대가를 치르더라도 모든 인류를 위한 휴머니즘으로 나아갈 길을 밝히려고 애쓰지 않고, 각자의 방식대로 혼돈과 타협하며 은둔의 길을 택했기 때문이다. 그들은 트로츠키가 말한 최소 프로그램의 윤곽을 제시하려는 노력조차 하지 않았다.[8]

이런 폭풍이 불어 닥치던 때, 말로는 드골이 프랑스 국민 연합(RPF)의 선전 국을 맡길 정도로 그의 최측근 중 한 명이었고 상당한 유명 인사였다. 따라서 『레 탕 모데른』에 실린 메를로퐁티의 글을 읽고 흥분하지 않을 수 없었다. 말로는 레몽 아롱에게 전화를 걸어 화난 목소리로 소리쳤다.

「메를로퐁티가 나를 비겁자로 매도했더군! 자기 사무실 밖에서는 싸워 본 적도 없는 자식이 말이야!」[9]

말로는 가스통 갈리마르의 사무실에서도 분노를 터뜨리며, 〈그들이냐? 나냐?〉라며 가스통을 윽박질렀다. 심지어 『레 탕 모데른』이 갈리마르의 이름으로 계속 발간되면, 모든 저작권과 차후에 계획된 책들까지 거둬서 갈리마르를 떠나겠다고 협박했다. 또한 그의 요구가 받아들여지지 않으면, 칼망레비를 예로 들면서 점령 기간에 관련된 서류들을 다시 검토할 용의까지 있다며 경고했다. 가스통은 말로의 경고를 심각하게 받아들이지 않을 수 없었다. 실제로 말로는 점령군과 어떤 타협도 하지 않았고, 얼굴을 붉히지 않고 그런 대담한 짓을 능히 해낼 수 있는 인물이었다. 궁지에 몰린 갈리마르는 사르트르에게 그런 딜레마를 털어놓았다. 다행히 사르트르가 자진해서 그 문제를 해결해 보겠다고 나섰다. 덕분에 말로가 일으

8 *Les Temps modernes*, 제34호, 1948년 7월.
9 Raymond Aron, *Mémoires*, Juillard, 1983.

킨 소동은 가라앉았다. 말로가 승리한 것이었다. 점령 시대에 드리외와 아라공이 벌인 실랑이가 재현된 듯한 모습이었다. 떠오르는 별들이 서로 배척하지 않고 공존할 수 없을 만큼 출판사가 작았던 것일까? 문학의 관용과 정치의 관용은 어디에서도 찾아볼 수 없었다! 자존심의 싸움만이 있었다!

　말로의 요구대로 사르트르는 그의 잡지를 길 건너편으로 옮겼다. 위니베르시테 가 30번지에 위치한 출판사, 갈리마르의 경쟁사이던 르네 쥘리아르의 품으로 옮기게 된 것이다. 창간된 지 4년째를 맞은 『레 탕 모데른』은 르네 쥘리아르의 이름으로 제39호(1948년 12월/1949년 1월 호)를 발간했다. 새로운 경영자가 영입되었지만 사르트르는 예전과 똑같은 역할을 해냈다.

　가스통은 안도의 한숨을 내쉬며 이렇게 말했다.

　「사르트르야말로 진정한 민주주의자야!」[10]

　가스통 갈리마르는 『트로이의 목마*Le cheval de Troie*』란 잡지 때문에 다시 한 번 한바탕 소동을 치러야 했다. 신앙과 현대 세계의 관계를 조명하는 데 목적을 둔 종교 교양 잡지였던 『트로이의 목마』는 1947년 6월에 처음 발간되었다. 종교인 중에서 가장 파리 사람다웠고 베르나노스, 말로, 에메, 사르트르, 주앙도, 카뮈, 파랭, 쥘 루아, 자크 마리탱, 블레즈 상드라르 등에게 부담 없이 원고를 부탁할 수 있었던 브뤽베르제 신부가 창설하고 주도적으로 끌어간 잡지였다.

　윤리적 차원에서 그가 속한 교단 도미니크 수도회의 존립을 위협할 정도로 타락한 예수회의 부패, 그리고 생쉴피스식의 설교 방식에 상심한 브뤽베르제 신부는 자기 방식대로 해결책을 모색할 생각으로 그 잡지를 창간하자고 가스통에게 제안했다. 가스통은 무신론자, 혹은 자유주의자에 가까웠기 때문에 브뤽베르제의 생각에 동의했다기보다는, 〈브뤽베르제는 호랑이 사냥을 함께 나설 수 있는 진정한 젊은 수도자다!〉라는 베르나노스의 표현대로 기존 종교계를 향한 그의 분노와 뜨거운 열정에 매료되어 그 제안을 주저 없이 받아들였다. 이처럼 넓게는 〈신을 부인하는 사람들〉, 좁게는 〈가톨릭 정신의 근절과 제거를 꿈꾸는 사람들〉에 맞선 이런 전

10 Beauvoir, La force des choses, 같은 책.

쟁을 지원한 것도 가스통 갈리마르의 모순된 면을 보여 주는 좋은 예이다.[11]

그 잡지는 갈리마르 출판사 내에서도 〈트로이의 목마〉와 같은 존재였다! 갈리마르의 작가가 곧 『트로이의 목마』의 기고자였다. 작가들은 브뤽베르제 신부를 사심 없이 도왔다. 문학적 명성과 관계없이 여성 작가들도 물심양면으로 신부를 도왔다. 레몽 크노가 그 여성 작가들에게 〈브뤽베르제르와 브뤽브르비〉라는 이름을 붙여 주었을 정도였다.[12]

브뤽베르제 신부가 편집은 물론이고 관리에서 유통까지 모든 것을 맡았다. 처음에는 모든 것이 순조로웠다. 그러나 제8호를 발간한 후부터 일이 꼬이기 시작했다. 잡지가 근본주의적 색채를 강하게 띠고 있어, 현대주의로 경도된 프랑스 교회는 불편한 심기를 감추지 않았다.[13] 게다가 젊은 브뤽베르제는 친독 의용대에서 중위를 지냈고 LVF(대 볼셰비키 프랑스 의용단)에 가담했던 장 바송피에르Jean Bassompierre를 공개적으로 두둔했다. 바송피에르가 사형 선고를 받자 브뤽베르제는 그를 두둔하고 나섰고, 그가 사형 당한 후에는 더욱 강하게 그를 옹호하는 발언을 서슴지 않았다. 심지어 「랭트랑지장」에 기고한 칼럼에서는 기존 정치계가 바송피에르를 속죄양으로 삼았다고 공격했다. 그 파장이 걷잡을 수 없이 확대되었다. 따라서 즉각적인 반격이 뒤따랐다. 파리의 도미니크 수도회는 자신들은 『트로이의 목마』의 관점과 다르다고 발표했고, 툴루즈 관구는 갈리마르 출판사를 직접 방문해서 미친 말로 변해 버린 트로이 목마의 광기를 중단시켜 달라고 요구했다. 가스통은 브뤽베르제 신부에게 툴루즈 관구의 항의 방문을 알리며, 잡지의 발간을 잠시 중단하기로 했다는 자신의 결정을 전했다. 하지만 그 잡지가 언젠가 복간되기를 기대한다는 위로의 말도 빠뜨리지 않았다. 브뤽베르제는 실망스러웠지만 포기할 수밖에 없었다. 이 어두운 사건 뒤에 어떤 거래가 있었는지 이해할 수 없었지만 그는 가스통 갈리마르를 향한 존경과 감사를 잊지 않으며, 훗날 〈가스통 갈리마르는 로베르 드노엘과 더불어 금세기의 가장 위대한 출판인이었다. 그들을 대신할 사람은 없었다〉라고 회고했다.[14]

11 Bruckberger, 같은 책.
12 Bruckberger, 같은 책. 해석하면 〈브뤽베르제의 연인들과 암양들〉이 될 것이다 — 역주.
13 브뤽베르제 신부가 저자에게 보낸 편지.

이런 불행한 사건을 잊기 위해서 브뤽베르제는 알제리의 사하라 사막으로 떠나, 예수회의 〈작은 형제들〉이 이룬 공동체에 들어가 살았다.

가스통 갈리마르가 전후에 창간한 모든 잡지가 분란을 일으켰던 것은 아니다. 그는 『NRF』를 부활시키고 싶었지만 서두르지 않았다. 사람들의 기억에서 『NRF』에서 드리외의 존재를 지워 내려면 적잖은 시간이 필요하다는 것을 알았다. 『아르슈』를 『NRF』의 방식으로 운영하며 두 잡지가 하나로 결합되는 날을 초조하게 기다리던 장 암루슈Jean Amrouche는 『NRF』를 되살려 내자고 폴랑을 채근했다. 또한 옛 편집 위원들의 모임을 주선하기도 했다. 폴랑, 지드, 카뮈, 슐룅베르제의 침묵을 지키는 무거운 분위기를 말로의 띄엄 대는 목소리가 깨뜨렸다.

「앞으로는 — 능력 있는 사람에게 — 글을 읽어 주는 대가로 — 많은 돈을 주지 못한다면 — 괜찮은 잡지를 — 만들지 못할 겁니다.」[15]

『NRF』를 복간할 수 없다면, 그것을 대체할 잡지라도 발행하면서 때가 무르익기를 기다리자는 결정이 내려졌고 가스통도 그 결정을 받아들였다. 그리하여 특수 종이를 사용해서 호화롭게 꾸민 『NRF』의 확대판이라 할 수 있는 『플레이아드 평론Les Cahiers de la Pléiade』이 탄생했다. 이 잡지는 1946년 4월부터 1952년 봄까지 부정기적으로 발행되었다. 기고된 글들은 한결같이 격조가 있었다. 이 잡지를 주도적으로 만들어 간 산파도 장 폴랑이었다. 언론계 출신인 39세의 도미니크 오리Dominique Aury가 폴랑을 도왔다. 전쟁 전에는 『앵쉬르제L'Insurge』에, 그 후에는 『레트르 프랑세즈』에 주로 글을 기고했던 도미니크 오리는 유창한 영어 실력으로 갈리마르의 독자 위원회 위원이 되었고, 나중에는 복간된 『NRF』의 주필을 지냈다.

출판계에 정화의 폭풍이 몰아칠 때 그녀는 갈리마르 출판사에 입사했다. 당시 갈리마르는 어떤 문학상에도 근접하지 못하고 있었다. 쥘리아르가 거의 모든 문학상을 휩쓸고 있었다. 그러나 문학계의 고유한 정치는 여전히 전통을 이어가고 있었다. 예컨대 생제르맹데프레의 경계 너머까지 그 명성이 알려졌던 갈리마르의 각

14 브뤽베르제 신부가 저자에게 보낸 편지.
15 Dominique Aury, in *Le Monde*, 1977년 9월 2일.

테일파티는 여전했다. 출판인들과 작가들은 4월부터 6월까지 매주 목요일이면 인접한 두 저택의 정원에 모였다. 모두가 먹는 것보다 마시는 데 열중한 까닭에, 가스통은 가끔 식탁 사이에 탁구대를 설치하기도 했다. 그러면 노벨 문학상 수상자와 공쿠르상 수상자를 비롯한 프랑스의 위대한 작가들이 탁구대 주변에 모여 환담을 나누었다. 갈리마르가 주최한 이 칵테일파티는 문학계의 명물이기도 했지만 반드시 참석해야 할 의식이기도 했다. 가능하면 말쑥하게 차려입고 참석하는 편이 나았다. 잔디를 다치게 해서는 안 된다는 암묵적인 원칙도 있었다! 이때 초대 손님의 명단을 작성한 사람은 클로드 갈리마르였다.

이 칵테일파티는 파리의 명물로 널리 알려진 까닭에, 앙리 칼레프Henri Calef가 파리에 대한 다큐멘터리 영화를 제작할 때나 얼마 후에 마르셀 파글리에로Marcel Pagliero가 생제르맹데프레를 주제로 다큐멘터리 영화를 제작할 때 몇 장면을 삽입할 정도였다. 알렉상드르 비알라트의 표현을 빌리자면, 〈포크너와 같은 위대한 작가들, 대사들, 위조지폐범, 존속 살인범, 그리고 진짜 거미를 박아 넣은 메달을 목에 걸고 시인인 체 하는 여자〉 등이 한자리에 모여 웅성대는 칵테일파티였다.[16]

이 작은 모임이 문학 애호가들에게 인기를 얻자 초대장을 얻으려는 사람들이 늘어 갔다. 어느 날 가스통은 동료들에게 이처럼 크게 떠들고 웃는 모임의 이름을 지어 보라고 권했다. 아무도 적절한 이름을 생각해 내지 못했다. 결국 그들은 만나도 별소득을 기대할 수 없는 이 호사스런 모임에 간격을 두기로 결정했다. 그때부터 이 칵테일파티는 월례화되었고, 나중에는 연례화되면서 결국에는 흐지부지되고 말았다. 『NRF』와 갈리마르의 트레이드마크였던 깨끗한 크림색의 겉표지에 검은 광선을 성공적으로 그려 넣었던 〈뒤아멜의 갱단〉에게는 아쉽기 그지없는 일이었다.

그 모험적 사업은 해방과 더불어 시작되었다. 주역은 마르셀 뒤아멜Marcel Duhamel이었다. 당시 44세였던 뒤아멜은 그야말로 모든 직업을 섭렵한 사람이었다. 전쟁 전에는 잡지사에서 광고 담당자로 일했고 연극, 영화, 필름 더빙, 호텔업 등에서 운을 시험해 보기도 했다. 뒤아멜은 투덜대는 심술꾼이었지만 때로는 신사

---

16 Alexandre Vialatte, *Dernière nouvelles de l'homme*, Julliard, 1978.

처럼 냉정했고, 농담을 시작하면 끝낼 줄을 몰랐던 입담꾼이었다. 또한 모든 것을 몸으로 부딪치며 배웠고, 초현실주의자들에게는 여행의 동반자였으며, 자크 프레베르Jacques Prévert와 앙리 필리파키의 친구이기도 했던 뒤아멜이었지만, 앵글로색슨계 책에는 변함없는 사랑을 품고 있었다. 1944년 8월, 뒤아멜은 주머니를 두둑이 채우고 마르셀 아샤르의 집을 떠났다. 착각하지 마시라! 그의 주머니를 두둑하게 채운 것은 세 권의 영어책이었다. 피터 셰이니Peter Cheyney의 책 두 권과 제임스 해들리 체이스James Hadley Chase의 책 한 권이었다. 그는 세 권의 책을 번역했지만 어떤 출판사에서 출간할지 고민했다. 갈리마르 출판사가 머리에 떠올랐다. 사실 점령 기간 중, 그는 아주 특별한 상황에서 미셸 갈리마르를 만난 적이 있었다. 출판사들이 책을 포장할 크라프트지가 부족해 쩔쩔매고 있다는 이야기를 한 친구에게 듣고, 뒤아멜은 한 친척의 도움을 받아 상당한 양의 크라프트지를 구해서 여러 출판사에게 제공했다. 따라서 그가 세 권의 번역 원고를 들고 세바스티앵 보탱 가를 찾아간 것은 당연한 일이었다. 게다가 갈리마르 출판사는 호의적인 반응을 보이는 듯했다. 때마침 그들은 새로운 시리즈를 찾고 있었다. 성공할 경우에는 이 〈작고 가벼운 책〉, 한마디로 〈대중적인 책〉을 일정한 간격으로 계속 출간할 생각이었다. 갈리마르의 미술 담당자이던 로제 알라르가 가스통에게 다소 낯선 도안을 제안했다. 하얀 바탕에 작은 초록색 꽃이었다. 그 도안을 보고 뒤아멜[17]은 〈엽기적인 시리즈인데 표지는 목가적이군요!〉라고 말하며, 그의 부인으로 전문 디자이너이던 제르멘에게 표지를 부탁했고, 친구인 자크 프레베르에게 시리즈의 이름을 지어 달라고 부탁했다.

프레베르는 〈그냥 쉽게 《세리 누아르Série noire》라고 하지 그러나?〉라고 무심코 대답했고, 제르멘은 검은색에 노란 선을 두른 표지를 제안했다. 뒤아멜은 두 제안을 만족스러워 했지만 갈리마르 부자는 그렇지 못했다. 하지만 뒤아멜은 고집스레 갈리마르 부자를 설득했고 마침내 승낙을 받아 냈다.[18] 죽음의 냄새를 풍기는 〈세리 누아르〉는 이렇게 탄생되었다. 그리고 뒤아멜은 겨울 휴가를 떠났다. 그런데 휴가를 즐길 틈도 없이 급히 돌아오라는 가스통의 전보를 받았다. 일거리가 그를

17 Marcel Duhamel, *Raconte pas ta vie*, Mercure de France, 1972.
18 Marcel Duhamel, 같은 책.

기다리고 있었다. 『독일 여자*Lady in green*』의 번역에 문제가 있고, 번역권마저 확보되지 않았다는 것이다. 전쟁은 끝나지 않았지만 파리와 런던 간의 길은 이제 열려 있었다. 그에게 영국으로 건너가 〈세리 누아르〉에 포함시킬 다른 책들을 가져오라는 지시가 떨어졌다. 가스통은 여기에 그치지 않고, 분야를 가리지 말고 프랑스어로 번역할 만한 다른 책들도 구해 오라고 지시했다. 갈리마르 출판사의 문턱을 넘으면서 호기 있게 내뱉은 한마디, 즉 그가 이 출판사에서 영어를 자유롭게 읽고 말할 수 있는 유일한 사람일 것이라 말한 대가를 톡톡히 치르게 된 셈이었다.

뒤아멜은 두 장의 서류를 주머니에 넣고 런던으로 날아갔다. 하나는 자크 수스텔 정보 장관이 서명한 여행 허가서였고, 다른 하나는 뒤아멜을 갈리마르 출판사의 대표로 인정한다고 가스통이 서명한 서류였다. 런던에 도착하자, 여전히 간헐적으로 런던을 때리던 V2로켓탄이 그를 반겨 주었다. 뒤아멜은 화들짝 놀랐지만 런던 사람들은 덤덤한 표정이었다. 하여간 공군복을 입은 체이스는 저작권 계약서에 흔쾌히 서명했고, 셰이니도 위스키를 취하도록 마신 후에 저작권 계약서에 서명을 했다. 그리고 뒤아멜은 존 스타인벡, 새무얼 해밋, 레이먼드 챈들러 등의 저작권 에이전트와 계약을 마쳤다.

〈세리 누아르〉는 전통 탐정 소설 분야에 일대 혁명을 일으켰다. 경찰들이 살인범보다 더 타락한 모습으로 그려졌기 때문만은 아니었다. 과거처럼 탐정을 따라서 미스터리나 수수께끼를 해결하는 형식이 아니었기 때문이기도 했다. 특별히 교훈이 있는 것도 아니었다. 격렬한 감정과 열정, 사랑, 그리고 항상 배후에서 조종하는 행위가 있었다. 한마디로 풍자와 냉소가 뒤엉킨 유머에 충실한 소설들이었다. 유혈이 낭자하면서도 재밌었다. 〈세리 누아르〉가 추구한 새로운 스타일의 소설이었다. 따라서 번역가들은 능력을 인정받지 못했지만 그들의 역할이 절대적이었다.[19] 〈세리 누아르〉의 첫 네 권은 마르셀 뒤아멜이 직접 번역했다. 피터 셰이니의 『독일 여자』와 『위험한 남자*This man is dangerous*』, 제임스 해들리 체이스의 『블랜디쉬 양을 위한 난초는 없다*No Orchids for Miss Blandish*』, 그리고 사빈 베리츠와 공역한 호레이스 맥코이의 『수의에는 주머니가 없다*No pocket in a shroud*』였다. 1946년 6월 7일

19 Boileau-Narcejac, *Le roman policier*, PUF, 1975.

에 열린 〈세리 누아르의 밤〉에 파리의 명사들이 대거 참석하면서 이 시리즈의 성공을 기원해 주었다. 1년이 지나지 않아 〈세리 누아르〉는 완전히 자리를 잡았다. 뒤아멜은 세바스티앵보탱 가에 자기만의 사무실과 여비서를 두고서, 매달 2종을 꾸준하게 출간했다. 판매 부수는 대개 4만 부 안팎이었다. 그러나 시모냉의 『현찰에 손대지 마라Touchez pas au grisbi』는 예외적으로 25만 부나 판매되면서, 영화와 손잡을 수 있다는 가능성을 제시해 주었다. 실제로 〈세리 누아르〉의 4분의 1이상이 영화로 만들어졌고, 모든 영화가 책 판매 부수의 세 배 이상의 관객을 모았다.

가스통 갈리마르는 〈세리 누아르〉의 성공을 반기지 않을 수 없었다. 이 시리즈는 〈독립된 문학의 한 장르〉로 신속히 자리를 잡으면서, 독자 위원회의 일부 순수 문학가들에게 충격을 주었다. 또한 갈리마르 출판사에게 큰 이익을 정기적으로 안겨 주었다. 뒤아멜이 소중하게 여겼던 것은 시리즈의 목록이나 광적인 팬들이 절판된 책에 기꺼이 지불하는 높은 가격이 아니었다. 가스통 갈리마르가 고마워하는 마음도 아니었다. 그가 좋아한다는 이유만으로 프랑스에 널리 알린 작가들이 그에게 보내는 찬사였다. 예컨대 체스터 하임스의 번역본은 예전에도 프랑스의 여러 출판사에서 책을 발표된 적이 있었다. 갈리마르에서도 〈콜렉시옹 블랑슈〉 시리즈를 통해 하임스의 책을 소개한 적이 있었다. 그런데 뒤아멜의 시리즈에서는 할렘의 폭력적인 세계를 무대로 한 그의 범죄 소설들이 연이어 번역되었다.

마르셀이 없었다면 나는 범죄 소설을 쓰지 않았을 것이다. 물론 내가 감옥에서 쓴 글들도 주제에 있어서는 범죄 소설에 속한다고 말할 수 있다. 내가 감옥에서 글을 쓰기 시작했을 때 내게 가장 큰 영향을 준 사람은 새무얼 해밋이었다. 그러나 나는 그를 모방하고 싶지 않았고 범죄 소설을 쓸 생각도 없었다. 1956년 마르셀은 내게 대단한 돈을 제안했다. 그 당시 나로서는 상상하기 힘든 돈이었다. 엄청난 액수였기에 나는 마르셀의 제안을 받아들였다. 그는 이미 1948년에 내 소설 『큰 소리를 지르는 사람은 풀어 줘라If He Hollers, Let him go』를 프랑스어로 번역한 적이 있었다. 〈세리 누아르〉를 막 시작한 때였다. 나는 그를 믿었고, 그의 판단을 믿었다. 그때부터 나는 황금을 화학적으로 변형시켜 몇 배로 만들 수 있다고 주장하는 사기꾼, 〈골드 더스트 트윈스〉에게 이용당하는 불쌍한 사람들의 이야기를 쓰기 시작했다. 이 이야기가 『이마벨의 사랑을 위하여*For Love of Imabelle*』가 되었고, 다음 해에 범죄 소설 대상을 수상했다. 마르셀은 내 원고를 수정하지 않았다. 내게 어떻게 써야 한다고도 말하지 않았다. 그는 나를 믿었다![20]

한편 가스통은 마르셀 뒤아멜의 사업적 수완과 초기 번역가들의 뛰어난 솜씨에 대해 〈내가 누구도 이해하지 못하는 시인들의 시집을 출간할 수 있는 것은 《세리 누아르》 덕분이다〉라며 아주 상징적으로 말한 바 있다.[21]

2차 대전 이후, 프랑스 문학을 실질적으로 끌어간 쌍두마차가 있었다. 막강한 자금력을 지닌 아셰트와 〈프랑스 문학의 기준〉을 제시한 갈리마르였다. 이 쌍두마차 사이에서 다른 프랑스 출판사들은 좁은 틈새시장을 차지하기 위해서 기획력을 다듬고 또 다듬어야 했다.[22] 아셰트가 없었다면 유통은 없었을 것이고, 갈리마르가 없었다면 문학도 없었을 것이다. 너무 단순화시킨 과장된 말일 수도 있지만 독립 출판사라고 자부하던 중소 규모의 출판사들에게는 실망스런 상황이었던 것은 사실이다. 미뉘, 쥘리아르, 세이유가 독특한 성격을 선보이며 두드러진 성과를 거두기는 했지만 아셰트와 갈리마르는 여전히 최고의 위치를 굳게 지켰다. 물론 숙청의 대상이 되면서 갈리마르가 문학상 심사 위원들에게 잠시 영향력을 상실한 것은 사실이었다. 특히 1945년부터 1949년까지, 갈리마르는 전쟁 전과 점령 기간에 공쿠르상을 비롯한 여러 문학상을 거의 독점적으로 휩쓴 대가를 혹독히 치러야 했다. 갈리마르는 전쟁 중에 신망을 구축한 소형 출판사들, 그리고 연륜을 지닌 출판사들 중에서 가장 역동적이고 모험적인 모습을 과시한 쥘리아르에게 문학상을 양보해야 했다. 이 4년 동안, 쥘리아르는 장자크 고티에, 장루이 퀴르티스, 모리스 드뤼옹, 피에로 피송, 미셸 로비다, 질베르 시뇨를 통해 세 번의 공쿠르상을, 그리고 르노도상, 페미나상, 앵테랄리에상을 각 1회씩 수상했다. 어쨌든 점령 기간에 비시에서 서성대던 세카나 출판사와는 차원이 달랐다.

20 체스터 하임스와 장 폴 카우프만의 대화, *Le Matin*, 1983년 10월 27일.
21 *Encyclopedia universalis*.
22 Robert Laffont, *Editeur*, Laffont, 1974.

앵테랄리에상은 코레아(로제 바이양), 바토 이브르(자크 넬스), 쥔 파르크(피에르 다니노스)와 같은 소형 출판사에게 돌아갔고, 아카데미 프랑세즈 소설상은 잡지 『퐁텐*Fontaine*』을 출간하던 출판사(장 오리외)와 앙리 르페브르 출판사(이브 강동)에게 주어졌다. 페미나상은 미르트(안 마리 모네), 샤를로(에마뉘엘 로블레), 코레아(마리아 르 아르두앵)에게 주어졌고, 전쟁 전에 드노엘이 독점하던 르도노상은 샤를로 출판사(앙리 보스코, 쥘 루아)와 세이유(장 케롤)에게 돌아갔다.

그렇다고 갈리마르가 두 손을 놓고 있었던 것은 아니다. 예전에도 그랬듯이 그는 세 방향에서 일을 진행시켰다. 이미 상당한 비중을 차지하는 기간 도서들, 현재 출간하는 도서들, 그리고 미래를 대비한 도서들이었다. 전쟁이 끝난 직후, 가스통은 향후 20년 동안 스테디셀러로 팔려 나갈 책들을 도서 목록에 포함시켜 두고 있었다. 예컨대 생텍쥐페리의 『야간 비행』, 『어린 왕자』, 『인간의 대지』, 『남방 우편기』, 말로의 『희망』과 『인간의 조건』, 지드의 『전원 교향곡』과 『사전꾼들』, D. H. 로렌스의 『채털리 부인의 사랑』, 마르셀 에메의 『녹색 암말』, 프루스트의 『스완네 집 쪽으로』, 케셀의 『탑승원』, 사르트르의 『구토』, 카뮈의 『이방인』과 근간으로 예정된 『더러운 손』과 『페스트』가 있었다.[23] 그리고 해방된 이후 어디에서도 구하기 어려웠던 『바람과 함께 사라지다』도 있었다. 1946년 피에르 라자레프Pierre Lazareff는 이 미국 소설을 신문에 연재하자는 참신한 생각을 제시했다. 「데팡스 드 라 프랑스*Défense de la France*」는 300만 프랑의 저작권 사용료를 갈리마르에 제시하여 이 소설의 연재권을 따냈고, 덕분에 다음 날부터 이 신문의 인쇄 부수는 10만 부에 이르렀다.[24]

이런 성공의 조건을 갖추었으니 가스통 갈리마르는 파라솔 없이도 사막을 건널 수 있을 것 같았다. 하지만 그는 여기에 만족하지 않았다. 유행을 쫓아 단발성 성공을 꾀하기보다 꾸준한 생명력을 지닌 작품들을 만들어 내고 싶었다.

1945년 9월 초, 가스통은 카사노바의 『회상록』 원본을 재발굴해서 플레이아드 시리즈의 하나로 출간할 계획을 세웠다. 점령 기간에 그에게 많은 도움을 주었던 모리스 퇴스카가 전후 보상을 위한 프랑스 대표로 바덴바덴에 파견된 것을 알고, 가스통은 퇴스카에게 라이프니치에 있는 브로크하우스사를 찾아가 카사노바

23 *L'Express*(1958년 12월 14일)가 작성한 목록.
24 Kessel, *Magazine littéraire*, 제32권, 1969년 9월.

의 원전을 양도해 달라고 설득해 보라며, 〈하지만 주변 사람에게는 아무 말도 하지 말게. 다른 출판사들도 브로크하우스와 접촉할지 모르니까〉라고 당부했다.[25] 폴랑도 점령 기간에 지드, 크뢰퇴장, 크노에게 행정적 편이를 마련해 주고, 펠릭스 페네옹의 전집을 출간하기 위해 전쟁성의 페네옹 서류를 구하는 데 퇴스카의 도움을 받았다.[26] 독일에 파견되는 퇴스카에게 폴랑도 해방 이후로 소식이 끊어진 친구, 게르하르트 헬러의 행방을 알아봐 달라고 부탁했다.

가스통의 생각은 분명했다. 카사노바의 회상록은 〈플레이아드〉 시리즈에 포함되어야 했다! 그러나 그 숙원은 그로부터 13년이 지난 후에야 이루어졌다.

세바스티앵보탱 가에서, 카뮈는 사르트르만큼이나 소중한 작가였다. 카뮈는 단순히 성공한 작가가 아니었다. 따라서 그는 일정한 봉급을 받는 독자 위원회 위원, 레지스탕스 작가의 표본에 머물지 않았다. 〈희망*Espoir*〉이란 시리즈의 지휘자로 장 다니엘, 비올레트 르뒤크, 시몬 베이유, 르네 샤르, 브리스 파랭, 로제 그르니에 등의 책을 차례로 출간했다. 〈희망〉 시리즈는 10년 간 지속되었지만, 가스통은 이 시리즈의 상업적 실패를 절감한 후 중단하기로 결심했다. 그러나 카뮈는 최고의 작가라는 명성을 유지했다. 카뮈는 〈내 생각보다 페스트가 너무나 많은 희생자를 낳았다〉라고 빈정대듯 말했지만[27] 수십만 부가 팔려 나간 『페스트』는 독자들에게 『이방인』과 『오해』까지 다시 찾게 만들었다. 덕분에 카뮈는 갈리마르에서 테라스가 딸린 사무실을 갖는 특전을 누렸다. 카뮈는 이 사무실을 무척 자랑스럽게 생각했던지 모든 방문객을 테라스로 데려 나갔다. 한겨울에도! 폴랑은 자신의 유머에 별 반응을 보이지 않는 카뮈를 좋아하지 않았다. 세바스티앵보탱 가에서 카뮈는 미셸 갈리마르, 자크 르마르샹, 장 그르니에와 친하게 지냈다.[28]

전쟁 직후는 전환기였고 일신(一新)의 시대였다. 조르주 심농은 절친한 친구로 〈프레스 드 라 시테〉를 사들인 스벤 닐센의 품으로 떠났다.[29] 한편 몽테를랑이

25 퇴스카의 증언.
26 펠릭스 페네옹Félix Fénéon은 미술 평론가인 동시에 문학 평론가로 전쟁성에서 원고 작성자로 일한 적이 있었다.
27 미셸과 자넨 갈리마르에게 보낸 편지, *Le Point*, 제16권, 1984년 1월.
28 Mac Carthy, 같은 책.
29 심농의 편지.

그라세와 결별하고 갈리마르의 품에 안겼다. 아라공은 시리즈 〈소비에트 문학 *Littératures soviétques*〉의 지휘관이 되었고, 『레트르 프랑세즈』에 기고한 글들을 갈리마르나 공산당 출판국의 이름으로 묶어 발표했다. 루마니아 출신의 젊은 철학자, 에밀 시오랑Emil Cioran은 루마니아에서 세 권의 책을 발표한 경력을 바탕으로 프랑스어로 쓴 첫 원고, 『해체의 개설*Précis de décomposition*』을 갈리마르에 제안했다. 받아들여졌다! 하지만 시오랑이 거부했다. 시오랑은 원고가 마음에 들지 않는다며 다시 쓰겠다고 말했다. 독특하면서 베일에 싸인 이 도덕군자의 책은 1949년에야 출간될 수 있었다. 한편 로데스 정신 병원에 입원해 있는 동안 〈프랑스에 추방된 사람〉이라 자처하던 앙토냉 아르토는 퇴원한 지 몇 달이 지나지 않아 갈리마르 출판사에서 전집(20권 예정)을 출간하자는 제안을 받았다. 파르그와 레오토 이후, 말로와 오디베르티 이후로 가스통이 마음 한구석에 애정을 품었던 사람은 장 주네였다.

주네처럼 사회에서 버림받은 사람들과 접촉하면서 세상 사람들에게 자극을 주려 했던 성향은 상류 부르주아 출신인 가스통의 장점 중 하나였다. 하지만 가스통은 그로 인해 혹독한 대가를 치러야 했다. 아르토나 주네와 같은 작가들은 판매량과는 상관없이 터무니없이 높은 인세를 요구하기 일쑤였고, 때로는 파리가 떠들썩해질 정도로 사고를 일으켰기 때문이다. 특히 장 주네의 『장례식*Pompes funèbres*』 원고가 분실되었을 때 일어난 소동을 갈리마르 출판사 직원 모두가 오랫동안 잊지 못했다. 그날, 미셸 갈리마르와 여러 사람 앞에서 몇 마디를 나누더니 주네는 갑자기 목이 터져라 소리쳤다.

「그래서, 당신 직원들이 나를 도둑놈 취급하는군!」

주네는 여기에서 멈추지 않았다. 그의 후견인인 가스통에게 욕설로 가득한 편지를 보냈다. 가스통은 어딘가에 잘못 놓여 있을 원고를 찾으라고 황급히 지시를 내렸다. 결국 되찾은 원고의 내용도 주인만큼이나 골치 아픈 것이었다.

가스통은 어느 때보다 욕심을 부렸다. 하나도 놓치지 않으려고 애썼다. 또한 일부 출판사가 곤경에 빠진 틈을 이용해 작가들을 되찾아 오면서 과거의 실수를 만회했다. 새로운 피를 수혈한 1945년의 독자 위원회는 전통과 혁신의 중간노선을 취했다. 새로운 독자 위원회는 열네 명의 남자로 구성되었다(갈리마르의 독자 위

436

원회 위원에는 전통적으로 여자가 없었다). 옛날부터 그 자리를 지켜 온 마르셀 아를랑, 1년 후에 암으로 세상을 떠난 베르나르 그뢰튀장, 브리스 파랭, 장 폴랑, 루이다니엘 이르슈(해방 후 여러 출판사에서 영입하려는 시도가 있었지만 모두 거절했다. 특히 로베르 라퐁은 파격적인 보수를 제안하며 영입하려 했었다)가 있었고, 그들의 곁에 3~4년 전에 위원으로 위촉된 자크 르마르샹, 디오니스 마스콜로, 레몽 크노와 새로운 피로 영입된 신참 위원들이 있었다. 로제 카유아Roger Caillois는 32세의 노르망디 출신으로 문법 교수 자격 소지자였고 〈사회학 연구회Collège de Sociologie〉의 공동 창립자였다. 나중에 〈남십자성La croix du Sud〉라는 시리즈를 지휘하며 보르헤스, 아스투리아스 등 라틴 아메리카의 유명 작가들을 소개했다. 카유아는 유네스코에서 문학 개발 담당자로 일하기도 했고, 광물 세계와 시학적이고 환상적인 세계에 대한 열정을 고전주의적인 문체로 독특하게 풀어낸 수필가로서 『인간과 성스러운 것L'homme et le sacré』(1939)과 『시지프스의 바위Le rocher de Sisyphe』(1945)를 썼다. 그리고 알베르 카뮈가 있었다. 카뮈에 대해서는 더 이상 소개할 필요가 없을 것이다. 끝으로 가스통 갈리마르의 양편에는 아들 클로드와 동생 레몽, 그리고 레몽의 아들인 미셸이 있었다. 당시 27세이던 미셸은 마스콜로, 카뮈, 에티앙블과 친구였다. 특히 에티앙블은 미셸의 가정교사이기도 했다. 미셸 갈리마르는 조용하고 매력적인 인물이었다. 겸손하고 신중했으며, 우정을 만들어 갈 줄 아는 사람이었다. 또한 과시하지 않아도 빛을 내고, 지워진 듯하지만 언제나 존재하고, 너그럽고 세련되었으며, 갈리마르의 일원이라는 위치와 이름 그리고 삼촌 가스통과의 특별한 관계 덕분에 힘을 지녔지만 결코 그 힘을 과시하지 않는 사람이었다. 가스통과 정신적으로 이어진 문학적 공감대로 인해 미셸은 조카라기보다 정신적 아들이었다. 이런 관계는 갈리마르 출판사에 야릇한 긴장감을 조성하기에 충분했다.

클레르몽페랑의 지역 일간지 「라 몽타뉴La Montagne」에서 1주일에 적어도 한 번은 알라신을 찾던 오베르뉴 출신의 기자, 알렉상드르 비알라트는 친구이던 레몽 크노에 대한 이야기를 하면서 세바스티앵보탱 가에 감돌던 분위기를 아주 적절하게 표현해 주었다.

그 도시에서 크노는 불행한 왕자다. 갈리마르 출판사에서 그는 독자 위원으로 활동하며 여러 시리즈를 기획한다. 그는 세바스티앵보탱 가 5번지에서 계단 주변에 있는 사무실, 벌집처럼 촘촘히 붙어 있는 수많은 방들 중 하나를 차지하고 있다. 갈리마르 씨는 언어의 연금술사들, 언어의 물리학자들, 한마디로 황금을 만드는 사람들을 이 방들에 가둬 두고 있다. 크노는 이 수많은 실험실들을 지키는 왕들 중 한 명이다. 그런데 크노는 그의 방에 없는 경우가 더 많다. …… 갈리마르 씨는 황금을 만들어 내는 원재료인 언어를 실험실들에 가둬 두는 데 성공했다. 각 부분의 담당자들이 핀셋으로 언어를 집어낸다. 파랭은 프리즘을 통해 언어의 유령을 연구한다. 갈리마르 씨는 토론을 메타문학의 수준으로 승화시키며 돈이 되는 황금으로 바꿔 놓는다.[30]

폴랑 시대의 『*NRF*』에서 카프카를 번역했고 갈리마르 출판사에서 『어둠과 싸우다*Battling the ténébreux*』(1928)와 『충실한 목자*Fidèle berger*』(1942)를 발표한 소설가였고, 언젠가 인간을 〈펠트 모자를 쓰고 글라시에르 가의 한 귀퉁이에서 27번 버스를 기다리는 동물〉이라 멋들어지게 정의한 동물학자이기도 했던 비알라트의 작은 생각이었다.

요컨대 해방 이후로 1950년대 초까지 갈리마르가 출간한 책들은 시대 분위기에 따른 정치색, 문학성과 상업성에서 적절한 균형을 맞췄다. 물론 아라공이나 레몽 아롱, 베를과 베르나노스, 엘뤼아르와 페기 등과 같은 중요한 작가들의 책을 발간했지만, 다른 상황이었다면 갈리마르와 인연을 맺지 못했을 작가들의 책도 발간했다. 장 노셰르의 『지하 활동자, 레지스탕스의 열정적이고 비밀스런 삶*Les clandestins: la vie ardent et secrète de la Résistance*』, 폴 클로델의 시 한 편이 덧붙여진 폴 프티의 『정신적 레지스탕스*Résistance spirituelle*』, 미셸 드브레의 『공화국의 죽음*Mort de l'Etat républicain*』이 대표적인 예였다. 한편 카유아의 『상황, 1940~1945*Circonstancielles, 1940~1945*』와 게에노의 『암흑 시절의 일기

---

30 Vialatte, 같은 책.

Journal des années noires』는 1년 간격으로 출간되면서 가스통 갈리마르의 속죄 행위로 해석되었다. 두 책에 담긴 내용과 철학이 점령기에 가스통이 취한 행동들을 맹렬하게 비판하고 있었기 때문이다. 그러나 1947년이 되면서 갈리마르는 2년 전에 공식적으로 숙청된 작가들의 책을 발간하기 시작했다. 따라서 주앙도와 몽테를랑은 다시 빛을 보았지만 드리외는 더 많은 시간이 필요했다. 또한 갈리마르는 점령기에 금서로 지정된 작가들을 되살려 냈다. 카프카(『아메리카』와 『유형지에서』), 그리고 포크너, 헤밍웨이, 스타인벡, 콜드웰, 더스패서스 등과 같은 위대한 미국 작가들이 미군의 상륙과 더불어 대거 부활했다. 또한 모리스 블랑쇼, 자크 오디베르티, 마르셀 에메는 서로 다른 장르였지만 평균 1년에 한 권의 책을 꾸준히 갈리마르의 이름으로 발표했다.

가스통은 〈찾아라 …… 냄새를 맡아라 …… 그리고 찾아내라! 이것이 출판을 가능하게 해주는 소금이다!〉라고 습관처럼 말했다. 어떤 일이 닥쳐도 가스통은 직업에 충실해야 한다는 생각을 잊지 않았다. 1949년, 즉 아셰트와 계약을 갱신하고 프랑크푸르트 북페어가 처음 열리던 해, 가스통은 원기를 되찾고 전쟁 전처럼 문학상 경쟁에 본격적으로 뛰어들었다. 그 결과로, 로베르 메를의 『쥐드쿠트에서 보낸 주말*Weekend à Zuydcoote*』로 공쿠르상을 받았고, 루이 기유의 『인내 게임*Le jeu de patience*』으로 르노도상을 받았다. 다음 해에는 조르주 오클레르의 『독일인의 사랑*Un amour allemand*』으로 앵테랄리에상을, 세르주 그루사르의 『과거가 없는 여인*La femme sans passe*』으로 페미나상을 수상했고, 폴 콜랭의 『위험한 게임*Les jeux sauvages*』으로 다시 공쿠르상을 차지했다.

갈리마르의 화려한 부활이었다! 출판이 서부극이었다면 더없이 멋진 장면이었으리라. 가스통이 예전처럼 문학상을 독식하기도 했지만 무엇보다 그가 활동을 재개했기 때문에 출판계가 술렁거렸다. 특히 폴 콜랭이 공쿠르상을 수상하자, 『위험한 게임』이 팔리지 않을 것이라는 고약한 소문이 떠돌기 시작했다. 소문이 좀처럼 가라앉지 않으면서 서점들까지 불안에 떨었다. 그 소문이 사실로 이어진다면 공쿠르상 역사상 최초의 상업적 실패로 기록되면서 공쿠르상의 권위에도 먹칠을 하는 셈이 될 것이었다. 가스통은 악의적으로 확산되는 소문을 끊기 위해서, 법집행관들에게 보로다르와 토팽, 그르뱅 등 여러 인쇄소에서 찍어낸 『위험한 게임』의 인쇄 부수를 확인해 달라고 요청했다. 그리고 가스통은 「비블리오그라피 드 라 프랑스」의 전면(全面)에 법원의 확인을 받은 인쇄 부수를 싣고, 옆면에는 큼직하게 〈122,500부! 법원이 공식으로 확인한 인쇄 부수!〉라고 광고했다.[31]

다음 날부터 그 소문은 사그라졌다.

가스통이 다시 선두 주자가 되었다. 르네 쥘리아르는 그 사실을 인정하고 새로운 그라세를 목표로 삼았다. 실제로 그는 베르나르 그라세와 닮은 점이 있었다. 격정적이고 고집스런 성격, 변덕스러우면서도 사교적인 면모, 쉽게 흥분하면서도 작가를 도우려는 심성, 그리고 가능성 있는 책에는 전력투구하는 도전 정신은 베르나르 그라세를 그대로 본뜬 듯했다. 출판계에서 가스통이 여당의 당수였다면 쥘리아르는 야당의 리더였다. 하지만 그는 갈리마르의 경쟁자로 부각되는 것을 원치 않았다. 전후의 그라세가 되기 위해서 쥘리아르는 1930년대의 문학계를 재현할 필요가 있었다. 르네 쥘리아르의 레몽 라디게, 프랑수아즈 사강Françoise Sagan이 있었던 것이다. 따라서 『슬픔이여 안녕Bonjour tristesse』이 『육체에 깃든 악마』의 역할을 해주어야 했다. 그러나 상황이 달랐다. 그 차이는 1950년대부터 확연히 두드러졌다. 라디오, 텔레비전, 광고가 대중의 정신을 사로잡으면서 정통 작가가 점점 줄어들었다. 게다가 출판사들도 그런 추세를 막으려 애쓰기 보다는 학자와 언론인, 다재다능한 지식인들, 특별히 쓸 것은 없지만 말할 것은 많은 사람들에게 원고를 청탁하면서 그런 추세를 조장하는 잘못을 저질렀다.

르네 쥘리아르와 젊은 로베르 라퐁Robert Laffont은 그 시기에 출판계의 풍경을 확연히 바꾸려 했던 주역이었다. 따라서 그들이 한때 연대했던 것도 우연은 아니었다. 한편 베르나르 그라세는 완전히 잊힌 인물이 되었다. 1951년에 이미 70세를 맞이하긴 했지만 나이의 문제는 아니었다. 오히려 피로감과 무력증에 짓눌린 탓이 컸다. 검열의 시련과 정신 병원을 드나들던 후유증을 좀처럼 회복하지 못했다. 신경 쇠약에 시달리면서 그라세는 그의 작가를 빼내 가려는 경쟁 출판사들에게 칼을 겨누지 못했고, 책의 성공을 확신해도 예전처럼 강력하게 판촉 하지 못했다. 그러나 청탁받지도 않은 글을 『누벨 리테레르』에 쉴 새 없이 보냈고, 『누벨 리

31 *Bibliographie de la France*, 1951년 2월 9일.

테레르』는 그 위대한 출판인에 대한 존경심 때문에 감히 거절하지도 못했다. 그래도 글의 활자체와 그 주간지에 편집할 위치까지 간섭하고, 목적을 달성하려고 담당자들을 채근할 때는 본연의 모습을 되찾는 듯했다.[32] 이 시기에 그라세는 마지막 혼을 불살랐다. 그리고 뛰어난 출판 감각 덕분에 적잖은 성공을 거두었다.

거의 100만 부를 팔았던 루이 에몽의 『마리아 샤프들렌』과 같은 책들을 기본 재산으로 갖고 있어 에르베 바쟁Hervé Bazin과 젊은 작가들을 지원할 수 있었습니다. …… 바쟁은 재능도 있었지만, 다루는 주제가 독자들의 취향과 맞아 떨어졌습니다. 더구나 나와 만나면서 바쟁은 성공의 탄탄대로를 걸었습니다. 우리는 그런 성공의 즐거움을 마음껏 누렸지요. …… 한 작가를 키울 때 나는 그의 장래까지 보장하려 합니다. 분명히 말하지만 에르베 바쟁이 굶어 죽는 일은 없을 겁니다. 그것만이라도 큰 위안이라 할 수 있지 않을까요![33]

출판계의 위기에 대한 질문을 받았을 때 그라세는 산전수전을 다 겪고 더 큰 위기를 이겨 낸 출판인답게 대부분의 출판인들과는 다른 식으로 대답했다. 그의 주장에 따르면 앞에서 잠시 언급한 위기는 대부분의 사람이 생각하는 것처럼 종이 값을 비롯한 생산비의 증가에 따른 위기가 아니었다. 그라세는 위기의 원인이 다른 것에 있다고 진단했다. 책의 질이 떨어지고, 과거의 위대한 작가들에 비견될 만한 역량 있는 작가가 부족하다는 것이었다!

출판이라는 직업의 핵심은 〈아니요!〉라고 말하는 데 있습니다. 그런데 얼마 전부터 많은 출판인이 〈아니요!〉라고 말할 줄을 모릅니다. 안타까운 일이지요. 그 때문에 시장에 〈무가치한 책〉들이 범람합니다. 그런데 우리는 주문받지도 않은 책까지 서점에 내려 보냅니다. 그런 책들을 〈오피스〉라고 부르죠. 그럼 서점은 그 꾸러미들을 풀지도 않고 그대로 출판사에 반송합니다. 출판의 위기는 여기에서부터 시작되었습니다. 출판사가 책을 내려 보낸다고 서점이 모

32 Charensol, 같은 책.
33 베르나르 그라세의 인터뷰, *Paris-Presse*, 1951년 8월 6일.

든 책에 관심을 갖는 것은 아닙니다. 출판사들이 아무런 책이나 출간한다는 것을 알고 있는 겁니다.[34]

작가들에게 환멸감을 느낀 이유도 있었겠지만, 그라세는 출판의 본질을 명쾌하게 지적하면서 작가들의 무성의를 질책했다. 그라세가 작가들에게 품었던 마지막 환상까지 여지없이 깨뜨린 것은 몽테를랑 사건이었다. 1942년 그라세와 몽테를랑은 말다툼을 벌였다. 몽테를랑이 그라세에서는 『하지』를, 갈리마르에서는 『죽은 여왕』을 막 출간한 때였다. 몽테를랑은 지난 20년 동안 발표한 책들을 그라세가 다시 찍어 내지 않는다고 화를 냈고 모리아크, 모루아, 지로두 등에 비해서 홀대받는다고 주장하기도 했다. 한편 그라세는 몽테를랑에게 계약 기간이 만료되어 가기 때문에 지체 없이 계약을 다시 갱신하여 10년간 연장하자고 요구했다. 두 사람 모두 자신의 요구를 먼저 관철시키려 했기 때문에 쉽게 결론이 나지 않았다. 그라세가 명확한 입장을 요구할 때마다 몽테를랑은 생각할 시간을 달라며 계약 갱신을 미루었다. 이런 의견 차이는 말다툼으로 이어졌고, 급기야 갈리마르가 몽테를랑을 유혹하면서 법정 싸움으로 발전했다. 첫 충돌이 있은 지 8년 후인 1950년, 파리 민사 법원은 1922년부터 1944년까지 체결된 모든 출판 계약을 양측 모두의 과실이라 판단하며 그라세에게 1프랑의 벌금을 상징적으로 선고하면서, 회계 전문가를 선정해서 양측의 금전적 계산을 마무리 지으라고 명령했다. 몽테를랑은 항고하면서, 출판사에게만 유리하게 체결된 계약은 파기되어야 마땅하며 손해 배상금으로 100만 프랑과 200만 프랑의 인세 지급을 요구했다. 그라세도 당연히 항고했다. 그는 상기의 계약들은 여전히 유효하다고 주장하면서 몽테를랑에게 100만 프랑의 손해 배상금을 요구하는 반소 청구를 했다.

많은 출판인이 촉각을 곤두세운 법정 다툼이 있은 후, 법원은 1950년의 판결을 뒤집고 그라세에게 패배를 안겨 주며 912,213프랑의 인세와 40만 프랑의 손해 배상금을 몽테를랑에게 지급하라고 판결했다. 베르나르 그라세는 1953년 7월 8일의 이 판결을 출판계에서 역사적인 사건으로 해석했다. 〈출판 계약이 양측 간에 법

---

34 베르나르 그라세의 인터뷰, *Paris-Presse*, 1951년 8월 9일.

적 구속력을 갖지 않는다면〉[35], 출판사와 저자 간의 관계도 크게 변할 수밖에 없다고 생각했기 때문이었다. 오랫동안 지루하게 계속된 몽테를랑 사건은 베르나르 그라세에게는 그에게 속한 작가를 지키기 위한 마지막 전투였고, 가스통 갈리마르에게는 한동안 무시하며 버렸던 작가들을 재결집 시키기 위한 공세의 서곡이었다.

한편 당시 셀린은 자유의 몸이었다. 누구의 요구에나 응할 수 있었다. 1947년 이후 그는 자신의 작품에 대한 모든 저작권을 직접 관리했다. 드노엘이 셀린의 작품을 더 이상 출간하지 않았기 때문에, 1932년부터 시작된 드노엘과의 관계가 자연스레 마무리된 터였다. 셀린이 덴마크에서 유랑 생활을 하고 있을 때 가스통은 그에게 접근을 시도했지만 실패했다. 가스통이 화가 장 뒤뷔페Jean Dubuffet에게 중간 다리를 놓아 달라고 요청했지만 뒤뷔페가 심사숙고 끝에 거절한 때문이었다. 1951년 셀린이 프랑스로 돌아오자, 가스통은 플라마리옹이 셀린을 선점할지도 모른다는 생각에 주앙도, 폴랑, 말로 등에게 압력을 넣어 셀린과 접촉을 시도했다. 당시 40세로 프리랜서로 활동하던 피에르 모니에Pierre Monnier가 셀린의 대리인으로 나섰다. 골수까지 셀린 예찬론자이던 모니에는 1949년 말에 〈프레데릭 샹브리앙Frédéric Chambriand〉이란 출판사를 창립해『사격장Casse-pipe』,『분할불 방식의 죽음Mort à Credit』,『추문Scandale aux abysses』등 셀린의 작품들을 다시 출간할 계획을 세우기도 했던 인물이다.

주앙도가 첫 접촉을 시도하자, 피에르 모니에는 1951년 7월에 가스통 갈리마르의 사무실을 방문했다. 한마디 말도 없이 한참 동안 만족스런 미소로 모니에를 반겨 주던 가스통은 이렇게 말문을 열었다.

「셀린의 책을 출간할 수 있다면 더할 나위 없겠습니다. 당신도 알겠지만 우리 출판사는 지드, 클로델, 포크너, 발레리 등 위대한 문학가들의 책을 적잖게 출간했습니다. 그런데 그동안 한 사람의 자리가 비어 있었습니다. 바로 셀린이란 이름이었습니다. 그래요, 내가 셀린을 잘못 평가했던 것을 솔직히 인정합니다. 내 실수였습니다. 이제라도 셀린의 책을 가질 수 있다면 어떤 일이라도 하겠습니다.」[36]

---

35 Grasset, *Evangile*, 같은 책.
36 피에르 모니에의 증언. 피에르 모니에가 쓴 *Ferdinand Furieux*, *L'Age d'homme*(Lausanne, 1979)와 *Le lérot rêveur* 제33권(1982년 2월, Frédéric Chambriand)을 참조할 것.

가스통은 셀린을 가질 수 있다면 어떤 조건이라도 수락할 생각이었다. 모니에는 그런 낌새를 읽어 내고 셀린의 요구 조건을 제시했다. 드노엘이 그랬듯이 18퍼센트의 인세, 선인세로 500만 프랑의 현금, 2차 저작권의 불인정, 당시에 출간 정지된 팸플릿을 제외한 모든 소설의 출간 등이었다. 가스통은 모든 조건을 수락하고 계약서를 작성하고 서명했다. 게다가 모니에가 즉시 니스까지 날아가 셀린에게 그 소식을 전할 수 있도록 비행기 표까지 더해 주었다.

모니에와의 만남은 45분을 넘지 않았다. 가스통 갈리마르는 거의 20년 동안 짓누르던 회한을 그렇게 씻어 냈다. 계약서에 서명하고 10년 후 셀린이 사망할 때까지, 두 사람은 10여 차례를 만났을 뿐이었다. 1957년부터는 주로 로제 니미에 Roger Nimier가 가스통을 대신해서 뫼동에 칩거해 살던 셀린을 만났다. 대신 가스통과 셀린은 편지로 많은 이야기를 주고받았다. 셀린은 가스통에게 결코 고분고분하지 않았다. 가스통을 〈파괴적인 잡화상〉이나 〈샤일록〉이라 빈정대면서 인색하고 방만하게 회사를 운영한다고 비난했다. 또한 1905년에 보낸 한 편지에서는 〈당신은 아직도 1900년대의 사람이요! 미소 띤 얼굴! 겸손한 말투! 검은 양말!……〉이라 소리치면서 가스통을 시대에 뒤떨어진 사업가로 치부했다.[37] 셀린의 편지는 때로는 격했지만 때로는 재밌었다. 다른 작가들에게도 많은 편지를 받았던 가스통이었지만, 셀린이 몇 주 동안 편지를 보내지 않고 소식을 끊으면 궁금해 했다. 사실 가스통은 셀린에게 많은 것을 양보했다. 1955년 셀린은 그의 전집을 플레이아드 시리즈에서 베르그손과 세르반테스의 중간에 넣어 출간해 달라고 고집을 부리기도 했다. 또한 폴 레오토의 『문학 일기 Journal Littéraire』에 허락했던 것처럼 『성에서 성으로 D'un château l'autre』에는 아실 브로탱이란 고약한 등장인물의 모습으로, 『Y 교수와의 대화 Entretiens avec le professeur Y』에서는 원래의 모습으로, 자신의 얼굴을 출판사 로고 아래에 넣어 달라고 요구했을 때도 가스통은 그 요구를 들어주었다. 이렇게 가스통은 셀린에게 관대했지만 셀린이 그의 출판 계획까지 간섭하는 것은 허락하지 않았다. 셀린이 『다른 시대의 동화 Féerie pour une autre fois』의 원고를 건네면서 책을 6월에 출간하되 판촉은 10월부터 시작하라고 요구

37 Henri Godard, Céline et ses éditeurs, in édition de la Pleiade des romand de Céline, Gallimard, 1974.

했을 때 가스통은 결국 분통을 터뜨렸다. 그리고 회사의 법률 고문이 그 원고를 읽고 또 읽었지만 걱정할 부분이 전혀 없었다고 셀린에게 알리면서 원래의 계획대로 밀고 나가겠다고 통고했다. 하지만 셀린의 고집을 꺾을 수는 없었다. 셀린이 명예 훼손으로 기소당할 수도 있다면서 출간과 판촉 사이에 3개월의 시간을 두어, 명예 훼손의 법적 소멸 시한을 넘기고 싶어 했기 때문이다.[38] 가스통은 셀린에게 책의 판매에는 신경을 쓰지 않는다며 몇 번이고 항의했지만 셀린은 요지부동이었다. 하지만 셀린이 『노르망스』와 『다른 시대의 동화』의 판매가 부진하다고 불평했을 때 가스통은 기분 좋게 반격할 거리가 있었다.

「독자의 반응을 끌 만한 일을 못하게 하지 않았소! 책을 많이 팔려면 소동을 일으켜서 신문에 대서특필되어야지요. 인터뷰도 하고요. 하지만 당신은 아무도 만나려고 하지 않잖소!」[39]

가스통은 화풀이하고 싶은 작가에게 좋은 희생양이었다. 사실 지드, 심농, 아라공, 주네 등 작가들의 변덕에 익숙해 있던 가스통은 그런 역할을 기꺼이 맡곤 했다. 셀린의 소설에도 가스통은 곧잘 그런 표적이 되었다. 하지만 가스통은 공격받는 것은 그의 인격이 아니라 그의 지위라고 생각했기 때문에 그런 공격을 너그럽게 받아 주었다. 로베르 드노엘과 함께 일할 때도 셀린은 드노엘에게 비판적이었다. 〈출판업자들이 셀린의 소설에서 표적이 된 이유는 셀린에게는 그들이 악덕 고용주의 화신처럼 여겨졌기 때문이다. 즉 일하지 않고 타인의 노동력에서 이윤을 취하는 악덕 고용주처럼 보였던 것이다. …… 책이 팔리지 않는 이유는 출판업자가 책을 팔기 위해 필요한 일을 하지 않은 것이었고, 책이 팔리면 출판업자는 아무 일도 하지 않으면서 노동자들을 착취해 배를 불린 것이었다!〉[40]

그래도 가스통은 셀린을 그의 작가로 확보할 수 있어 즐거웠다. 과거의 실수를 만회하고, 과거의 잘못을 씻어 낼 수 있어 기뻤다. 갈리마르가 아니면 문학도 없는 시대가 온 듯했다. 하지만 가스통은 셀린을 영입한 대가를 치러야 했다. 셀린의 까다로운 욕구와 독설, 그의 작품에서 비롯된 소동을 감당해야 했고[41], 가스통

38 Gibault, 같은 책.
39 Poulet, 같은 책.
40 Godard, 같은 책.

처럼 개방적인 생각을 갖지 못한 NRF의 고참들, 특히 클로델의 원망을 이겨 내야했다. 1952년 갈리마르가 셀린의 책들을 한 권씩 출간하고 사르트르의『생 주네 *Saint Genet comédien et martyr*』를 출간하자, 클로델은 가스통에게 이런 편지를 보냈다.

> 그들이 자네에게 상당한 돈을 안겨 주겠지. 하지만 자네는 그 즐거움을 오랫동안 누리지는 못할 거네. 자네가 원하든 원하지 않든 간에, 그런 때가 조만간 닥칠 테니까. 자네 손자들과 그 후손들이 그 책들의 표지에 할아버지의 이름이 큼직하게 쓰여 있는 것을 본다면, 결코 지워 낼 수 없는 이름이 말이네, 이런 생각을 해본 적이 있는가? 자네에게 슬픈 인사말을 전할 수밖에 없는 내 심정을 이해해 주게.[42]

가스통에게 이보다 위협적인 말은 없었다. 1961년 7월 가스통은 한 신부와 함께 뫼동에 있던 셀린의 집을 찾았다. 그리고 아를레티와 르바테의 틈에 끼어 고인의 명복을 빌었고, 셀린의 유품을 정리했다.

1952년, 독자들은 레지스탕스에 대한 책을 멀리하며 다른 책들을 찾기 시작했다. 그런 책들이 포화상태에 이른 것이었다. 책을 넘길 때마다 반복되는 레지스탕스 이야기에 독자들이 지겨울 만도 했다. 레지스탕스에 관련된 책들 중에서 최후의 충격을 던진 책은 무원칙의 숙청을 신랄하게 꼬집은 장 폴랑의『레지스탕스 지휘관들에게 보내는 편지*Lettre aux directeurs de la Résistance*』였다. 〈…… 여기에서 나는 파시즘이나 민주주의를 거론하지 않을 것이다. 페탱이 배신자였는지 따지지도 않을 것이다. 브라실라가 사형을 당해야 마땅했는지도 따지지 않을 것이다. 모라스가 적과 내통했는지도 따지 않을 것이다. 내가 여기에서 말하고자 하는 것은 모라스, 브라실라크, 페탱 모두가 정당한 심판을 받지 않았다는 것이다.〉 그리고 폴랑은

---

41 셀린이 1944~1945년에 자주 왕래했지만『북부』에서 명예 훼손을 했다고 생각한 셰르츠 가문이 제기한 소송으로 갈리마르는 독일 법정에서 상당한 액수의 손해 배상을 판결받았다.

42 Paul Claudel, *Journal*, II, Gallimard-Pleiade, 1969.

법의 공정성을 촉구했다. 가스통은 이 책의 출간을 거부했다. 『타블 롱드』와 RPF(프랑스 국민 연합)의 기관지 「리베르테 드 레스프리La Liberté de l'esprit」도 출간을 거부했다. 결국 이 책은 앙리 베로를 법정에서 호되게 다룬 검사의 아들, 제롬 랭동Jérôme Lindon이 운영하던 미뉘 출판사의 이름으로 출간되었다.

이 책이 불러일으킨 논쟁은 예상된 것이었다. 하지만 해방의 뜨거운 함성과 8년이란 시간적 간격이 있었고, 또한 대중의 무관심으로 인해 그 논쟁은 금세 시들해지고 말았다. 오히려 문학계는 2년 전에 잡지 『앙페도클Empédocle』에 실린 쥘리앵 그라크의 『위통을 일으킨 문학La littérature à l'estomac』에 더 관심을 보였다. 그라크는 첫 줄부터 〈현학자들의 문학〉과 전통적인 평론, 그리고 상황(뒤아멜)과 관객(미쇼)에서 기득권을 가진 작가들을 맹렬하게 비판하며, 〈오랫동안 돈을 경계해 왔던 프랑스가 문학에서도 돈의 가치를 우선으로 하는 나라가 되었다〉라고 꼬집었다.[43]

1952년 가스통 갈리마르는 『누벨 르뷔 프랑세즈』를 복간하기로 결심했다. 때가 무르익은 것이라 판단한 것이다. 실제로 가스통은 예외를 인정받아, 지드와 알랭을 추념하는 『NRF』의 특별호를 두 번이나 발간하기도 했다. 예외가 반복되면 규칙은 허물어지는 법이다. 가스통은 『NRF』을 복간해도 좋다는 허락을 받아 냈다. 그러나 조건이 주어졌다. 점령기에 발간되었다는 이유로 1944년과 1945년에 폐간된 신문들의 주인들이 갈리마르에게만 예외적 조치를 인정해 주는 것을 이해하지 않고 인정하지도 않을 것이기 때문에, 『NRF』라는 제호(題號)를 사용할 수 없다는 조건이었다. 가스통은 고민에 빠졌다. 『플레이아드 평론』을 이어서 〈NRF 평론〉이라 할까? 아니었다. 손가락질을 받더라도 전통적인 제호를 고수하고 싶었다. 『NRF』 앞에 작은 글씨로 〈누벨nouvelle〉이란 단어를 덧붙이면 어떨까? 〈NNRF〉, 〈새로운 NRF!〉 이상한 이름이었지만, 가스통은 몇 년 만 지나면 이상한 사족인 〈누벨〉을 떼어 내더라도 누구도 시비 걸지 않을 것이라 확신했다.

가스통은 당연히 장 폴랑에게 잡지의 주필직을 제안했다. 폴랑은 그 제안을 받아들이며 조건을 제시했다. 언어와 글쓰기에 대한 논문을 준비하고 갈리마르의

43 Julien Gracq, *Préférences*, José Corti, 1961.

독자 위원으로 활동하는 데 바빴기 때문에, 『NRF』의 주필을 맡더라도 누군가의 도움이 필요했다. 폴랑은 마르셀 아를랑을 지목했고, 가스통은 그 요청을 받아들였다. 하지만 가스통은 두 전쟁 사이에 겪었던 것처럼 다양한 의견과 자질을 지닌 작가들에게 원고를 얻어낼 때 진짜 어려움이 시작되리라는 것을 알고 있었다. 무엇보다 작가들에게 믿음을 심어 주어야 했다. 예전처럼 그 잡지를 진정으로 사랑하는 사람들에게 충실하고, 필요하다면 앙리 미쇼의 시를 게재할 때 경험한 것처럼 많은 구독자를 잃더라도 새로운 작가에게 등단의 기회를 줄 수 있는 잡지라는 것을 알려야 했다.

가스통은 처음 몇 호까지는 문제가 없을 것이라 생각했다. 조만간 폐간할 『플레이아드 평론』에 게재할 예정이던 원고들이 충분히 비축되어 있었으므로, 당분간 『NNRF』를 끌어가는 데는 문제가 없었다. 하지만 그 이후는? 평론과 서평도 큰 걱정거리는 아니었다. 과거에 지드, C. F. 라뮈즈, 샤를 알베르 생그리아 등이 그랬듯이 모리스 블랑쇼와 장 스타로빈스키를 중심으로 새로운 평론팀을 꾸며서 유행을 좇지 않고 작가의 명성과 상관없이 글을 냉정하게 분석하며 일정한 원칙하에 외국 문학을 소개할 수 있었다. 또한 로베르 아비라셰드, 필리프 자코테, 클로드미셸 클뤼니, 장 도비뇨 등과 같은 평론가들의 독특한 개성을 살려 주는 것도 큰 문제는 아니었다.

하지만 잡지의 첫 부분을 차지하는 특집은 어떻게 할 것인가? 니미에, 아라공, 말로 등이 그들의 근간 소설을 요약해서 소개하는 것을 허락할까? 카뮈가 〈마르셀, 당신을 위해서가 아니라면 주앙도의 글까지 게재하는 잡지에는 한 줄도 기고하지 않을 겁니다〉라고 말했을 때 아를랑은 자신의 앞에 놓인 험난한 미래를 대충 짐작할 수 있었다.[44]

그러나 가스통과 『NNRF』의 장래를 낙관할 만한 징조들도 있었다. 1952년 2월, 갈리마르는 뤼시앵 르바테가 클레르보 교도소에 쓴 1000면의 두툼한 소설 『두 깃발Les deux étendards』을 출간해서 성공을 거두었다. 사방에서 압력을 가하고 협박을 했지만 가스통은 『파편』의 작가가 썼으리라고는 상상조차 하기 힘든 그 소

<hr />

44 아를랑의 증언.

설의 출간을 단행했다. 똑같은 펜이었지만 잉크가 달랐다! 에티앙블이나 폴랑처럼 열린 사고를 가진 평론가들이 가스통에게 힘을 실어 주었다. 대부분의 작가들은 지각없는 짓이라며 가스통을 만류했다. 하지만 소설의 수준은 더할 나위 없이 만족스러웠다. 소설의 성공에 힘입어, 사형 선고에 대한 사면을 받아 종신 강제 노동형으로 감형되었던 르바테가 7월에 석방되었기 때문이다.[45]

본능을 믿었지만 주변의 반응을 민감하게 살폈던 가스통 갈리마르는 잡지의 복간을 격려하는 편지들에서 용기를 얻었다. 진심으로 잡지의 복간을 축하하는 편지도 있었지만 개인적 이득을 기대하는 편지도 있었다. 1940년 여름, 출판사를 다시 시작해야 하는지 망설일 때 인세를 염려하며 가스통에게 출판사를 다시 해야 한다고 압력을 가하던 작가들의 〈격려〉가 새삼스레 다시 생각날 지경이었다. 1952년 8월, 생 종 페르스는 축하 편지를 보내면서, 〈당신이 내게 보여 준 문학에 대한 사랑에 감사하기 위해서, 또한 개인적 우정을 위해서라도〉『NRF』의 복간에 적극 참여하겠다고 말했다. 그는 『NRF』를 〈문학의 쇄신을 위해 국가적 역할을 수행하도록 소명 받은 위대한 잡지〉라고 평가했다.[46]

1953년 1월 1일, 『NNRF』의 첫 호가 발간되었다. 그리고 사설에서 과거와의 연계성, 즉 두 전쟁 사이에 존재했던 잡지와 관련성을 분명히 밝혔다. 〈당시 잡지의 존재 이유로 여겨졌던 원칙이 우리의 원칙이기도 하다. 그 원칙이 그동안 잊혀지고 도전받았던 까닭에 우리는 그 원칙에 더욱 충실하려 한다……〉 기고자들은 폴랑과 아르랑, 그리고 그들의 가까운 친구들, 즉 도미니크 오리, 말로와 생 종 페르스, 파르그와 몽테를랑, 슐룅베르제와 블랑쇼, 쉬페르비엘과 앙리 토마, 주앙도와 오디베르티 등이었다.

편집 위원들은 매주 수요일 오후 다섯시부터 일곱시까지 정례 모임을 가졌다. 평화로운 분위기에서 전통과 개혁이 만났다. 1949년 로제 니미에가 모리아크에게 보낸 편지에서 〈『타블 롱드』가 옛 『NRF』의 위선을 떨쳐 내고 아무런 문제없이 『NRF』를 대신할 수 있으면 좋겠습니다〉라고 말했듯이,[47] 해방 이후 『타블 롱드』를

---

45 Pol Vandromme, *Lucien Rebatet*, Éditions universitaires, 1968.

46 *NRF*, 제278권, 1976년 2월.

47 Jean Lacouture, *Mauriac*, 같은 책.

비롯해 많은 잡지가 『NRF』를 대신하길 바랐다는 사실은 깨끗이 잊혀졌다. 플롱 출판사에서 발행한 『타블 롱드』의 편집 위원은 모리아크을 중심으로 가브리엘 마르셀, 장 미스틀레, 티에리 모니에, 자크 뒤아멜, 샤를 오랑고, 롤랑 로덴바흐, 장 르마르샹으로 이루어졌다. 편집진의 구성이 편향성을 띠었기 때문에 모든 경향의 작가가 참여했다고 말할 수는 없지만, 많은 뛰어난 작가들이 이 잡지에 정기적으로 글을 기고했다. 그러나 누구나 예상했듯이, 프랑수아 모리아크의 「메모장bloc-note」이 가장 유명했다. 모리아크는 독자를 실망시키는 경우가 없었다. 1953년 초, 모리아크는 독설에 가까운 신랄한 글로 세바스티앵보탱 가에 도전장을 던졌다. 넓게 해석하면, 『NRF』의 복간을 구실로 구원(舊怨)을 해결하고자 하는, 〈잡지들의 전쟁〉이라 일컬어질 만한 적개심을 공개적으로 드러낸 것이었다.

낡은 잡지는 늙은 사람과 같아 근시보다 노안(老眼)에 가까운 모양이다. 그래서 당신은 가장 최근에 겪은 일조차 기억하지 못하는가. 이 일이 피에르 드리외 라 로셸의 일이 아니었다면, 이 문제에 대해 나는 당신과 말다툼을 할 생각조차 않았을 것이다. 드리외의 운명은 가스통 갈리마르 씨의 운명과 현격하게 달랐다. 전쟁의 결과가 완전히 달라졌더라도 갈리마르 씨는 여전히 건재했을 것이다. 어떤 일이 닥쳤더라도 갈리마르 씨는 살아남았을 것이다. 드리외는 흥망을 걸고 도전적인 삶을 살았다. 따라서 실패하자 그는 무한한 책임을 짊어져야 했다. 시간적 차원에서, 이제 드리외는 그를 해칠 수 있는 사람들의 한계 밖에 있다. 하지만 그들은 침묵으로 그를 두 번 죽였다. 당신은 점령 시대의 『NRF』에 대해서는 침묵할 권리가 있지만, 잡지의 주필로서 그 잡지를 편찬했던 그 사내에 대해 침묵할 권리는 없다. 요즘 재발간되는 잡지는 드리외의 『NRF』일 뿐이다. 해방되면서 당신이 발간할 수 없었던 몽테를랑의 원고를 책상에서 다시 꺼낸 것일 뿐이다. …… 당신은 그 잡지를 되살려 내지 말았어야 했다. 하지만 당신은 결국 그 짓을 저지르고 말았다. 침묵할 권리를 스스로 내던진 것이다. 이제 당신에게도 발언권이 주어졌다. 그 4년 동안 세바스티앵보탱 가에서 어떻게 그런 일이 일어날 수 있었는지 사실대로 해명해 줄 드리외가 이제는 그곳에 없기 때문이다.[48]

이 글은 모리아크가 벼르고 있던 전쟁의 예고편에 불과했다. 그는 폴랑과 아를랑이 편집한 〈독자에게 보내는 생각〉을 조목조목 지적해 혹평하면서 그들에게 직격탄을 날렸다. 폴랑과 아를랑이 내세운 원칙은 기존의 문학계에 오랫동안 길들여진 사람들의 입맛에 순응하지 않는 잡지를 만드는 것이었다. 따라서 『NNRF』를 유행에 편승하지 않고, 《문학상의 우스꽝스런 유혹》에 연연하지 않는 잡지로 만들어 가겠다고 약속했다. 모리아크는 〈아카데미 회원인 까닭에 참아야 하겠지만 내 명예를 걸고 진실을 말하지 않을 수 없다. 갈리마르 출판사가 공쿠르상 덕분에 몇백만 프랑을 벌었는지 대충이라도 계산해 보라. 프랑스의 젊은 작가들에게 《문학상의 우스꽝스런 유혹》을 경계하라고 말할 자격이 당신들에게는 없다!〉라고 말하며 그 약속의 위선을 고발했다.[49] 이런 거짓 약속에 모리아크는 분노했다. 1953년 2월 2일의 「메모장」에서 다시 거론할 정도로 분노했다. 이때 모리아크는 지난 몇 달 동안 갈리마르가 출간한 책들에 주어진 크고 작은 문학상들을 나열하면서, 〈갈리마르의 다음 잔치에 폴랑이 아를랑의 팔에 기댄 채 들어오는 모습을 보면서 젊은 작가들은 《문학상 목록》으로 코를 풀 수도 있을 것이다. 4개월에 여덟 종류의 문학상! 어떤 출판사가 그 이상을 해낼 수 있겠는가? 그야말로 상어의 잔치다!〉라고 꼬집었다.[50]

물론 상어는 가스통 갈리마르를 가리킨 것이었다. 모리아크는 폴랑을 직접 겨냥해서, 〈당신이 지치는 법이 없는 상어를 먹이가 있는 곳으로 인도하는 물고기라고 생각해 본 적은 없습니까? 점잖아 보이고 소중한 친구이지만 프랑스 출판계에서 가장 탐욕스런 상어와도 같은 존재를 위해서 너무나 오랫동안 봉사했다고는 생각지 않으십니까?〉라고 묻기도 했다.

모리아크의 공격이 부당한 것이었을까? 기독교도였던 모리아크가 너무 몰인정했던 것일까? 모리아크는 결정적인 말을 삼가면서 다음과 같은 경고로 글을 끝맺었다.

48 프랑수아 모리아크의 「메모장」, 1953년 1월 2일, *La Table ronde*, 제62권, 1953년 2월.
49 *La Table ronde*, 제62권, 같은 글.
50 *La Table ronde*, 제63권, 1953년 3월.

나는 아직도 『NRF』를 사랑한다. 그러나 바싹 깎은 머리카락을 8년이란 세월을 투자해 다시 기른 그 옛 여인에 대한 연민을 품지 않을 수 없다. 하지만 그 잡지의 미래를 마냥 축하해 줄 생각은 없다. 새로운 『NRF』가 얼마 전의 과거를 조용히 반성하길 거부한다면 우리는 과거에 비추어 그 잡지를 판단할 기회를 잃지 않는 셈이다. 새로운 『NRF』는 과거를 인정하든지, 아니면 과거와 깨끗이 절연해야 할 것이다. 어떤 경우를 택하더라도, 우리는 아무런 죄도 없는 아를랑과 폴랑의 자랑거리인 순수함마저 외면할 수밖에 없을 것이다. 그들의 주인은 한 출판사를 인수하자마자 한쪽 날개만을 퍼덕이며 죽음의 순간을 기다리는 다른 출판사들을 찾아 나설 테니까.[51]

단호한 어조였다. 전쟁의 선언이었고, 〈형제애의 결별 선언〉이었다. 훗날 갈리마르 출판사가 모리아크의 전집을 플레이아드판으로 출간했을 때 그는 그 출판사를 지나치게 몰아붙인 것에 약간의 후회를 했으리라. 모리아크 특유의 신랄한 표현이었지만 숙청의 대상으로 지낸 시절을 〈바싹 깎은 머리카락 …… 여인〉에 비유한 것은 결코 악의 없는 비난이었다고 말하기 힘들었다. 하지만 「메모장」을 묶어 한 권의 책으로 낼 때 모리아크는 그 지나친 표현들에 대해 사과하지 않았다. 그도 과거의 일은 깨끗이 잊었다는 듯이!

51 *La Table ronde*, 제62권, 같은 글.

제9장__1953~1966

1953년은 구조적인 이유로 갈리마르에게만이 아니라 출판계 전체에게 전환의 시기였다. 이른바 마케팅이라는 것이 출판계에 본격적으로 도입되었고, 적어도 초기에는 많은 출판사들이 그것에 제대로 적응하지 못했다. 책도 하나의 상품이라 생각하면서 일부 출판사들은 책을 기획 단계에서부터 제작까지 상품처럼 취급했다. 달리 말하면 대중의 기호와 기대, 즉 시장을 연구하고 분석했다. 한편 그 후 10년 동안 출판계를 완전히 변모시킨 〈합병에 의한 기업 집중 현상〉이 나타났다. 그라세, 파야르, 스토크가 아세트에 흡수되었고 플롱과 쥘리아르가 〈프레스 드 라 시테〉에 합병되었다. 한편 갈리마르는 드노엘, 타블 롱드, 메르퀴르 드 프랑스를 호시탐탐 엿보고 있다.

걸신들린 악귀였을까? 가스통 갈리마르는 예전보다 더 대담하고 자신 있게, 아들의 지원까지 받아 가며 제국의 꿈을 키웠다. 갈리마르의 깃발이나 그의 영향권에 있는 출판사의 깃발 아래 있지 않은 작가들을 성공하지 못하게 방해할 수 있다면 어떤 짓이라도 할 듯했다. 심지어 그라세의 지분을 50퍼센트나 사들이면서도 그 사실을 감추려 하지 않았다. 따라서 셀린이 〈출판사들을 먹어 치우는 탐욕스러운 상어!〉에 가스통을 빗댄 것은 결코 틀린 말이 아니었다.[1]

가스통이 처음으로 노린 출판사는 드노엘이었다. 1952년 초, 여러 차례의 협

1 Céline, *Entretiens avec le professeur Y*, Gallimard, 1955.

상이 오간 후 미셸 갈리마르가 운영하던 ZED 출판사가 드노엘의 지분 중 90퍼센트를 매입했다. 5년 후에는 당시 36세였던 타블 롱드의 주인, 롤랑 로덴바흐Roland Laudenbach가 가스통과 잠시 동안 정중한 대화를 나눈 후 타협점을 찾았다. 타블 롱드는 외부 자금이 필요한 처지였고 갈리마르는 언제라도 투자할 여력이 있었다. 50 대 50의 계약이 체결되었다. 그리고 다시 몇 달 후, 1958년에 가스통은 자신이 본보기로 삼았던 출판인 발레트가 창립한 메르퀴르 드 프랑스를 사들였다.

한편 가스통 갈리마르는 다른 출판사에서 유능한 직원을 빼오는 일도 서슴지 않았다. 해방 이후에 갈리마르는 독자 위원회를 강화하려고 그라세의 문학 담당 책임자이던 장 블랑자트Jean Blanzat를 데려왔다. 1942년에 『아침의 폭풍Orage du matin』으로 아카데미 프랑세즈 소설상을 받았고 전국 작가 협회 창립 회원이었던 블랑자트는 그 후 갈리마르에서 가장 성실한 독자 위원이란 평가를 받았다. 공책에 깨알같이 작성한 참고 자료를 바탕으로 피에르 기요타Pierre Guyotat 원고의 전체적인 구성을 설명하면서, 선뜻 결정을 내리지 못하는 위원들에게 그의 의견을 제시하기도 했다.

1953년, 정확히 말해서 블장자트를 영입하기 몇 달 전에 가스통은 쥘리아르 출판사에서 문학 기획 위원으로 일하던 로베르 캉테르Robert Kanters를 영입했다. 두 출판사가 서로 위니베르시테 가를 사이에 두고 앙숙처럼 지내던 시절이었다. 따라서 괜찮은 작가가 위니베르시테 가 17번지와 30번지의 중간쯤에 서서 원고를 흔들어 대면서 〈이 원고 가질 사람?〉 하고 소리치면 즉시 양쪽에서 달려들어 인세 경쟁을 벌인다는 우스갯소리까지 나돌 지경이었다. 따라서 그 시절에 갈리마르의 제안을 받아들인다는 것은 적의 진영으로 넘어간다는 뜻이었다. 때문에 캉테르는 고민하지 않을 수 없었다. 그런데 개인적인 이유로 캉테르는 변화가 필요했다. 더구나 갈리마르는 문학 담당 국장직과 14만 프랑의 월급을 제안했다. 연 수입으로 따지면 엄청난 차이였다. 결국 캉테르는 갈리마르의 제안을 수락했다. 쥘리아르도 캉테르에게 봉급을 올려 주겠다고 제안하며 붙잡아 두려 했지만 헛수고였다. 쥘리아르는 화가 치밀었지만 출판인의 본분까지 들먹이며 항의하지는 않았다. 그도 갈리마르의 독자 위원이던 피에르 자베(피에르 셀리그만의 새 이름)를 문학 담당 책임자로 영입하지 않았던가! 로베르 캉테르는 이렇게 갈리마르의 일원이 되어 필리프 로시뇰 사장, 프랑수아 누리시에 부사장, 클로드 마이아스, 앙리 뮐레르 등과 함께 드노엘을 꾸려 갔다.

가스통 갈리마르는 출판사들을 사들였지만 이들 출판사의 자율권을 인정했다. 편집 방향에 간섭하지도 않았고 기획 방향을 제시하지도 않았다. 세바스티앵 보탱 가에 도착하는 원고들은 독버섯을 추려 내듯 정밀하게 검토되었다.[2] 갈리마르와 타블 롱드 간에 문제가 생기면, 가스통의 총애를 받고 있는 동시에 로덴바흐의 친구였던 로제 니미에가 중재에 나서 문제를 원만하게 해결했다. 드노엘에서는 로시뇰이 모회사와의 연결고리 역할을 해냈다. 드노엘은 갈리마르에 완전히 종속된 회사였지만 편집장은 갈리마르에서 어떤 지시도 받지 않았다. 캉테르는 자신의 책임하에 어떤 책이라도 발간할 수 있는 절대적 자유를 보장받았다. 하지만 드노엘의 기간 도서 목록은 빈약하기 짝이 없었다. 상드라르, 말라파르트 등이 전부였다. 간혹 가스통이 그에게 원고를 보내는 경우가 있었다. 하지만 캉테르가 긍정적으로 검토하는 눈치를 보이면 가스통은 갈리마르의 이름으로 출간하겠다며 원고를 곧바로 회수하곤 했다.[3]

갈리마르는 제국의 지평을 점점 넓혀 갔다. 사전과 백과사전을 주로 출간하던 소시에테 데디시옹 드 딕쇼네르 에 당시클로페디, 클럽 뒤 메이외르 리브르, 프레스 도주르디, 텔, 공티에, 카사블랑카의 소시에테 드 리브레리 에 데디시옹 아틀란티크 등과 같은 소형 출판사들의 대주주가 되었고, 파리의 르 디방이나 스트라스부르의 클레베르와 라 메상주 같은 대형 서점에도 투자해서 대주주가 되었다.

가스통은 타블 롱드에서 결국 손을 뗐다. 타블 롱드는 갈리마르의 깃발 아래에 들어온 후 그 품에서 완전히 벗어난 유일한 출판사였다. 정치색을 뚜렷이 지닌 출판사를 파트너로 택하기 어렵다고 판단한 가스통은 지분을 거둬들이며, 당시에는 베르나르 프리바, 나중에는 장 클로드 파스켈에 넘어간 그라세에 그 지분을 넘겼다. 1976년에 있었던 일로, 갈리마르는 지분을 넘기는 대가로 74만 1천 프랑을 받았다. 갈리마르의 지분 매각은 1968년의 정기 총회에서, 갈리마르가 타블 롱드에 파견한 베르나르 위그냉의 발언에서 충분히 짐작할 수 있었다. 「갈리마르 그룹

2 롤랑 로덴바흐의 증언.
3 캉테르의 증언.

이 파견한 이사진의 철수로 경영이 어려워지지는 않을 것이다. 여덟 명 중 네 명의 이사가 물러나고, 내가 부사장직에서 사임하더라도 타블 롱드의 경영에는 문제가 없을 것이다. 거듭 말하지만 이런 결정이 타블 롱드의 출판 방향에 반대한다는 뜻은 결코 아니다.」수수께끼처럼 애매한 표현으로 갈리마르가 타블 롱드를 완전히 장악하는 데 실패했다는 사실을 얼버무린 것이다. 타블 롱드의 저자들이 롤랑 로덴바흐에게 의리를 지켰고, 제지업자인 그웬아엘 볼로레 및 자크 로랑, 장 아누이, 자크 수스텔, 미셸 드 생피에르 등과 같은 작가들로 구성된 이사진의 독특한 성격 때문에 타블 롱드를 장악하려던 갈리마르의 계획은 좌절될 수밖에 없었다.

1955년, 바이스바일러 부인의 저택에서 성대한 연회가 열렸다. 얼마 전에 아카데미 프랑세즈 회원으로 선출된 장 콕토를 축하하기 위한 연회였다. 누군가 콕토를 향해 걸어왔다. 수척한 얼굴이었다. 앙리 뮐레르였다. 콕토는 황급히 그에게 다가가서 두 팔을 활짝 펴고, 불길한 소식을 전할 듯한 창백한 얼굴을 맞아 주며 말했다.

「대충은 짐작하겠네. 하지만 오늘은 아무 말도 하지 말게……」[4]

연회는 계속되어야 했다. 연회가 열리던 그 시간에, 베르나르 그라세는 몽탈랑베르 호텔의 객실에서 마지막 숨을 힘겹게 내쉬고 있었다. 그리고 그는 일종의 유언이라 할 수 있는 그의 마지막 책, 『페기가 가르쳐 준 출판의 복음L'évangile de l'édition selon Péguy』의 교정쇄를 수정하면서 마지막 숨을 거두었다. 아셰트가 그라세를 인수했을 때 그는 이미 죽은 몸이었다. 그는 크리스틴 가르니에, 앙리 뮐레르 등 소수의 친구들에게 의지했고, 어느 때보다 명예를 소중히 여겼다. 그의 전집이 갈리마르에서 출간되기를 원했고 가스통의 허락을 받아 냈지만, 가스통은 플레이아드판이어야 한다고 고집하는 그라세의 요구까지 받아들이지는 않았다.[5] 아카데미 프랑세즈 회원의 후보로 올랐을 때 베르나르 그라세는 몇몇 친구들과 보나파르트 가와 볼테르 가가 만나는 모퉁이의 술집에 모여서, 회원으로 선정될 유력한 사람과 회원으로 결코 선정되어서는 안 될 〈추잡스런 사람〉을 꼽아 보면서 투표

4 Henri Muller, *Retours de mémoire*, Grasset, 1979.
5 Guilloux, II, 같은 책.

결과를 초조하게 기다렸다. 그라세는 다섯 표를 얻었을 뿐이었다. 그가 물심양면으로 지원했던 작가들에 대한 배신감을 다시 한 번 쓰라리게 느껴야 했다. 그는 분노와 아쉬움을 감추지 않았다. 아직도 시대의 변화를 인식하지 못했던 것일까? 그가 출판사를 아셰트에 넘겼을 때, 말로는 〈그라세는 종이 상자밖에 들 것이 없는 헤라클레스로 전락했다는 느낌이다〉라고 시대의 변화를 적절하게 묘사해 주었다.[6]

베르나르 그라세가 죽자, 모든 사람들이 그를 〈살아 있는 동안 무엇보다 명예를 사랑했던 사람〉이라 평가했다. 누구보다 그라세와 가까웠던 콕토는 〈내가 아카데미 프랑세즈 회원이 되자, 그는 훨씬 웅대하고 장대한 곳을 찾아갔다. 죽음으로써 영생의 나라를 찾아가지 않았는가!〉라고 말했다.[7] 모리아크(나는 그에게 평생을 빚진 사람이다)에서부터 모루아(그는 출판을 예술로 승화시킨 사람이다)에 이르기까지, 그라세의 도서 목록에 오른 많은 작가들이 그의 업적에 경의를 표했다. 〈나는 그의 죽음 앞에 깊이 고개 숙인다〉라고 말한 몽테를랑의 조사(弔詞)와 〈나는 베르나르 그라세를 그의 결점 때문에 좋아했다. 그의 뜨거운 열정에서 그런 결점이 비롯되었기 때문이다. 그와의 경쟁이 오늘날의 나를 만들어 냈다. 그는 알프레드 발레트 이후로 가장 위대한 출판인이었다〉라는 가스통 갈리마르의 조사는 그들과 그라세와의 관계 때문에 더욱 주목을 받았다.[8] 가스통의 입에서, 가스통의 펜에서 더 이상의 것을 기대할 수 없는 최고의 찬사였다. 경쟁을 넘어서 둘의 끈끈한 관계가 어떤 것이었는지 웅변적으로 말해 주는 증언이었다. 그로부터 7년 후, 르네 쥘리아르가 세상을 떠났을 때도 가스통은 애절한 동료애보다 상황적 메시지를 통해서 동료의 죽음을 애도했다. 〈르네 쥘리아르의 죽음으로 프랑스 출판계는 커다란 공백을 갖게 되었다. 그는 위험을 두려워하지 않는 강렬한 모험심, 현실 세계와 현실 세계가 요구하는 것을 읽어 내는 예리한 감각을 통해서 짧은 시간에 수많은 작가들을 키워 냈고 새로운 독자들을 만들어 냈다. 그는 우아하고 효과적으로 그런 일을 해냈다. 또한 그만의 방식으로 우리 모두에게 필요한 것을 만들어 갔다. 그의 존재와 그의 활동, 그리고 그의 성실성은 프랑스 출판계를 다시 키워 낸 효소

6 Chapelan, 같은 책.
7 *Arts*, 1955년 10월 26일.
8 *Combat*, 1955년 10월 22일.

였다. 프랑스 출판계는 그에게 깊이 감사해야만 한다.〉[9]

가스통이 나열한 쥘리아르의 장점 중에는 그에게 부족했던 것 하나가 있었다. 바로 현실을 읽어 내는 감각이었다. 가스통은 꾸준한 생명력을 가진 책을 추구했기 때문에 유행을 쫓고 시대적 분위기에 영합하는 책들, 달리 말하면 일시적으로 반짝했다가 사라져 버릴 책이나 시리즈를 경멸하거나 무시했다. 실제로 가스통은 〈도퀴망 블뢰Documents bleus〉, 〈문제와 기록〉, 〈제3 공화국Sous la troisième〉 등과 같은 무게 있는 시리즈를 기획한 반면에 쥘리아르는 신문을 만들 듯이, 책을 시류에 따라 순발력 있게 만들면서도 성공할 수 있다는 것을 보여 준 장본인이었다. 전쟁 전에 에디시옹 드 프랑스나 알뱅 미셸에서 발간된 알베르 롱드르, 앙리 베로, 에두아르 엘세 등의 책은 대부분의 경우, 평론이나 시론을 묶은 것이었다. 이런 방식은 다른 출판사들에서도 모방했다. 예컨대 갈리마르가 케셀과 생텍쥐페리의 친구였고 「프랑스 수아르」의 주간이었던 피에르 라자레프에게 1951년에 진행을 맡긴 〈시대의 흐름L'air du temps〉이란 시리즈도 마찬가지였다. 엘렌 라라와 엘렌 투르네르의 도움을 받아 라자레프는 이 시리즈를 갈리마르의 목록에서 가장 풍성하게 꾸몄을 뿐 아니라, 「프랑스 수아르」의 방식을 구태의연한 NRF-갈리마르의 편집 방식에 심어 주었다. 유력한 석간지 「프랑스 수아르」가 인기 있었던 만큼 이런 이종교배도 즉각적으로 대중적인 성공을 거두었다. 라자레프 휘하의 뛰어난 기자들이 그 시리즈의 주된 저자가 되었기 때문이었다. 이 시리즈는 미셸 고르데의 『모스크바행 비자Visa pour Moscou』로 시작되어 케셀의 『와일드 트랙La piste fauve』, 『홍콩과 마카오Hong-Kong et Macao』, 『익명의 알코올 중독자들과 함께 Avec les alcooliques anonymes』, 그리고 뤼시앵 보다르의 중국과 인도차이나 전쟁에 대한 보고서, 필리프 라브로의 아메리카에 대한 보도, K. S. 카롤의 폴란드에 대한 특집 기사, 장 라르테기와 아달베르 드 세공자크의 기사들로 꾸며진 책들이 뒤를 이었다. 물론 메디퀴스, 카르망 테시에, 랑달 르무안 등과 같은 「프랑스 수아르」의 간판 논설 위원들만이 아니라 미세르 드루아, 앙리 칼레, 앙리 토레, 폴 반드롬 등과 같은 작가들의 책도 있었다. 특히 오귀스트 퀴비제크의 『어린 시절의 친

9 *Figaro littéraire*, 1962년 7월 7일.

구, 아돌프 히틀러*Adolf Hitler mon ami d'enface*』, 조제프 빌프의『히틀러의 그림자, 마르틴 보르만*Martin Bormann, l'ombre de Hitler*』을 비롯해서 참회한 범죄자들, 소비에트 강제 수용소에서 탈출한 사람들, 소련으로 귀화한 영국 간첩들의 회고록 등은 이 시리즈의 성격을 분명하게 드러내 주는 책들이었다.

〈세리 누아르〉가 시작되고 몇 년 후에 시작된 〈시대의 흐름〉은, 가스통 갈리마르가 〈누구도 이해하지 못하는 시와 글〉을 계속 발간하기 위해서 250면 안팎의 이런 책을 발간할 수밖에 없는 현실을 이해하는 계기가 되었다. 또한 그런 책들이, 광고대로라면「프랑스 수아르」를 〈100만 부 이상을 인쇄하는 유일한 일간지〉로 성장시키는 데 도움을 준다는 사실도 깨닫게 되었다. 이처럼 쉽고 신속하게 팔려 나가는 책들이 있었기 때문에 가스통은 순수한 문학 작품들을 발간하면서 때를 기다릴 수 있었다. 구체적으로 말하면, 이런 대중적인 시리즈들 덕분에 1933년 발간되어 2년 동안 744부밖에 팔리지 않은『갯보리』에서 1933년에 첫 출간되어 2년 동안 31만 5천 부가 팔리며 성공을 거둔『지하철의 자지*Zazie dans le métro*』에 이르기까지, 레몽 크노의 책 15권을 꾸준히 발간할 수 있었던 것이다. 또한 첫 소설『질식*L'asphyxie*』은 840부밖에 팔리지 않았지만 1964년에 출간하자마자 12만 부나 팔려 나간『사생아*La Bâtarde*』로 성공을 거둘 때까지 비올레트 르뒥Violette Leduc을 지원할 수 있었던 것도 이런 대중적인 시리즈 덕분이었다.[10]

대담하게 선택하고 기다릴 줄 알아야 한다! 모든 출판인이 귀담아 들어야 할 황금 법칙일 것이다. 그러나 이렇게 하기 위해서는 힘을 가져야 한다. 성공의 이유를 묻는 사람들에게 가스통은 곧잘 이렇게 이야기해 주었다. 어니스트 헤밍웨이의『무기여 잘 있거라』는 출간 당시에 600부밖에 팔지 못했지만, 출판인이라면 프랑스의 젊은 소설가보다 외국의 젊은 소설가를 선택하는 대담함이 필요하다![11] 가스통은 프랑스에 전혀 알려지지 않았던 미국의 여류 작가, 마거릿 미첼의『바람과 함께 사라지다』를 베스트셀러로 만들었다는 사실을 한순간도 잊은 적이 없었다. 1958년, 가스통은 한 러시아 작가로 다시 모험을 시도했다. 그의 작품이나 전력으로 보아 서구 세계에서 큰 성공을 거둘 가능성은 거의 없어 보였다.『닥터 지바고

10 클로드 갈리마르가 전국 출판인 회의에 제출한 보고서에서 인용. *France-Soir*, 1965년 6월 5일.
11 *Figaro littéraire*와의 인터뷰, 1958년 9월 27일.

Doktor Zhirago』는 〈파스테르나크 사건〉이라 불릴 정도로, 미스터리한 상황에서 출간되었다. 중재자들의 신변 안전을 위해서, 이 책의 출간에 관계된 사람들은 당시 상황에 대해 굳게 입을 다물었다. 그 베스트셀러가 잉태되게 된 경위는 25년이 지나서야 밝혀졌다.

파스테르나크Boris Pasternak는 1945년부터 러시아의 지식인 사회와 혁명을 주제로 대하소설을 쓰기 시작했지만 도중에 시를 쓰고 번역에 열중하느라 간혹 중단되었다. 1956년 4월, 구체적으로 말하면 흐루시초프가 20차 당대회에서 스탈린 비판을 제기하고 두 달이 지난 후, 파스테르나크는 완성된 원고를 잡지『노비 미르 *Novyi Mir*』에 보냈다. 그리고 모스크바 문학계와 왕래가 잦던 한 사내와 계약을 맺었다. 공산주의적 색채를 띤 이탈리아 출판인 펠트리넬리Feltrinelli를 대리한 세르조 단젤로Sergio d'Angelo라는 사내였다. 단젤로는『닥터 지바고』의 서구 세계에서의 출간을 허락하는 계약서에 파스테르나크의 서명을 받자마자, 베를린을 경유해서 로마로 원고를 보냈다.『노비 미르』는『닥터 지바고』의 출간을 거절했지만 국영 출판사는 원고를 대폭 줄인다는 조건에서 출간을 수락했다.[12] 병원을 자주 들락거릴 정도로 급격히 나빠진 건강 때문이었을까, 아니면 은근히 닥쳐오는 압력의 기운을 느꼈던 것일까? 하여간 파스테르나크는 펠트리넬리에게 책의 출간을 연기해 달라고 두 번씩이나 요청했다. 더구나 그는 원고를 돌려받고, 수정하고 싶다는 의향까지 비쳤다. 펠트리넬리는 파스테르나크의 요구에 순순히 응할 입장이 아니었다. 더구나 그의 개인적 상황도 급격히 변하고 있었다. 실제로 바르샤바 사건과 부다페스트 사건이 있은 후 공산당과 멀어 지면서 파스테르나크의 원고를 반환해 달라고 청구하는 모스크바 국영 출판사의 전보를 받아 보지 못했다. 연락망이 두절된 것이었다. 1957년 1월, 파스테르나크의 시골 별장으로 한 프랑스 여자가 찾아왔다. 슬라브어를 전공한 학자이며 파리 톨스토이 박물관 관장이던 자클린 드 프로야르Jacqueline de Proyart 백작 부인이었다. 파스테르나크는 그녀와 오랫동안 대화를 나누며 우정을 쌓았다. 파스테르나크는 그녀를 전폭적으로 신뢰하며 그의 모든 저작물에 대한 대리인으로 선정했다. 수정된『닥터 지바고』의 저작권 관리

---

12 Guy de Mallac, *Boris Pasternak, his life and art*, Souvenir Press, Londres, 1983.

도 당연히 그녀에게 주어졌다. 파리로 돌아온 자클린 드 프로야르는 모든 출판사를 제쳐 두고 갈리마르부터 찾아갔다. 그녀는 갈리마르에서 환대를 받았다. 또한 프랑스 슬라브학계에서 널리 알려진 브리스 파랭이 갈리마르의 독자 위원이었던 것이다.[13] 따라서 그녀는 『닥터 지바고』의 두툼한 원고와 파스테르나크의 자서전이라 소개하며 약간 얄팍한 원고까지 파랭에게 건넸다. 펠트리넬리는 그 사실을 알고 분을 참지 못했다. 더구나 『닥터 지바고』의 영화 판권을 프로야르 부인이 소유하고 있었던 것이다.

그때부터 펠트리넬리와 갈리마르는 누가 먼저 책을 출간하느냐로 경쟁을 벌였다. 먼저 출간하는 쪽이 더 큰 신뢰를 얻을 것이기 때문에 서로 먼저 출간하려 애를 썼다. 가스통은 이 소설의 성공 가능성을 믿었고, 독자 위원들의 보고서를 통해서 색다른 정치 소설이란 느낌을 받았다. 그러는 동안 독일의 쿠노 피셔 출판사와 영국의 콜린스 출판사도 『닥터 지바고』의 번역권을 따내기 위해 백방으로 뛰어다녔다. 그들은 협상을 벌이고 마침내 번역권을 따냈다. 하지만 『닥터 지바고』를 서방 세계에 가장 먼저 출간한 출판사는 펠트리넬리였다. 1957년 11월 22일, 초판 6천 부가 순식간에 팔려 나갔다. 책이 출간되기 한 주 전에, 『레스프레소L'Espresso』는 가장 반소비에트적인 구절만을 모아서 〈특별판〉을 발간하기도 했다.

1958년, 『닥터 지바고』는 거의 동시에 24개 언어로 출간되었다. 프랑스어판은 갈리마르에서 6월에 출간되었다. 하지만 번역자들이 소련을 드나드는 데 어려움이 없도록 번역자들의 이름을 밝히지는 않았다. 『닥터 지바고』는 프랑스에서만 40만 부가 팔렸다.[14] 해외에서 소설의 판매가 급증함에 따라 소련에서는 파스테르나크를 비난하는 목소리가 높아졌다. 1958년 10월, 노벨 문학상이 주어지자 파스테르나크는 흔쾌히 수락했다. 그러자 라디오 모스크바, 소련 작가 동맹, 「리테라투르나이아 가제타Literaturnaia gazeta」가 합심이라도 한 듯이 파스테르나크를 공개적으로 비난했다. 결국 소련 작가 동맹에서 제명된 파스테르나크는 공산당과 언론의 표적이 되었고, 심지어 대학에서도 그에 대한 비방을 서슴지 않았다. 조국인 소련에서 추방될지도 모른다는 생각에 파스테르나크는 노벨 문학상을 공개적으로

---

13 자클린 드 프로야르 부인의 증언.
14 Brice Parrain, in Lecture pour tous, 1961년 11월.

포기했고, 사방에서 몰아닥치는 압력을 견디다 못해 「프라우다Pravda」에 참회의 편지를 실었다. 덕분에 그에 대한 인신공격은 종식되었고 민중의 분노도 사그라졌다. 그런데 소련에서 『닥터 지바고』를 읽은 사람은 거의 없었을 텐데 민중은 왜 분노했던 것일까?

그렇게 사건이 해결되고 1년이 지난 후 가스통 갈리마르는 드루오 호텔에서 열린 경매에 참석해서, 일련번호가 매겨진 고급 종이에 인쇄된 『닥터 지바고』의 원본을 3만 프랑에 낙찰받았다. 그의 개인 서고를 위해서![15]

세바스티앵보탱 가의 중역실에는 네 남자가 주로 앉아 있었다. 갈리마르 두 형제와 그들의 두 아들! 레몽은 관리자였고 그의 아들 미셸은 문학인처럼 보였다. 또 가스통은 문학인처럼 보였던 반면에 그의 아들 클로드는 관리자였다. 한때 두 형제는 책상을 사이에 두고 마주보고 일했다. 하지만 두 사촌은 서로 등을 대고 일했다. 훗날 그들도 얼굴을 마주보고 일했다. 적어도 그렇게 하려고 애썼다.

중역실의 배치는 무척이나 중요한 의미를 가졌다. 직원들에게는 배치의 조그만 변화도 권력의 커다란 변화를 뜻했기 때문이다. 예컨대 독립적인 성향이 강했고 동의할 수 없는 결정에서 일정한 거리를 두고 싶어 하던 클로드 갈리마르는 1957년에 중역실을 나와, 과거에 도서관으로 쓰던 방에서 혼자 근무하기도 했다.

전쟁 직후, 두 사촌은 서로를 좋아하지 않는 듯했다. 그들은 성격, 취미, 친구, 철학 등 모든 점에서 서로 달랐다. 클로드는 주로 갈리마르 출판사를 경영하고 미셸은 ZED 출판사를 운영했지만 두 사람 모두 독자 위원회에 속해서 출판사의 발전에 깊숙이 관여했다. 지적인 성품이나 세상을 이해하는 방식에서 가스통은 조카와 적잖은 공감대를 느꼈지만, 클로드가 손자들(프랑수아즈, 크리스티앙, 앙투안, 이자벨)을 안겨 주면서 점점 아들과 가까워졌다. 그들의 존재가 여자와 문학을 사랑하던 남자, 노회한 출판인으로만 알려져 있던 가스통의 다른 면을 드러냈다. 자상한 할아버지!

예전에 비해 감상적이 되고 약해졌던지, 1950년대 말에 닥친 위기는 가스통

<hr />

15 *France-Soir*, 1959년 11월 21일.

갈리마르를 큰 충격에 빠뜨렸다. 주변 사람들을 갈가리 찢어 놓고 회사를 뒤흔들어 놓은 사건이기는 했지만, 과거에는 어떤 위기가 닥쳐도 침착하게 대처하던 가스통이 아니었던가! 그는 언제나 정치에 무관심했고, 그런 사실을 애써 감추려 하지 않았다. 그는 군사적 행위를 증오했고, 지성을 파괴하고 좀먹는 것이라 생각했다. 1947년, 그는 뮈튀알리테 회관에서 프랑스 국민 연합(RPF)이 주최한 지식인 모임에 참석해서 청중석의 앞자리에 앉아 있었다[16]. 무엇보다, 레몽 아롱과 RPF에서 선전국을 담당하고 있는 앙드레 말로를 비롯해 갈리마르의 작가들이 연단에서 무슨 말을 하는지 듣고 싶었던 것이다. 그런데 1958년 좌익 계열의 주간지 『프랑스 옵세르바퇴르France-Observateur』가 앙드레 필립의 「프랑스의 자살La suicide de la France」이란 글을 게재하면서 두 번이나 압류 당하는 사건이 벌어졌다. 모법의 채택을 강요하며 사히트 마을을 폭격한 지 몇 주밖에 지나지 않은 시기여서 알제리에 관련된 글이 금기시되던 때였다. 『프랑스 옵세르바퇴르』는 정의가 살아 있다는 사실을 증명하고, 프랑스 공군에게 폭격당한 마을을 재정적으로 지원하기 위해서 모금을 시작했다. 첫 주에 발표된 명단에서 가장 거금을 기부한 회사는 20만 프랑을 기부한 갈리마르 출판사였다![17]

이런 기부 행위를 근거로 가스통 갈리마르의 정치적 견해를 섣불리 추론해서는 안 된다. 누가 뭐래도 가스통은 기회주의자였다. 하지만 갈리마르의 직원 모두가 오로지 문학에만 관심을 쏟는 19세기의 정신, 즉 어느 쪽으로도 기울어지지 않는 초연한 정신의 소유자는 아니었다. 잡지와 출판사의 복도에서 얼굴을 마주쳐도 서로 싸늘한 시선을 던지며 피해 가는 사람들이 있었다. 드골 장군의 복귀, 새 헌법에 대한 국민 투표, 알제리와의 강화 조약, 그리고 암살 기도들로 얌전한 사람들까지 급진적으로 변해 갔다. 갈리마르의 직원들도 두 파로 나뉘었다. 클로드를 중심으로 한 파벌과 미셸을 중심으로 한 파벌이었다.

클로드파는 대체로 〈우익〉의 사람들이었다. 예컨대 미셸 모르는 변호사를 지냈고 점령기에는 경제인 연합회 사무총장을 지낸 후 미국으로 건너가 선생 노릇을 하다가 귀국해서 1952년부터 갈리마르에서 영어 번역 분야를 총괄하던 사람이었

16 Raymond Aron, *Mémoires*, Julliard, 1983.
17 *France-Observateur*, 제410권, 1958년 3월 20일.

다. 그는 몽테를랑과 미국의 신소설에 대한 평론집을 발표한 적도 있었다. 장 뒤투르Jean Dutourd는 공무원과 언론인을 지낸 사람으로 1950년에 문학 기획 위원으로 위촉되어, 틈틈이 쓴 소설 『맛 좋은 버터Au bon beurre』와 『마른 주의 택시들 Les taxis de la Marne』로 상당한 명성을 얻게 되는 인물이다. 하지만 갈리마르의 우익 직원들을 정치적 견해보다 감성으로 결집시킨 클로드파의 핵심 인물은 로제 니미에였다. 니미에는 가스통의 사랑을 듬뿍 받고 있었고, 1948년에 『검Les épées』을 발표하고, 다시 2년 후에 『푸른 옷을 입은 경기병Le hussard bleu』을 발표한 촉망 받는 젊은 작가였다. 수줍어하는 성격에도 불구하고 적극적이었고 때로는 선동적이었으며, 폴 모랑과 마르셀 에메의 사생아였던 니미에는 『NRF』보다 『타블 롱드』를 고향처럼 여겼다. 따라서 그가 베르나노스의 발자취를 추적한 『위대한 스페인Grand d'Espagne』을 출간하기 위해서 갈리마르에서 잠깐 외도를 했을 때 타블 롱드 출판사를 찾아간 것은 결코 우연이 아니었다. 자크 로랑과 더불어 『라 파리지엔La Parisienne』의 창립 위원이었던 니미에는 촌철살인의 예리한 감각을 지닌 뛰어난 논객이었다. 일례로 지드가 세상을 떠났을 때 그는 모리아크에게 〈지옥은 없다네. 기분 내키는 대로 살게. 클로델에게도 알려 주고. 앙드레 지드〉라는 전보를 보내 모리아크를 미소 짓게 만들기도 했다. 하지만 프랑스를 사르트르의 어깨와 카뮈의 가슴에 기대어 재건해서는 안 된다고 과감히 발언하면서 많은 친구들의 분노를 불러일으키기도 했다. 그런 혹평이 있은 후, 카뮈는 『NRF』의 복도에서 니미에를 마주치지 않기를 바랐다고 한다. 니미에가 1956년부터 갈리마르 출판사에서 문학 기획 위원으로 일하면서 사무실을 갖고 있어, 둘의 분위기는 거의 언제나 긴장 상태였고 간혹 주고받는 말에는 가시가 돋쳐 있었다.[18]

한편 미셸 갈리마르는 비정치적인 사람으로 처신하려 애썼지만 그의 주변에 모인 사람들은 주로 〈좌익〉이었다. 가장 대표적인 사람은 디오니스 마스콜로와 로베르 갈리마르였다. 로베르 갈리마르는 미셸의 사촌으로, 가스통과 레몽의 막내 동생인 자크의 아들이었다. 그는 1946년에 갈리마르에 입사해서 1955년부터 사르트르의 책을 총괄하여 진행하고 있었다. 카뮈는 당연히 이쪽 편이었다. 하지만 정

18 Mac Carthy, 같은 책.

466

치적 견해보다는 지적인 동질성과 우정 때문이었다.

알제리 사태가 악화되면서 양측의 골도 깊어졌다. 온건한 사람들까지 〈프랑스 연합파〉와 〈알제리 민족 해방전선(FLN)파〉로 구분될 지경이었다. 항상 중도 노선을 취하던 미셸 갈리마르가 알제리 혁명가들을 옹호하는 말을 했을 때, 정의보다 어머니를 더 사랑했던 카뮈는 상심한 듯이 〈자네 손에 피를 묻혀야 할 거야〉라고 말했고, 그 후로 갈리마르 내의 다툼에서 일정한 거리를 두고 지냈다.[19]

가스통 갈리마르는 두 파벌의 싸움, 복도에서의 게릴라전에 실망하며 깊은 슬픔에 빠졌다. 그런 다툼은 좋을 것이 없었기 때문이다. 측근의 이런 정치적 분열 뒤에는 실제로 더 큰 갈등이 감춰져 있었다. 조심하지 않는다면 돌이킬 수 없는 분열로 확대될 파국의 징조였다. 가스통은 레몽과 말다툼을 하는 법이 없었고, 성격의 차이는 있었지만 돈독한 형제애는 변함이 없었다. 그들은 혈연관계를 넘어서 서로를 존경했다. 이런 관계는 19세기 말 이후로 꾸준히 지속되었다. 그런데 아들들의 반목이 깊어지면서 그들도 서로에게 화를 내며 갈등의 조짐을 보이기 시작했다. 1958년은 중대한 위기의 해였다. 긴장된 분위기가 가시질 않았다. 게다가 갈리마르 형제들이 서로 반목하면서 어떤 직원도 중역실에 들어가지 않는다는 악의적인 소문까지 나돌았다. 마침내 쥘 슐룅베르제가 양측의 〈중재자〉로 나섰다. 갈리마르 형제를 제외할 때 슐룅베르제는 마네 쿠브뢰와 더불어 갈리마르의 지분을 가장 많이 보유한 주주였고, 가스통과 레몽 형제의 오랜 친구이기도 했다. 슐룅베르제는 아사스 가의 집으로 두 형제를 차례로 초대해서, 각자의 입장과 아들들의 입장에 대해 우호적으로 이야기를 나누었다. 정치적 입장이나 알제리 전쟁은 문제가 아니었다. 그들은 출판사의 상황, 외국 출판사들의 푸념, 저자들의 불평, NRF-갈리마르는 결국 와해될 것이라는 수십 년 동안의 소문, 내부의 개혁에는 힘쓰지 않고 곤경에 빠진 출판사들을 흡수하는 데 집중해 온 경영 방식, 출간하는 책들의 성향, 부서들 간의 알력 등에 대해서 많은 이야기를 나누었다. 하지만 어느 한 부분에서도 합의점에 이르지 못했다.

1958년 가을, 갈리마르는 막다른 골목에 이르고 말았다. 회사의 경영에도 중

19 Mac Carthy, 같은 책.

대한 타격이 있었다. 어떻게든 솔로몬의 지혜를 발휘해야 했던 슐룅베르제는 회사에 닥친 위기에 비하면 양측의 불만은 극히 하찮은 것이라 생각하며, 어느 쪽도 〈자존심이란 사소한 문제〉로 회사를 쪼개리라고는 상상조차 하지 않았다.[20] 한때 본격적인 싸움으로 확대될 경우에 대비해서 중재자 및 재판관 역할을 해줄 부사장을 임명하려는 시도가 있었다. 하지만 조사를 시작하기도 전에 양측 모두가 기존 조직에서의 권한과 기여도를 결정하기가 어렵다는 사실을 알게 되었다. 따라서 다른 해결책, 즉 분리를 진지하게 생각해 보지 않을 수 없었다. 레이옹과 미셸이 세바스티앵보탱 가를 떠나면서 그들이 주로 관여했던 시리즈, 특히 플레이아드를 갖고 나가는 방법이었다. 그러나 이때 필연적으로 제기되는 법률적인 문제는 차치하더라도 레몽 부자가 지드, 생텍쥐페리, 마르탱 뒤 가르 등 갈리마르의 저자들을 배제한 채 저작권이 소멸된 작가들만 다루면서 그 권위 있는 시리즈를 꾸려 갈 수 있을지도 의문이었다. 그렇게 된다면 플레이아드 시리즈는 약간의 의식을 가진 출판인이라면 누구나 해낼 수 있는 평범한 시리즈로 전락할 가능성이 적지 않았다. 게다가 가스통은 수십 년 동안 공들여 키워 온 출판사를 그렇게 쪼개고, 희생과 협상을 통해서 도서 목록에 올린 저자들에게 갈리마르를 떠날 구실을 주고 싶지 않았다. 하지만 하나의 회사에 두 목소리가 존재한다면 그 회사가 어떻게 유지될 수 있겠는가? 슐룅베르제는 아셰트의 사람들에 대해 잘 알고 있었기 때문에, 달리 말하면 아셰트가 갈리마르의 한 쪽이 거부하는 것을 다른 쪽에서 구하려 할 것이기 때문에 그런 식의 경영 방식에 대해 무척 회의적이었다.

슐룅베르제는 계속해서 화해를 주선하면서 네 사람에게 감정을 접어 두고 회사의 이익을 먼저 생각하라고 다그쳤다. 분열은 오랜 역사를 가진 갈리마르에게 사망 선고와 다름없었다. 마침, 탐욕스런 아셰트가 그라세를 삼켜 버린 때이기도 했다. 슐룅베르제는 가스통과 레몽에게 〈이성으로 감정을 억제하는 편지〉를 나누면서 과거의 형제애를 되찾으라고 촉구했다. 두 사촌들에게는 서로의 생각을 터놓고 허심탄회하게 이야기를 나눠 보라고 권하면서, 장래의 주인은 클로드 이외에 누구도 될 수 없고 작가들과 외부 세계와의 접촉은 클로드의 영역인 반면에 미셸

20 장 슐룅베르제가 레몽 갈리마르에게 1958년 10월 21일에 보낸 편지의 초안. 자크 두세 도서관.

은 ZED 출판사를 운영하면서 플레이아드를 비롯한 시리즈들을 지휘하면 될 것이라고 그들을 설득했다. 또한 네 사람에게, 아셰트와의 관계를 정리한다거나 미셸에게 가까운 사람을 어떤 직책에 임명한다면 〈회사를 날려 버리는 다이너마이트〉가 될 것이라고 거듭해서 경고했다.[21] 요컨대 슐룅베르제는 갈등의 원인에 비해서 그 결과가 지나치게 파국적이기 때문에 타협점을 찾지 못할 이유가 없다고 판단했다. 슐룅베르제의 설득은 비장했고 진지했던 만큼 감동적이었다. 더구나 그는 가스통이 분열을 바란다고는 생각하지 않았다.

결국 NRF가 분열된다면 자네에게 세상 사람들의 비웃음을 전하는 사람들이 있을 거네. 분노의 빛까지도 말일세. 질투의 화신이 되어 우리의 성공에 배 아파하는 사람들을 즐겁게 해줄 수는 없네. 엄청나게 노력하고 희생한 대가로 이뤄 낸 것, 그 결과로 문학사에서 커다란 의미를 갖게 된 것을 하루아침에 날려 버릴 수는 없잖은가. 자네도 잘 알겠지만 자네가 없다면 이 회사는 나락으로 굴러 떨어지고 말 거네. 우리 모두, 아니 누구보다 자네가 이 일에 많은 것을 투자하지 않았나. 이번 소동에서 돈도 중요한 요건이겠지만, 우리가 지금껏 쏟아 부었던 정신과 믿음이라면 어떤 난관이라도 이겨낼 수 있으리라 생각하네. 나는 이번 사태를 가볍게 넘기려 했지만, 사태가 악화되면서 내가 이 회사를 얼마나 사랑하는지 다시 한 번 확인할 수 있었네. 로제의 죽음이 내 가슴에 빈 자리를 남겼는데,[22] 다른 일로 새로운 빈 자리가 생긴다면 내가 그 빈 자리를 감당할 수 있을지 모르겠네.[23]

그로부터 몇 개월 후, 모든 것이 거의 정상을 되찾았다. 장 슐룅베르제가 예측했듯이, 책임의 공정한 분배를 통한 대타협이 이뤄지면서 모두가 마음과 정신의 평화를 되찾았다. 후계자로 공식 지명된 클로드는 뛰어난 수완과 끈기를 발휘하면서 갈리마르호의 선장으로서 조금씩 위치를 굳혀 갔다.

21 장 슐룅베르제가 레몽 갈리마르에게 1958년 11월 13일에 보낸 편지의 초안. 자크 두세 도서관.
22 1958년 8월에 사망한 로제 마르탱 뒤 가르를 가리킨다.
23 슐룅베르제의 편지.

1960년 1월, 빌뇌브라기야르 근처의 이본행 도로에서 자동차 사고가 일어났다. 파셀 베가의 앞좌석에는 알베르 카뮈와 미셸 갈리마르, 뒷좌석에는 미셸의 부인 자닌과 딸 안이 타고 있었다. 자동차가 나무를 들이받은 사고였다. 앰뷸런스가 달려왔다. …… 카뮈는 현장에서 즉사했고, 미셸은 며칠 후에 사망했다. 자닌은 약간의 타박상을 입었고 안은 멀쩡했다. 미셸 갈리마르의 장례식은 흐릿한 하늘 아래에서 차가운 날씨와 싸우며 외르에루아르의 소렐무셀이란 자그마한 공동묘지에서 행해졌다.

미셸이 마지막 숨을 거두기 전 날이었다. 몇 번의 수술을 받았지만 상황이 절망적이란 것은 모두가 알고 있었다. 그 날, 가스통과 오랜 시간을 함께 지내 온 친구가 노크를 하지 않고 중역실로 들어갔다. 그리고 그는 가스통이 두 손에 얼굴을 묻고 흐느끼는 모습을 보았다. 가스통이 그렇게 슬퍼하는 모습은 처음이었다.

1960년, 화폐 개혁이 시행되고 멋진 유람선 프랑스호가 진수식을 가진 해에 가스통 갈리마르는 69세의 생일을 맞았다.

〈남다른 성공을 거두거나 운명을 이겨낸 사람〉을 집중적으로 조명한 특집 기사를 연속적으로 소개하던 「오토 주르날L'Auto-journal」이 〈영리한 사업가인가, 문학의 후원자인가?〉라는 제목으로 가스통 갈리마르의 삶에 대한 이야기를 다루었다.[24] 정확한 정보에 입각해서 가스통 갈리마르를 균형 잡힌 시각에서 다룬 기사였다. 그러나 독자의 눈을 사로잡은 것은 가스통의 사진들이었다. 미소와 눈빛, 나비넥타이와 무덤덤한 표정, 문인 같으면서도 장사꾼 같은 분위기……. 나이가 들어서도 그의 개성은 조금도 달라지지 않았다. 어떤 칵테일파티에서 찍은 사진들이었을까? 누구도 선뜻 대답하지 못했지만, 그의 측근들은 그 사진들에서 빠진 것을 찾아냈다. 슬픔이었다! 미셸 갈리마르와 마르탱 뒤 가르의 죽음, 코포와 뒬랭의 죽음, 지드와 카뮈의 죽음, 그리고 오래전, 전쟁 직전에 있었던 지로두와 페르난데스, 그뢰튀장과 생텍쥐페리, 드리외 등의 죽음이 그에게 안겨 준 슬픔이었다.

나이가 들어갈수록 공동묘지를 찾는 횟수도 잦아지는 법, 특히 가스통 갈리마

24 *L'Auto-journal*, 1960년 8월 25일.

르처럼 책과 관련된 사람들을 사랑하는 약점을 가진 사람에게는 더욱 그렇다. 가스통은 지쳤고 옛 친구들이 죽어 가는 것에 상심했다. 그러나 예전처럼 일을 사랑했고 일을 손에서 놓지 않았다. 〈은퇴〉라는 단어의 의미를 무시하고 싶었다. 점차로 권력의 고삐를 아들에게 물려주고 있었지만 중요한 결정에는 반드시 참여하면서 그 존재를 세상에 알렸다. 그는 미국인 저작권 에이전트, 제니 브래들리Jenny Bradley의 사무실을 자주 드나들었다. 또한 생루이 섬에 자리 잡은 그녀의 집에서는 뉴욕의 출판인 알프레드 노프와 그의 부인 블랑슈, 『뉴요커』의 자넷 플래너, 여배우 레잔의 아들인 자크 포렐, 제임스 해들리 체이스와 어스킨 콜드웰, 나탈리 바니와 트루먼 커포티 등과 환담을 나누었다.[25] 사상과 책의 거래보다 사람들과 만남을 중요하게 여겼던 것이다. 이런 점에서 가스통은 변함이 없었다. 콕토가 그를 비롯해 NRF의 공신들을 위해서 당주 가에 있던 셰비녜 부인(프루스트가 게르망트 공작부인의 모델로 삼았던 여인 중 한 명)의 집에서 오찬을 마련했을 때 가스통은 무척이나 기뻐했다고 하지 않는가.[26]

가스통은 예측을 불허하는, 모순적인 사람이었다. 가스통은 미술 책임자였던 마생의 표지 디자인에 별로 관심을 기울이지 않았다. 그에게는 문학이란 생각밖에 없었다. 하지만 카리에르와 르누아르의 그림자를 밟으며 어린 시절을 보냈고, 첫 평론을 전시회에 대해 썼을 정도로 미술에 조예가 깊은 가스통이었다. 루이 기유의 회고록에서도 가스통의 모순된 면을 찾아볼 수 있다. 마르탱 뒤 가르가 세상을 떠나기 직전까지도 가스통은 마르탱과 저녁 식사를 나눈 후에는 나이 먹은 사람들답게 구석진 곳에서 죽음에 대해 진지한 대화를 나누었다.[27] 하지만 뒤돌아서서는 신형 스두드베이커(우아한 디자인이 일품인 미국 자동차)를 샀다. 누군가에게 선물하려는 것이 아니었다. 직접 운전하기 위한 것, 가능하다면 아리따운 아가씨를 옆에 태우고 속도감을 즐기기 위한 것이다.

언젠가 출판의 선배에게 조언을 구하려 찾아온 로베르 라퐁에게, 가스통은 이렇게 말했다.

25 Thomas Quinn Curtis, in *International Herald Tribune*, 198년 7월 22일.
26 Jean Cocteau, *Le passé défini*, I, Gallimard, 1983.
27 Guilloux, II, 같은 책.

「자네가 확신을 갖고 말하고 싶다면 출판업을 그만두게. 벌써 40년이나 출판업에 종사했지만 내가 자네에게 말해 줄 수 있는 것은 하나뿐일세. 바로 누구도 책의 운명에 대해서는 모른다는 거야.」[28]

1953년 『렉스프레스L'Express』가 선정한 〈미래를 짊어지고 갈 100명〉 중에 가스통 갈리마르와 르네 쥘리아르가 포함되었다. 인명록도 아니었고 성공한 사람들의 명단도 아니었으며 프랑스를 빛낸 유명인들의 사전도 아니었다. 〈각 업계에서 지닌 영향력이나, 창의력을 통한 혁신력에서〉 국가의 장래에 큰 역할을 해낼 수 있는 〈원동력〉을 순서 없이 나열한 명단에 불과했다. 여하튼 이 주간지는 가스통에 대해서 〈미래의 작가들이 옹알이를 하는 수준에 있을 때 그 소리를 알아듣는 사람이다. 모험을 감행하지는 않지만 독자들이 그 작가들에게 관심을 갖게 만드는 방법을 아는 사람이다〉라고 평가했다.

한편 쥘리아르에 대해서는 〈그가 존재한다는 사실만으로도 갈리마르는 경각심을 갖지 않을 수 없다. 사르트르에게 『레 탕 모데른』을 발간할 여지를 제공해 주고 있으며, 어떤 모험이라도 감행함으로써 프랑스 출판계에 모험의 필요성을 각인시켜 주었다〉라고 평가했다.[29]

외부 사람들은 가스통 갈리마르가 자신감에 넘치고, 조심스레 처신하는 것은 〈연기〉일 뿐이라 생각했다. 또한 사람들은 가스통의 비열한 술책을 동원한 성공만을 기억할 뿐, 그의 실책에 대해서는 기억하지 않았다. 사실 1950년대 초 가스통은 뚜렷한 방향을 잡지 못하고 있었다. 그 때문에 불안과 좌절감에 짓눌려 지내기도 했다. 당시 미셸 부자와 클로드 부자가 함께 살던 위니베르시테 가의 집에 잠시 세들어 살았던 루이 기유는 그런 사실을 누구보다 잘 알고 있었다. 가스통은 간혹 우울증에 빠져서, 그의 속내를 털어놓을 수 있는 친구 역할을 해주던 기유에게 이상한 말을 하기도 했다.

「내 삶은 실패한 삶이야. …… 출판에 뛰어든 날부터 나는 진정한 친구들을 잃어 버렸어. 그 이후로 우리는 같은 생각을 해본 적이 없으니까.」

때로는 이렇게 말하기도 했다.

28 Laffont, 같은 책.
29 L'Express, 제25권, 1953년 11월 7일.

「자네도 눈치 챘겠지만 요즘 잠을 자지 못하네. 언젠가는 밤을 꼬박 새우면서 머릿속으로 책 한 권을 쓰기도 했네. 내가 우습다고 생각하겠지. 자네는 글을 쓰는 것이 직업이니까 운이 좋은 걸세. 나는 그렇지 못하잖나. 나는 돈밖에 없어. 하지만 돈을 가졌다고 한들 무슨 소용인가. 우습다고 생각되겠지만 나는 실패한 사람들만을 좋아 한다네. 성공해서 위대해진 사람들은 언제나 자살해 버리니까.」

그리고 가스통은 예수, 나폴레옹, 잔 다르크, 오스카 와일드, 앙드레 시트로엔, 패션 디자이너 푸아레 등의 이름을 두서없이 나열했다.[30] 그래도 필요하면 책상을 내려치는 가스통이었다. 또한 즉석에서 계약을 흥정하고, 다른 출판사에서 작가를 빌려와 되돌려 주지 않았으며, 푼돈을 절약하기 위해서 혹은 원칙을 지키기 위해서 고집을 피우며 완강하게 버티는 가스통이었다. 저작권을 침해받으면, 예컨대 어떤 출판사가 허락한 것 이상으로 폴 엘뤼아르의 글을 출판했을 때, 또한 같은 제목의 영화를 각색해서 『전원 교향곡』이나 『채털리 부인의 사랑』을 펴냈을 때 가스통은 가차 없이 변호사를 불러 소송을 제기했다. 그는 자신의 권리를 누구에게도 침범당하고 싶어 하지 않았다.

그에게는 편집증에 가까운 열정이 있었고, 좋아하는 것과 싫어하는 것을 분명히 가렸다. 체면과 훈장은 어땠을까? 그는 그런 것을 싫어했다. 어떤 것도 그런 생각을 바꾸지 못했다. 실제로 1947년 누군가 레지옹 도뇌르 훈장의 추서를 제안했을 때 그는 정중히 거절하면서, 〈동생에게 주면 어떨까요?〉라고 넌지시 제안했다.[31]

그 후, 뱅상 오리올 대통령(1947년 1월부터 1954년 1월까지 재임)은 폴랑, 카뮈, 자크 르마르샹, 미셸 갈리마르 등이 지켜보는 앞에서 레몽 갈리마르의 옷깃에 그 훈장을 직접 달아 주었다. 가스통은 그런 훈장에는 욕심이 없었다. 여전히 1차 대전을 기피하던 때의 정신을 갖고 살았다. 그는 사후에 추서되는 무공 훈장, 관을 덮은 국기에 올려진 무공 훈장을 추잡스러움의 극치라 생각했다. 아카데미 프랑세즈의 허식도 혐오했다. 그러나 마르셀 아를랑이 1969년에 앙드레 모루아를 대신해서 아카데미 프랑세즈 회원으로 선출되었을 때 그는 진심으로 축하해 주었다. 2년 후, 로제 카유아가 회원을 상징하는 검을 받았을 때도 마찬가지였다. 그들이 아카데미

30 Guilloux, II, 같은 책.
31 Marcel Duhamel, 같은 책.

프랑세즈 회원이 된 것은 그런대로 양해할 수 있었지만 다른 친구들까지 아카데미 프랑세즈의 회원 임명을 수락하자 결국 분통을 터뜨렸다. 가스통은 케셀과 폴랑의 입회식에 참석하길 거부했다. 뿐만 아니라, 케셀이 1964년에 아카데미 프랑세즈 회원이 되었다고 알리자, 가스통은 버럭 화를 내면서 이렇게 쏘아붙였다.

「자네 편지지에 아카데미 프랑세즈 회원이라 덧붙여서 보내는 게 더 멋져 보일 것이라는 생각에서가 아니라면, 그까짓 지위가 무슨 소용인가?」[32]

부유한 부르주아가 정통 탐문 기자에게 쏘아붙인 이 말에는 신랄한 풍자가 스며 있었다. 그날 이후로 케셀은 〈가스통은 내가 만난 사람들 중 가장 아나키스트적인 지식인이었다〉라고 서슴없이 말했다.[33] 그러나 갈리마르는 아카데미 프랑세즈 회원이 된 많은 작가들을 위해 전통적으로 그래 왔듯이 케셀의 아카데미 프랑세즈 입회 연설도 출간해 주었다.

그러나 폴랑까지 아카데미 프랑세즈 회원이 되려는 것에 가스통은 분을 참지 못했다. 역시 1964년의 일이었다. 〈부지런한 전사〉가 그런 집단에서 무엇을 할 수 있겠는가? 40인의 일원이 되어야 할 필연적인 이유가 있는가? 가스통은 분노를 폭발시키며, 폴랑에게 〈그런 악의 소굴에는 발을 담그지 않겠다〉던 NRF의 정신을 상기시켰다. 『NRF』와 비외콜롱비에 극단, 그리고 갈리마르가 출간한 많은 책들이 〈아카데미의 정신〉에 상반되는 것이었다. 말로는 가스통의 분노를 가라앉히려고, 폴랑과 같은 사람이 아카데미 프랑세즈의 회원이 되지 않는다면 아카데미 프랑세즈의 개혁은 요원하다고 설득했다. 뚱뚱하고 아둔한 사람들끼리 모여서 그들의 물질적 조건을 유지하고 개선시키는 데 몰두하는 집단에서 벗어나지 못할 것이라는 것이었다. 하지만 가스통은 귀머거리가 된 듯했다. 폴랑이 아카데미 프랑세즈 회원을 욕심냈던 동기는 그의 성격만큼이나 복합적인 것이었다. 그의 친구였던 앙드레 도텔에 따르면, 그중에서도 가장 큰 이유는 허영심이었다. 실제로 폴랑은 많은 친구들이 회원으로 선출된 이후에 자신까지 회원이 된 것이 무척 기쁘다고 기자들에게 말했다. 달리 말하면, 〈봐라! 나도 작가다!〉라고 말한 것이라 할 수 있었다.[34]

32 *Magazine littéraire*, 제32권, 1969년 9월.
33 위의 책.
34 *Les Lettres françaises*, 제1253권, 1968년 11월 22일.

가스통이 폴랑을 용서하지 못한 가장 큰 이유도 바로 여기에 있었다. 다시 말해 폴랑이 공식적으로, 가스통의 눈에는 가장 비열한 방법으로, 출판의 영역과 작가의 영역을 나누던 루비콘 강을 건넌 것이었다. 따라서 가스통은 플로랑스 굴드가 신입 회원인 폴랑을 위해 뫼리스 호텔에서 주최한 만찬에 참석하길 한사코 거부했다. 그 후로 가스통은 폴랑을 쌀쌀맞게 대했고 쉽게 오해를 풀지 않았다. 그 때문에 거의 40년 동안 『NRF』와 갈리마르에서 동고동락했던 장 폴랑의 전집은 다른 출판사, 클로드 추Claude Tchou의 이름으로 발간되어야 했다.

나이가 들었지만 가스통 갈리마르가 평생 동안 지켜 온 원칙들에는 흔들림이 없었다. 구체적으로 말하면 좋은 생각을 찾아서 생각을 이리저리 바꾸는 것보다 나쁜 생각이라도 꾸준히 밀고 나간다는 원칙에 충실했다. 그러나 저자들과의 관계는 그날의 기분, 혹은 그 순간의 필요성에 따라 달라졌다. 언젠가 장 주네가 가스통의 자동차에서 엔진을 새 것으로 교체하겠다며 100만 프랑을 요구했을 때 가스통은 단호히 거절했다. 그들은 몇 시간 동안 실랑이를 벌였고, 결국 주네가 인내심을 잃고 〈크랭크샤프트가 뭔지도 모르잖아요!〉라고 소리치자 가스통은 크랭크샤프트가 어떻게 작동하는 것인지 자세하고 정확하게 설명한 후에 빙긋이 웃으면서 돈을 건네주었다.

로제 니미에는 자신이 가스통에게 총애 받고 있다는 사실을 잘 알고 있었다. 가스통은 니미에를 버클리 식당으로 초대해 점심 식사를 함께했고, 니미에의 사무실에 들러 이런저런 이야기를 나누면서 몇 시간을 보내기도 했다. 심지어 니미에에게 스포츠카를 선물로 사주기도 했다. 니미에는 감사의 뜻으로 그 자동차에 〈가스통-마르탱〉이란 이름을 붙였다. 그는 작가로서의 역량만이 아니라, 회사에게 지극히 필요했던 역할을 수월하게 해내는 능력 때문에도 가스통의 사랑을 받았다. 사실 니미에는 어떤 때라도 작가들에게 원고의 상황에 대해 정확히 알려 주고, 그들을 기분 나쁘지 않게 하면서 까다로운 요구를 해내는 사람이었다. 누구나 꺼렸지만 회사의 입장에서는 반드시 필요한 역할을 니미에가 얼마나 훌륭하게 해냈는지는 셀린의 글에서 어렵지 않게 찾아볼 수 있다. 뛰어난 유머 감각 때문에도 가스통은 이 오만불손한 청년을 좋아했다. 니미에는 가스통이 실없는 농담을 즐기고

허물없이 장난을 칠 수 있었던 몇 안 되는 상대 중 하나였다. 누군가를 난처한 지경에 빠뜨리는 것을 선천적으로 싫어했던 가스통은 어느 날 저녁, 회사의 수위인 척하면서 니미에의 사무실에 노크도 하지 않고 불쑥 들어갔다. 유명한 여배우와 희희낙락대던 현장을 붙잡힌 니미에는 깜짝 놀랐다. 그러나 가스통은 조금도 놀라지 않은 듯이 정중한 말투로 물었다.

「니미에 씨, 복도의 불을 꺼 드릴까요?」

가스통 갈리마르는 열심히 일했지만 즐길 줄도 아는 사람이었다. 모든 일을 내팽개치고 긴 휴가를 즐겼고, 사무실을 떠나 멋진 식사를 즐겼으며, 따분한 사람들을 잊고 작가들과 어울렸다. 친구들의 사무실을 불쑥 찾아가거나, 엉뚱한 내기를 하고, 세무서가 〈세바스티앵보탱 가 5번지의 프란츠 카프카〉에게 편지를 보내면 직원들이 어떤 반응을 보일지에 대해 친구들과 상상해 보는 것을 즐겼다. 그는 무례하고 천박하며 야비한 사람을 싫어했고 미풍양속이 예전만 못하다고 투덜댔지만, 세련미와 유머가 더해진 대담한 행동은 높이 평가했다. 1950년 어느 날, 가스통은 어느 30세의 작가에게 만나고 싶다는 편지를 받았다. 장 뒤투르였다. 그가 평론집 『카이사르의 콤플렉스 *Le complexe de César*』을 발표했을 때, 가스통이 〈아주 흥미 있게 읽었습니다. 당신의 다음 책을 발간할 기회를 저희에게 주시면 감사하겠습니다〉라는 형식적인 인사말과 더불어 격려의 편지를 그에게 보냈기 때문이었다. 누가 알겠는가? 그가 로베르 라퐁 출판사에서 책을 출간하긴 했지만 그의 미래를 저주할 필요는 없었다. 게다가 그는 젊고 장래성이 있어 보였다. 그런데 그가 가스통을 편지를 기억하고 연락을 취한 것이었다. 따라서 가스통은 뒤투르를 반갑게 맞았다. 뒤투르가 말했다.

「4년 전에 제게 편지를 보내셨죠.」

「기억하고 있네.」

「그 후로 BBC 방송에서 프랑스어 방송을 담당하느라 런던에서 3년을 보냈습니다. 우리나라가 그리웠습니다. 그래서 돌아왔습니다. 게다가 선생님의 편지도 생각났고…… 지금 실업자인 데다 빈털터립니다. 청소부라도 좋으니 일자리를 주시면 고맙겠습니다.」

가스통은 미소를 지으며 생각할 여유를 달라고 했다. 이틀 후, 뒤투르는 문학 기획 위원에 위촉한다는 편지를 받았다. 그 후 그는 갈리마르에서 16년을 지냈다. 봉급은 그다지 많지 않았지만 일거리도 많은 것은 아니었다. 문학 기획 위원으로서 그는 회사가 소중하게 생각하는 작가들, 꾸준히 함께 일하면서 장래의 작품을 미리 선점하고 싶은 작가들을 자주 만날 수 있었다. 그의 체면을 살려 주면서도 어떤 형식으로든 그를 이용하기 위해서 회사는 뒤투르에게 3층, 정확히 말해서 카뮈와 르마르샹 사이에 사무실을 마련해 주었다. 그곳에서 그는 작품을 읽을 여유가 없을 정도로 바쁜 기자들, 혹은 게으른 기자들을 위해서 작품의 내용을 짤막하게 요약한 〈보도 자료〉를 작성했다. 그는 작품의 냄새를 맡고, 작가에게 글을 쓸 수 있게 하는 자신의 일자리에 만족했다. 한동안 그런 것을 주된 업무로 삼으면서도 뒤투르는 『노인과 바다』를 번역했고 〈리트레Littré〉 사전을 개정하는 일을 맡았다. 또한 잠시 독자 위원회 위원으로 활동했다. 그는 위원들이 따분하기 그지없는 사람들이라 생각했지만 거꾸로 다른 위원들은 모든 작품을 조직적으로 학살해 대는 그의 분석적 성향 때문에 그가 발언을 시작하면 한숨부터 내쉬었다.[35] 갈리마르에 머무는 동안 뒤투르는 15권의 책을 발표했다. 독자들에게 뜨거운 반응을 얻어 잘 팔린 책들이 있었는가 하면 평론가들에게는 호평을 받고서도 독자들에게는 외면을 당한 책들도 있었다. 어쨌든 가스통에게는 둘 모두가 중요한 것이었다.

한편 가스통 갈리마르는 로제 바이앙Roger Vailland을 부셰 샤스텔 출판사에서 빼내려 할 때 그가 공산당원이란 사실에 개의치 않았다. 그의 소설 『아름다운 가면Beau masque』이 정치적 내용 때문에 전통적인 색채가 강하던 부셰 사스테 출판사에서 적잖은 문제를 일으켰다는 사실을 알고서, 가스통은 바이앙에게 〈나는 공산주의자가 아니지만 적잖은 공산주의자의 책을 펴냈네〉라고 말했다.[36] 가스통은 두둑한 선인세를 보내며 계약서에 서명하길 재촉했지만 바이앙은 선인세를 돌려보냈다. 그리고 앞으로 쓸 모든 책에 대한 계약이 아니라 각 권마다 개별적인 계약을 맺자고 제안했다. 갈리마르에 구속되고 싶지 않다는 뜻이었다. 가스통은 그런 제안이 마땅치 않았지만 수락할 수밖에 없었다. 여하튼 가스통의 눈은 정확했

35 장 뒤투르의 증언.
36 Elisabeth Vailland, *Drôle de vie*, Lattès, 1984.

다. 바이앙이 갈리마르에서 출간한 두 번째 소설 『법La loi』이 1957년에 공쿠르상을 수상했다!

가스통은 포기라는 단어를 몰랐다. 1952년, 가스통은 르아브르 부두에서 스벤 닐센과 장 파야르와 함께 해방 이후에 〈미국인〉이 되었던 조르주 심농을 기다리고 있었다.[37] 그들의 곁에는 심농의 이름을 연호하는 수천 명의 팬들이 있었다. 또한 같은 해, 콕토가 그라세 출판사에서 『한 무명인의 일기Journal d'un inconnu』를 발표하자, 가스통은 지체 없이 콕토에게 〈자네 표현대로 비극이란 단어가 꼭 어울리는 것 같네. 자네 책이 다른 출판사에게 출간되는 것을 보아야 하는 내 심정을 표현한 단어니까. 나는 대체로 무관심한 편이지만 내가 좋아해서 나를 선택해 주길 바라는 사람들에게는 아직도 질투심이 남아 있네〉라는 편지를 보냈다.[38] 1950년대에 가장 많이 팔린 소설 중의 하나인 『슬픔이여 안녕』이 쥘리아르 출판사에서 출간된 것에 분통을 터뜨렸지만, 가스통은 1958년 프랑수아 사강과 기 셸레르의 결혼식에 기꺼이 증인이 되어 주었다. 또한 가스통은 불공정한 계약으로 마르셀 주앙도를 갈리마르에 묶어 두고서 그에게 악착같이 계약을 준수하도록 강요했지만, 훗날 양측 변호사들이 타협을 권유했을 때, 그가 양보했던 근본적인 이유는 주앙도가 늙었다고 생각한 때문이었다. 물론 주앙도 셀린, 사르트르, 니미에 등과 마찬가지로 세상을 떠날 때 갈리마르에 많은 빚을 지고 있었다. 그러나 그런 것은 중요하지 않았다. 저작권이 소멸될 때까지, 사후 50년 동안 갈리마르가 보유할 저작권에 따른 이익, 더구나 교과서에 그 작자들의 글이 수록되면서 얻는 이익을 생각하면 결코 손해나는 장사는 아니었다.

갈리마르 출판사가 중대한 순간을 맞이할 때마다 가스통의 판단은 더욱 빛을 발했다. 1954년 프루스트의 전집으로 100호를 장식한 플레이아드 시리즈, 작가들에게 지적 재산권을 확실하게 보장해 준 1957년 3월 11일의 법, 1953년 텔레비전에서 문학을 전적으로 다룬 최초의 프로그램인 〈모든 이를 위한 독서Lectures pour tous〉의 첫 방송, 같은 해 출판 시장에서 첫 선을 보인 포켓판 문학 서적 세 권 중 하나였던 생텍쥐페리의 『야간 비행』…… 〈리브르 드 포슈Livre de Poche〉가

37 Bresler, 같은 책.
38 Cocteau, Le passé défini, 같은 책.

발간한 책들 중 3분의 1이 갈리마르의 것이었다. 기록이었다. 뜨거운 논란이 벌어졌다. 『메르퀴르 드 프랑스』와 『레 탕 모데른』에 실린 글들은 이러한 〈포켓 문화〉가 문학에 천박한 옷을 입혀 품격을 저하시켰다고 맹비판을 퍼부었다. 1961년 갈리마르는 〈리브레리 갈리마르〉라는 이름을 버리고 〈에디시옹 갈리마르〉로 개명했지만 NRF라는 약호는 그대로 간직하기로 결정했다. …… 그리고 〈세리 누아르〉의 1000호로 짐 톰슨의 『팝 1280Pop. 1280』이 1966년에 발간되었다. 그날 저녁 생제르맹가의 라 포샤드 서점에는 수많은 독자들이 모여서 자축연을 가졌다.

그렇게 한 시대가 막을 내리고 있었다.

제10장__1967~1975

최종 결산을 할 시간이 다가왔다.

회계면에서는 흑자였다. 1969년에는 37,538,311.14프랑이던 총자산이 2년 후에는 47,049,964.44프랑으로 늘었다. 도서 목록도 더 두툼해졌다. 질도 향상되었다. 가스통이 버티고 있는 한 그가 모든 것을 보증해 주겠지만 그 이후는……. 전쟁이 끝나면서 독자 위원회의 고참 위원들 — 마르셀 아를랑, 루이다니엘 이르슈, 자크 르마르샹, 브리스 파랭, 레몽 크노, 가스통과 클로드 갈리마르 — 을 대신할 새로운 피가 점진적으로 수혈되었다. 도미니크 오리(최초의 여성 독자 위원), 장 블랑자트, 로제 카유아, 미셸 드기, 루이르네 데 포레, 장 그로장, 조르주 랑브리스, 미셸 모르, 피에르 노라, 클로드 루아, 그리고 갈리마르 가문의 로베르(가스통과 레몽의 동생, 자크의 아들)와 크리스티앙(클로드의 아들이자 가스통의 손자)이 새로 수혈된 피였다.

다른 출판사들이 〈오디오 북〉에 뛰어들 때 가스통은 여전히 느긋하게 도서 목록을 들척이고 『NRF』를 읽으면서 독자 위원회 위원들과 담소를 나누었다. 또한 판매 현황을 살피면서, 전통과 권위와 꿈을 가진 출판사는 어느 때보다 힘을 가져야 한다고 확신했다. 1968년, 갈리마르의 시리즈들과 편집자들은 전략 지점에 설치한 망루와도 같았고, 쉬운 길을 거부하며 생명력 있는 책을 기준으로 삼는 보증인들이었다. 조르주 람브리스(〈길Le Chemin〉), 아라공(〈소비에트 문학〉), 르네 베르틀레(〈새벽Le point du Jour〉), 피에르 뷔제(〈플레이아드〉), 로제 카유아(〈남십자

성〉), 마르셀 뒤아멜(〈세리 누아르〉), 프랑수아 에르발(〈사상〉), 르네 에티앙블(〈동
양의 지혜*Connaissance de l'Orient*〉, 로제 그르니에(〈시대의 책*Livre du Jour*〉),
피에르 라자레프(〈시대의 흐름〉), 피에르 노라(〈인문 과학 도서관*Bibliothèque des
sciences humaines*〉), J.-B. 퐁탈리스(〈무의식에 대하여*Connaissance de
l'inconscient*〉), 레몽 크노(〈플레이아드 백과사전*Encyclopédie de la Pléiade*〉)장
로스탕(〈과학의 미래*L'avenir de la science*〉, 장 폴 사르트르(〈철학 도서관
Bibliothèque de philosophie〉) 등.[1]

모든 시리즈가 그런대로 팔렸다. 상당히 잘 팔리는 책들도 있었다. 품격 높은 책
도 이익을 낼 수 있다는 증거였다. 이 확고부동한 원칙, 즉 〈출판의 철학〉을 아들에게
전해 주면서 가스통은 출판사 운영의 전권을 조금씩 넘겨주었다.

1970년, 클로드도 이미 56세로 적지 않은 나이였다. 말이 적고 단호한 성격이
었으며, 책보다는 회계 장부에 더 익숙했던 클로드도 아버지의 그늘에서 30년이란
긴 시간을 보낸 끝에 자신의 이름을 앞세울 수 있게 되었다. 더 이상 〈가스통의 아
들〉이 아니라 200명의 직원을 거느린 한 회사의 선장이 되기 위해서, 클로드는 더
열심히 일했다. 다양한 시리즈를 개발하면서 동료 출판인들에게 그의 존재를 부각
시켰다. 적어도 그가 단순한 장사꾼으로만 생각지 않았던 출판인들에게는 자신의
개성을 알려주고 싶었다. 1967년 클로드는 갈리마르와 ZED 출판사를 합병시키면
서 ZED 출판사의 고객들과 저작권 계약, 서점들과 출판사들에 출자한 투자금, 상
당한 액수의 유가 증권 등을 출자로 전환시켰다. 그는 남들에게 최고라는 이미지
를 심어 주려고 애썼다. 하지만 적잖은 작가들이, 심지어 그가 정치적이고 전략적
인 이유로 오랫동안 가까이 지냈던 작가들까지도 파리의 문학계에 그를 좋은 사람
이라 선전해 주지 않았다. 가스통이 고용해서 갈리마르에서 15년 동안 일했지만
클로드에게 해고당한 한 작가는 이렇게 말했다.

「나는 루이 14세가 다스리던 갈리마르에 입사했고, 펠릭스 포르(제3 공화국
의 대통령으로 그가 통치하던 시절에 드레퓌스 사건이 있었다)의 치하에서 갈리마
르를 떠났다.」

1 *Le Nouvel Observateur* 1967년 5월 31일자에 실린 목록이다.

클로드 갈리마르는 NRF의 후계자가 소문처럼 그렇게 건방지고 쌀쌀맞고 까다로운 사람이 아니라는 것을 외부에 알리기 위해서 자주 인터뷰를 가졌다. 특히 〈아셰트 사건〉은 갈리마르 출판사가 이미 세대교체를 완료했다는 사실을 외부에 보여줄 수 있는 절호의 기회였다. 가스통이 1932년에 아셰트와 체결한 독점적 유통 계약은 1949년에 별다른 문제없이 갱신되었다. 1956년에는 재계약이 성사되었지만 양측은 2년 동안이나 실랑이를 벌이면서 협상을 진행한 끝에 50면에 달하는 두툼한 서류에 서명하는 우여곡절을 낳았다. 가스통은 그런 실랑이를 경고 신호로 받아들였다. 아셰트는 오랫동안 가스통에게 일종의 보험으로 여겨졌던 담보를 조금씩 해소하면서 책값의 48퍼센트를 유통 수수료로 요구하기 시작했다. 아셰트가 평범한 출판사들에게도 평균 50퍼센트를 수수료로 받았기 때문에, 그때까지 두 회사를 이어 주던 전통적인 〈우호 관계〉는 이제 아스라한 기억으로 사라지기 시작했다.

1971년 2월까지 유효하기는 했지만, 계약을 파기하려면 1970년 2월 28일까지 그 의향을 밝혀야 했다. 이번에는 협상이 훨씬 더 힘들었다. 예상했던 것처럼 아셰트는 새로운 요구를 제시했다. 하지만 갈리마르 가문의 오랜 친구여서 협상의 여지가 있던 기 셸레르가 협상에 나서지 않았다. 아셰트 그룹의 최고 경영자인 이티에 드 로크모렐Ithier de Roquemaurel과 서적 유통부의 베르나르 드 팔루아 Bernard de Fallois가 새로운 협상자로 나섰다. 두 기업의 충돌은 실제로 클로드 갈리마르와 베르나르 드 팔루아의 충돌이었다. 두 사람 모두 각자의 회사에서 자신의 존재를 부각시켜야 했기 때문에 협상이 쉽게 타결될 조짐은 보이지 않았다.

첫 협상에서 갈리마르는 판매 비용과 서점 수수료를 직접 떠안을 테니 송장 작성과 발송, 창고 비용으로 책값의 11퍼센트를 제공하겠다고 아셰트에 제안했다. 대답을 기다렸지만 아셰트는 묵묵부답이었다. 세바스티앵보탱 가에서는 아셰트에게 구간만을 맡기고, 아셰트가 제대로 처리하지 못하는 신간 도서는 직접 판매하자는 의견이 조용히 제기되고 있었다.[2] 한편 아셰트는 내부적으로 갈리마르의 제안을 거부하고 있었지만 처음에는 아무런 반응을 보이지 않았다. 하지만 갈리마르가 재정적 곤란에 빠지면 그들이 항상 그랬던 것처럼 갈리마르를 인수해 버리자는

2 클로드 갈리마르의 인터뷰, Le Monde, 1970년 5월 30일.

의견이 조심스레 오고갔다. 마침내 아셰트는 유통 비용을 책값의 52퍼센트로 올리겠다고 역제안을 내놓았다.[3]

여하튼 클로드 갈리마르는 옛 계약을 1년 연장하는 성과를 거두었다. 12개월 안에 난국을 타개할 해결책을 찾아야 했다. 아셰트의 전략은 자명했다. 고객을 곤경에 빠뜨려서 영토를 확장하려는 제국의 논리였다. 여기에 아셰트에서 그의 존재를 부각시키려는 팔루아의 개인적인 욕심이 더해졌다. 하지만 〈책에 관련된 비용의 증가는 임금 인상률과 대체로 비례했기 때문에〉[4] 갈리마르에서는 창고, 포장, 서점의 수수료 등을 감안하더라도 아셰트의 요구는 지나치다고 생각했다. 게다가 1932년에 아셰트가 갈리마르에 제시한 특혜는 이미 거의 사라져서 없다고 말해도 좋을 정도였다. 또한 〈3천 부 이하로 인쇄한 신간의 75퍼센트를 현금으로 꾸준히 구매하지만 1년 후에 팔리지 않은 책들은 잘 팔리는 책들과 교환한다〉라는 조항은 1930년대의 신생 출판사에게는 유혹적인 조건이었을지 몰라도 이미 굳건히 자리잡은 갈리마르 출판사에게는 그다지 매력적인 조건이 아니었다.[5]

「아셰트는 출판사에게 90일 어음으로 지불을 했지만 서점들은 아셰트에게 주문한 책값을 60일내에 지불했다. 결국 출판사는 한 달이나 늦게 자금을 회수하는 셈이었다. 따라서 아셰트가 갈리마르를 대신해서 누리는 회계상의 이익은 반드시 짚고 넘어가야 할 문제였다. 다시 말해, 이상한 결산 방식으로 아셰트는 한 달이나 불로소득을 챙기고 있었다.」[6]

아셰트의 요구에 굴복할 수는 없었다. 가스통은 아들의 단호한 태도와 손자 크리스티앙의 적극적인 지지에 박수를 보냈다. 당시 29세였던 크리스티앙은 몇 달 동안 미국, 특히 뉴욕의 출판계를 둘러보고 막 귀국한 참이었다. 미국에 머무는 동안 하코트, 브레이스 앤 조바노비치 등에서 직접 수습 과정을 거치기도 했다. 갈리마르 3대는 매일 가족 모임을 가지며 아셰트의 공세에 느긋하게 대처하기로 결정했다. 아셰트와 결별하더라도 해결해야 할 문제들이었다. 더구나 아셰트와 공동으

<hr>

3 클로드 갈리마르의 인터뷰, *La Croix*, 1970년 6월 2일.
4 클로드 갈리마르의 인터뷰, *Le Monde*, 앞의 인터뷰.
5 앞의 인터뷰.
6 앞의 인터뷰.

로 제작하는 네 개의 시리즈가 있었다. 〈세리 누아르〉, 〈리브르 드 포슈〉, 〈플레이 아드 백과사전〉, 그리고 〈형식의 우주L'Univers des formes〉였다.

마침내 그들은 새로운 세계를 개척하기로 결정했다. 빚을 져서라도 기술적인 인프라를 구축해야 했지만 갈리마르 3대는 궁극적으로는 아셰트가 승리할 수밖에 없는 전쟁을 치르기보다는 아셰트와 결별하는 길을 택했다. 그 후 6개월 만에 클로드는 자체의 유통 회사, 〈소디Sodis〉를 창업했고, 얼마 후에는 자체의 포켓북 〈폴리오Folio〉를 발족시켰다. 1년 전만 하더라도 갈리마르의 책들이 아셰트의 총매출에서 13퍼센트를 차지했고, 〈리브르 드 포슈〉에 수록된 1500종의 책 중에서 516종이 갈리마르의 것이었다.

갈리마르의 결별 선언으로 막대한 손실을 입게 된 아셰트는 〈갈리마르가 떠남으로써 우리에겐 황급히 메워야 할 큰 구멍이 생겼다〉라고 한탄했다. 경제 전문 기자 미셸 타르디외Michel Tardieu는 당시 상황을 이렇게 정리해 주었다. 〈아셰트와 갈리마르가 이혼했다. 출판계는 이번 사건을 지난 반세기에서 가장 의미 있는 사건으로 받아들이는 분위기이다. 반면에 다른 업계에서는 기업들이 합병까지는 아니더라도 연대하는 것이 대세인 이 시대에 어울리지 않는 행위라 해석하고 있다. …… 그들이 연대했더라면 훨씬 보기 좋았을 것이다. 힘과 긍지의 결합이었을 테니까.〉[7]

이리하여 갈리마르는 새로운 시대를 맞이하게 되었다.

가스통이 없이!

1975년 세 친구가 죽었다. 모든 친구가 이 세상을 떠나는 듯했다. 벌써 오래 전부터. 1968년에는 아내인 잔이 세상을 떠났고, 2년 후에는 동생 레몽이 땅에 묻혔다. 그리고 폴랑과 슐룅베르제, 파랭과 이르슈가 차례로 저 하늘로 떠났다. 가스통의 수첩에는 지워진 주소만이 남아 있었다.

94세! 가스통은 이제 자신의 그림자에 불과했다. 그를 사랑했고, 그가 나날이 쇠약해지는 것을 지켜보던 사람들은 〈가스통도 얼마 남지 않은 것 같아〉라고 수군거렸다. 가스통은 잘 듣지 못했고 시력도 크게 떨어졌지만 정신만은 예전과 다름

7 L'Express. 1970년 5월 18일

없이 영민했다. 재능 있는 작가가 쓴 원고를 읽고 싶어 했지만 실제로 읽었는지는 누구도 알지 못했다. 몇 해 전부터 일에서 완전히 물러나 있었다. 가스통도 연령을 한계를 극복하지는 못했다. 이사회에 참석해서 회의를 주도하기엔 무리였다.

그래도 그가 사랑하던 문학과 작가들을 지키기 위해서 화요일 오후 다섯시에 시작되는 독자 위원회의 전통적인 모임에는 되도록 참석하려 애썼다. 아니, 가스통은 그것이 의무라고 생각했다. 그의 모습은 언제나 한결같았다. 나비넥타이와 짙은 푸른색 정장! 그러나 얼굴은 눈에 띄게 수척했고, 날카로운 눈빛은 두꺼운 렌즈 뒤로 감춰졌으며, 목소리마저 흔들렸다. 그는 주로 조용히 앉아서, 보고서를 분석하는 데 열중하는 독자 위원들을 물끄러미 지켜보는 데 만족했다. 여전히 날카로운 본능과 직관으로 어떤 원고가 NRF의 이름으로 출간하기엔 부족하다고 생각될 때도 가스통은 젊은 위원들의 열정과 입씨름을 벌이기에는 자신이 너무 늙었다는 사실을 통감하지 않을 수 없었던 것이다. 현격하게 떨어진 청력 때문에도 가스통은 세상에서 멀리 떨어져 있다는 현실을 받아들이지 않을 수 없었다. 독자 위원회에서 한 위원이 큰 소리로 웃으면 가스통은 오른쪽에 앉은 조카 로베르에게 그렇게 웃는 이유가 뭐냐고 물었고, 그때마다 로베르는 크고 또렷한 목소리로 그 이유를 말해 줘야 했다.

가스통은 자신의 한계를 분명히 깨달았다. 정신은 말짱했지만 몸이 따라 주지 않았다. 오후가 되어서야 사무실에 출근했다. 그것도 운전기사의 힘을 빌려서. 따라서 친구, 작가, 직원들은 그를 만나고 싶으면 그에게 시간을 맞춰야 했다. 가스통은 새로운 시대에 적응하려 애썼지만 그렇게 할 수 없었다. 신문은 읽었을까? 읽었지만 제대로 이해할 수 없었다. 「피가로」조차 완전히 이해할 수 없었다. 자신의 삶을 생각할 때마다 혼란스러울 뿐이었다. 하지만 필리프 솔레르Philippe Sollers 의 『텔 켈Tel Quel』을 비롯해서 새롭게 창간된 잡지들을 읽으려 애썼고, 새로이 시작한 문학 전문 방송 〈아포스트로프Apostrophe〉를 시청하기도 했다. 하지만 헛수고였다. 결국 그는 새로운 시도를 포기하고, 단 한 번도 그를 실망시키지 않았던 디드로를 다시 읽기 시작했다. 가스통이 새로운 세대에게 실망한 것은 그들의 허영심이었다. 특별히 말할 것도 없으면서 책을 발표하려는 헛된 욕심, 그리고 겸양의 부족이었다. 옛날에 그는 편집하기에 너무 길다는 이유만으로 발레리의 허락하에 『에우팔리노스 혹은 건축가Eupalinos ou l'Architecte』에서 몇 줄을 삭제할 수 있었다. 그렇게 재구성하고 나자 시가 너무 짧아졌다. 그러나 발레리는 아무런 불평 없이 몇 줄을 덧붙여 주었다. 새로운 시대의 작가들에게서는 이런 겸양을 찾기 힘들었다. 겸양은 그들에게 짜증스런 군더더기였다.

늙은 가스통에게 즐거움은 주는 것은 무엇이었을까? 손자들의 미소, 아들의 성공, 조카들과 나누는 옛 기억들, 옛 동창인 작가와의 식사, 예쁜 여인들과 함께 하는 시간, 그리고 사소한 것들이었다. 예컨대 시리즈 〈오늘날의 시인〉에 마침내 오른 루이즈 드 빌모랭Louise de Vilmorin의 시집도 가스통에게는 큰 즐거움이었다. 가스통이 이 시리즈에 빠져 있어 아쉬워하던 시인으로, 원 출판사인 피에르 세게르스가 그때서야 갈리마르에 양도했던 것이다.

그러면 가스통이 아쉬워했던 것은 무엇이었을까? 세상의 다른 사람들과 다를 바가 없었다. 쥘리앵 그라크, 프랑수아 모리아크 등과 같은 작가들을 갈리마르 출판사에 끝내 영입하지 못한 것이었다. 개인적인 명예를 위한 것은 아니었다. 갈리마르의 도서 목록을 완벽하게 갖추고 싶은 욕심 때문이었다. 그렇게 완벽한 도서 목록을 완성할 수 있었다면 그는 정말 행복하게 눈을 감을 수 있었을 것이다. 그의 작가들이 공로를 인정받아 메달과 훈장을 받았던 것처럼! 여섯 명의 프랑스 작가를 포함하여 총 18명의 노벨 문학상 수상자, 27명의 공쿠르상 수상자, 18명의 아카데미 프랑세즈 소설 대상 수상자, 12명의 앵테랄리에상 수상자, 일곱 명의 메디치상 수상자, 열 명의 르노도상 수상자, 17명의 페미나상 수상자를 배출한 갈리마르가 아니었던가. 물론 갈리마르가 관리하는 다른 출판사들의 작가들에게 수여된 상이나, 그 밖의 군소 상은 헤아리지 않은 것이다. 그러나 그라크나 모리아크의 소설이 빠진 것이 작은 흠이었다.

작가로서의 아쉬움은 없었을까? 물론 있었을 것이다. 하지만 일반적인 생각과는 다른 아쉬움이었다. 가스통은 20세기 초에 그가 피에르 라뷔스와 공동으로 번역하고 각색한 프레데릭 헤벨의 희곡 「유디트」가 파리의 극장에 공연되길 바랐다. 그랬더라면 〈작가〉로서, 또한 연극을 사랑한 사람으로서 더할 나위 없는 큰 기쁨을 맛보았을 것이다. 사실 그의 오랜 꿈은 1963년에 이루어질 뻔 했다. 여배우 실비아 몽포르Sylvia Monfort가 NRF의 지하 창고를 뒤지다가 먼지 속에 뒹구는 「유디트」를 우연히 찾아냈다. 그 희곡을 읽고 감동받은 몽포르는 가스통에게 「유디트」를 무대에 올리자고 제안했다. 가스통은 흔쾌히 그 제안을 받아들였지만 작가 협회에 이름을 등록하라는 제안에는 망설이지 않을 수 없었다.

「작가 협회에 등록하라고요? 농담하십니까? 지금껏 나는 어떤 단체에도 이름을 올린 적이 없어요. 그런데 이 나이에 그 원칙을 깨라고요?」

그는 어디에도 구속되지 않는 영원한 자유인으로 남고 싶었지만 결국 작가 협회에 이름을 올리지 않을 수 없었다. 큰 기쁨을 갖기 위해 작은 희생을 치른 것이었다. 하지만 오해와 일련의 음모가 그에게서 그 기쁨을 빼앗아 가 버렸다. 다른 극단이 선수를 치면서, 몽포르를 따돌리고 가스통의 동의도 받지 않은 채 「유디트」를 공연해 버린 것이었다. 리허설을 며칠 앞두고 있던 가스통은 놀라고 실망해서 그 〈악당〉들을 소송할 기운조차 없었다. 이미 엎질러진 물이었다. 그들은 가스통이 작가로서 가지려 했던 유일한 기쁨을 산산조각 내 버렸다. 결국 가스통은 자신이 희곡의 장점에 대해 기자들과 가진 인터뷰를 작은 위안으로 삼아야 했다.[8]

가스통이 회고록을 써서 출간했더라면 더 큰 기쁨을 누릴 수 있지 않았을까? 그랬더라면 그가 세상을 떠난 날에 그에게 쏟아진 찬사들을 살아서 누릴 수 있었을 텐데……. 하지만 사방에서 회고록을 쓰라는 권유를 받았지만 가스통은 그의 기억을 종이에 옮기길 한사코 거부했다. 많은 이유가 있었다. 게으르기도 했지만 문학적 가치를 지닐 만큼의 회고록을 쓸 자신이 없었다. 출판계에 뛰어든 초기부터 위대한 작가들과 교류한 탓에 글쓰기가 더욱 어렵게 느껴졌고, 비판받는 것에 대한 두려움도 있었다. 다른 적극적인 출판인들과 달리 가스통은 인터뷰마저 사양했다. 삶을 사는 것과 삶에 대해 이야기하는 것은 엄연히 다른 것이라 생각한 때문이었다. 무엇보다 가스통은 그가 알고 있는 모든 것을 글로 남길 수는 없다는 사실을 잘 알고 있었다. 진실을 밝히면 너무나 많은 사람이 상처를 받을 수도 있기 때문이었다. 그는 친구들이나 동료들에게, 비밀을 지킨다는 조건으로, 위대한 작가들을 졸지에 쩨쩨한 인간으로 전락시켜 버리는 일화들을 이야기해 주는 것으로 만족했다. 설령 회고록을 썼더라도 철저한 자기 검열을 거쳤을 것이기 때문에, 무미건조하고 재미없는 회고록이 되었을 것이다. 〈여백〉, 즉 애매모호

---

8 실비아 몽포르의 증언.

한 상황들이나 까다로운 작가들에 대한 생략과 건너뛰기로 오히려 비난만을 불러일으켰을지도 모른다. 하지만 많은 사람이 그런 책을 애타게 기다렸다. 베르나르 피보Bernard Pirot가 『피가로 리테레르』에 기고한 〈가스통 갈리마르가 회고록을 손질하고 있다. 그의 회고록은 장 자크 포베르 출판사에서 가을쯤에 출간될 예정이다〉라는 기사를 읽고 출판계가 술렁거린 것이 그 증거였다. 하지만 그 기사를 끝까지 읽은 사람들은 〈오늘은 4월 1일 만우절입니다〉라는 첨언을 보고 쓴웃음을 지었다.[9] 만우절까지 동원해서 가스통 갈리마르의 회고록을 기다렸다는 사실에서 그가 출판계에서 차지한 절대적 위치를 짐작할 수 있다. 그러나 가스통은 베르나르 그라세의 책들이 끝내 마무리되지 못했고, 해방 직후에 로베르 드노엘이 자신의 출판사에서 출간한 회고록이 참담하게 실패했다는 사실을 염려하지 않을 수 없었다.

게다가 너무나 많은 사람들에 대해 해야 할 이야기가 너무나 많았다.

가스통으로부터 적잖은 이야기를 끌어낸 조사원들도 있었지만 그렇지 못한 조사원들도 많았다. 예컨대 말로나 드리외에 대해 질문하는 조사원들은 가스통에게 환대를 받았다. 파르그와 라르보를 기억하려는 조사원들도 환영을 받았다. 하지만 기자들은 극구 피했다. 그런데 메르퀴르 드 프랑스에서 소설을 한 권 출간한 적이 있는 마들렌 샤프살Madeleine Chapsal에게는 이상하게 약했다. 1년 동안 매달 2시간씩, 가스통은 녹음기를 앞에 두고 그녀에게 과거와 현재에 대한 이야기를 해주었다. 단, 그가 살아 있는 동안에는 그 내용을 한 줄도 출간하지 않는다는 조건이 있었다. 한편 갈리마르에서 여러 권의 소설을 출간한 앙리에트 젤리네크Henriette Jelinek도 가스통과 여러 차례 인터뷰를 가졌다. 제3 텔레비전에서 장조제 마르샹Jean-José Marchand이 진행하던 〈아르쉬브Archive〉 프로그램에서 기획한 〈가스통 갈리마르와 NRF〉를 위한 인터뷰였다. 하지만 그 인터뷰는 방송되지 못했다.[10]

가스통은 자신의 과거에 대해서는 술술 이야기했지만 회사가 관계된 부분에서는 신중해졌다. 관계된 사람들과 사건들을 선별적으로 말해 주었을 뿐이다. 1975년 가을, 점령기에 갈리마르 출판사에 많은 도움을 주었던 검열관 게르하르트

9 *Figaro littéraire*, 1068년 4월 1일.
10 앙리에트 젤리네크의 증언.

헬러에게 『NRF』가 의뢰한 원고의 교정쇄를 마르셀 아를랑이 가스통에게 보여 주었다. 〈잃어버린 일기 조각들Bribes d'un journal perdu〉이라 제목을 붙인 그 원고는 〈노골적인 저항으로 시작하는 것도 나쁘지 않다. 모든 것이 처음에는 거부로 시작되지 않는가〉라는 사르트르의 글을 인용하는 것으로 시작되었다. 그런데 암흑시대를 회고한 16면의 원고에서 갈리마르라는 이름이 약 열 번 정도 언급되고 있었다. 너무 많았다. 가스통은 아를랑에게 그 원고를 게재하지 말라고 말했다. 전쟁이 끝난 지 30년이 지났지만 그래도 감추어야 할 것이 있는 시대였다. 따라서 가스통 갈리마르의 행적을 알기 위해서는 좀 더 기다려야 했다. 갈리마르가 법률 고문의 충고대로 금고 속에 깊숙이 보관해 두었던 자크 르마르샹의 『일기』와 자신의 삶을 기록하면서 갈리마르 출판사와 그 직원들이 겪은 사소한 사건들과 황금시대에 대해 기록한 레몽 크노의 『일기』가 출간되기를 기다려야 했다.

가스통은 이런 회고록을 좋아하지 않았다. 생명력을 갖는 것, 후손에게 유산으로 물려줄 수 있는 것만을 남기고 싶어 했다. 그 과정에서 일어난 실수와 사고는 잊고 싶어 했다. 가스통도 많은 실수를 저질렀다. 하지만 결과적으로 세상 사람들에게 인정받는 풍성한 도서 목록을 남길 수 있었다. 미국의 한 출판 전문 잡지조차 〈갈리마르는 프랑스 문학과 동의어다!〉라고 극찬하지 않았던가?[11] 가스통이 회고록을 썼다면 자신의 성공은 우연의 연속일 뿐이었다고 주장했을지도 모른다. 더 정확히 말하면, 그가 문학과 문학에 종사한 사람들로 만들어 낸 사상들이 우연히 이어진 것뿐이라고.

1975년 가을, 가스통 갈리마르는 남프랑스의 라크루아 발메르에 있는 아들의 별장에서 긴 여름휴가를 끝내고 파리로 돌아왔다. 몸이 썩 좋지 않았다. 피로감이리라 생각했다. 3년 전에도 위험한 징조가 있었다. 고열에 따른 후유증으로 폐렴을 앓았고, 병원에 입원했었다. 이번에는 한층 조심했다. 곧바로 뇌유에 있는 미국인 병원에 입원했다. 아들과 손자들, 그리고 조카 로베르에게만 병실 출입이 허용되었다. 죽음의 신이 찾아온 것일까? 가스통은 파랭의 장례식에서 그랬듯이 농담 삼

11 Herbert Lottman, in *Publisher's Weekly*, 1968년 1월 15일.

아 죽음이란 단어를 언급했을 뿐이다. 파랭의 장례식은 화요일이었다. 그 때문에 전통적으로 화요일에 열리던 갈리마르의 독자 위원회까지 연기되었다. 그때 가스통은 〈참 좋은 사람이었어. 한 번도 봉급을 올려 달라고 말한 적이 없었어〉라며 파랭의 죽음을 아쉬워했다. 스트라빈스키가 죽었을 때였다. 신문을 읽던 가스통은 옆방의 직원을 큰 소리로 부르더니, 그에게 〈자네 보았나? 스트라빈스키가 죽었다는군〉이라 말했다. 끝까지 건강하게 살아남아, 같은 세대의 사람들이 죽어가는 것을 지켜볼 수 있어 즐겁기라도 하다는 듯이!

병원에서도 가스통은 여자와 문학에 대해서만 말하고 싶어 했다. 어떤 작가의 책을 출간할 계획인지, 어떤 시리즈를 어떻게 꾸려 갈 것인지에 대해 아들과 손자들에게 물었다.

그리고 갑자기 숨을 거두었다.

그는 편안하게, 아무런 고통 없이 세상을 떠났다. 불필요한 의식을 끔찍하게 싫어했던 가스통은 가족끼리만 조용히 장례식을 치루라고 유언했다. 형식적인 유언이 아니었다. 그리고 아들 클로드와 며느리, 손자들, 그리고 오랜 친구이던 D. 부인만이 지켜보는 가운데, 그의 별장이 있던 프레사뉘 오르게이외의 조그만 공동 묘지에 묻혔다. 소수였지만 수천의 조문객이나 다름없었다.

그의 유언에 따라서, 다음 날 클로드는 가까운 사람들에게 전화를 걸어 〈가스통이 세상을 떠났고 장례식까지 조용히 치렀다〉고 알렸다. 언론은 이구동성으로 가스통 갈리마르의 죽음을 애도하며 그의 삶에 찬사를 보냈다. NRF에 몸담았던 사람들도 과거의 불화와 반목, 심지어 법적 다툼을 잊고 출판인으로서의 가스통과 인간으로서의 가스통을 칭송했다. 추도의 물결 앞에서 원망은 깨끗이 잊혀졌다. 많은 사람들이 가스통 갈리마르와 함께 했던 삶과 작품을 떠올렸다. 그가 없었더라면 프랑스의 문학사가 지금과 같지 못했을 것이라고 직접 말한 사람은 소수였지만 구태여 말하지도 않아도 모두가 인정하는 사실이었다. 가장 진지하면서도 가장 겸손한 추도사는 가장 짧은 추도사이기도 했다. 프레사뉘 오르게이외의 지역 신문 「데모크라트 베르노네Le Démocrate vernonnais」에 실린 짤막한 기사였다.

프랑스 문학에 지대한 영향을 끼친 출판사를 운영한 유명 출판인이 지난 크리스마스에 파리에서 향년 94세로 서거했다. 그는 위대한 작가들을 배출함으로써 20세기에 큰 족적을 남겼다. …… 그 지역의 토박이들은 그의 출판사를 두고 〈가스통의 집〉이라 불렀고, 옛 친구들은 그를 가스통이라 불렀다.

참고문헌

Abetz, Otto, *Histoire d'une politique franco-allemande*, Fayard, 1953.

Ajalbert, Jean, *Les mystères de l'académie Goncourt*, Frenczi, 1929.

Albert, Céleste : *Monsieur Proust*, Robert Laffont, 1973.

Amouroux, Henri, *Les beaux jours des collabos juin 1941~juin 1942*, Robert Laffont, 1978.

Andreu, Pierre et Grover,Frédéric, *Drieu La Rochelle*, Hachette, 1979.

Andreu, Pierre, *Le rouge et le noir 1928~1944*, La Table ronde, 1977.

Anglès, Auguste, *André Gide et le premier groupe de la Nouvelle revue française : la formation du groupe et les années d'apprentissage 1890~1910*, Gallimard, 1978.

Aragon, Louis, *Traité du style*, Gallimard, 1928.

Arland, Marcel, *Proche du silence*, Gallimard, 1973. *Avons-nous vécu?*, Gallimard, 1977. *Ce fut ainsi*, Gallimard, 1979.

Arnoult, Pierre, *Les finances de la France et l'occupation allemande*, PUF, 1951.

Aron Raymond, *Mémoires*, Julliard, 1983.

Aron, Robert, *Histoire de l'épuration 1944~1953*, troisième tome, deuxième volume, Fayard, 1975. *Fragment, d'une vie*, plon, 1981.

Audiat, Pierre, *Paris pendant la guerre*, Hachette, 1946.

Baldensperger, Fernand, *La littérature française entre les deux gurres*, Sagittaire, 1943.

Bardèche, Maurice, *Lettres à François Mauriac*, Le pensée libre, 1947.

Bartillat (de), Christian, de Gourcuff, Alain et Prigent, Marc, *Stock 1708~1981, trois siècles d'invention. Une approche historique*, chez l'auteur, 1981.

Beach, Sylvia, *Shakespeare and company*, Mercure de France, 1962.

Beauvoir (de), Simonne, *La force des choses*, Gallimard, 1963. *La force de l'âge*, Gallimard, 1960.

Belle, Jean-Michel, *Les Folles années de Maurice Sachs*, Grasset, 1979.

Benn, Gottfried, *Double Vie*, Editions de Minuit, 1954.

Béraud, Henri, *La Croisade des logues figures*, Editions du Siècle, 1924.

Berl, Emmanuel, *Interrogatoire par Patrick Modiano*, Gallimard, 1976.

Bernanos, Georges, *Lettres retrouvées : correspindance inédite 1904~1948*, Plon, 1983.

Beucler, André, *La Fleur qui chante*, Gallimard, 1939. *Dimanche avec Lèon-Paul Fargue*, Point du jour, 1947. *Les Instants de Giraudoux*, Genéve, 1948. *De Saint-Pétersbourg à Saint-Germain-des-Prés*, Gallimard, 1980. *Plaisirs de mémoire*, Gallimard, 1982.

Billy, André, *Histoire de la vie littéraire : l'époque contemporaine*, Taillandier, 1956.

Blondin, Antoine, *Ma vie entre les lignes*, La Table ronde, 1982.

Blumenson, Martion, *Le Réseau du musée de l'Homme*, Le Seuil, 1979.

Bileau-Narcejac, *Le Roman pilicier*, PUF, 1975.

Boillat, Gabriel, *La Librairie Bernard Grasset et les Lettres françaises : les chemins de l'édition 1907~1914*, Honoré Champion, 1974.

Bordet, Edouard, *Théâtre*, Stock, 1954.

Brasillach, Robert, *Notre avant-guerre*, Plon, 1941.

Bréal, Auguste, *Phlippe Berthelot*, Gallimard, 1937.

Brenner, Jacques, *Tableau de la vie littéraire en France d'avant-guerre à nos jours*, Luneau-Ascot, 1982.

Bresler, Fenton, *L'Enigme Georges Simenon*, Balland, 1985.

Bruckberger, R. L., *Tu finiras sur l'échafaud*, Flammarion, 1978.

Brchet, Edmond, *Les Auteurs de ma vie*, Bchet-Chastel, 1969.

Butin, Jean, *Henri Béraud*, Horvath, Roanne, 1979.

Caillois, Roger, *Circonstancielles*, Gallimard, 1945.

Canne, G., *Messieurs les best-sellers*, Perrin, 1966.

Cate, Curtis, *Saint-Exupéry*, Grasset, 1973.

Comité d'action de la Résistance, *L'Affaire Céline*, Paris, 1949.

Céline, Louis-Ferdinand, *Romans II*, Pléiade, Gallimard, 1974. *Entretiens avec le professeur Y*, Gallimard, 1955. *Céline et l'Actualité littéraire 1957~1961*, Cahiers Céline II, Gallimard, 1976.

Chapelan, Maurice, *Rien n'est jamais fini*, Grasset, 1977.

496

Chapon, François, *Mystère et Splendeurs de Jacques Doucet 1853~1929*, Jean-Claude Lattès, 1984.

Chardonne, Jacques, *Ce que je voulais vous dire aujourd'hui*, Grasset, 1969.

Chardonne, Jacques et Nimier, Roger, *Correspondance 1950~1962*, Gallimard, 1984.

Charensol, Georges, *D'une rive à l'autre*, Mercure de France, 1973.

Charlereine, *Le Maréchal défaite*, Gallimard, 1945.

Claudel, Paul, *Journal*, Pléiade, Gallimard, 1969.

Cocteau, Jean, *Journal d'un inconnu*, Grasset, 1953. *Le Passé défini I*, Gallimard, 1983.

Coindreau, Maurice-Edgar, *Mémoires d'un traducteur*, Gallimard, 1974.

Compagnon, Antoine, *La Troisième République des Lettres*, Le Seuil, 1983.

Contat, Michel et Rybalka, Michel, *Les Ecrits de Sartre*, Gallimard, 1970.

Copeau, Jacques, *Souvenirs du Vieux-Colombier*, Nouvelles éditions latines, 1931. *Les Registres du Vieux-Colombier*, Gallimard, 1979.

Combelle, Lucien, *Je dois à André Gide*, Frédéric Chambriand, 1951. *Prisons de l'espérance*, ETL, 1952. *Péché d'orgueil*, Olivier Orban, 1978. *Liberté à huis clos*, La Butte aux Cailles, 1983.

Corti, José, *Souvenirs désordonnés*, José Corti, 1983.

Coston, Henri, *Dictionnaire de la politique française*, chez l'auteur, Paris, 1967,

Dabit, Eugène, *Journal 1928~1936*, Gallimard, 1939.

Daix, Pierre, *Aragon, une vie à changer*, Le Seuil, 1975.

Debu-Bridel, Jacques, *La Résistance intellectuelle*, Julliard, 1970.

Delay, Claude, *Chanel solitaire*, Gallimard, 1983.

Descaves, Pierre, *Mes Goncourt*, Robert Laffont, Marseille, 1944.

Deschodt, Eric, *Saint-Exupéry*, Jean-Claude Lattès, 1980.

Desert, Gabriel, *La Vie quotidienne sur les plages normandes du second Empire aux années folles*, Hachette, 1983.

Dinar, André, *Fortune des livres*, Mercure de France, 1938.

Dioudonnat, Pierre-Marie, *Je suis partout 1930~1944 : les maurrassiens devant la tentaion fasciste*, La Table ronde, 1973. *L'Argent nazi à la conquête de la presse française 1940~1944*, Jean Picollec, 1981.

Drieu La Rochelle, Pierre, *Fragments de mémoires 1940~1941*, Gallimard, 1982. *Sur les écrivains*, Gallimard, 1982. *Cahiers de l'Herne Drieu*, 1982.

Duhamel, Georges, *Chronique des saisons amères 1940~1943*, Paul Hartmann, MCMXLIV. *Le Livre de l'amertrme, journal 1925~1956*, Mercure de France,

1983.

Duhamel, Marcel, *Raconte pas ta vie*, Mercure de France, 1972.

Dumas, Charles, *La France trahie et livrée*, Gallimard, 1945.

Edwards, Anne, *The Life of Margaret Mitchell*, Hodder, 1983.

Epting, Karl, *Réflexions d'un vaincu*, bourg, 1953. *Frankreich im widerspruch*, Hambourg, 1943.

Epting-Kullmann, Alice, *Zwischen Paris und Fluorn*, Hunenberg Verlag, 1958.

Escarra, Jean, Rault, Jean et Hepp, François, *La Doctrine française du droit d'auteur*, Grasset, 1937.

Eustis, A., *Marcel Arland, Benjamin Crémieux, Ramon Fernandez : trois critiques de la Nouvelle Revue française*, Nouvelles Editions Debresse, 1961.

Ezine, Jean-Louis, *Les Ecrivains sur la sellette*, Le Seuil, 1981.

Fabre-Luce, Alfred, *Journal de la France I et II*, JEP, 1940 et 1942.

Fargue, Léon-Paul et Larbaud, Valery, *Correspondance 1910~1946*, Gallimard, 1971.

Fargue, Léon-Paul, *Le Piéton de Paris*, Gallimard, 1932.

Fels, Florent, *Voilà*, Fayard, 1957.

Fernandez, Ramon, *Itinéraire francais*, Editions du Pavois, 1943.

Ferrat, André, *La République à refaire*, Gallimard, 1945.

Flaubert, Gustave, *Correspondance I*, Pléiade, Gallimard, 1973. *Lettres inédites de Flaubert à son éditeur Michel Lévy*, Calmann-Lévy, 1965.

Fouché, Pascal, *Au Sans pareil*, Université de Paris-Jussieu, 1984.

Frank, Bernard, *Un siècle débordé*, Grasset, 1970. *La Panoplie littéraire*, Julliard, 1958. *Le Dernier des Mohicans*, Fasquelle, 1956.

Galtier-Boissière, Jean, *Mon Jounal pendant l'Occupation*, La Jeune Parque, Garas, 1944. *Mon journal dans la drôle de paix*, La Jeune Parque, 1947. *Mémoires d'un Parisien III*, La Table ronde, 1963.

Gallimard, Paul, *Les Etreintes du passé*, Gallimard, 1928.

Gibault, François, *Céline I et III*, Mercure de France, 1977 et 1981.

Gide, André et Ghéon, Henri, *Correspondance*, Gallimard, 1976.

Gide, André et Valéry, Paul, *Correspondance*, Gallimard, 1955.

Gide, André, *Journal I et II*, Pléiade, Gallimard, 1951 et 1954.

Girudoux, Jean, *Pleins Pouvoirs*, Gallimard, 1939.

Goncourt, Edmond et Jules de, *Journal*, 35 volumes, éditions Cottet-Dumoulin.

Gracq, Julien, *Préférences*, José Corti, 1961. *En lisant, en écrivant*, José Corti, 1981.

498

Grasset, Bernard, *La Chose littéraire*, Gallimard, 1929. *Evangile de l'édition selon Péguy*, André Bonne, 1955. *A la recherche de la France*, Grasset, 1940. *L'affaire Grasset*, Comité d'action de la Résistance, 1949.

Grover, Frédéric, *Drieu La Rochelle*, Gallimard, 1962. *Six Entretiens avec Malraux sur des écrivains de son temps (1959~1975)*, Gallimard, 1978.

Guéhenno, Jean, *Journal des années noires*, Gallimard, 1947.

Guerre, Pierre, *René Char*, Seghers, 1981.

Guillevic, *Vivre en poésie*, Stock, 1980.

Guilloux, Louis, *Carnets I et II*, Gallimard 1978 et 1982.

Guitard-Auviste, Ginette, *Paul Morand*, Hachette, 1981.

Jacques Chardonne, Olivier Orban, 1984.

Haedens, Kléber, *Une histoire de la littérature française*, Gallimard, 1954.

Halévy, Daniel, *Péguy et les Cahiers de la Quinzaine*, Grasset, 1941.

Harding, James, *Lost Illusions : Léautaud and his World*, Londres, 1974.

Hebbel, Friedrich, *Judith*, Gallimard, 1911.

Heller, Gerhard, *Un Allemand à Paris 1940~1944*, Le Seuil, 1981.

Huret, Jules, *Enquête sur l'évolution littéraire (1891)*, Thot, Vanves, 1982.

Isorni, Jacques, *Le Procès de Robert Brasillach*, Flammarion, 1946.

Jouhandeau, Marcel, *Journal sous l'Occupation*, Gallimard, 1980.

Joudain, Francis, *Né en 76*, Pavillons, 1951. *Sans remords ni rancune*, Corréa, 1953. *Jours d'alarme*, Corréa, 1954.

Jouvenel, Bertrand de, *Un voyageur dans le siècle*, Laffont, 1979.

Jünger, Ernst, *Jounal I, II, III*, Christian Bourgois, 1979~1980.

Kanters, Robert, *A perte de vue*, Le Seuil, 1981.

Kessel, Joseph, *Les Enfants de la chance*, Gallimard, 1934.

Lacouture, Jean, *André Malraux*, une vie dans le siècle, Le Seuil, 1973. *Leon Blum*, Le Seuil, 1977. *François Mauriac*, Le Seuil, 1980.

Laffont, Robert, *Editeur*, Robert Laffont, 1974.

Lamy, Jean-Claude, *Pierre Lazareff à la une*, Stock, 1975.

Lan, André, *Pierre Brisson, le journaliste, l'écrivain, l'homme*, Calmann-Levy, 1967.

Lannes, Roger, *Jean Cocteau*, Seghers, 1945.

Larbaud, Valery, *Journal 1912~1935*, Gallimard, 1955.

Laurent, Jacque, *Histoire égoïste*, La Table ronde, 1976.

Léautaud, Paul, *Corespondance générale*, Flammarion, 1972. *Lettres à Marie Dormoy*,

Albin Michel, 1966. *Jounal Littéraire*, Mercure de France (18 volumes).

Le Boterf, Hervé, *La Vie parisienne sous l'Occupation*, France-Empire, 1975.

Lefévre, Frédéric, *Une heure avec...*, Gallimard, 1924, 1925, 1927, 1930.

Loiseaux, Gérard, *La Littérature de la défaite et de la collaboration*, Publications de la Sorbonne, 1984.

Lommel, Hermann, *Les Anciens Aryens*, Gallimard, 1943.

Lottman, Herbert R., *Albert Camus*, Le Seuil, 1978. *La Rive gauche*, Le Seuil, 1981.

Mac Carthy, Patrick, *Camus*, Random House, New York, 1982.

Aspects de Pierre Mac Orlan 1882~1970, Cahiers du C.E.R.C.L.E., n°1, 1984, Université de Paris XII.

Mallac, Guy de, *Boris Pasternak, his Life and Art*, Souvenir Press, Londres, 1983.

Mann, Thomas, *Les Exigences du jour*, Grasset, 1976. *Cahiers de l'Herne Mann*, 1973.

Martin, Claude, *La Nouvelle Revue française* 1919~1943, Université de Lyon II, 1975~1977.

Martin du Gard, Roger et Copeau, Jacques, *Correspondance 1913~1949*, Gallimard, 1972.

Martin du Gard, Maurice, *Les Libéraux de Renan à Chardonne*, Plon, 1967. *La Chronique de Vichy 1940~1944*, Flammarion, 1975. *Les Mémorables* I, II, et III, Flammarion 1957 et 1960 et Grasset 1978.

Maurois, André, *Mémoires I et II*, La Maison française, New York, 1942.

Michel, Henri, *Paris allemand*, Albin Michel, 1981.

Milhaud, Darius, *Notes sans musique*, Julliard, 1949.

Monnier, Adrienne, *Les Gazettes d'Adrienne Monnier*, Julliar, 1953. *Rue de l'Odéon*, Albin Michel, 1960.

Monnier, Pierre, *Ferdinand Furieux*, L'Age d'homme, Lausanne, 1979.

Montherlant, Henry de, *Textes sous une occupation 1940~1944*, Gallimard, 1953. *L'Equinoxe de septembre, Le Solstice de juin, Mémoire*, Gallimard, 1976.

Morand, Paul, *Souvenirs de notre jeunesse*, Genève, 1948. *Lettres à des amis et à quelques autres*, Table ronde, 1978. *Journal d'un attaché d'ambassade 1916~1917*, Gallimard, 1963.

Morino, Lina, *La NRF dans l'histoire des lettres*, Gallimard, 1939.

Muller, Henry, *Retours de mémoire*, Grasset, 1979. *Trois Pas en arrière*, Table ronde, 1952. *Six Pas en arrière*, Table ronde, 1954.

Néret, Jean-Alexis, *Histoire illustrée de la librairie et du livre francais*, Lamarre, 1953.

Nimier, Roger, *L'Elève d'Aristote*, Gallimard, 1981.

Novick, Peter, *L'Epuration française 1944~1949*, Balland 1985.

Ory, Pascal, *Les Collaborateurs 1940~1945*, Le Seuil, 1976.

Paris 1940~1944 : la vie artistique... Dossiers du Clan, n°2, mai 1967.

Painter, George D., *Marcel Proust I et II*, Mercure de France, 1966.

Parain, Brice, *Entretiens avec Bernard Pingaud*, Gallimard, 1966. *De fil en aigulle*, Gallimard, 1960.

Parrot, Louis, *L'Intelligence en guerre*, La Jeune Parque, 1945.

Paulhan, Jean et Aury, Dominique, *La patrie se fait tous les jours*, 1947.

Paulhan, Jean, *Mort de Groethuysen à Luxembourg*, Scholies-Fata Morgana, 1977. *Les Fleurs de Tarbes ou la terreur dans les Lettres*, Gallimard, 1941. Colloque de Cerisy (juillet 1973) : *Jean Paulhan, le souterrain*, 10/18, 1976.

Paxton, Robert O., *La France de Vichy 1940~1944*, Le Seuil, 1973.

Pivot, Bernard, *Les Critiques littéraires*, Flammarion, 1968.

Poulet, Robert, *Mon ami Bardamu*, Plon, 1971.

Proust, Marcel, *Correspondance, tome XI, 1912*, Plon, 1984.

Quéval, Jean, *Première Page, cinquième colonne*, Fayad, 1945.

Quint, Léon-Pierre, *Proust et la Stratégie littéraire*, Corréa, 1954.

Raymond Queneau, revue *Europe*, n°650-1, juin 1983.

Rambures, Jean-Louis de, *Comment travaillent les écrivains*, Flammarion, 1978.

Rebatet, Lucien, *Les Mémoires d'un fasciste, II 1941~1947*, Pauvert, 1976. Les Décombres, Denoël, 1942.

Riese, L., *Les Salons littéraires parisiens du second Empire à nos jours*, Privat, 1962.

Rivière, Jacques, *Aimée*, Gallimard, 1923. *Carnets 1914~1917*, Fayard, 1974.

Rivière, Jacques et Fernandez, Ramon, *Moralisme et Littérature*, Corréa, 1932.

Robert, Louis de, *Comment débuta Marcel Proust*, Gallimard, 1969.

Rondeau, Daniel, *Trans-Europ-Express*, Le Seuil, 1984.

Roussin, André, *Rideau gris et Habit vert*, Albin Michel, 1983.

Roy, Claude, *Moi je*, Gallimard, 1969. *Nous*, Gallimard, 1972. *Somme toute*, Gallimard, 1976.

Rypko Schub, Louise, *Léon-Paul Fargue*, Droz, Genève, 1973.

Sachs, Maurice, *Au temps du Bœuf sur le toit*, Nouvelle Revue critique, 1939. *La Décade de l'illusion*, Gallimard, 1950. *Le Sabbat*, Gallimard, 1960.

Sadoul, Georges, *Aragon*, Seghers, 1967.

Saint-Exupéry, Antoine de, *Œuvres*, Pléiade, Gallimard, 1953.

Saint-Paulien, *Histoire de la collaboration*, L'Esprit nouveau, 1964.

Sairigné, Guillemette de, *L'Aventure du Livre de poche*, Le Livre de poche, 1983.

Salacrou, Armand, *La Salle des pas perdus I et II*, Gallimard, 1974 et 1976.

Salmon, André, *Souvenirs sans fin II*, Gallimard, 1956.

Sartre, Jean-Paul, *Lettres au Castor et à quelques autres 1940~1963*, Gallimard, 1983.
   Situations II : *Qu'est-ce que la littérature?* Gallimard, 1948.

Schlumberger, Jean, *Eveils*, Gallimard, 1950.

Seghers, Pierre, *La Résistance et ses poètes 1940~1945*, Seghers, 1974.

Sérant, Paul, *Les Vaincus de la Libération*, Robert Laffont, 1964.

Sipriot, Pierre, *Montherlant sans masque I*, Robert Laffont, 1982.

Soupault, Philippe, *Mémoires de l'oubli 1914~1923*, Lachenal et Ritter, 1981.

Stéphane, Roger, *Toutes choses ont leurs saisons*, Fayard, 1979.

Sternhell, Zeev, *La Droite révolutionnaire 1885~1914 (les origines françaises du fascisme)*, Le Seuil, 1978. *Ni droite ni gauche (l'idéologie fasciste en France)*, Le Seuil, 1983.

Stock, Pierre-Victor, *Mémorandum d'un éditeur* (3 tomes), Stock, Delamain et Boutelleau, 1935, 1936, 1938.

Thérive, André, *L'Envers du décor*, La Clé d'or, 1948.

Thibaudet, Albert, *Panurge à la guerre*, Gallimard, 1940.

Toesca, Maurice, *Cinq ans de patience 1939~1945*, Emile-Paul, 1975.

Tual, Denise, *Le Temps dévoré*, Fayard, 1980.

Vailland, Elisabeth, *Drôle de vie*, Lattès, 1984.

Vandegans, André, *La Jeunesse littéraire d'André Malraux*, Pauvert, 1964.

Vandromme, Pol, *Lucien Rebatet*, Editions universitaires, 1968.

Van Rysselberghe, Maria, *Les Cahiers de la Petite Dame, I~IV*, Gallimard, 1973~1977.

Varilon, Pierre et Rambaud, Henri, *Enquête sur les maîtres de la jeune littérature*, Bloud et Gay, 1923.

Vercors, *La Bataille du silence*, Presses de la Cité, 1967.

Vialatte, Alexandre, *Dernières Nouvelles de l'homme*, Julliard, 1978. Et *c'est ainsi qu'Allah est grand*, Juilliard, 1979.

Wilkinson, James D., *The Intellectuel Resistance in Europe*, Harvard University Press, Londres, 1981.

Winock, Michel, *Histoire politique de la revue Esprit 1930~1979*, Le Seuil, 1975.

Wiser, William, *The Crazy Years : Paris in the Twenties*, Thames and Hudson, Londres, 1983.

Zedin, Téodore, *Histoire des passions françaises 1848~1945*, 5 tomes, coll. Points-Seuil, 1980~1981.

이 책을 쓰기 위해서 나는 다음과 같은 책들에서 많은 도움을 받았다.

Nouvelle histoire de la France contemporaine 1871~1952, 제10권에서 16권까지, Points-Seuil, 1973~1983.

Dictionnaires des Œuvres et des Auteurs, collection Bouquins, Laffont-Bompiani.

Who's who.

그리고 리비에르, 푸르니에, 클로델, 지드, 지오노, 니미에 등과 같은 작가들의 동우회가 작성한 〈회보〉들에서도 많은 도움을 받았다.

또한 다음의 일간지, 주간지, 정기 간행물들을 부분, 또는 전체적으로 참조하였다.

일간지: *France-Soir, le Monde, la France libre, la Croix, le Journal officiel, le Figaro, Paris-Presse, l'Intransigeant, Combat, International Herald Tribune, le Matin de Paris, New York Times*.

주간지: *le Magazine littéraire, les Lettres françaises, Carrefour, Notre combat, l'Union française, le Pays libre, Réagir, l'Alerte, le Cri du peuple, le Nouvel Observateur, France-Observateur, New York Times Book Review, Times Literary Supplement, l'Express, le Point, Marianne, Candide, Gringoire, Comoedia, Je suis partout, Au pilori, les Nouvelles littéraires, la Bibliographie de la France*.

정기 간행물: *l'Histoire, Lire, la Nouvelle Revue française, Cahiers franco-allemands, Revue d'histoire littéraire de la France, le Lérot rêveur, la Revue des Deux Mondes, Arts, les Cahiers du Livre, la Revue musicale, Revue juive, Cahiers de la Pléiade, Revue de la Table ronde, Lectures pour tous, la Quinzaine littéraire, Pavés de Paris, les Cahiers du cinéma, Publisher's Weekly, l'Auto-journal, les Temps morderns, Revue d'histoire de la Seconde Guerre mondiale, Europe, les Cahiers de l'Energumène*.

기타 사료는 다음과 같다.

자크 두셰 도서관, 국립 도서관, 파리 문서 보관소, 근대 유대 자료 센터(CDJC)의 문서 보관소, 상사(商事) 법원 문서 보관소, 학사원 문서 보관소, 국립 문서 보관소, 현대 역사 연구소, 언론 교육 개선 센터, 「프랑스 수아르」와 『렉스프레스』 자료실, 외무부 문서 보관소.

감사의 글

많은 사람의 소중한 도움이 없었더라면 이 책은 결코 태어나지 못했을 것이다. 우선 마리 엘렌 다스테와 알랭 리비에르에게 감사의 뜻을 전하고 싶다. 그들의 조언과 협조, 그리고 자크 코포와 자크 리비에르의 삶과 작품에 관련된 자료들은 이 책을 쓰는 데 없어서는 안 될 것이었다.

가스통 갈리마르의 삶을 증언해 준 많은 사람들에게 감사한다. 예컨대 가족들과 친구들, 출판 관계자들, 심지어 그의 적들까지 익명을 전제로 내게 많은 이야기를 해주었다. 나는 그들과의 약속을 지켰다. 그들 모두에게 감사의 말을 전하며 그 밖에 다음과 같은 사람들에게도 깊은 감사를 드린다.

여자로는

사빈 로베르 아롱, 뤼시엔 구브뢰 루세, 르네 드루엘, 자닌 갈리마르, 카트린 지드, 사라 알페린, 안 이르슈, 마리루이즈 헬러, 모니크 오페트 슐룅베르제, 앙리에트 젤리네크, 라피트 라르노디, 실비아 몽포르, 자크린 드 프로야르, 장 부알리에, 마들렌 비메르.

남자로는

장 아데마르, 마르셀 아를랑, 클로드 아블린, 르네 바르자벨, 마르크 베르나르, 피에르 봉셀, 브뢱베르제 신부, 모리스 샤프랑, 프랑수아 샤퐁, 뤼시앵 콩벨, 미셸 드루엥, 장 뒤투르, 장 파비에, 앙리 플뤼셰르, 게르하르트 헬러, 르네 일생, 비다르 자콥센, 로베르 캉테르, 스테판 케미, 롤랑 로덴바흐, 에르베 르 보테르프, 클로드 마르탱, 디오니스 마스콜로, 파스칼 메르시에, 피에르 모니에, 마르셀 몽타롱, 모리스 나도, 필리프 로브뢰외, 앙드레 쉬프린, 시온 쉬프린, 피에르 세게르스, 클로드 시카르, 조르주 심농, 필리프 수포, 앙리 티상, 모리스 퇴스카, 베르코르.

이 책을 쓰는 데 나는 그들에게 적잖은 도움을 받았다. 가스통 갈리마르의 첫 전기라는 점에서 잘못된 부분이 없지 않겠지만 그 잘못은 전적으로 내가 책임질 부분이다.

클로드 갈리마르와 그의 동료들, 예컨대 장피에르 도팽과 파스칼 푸셰는 가스통 갈리마르와 갈리마르 출판사의 역사, 그리고 점령기를 제외한 중요한 시기들의 독자 위원회의 구성에 관련된 자료들을 기꺼이 내게 공개해 주었다. 또한 그들은 내 질문에 충실하게 서면으로 답해 주어 나로 하여금 빙산의 일각이라도 엿보게 해주었다. 그들에게도 깊은 감사의 뜻을 전하고 싶다.

끝으로 이제 한 살배기인 내 딸, 메릴에게도 고마울 따름이다. 내 자료들을 뒤죽박죽 섞어 놓지 않은 것만도 얼마나 고마운 일인가.

506

옮긴이의 말

갈리마르, 프랑스 출판의 반세기

1968년 미국의 출판 전문 잡지, 『퍼블리셔스 위클리』에 〈갈리마르는 프랑스 문학과 동의어다!〉라는 기사가 실렸다. 역사에 있어서나 권위에 있어서나 프랑스를 대표하는 출판사로 갈리마르 출판사를 꼽는 데 이의를 제기할 사람은 없을 것이다. 이 책은 그 갈리마르를 창업해서 굳건한 반석 위에 올려놓은 가스통 갈리마르의 삶을 연대순으로 추적한 것이다.

한 사람의 전기를 통해서 그가 속한 세계의 변천사를 읽어 낼 수 있다면 그 사람은 적어도 그 세계에서는 위대한 인물임에 틀림없다. 이런 점에서 가스통 갈리마르는 프랑스 출판계의 20세기 전반기를 만들어 간 사람들 중 하나였다. 그러나 어떤 인물이나 뚜렷한 경쟁자가 있을 때 더욱 빛나는 법이다. 가스통 갈리마르에게는 베르나르 그라세라는 천재적 출판인이 평생의 경쟁자였다. 이 책에 〈프랑스 출판의 반세기〉라는 부제가 붙여진 이유도 갈리마르와 그라세의 경쟁 관계를 축으로 이야기를 끌어가고 있기 때문이다.

가스통 갈리마르가 출판을 시작한 이유는 간단했다. 당시의 출판은 곧 문학 출판이었다. 그는 문학을 사랑했기 때문에 출판을 시작했고, 『퍼블리셔스 위클리』의 표현대로 프랑스 근대 문학을 대표하는 모든 작가를 갈리마르의 깃발 아래에 두겠다는 원대한 꿈을 세웠다. 하지만 그 길은 순탄하지 않았다. 당시의 문단을 지배하던 『NRF』를 등에 업었지만 출판 경영은 생각만큼 쉽지 않았다. 출판이란 사업은 일반적인 사업과 달랐던 것일까? 가스통은 출판을 시작하면서 출판업을 〈정신과의 협약〉이라 정의했다. 그러나 가스통은 이런 정의가 19세기적 정의라는 사실을 통감했다. 그는 실패를 통해서 출판이 무엇인지 배워 갔다. 책의 판매와 직결되는 문학상, 특히 공쿠르상을 차지하기 위해 공작까지 벌였다. 이른바 〈좋은 책〉을 계속 대중에게 소개하기 위해서라도 〈대중적인 책〉을 출간해야 한다는 현실을 배웠다. 그러나 그는 출판은 〈정신과의 협약〉이라는 정의를 한시도 잊지 않았다.

갈리마르에서는 매주 화요일 오후 다섯시 〈Comité de lecture〉라는 모임이 열렸다. 우리 식으로 말하면 〈기획 위원회〉가 될 것이다. 하지만 갈리마르의 이곳은 출판사에 보내진 원고를 〈읽고〉, 그 원고의 출간 여부를 결정하는 모임이었다. 프랑스어에서 〈lecture〉는 〈독서〉를 뜻하므로 Comité de lecture는 〈독회(讀會) 위원회〉로 번역하는 것이 적합할 수 있다. 하지만 이 위원회의 구성원들은 우리 귀에 익은 인물들이다. 앙드레 지드를 필두로 『NRF』의 주춧돌이었던 리비에르, 훗날 아카데미 프랑세즈 회원이 된 장 폴랑, 마르셀 아를랑, 『티보가의 사람들』을 썼고 노벨 문학상을 받았던 마르탱 뒤 가르 등이 그 위원회의 위원들이었다. 따라서 그 위원들이 중요한 역할을 했다는 점을 강조하려고 〈독자 위원회〉로 번역했다.

이 책에는 프랑스의 유명 저자들에 얽힌 일화들이 적지 않아 일반 독자들도 흥미롭게 읽을 수 있다. 하지만 누구보다 출판에 종사하는 사람들이 읽는다면 출판을 이해하는 데 많은 도움이 되리라 믿는다. 독자를 사로잡을 수 있는 기획의 실마리들이 간혹 언급되기 때문이다. 하지만 더욱 중요한 것은 출판이 무엇인지 이해하는 것이다. 특히 출판과 정치의 관계에서 출판이 취해야 할 길에 대해서 가스통 갈리마르는 분명한 방향을 제시한다. 물론 가스통에 동의하느냐 그렇지 않느냐는 독자의 몫이다.

충주에서
강주헌

찾아보기

ㄱ

512

514

옮긴이 강주헌은 한국외국어대학교 불어과를 졸업하고 같은 대학원에서 석사와 박사학위를 받았으며, 프랑스 브장송 대학에서 수학했다. 한국외국어대학교와 건국대학교 등에서 강의했고, 현재는 전문번역가로 활동 중이다. 저서로는 『강주헌의 영어 번역 테크닉』, 『현대 불어학 개론』, 『나는 여성보다 여자가 좋다』 등이 있고, 역서로는 『내 인생을 바꾼 스무 살 여행』, 『촘스키, 누가 무엇으로 세상을 지배하는가』, 『바빌론 부자들의 돈 버는 지혜』, 『좋은 아빠가 되기 위한 1분 혁명』, 『당신 안의 기적을 깨워라』, 『나의 프로방스』, 『게으른 산책자』 등 80여 편이 있다.

가스통 갈리마르

발행일 ●
2005년 10월 20일 초판 1쇄

지은이 ●
피에르 아슬린

옮긴이 ●
강주헌

발행인 ●
홍지웅

발행처 ●
주식회사 열린책들
1980년 4월 16일 등록(제13 - 50호)
서울특별시 종로구 통의동 35 - 23
대표 전화 (02) 738 - 7340 팩스 (02) 720 - 6365
www.openbooks.co.kr

한국어 판권 (C) 주식회사 열린책들, 2005, *Printed in Korea.*
ISBN 89-329-0622-X 03860

이 도서의 국립중앙도서관 출판시도서목록(CIP)은 e-CIP 홈페이지(http://www.nl.go.kr/cip.php)에서 이용하실 수 있습니다.(CIP제어번호: CIP2005001923)